Über den Autor

Hagen Alverich ist das Pseudonym eines deutschen Autors. 1993 in Eisenach, im Schatten der Wartburg, geboren und in Köthen aufgewachsen, lebt und arbeitet er heute als Polizist in seiner Heimatstadt.

Schon von klein auf war Hagen Alverich vom Mittelalter fasziniert. Seine wahre Leidenschaft jedoch ist das Schreiben und Eintauchen in fantastische Welten. Inspiriert von J.R.R. Tolkiens *Der Herr der Ringe* entwickelte er den Traum, Leser und Leserinnen mit seinen eigenen Geschichten in magische Welten zu entführen.

Mit dem Roman *Die Rache der Magier* präsentiert er euch den zweiten Band seiner epischen Reihe *Die Legenden von Intêrra*.

Hagen Alverich

Die Legenden von Intêrra

und

Die Rache der Magier

Widmung

Mein zweites Buch widme ich meiner lieben Frau, welche mich
während des gesamten Schaffensprozesses unterstützte und
wahrlich der Wegweiser meines Lebens ist.

NUNDRAS

KLINGENGEBIRGE

RAIVOR

IJARGHEIM

LURBRUNN

DORN-EN-MOOR

XAR

XONANON

GONVALOR

VENABOR
EBERTHAL
RINNWALD
DONNERHALL

BELDON

SORAGHEL BIRGE

SAVANAK

SAVURIN
VHALDERA
FERIHAR
FEINEWASSER

Interra Kontinent Tihanar

Zeitmessung innerhalb Solærras, Intêrras und Lunærras

Die Zeitmessung Intêrras leitet sich von den dreizehn Göttern ab.

Der Kreis der Götter

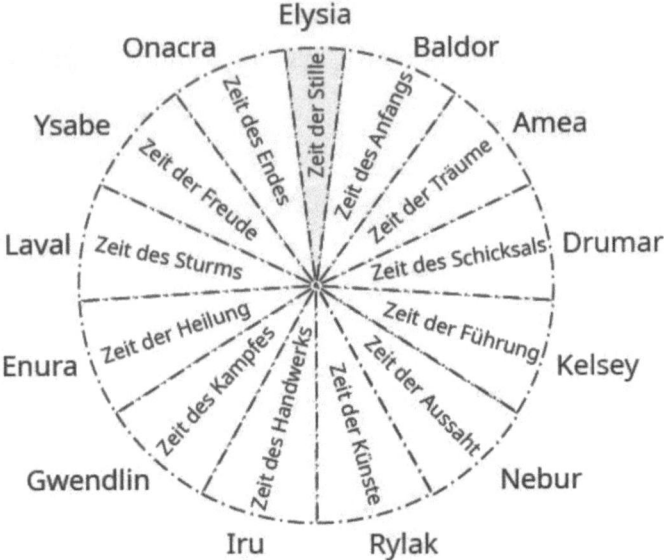

Der Tag endet und beginnt mit der Stunde Elysias, wenn das Wasser durch den Trog der Zeit hindurchgelaufen ist. Daher wird dies auch als Zeit der Stille bezeichnet. Die Priester, die für den Schutz des Zeitmessers eingeteilt sind, beten einmal das Gebet der Dreizehn und füllen den Trog anschließend wieder auf.

Ebenso findet auch der Jahreswechsel in dem Monat zu Ehren Elysias statt, welcher lediglich aus fünf Tagen besteht. Jeder andere Monat zählt dreißig Tage.

Gebet der Dreizehn

»Kraft gebe uns Elysia, aus deren Schoße wir stammen.
Baldor schenke uns Mut zum Neuen, Herr des Anfangs.
Amea verwandele unsere Träume in Wirklichkeit, ewig Schlafende.
Drumar führe uns sicher durch Tag und Jahr, Schicksalsgott.
Kelsey entfache unseren Erfolg in allen Dingen, mächtige Herrscherin.
Nebur bringe uns Leben und Wachstum, Erbauer Intêrras.
Rylak lasse uns im Lichte deiner Kunst verweilen, Schöpfer Solærras.
Iru helfe uns mit Stärke und Feuer, Schmied Lunærras.
Gwendlin lasse uns Ehren im Kampf erringen, große Kriegerin.
Enura bringe uns Heilung durch Ausgleich, Bezwingerin der Magie.
Laval gewähre uns Gnade in Zeiten des Sturms, Meisterin der Elemente.
Ysabe mögen deine Gestirne unsere Wege erleuchten, oh Himmlische.
Onacra vergebe den Schwächen unserer Seelen, Herr allen Endes.
Kraft gebe uns Elysia, aus deren Schoße wir stammen.«

Währung Intêrras

Ein Sternenstück ist ein dunkler, flacher Stein mit einem weißen, schimmernden Punkt in der Mitte.
Zehn Sternenstücke entsprechen einer Sichelmark.
Eine Sichelmark ist ein dunkler, flacher Stein mit einer weißen, schimmernden Sichel.
Zehn Sichelmark entsprechen einer Vollmondmark.
Eine Vollmondmark ist ein dunkler, flacher Stein mit einem weißen schimmernden Vollmond, bei dem lediglich der Rand des Steins zu sehen ist.
Zehn Vollmondmark entsprechen einem Himmels- oder auch Sonnentaler.
Ein Sonnentaler ist ein weißer, schimmernder, flacher Stein.

Personenverzeichnis

Tarons Gefährten

Mira, ehemalige Gottesdienerin im neburischen Klostertempel Yewabor
Lavina, die Umwerfende, Jongleurin und Messerwerferin
Barvo, der Unverbrennbare, Feuerspucker
Ildrum, ein flüchtiger Tischler, der im Reich der Elfen Zuflucht gefunden hat

Elfen

Elwaran aus dem Geschlecht der Delur, Späher Erihars, der südlichsten avurinsichen Siedlung
Fendelin aus dem Geschlecht der Iridal, Späherin Erihars, der südlichsten avurinischen Siedlung
Gelador aus dem Geschlecht Sodelia, einer der herausragensten Krieger Avurins
Weredall aus dem Geschlecht der Delur, Vater von Elwaran und der oberste Elfenführer Erihars
Silared aus dem Geschlecht der Bellesar, Elwarans Tante

Minotauren

Puldrus, Uldar/ Oberhaupt Erihars
Adrok, Schmied Erihars
Srinares, eine Gedankenleserin, welche alle Geschicke Avurins zu überblicken scheint
Berian, die Uldarin von Merive, der östlichsten Siedlung Avurins

Das Gefolge des Königs

Weldur Burak, Berater des Königs und General über dessen Streitkräfte
Gardon Uhlond, der erste Schwadronal des Königs und ein begnadeter Jäger
Imdrir Vallar, der zweite Schwadronal, auch genannt: »*Der Hammer*

des Königs«, ist ein herausragender Krieger

Orwenar Dirod, der dritte Schwadronal und oberster Taktiker

Furlo Wrin, der vierte Schwadronal, vermag es seinen Mitstreitern die Erschöpfung zu nehmen

Zelorag Dun, fünfter Schwadronal, ein Waffenspezialist und Tüftler

Hirena, Hofpriesterin der Göttin Amea

Nerodul, Hofpriester der Göttin Kelsey

Schorach, Hofpriester des Gottes Nebur

Anhänger des Ordens Nebur

Selvarin, Hohepriester Yewabors

Remahas, oberster Priester und Selvarins Stellvertreter

Garesch, oberster Priester und Arzt Yewabors

Halvor, oberster Priester und Ziehvater Tarons

Korana, oberste Gottesdienerin

Bollo, Priester und guter Freund Halvors

Kiedan, Novize in Tarons Alter

Merak, Novize in Tarons Alter

Ulrad, Novize in Tarons Alter

Bur, Novize in Tarons Alter

Kiedan, Novize in Tarons Alter

Reverin, Novize in Tarons Alter

Jeldra, ehemaliger Hohepriester von Yewabor lebt, mittlerweile im Tempel der Dreizehn in Donnerhall

Novaren (Fürsten) Gonvalors

Levilia, Novarin und Herrscherin eines Gebietes nördlich von Donnerhall

Enari Turador, Novar und Herrscher eines Gebietes im südlich Gonvalor an der Grenze zur Savanak

Ulbra, Novar und Herrscher eines Gebietes östlich von Donnerhall

Nendor, Novar und Herrscher eines Gebietes südwestlich von Donnerhall

Nesrie, Novarin

Teldor, Novar

Krikor, Navar

Galadar, Novarin

Mitglieder der Kontrakar (einer Widerstandsbewegung der Magibegabten)

Nemrod Gurodal, Wirt des Gasthauses »Zum dunklen Geist«
Rym Garas, Fleischer
Filidas Lyrak, Gerberin
Lobur Donnerfaust, Schmied
Soguia Nurad, Prostituierte

Weitere Personen/ Geschöpfe

König Raxos, Herrscher über Xonanon
Chanurack, Anführer einer Schar lunærrischer Söldner
Limefrah, eine Elbin

Inhaltsverzeichnis:

Prolog: Die Pfade Irus

Als Iru entstand, spürte er die in ihm schlummernden Kräfte, welche nur darauf warteten, entfesselt zu werden. Doch die Macht, die er ersehnte, oblag seiner Mutter Elysia. Der Neid und der Wunsch nach Schaffenskraft keimten in ihm und so pflanzte er den Gedanken der Seelenteilung in der Göttermutter. Schließlich verließ Elysia die Zwölf, sogleich erkannte Iru seine Schuld, welche ihn von innen heraus zu zerfressen begann.

Elysia teilte ihre Seele und ihre Macht unter ihren Söhnen und Töchtern auf. Irus Wunsch ward in Erfüllung gegangen, doch Sorge statt Freude weilte in seinem Innersten.

Elysia hatte ihre Kinder zu Göttern erhoben und sich selbst geopfert. Ihr Verlust, für den Iru die Verantwortung trug, versetzte ihn in Trauer.

Mit der Seelenteilung verschwand auch seine Schwester Amea, Iru ahnte Furchtbares und so suchte er das gesamte Elysium nach ihr ab.

Nach einer gefühlten Ewigkeit fand er die weinende Mutter, welche ihre ewig schlafende Tochter eng umschlungen in den Armen hielt

Der Kummer Elysias vereinnahmte alles und das erschütterndste aller Leiden drang tief in Irus Herz vor.

So forderte Elysia ihren Sohn, seine Seele Amea zu geben.

Iru vermochte es nicht, dem Willen seiner Mutter zu folgen. Zerrüttet, hilflos und von Zorn erfüllt, wollte er seiner Mutter einen neuen Sinn ihres Daseins geben und bat sie bei der Errichtung einer neuen Welt um Hilfe.

Doch Elysia konnte ihre Schwermütigkeit nicht ablegen und weigerte sich. So kam ihrem Sohn ein letzter folgenschwerer Einfall. Er trat an seine Mutter heran und nahm ihren Schmerz, ihr Leid und ihr Wehklagen in sich auf.

Mit diesem allumfassenden Schatten der Traurigkeit war ebenso ein Splitter von den Erinnerungen Elysias auf Iru übergegangen, welche ihn zu überwältigen drohten.

Das Wissen und die einstige Macht Elysias wurde Iru damit vollends offenbart.

Sein Innerstes schien zu bersten. Sein Geist endete in vollkommener Verwirrung und so kehrte er seiner Mutter den Rücken.

Verse aus dem Buche Irus

Kapitel 1: Die Entfesselung

Iru wandelte in Trauer und Einsamkeit durch das Elysium und suchte seine Brüder und Schwestern. Vers aus dem Buche Irus

Mein Stab ist zerbrochen, dachte Taron missmutig und starrte das breitere Ende seiner Waffe an, welche nun von einem unterarmlangen Spalt geziert wurde und dadurch vollkommen unbrauchbar war. *Du warst mir ein treuer Wegbegleiter.* Sein Blick glitt von dem am Tisch lehnenden Stück Holz hinab auf seinen Teller mit dem danebenliegenden Löffel, welcher einfach nicht in seine Hand gleiten und in das mittlerweile kalte Wildgulasch eintauchen wollte.

Die Übungskämpfe am Vormittag hatten ihn gänzlich entkräftet. Seine Gedanken glitten zu dem letzten Gefecht der Einheit, welches er gegen Gelador, ihren elfischen Schwertmeister, bestritten hatte. Er hatte Taron wahrlich gefordert oder eher überfordert, was ihn am Ende durch einen herausragend dummen Fehler den Stab gekostet hatte. *Ein Schwert sollte man ablenken, nicht blocken, du wärst jetzt tot, wenn du keine andere Trumpfkarte besitzt,* hallten die nur allzu schlau klingenden Worte Geladors durch seinen Kopf.

Der Elfenkrieger hatte bei ihrer Besprechung auf der Zinne des Turmes - nach dem Kampf gegen ihren Widersacher König Esthîon und der anschließenden Totenzeremonie der Avural - bezüglich ihrer Ausbildung nicht zu viel versprochen. Jeden Tag wurden sie zweimal bis aufs Schärfste geschliffen und in den Künsten des Schwertkampfes, Bogenschießens und Messerwerfens unterwiesen. Taron konnte im Moment nicht sagen, wann er das letzte Mal jeden Knochen in seinem Leib gespürt hatte.

Schließlich schob er seinen Teller von sich und schaute die lange Tafel hinab, welche in den letzten drei Wochen, die sie nun schon hier in Erihar verbrachten, zu ihrem Stammplatz im Hauptgebäude geworden war. Seine Freunde schienen ebenso erschöpft wie er selbst zu sein. Was sich allerdings nicht wie bei ihm auf den Appetit niederschlug, jedoch auf ihre Gespräche auswirkte. Bis jetzt hatten sie kaum ein Wort miteinander gewechselt.

»Taron, du musst essen, Gelador wird uns den Nachmittag kaum schonen«, sprach Mira und legte ihre Hand auf die seine, während sich Sorge in ihrem Antlitz spiegelte.

»Mir ist einfach der Hunger vergangen.«

»Also wenn du es nicht mehr willst, dann helfe ich dir gerne«, bot

Barvo an und streichelte seinen voluminösen Bauch und öffnete dabei einen Knopf seiner ledernen Weste, um etwas Platz für mehr zu schaffen.

»Du hattest bereits fünf Teller«, echauffierte sich Lavina und schüttelte so energisch ihren Kopf, dass ihre schwarzen Haare auseinanderwirbelten.

»Unerhört, dass du bei so etwas Belanglosem mitzählst«, lachte der Feuerspucker.

»Ich dachte, du wärst erst bei drei. Du schlingst die Teller so schnell herunter«, erklärte Ildrum, während er eine Kerbe aus seinem Holzschwert schliff.

»Ich bin generell jeden Tag aufs Neue erstaunt, was ihr Menschen verzehren könnt«, gab Elwaran preis, welcher als einziger Elf mit ihnen am Tisch saß.

»Barvo, du kannst mein Gulasch gerne haben«, sagte Taron und reichte ihm den Teller, der ihn strahlend entgegennahm und seinen Löffel darin vergrub.

»Taron, lass den Kopf nicht hängen, es ist nur ein Stab, du kannst dir einen neuen schnitzen, bestimmt finden wir in den Wäldern Avurins sogar ein Wartbaum«, versuchte Mira ihn aufzumuntern und strich sich mit den Fingern über das Brandmal an ihrer Stirn.

»Weißt du, ich habe mich an ihn gewöhnt«, entgegnete Taron kopfschüttelnd.

»Man könnte versuchen, ihn zu leimen«, schlug Ildrum vor und prüfte mit kritischem Blick seine hölzerne Klinge.

Taron war dankbar für seinen Vorschlag und nickte schmunzelnd. Generell hatte Taron Ildrum in den letzten Wochen etwas besser kennengelernt. Seine Abneigung gegenüber König Esthíon war mehr als gerechtfertigt und er trainierte ebenso hart wie alle anderen, sodass seine anfänglichen Bedenken ihm gegenüber in den Hintergrund gerückt waren.

»Nur ist dies wohl kaum eine Lösung, die von Dauer wäre. Vielleicht solltest du doch darüber nachdenken, zum Schwert zu greifen, guter Elfenstahl ist weitaus robuster als jedes Holz«, schlug Elwaran vor.

»Der Stab ist meine Waffe, ich verstehe die Vorteile eines Schwertes, aber es würde Jahre dauern, ein ebensolches Können zu erlangen wie ich es im Stabkampf bereits besitze.«

»Wenn wir die Schlagzahl der Einheiten erhöhen, schaffen wir es vielleicht sogar in ein paar Monaten«, mutmaßte Gelador, welcher zusammen mit Weredall, dem obersten Elfengelehrten Erihars, an die Tafel herangetreten war und die Blicke aller am Tisch Sitzenden vereinnahmte. Sogleich fragte sich Taron, ob sich die beiden ihres gemeinsamen Auftretens bewusst waren und tatsächlich wie Licht und Schatten wirken wollten. Zumal Weredall zur Untermalung seiner weißblonden Haare noch eine hellbeige Tunika trug, während der schwarzhaarige Schwertmeister ein dunkles Gewand nach den Kämpfen angelegt hatte. *Man könnte sie in ihren Aufmachungen fast für Verehrer Baldors des Schöpfers und Onacras des Herrn allen Endes halten. Was bei Gelador vielleicht sogar stimmen könnte,* ging es ihm durch den Kopf.

»Aber nur, wenn wir die Zeit haben, ich wollte mit der Erfüllung meiner Aufgabe nicht so lange warten«, erklärte Taron.

»Und daher habe ich vorhin mit Adrok gesprochen. Er ist bereit, sich deinen Stab anzuschauen«, offenbarte Weredall.

»Oh, hat er sich von seiner Handverletzung wieder erholt?«, fragte Lavina.

Der Kampf auf der Lichtung hat bei zu vielen bleibende Schäden hinterlassen, dachte Taron missmutig.

Weredall blickte die Jongleurin mit messerscharfen Augen an. »Adrok vermag noch immer keinen Hammer zu halten. Die Wunde eitert weiter vor sich hin, aber er sagte, wenn ihr bisher nicht zu viele Schläge auf den Kopf bekommen habt, könnte er euch anleiten.«

»Dann würde ich es gerne versuchen.«

»Wenn es um das richtige Anfachen der Kohlen geht, gibt es wohl kaum einen besseren als mich. Kann ich dich begleiten?«, fragte Barvo und leckte noch etwas zügiger seinen Teller sauber.

»Sehr gerne, mein Freund. Ildrum du besitzt von uns wohl das größte handwerkliche Geschick, magst du uns begleiten?«

Der ehemalige Tischler legte das Holzschwert auf den Tisch und nickte zustimmend.

»Das heiß jedoch nicht, dass das Training für euch ausfällt, es wird lediglich etwas nach hinten verlagert«, sagte Gelador und vollführte eine schwungvolle Handbewegung, »und nun eilt euch!«

Die drei sprangen auf und rannten aus der Halle, die aus dicken Flechtbäumen bestand und den gewaltigen Bretterturm in ihrer Mitte einfassten. Der Turm war der einzige seiner Art in Erihar, alle anderen Gebäude des Dorfes bestanden wie auch die Halle aus diesen glatten formbaren Bäumen und waren wie in einem Zeltlager angeordnet. Zwischen den Behausungen verliefen eine Vielzahl mehr oder weniger gut ausgetretener Trampelpfade.

Anfangs hatte Taron sich schwergetan, die richtigen Wege zu nehmen, doch nach den drei Wochen seines Aufenthaltes kannte er sich nahezu so gut aus wie im Tempelkloster Yewabor und begab sich zielsicher zum Nordrand Erihars, an dem eine der wenigen steinernen

Bauten des Dorfes stand: ein gemauerter Ofen, dessen Öffnung fast der Größe von Barvos Bauch entsprach. Davor stand ein Amboss, daneben ein vollgefülltes Wasserfass und an der Seite ein Tisch mit einer Vielzahl Schmiedewerkzeuge und dahinter ein gewaltiger Blasebalg. Eingerahmt wurde die Werkstätte von einer halbkreisförmigen Flechtbaumwand, an deren Innenseite einige Metallplatten hingen.

Taron spähte kurz hinein, konnte jedoch niemanden entdecken. »Adroks Haus müsste dort drüben sein.« Er deutete auf eines der anliegenden Bauwerke.

»Dort wirst du mich nicht finden.«

Taron zuckte zusammen, als aus dem Schatten des Blasebalgs der gewaltige schwarze Minotauer einem Dämon gleich emporstieg. Seine gewaltigen Hörner ragten aus dem massigen Stierschädel empor, reichten fast bis zur Decke, während sein Gesicht von purster Verbitterung gezeichnet war.

»Und dieser Flammenwesenbeschwörer ist natürlich auch mitgekommen. Da vergeht mir wahrlich jegliche Lust, euch zu helfen.«

»Ich freue mich zu sehen, dass Eure Genesung gut voranschreitet«, entgegnete Ildrum.

Adrok schnaufte verächtlich und wandte sich Barvo zu. »Immerhin sollst du ganz gut wissen, wie man Feuer bändigt.«

»Damit kenne ich mich bestens aus«, erwiderte der Feuerspucker grinsend.

»Na dann bringe die Kohle mal ordentlich zum Glühen.« Der Minotauer deutete mit der gesunden Hand in die entsprechende Ecke des Verschlages.

»Ich bin eigentlich mitgekommen, falls filigranere Arbeiten von Nöten sind. Ich war mal Tischler«, erklärte Ildrum.

»Ach, ein Holzschnitzer, das erklärt so einiges. Aber sei's drum, du kannst bleiben. Sollten deine Dämonen ausbrechen, werde ich schon wissen, damit umzugehen«, langsam drehte er sich zum Novizen. »Nun Taron, gib mir mal deinen Stab.«

Adrok nahm die Waffe und legte das breitere Ende auf seinen rechten Unterarm, dessen Hand noch von einer Bandage geziert war und unterzog dem Riss im Holz einem prüfenden Blick. »Dass jemand so etwas lieber nutzt als eine Axt. Unbegreiflich.«

Taron biss sich leicht auf die Unterlippe, um nicht etwas Unbedachtes zu erwidern.

»Wusstet ihr, dass die bedeutendsten Waffen Solærras meist zusammen mit ihren späteren Herren geschmiedet wurden?« Adrok betrachtete weiter alle Kerben und Vertiefungen des Stabes. »Nein, denn warum solltet ihr schon Interesse an unserer Geschichte haben, aber so viel sei gesagt, wenn du es vermagst auch nur ein Teil deiner Kraft in die Ummantelung deiner Waffe zu übertragen, könnte daraus etwas Wundervolles entstehen.«

»Leider vermag ich meine Kraft noch nicht vollends zu kontrollieren.«

»War wohl nicht anders zu erwarten, trotzdem solltest du es probieren.« Der Minotauer schaute in den Ofen hinein, in dem bereits die Flammen loderten. »Da können ruhig ein paar mehr Kohlen hinein und dann lass sie glühen wie die Augen Irus«, befahl er.

Barvo schnappte sich eine Schaufel und begann sogleich weitere schwarze Brocken aus einem Sack in die Brennkammer zu befördern. Schweißperlen sprossen bereits aus jeder Pore seines Körpers, als er sich zu dem großen Blasebalg begab.

Der Tauren nickte. »Wir benötigen nun zuerst einen Handbohrer.«

Ildrum nahm drei der gebogenen Werkzeuge vom Tisch und hielt sie Adrok entgegen.

»Der Mittlere sollte passen. Taron, damit bohrst du nun zwei Löcher an das breitere und vier an das schmalere Ende in einem Abstand von einer Handbreite. Dies werden die Anker für die Legierung, mit der wir deinen Stab vervollkommnen werden.«

Der Novize senkte das Haupt. »Ich habe das noch nie zuvor gemacht.«

»Ach, ich vergaß, die gonvalorischen Priester sind ja alle von Adel.«

Taron warf ihm einen düsteren Blick zu. *Wenn er nur wüsste.*

»Ich zeige dir wie es geht, es ist ganz einfach, halte einmal den Stab fest«, bot Ildrum an.

Taron legte seine Waffe auf den Amboss, während der Tischler den Handbohrer einige Male rotieren ließ, welcher sich sanft in die oberste Schicht des Holzes fraß.

»Siehst du, ganz einfach, nun bist du dran.«

Die beiden tauschten die Plätze und Taron ließ den Bohrer kreisen, es war tatsächlich leichter als gedacht und hatte fast etwas Meditatives, doch die Anspannung gepaart mit der Hitze des Schmiedefeuers in seinem Rücken brachten auch ihn zum Schwitzen.

»Gut, versuche nun noch deine Gabe zu aktivieren.«

Er nickte, schloss die Augen und öffnete das Tor zur Magie. Bei einer solchen Arbeit war es wesentlich schwieriger als bei einem Kampf, schier unmöglich. Schließlich spürte er, wie sich ein Funken der Macht in seiner Brust entfachte. *Nun lass sie in das Holz gleiten.* Taron öffnete seine Lider und fixierte den Stab und versuchte seine Kraft in seine Hände gleiten zu lassen. Es wollte nicht gelingen, stattdessen begann das kleine Flämmchen in seinem Inneren zu flackern, fast zu erlöschen und es kostete seine vollste Konzentration dies zu verhindern. Unter diesem zehrenden inneren Kraftakt bohrte er Loch um Loch bis sechs seine Waffe zierten. In der Zwischenzeit hatte Barvo in dem Ofen ein Feuer entfacht, das wohl selbst der Esse Irus in kaum etwas nachstand und hatte auf Anweisung von Adrok einen Trog mit einem silbernen Metall hineingestellt.

Der Minotaurenschmied besah sich die Bohrung und reichte dem Novizen den Kampfstab zurück. »Nun kommt der schwierigere Teil, Ildrum, du nimmst die Zange und holst den Behälter heraus und stellst ihn auf den Amboss. Taron, du tauchst zuerst das schmalere Ende deines Stabes hinein, drehst ihn einmal, holst ihn heraus und steckst ihn in das Wasserfass und wiederholst dann das Ganze. Währenddessen lässt du deine Macht hineinströmen.«

Er nickte zuerst Adrok und dann Ildrum zu und bemerkte, wie sein Herz in seiner Brust zu pulsieren begann. Barvo öffnete die Tür der Brennkammer, Ildrum holte den schmalen Behälter mit der blubbernden silbrigen dampfenden Flüssigkeit heraus. Taron verharrte und wollte erneut versuchen Magie aufzunehmen, der Funken war zu einem Hauch seiner selbst zusammengeschmolzen.

»Fang an, Novize!«, schnalzte Adrok.

Das dünnere Ende verschwand sogleich in dem steinernen Krug. Er drehte ihn und zog den Stab zaghaft heraus und tauchte ihn sogleich in das Wasserfass. Heißer Dampf stieg seinem Gesicht entgegen und zwang ihn, sich abzuwenden.

Er holte seine Waffe aus dem Wasser und stellte mit Freude fest, dass die Bohrungen unter einer dünnen Schicht schimmernden Glanzes verborgen lagen.

»Nochmal und das Ganze etwas schneller!«, grunzte Adrok.

Taron wiederholte die Prozedur fünfmal bis der Schmied die bandagierte Hand hob. »Das reicht. Ildrum, stell den Krug zurück in die Brennkammer.«

Sie warteten so lange, bis der Taurenschmied erneut das Zeichen gab, den Ofen zu öffnen und das Spiel mit dem breiteren Ende von neuem begann. Nachdem Taron seinen Kampfstab weitere vier Male gehärtet hatte, gebot ihm der Minotauer erneut innezuhalten und forderte Taron mit einer harschen Handbewegung auf, ihm das Stück zu überreichen.

Adrok wog die Waffe in der Hand, beäugte sie von allen Seiten und nickte schließlich, wobei der Hauch eines Lächelns über seine Lippen zuckte. »Er ist besser als erwartet geworden. Nimm ihn mal und vollführe ein paar Probeschläge.«

Taron nahm seinen Stab und trat ins Freie, begab sich in die neutrale Kampfhaltung und vollführte einige Stöße aus den ersten drei Katas und verharrte am Ende wieder in der Ausgangsposition. Das größere Gewicht war noch etwas ungewohnt, doch letztendlich waren die Bewegungen um einiges angenehmer als zuvor, was nicht zuletzt an der nun ausgeglichenen Gewichtsverteilung lag. Er wandte sich demütig Adrok zu und unterdrückte den Drang sich zu verbeugen. »Dankeschön, dass du uns bei der Perfektionierung der Waffe unterstützt hast.«

»Ich verzichte auf jegliche Dankesbekundungen.«

»Gibt es eine Möglichkeit, wie ich mich erkenntlich zeigen kann?«

»Bringe den Mann um, der mir meine Hand nahm, diesen vermaledeiten gefiederten Todbringer, Gardon Uhlond.«

Taron nickte bedächtig. »Ich verstehe deinen Schmerz, aber es gibt nur einen der sterben muss und das ist Esthîon Adar.«

»Ja natürlich, warum solltet ihr auch einem alten Tauren einen solchen Gefallen tun? Typisch Mensch!«, schnaufte Adrok.

»Sollte sich der Jäger des Königs Taron bei seinem Vorhaben in den Weg stellen, werden wir ihn bezwingen«, versprach Barvo.

»Dann muss mir das wohl genügen.«

Taron spürte jemanden in seinem Rücken. Er wandte sich um und sah die Lichtgestalt Weredalls. »Ich sehe, ihr habt den Makel ausgemerzt. Sind eure Arbeiten beendet?«, fragte der Elfenvorsteher Erihars.

»Wir sind soeben fertig geworden«, bestätigte Adrok.

»So denn, Puldrus erwartet Taron am Übungsplatz.«

»Die Bengel müssen hier nur noch für Ordnung sorgen«, wandte der Schmied ein.

»Das können Barvo und Ildrum übernehmen, du weißt, dass man den Uldar nicht warten lassen sollte.«

»Nein natürlich, was wäre das bloß für eine Schmähung, wenn Puldrus ein paar Momente seiner Zeit vergeuden würde«, schnarrte Adrok. »Nun gut Taron, passe in Zukunft besser auf das gute Stück auf, ein weiteres Mal wirst du es wohl kaum reparieren können.«

Taron nickte dem Tauren und seinen beiden Freunden dankbar zu.

»Und Barvo, Ildrum, ihr kommt, wenn ihr hier fertig seid, zur Haupthalle. Wir arbeiten weiter an eurem Gedankenschutz.«

Aus Barvos Gesicht wich augenblicklich jegliche Farbe. Ihm schien es tatsächlich unmöglich, einen Wall in seinem Kopf zu errichten, während Ildrum immerhin schon kurz vor der Vollendung seines Schirmes stand.

»Nur Mut Barvo, mit jeder Übung kommst du dem Ergebnis näher«, ermutigte Taron ihn, der nur zu gut wusste, wie Barvo sich fühlte, denn mit der Beherrschung seiner Magie lief es ja fast genauso. »Viel Erfolg.«

»Dir auch.« Taron wandte sich um und lief zügig quer durch Erihar. Mittlerweile war die Sonne hinter schweren Wolken verschwunden, während ein frischer Wind aufgezogen war. *Ein gutes Wetter zum Üben.*

Unweigerlich glitten seine Gedanken weiter zu dem Herrscher Gonvalors, dies taten sie fast immer, wenn er für sich alleine war. Taron begrüßte dies, denn es half sein Ziel, Esthîon umzubringen, nicht aus den Augen zu verlieren. Der König war nach der Beerdigung seiner Männer abgezogen. Die Elfen vermuteten, dass er zurück nach Donnerhall gereist war. Bei dem Gedanken schüttelte Taron verdrossen den Kopf. *Vollkommener Unsinn. Er ist ein Jäger, der seine Beute noch immer nicht bekommen hat. Er lauert irgendwo dort draußen und wartet nur auf den richtigen Moment, um erneut zuzuschlagen.*

Er erreichte das Trainingsgelände, welches neben der Koppel lag und einen Platz zum Bogenschießen oder Messerwerfen und ein Lager mit mehreren Übungswaffen bot.

Lavina, Mira und Elwaran vollführten soeben einige Grundübungen mit dem Schwert parallel zu Gelador. Deren Abläufe erinnerten Taron sehr an die Stabkatas. Auch wenn die Bewegungen des Elitekriegers einem Tanz in vollkommener Harmonie glichen. Eine bekannte Freude stand in sein Gesicht geschrieben, die er nur zu gut nachempfinden konnte.

»Du kommst spät«, brummte eine Stimme neben ihm.

Taron zuckte erschrocken zusammen. Sein Blick glitt zu der massigen Gestalt Puldrus'. *Wie hat er es nur geschafft, sich mir unbemerkt anzuschleichen?* »Es hatte einen Grund.«

»Dein Stab ist repariert, nimm dir trotzdem erstmal ein Schwert.«

Taron ging zum Lager, nahm sich eine der Holzwaffen, begab sich in Position und begann sich dann im Takt Geladors zu bewegen. Er mochte den Wechsel aus fließenden Bewegungen und plötzlichen Verharrungen. Sie brachten seinen Körper zum Kochen und bereits nach wenigen Wiederholungen traten die Schmerzen in seinen Knochen in den Hintergrund.

Gelador beschleunigte das Tempo. »Bleibt konzentriert. Taron, Arm höher«, forderte der Elf und drehte sich. »Gleichgewicht halten und Ausfallschritt, Schlag, Schlag, Parade.« Der Schwertmeister nahm die Klinge in die Linke und schaute ihn und Mira an.

»Wir beginnen mit den Zweikämpfen«, befahl Gelador. »Lavina, du gehst zu Mira. Elwaran, du hast ein Auge auf die beiden. Taron, du kommst zu mir. Nimm dir einen Schild und versuche, deine Kräfte vorerst zu unterdrücken.«

Er nickte, schnappte sich einen der rechteckigen Schilde und trat

Gelador gegenüber. Jede Faser seines Körpers war angespannt. Gelador schlug von oben. Tarons linker Arm schnellte hoch.

»Nicht blocken, ablenken.«

Taron nickte. Sie hatten in den Wochen herausgefunden, dass bei nahezu jeglicher größerer Anstrengung das Medaillon automatisch Energie in ihn pumpte und seine Bewegungen dadurch unterstützte, was sich durchaus positiv auf seine Kraft und Schnelligkeit auswirkte. Es schien fast so, dass seit seinem Kampf mit Zelorag Dun vor dem Wald Avurins ein Tor durchbrochen war, das er beim Kampf nun kaum zu schließen vermochte. Die Macht wollte seine Bewegungen unterstützen. Dies nun zu kontrollieren kostete ihn einiges an Konzentration. Doch so sehr ihn die ganzen Übungen auch beanspruchten, hatte er es seit dem Kampf auf der Lichtung gegen Weldur Burak nicht vollbracht, einen dieser verheerenden Lichtimpulse zu erzeugen, egal wie sehr er sich anstrengte.

Taron setze zum Angriff an, doch seine Waffe schabte lediglich über den Schild Geladors.

Der Elf hüpfte zurück. »So wirst du König Esthîon nie bezwingen, wo auch immer er sein mag.«

»Meine Klinge wird ihren Weg finden!« Taron stach erneut zu. Sein Schwert wurde über die Schildkante abgelenkt.

Etwas prallte von unten gegen seine Schutzwaffe, wodurch Tarons Hand vibrierte. Er blickte hinab.

Geladors Fuß kam zum Vorschein. Die Waffe des Elfen traf Tarons Klinge und dann seinen Arm.

Die Hand des Novizen sprang auf und gab den Schwertgriff frei. Schmerz durchzog das Glied.

»Du hättest jetzt deine Hand verloren und wärst vermutlich tot«, erklärte der Elf stumpf.

»Der Tritt war gut platziert.«

»Wenn etwas Unerwartetes passiert, weich aus.«

»Ja«, Taron hob seine Holzklinge auf.

»Nochmal!«

Der Reigen begann von neuem. Der Elf bewegte sich eines Blattes im Winde gleich. Schwerter und Schilde prallten aneinander. Der Novize erhielt einen Schlag gegen sein Bein und fiel zu Boden.

»Nochmal!«, forderte der Elfenkrieger.

Taron stand erneut. Sie rangen kurz. Er bekam einen Tritt in den Hintern und stürzte erneut.

»Nochmal!«

Als nächstes entriss Gelador Tarons Schild und danach seine Waffe.

Ein Mensch kann gegen diese Kampfkunst nicht gewinnen.

Taron stemmte sich erschöpft auf sein Schwert und richtete sich wieder auf. Die Schmerzen in seinen Gliedmaßen waren zurückgekehrt und potenzierten sich zu allem Überfluss bei jedem weiteren Versuch. Der Elf atmete nicht einmal schwer. »Brauchst du eine Pause?«, fragte er.

»Nein«, antwortete Taron.

Gelador lächelte. »Du hättest auch keine bekommen.«

»Ich weiß.«

»Aber du kannst jetzt deine Magie einsetzen.«

»Gut.«

Die Waffen prallten aufeinander. Taron öffnete das Tor seines Medaillons und ließ die Kraft seinen Körper durchströmen. Seine Paraden wurden kraftvoller und Gelador langsamer. Angriff folgte auf Angriff. Taron zwang Gelador in die Defensive.

Der Elf grinste und hielt mit einer Reihe schneller Stiche dagegen. Endlich war es ein Kampf auf Augenhöhe. Sie fegten über den Platz.

Die anderen schauten den beiden gebannt zu.

Gelador vollführte eine Drehung und schlug mit der Schildkante gegen Tarons Schild. Das Schwert folgte und verfehlte nur knapp den Schwertarm des Novizen. Taron sprang zurück.

»Los, setze deine Gabe ein!« Der Elf drang weiter auf ihn ein. Immer wieder kollidierten Geladors Schwert und Schild mit der Schutzwaffe Tarons. Die Eleganz des Elfen verflog. Die Wucht seiner Angriffe erschütterte Taron und ließ seinen Arm taub werden. *Ich muss meine Macht einsetzen.* Er konzentrierte sich darauf, die Magie in seinen Arm fließen zu lassen. Nichts geschah.

Ein Schwerthieb traf Tarons Bein und riss es in die Höhe.

Taron landete unsanft auf dem Rücken und stöhnte: »Was war das für eine Technik?«

»Das war der aufsteigende Hengst«, grinste Gelador.

»Weil du weißt, wie gerne ich Pferde mag.«

»Ganz recht.« Gelador hielt Taron die Hand entgegen und half ihm auf. »Zum Ende hin wurdest du unaufmerksam.«

»Dein Angriff hat dazu einiges beigetragen.«

»Mag sein, aber hättest du deine Magie wie auf der Lichtung freigelassen, wäre der Sieg dein gewesen.«

»Bisher geschah es nur, wenn es gefährlich wurde. Ich kann es nicht erzwingen.« Unmut breitete sich in Taron aus.

»Nur können wir dich zum Trainieren schlecht nach Donnerhall oder zu den Schwadronen schicken. Du musst hier lernen, deine Macht zu nutzen«, sagte Gelador.

Betrübt rappelte sich Taron mit hängenden Schultern auf.

»Nein, wir können Taron nicht dem Feind aussetzen«, bestätigte Puldrus, ging zum Waffenlager und nahm sich eine Keule. »Trotzdem können wir dir eine entsprechende Situation bescheren. Auch mit Übungswaffen kann man einen Schädel zerschmettern.« Puldrus schwang das Holz, ein fast bestialisches Grinsen zeichnete sein Gesicht.

Taron lief es kalt den Rücken runter. *Ein Treffer damit...*

»Du kannst dir eine andere Waffe nehmen, wenn du möchtest.« In Puldrus` Augen funkelte die Kampfeslust.

Taron legte Schwert und Schild ab und nahm sich seinen Stab. Das Holz glitt durch seine Hände bis sie die metallene Legierung am breiteren Ende erreichten. Die erneuerte Waffe gab ihm Kraft, aber das bedrückende Gefühl vertrieb sie nicht. *Bitte Enura, lass mich deine Macht nutzen,* dachte er und begab sich in die ausgeglichene Grundhaltung.

Der Uldar brüllte, sprang nach vorn und schlug mit der Holzkeule zu. Taron wich zurück. Der Kampfschrei des Tauren dröhnte in den Ohren und ließ seine Brust vibrieren. Es folgte ein seitlich geführter Hieb. Taron führte ihn mit seinem Stab weiter und rollte zur Seite. Jede seiner Bewegungen schien jedoch etwas langsamer als gewöhnlich zu sein, das neue Gewicht seines Stabes machte sich doch bemerkbar.

Die Keule sauste hinab und grub sich in den Boden ein. Um ein Haar hätte Puldrus sein Bein getroffen. *Er meint es ernst.* Taron stach mit seinem Stab zu.

Der Taur riss seine Waffe nach oben. Es klirrte, als die Keule das metallene Ende von Tarons Kampfstab traf. Krampfhaft hielt er seine Waffe fest. Erde regnete hinab.

Puldrus streckte den Kopf nach vorne und grölte erneut. Seine Augen hatten sich weiß gefärbt.

Taron erstarrte. *Diese Augen hatten einige der Minotauren bei dem Kampf gegen die Schwadron gezeigt. Die Augen eines Berserkers.*

Der Uldar trieb den Novizen mit ausholenden Schlägen ins Unterholz des Waldes.

Er führte die Keule von schräg oben.

Taron drehte sich zur Seite und wich aus. Er spürte einen Baum in seinem Rücken. Puldrus setzte mit einem Stoß nach. Taron sprang zur Seite. Die Keule traf auf Rinde. Holz splitterte. Der Taur entließ ein bedrohliches Grunzen.

»Setze deine Macht ein!«, schrie Elwaran.

Der nächste Hieb traf den Stab und schleuderte Taron nach hinten. Er landete auf den Knien. Durch seine Arme brandeten stumpfe Schmerzen und Angst breitete sich in seinem Inneren aus. Nur mit Mühe behielt er seinen Kampfstab in den zitternden Händen. *Er ist außer Kontrolle.*

Taron schlug mit dem breiten Ende seines Stabes zu. Der Taur blockte den Angriff, als würde ein Blatt gegen einen Felsen fliegen. Der Novize setzte sogleich nach.

»Benutze deine Magie!«, rief Mira.

Taron traf Puldrus´ Brust.

Der Minotauer blieb unbeeindruckt und führte einen Hieb gegen Tarons Beine.

Dieser sprang hoch, zu langsam. Die Keule traf seine Fußspitzen. Er landete auf dem Rücken im Laub, wobei sich der Stab aus seinem Griff löste.

Der Taur hob die Waffe über seinen Kopf.

»Das reicht Puldrus!«, befahl Gelador.

Taron sah lediglich einen Schatten von oben auf sich zurasen und drehte sich zur Seite. Die Keule landete im Dreck, der Minotaur setzte nach.

»Halte ein!«, schrie der Elfenkrieger, welcher nun direkt hinter Puldrus stand. Er griff dessen Weste und riss ihn nach hinten.

Der Uldar drehte sich, seine Pranke prallte gegen den Brustkorb des Elfen und schleuderte ihn mehrere Schritt nach hinten.

Sogleich ging eine weitere Welle der Dunkelheit auf den Novizen nieder.

Taron rollte weiter, bis sich schließlich eine große Wurzel in seinen Rücken bohrte und sein Manöver schmerzhaft beendete, während sich spitze Nadeln durch seine Kleidung bohrten.

Der nächste Hieb schlug direkt vor seiner Brust ein und ließ den Boden erzittern. Erde schlug seinem Gesicht entgegen und trübte sein Augenlicht.

»Taron!«, drang Miras verzweifeltes Kreischen an seine Ohren.

Er blickte nach oben und sah den verschwommenen Uldaren wie einen Riesen über sich aufragen. Der Gigant holte erneut aus.

Taron stöhnte, hob den Arm und spürte, wie sich eine Welle in seiner Brust aufbaute und wie von selbst in seinen ausgestreckten Arm wanderte und daraus hervorbrach. Ein Lichtblitz erschien und Puldrus wurde einfach weggefegt. *Das ist es.*

Taron rappelte sich auf. Er keuchte und wischte sich über das schweißnasse Gesicht, wodurch seine Sicht etwas aufklarte.

Der Uldar lag am Boden, hinter ihm stand Gelador mit einem Fuß auf der riesigen Keule.

Elwaran entließ Mira aus seinem Griff. Sie stürmte auf Taron zu.

Hinter den beiden sah er Lavina und die halbe Bewohnerschaft Erihars.

»Taron, spüre in dich hinein, wie fühlt sich deine Macht an, halte sie fest«, befahl Gelador.

Taron hob abwehrend die linke Hand in Miras Richtung und schloss die Augen, obwohl dabei ein Stechen durch seine Lider fuhr. Stille umfing seinen Körper. Er spürte die Magie noch immer in seinem Arm flackern. Sie war einfach hineingesprudelt, nun strömte sie wieder davon, ganz langsam, zu seiner Brust hin. Dorthin, wo das Medaillon ruhte. *Ich muss die Magie festhalten.* Sie floss weiter ab. *Kehre zurück!* Seine Brustmuskeln, sein ganzer Körper spannten sich automatisch an.

Irgendwo in seinem Inneren schloss sich ein Tor und Wärme füllte seine Brust und verdrängte fast alle anderen Gefühle.

Die Magie stockte, verharrte, schien sich fast zu mehren.

Eine Spur des Glücks türmte sich in ihm auf. *Nun fließe zu meiner Hand.* Die Fülle der Macht flutete sogleich seiner Schulter entgegen. Taron öffnete die Augen. Sein Kopf lag auf der Brust, sein rechter Arm hing an seiner Seite und schimmerte weiß. Die Handfläche war nach oben zu einer Kralle geformt. Zwischen den Fingern erschien ein Funke. *Komm schon, gib mir mehr,* flehte Taron innerlich.

Der Strom in seinem Arm nahm zum. Impulse durchschossen seinen Körper. Der Lichtpunkt gewann an Masse und füllte die ganze Hand aus. Eine Macht, die er bisher nur selten gefühlt hatte.

Er wollte soeben seinen Arm heben, da explodierte das Licht zwischen seinen Fingern. Die Macht schleuderte Taron gegen eine nahestehende Klingenkiefer. Nadeln fielen hinab und schlitzten sein Gesicht und seine Hände auf. Die Energie schwand aus Taron, seine Schultern sackten zusammen. Er ging auf die Knie und schaute zum Himmel. Eine bekannte Kälte gepaart mit Taubheit umfing ihn.

»Danke«, hauchte er.

Mira glitt an seine Seite und schlang ihren Arm um ihn. »Alles gut bei dir?«, fragte sie.

Taron grinste schwerfällig. »Ja.«

Irgendjemand klatschte. Taron hob seinen Kopf. Es war Elwaran. Der Applaus wurde von Gelador und den Versammelten aufgenommen. *Warum? Ich habe doch versagt.*

Puldrus stand neben der Menge. Der rechte Arm des Tauren hing leblos hinab. Doch schien er wieder ganz er selbst zu sein…

Taron wurde mulmig zumute. *Haben sie alles mit angesehen?* Er hob die Rechte und kämpfte sich auf. Mira stützte ihn. Jede Faser seines Körpers schien ausgebrannt zu sein.

Lavina kam auf ihn zu und berührte seine Schulter. »Das war unglaublich Taron.«

»Danke.«

Mira und Lavina griffen Taron unter die Arme und brachten ihn zum Uldar. Der Jubel legte sich derweil.

»Das war beachtlich, Mensch.«

»Ich muss nur noch lernen, mich nicht selber in die Luft zu jagen. Puldrus, geht es dir wieder gut?«

»Der Arm ist nur taub.«

»Ich meine eher die Raserei.«

»Ach das, das war nichts.« Puldrus schielte hinüber zu Gelador. Dieser grinste breit.

»Du hättest mich fast getötet.« Taron war verwirrt.

»Nur fast,« griente Puldrus.

»Uldar«, rief jemand hinter der Menge. Fendelin die Elfenspäherin brach durch die vorderste Reihe der Schaulustigen und kam vor Puldrus zum Stehen. Sie war außer Atem.

»Was ist? Sprich!«, forderte der Taur.

»Esthîon und die Schwadronen sind gesichtet worden.«

Kapitel 2: Esthîons Schatten

Schon aus weiter Ferne spürte er eine Spannung, die sein gesamtes Sein erdrückte und die Trauer seines Herzens zu verzehren schien. Vers aus dem Buche Irus

Esthîon hatte sich nach seiner Niederlage in Avurin in die Hügellande des Novarion, welches dem Novaren Dellar gehörte, zurückgezogen und begonnen, eine neue Streitmacht zu rekrutieren. Noch hatte sie nicht die gewünschte Stärke. *Doch das wird sich bald ändern,* war sich der König sicher.

Nun war er nach Haldera zurückgekehrt, um von hier aus das weitere Vorgehen gegen die Elfen und Tauren zu planen. Soeben begab er sich mit Weldur zwischen die westlichen Hügel Halderas und betrachtete über die weite Ebene hinweg die östlichen Ausläufer des Waldes, in dem der Feind verborgen lag.

Dort liegt mein Ziel. Ein kalter Wind fegte über die Ebene, verfing sich in Esthîons blauem Gewand und ließ ihn leicht erschauern. Über seiner Schulter lag ein heller Pelz, welcher eher modischen Zwecken diente.

»Weldur, du hättest diesen verfluchten Taron einfach mitnehmen sollen.«

»In dem Moment war es wichtiger, Euch zu schützen.«

Esthîon schüttelte den Kopf. »Ich vermag es, mich selbst zu verteidigen. Ich bin kein Kind mehr!«

»Ich weiß. Entschuldigt, mein König.«

»Hätten wir nur ihn gehabt, hätte ich vielleicht nicht mehr diese Träume, aber verdammt, sobald ich die Augen schließe, erscheint dieser Bastard von Novize. Ich will ihn brennen sehen.« Esthîon schüttelte den Kopf. »Nein, ich will diesen ganzen Wald brennen sehen und alle darin Lebenden zu Onacra schicken.«

»Ich verstehe Euren Zorn. Ich spüre ihn ebenso.«

»Tut Ihr das?«

»Ja.«

»Seht Ihr jede Nacht, wie Eure Eltern ermordet werden?«

»Nein.«

»Dann könnt Ihr meine Gefühle nicht einmal ansatzweise verstehen.«

»Ich spüre, wie sie Euch belasten.«

»Wagt es niemals, in meinem Kopf zu schauen«, fauchte der König.

»Ich habe auf Eure Eltern geschworen, dies nie zu tun.«

Esthîon brummte zur Antwort. Er betrachtete von Ehrfurcht ergriffen den Wald. *Avurin ist ein Ungeheuer. Eines, das es zu zähmen gilt.* Dies war eine der Lehren aus dem Kampf mit den Avural. Er trat zwischen den Hügeln hervor.

Weldur folgte ihm.

»Gibt es etwas neues?«

»Wir haben eine weitere Zusage aus dem Novarion Krikors erhalten.«

»Wie viele Truppen schickt er?«

»Mindestens fünfzig.«

»Nur fünfzig. Haben wir bereits eine Nachricht von Schwadronal Dirod?«

»Noch nicht.«

»Sie alle haben mir die Treue geschworen. Da kann man doch etwas mehr Eile erwarten«, knurrte Esthîon aufgebracht. *Ich muss mich beruhigen, es sind noch keine drei Wochen vergangen, seit ich ihre Lehenstreue forderte. Sie werden kommen.* »Wie steht es um unsere Versorgung?«

»Die Karawanen treffen wie gefordert ein. Haldera ist weitaus besser als Lager geeignet, als der Platz in den Hügeln.«

»Ist Tee eingetroffen?«

»Nein, Xonanon ist weiterhin abgeriegelt.«

Esthîon ballte die Hände zu Fäusten, um ein Zittern zu unterdrücken. *Warum, warum muss dieser vermaledeite Xar ausgerechnet jetzt seine Grenzen schließen? Was geht da nur vor?* Fragen, die sich Esthîon schon häufiger gestellt hatte, doch bisher verbargen sich die Antworten vor ihm. Zumal jede Delegation, die er zur Klärung ausgesandt hatte, abgewiesen worden war. Ohne den ausländischen Sud fiel es ihm schwer, seine Gedanken zu ordnen. »Beschafft mir Tee. Schickt notfalls die Vierte aus!«

»Schwadronal Wrin war ursprünglich als Führer der Patrouillen eingeplant.«

»Eine Armee ist nur so stark wie ihr Kommandant und ohne Tee fühle ich mich schwach.«

»Ich tue alles in meiner Macht Stehende. Notfalls kratze ich jeden Krümel des Reiches für Euch zusammen.«

»König Esthîon, entschuldigt die Störung«, erklang die Stimme Hirenas hinter den beiden.

Esthîon und Weldur drehten sich um. Die Priesterin schien über den Boden zu schweben. Ein breites strahlendes Lächeln zeichnete sich zwischen ihren saftigen roten Lippen ab.

»Priesterin Hirena, ich hoffe ihr habt gute Nachrichten für mich«, sagte Esthîon.

»Mit Eurer Erlaubnis empfehle ich mich«, sprach Weldur und verbeugte sich so, dass Esthîon seinen eigenen Schatten auf dessen Glatze erkennen konnte.

»Nein Weldur, verweile!«, befahl Esthîon und hob die Hand in Buraks Richtung.

Sein General nickte.

»König Esthîon, wie befohlen habe ich den Orden Gwendlins über Euer Vorhaben in Kenntnis gesetzt. Ich erhielt soeben einen Brief…«, begann Hirena, stockte jedoch.

»Sprecht!«, forderte Esthîon.

Die Priesterin Ameas sah an dem König vorbei. Esthîon folgte ihrem Blick und erspähte einen Reiter, welcher von den Wäldern Avurins aus auf sie zuritt. Wie von selbst glitt seine Hand zum Schwert. Ohne Rüstung fühlte er sich nackt.

Der Körperbau des Reiters glich dem eines Elfen. Die Gestalt trug erdfarbene Kleidung, hatte offenes langes blondes Haar und saß auf einem braunen Pferd. Schließlich zügelte er sein Ross in etwa einer Meile Entfernung.

»Er sieht uns«, vermutete Weldur.

»Die Elfen können wissen, dass wir noch nicht aufgegeben haben.« Esthîon trat einen Schritt nach vorne und blickte auffordernd in Richtung des Spähers. »Wie viele Reiter wurden bereits ausgeschickt?«

»Etwa einhundert haben vor gut einem Strich begonnen, den Ring um Avurin zu schließen, weitere fünfzig befinden sich noch hier in Haldera«, sagte Weldur.

Der Elf auf der Ebene wendete sein Reittier und galoppierte zurück zum Wald.

»Gebt den Fünfzig Proviant und verstärkt die Patrouillen weiter, ich will, dass nicht einmal eine Wühlratte aus oder nach Avurin gelangt. Die Avural sollen unsere Stärke und Entschlossenheit spüren. Für alle weiteren Reiter, die kommen, gilt der gleiche Befehl.«

»Jawohl, ich werde mit Eurem Einverständnis die Wachen verstärken.«

Esthîon nickte mit einer gewissen Genugtuung. »Macht das. Hirena, Ihr wolltet mir noch eine Nachricht übermitteln.«

Die Priesterin der ewig Schlafenden Amea senkte ihr Haupt. »Der Orden der Göttin Gwendlins ist Eurem Vorhaben wohlgesonnen, wird jedoch nicht in die kriegerischen Handlungen eingreifen.«

Esthîon atmete schwer. Wut entflammte in ihm. »Weldur, Ihr dürft gehen.«

»Ja, mein Herr.« Der General verbeugte sich und ging zügigen

Schrittes Richtung Haldera.

»Hat der Orden mitgeteilt, warum sie sich nicht beteiligen wollen?«

»Nein.«

»Sie bräuchten von ihrem südlichen Kloster aus nicht einmal eine Woche bis hierher. Zudem wäre es mit ihrer personellen Unterstützung weitaus einfacher, die Novaren zu versammeln.« Esthîon fuhr sich mit der Hand durch das schwarze Haar. »Wie denkt Ihr darüber?«

»Ich glaube, sie halten sich wegen Taron zurück. Er ist ein Novize Neburs. Kein Orden möchte den Zorn eines Gottes auf sich laden. Wenn Taron von Nebur bestimmt handelt, wäre jede Einmischung ein Frevel.«

»Warum unterstützt Ihr mich dann?«

»Ich diene alleine Euch. Außerdem steht Amea den anderen Göttern weit weniger nahe.«

Esthîon nickte. »Alle Orden sollten meinem Befehl unterstehen. Solch Eigenmächtigkeiten müssen in Zukunft unterbunden werden.« Er starrte grimmig über die Ebene.

»Das Priestertum ist nicht ohne Grund von der Herrschaft entkoppelt. Kein König steht über den Göttern.«

»Das habe ich nicht gesagt, aber wer, wenn nicht ich steht direkt unter ihnen. Die Hohepriester müssen daran erneut erinnert werden.«

»Keiner der Orden wird ohne weiteres von der Macht ablassen, die sie besitzen.«

»Das wird sich zeigen, doch vorher werde ich mich mit den Avural befassen. Sind die Magiebegabten gefangen, folgt der nächste Schritt.«

Kapitel 3: Neue Pläne

Ungeachtet dessen kehrte er in den Kreis seiner Geschwister zurück. Doch ihre Uneinigkeit lastete schwer auf seinem Gemüt. Vers aus dem Buche Irus

»Wo wurde er gesehen?« Puldrus stampfte Fendelin entgegen.
»Die Nachricht stammt aus Merive. Weredall nimmt sie gerade auf«, berichtete die Elfenspäherin.
»Ihr alle geht wieder eurem Tagwerk nach«, richtete Puldrus die Stimme an die umstehenden Elfen und Tauren. Dann drehte er sich zu Taron und seinen Gefährten. »Ihr kommt mit.«
Taron humpelte, von Mira gestützt, dem vorauseilenden Uldar hinterher.
»Was hat das zu bedeuten?«, fragte sie.
»Das bedeutet, dass wir Esthîon eher besiegen müssen, als wir annahmen.« Die Taubheit zog sich allmählich aus seinem Körper zurück, an ihrer Stelle schwollen die Schmerzen in seinen Händen an. Zaghaft hob er die Arme und sah, dass die Klingenkiefernadeln teils fingerlange Schnitte hinterlassen hatten. Zwei steckten noch in seinem Fleisch.
»Ich verbinde dich gleich«, hauchte Mira.
Sie näherten sich dem von Flechtbäumen umschlossenen Turm.
»Geht in den Beratungsraum.« Puldrus und Gelador begaben sich zur Tür am Ende des Flures und verschwanden durch diese. Taron betrat das Zimmer, wo Barvo und Ildrum noch immer versuchten, ihre Gedanken zu verschleiern.
Der Feuerspucker saß an der hinteren Wand mit einem Teller auf dem Schoß und kaute. Er verschluckte sich und hustete, als er Mira und Taron erblickte. »Taron, was hast du denn gemacht?«
»Meine Fähigkeit eingesetzt.« Taron zuckte mit den Schultern, setzte sich unter eines der Fenster und glitt mit dem Rücken an einer runzligen Flechtbaumwand entlang. Alle außer Mira nahmen auf den ausgelegten Kissen Platz.
»Aber dass du dir vor Freude gleich die Hände zerfetzen musst.«
»Er hat sich gegen eine Klingenkiefer geschleudert«, winkte Elwaran ab. »Wir wissen, dass Esthîon von den Kundschaftern Merives entdeckt wurde. Wisst ihr mehr?«
Barvo schüttelte den Kopf und biss von einer schmalen Salami ab. »Ich weiß nicht mal, wo Merive liegt.«

»Es ist eine Siedlung an der Ostgrenze Avurins«, erklärte Elwaran.

Ildrum kratzte sich das schwarze Haar. »Endete dort nicht einst die ehemalige Handelsstraße?«

»Als es noch Handel gab, zwischen Merive und Haldera herrschte einst großer Austausch«, bestätigte der Elf.

Mira erschien wieder und trug eine kleine Schale mit Wasser und eine graue Tasche bei sich. Sie reinigte die Wunden Tarons, zupfte vorsichtig die Nadeln heraus und verband dessen Hände.

Eine Elfe eilte den Flur entlang, kurz darauf betraten Puldrus, Gelador und Weredall mit versteinerten Mienen das Zimmer und setzten sich so, dass alle sie sehen konnten.

»Der König hat den Kreis erneut um uns geschlossen und er ist enger gestrickt denn je«, begann Weredall.

»Also sind meine Befürchtungen wahr geworden«, raunte Taron.

Fendelin richtete sich etwas auf, »Wir haben den König und seine Männer drei Tage lang verfolgt. Ihr Tross ist schnurgerade Richtung Osten gezogen. Wir hatten angenommen, er sei nach Donnerhall geflohen.«

»Anscheinend kann der Gute wohl doch nicht genug von uns kriegen«, brummte Barvo und handelte sich einen finsteren Blick von Lavina ein.

»Die Frage ist nur, wie will er uns bekommen?«, fragte Mira.

»Und wie können wir seine jetzige Position für uns nutzen?«, führte Lavina die Frage weiter aus. »In Donnerhall wäre er nahezu unerreichbar, aber hier ist er verwundbar.« Sie warf eines ihrer Wurfmesser in die Höhe und fing es so auf, als würde sie es jemandem in die Brust rammen.

»Ist bekannt, wie viele Truppen er nach Haldera geführt hat?«, fragte Ildrum.

»Wir haben Kundschafter ausgesandt, aber es gibt kein Durchkommen, jeder Hügel vom Flinkwasser bis zum nördlichen Soragebirge ist mit Spähern gespickt. Wir könnten in der Nacht weitere ausschicken, die das Lager inspizieren, aber ob wir die genauen Pläne Esthîon Adars in Erfahrung bringen können, ist ungewiss.«

»Elfen können vielleicht ungesehen bleiben, aber ungesehen zwischen Menschen agieren, ist etwas anderes«, erklärte Fendelin.

»Aus einem Fuchs wird halt kein Wolf«, grummelte Barvo.

»Charmant und zutreffend«, entgegnete Weredall.

»Ihr wollt, dass einer von uns das übernimmt? Jemand müsste sehr nahe an den König herankommen«, vermutete Mira.

Puldrus nickte bedächtig.

»Ich werde es tun. Ich habe zuvor schon in der dreckigen Wäsche von Novaren gewühlt, die des Königs sollte nicht viel anders sein«, erklärte sich Lavina bereit.

»Esthîon ist aber kein windiger Fürst, der dich zu seiner Belustigung eingeladen hat. Es könnten tausende Krieger in den Hügeln lauern«, sagte Ildrum besorgt.

»Die Ungewissheit ist doch gerade das Reizvolle daran. Außerdem bezweifle ich, dass der König in weniger als drei Wochen eine solche Streitmacht zusammenziehen könnte.«

Der Gedanke, Lavina alleine losziehen zu lassen, verursachte ein mulmiges Brodeln in Tarons Magengrube. »Ich werde dich begleiten, Lavina.«

Die Umwerfende deutete mit der Messerspitze auf ihn. »In diesem Fall ist es besser, wenn ich alleine gehe.«

»Es könnte sich die Möglichkeit bieten, Esthîon zu töten. Du weißt, dass wir nur so die Freiheit für die Begabten erlangen können. Ich werde die Gelegenheit nicht verstreichen lassen.« Taron führte seine Hände zu den Knien und richtete sich auf.

»Überstürztes Handeln kann töricht sein«, bedachte Elwaran.

»Esthîon Adar jetzt zu töten, wäre töricht.« Weredall nickte in Richtung seines Sohnes.

Elwaran wirkte über die Beipflichtung überrascht, woraufhin etwas Farbe aus seinem Gesicht wich.

Erschöpft schüttelte Taron das Haupt und brachte damit seinen Unmut zum Ausdruck. *Sie haben ja vermutlich recht, aber verdammt, was wenn Lavina entdeckt wird, danach könnte sich das günstige Fenster für immer schließen.*

Weredall ließ seinen Blick durch die Runde gleiten. »Wir haben euch die letzten Wochen auf den Kampf mit Esthîon und seinen Kriegern vorbereitet. Doch eine weitere Frage drängte sich uns auf«, der Elf schaute kurz zu Puldrus. »Was passiert danach?«

Verdutzt stockte Taron kurz der Atem. Die Tage seit der Schlacht auf der Lichtung waren so kräftezehrend gewesen, dass er sich nur auf das eine Ziel konzentriert hatte und dieses beinhaltete lediglich, seine Freunde und alle Magiebegabten von der Tyrannei Esthîon Adars zu befreien. Keinen Augenblick hatte er darüber nachgedacht, was aus dem Reiche Gonvalor werden würde.

»Vermutlich würde einer seiner engsten Getreuen, einer der Novaren, seinen Platz einnehmen«, erklärte Ildrum schulterzuckend.

»Oder Weldur«, Barvos Stimme strotzte vor Abscheu.

»Keiner der Fürsten würde einen anderen ohne weiteres als König akzeptieren. Es würde Krieg bedeuten«, mutmaßte Lavina.

»Sollen sie lieber Krieg gegeneinander als gegen uns führen«, Ildrum hob die Arme mit nach oben geöffneten Händen, »und wenn sie sich zerfleischt haben, sehen wir weiter.«

»Es würden so viele Unschuldige mit hineingezogen werden.« Mira schüttelte trübsinnig den Kopf.

»Bis zu Esthîons Tod herrscht ein Maß an Ordnung in Gonvalor. Diese sollte erhalten bleiben, bis die konkrete Nachfolge geklärt ist«, befand Gelador.

Taron hätte sich schelten können, dass er noch keinen Augenblick darüber nachgedacht hatte, was nach der Vollendung seiner Rache passieren sollte. *Wie konnte ich nur so verbohrt sein.* Er ballte die Hände zu Fäusten und wurde schmerzhaft an die Schnitte unter den Bandagen erinnert. »Es müsste ein neues System des Herrschens eingeführt werden.«

»Oder ein altes reaktiviert werden. Wisst ihr, wie vor der Zeit der Adar der König bestimmt wurde?« Weredalls Blick ruhte auf Taron. »Derjenige, der einen Silbertiger erlegte, durfte den amtierenden Herrscher herausfordern. Taron, du hast einen gesehen, ihn besiegt, wenn du dessen Fell vor Esthîons Füße legst, kannst du Anspruch auf den Thron erheben.«

»Dies sind Gesetze, die schon seit langem in Vergessenheit geraten sind. Außerdem hege ich arg Zweifel, dass ich ein guter König sein könnte.«

»Du wärst besser als der jetzige«, offenbarte Ildrum.

»Das ist auch nicht sonderlich schwer«, lachte Barvo und verputzte den Rest seiner Salami.

Taron musste schmunzeln. »Nein das Herrschen liegt mir nicht im Blut.«

»Was wäre, wenn Weldur König wird?«, fragte Elwaran.

»Weldur Burak berät Esthîon bereits sein gesamtes Leben lang. Er würde kaum einen Weg zu unseren Gunsten einschlagen«, befand Lavina.

»Es müssen beide fallen«, verkündete Puldrus und schlug dabei die behaarte Faust auf seinen Oberschenkel, »aber wer soll danach den Thron besteigen?«

»Gibt es denn keinen Novaren, der vernünftig genug ist?«, fragte Mira.

»Wir kennen nahezu alle Novaren. Keiner von ihnen ist der Krone würdig«, entgegnete Lavina.

»Vielleicht jemand vom Widerstand?«, Barvo nickte Lavina zu.

Diese zuckte mit den Schultern. »Ich kenne keinen aus der Führung der Kontrakar. Aber ihr kennt sicherlich jemanden?« Sie sah fragend zu Puldrus und Weredall.

»Nur Inako«, Puldrus faltete die Hände und führte sie zu seinem Mund.

»Inako? Sie gehört einem der unteren Herrschaftshäuser an«, sagte Ildrum.

»Sie ist eine Naverin«, bestätigte Elwaran, »und gehört dem Widerstand an.«

»Bei Irus Flammen, das hätte ich nie gedacht«, Barvo war sichtlich überrascht.

»Wurde Gonvalor schonmal von einer Frau regiert?«, fragte Gelador.

»Das gab es seither nur einmal. Königin Kelseylia Adar musste hart dafür kämpfen und regierte nicht lange«, erklärte Taron.

»Welche Möglichkeiten gibt es noch?«, fragte Puldrus.

Eine trübsinnige Stille legte sich auf den Raum, wie der Morgentau im Herbst in den Gärten Yewabors, erstarrend und kalt.

»Was macht den König zum König?«, zerriss Barvo schließlich das Schweigen.

»Allein seine Geburt«, antwortete Ildrum.

»Man müsste ihm ein Kind unterschieben«, sagte Mira.

»Wenn es der König nicht vor seinem Tode als seines anerkennt, hat das Kind keinen Anspruch«, wandte Lavina ein.

»Man müsste herausfinden, mit wem der König Liebschaften pflegt«, sagte Weredall.

»Hat er so etwas überhaupt?«, fragte Taron zweifelnd.

»Ich weiß es nicht. Sicher wäre es nur, wenn einer unserer Allianz ihn verführen würde«, erklärte Lavina.

»Dafür würde nur Naverin Inako infrage kommen. Sie ist die einzig vertrauenswürdige«, sagte Weredall.

»Aber sie gehört dem unteren Adel an, würde das überhaupt funktionieren? Und was ist, wenn Weldur etwas merkt?«, wandt Mira ein.

»Es gab schon Könige, die mit Naverinnen anbandelten, aber du hast recht, Inako würde mehr als nur ein bisschen mit ihrem Leben spielen«, mutmaßte Lavina.

»Dieses Vorhaben würde uns Monate kosten und am Ende wäre es zu ungewiss, ob die Naverin und der König den ewigen Bund eingehen würden«, erklärte Taron.

»Wir wissen, dass die Novarin Livillia mit dem König liebäugelt, aber Esthîon soll, was die Frauenwelt anbelangt, wie ein Eisklotz sein«, gab Lavina preis.

»Dann müssen wir wohl beten, dass Inako das Herz des Königs erwärmen kann. Ich werde ihr eine Nachricht zukommen lassen«, sagte Weredall.

»Wie willst du das durch die Belagerung hindurch anstellen?«, fragte Taron.

»Wir haben noch Wege, durch den Ring hindurch nach außen zu kommunizieren«, ließ Puldrus verlauten und ließ seinen Blick im Raum schweifen. »Habt ihr noch Ideen, wie die Nachfolge von Esthîon aussehen soll?«

Erneut legte sich der Reif des Schweigens auf alle Anwesenden. Auch Taron zermarterte sich den Schädel. *Es muss eine Möglichkeit geben, das Land nach dem Fall des Königs zu stabilisieren, ohne das Leben der Naverin aufs Spiel zu setzen.* Es wollte ihm jedoch keine Lösung einfallen.

»Bitte denkt darüber nach«, bat Weredall, »zuvor müssen wir klären, wie du zum König gelangen willst, Lavina.«

»Zum König zu kommen, wird schwer. Die Gefahr ist zu groß, dass er oder seine Wachen mich erkennen. Für gewöhnlich gibt es Diener oder die Bewohner Halderas, die bereitwilliger sein werden, mir etwas über die Pläne Esthîons zu erzählen. Schwierig wird es nur, die Ebene zu überqueren, aber dies sollte im Schutze der Dunkelheit möglich sein.«

»Doch vorher musst du noch zu Srinares und deine Fähigkeiten der Gedankenverschleierung unter Beweis stellen«, bestimmte Weredall.

»Natürlich, ich bin bereit aufzubrechen.«

»Ihr alle werdet euch nach Tredar zu der Gedankenleserin begeben und Fendelin wird euch begleiten.« Puldrus' Augen blieben auf Taron ruhen. »Du wirst allerdings hierbleiben.«

Missmutig sank ihm sein Kopf auf die Brust. »Ich verstehe.«

»Du bist die mächtigste Waffe gegen die Streitkräfte des Feindes. Eine Waffe, die noch geschliffen werden muss. Vier Tage Trainingsausfall kannst du dir nicht leisten.«

Taron nickte nur.

»Gut, ihr trefft euch morgen nach dem Frühstück hier. Habt einen schönen Abend«, Puldrus verließ den Raum gefolgt von den Elfen.

»Eine Drei-zu-eins Betreuung von Puldrus, Gelador und Elwaran. Taron, du bist nicht zu beneiden.« Ildrum atmete schwer und geräuschvoll aus.

»Es stört mich eher, euch alleine gehen zu lassen. Das letzte Mal als wir uns getrennt haben, lief mächtig schief«, offenbarte Taron.

»Ich würde dir liebend gerne Gesellschaft leisten. Wo ich doch Srinares nichts vorzuweisen habe und vermutlich nie etwas vorweisen werde«, sprudelte es förmlich aus Barvo heraus.

»Oh doch, du bist ein Teil in der Gleichung zum Sieg über Esthîon«, entgegnete Lavina selbstsicher, »und auch du wirst lernen, deine

Gedanken zu verbergen.«

»Ich werde dir dabei helfen, Barvo. Komm, wir üben noch einmal vor dem Abendmahl«, sagte Taron.

Barvo nickte zögerlich, während die anderen in den Speisesaal verschwanden.

Kapitel 4: Halderas Kriegslager

Kelsey die Führerin beschwor ihre Brüder und Schwestern, ihre Schaffenskraft nach ihrem Willen zu nutzen. Vers aus dem Buche Kelseys

Lavina und Fendelin ritten nach dem Treffen mit der Gedankenleserin Srinares weiter nach Merive, der Siedlung, welche Haldera am nächsten war.

Lavina hatte sich in der dunkelsten Stunde der Nacht von der östlichsten Elfensiedlung Avurins aus auf den Weg über die Ebene hinweg zu den Hügellanden begeben und diese ungesehen erreichen können. Fendelin war in der Elfensiedlung geblieben und sollte im Falle einer übereilten Flucht ihren Rückzug decken. *Hoffentlich wird es nicht so weit kommen.* Nun huschte sie zwischen den Hügeln hindurch, stets ihre Umgebung im Blick haltend. Weitere Lichter, die von Spähern zeugen konnten, erblickte sie nicht. Doch schließlich läutete ein oranger Schimmer im Osten den Beginn des Tages ein. *Ich muss mich beeilen.*

Im Morgengrauen, während der Stunde Drumars, sah sie einige Zelte vor sich. *Ein Lager.* Die Wände bestanden aus Leinen. Schnüre endeten an hölzernen, in die Erde getriebenen Pflöcken und hielten die Behausungen gespannt. Lavina begab sich auf einen der Trampelpfade. *Ich bin die Frau eines Händlers.* Ihr Äußeres hatte sie bereits vor ihrem Aufbruch verändert und sah nun gewiss mehr als zwanzig Sommer älter aus. Doch sollte sie in Weldurs Reichweite gelangen, würde ihre Verwandlung sie keineswegs schützen können.

Sie durchquerte das Lager und sah die unterschiedlichsten Schilde an den Zelten. Ehrbare Kaufleute, aber auch zwielichtige, Schenken, Schausteller, Schmiede und ein Freudenhaus mit dem zwölfgezackten Stern Ysabes. Noch waren kaum Personen auf den Wegen, doch jedes Mal, wenn jemand ihren kreuzte, zog sich das Herz in ihrer Brust zusammen und ließ ihren Atem stocken. Glücklicherweise wurde ihr keinerlei Beachtung geschenkt. *Ich habe mich bereits zuvor bei Festen eingeschlichen, dies ist nicht viel anders.*

Umso tiefer Lavina in die Zeltstadt vordrang, desto mehr Wappen verschiedener bekannter Naveren prangten über den Eingängen. Zunächst begab sie sich scheinbar wahllos durch die Reihen der Kriegerzelte, zählte sie und versuchte zu schätzen, wie viele Männer sich darin verborgen hielten. Jedoch füllten sich allmählich die Wege, wodurch ihre Anspannung wieder stieg. Von manchen Männern wurde sie betrachtet, als wäre sie ein Fremdkörper. Steif schritt Lavina weiter und versuchte sich nichts anmerken zu lassen.

Am Rande des Hauptlagers erkannte sie drei große, mit Holzbarrikaden abgetrennte Bereiche. Über den torähnlichen Eingängen waren die Wappen der Novaren Nendor, Enari und Levillia befestigt. Allesamt große Häuser. Sie hatten an ihren Pferde vor den Lagern angebunden stehen oder ließen sie auf Koppeln grasen. Nach gut einem Viertel Strich hatte sie das ganze Lager durchquert. Konzentriert überschlug sie ihre Schätzungen. *Etwa vierhundert Mann im Lager, etwa vierzig Pferde. Wofür braucht der König so viele Truppen, wenn nicht für Krieg?*

Sie ging mit gesenktem Kopf weiter in Richtung Haldera. Auf halber Strecke stellte sich ihr jemand in den Weg. Lavina blieb wie angewurzelt stehen und musterte den Mann. Er war groß, hatte ein breites, mürrisches Gesicht, trug eine Axt und eine mit Nieten besetzte Lederrüstung ohne Abzeichen. *Soll es das schon gewesen sein,* dachte sie zweifelnd. Lavina legte ihren Kopf schief, sie fasste ihren Stab fester, während ihre andere Hand zu dem Griff der am Unterarm befestigten Klinge wanderte und schaute ihr Gegenüber fragend an.

»Weib, du bist hier bereits das dritte Mal vorbeigekommen. Kann ich dir weiterhelfen?«, sprach er mit tiefer Stimme.

»Vielleicht, ich suche die Lagerverwaltung für die Händler«, krächzte sie.

»Das liegt im äußeren Lager, die Straße runter, ein großes Zelt links an der Straße.« Der Mann deutete in die entgegengesetzte Richtung, aus der Lavina soeben gekommen war.

»Dankeschön«, sagte Lavina, machte auf dem Absatz kehrt und trottete wieder zurück. Mit jedem Schritt, den sie tat, löste sich ihre innere Anspannung ein wenig.

»Warte, Frau.«

Lavinas Herzschlag beschleunigte sich. Sie verharrte.

»Ich kenne dich doch irgendwoher.«

Sie drehte sich halb um. »Das höre ich oft, mein Mann ist Händler und wir bereisen ganz Gonvalor, vielleicht kennt Ihr mich von einem der Märkte.«

»Gut möglich.«

Lavina ging weiter zum Lagerrand und spürte, dass die argwöhnischen Augen des Mannes noch immer auf ihr ruhten. Erst als sie aus dessen Sichtweite war, atmete sie gelassener. *Auf dem Hauptweg werde ich wohl nicht nach Haldera gelangen.* Sie schlängelte sich durch die Zelte der Kaufleute, schlug einen Bogen und begab sich dann parallel zur Hauptstraße wieder nach Haldera. Vor ihr erschienen die hölzernen Behausungen. Vor diesen standen Zelte mit dem Wappen des Königs, dem schwarzen gehörnten Pegasus auf blaurotem Grund. *Hier lagern Esthîons Schwadronen.* Doch keiner der Krieger war zu sehen, lediglich fünfzehn Pferde standen auf einer Koppel.

Krumm und auf ihren Stab gestützt, hinkte sie an den Zelten vorbei. Das Dorf bestand aus nicht mehr als ein paar Holzhütten, einem großen Platz mit Brunnen und einer großen Halle, über deren Tür das Königsbanner wehte. *Hier irgendwo muss sich Esthîon aufhalten.* Bürger des Dorfes gingen die Wege entlang, von den Wächtern des Herrschers fehlte jede Spur. Lavina lehnte sich gegen eines der Häuser, sodass sie die Halle und einen Großteil des Dorfes im Blick hatte, aber selbst im Schatten verborgen blieb. *Nun heißt es warten.*

Die Zeit verging. Das Dorf erwachte zum Leben. Nahrungsmittel wurden von einem Ort zum anderen transportiert. Boten eilten zur Halle und wieder davon. Enttäuscht stellte sie fest, dass weder Esthîon noch sein Berater sich blicken ließen. *Ich muss sehen, was in der Halle geschieht.*

Steif verließ sie ihren Posten und umrundete das große hölzerne Gebäude.

Es gab keinen zweiten Eingang und die Fenster würde sie beim Eindringen zerstören. *Vielleicht gelange ich ja über das Dach hinein.* Hoffnungsvoll entfernte sie sich etwas von der Halle, doch da oben gab es keine Fenster, höchstens einen Kamin, durch welchen sie kaum passen würde.

Ernüchtert begab sich Lavina wieder zu ihrer Wand. Da öffnete sich das Portal. Heraus trat Weldur Burak, in eine hellgraue Tunika gekleidet. Er überschaute den Marktplatz. Lavinas Herz begann zu rasen. *Ich suche nur das Handelskontor. Ich suche nur das Handelskontor…* dachte sie immer wieder.

Weldur schritt über den gepflasterten Platz in Richtung des Lagers. *Ihm zu folgen wäre reiner Selbstmord.* Sie verharrte reglos, bis der Berater des Königs verschwunden war.

Eine Frau etwa in Lavinas Alter, in einer schwarzen Priesterrobe, betrat die Halle und kurze Zeit später folgte ein älterer, in Dunkelblau gekleideter Priester der Göttin Kelsey. *Fehlt nur noch ein Priester der Göttin Gwendlin.*

Sie vernahm aus weiterer Ferne rhythmische Geräusche. Das Schlagen von Holz auf Holz gepaart mit dem Rufen einer Vielzahl männlicher Stimmen. Irgendjemand brüllte immer wieder Befehle. *Sie trainieren,* erkannte Lavina.

Der Priester und die Priesterin traten aus der Halle und gingen in getrennte Richtungen ohne sich eines weiteren Blickes zu würdigen.

»Entschuldigt?«, erklang die Stimme einer Frau neben ihr.

Lavina drehte sich zu ihr. Die Frau war jung, mit dunklen Augenringen. Sie hatte ein Baby im Arm, welches zu schlafen schien. Lavina nickte zaghaft.

»Ihr steht schon sehr lange hier, kann ich Euch irgendwie weiterhelfen?«

»Ich habe mir lediglich den Rücken verrenkt und muss ein wenig ausruhen«, keuchte Lavina.

»Soll ich Euch die Heilerin holen? Sie kann Euch gewiss helfen.«

»Die Ruhe hat mir gutgetan. Ich glaube, es geht schon wieder.«

Lavina richtete sich auf und humpelte in Richtung des Lagers.

»Ich wünsche Euch gute Besserung«, sagte die Frau.

Lavina hörte, wie hinter ihr das Tor zur Halle knarrend aufschwang. Sie spähte zurück und sah Esthîon heraustreten. Er trug eine blaue, einfache Tunika, wirkte jedoch wie ein Schatten des Mannes, den Lavina auf der Lichtung in Avurin gesehen hatte. Seine Haare waren zerzaust wie ein Vogelnest, die Augen gläsern und auf seinen Schultern schienen Steine zu liegen.

Der König begab sich in ihre Richtung, weshalb Lavina in die nächstgelegene Gasse bog und sich im Schatten eines Hauses verbarg.

Esthîon zog an ihr vorbei, flankiert von zwei seiner Schwadronenkrieger. Jede seiner Bewegungen, die er tat, wirkte verkrampft, während sein Antlitz zerknirscht und von Härte gezeichnet war. *Könnte er krank sein?* Hoffnung schwang in dem Gedanken mit.

Seine Wachen schritten hingegen trotz ihrer Rüstung fast anmutig dahin.

Lavina folgte ihnen so unauffällig wie möglich durch die Zeltstadt. Leicht gebeugt umrundete sie die Behausungen der Krieger und Händler. Sie kamen dabei den Schlaglauten und dem Gebrüll immer näher.

Der König verließ die Zeltstadt und trat in eine Talkreuzung. In dieser tummelten sich eine Vielzahl von Kriegern. Lavina schob sich hinter eines der letzten Zelte und setzte sich auf den Boden.

Die Männer trugen Schilde mit unterschiedlichen Wappen und Farben, die meisten hatten Holzschwerter in den Händen. Sie übten das Vorgehen im Schildwall. Zwei langgezogene, drei Reihen starke Phalangen trafen soeben entlang der Talsohle aufeinander. Es wurde geschrien, gehackt und geschlagen. Esthîon schritt zu dem Lavina gegenüberliegenden Hügel empor auf einen Gerüsteten zu, es war Orwenar Dirod.

In der Mitte war Gewusel ausgebrochen. Von den Schlachtreihen war nichts mehr zu erkennen.

»Halt«, rief der dritte Schwadronal.

Sein Befehl wurde aufgenommen und die Kampfhandlungen eingestellt.

»In Formation antreten!«, befahl Orwenar. Einige Männer hoben ihre Waffen und riefen Befehle, die Lavina nicht verstand. Es bildeten sich insgesamt sechs Truppenverbände á fünfzig Mann. *Dreihundert Krieger insgesamt und dann noch einmal bis zu zweihundert in den Hügeln.* Vor jedem Verband stand ein Führer, welcher wartete, bis sich sein Trupp geordnet hatte und wandt sich dann Orwenar zu.

»Ich habe den Feind kämpfen sehen. Sie bildeten eine Einheit, dies war ihre Stärke. Um die Avural zu bezwingen, müssen wir wie die Festungsmauer Donnerhalls zusammenstehen. Habt ihr das verstanden?«, rief der Kommandant.

»Jawohl, Schwadronal Dirod.«

»Dann zeigt dem König, was ihr gelernt habt. Verbände eins bis drei und vier bis sechs in doppelter Schildwallformation gegenüber. Vorwärts!«

Die Verbandsführer hoben ihre Speere und riefen Befehle. Die Truppen lösten sich förmlich auf. Es wirkte chaotisch, doch kurz darauf standen sich zwei geschlossene Formationen gegenüber. Sie näherten sich zaghaft an und prallten dann wie zwei Stürme aufeinander.

Lavina war fasziniert. *Wir müssen Esthîons Streitmacht ernst nehmen.* Ihre Aufmerksamkeit richtete sich auf einen Reiter, welcher im westlichen Tal heranritt. Sie rumpelte die Augen. *Das ist kein Reiter, nein, ein Zentauer aus Lunærra.* Sein Oberkörper war menschlich, während er ab der Hüfte einem Pferd glich. Vom Wuchs her stand er den Tauren in nichts nach. Der gesamte Körper war in nietenbesetztes Leder gehüllt. Auf seinem Rücken kreuzten sich zwei Schwerter.

Lavina richtete sich auf. Der Zentauer verlangsamte seine Geschwindigkeit, als er zur Talkreuzung kam und schaute sich um. Sein Gesicht war schmal, die Augen falkenartig, während seine Ohren leicht angespitzt in die Höhe ragten.

»Halt! Verbände eins bis sechs in Formation antreten.«

Die Männer sortierten sich wieder. Einige blieben am Boden liegen und wurden von ihren Kameraden aufgehoben. *Sie gehen selbst beim Üben keineswegs zimperlich vor.*

»Ich will mit dem König sprechen, wo ist er?«, rief der Zentaur mit einem eigenartigen Akzent, wobei seine ungewöhnlich spitz wirkenden Zähne zum Vorschein traten.

»Den habt Ihr gefunden«, rief Esthîon.

Der Pferdemann ritt den Hügel hinauf, Staub wirbelte hinter seinen

Hufen auf. Er kam vor dem König zum Stehen und senkte den Oberkörper. Die beiden sprachen miteinander, was Lavina jedoch nicht verstand, auch von den Lippenbewegungen her vermochte sie nicht zu erkennen, was gesagt wurde.

Etwas anderes erregte ihre Aufmerksamkeit.

Eine Gestalt in einer grauen Tunika mit einer Glatze trat aus der Zeltstadt und schritt an ihr vorbei zum Hügel.

Die Angst entdeckt zu werden stieg ins Unermesseliche. *Weldur.* Sie überschlug die Entfernung zu ihm. *Eigentlich sollte ich weit genug weg sein.*

Trotzdem wich Lavina weiter zurück und kauerte sich hinter einem Zelt zusammen, die Augen auf den Berater des Königs gerichtet. *Ich bin nur die Frau eines Händlers, nur das und nichts weiter,* wiederholte sie in Gedanken.

Der General blieb keine zehn Schritt von Lavina entfernt stehen. Er drehte seinen Kopf ganz langsam zu ihr. Ihre Blicke trafen sich. Ein süffisantes Lächeln umspielte seine Lippen. »Spion!«, schrie er und riss seinen Arm nach oben.

Verflucht seist du, Lavina zog ein Messer aus ihrem Ärmel und riss es an der Seite ihres Kleides nach unten. Wie aus einem Kokon schälte sie sich daraus und warf das Messer Weldur entgegen. Ungewiss, ob die Klinge traf, sprang sie eines abgeschossenen Pfeils gleich auf und raste zwischen den Zelten hindurch. Die Menge hinter ihr geriet sogleich in Bewegung.

»Bringt sie mir lebend!«, schrie Esthîon.

Lavina rannte quer durch die Gassen, hüpfte über Stricke und Pflöcke, stolperte und rappelte sich wieder auf. In ihren Lungen entflammte ein Feuer. *Ich brauche ein Pferd. Die meisten befanden sich in den Novarenlagern.* Sie spurtete die Hauptstraße entlang. Hinter ihr drängten sich die Verfolger, junge Burschen mit langen Beinen.

Das nächstgelegene Kriegslager war das des Novaren Enari. Sie sprintete zu dessen Zelt, wovor einige Pferde angebunden standen. Sie warf ein Messer und zerteilte das Seil, mit dem ein Schimmel befestigt war. Die Pferde daneben wieherten. Lavina sprang auf das Ross und riss an dessen schwarzer Mähne. Es gab einen schmerzerfüllten Laut von sich, stieg auf und preschte sogleich voran.

Lavina warf einen Blick zurück und sah, wie gerade der Zentauer die vorderste Reihe der Verfolger durchbrach. Sie bohrte die Fersen in die Flanken des Tieres und drosch mit der Hand auf dessen Kehrseite ein. »Los, weiter!«

Die Hütten Halderas und die große Halle flogen an ihr vorbei. *Wäre ich doch nur zuerst dort hineingegangen,* schelte sie sich innerlich selbst und glitt sogleich zwischen den letzten Hügeln durch und war auf der flachen Ebene.

Lavina blickte zurück. Hinter ihr erschienen mehrere Reiter, sie gestikulierten wild und schrien, was Lavina nicht verstand. Ihre Aufmerksamkeit richtete sich zum Himmel. Ein Zischen zerschnitt die Luft. *Ein Pfeil.* Lavina beugte sich übers Pferd und machte sich so klein sie konnte.

Ein brennender Schmerz durchfuhr ihre linke Schulter. Sie stöhnte auf, blickte zurück und sah einen weiß gefiederten Pfeil hervorragen. *Verfluchter Gardon.* Von dem Schützen selbst war keine Spur zu sehen.

Zwischen den Reitern tauchte der Zentauer auf. Unaufhaltsam preschte der Pferdemann voran. Das Gesicht hatte sich zu einer ungeheuerlichen Fratze verformt. Ihr Verfolger schrie, wobei ihm der Geifer aus dem Maul spritzte, während er immer näherkam.

Lavina schaute wieder nach vorne. Sie hatten erst die Hälfte der Ebene überquert. Die Qualen, die von ihrer Schulter ausgingen, trübten ihre Sicht, während die blutige Nässe bereits bis zu den Beinkleidern vorgedrungen war. Sie krallte sich mit der Linken in die Mähne des Tieres und spähte erneut zurück.

Der Zentauer holte weiter auf. Sie zog ein Wurfmesser aus ihrer Weste und schleuderte es dem Verfolger entgegen. Ein erstickter Schmerzensschrei drang zwischen ihren Lippen hervor.

Der Zennen wehrte die Klinge mit seinem metallenen Unterarmschutz ab. Er schrie fauchend wie ein Raubtier und zog die beiden Schwerter. Seine Augen weiteten sich und wirkten noch wilder als zuvor.

Lavina warf Messer um Messer dem Pferdemann entgegen. Das Stechen in der Schulter ließ ihre Gedanken verklären. Der Zentauer wehrte die Klingen ohne große Mühe mit seinen eigenen ab. Doch er bleib auf Abstand.

Wenige hundert Fuß vor dem Wald Avurins erschienen einige große Gestalten, die ihr zuwinkten und etwas riefen, was sie nicht verstand. Lavina richtete das Pferd in die entsprechende Richtung aus. Sie ließ ein weiteres Messer durch ihre Finger gleiten und tastete ihre Weste ab. *Keine mehr da.*

»Verdammt«, hauchte sie, strich sich durchs Haar, nahm eine Haarnadel, zog ihr letztes Messer aus dem Unterarm und legte beide übereinander. Sie sah sich um. Der Zennen war fast in Schwertreichweite. *Ein letzter Wurf.* Ihr Arm schnellte zurück. Die Klingen des Verfolgers schnellten nach vorne. Das Messer wurde abgewehrt, die Haarnadel bohrte sich in den Bauch des Pferdemannes.

Dieser strauchelte, griff sich an den Einstich und fauchte eines Tigers gleich. Lavina hatte die Waldgrenze fast erreicht. Tauren und Elfen bildeten eine Gasse. Sie preschte hindurch. Sogleich schloss sich der Weg hinter ihr.

»Halt«, rief die vertraute Stimme Berians.

Lavina zog an der Mähne des Hengstes. Schlitternd kam der Schimmel zum Stehen. Lavina drehte sich um. Der Weg wurde durch Tauren mit großen Schilden und Speeren versperrt. Dazwischen standen Elfen mit gespannten Bögen.

»Verfluchte Rindsschädel«, spuckte der Zentaurus aus. Die restlichen Reiter Gonvalors zügelten hinter ihm ihre Tiere.

»Pferdemensch, du stehst an der Grenze Avurins. Ein Schritt weiter und du stirbst«, rief Berian, Uldarin Merives.

»Weißes Ungetüm von einer Kuh, dein Blut wird köstlich schmecken«, er zeigte seine spitzen Zähne und deutete mit dem Schwert auf die Taurin. »Aber nicht heute, genießt euer Leben solange ihr könnt.«

Der Zennen tänzelte zur Seite, herabtropfendes Blut bedeckte seine Vorderläufe. Der Krieger Lunærras wandte sich um und ritt zurück zu den Hügeln. Die anderen Verfolger schrien einige Beleidigungen und folgten schließlich dem Pferdemann.

Berian kam zu Lavina. »Deine Schulter muss sich jemand anschauen.«

»Es geht schon. Gut, dass ihr hier wart.«

»Was hast du herausgefunden?«

»Der Feind zieht Massen an Truppen zusammen, es wird Krieg geben«, hauchte Lavina, den Blick starr auf Haldera gerichtet.

Kapitel 5: Der Vertrag

Die Götter leisteten Widerstand und stellten sich der eisernen Faust Kelseys entgegen. Vers aus dem Buche Kelseys

Weldur Burak schritt in die rustikale, dunkle Haupthalle Halderas. Das Lager war gewachsen. Mit jedem Tag dehnte es sich immer weiter aus und verschlang mittlerweile die umliegenden Täler. Die Männer der Novaren und Naveren wurden täglich geschliffen und allmählich formte sich aus dem zusammengewürfelten Haufen eine Streitmacht, die man auch als solch eine bezeichnen konnte.

Esthîon saß an dem großen Tisch, in dessen Mitte ein Modell von Avurin und den angrenzenden Landen aufgebaut worden war und aß. Sie hatten ihre Routinen aus Donnerhall bezüglich der Besprechung beim Frühstück des Königs beibehalten, auch wenn Weldur selbst selten bei diesen Gelegenheiten zu speisen pflegte, freute er sich doch jedes Mal auf einen guten Becher Wein, der ihm dahingehend bereitgestellt wurde.

Sein Blick glitt von dem reichlich gefüllten Tisch zu Esthîon, welcher lediglich noch ein Bruchstück des einstigen Herrschers Gonvalors war. Seine schwarzen Haare glänzten fettig, unter den Augen lagen dicke dunkle Ringe und sein Rücken wirkte krumm. *Er sieht von Tag zu Tag schlechter aus.*

Der König schaute auf. »Setzt Euch, Weldur«, befahl er trocken.

»Sehr gerne.«

»Wo bleibt mein Tee?«

»Ich arbeite daran. Hat mein Schlaftrunk nicht geholfen?«

»Würde ich sonst fragen?«, hakte der König nach und umklammerte den Messergriff, als wollte er die Klinge herauspressen.

»Amea quält Euch, vielleicht ist es an der Zeit, der Schlafenden abzuschwören. Augenscheinlich will sie Eure Gedanken vergiften.«

»Nur Hirenas Hartnäckigkeit habe ich es zu verdanken, endlich ein Bild von Taron gesehen zu haben. Wenn ich ihn habe, wird es mir besser gehen. Wo bleibt mein Tee?«

»Ich habe noch keine Nachricht von Imdrir erhalten. Es ist möglich, dass er oder meine Lieferanten aufgegriffen wurden.«

»Ach Weldur.« Der König lehnte sich im Stuhl zurück und schüttelte den Kopf.

»Gehe dem nach!«

»Jawohl mein König.«

»Wie sehen die neuen Zahlen aus?«, Esthîon nahm eine staatsmännische verkrampfte Haltung an und fixierte mit seinen rot geäderten Augen Weldur.

»Wir haben im Lager etwa vierhundert Mann. In den Hügeln etwa zweihundertfünfzig beritten als Späher.«

»Funktioniert die Rotation?«

»Die Posten werden regelmäßig neu besetzt.«

»So etwas, wie mit dieser verfluchten Lavina, darf nicht nochmal passieren. Ich will, dass nicht einmal eine Maus in die Hügellande gelangt«, wiederholte der König den Befehl, den er in den letzten Tagen bereits mehr als einmal verkündet hatte.

»Ich habe den Reitern aufgetragen, besonders in der Nacht aufmerksam zu sein und verstärkt zu patrouillieren«, erklärte Weldur, nahm sich zaghaft einen Becher verdünnten Wein.

»Haben Eure Befragungen im Lager etwas Neues ergeben?«

»Lediglich, dass die Begabte am Morgen kurz vor ihrer Entdeckung hier in der Nähe der Halle gesehen wurde. Ob sie hier in der Halle und in Euren Gemächern war, konnte mir die Zeugin jedoch nicht sagen.«

Esthîon nickte. »Wie läuft die Ausbildung der Truppe?«

»Schleppend, die meisten sind keine ausgebildeten Krieger.«

»Ich werde sie heute inspizieren. Vielleicht hilft es ihnen, ihren König zu sehen.«

»Gewiss, ich habe eine Nachricht erhalten, die Euch freuen wird, zu hören. Die Söldner Lunærras und ihr Anführer Chanurak werden in nicht einmal zwei Monaten hier eintreffen.«

»Sehr gut, gibt es etwas Neues von den Novaren.«

»Es fehlen leider noch immer über die Hälfte.«

»Mittlerweile ist es über einen Monat her, dass ich sie gerufen habe. Wir müssten sogar von Novar Ulbra von Eberthal Bescheid bekommen haben.«

»Sie haben dieselben Bedenken, wie jene, die unserem Ruf gefolgt sind.«

»Ich bin ihr König, sie unterstehen meinem Befehl und müssen gehorchen.« Esthîons Stimme wurde mit jedem Wort lauter.

»Die Novaren sind untereinander zerstritten und haben allesamt Angst vor ihren Nachbarn.«

»Novar Nendor ist der Einzige, der mir vernünftige Männer gebracht hat und das, obwohl er schon am meisten für diesen Krieg geblutet hat. Dieser verblödete Enari hat doch kaum mehr als einen Teil seiner Garde gegeben und bei Levillia sieht es kaum besser aus. Denkt sie tatsächlich, ich würde ihre Hand nehmen, wenn sie lediglich bereit ist, ihren kleinen Zeh zu opfern?« Esthîon schlug mit der Faust auf den

Tisch.

Die Wachen der ersten Schwadron zuckten zusammen.

Weldur schwieg.

»Sprecht mit den Novaren und findet heraus, was sie im Tausch für ihre Truppen wollen, vielleicht könnt Ihr etwas arrangieren, was ihre Bedenken davonfegt.«

»Das werde ich.« Weldur griff zur Karaffe, um sich nachzuschenken.

»Sofort!«, befahl Esthîon.

Weldur Burak sah Esthîon kurz an. Des Königs Miene war eisern. Er stand auf und verließ raschen Schrittes die Halle.

»Und danach kümmert Ihr Euch um den vermaledeiten Tee!«, rief der König ihm hinterher, ehe der General hinaus ins Licht trat.

Weldur verharrte einen Moment. *Es dient alles einem höheren Zweck.* Er atmete einmal durch. Die frische Luft durchströmte seine Lungen, wobei er ein angenehmes Ziehen verspürte und sich etwas freier fühlte. Weldur begab sich zur Zeltstadt. *Wenn die Streitmacht ihre Zielgröße erreicht hat, wird sich das Heerlager weit über die Täler und Hügel ausgebreitet haben.*

Weldur ging an der optischen Abgrenzung des Novaren Nendor vorbei, woraufhin zwei Männer in Rüstungen auf ihn zutraten.

»Guten Morgen, General Weldur Burak«, begrüßte ihn der kleinere der beiden.

Weldur spürte Aufrichtigkeit und kaum Missgunst in ihm, weiter wollte er nicht in den Geist des Mannes vordringen. »Guten Morgen, ich gedenke mit Novar Nendor zu sprechen.«

»Seid Ihr angemeldet?«

»Mein Besuch ist spontan.«

»Wir werden es für Euch übernehmen. Wartet bitte hier.«

»Könntet ihr bitte ebenfalls die Novaren Levillia und Enari herkommen lassen?«

Der schmächtige Krieger nickte. »Darf ich sonst noch etwas für Euch tun?«

»Nein.«

»Einen Moment bitte«, sagte der Redensführer, bedeutete der größeren Wache mit einer Handbewegung, die anderen Novaren zu benachrichtigen, welcher sich sogleich in Bewegung setzte.

Die Wache verschwand in einem Zelt und sandte augenscheinlich einen Boten zur Behausung Nendors aus und kam danach wieder zu Weldur geeilt.

»Möchtet Ihr vielleicht noch etwas trinken?«, fragte der Gardist.

Weldur Burak schüttelte das Haupt und wandte sich dem Zeltlager zu. *Wie vermag ich es nur, alle Novaren von den Plänen des Königs zu überzeugen?* Er durchkämmte seine Erinnerungen, doch es schien in der schier unendlichen Masse keine zu geben, bei der ein ähnlicher Fall gemeistert wurde. *Ich muss den Novaren etwas geben, das ihre Zweifel zerstreuen lässt. Was könnten sie noch wollen, außer Macht und die Sicherheit, diese zu erhalten. Dies gilt es herauszufinden…*

»General Weldur«, unterbrach die Stimme des Gardisten seine Gedankengänge, »Novar Nendor benötigt noch etwas Zeit, jedoch soll ich Euch zu seinem Beratungsraum geleiten.«

Weldur bedeutete der Wache vorauszugehen.

Sie begaben sich zu einem Zelt, welches fast so groß wie ein Haus war. Der Krieger schob das Tuch zur Seite und offenbarte Weldur das einladende Innere. Der Boden war mit rotbraunen Teppichen ausgelegt, auf welchem vier Holzstühle mit hohen Lehnen im Viereck angeordnet standen. Gegenüber dem Eingang befand sich ein Holztisch und daneben ein Ständer mit einer Rüstung.

Weldur empfand den Raum als sehr ansprechend. Er trat an den Tisch heran und betrachtete die darauf ausgebreitete Karte. Sie zeigte das Novarion Dellar mit allen angrenzenden Gebieten. Die Linie zu Avurin war jedoch durchgestrichen worden. *Er möchte sich den Elfenwald einverleiben.* Weldur schüttelte den Kopf. *Ich muss ihn davon abbringen.*

Der General vernahm sich nähernde Schritte. Entspannt blickte er zum Zelteingang.

Novar Nendor erschien, er trug eine weit geschnittene grüne Tunika, die seinen schmächtigen Körper zur Gänze verhüllte.

»Guten Tag General, ich hörte Ihr beruft in meinem Zelt eine Versammlung ein?«, seine Miene verriet keine Emotion.

»Novar Nendor«, Weldur verbeugte sich. Er spürte die Unsicherheit des Novaren, aber auch das Verlangen nach Macht. Nendor hatte bereits mehr als einmal Verhandlungen geführt, die am Ende seine Position gestärkt hatten. *Es wird schwierig, ihn zu überzeugen.*

»Setzen wir uns doch.« Nendor deutete mit seiner dünnen Hand auf einen der Stühle.

»Ich muss mich für diesen kurzfristigen Überfall bei Euch entschuldigen«, erklärte Weldur und ließ sich auf eines der Kissen fallen.

»Mir ist bewusst, dass ungewöhnliche Zeiten ungewöhnliche Maßnahmen erfordern.«

Weldur fühlte vorsichtig in den Geist des Novaren hinein und sah ihn beim Begrospiel sitzen. *Dies hatte er vor seinem Eintreffen getan.*

»Ich danke Euch für das Verständnis.«

Die Zeltplane wurde zur Seite geschoben, ein Gardist trat ein und verbeugte sich. »Novar Nendor, General Weldur, die Novaren Levillia und Enari sind eingetroffen.«

Die Genannten folgten seiner Ankündigung. Levillia war Anfang zwanzig, die jüngste aller Novaren. Weldur verspürte bei ihr stets eine gewisse Schüchternheit, auch wenn ihr Äußeres davon nichts offenbarte. Ihre Miene war fest und ihre blauen Augen wachsam. Die blonden lockigen Haare trug sie offen, wodurch ihr rundes Gesicht noch etwas runder wirkte, sonst war die Novarin eher von schlanker Statur und hatte ein Kleid aus weißem Stoff an.

Enari betrat hinter ihr das Zimmer und stellte einen klaren Gegensatz zu der lieblichen Levillia dar. Er war ein stämmiger Mann mit einem leichten Bauchansatz, während sein Gesicht kantig und von einem mächtigen Vollbart geprägt war. Der Novar trug einen braunen Lederharnisch und ein Schwert an der Seite und schien jeden Augenblick bereit zu sein, dieses auch zu ziehen.

In Enari loderten Wut und Hass, stellte der Berater des Königs entspannt fest. *Das sind Emotionen, mit denen ich umzugehen weiß.*

»Bitte setzt Euch,« sagte Weldur, stand jedoch selber auf.

»Darf ich Euch etwas zu trinken anbieten?«, fragte Nendor.

Die Novaren und Weldur verneinten.

»Ich muss Euch danken, dass Ihr einem derart kurzfristigen Treffen zugestimmt habt.«

»Es muss wichtig sein«, brummte Enari mürrisch.

Weldur sah die Szene eines Übungskampfes in dem Kopf des Novaren aufblitzen. »Der König möchte auf diesem Wege erneut seine Dankbarkeit zum Ausdruck bringen.« Bei Weldur flammte das Bild von der Karte Avurins auf. *Eine Erinnerung Nendors.* »Doch es geht um mehr. Dieser Krieg wird über das Schicksal Avurins entscheiden.«

»Warum spricht König Esthîon nicht selbst mit uns?«, fragte Levillia.

Vor Weldurs inneren Augen erschien eine Szene, bei der Levillia und Esthîon gemeinsam zu Abend aßen. »Dem König geht es leider nicht sonderlich gut.«

»Leider ist man kaum etwas anderes von ihm gewohnt«, schnauzte Enari.

»Wie soll nach Esthîons Meinung das Schicksal Avurins aussehen?«, überging Nendor die Äußerung des anderen Novaren.

»Die Avural haben den König bei einem Besuch angegriffen und damit gegen einen vor Jahrhunderten geschlossenen Vertrag verstoßen. Sie haben ihr Recht verwirkt, ihr überlassenes Land weiter zu besitzen.«

»Wir wissen, dass es nicht nur darum geht«, zischte Enari.

»Es ist der Hauptgrund. Die Gefangennahme der Begabten ist für den König ebenso wichtig wie die Wiedereingliederungen der Ländereien.«

»Ihr wisst, ich unterstütze den König mit allen Mitteln«, erklärte Nendor.

»Ja, warum bloß?«, fragte Enari herablassend. Die Blicke der beiden Novaren trafen sich, die Luft dazwischen schien aufgeladen. Ein Bild, wie Novar Enari gerade den Kopf eines Steppenkriegers vom Körper trennte, blitzte in seinen Gedanken auf. *Warum müssen sich die Novaren nur gegenseitig so hassen.* Weldur hob beschwichtigend die Hände. »Ich bin hier, um mit Euch darüber zu sprechen, wie jeder Novar einen Anteil erhalten kann und jeder motiviert ist, dem Vorhaben beizuwohnen. Bisher sind zu wenige der Aufforderung des Königs gefolgt.«

»Ich möchte ehrlich mit Euch sprechen. Die äußeren Novaren können sich im Grunde kaum leisten, mehr Männer für einen Krieg abzuziehen. Die Angst vor Angriffen äußerer Mächte, sei es Xonanon, Raivor oder das südliche Savanak, ist zu groß. Zudem ist die innere Bedrohung durch die Begabten allgegenwärtig«, erklärte Levillia.

Weldur sah eine Erinnerung Levillias, wie sie mit ihrem Stadthalter über die Beteiligung an diesem Krieg sprach, wobei sie vereinbarten, lediglich das Minimum an Truppen mitzunehmen.

»Wir drei haben alle unsere eigenen Gründe, warum wir an diesem Krieg teilnehmen. Für die anderen Novaren gibt es keine derartigen Anreize«, sprach Nendor nüchtern.

»Was Euer Ziel ist, wissen wir ja, doch ich werde schon achtgeben, dass Euer Stück vom Kuchen nicht zu groß wird«, sagte Enari schief lächelnd.

»Ein Streit um Ländereien entzweit uns doch mehr, als er uns eint«, versuchte Levillia zu schlichten.

»Mit wem Ihr Euch vereinen wollt, ist mir klar. Doch glaubt mir, liebe Levillia, selbst wenn Ihr eintausend Krieger stellen würdet, würde Euch der König nicht in sein Bett nehmen, solange er seine Dämonen nicht bezwungen hat.« Enari grinste böse.

Levillia funkelte den Novaren an, was selbst Weldur einen leichten Schauer über den Rücken laufen ließ. Die Novarin setzte zu einer Erwiderung an. Doch Weldur hob beschwichtigend die Arme. »So kommen wir nicht weiter. Mir schwebt etwas anderes vor. Ich möchte alle anderen Novaren ebenfalls an dem Reichtum Avurins beteiligen.«

»Eine gleichmäßige Verteilung, wie stellt Ihr Euch das vor?«, fragte Nendor.

»Avurin soll ein eigenständiges Novarion werden, mit einem von den Novaren gewählten Führer, der aus dem unteren Adel der Naveren kommen soll. Dieser wird für eine festgelegte Zeit als Dank für den Besitz allen Novaren eine Schuld zahlen. Ist die Schuld getilgt, gehört dem neuen Novar sein Reich.«

»Das hört sich vernünftig an«, befand Levillia.

»Doch wird es die Angst der Novaren um ihre Reiche nicht nehmen«, wandte Enari ein.

»Ich weiß, daher wird in dem Vertrag eine weitere Passage stehen. Der König und alle Novaren werden nach den Kriegshandlungen gegen Avurin gemeinsam mögliche andere Gefahren für Gonvalor ausmerzen.« Weldur klatschte dumpf in die Hände.

»Euer Gerede erinnert mich an manch alte Weise, die von Verbundenheit sprechen. General, solche Bande gibt es nicht mehr«, verwarf Enari den Vorschlag.

»Sie können und werden neu geschmiedet werden.«

»Nur um nach Kurzem wieder zu zerbrechen?«

»Sie werden lange genug halten, bis im gesamten Reich Ruhe eingekehrt ist.«

»Ich werde hierbleiben und mir das Spektakel mit Freuden anschauen«, sprach Enari.

»Ihr werdet mehr tun, Ihr alle.«

Levillia und Nendor richteten sich in ihren Stühlen auf.

»Was verlangt Ihr von uns?«, fragte die Novarin.

»Ich werde an alle Novaren eine Erklärung schicken, in der ich die genannten Maßnahmen beschreibe und Ihr werdet diese mit Siegel unterschreiben. Sollte kein weiterer Novar dem Ruf des Königs folgen, werden die Reichtümer Avurins unter Euch dreien und dem König aufgeteilt, entsprechend der Männer, die jeder von Euch ins Feld geführt hat.«

Über Nendors Gesicht zog sich ein Lächeln.

»Weldur, niemand der bei Verstand ist würde mit den Kräften, die uns zur Verfügung stehen, ein Reich wie Avurin angreifen, das wäre reiner Selbstmord«, erklärte Enari.

Nendor und Levillia nickten leicht.

Weldur sah vor seinem inneren Auge Enari auf dem Boden liegen, ein Schwert ragte neben seinem Kopf in die Höhe. *Sie stellen sich gegen mich. Also muss ich sie wohl doch etwas zwingen müssen.* »Wenn Ihr Esthîon nicht folgt, werde ich Euch persönlich entmachten und an Eure Stelle einen willigeren Vasallen setzen oder noch besser, Euer Reich zerschlagen und die Ländereien anderen Novaren anvertrauen.«

»Ihr bedroht mich? Und das, obwohl ich nur meine Männer schützen will und wohlgemerkt Eure Männer auch.« Enari schaute zu Nendor und Levillia, welche etwas eingeschüchtert schienen.

»Der Schutz des Reiches ist genauso wichtig, wie der unserer Männer.«

Enari schaute zwischen Levillia, Nendor und Weldur umher und schüttelte das Haupt. »Gegen die Elfen und Tauren in den Krieg zu ziehen, ist verrückt.«

»Ich habe gegen sie gekämpft, mit genügend Gerüsteten ist es möglich, ihre Reihen zu zerschlagen«, wehrte Weldur ab.

»Wir kämpfen für eine gute Sache?«, fragte Levillia.

Wenn sie wüssten. Weldur nickte. »Das tun wir.«

Enari sah zweifelnd zu ihr und dann zu Weldur. »Euer Rat bezüglich der Begabten war stets vernünftig, ich folgte ihm, wie alle anderen Novaren es auch taten«, er atmete rasselnd aus, »ich werde Euch mehr Truppen und mein Siegel zur Verfügung stellen. Allerdings solltet Ihr wissen, ich vertraue Eurem Wort, nicht dem des Königs.«

»Das genügt mir.« Weldur sah zu Nendor.

»Meine Unterstützung ist Euch gewiss«, bestätigte dieser.

»Ich werde weitere Krieger herkommen lassen«, bestätigte Levillia.

»Gut.« Weldur spürte bei den drei Novaren etwas mehr Zufriedenheit und ließ sich in seinen Sitz zurückgleiten. »Die nächsten Monate werden ereignisreich, sollten wir siegreich sein, wird der König nicht vergessen, wer seinem Ruf zuerst gefolgt ist.«

»Das wollen wir hoffen, Weldur. Habt Ihr noch etwas?«, fragte Enari.

»Nein, bezüglich weiterer Kriegsvorbereitungen werde ich Euch in den nächsten Tagen Bescheid geben.«

»Ich empfehle mich.« Enari stand auf und nickte den anderen kurz zu und verließ das Zelt.

»Einen schönen Tag den Herren noch«, sprach Levillia und folgte Enari.

Als die Zeltplane hinter den beiden Novaren zurückfiel, richtete sich Nendor in seinem Stuhl auf. »Ich hätte gerne einen Teil Avurins. Allein die Ebene würde schon helfen, den Kornbedarf meines Volkes ausreichender zu decken.«

»Ich weiß und es tut mir leid, dass ich Eurer Bitte nicht entsprechen kann. Avurin wird einen neuen Herrscher bekommen. Vielleicht könnt Ihr mit ihm über etwas Land verhandeln.«

»Das werde ich wohl müssen. Welche Rolle spielt der König bei der Wahl des neuen Novaren?«

»Vom Stimmrecht her genauso wie die Novaren.«

»Es ist nur so, es gibt da einen, den ich gerne vorschlagen würde.«

»Wenn es soweit ist, werde ich alle Vorschläge entgegennehmen.« Weldur stand auf und begab sich zum Ausgang. »Bis dahin müssen wir nur noch einen Krieg gewinnen.« Er drehte sich um. »Danke für Eure Gastfreundschaft. Ich werde Euch für die nächste Unterredung einen Boten zukommen lassen. Mögen die Götter über Euch wachen.«

»Über Euch ebenso.«

Weldur trat ins Freie. Schwere Gewichte glitten von seinen Schultern. Es war eines seiner unangenehmeren Gespräche mit den Novaren gewesen und er war froh, es hinter sich gebracht zu haben.

Das liebgewonnene Geräusch von Waffen, die auf Schilde trafen, drang an seine Ohren. *Esthîon wollte den Übungen beiwohnen. Ich sollte ihm berichten.* So begab er sich Richtung Übungsplatz, in der Gewissheit, seinem großen Ziel einen Schritt nähergekommen zu sein.

Kapitel 6: Die Kraft des Medaillons

Der Krieg der Götter schien unausweichlich. Kelsey wusste, dass dies nicht ihre Bestimmung war und so harrte sie aus. Vers aus dem Buche Kelseys

Taron rannte zusammen mit Mira, Ildrum, Barvo und Gelador um Erihar, es war die zehnte Runde. Nun gelangten sie wieder an den Übungsplatz. Taron hatte sein Medaillon ablegen müssen und spürte daher die gleiche Erschöpfung wie die anderen. Das einzig Gute war, dass sie Barvo dabeihatten und sich an seinem Lauftempo orientierten. Doch Gelador spornte ihn gnadenlos an und trieb ihn zu Höchstleistungen.

»Halt! Waffen ziehen!«, schrie der Schwertmeister, »Barvo zu Taron und Mira zu Ildrum.«

Taron zog seinen metallverstärkten Kampfstab und Barvo zwei Keulen. Die Waffen prallten aufeinander. Barvos Paraden waren halbherzig und kraftlos. *Er kann sich kaum noch auf den Beinen halten. Sollte ich es einfach beenden?* Taron stellte sich auf seinen Kampfpartner ein und trainierte mit ihm die Bewegungen, die sie gelernt hatten.

»Kämpft ernsthaft!«, befahl Gelador.

Barvo wirkte betrübt und nickte nur. Taron schloss für einen Moment die Augen, wischte die Keulen mit dem breiten Ende seines Stabes zur Seite, vollführte einen Ausfallschritt und schlug gegen die Beine des Feuerspuckers, welcher in sich zusammenbrach.

»Komm schon, weiter Barvo!«, forderte Gelador.

»Wirklich, es geht nicht mehr«, schnaufte er.

»Komm, wachse über dich hinaus«, presste Ildrum hervor, der die Angriffe Miras mit seinen beiden Äxten abwehrte.

Taron hielt ihm die Hand hin. Der Unverbrennbare griff sie, ließ sich aufhelfen und der Tanz begann von Neuem.

Taron spürte selbst, wie seine Hiebe immer schwächer wurden. Es war der zwanzigste Übungskampf des Tages und das ließ seine Muskeln erlahmen.

»Kämpft vernünftig.«

Barvo traf Tarons Seite, dieser taumelte und griff sich an die Rippe. Der Gambeson hatte verhindert, dass Knochen brachen, aber die Stelle würde gewiss blau werden. Der Feuerspucker witterte seine Chance und schlug erneut zu. Taron wich zurück und setzte zum Gegenangriff an.

Das dünne Ende seines Stabes traf Barvos Oberschenkel. Im selben Augenblick spürte Taron einen Schlag gegen seine Brust. Die Luft drang aus seinen Lungen. Keuchend fiel er zu Boden.

Die massige Gestalt Barvos türmte sich über Taron auf. Doch auch sein letzter Hieb zeigte nun Wirkung und der Feuerspucker landete neben ihm im Dreck.

»Ich habe gewonnen«, stöhnte Barvo.

»Gleichstand«, zischte Taron.

»Ihr habt beide versagt«, befand Weredall, welcher an der Koppel stand und ihr Treiben beobachtet hatte.

»Das reicht für heute.«

Mira und Ildrum hielten inne und trotteten auf die am Boden Liegenden zu und setzten sich daneben.

»Es war härter als sonst«, raunte Mira.

Taron nickte nur, während sein Blick wie von selbst zu der Bank wanderte, auf der seine Habseligkeiten lagen. *Mit dem Medaillon hätte ich besser durchgehalten.* Er robbte auf allen vieren hinüber und nahm es an sich. Sogleich schien die Magie die Schmerzen seines gepeinigten Körpers zu vertreiben.

Taron betrachtete jeden einzelnen seiner Kameraden, kämpfte sich hoch, ging hinüber zu Barvo, kniete nieder und legte das Medaillon auf dessen Brust.

Dieser schlug die Augen auf, während der weiße Stein schimmerte. »Ich fühle mich besser. Wie schafft dieses kleine Ding das nur?«, fragte er.

»Auf der Lichtung hatte das Medaillon deine Heilung verstärkt. Erschöpfung ist nicht viel anders.«

»Srinares sagte zu uns, dass wir alle deine Kräfte erhalten könnten und diese gehen mit dem Talisman einher«, erklärte Mira.

Taron zuckte mit den Schultern. »Er ist die Quelle meiner Fähigkeiten. Aber sie zu kontrollieren ist einfach unglaublich schwierig. Ich bin mir nicht sicher, ob es weise ist, dass ihr euch ebenfalls auf diesen Pfad begebt.«

»Wenn ich ihn nehme, würden mich die Elementare wahrscheinlich nur umso schneller finden«, äußerte Ildrum betrübt.

»Du könntest damit die nächste Stufe deiner Kontrolle erreichen«, sagte Weredall und nickte Taron zu.

Er hielt Ildrum das Medaillon entgegen.

Dieser zögerte, ließ ihn dann jedoch auf seine Hand gleiten. Ildrums Daumen glitt über den weißen matten Stein, während seine Augen von dem Kleinod gefesselt schienen.

Alle Blicke waren auf ihn gerichtet.

»Spürst du etwas?«, fragte Mira behutsam.

»Ich fühle mich besser, aber da ist noch was.« Ildrums Unterlippe bebte beim Sprechen, während sein Gesicht wie versteinert schien. »Stimmen. Wie ein Säuseln im Wind.« Er griff sich mit der freien Hand an den Kopf und war im Begriff, das Medaillon wegzuwerfen.

»Lass sie verstummen. Konzentriere dich auf das Hier und Jetzt, wie du es geübt hast«, forderte Weredall.

Ildrums Arm verharrte in der Bewegung, seine Hand umklammerte das Kleinod, doch wirkte es, als wäre er gezwungen, eine heiße Kohle gefasst zu halten. Verkrampft schloss er die Lider. »Ich versuche es.«

Vollkommene Stille herrschte auf dem Übungsplatz, eine ungewohnte Spannung lag in der Luft. Nur das zaghafte Rascheln der Blätter war zu hören, während von Ildrums kreidebleichem Gesicht Schweißperlen tropften.

Er öffnete wieder die Augen. »Ich habe die Kontrolle.«

»Möchtest du versuchen, die Magie aufzunehmen?«, fragte Gelador.

Ildrum nickte.

»Betrachte das Medaillon als ein Tor, welches du öffnen musst.«

Er starrte auf den Talisman, doch nichts geschah.

»Vielleicht musst du ihn dir umhängen.«

Ildrum führte das Band mit angespannten Muskeln über seinen Kopf, sodass das Medaillon auf seiner Brust zum Liegen kam, doch der Stein blieb matt.

»Mir hatte er sich auch nicht sofort offenbart«, sagte Taron, »schließe einmal die Augen und konzentriere dich auf ihn, er ist ein Tor, durch das Magie in deinen Körper strömt.«

Ildrum schloss die Augen, seine Mimik wirkte fest. Nach kurzer Zeit öffnete er die Augen und schüttelte den Kopf. »Bei mir scheint es nicht zu funktionieren.«

»Vielleicht sollte ich mal Puldrus holen, der weiß, wie man jemanden dazu bringt, Magie zu entfesseln«, warf Barvo grinsend ein.

»Ich glaube, darauf kann ich heute gut verzichten«, entgegnete Ildrum.

»Ich würde es ganz gerne einmal probieren«, sagte Mira.

Der Axtkämpfer überreichte ihr das Medaillon.

Mira überkreuzte die Beine, sie legte sich das Medaillon um den Hals und schloss die Augen. Der Talisman wirkte geradezu wild auf der eleganten grünen Tunika, die sie trug. Ihr Gesicht wirkte entspannt. Das braune Haar fiel ihr über die Schultern, während eine Strähne einen Teil ihres Brandmals verdeckte. »Es ist unglaublich«, hauchte Mira ehrfürchtig und atmete einmal tief ein. Der Stein begann im gleichen Moment zu leuchten. Sie riss die Augen auf und atmete aus. Ein paar kleine Lichtpunkte lösten sich wie Staub aus ihrer Haut und verschwanden sogleich wieder.

Taron verschlug es vor Staunen die Sprache. *Mira muss ebenso erledigt sein wie wir und trotzdem gelingt es ihr so einfach? Vielleicht wäre das Medaillon in ihren Händen besser aufgehoben,* dachte er betrübt.

»Habe ich es tatsächlich geschafft?«, fragte sie verwirrt.

»Scheinbar schon. Du hast geschimmert, fast wie Taron, wenn er kämpft«, verkündete Ildrum euphorisch.

»Ich fühle mich... gut, ausgeruht und ich konnte all diese Gräser spüren, bis hin zu den Bäumen.«

»Wenn wir alle die Kraft des Medaillons beherrschen würden. Wir hätten eine solche Macht«, sagte Ildrum begeistert.

»Doch sind wir auch bereit, mit dieser Macht umzugehen?«, fragte Mira zweifelnd.

»Wir würden sie für das Gute einsetzen und Esthîon damit zu Fall bringen«, Taron schob seine letzten Gedanken zur Seite, kniete neben Mira und berührte sie sanft an der Schulter.

»Es gibt nur ein Problem. Wir haben nur einen Talisman«, wandt Barvo ein.

»Das heißt, wir müssten wohl mehr von diesen Steinen oder Medaillons finden«, sagte Mira und gab Taron das Schmuckstück zurück.

»Leider gibt es diese Art Steine nicht in Avurin«, erklärte Weredall.

»Habt Ihr eine Idee, wo wir sie finden können?«

Weredall schüttelte den Kopf. »Ich könnte allerdings weitere Nachforschungen in Auftrag geben.«

»Ihr seht nicht glücklich aus«, befand Taron.

»Eigentlich ist es nichts, aber als Mira den Stein nutzte, hat sie die Magie, genau wie du es tust, zu sich gezogen. Alles ist von Magie umhüllt und befindet sich in einem gewissen Einklang. Normale Begabte stören dies ein wenig, denn diese Art Energie aufzunehmen, ändert die gesamte Umgebung. Es fühlt sich falsch an und ich will mir nicht vorstellen, wie es sich anfühlt, wenn fünf Begabte die Magie derart nutzen.«

»Das tut mir leid«, sagte Taron.

»Es ist einfach nur eigenartig, aber da es für euch eine Quelle der Stärke ist, kann es nicht vollkommen schlecht sein.«

»Ich glaube, Gelador hatte gesagt, dass viele Elfen es vermögen, in vollkommener Harmonie zu kämpfen. Würden wir mit dieser Fähigkeit Eure stören?«, fragte Ildrum.

»Es wäre möglich. Ich glaube, Gelador hatte sich während eines

Übungskampfes bisher nicht in diesem Zustand befunden.«

Tarons Blick glitt zu dem Elfenkrieger, welcher lediglich stumm das Haupt schüttelte. »Wir sollten dies testen«, sprach er.

»Aber nicht mehr heute. Ihr dürft euch zum Abendessen zurückziehen«, erklärte Weredall.

Sie standen auf und gingen zum Hauptgebäude. Lediglich Barvo blieb zurück. Er stand an der Koppel und sah den Pferden beim Grasen zu. Taron ging zu ihm.

»Hey Barvo, es gibt gleich Essen.«

»Ja, ich weiß.«

»Du beobachtest gerne die Tiere?«

»Sie sind unbekümmert und majestätisch.«

»Und ein wenig beängstigend.«

»Vielleicht.«

»Barvo, was ist mit dir los?«

»Wie meinst du das?«

»Du bist zurzeit so verschlossen.«

»Es ist alles gut.«

»Barvo, eigentlich müsste das Essen durch dich schon halb vernichtet sein, also bitte sprich.« Taron sah ihn auffordernd an.

Barvo schwieg und starrte auf die Koppel.

»Uns stehen einige Prüfungen bevor und dafür müssen wir zusammenstehen und uns aufeinander verlassen können. Irgendetwas bedrückt dich, bitte sage mir, was es ist. Ich will dir helfen.«

»Das ist alles so schwer…«, Barvos trübe Augen fanden die Tarons. »Ihr alle macht Fortschritte. Ich bekomme nicht einmal die Gedankenverschleierung richtig hin. Das ist ein riesiger Haufen Mist. Ich stehe mir einfach selbst im Weg.«

»Was hält dich zurück?«

»Ich denke seit Tagen darüber nach. Srinares sagte, es sei etwas aus meiner Vergangenheit, obwohl ich damit abgeschlossen habe.« Barvo schüttelte den massigen Kopf.

»Wir haben nie über Vergangenes gesprochen.«

»Es ist ein beendetes Kapitel meines Lebens.«

»Erzähle mir bitte davon.«

Barvo sah sich um und fuhr mit der Hand über seine Glatze. »Kennst du den Novaren Teldor?«

»Sein Novarion liegt nordwestlich von Donnerhall.«

»Ja«, Barvo schluckte, »er ist mein Vater.«

»Dein Vater ist ein Novar?«

Barvo nickte. »Er würde vermutlich leugnen, dass ich sein Sohn bin.«

Taron vermochte lediglich erstaunt zu nicken.

»Teldor ist ein führendes Mitglied der Hetzer«, Barvos Worte sprühten vor Zorn.

»Es muss furchtbar gewesen sein, als er herausgefunden hat, dass du eine Gabe besitzt.«

»Nicht furchtbarer als vorher. Er hatte damit immerhin einen Grund, mich von meinem Erbe zu entbinden.«

»Dein Vater hat dich zum König geschickt, oder?«, fragte Taron vorsichtig.

»Und mich damit in meine Freiheit entlassen.«

»Mit diesem Teil deines Lebens scheinst du zufrieden zu sein.«

»Es war das größte Geschenk, was mir Teldor je machte.«

»Wie war deine Kindheit?«, fragte Taron und lehnte sich an die Koppel.

»Darüber habe ich lange nicht mehr nachgedacht. Es war im Großen und Ganzen eine Zeit des Lernens. Mit einer schier endlosen Reihe an Tadeleien durch meinen Vater, aber ich bin darüber hinweg.« Barvo grinste schief.

»Vielleicht hält es dich mehr zurück, als du glaubst. Wir trainieren zurzeit jeden Tag, härter denn je. Dein Inneres fühlt sich womöglich in die Zeit von damals zurückversetzt und verschließt sich automatisch vor dem Neuen.«

Der Feuerspucker zuckte mit den Schultern, wobei seine Miene weiterhin versteinert war. »Mag sein, aber was könnte ich dagegen tun?«

Taron schwieg und betrachtete die furchteinflößenden riesigen Elfenrösser, die auf der Weide standen. »Es überwinden, ich habe meine Angst vor Pferden zurückgedrängt, als ich hörte, dass ein Angriff auf Erihar bevorsteht. Vielleicht musst du nur die Angst vor dem Lernen ablegen, die noch tief in deinem Inneren schlummert.«

»Und diese Angst liegt in meiner Kindheit.« Barvo schüttelte den Kopf.

»Barvo, wir haben mit der Meditation die Möglichkeit, Emotionen zurückzudrängen.«

»Das hast du uns nicht beigebracht und ich bin auch nicht so gut im Meditieren.«

»Dies ist viel einfacher als die Gedankenverschleierung. Ich kann dich anleiten.«

Barvo atmete schwer. »Gut, lass es uns probieren, aber vielleicht erst nach dem Essen.« Der Magen des Feuerspuckers gab sogleich ein lautes Brüllen von sich, woraufhin er ein verschmitztes Lächeln aufsetzte.

Taron grinste und berührte den Unverbrennbaren an der Schulter und gemeinsam schlenderten sie zum Hauptgebäude. »Das ist der Barvo, den ich kenne. Was es heute wohl zu essen gibt?«, wechselte der

Novize das Thema in der Hoffnung, Barvos dunkle Gedanken ein Stück weiter zu nehmen.

Der Feuerspucker streckte sein Haupt und schnüffelte in der Luft. »Meiner Nase zu urteilen, einen leckeren Eintopf mit Kartoffeln und Wildschwein.«

Taron lachte. »Ich bin gespannt, aber auf deine Nase ist meistens Verlass.«

»Bei leckerem Essen nur meistens?«

»Gut, immer.«

Sie lachten und betraten das Hauptgebäude und gingen den schmalen Korridor entlang. Es war außergewöhnlich ruhig. Taron war etwas mulmig zumute. Er öffnete die Tür zum Speisesaal und blieb stehen.

Fast einhundert Augenpaare starrten ihn und Barvo an.

Das Lachen des Unverbrennbaren verstummte.

Inmitten der Halle stand Puldrus.

»Was ist passiert?«, hauchte Taron.

»Wir haben eine Nachricht von Lavina erhalten«, sprach der Uldar Erihars. »Alle verfügbaren Truppen werden an die Ostgrenze nach Merive beordert. Dort wird sich das Schicksal Avurins entscheiden.«

Kapitel 7: Neburs Paladin

Enura, vom Zwiste erschüttert, verschwand für lange Zeit. Vers aus dem Buche Enuras

Die Nachricht des bevorstehenden Krieges hatte Erihar aufgewühlt. Alle kampffähigen Elfen und Tauren Avurins sammelten sich in Merive, welches strategisch gesehen Haldera und dem Lager des Feindes am nächsten lag und wo der Angriff durch Gonvalor erwartet wurde. Die Vorstellung eines noch größeren Krieges als jener auf der Lichtung verdunkelte Tarons Gemüt. Entsprechend schlecht hatte er die Nacht geschlafen, denn die Erinnerungen an Esthîons ersten Einmarsch nach Avurin waren ihm immer wieder in seinen Träumen erschienen. Selbst die Meditation am Abend mit Barvo hatte da wenig geholfen. *Warum nur muss Esthîon noch mehr Leid heraufbeschwören? Hat er nicht schon genug Unheil über uns gebracht? Und dann haben seine Männer auch noch Lavina verletzt. Bitte Nebur und Enura, lasst ihre Wunden schnell heilen.* Dass sie bei ihrer Mission verletzt wurde, bedrückte sie alle. Besonders Barvo machte sich große Sorgen um seine Freundin und wäre am liebsten bereits am Abend zu ihr geritten. Er hatte seine Sachen bereits gepackt und wartete nun schon außerhalb ihres kleinen Hauses auf die Abreise.

Taron war langsamer beim Packen, der Gedanke daran, dass er der Auslöser für einen Krieg sein könnte, lastete schwer auf seinen Schultern. Trübsinnig packte er die von den Elfen erhaltene Kleidung und seine anderen wenigen Habseligkeiten in einen Rucksack. Dabei fiel ihm die Gürteltasche in die Hand. Er hatte sie seit Tagen nicht mehr angehabt, da sie bei den Trainingseinheiten eigentlich nur störend war. In ihr befand sich nichts, lediglich die erste Seite seines Lieblingsbuches. *Eine Erinnerung an eine vergangene Zeit.* Es waren gerade einmal etwas mehr als zwei Monate vergangen, seit er von Yewabor aus aufgebrochen war, doch kam es Taron wie eine Ewigkeit vor. *So viel ist seither passiert. Was würde ich nur dafür tun, Halvor von all dem hier zu erzählen. Ihm würde gewiss etwas einfallen, wie wir den Krieg verhindern oder wenigstens die Ordnung nach der Beendigung unserer Aufgabe erhalten könnten.* Er nahm das Blatt heraus und las die von ihm geschriebenen Zeilen.

Diese Geschichte spielt zur Zeit des Aufbruchs. Einer Zeit unmittelbar nach der Entstehung der drei Welten Lunærra, Solærra und

Intêrra. Alles schien sich in Harmonie zu befinden. Die Götter hatten nahezu ihre gesamte Schaffenskraft aufgebraucht und bewunderten ihre Kreationen, jede der Welten war auf ihre eigene Art und Weise glanzvoller als die andere. Doch der Einklang sollte nicht von Dauer sein.

Der Gott Iru erkannte eine Ungerechtigkeit in den drei Welten. Manche Kreaturen besaßen magische Fähigkeiten, wodurch sie den anderen Wesen überlegen waren. Es war ein Missstand. Ein Missstand, den es nach Irus Ansicht auszumerzen galt. Doch es gab nur eine, die noch genug Macht besaß, um das Gleichgewicht wiederherzustellen. Enura.

So begab sich Iru zu seiner Schwester und bat sie darum, allen nichtmagischen Wesen diese Fähigkeit zukommen zu lassen.

Die weise Enura erkannte, dass durch diese Gabe wieder Harmonie im Elysium einkehren würde und so folgte sie dem Rat ihres Bruders. Sie ließ die Kraft in das Zentrum Intêrras fahren, von wo aus die Magie wellengleich in alle Teile der drei Welten gelangte.

Es erschütterte alles und wandelte jedwedes Leben. Das Zeitalter des Aufbruchs begann.

In dieser Gezeitenwende wurde ein Mädchen geboren, welches das Schicksal aller verändern sollte.

Es muss eine unglaubliche Zeit gewesen sein. Wie gerne hätte ich damals gelebt und die damaligen Wunder erblickt. Obwohl, bei der Schlacht des Steins wäre ich nicht gerne dabei gewesen, auch wenn mir an der Seite Naradras sicher nichts geschehen wäre.

Jemand klopfte gegen die Tür, was ihn aufschrecken ließ und aus seinen Gedanken riss. Kurz darauf steckte Barvo seinen Kopf durch die Tür. »Wie sieht´s aus, bist du bald fertig? Liest du etwa?«, fragte Barvo.

»Ja, entschuldige, ich war nur kurz von einer alten Geschichte gefesselt.«

Barvo schüttelte den Kopf. »Die kannst du nachher während unserer Reise weiterlesen oder noch besser, sie erzählen und uns die Zeit vertreiben.«

»Ich komme.« Schnell verstaute Taron das Pergament in seiner Gürteltasche und band sie sich zusammen mit den anderen Utensilien an seinen Gürtel, schulterte den Rucksack und trat hinaus ins Freie. Mira, Ildrum und Barvo warteten zusammen mit Gelador und Elwaran draußen.

»Muss eine sehr spannende Geschichte sein, wenn du die Abreise dadurch fast verpasst«, vermutete Elwaran, der Sternenwind an seinen Zügeln hielt.

»Eine der spannendsten.«

»Wir sollten aufbrechen, die anderen warten bereits«, sagte Mira.

Sie gingen zum Rand des Dorfes, wo vierzig Elfen und Tauren in Rüstungen, Waffen und Schilden abmarschbereit standen. Puldrus führte seine Pranke zur Brust. »Da ist sie ja, unsere Geheimwaffe«, begrüßte er Taron mürrisch, »vorwärts, Krieger Erihars!« Der Tross setzte sich in Bewegung. Die meisten Elfen saßen auf Pferden, während die Tauren zu Fuß marschierten. Taron und seine Freunde begaben sich ans Ende der Kolonne. Stumm trotteten sie auf den schmalen Wegen durch die Wälder Avurins. Eine Spannung lag auf der Truppe, welche auch Taron selbst verspürte und ihn in dunkle Gedanken versinken ließ. *Wie viele Krieger kann Avurin ins Feld führen? Was wollen sie nur gegen eine doppelt so starke Armee ausrichten, vor allem, wenn auch noch eine Schar lunærrischer Söldner an ihrer Seite kämpft. Das ist alles so sinnlos...*

»Taron, du wolltest uns noch eine Geschichte erzählen«, erinnerte Barvo.

Dieser runzelte aus seinen Gedanken gerissen die Stirn. »Ich weiß nicht so recht. Sie ist eigentlich nichts Besonderes.«

»Welche Geschichte meint denn Barvo?«, fragte Mira.

»Die von Neburs Paladin.«

»Die ist gut, komm bitte, erzähle sie uns«, drängte ihn Mira.

Taron sah in ihre großen braunen Augen und seufzte. Ihr konnte er kaum einen Wunsch abschlagen. »Na schön, ihr müsst wissen, dies ist eine Geschichte, die nicht im Tempel gelehrt wird. Ich las sie damals auf Anraten von Halvor. Die Geschichte handelt zur Zeit des Aufbruchs, vor mehr als eintausend Jahren. Iru, der Schmied Lunærras, erkannte zu jener Zeit einen Missstand. Damals gab es keine Gaben, besonders seine geliebten Orks, aber auch wir Menschen und die Tauren, litten sehr darunter und wurden vielerorts von den magischen Wesen unterjocht. Dies wollte Iru beheben und begab sich zu Enura, der einzigen Göttin, der noch genug Schaffenskraft innewohnte. Wie Iru sie überzeugen konnte, ist ungewiss, doch er vermochte es und so ließ sie die Macht der Magie auf Intêrra niedergehen. Es muss ein unglaubliches Spektakel gewesen sein.

Von dieser Magie wurde auch die junge Naradra ergiffen. Naradra war eine einfache Frau, keine zwanzig Jahre alt und verheiratet mit einem Jäger. Sie lebte in einem kleinen Dorf auf dem Gebiet des heutigen Gonvalor. Heute weiß allerdings niemand mehr, wo das Dorf gelegen haben könnte.

Als die Magie Intêrra traf, betete Naradra an einem kleinen Neburschrein und bat die Götter darum, ihr ein Kind zu schenken, denn obwohl sie schon vor Jahren an ihren Mann verheiratet wurde, war die Ehe bisher kinderlos, wofür ihr Mann ihr die Schuld gab. Während sie betete, erleuchtete ein helles Licht, einige Meilen von ihr entfernt, die Welt. Wellen von Enuras Kraft breiteten sich aus und drangen in alle drei Welten, Intêrra, Lunærra und Solærra, vor. Auch Naradra wurde davon ergriffen und fiel bewusstlos zu Boden.

Erst später erwachte Naradra und von da an hörte sie Stimmen, die zunächst lediglich flüsterten. Immer wieder drehte sie sich zu den Lauten um, bis ihr bewusst wurde, dass sie lediglich in ihrem Kopf widerhallten. Sie wurde für verrückt erklärt und daraufhin von ihrem Mann zu Hause eingesperrt. Die Gefangenschaft machte ihr schwer zu schaffen und schließlich flüchtete sie. Doch wohin sollte sie gehen? Selbst ihre Eltern und Brüder, die im selben Dorf lebten, scheuten sie. Daher begab sie sich zu dem Ort, an dem sie hoffte, Antworten für ihren Zustand zu finden und reiste, bestärkt von den Stimmen in ihrem Kopf, zu dem Tal, von dem der Lichtschein gekommen war.

Auf ihrem Weg fand sie andere, die sich ebenfalls zu der Quelle des Lichtes begaben. Dort angekommen fanden sie einen großen kugelförmigen Stein vor, der noch immer wie von selbst zu leuchten schien, er war in einem Wald entstanden und hatte jeden Baum und Strauch in seinem Umfeld von mehreren hundert Fuß vernichtet. Sie waren nicht die einzigen, die zu diesem Wunder gekommen waren. Alle euch nur vorstellbaren Wesen wollten ihn sehen und so hatte sich um den Stein eine Zeltstadt gebildet. Doch niemand vermochte, sich dem Stein zu nähern, geschweige denn ihn zu berühren.

Angewiesen von den Stimmen wollte es Naradra selbst probieren. In dunkelster Nacht schlich sie zum Stein. Sie kam dem Felsen sehr nahe und vermochte bereits, dessen Göttlichkeit zu spüren.

Ehe sie ihn berührte, griffen die Orks an. Die Geschöpfe Lunærras wollten das Artefakt für sich beanspruchen. Der Frieden, den die Macht bringen sollte, kehrte sich ins Gegenteil. Die Orks vertrieben alle Menschen und Kreaturen aus dem Tal und errichteten Befestigungsanlagen.

Naradra überlebte nur knapp diesen Kampf und war erneut eine Flüchtige. Zusammen mit ihren Kameraden fasste sie den Beschluss, das göttliche Artefakt zurückzuerobern. Sie vereinten die Stämme der Menschen und gewannen sogar andere Völker für ihren Kampf gegen die Horden Lunærras. So zogen die geeinten Streitkräfte gegen die Stellungen der Orks. Naradra erweckte in dem Krieg ihre Gabe und riss mit der Kraft der Götter ihren Wall ein. Die Feinde kämpften erbittert. Doch der Glaube der Widersacher war stark. Unzählige starben, doch schließlich gelang ihnen, entgegen jeder Hoffnung, der Sieg.

Doch der große leuchtende Stein war nach dieser scheußlichsten aller Schlachten verloren. Die Götter hatten sich seiner wieder angenommen. Die Senke wurde seither gemieden, niemand wollte sich auch nur in der Nähe des Ortes des Todes aufhalten und so holte sich der Wald das Tal wieder.«

Es herrschte kurz betretenes Schweigen, welches von Mira zerrissen wurde. »Und was geschah mit Naradra?«, fragte sie wohlwissend.

Taron lächelte: »Die Stimmen in ihrem Kopf verblassten mit der Zeit und die Kraft, welche sie während der Schlacht erhielt, brauchte sie nie wieder. Während ihrer Reise hatte sie jedoch ihre wahre Liebe gefunden, mit der sie den Rest ihres Lebens verbrachte und sogar einige Kinder gehabt haben soll.«

»Eine schöne Geschichte«, schwelgte Ildrum. »Nur wie viel Wahrheit steckt in ihr?«

»Genug Wahrheit, dass es tatsächlich die Wellen der Macht gab und danach die Begabungen auftauchten. Man erzählt sich in meinem Volk Geschichten«, erklärte Elwaran.

»Unglaublich, also könnte es den Felsen tatsächlich gegeben haben?«, fragte Barvo.

»Durchaus.«

»Für mich war es immer nur eine Geschichte. Wissen die Elfen, wie es nach dem Fund des Steines weiterging?« Für Taron war es kaum begreifbar, dass an den Erlebnissen Naradras doch mehr dran sein konnte.

»Soweit ich weiß, wurden die Tore nach dem Einfall der Orks auf Intêrra zum Schutze Solærras geschlossen. Nach der Schlacht des Blutes wollte man jedweder weiterer Auseinandersetzung zuvorkommen. Genauere Aufzeichnungen darüber finden sich im Hort des Wissens in Varendul.«

»Die Schlacht des Blutes wurde bei dem Tor in Ijargheim geschlagen, noch bevor Enura den drei Welten die magischen Gaben schenkte, so steht es zumindest in den göttlichen Schriften«, fasste Taron zusammen.

»Und so wird es auch von unseren Ältesten gelehrt«, bestätigte der Elfenspäher.

»Aber Elwaran, du erwähntest gerade Varendul, wo liegt das?«, fragte Mira.

»In Solærra.«

»Ich würde gerne mehr von den damaligen Geschehnissen erfahren«, gestand Taron. »Ich könnte alles, was ich während meiner Studien der göttlichen Schriften lernte, auf den Prüfstand stellen.«

»Dafür müsstest du nur durch eines der Weltentore reisen.«

»Ja, eines der Weltentore«, wiederholte Taron flüsternd. *Um zu dem* der Zwerge zu reisen, braucht man selbst mit einem Pferd mindestens einen Monat und man müsste einmal quer durch Gonvalor reisen. Das wäre unmöglich. Aber...

»Tore?«, fragte Barvo.

Elwaran stockte. »Ich meinte durch das Weltentor.«

»Es gibt mehr als ein Tor, oder? Wie viele gibt es?«, fragte Ildrum.

»Ich kann euch dazu nichts sagen«, wich Elwaran aus.

»Eines befindet sich hier in Avurin oder? Deswegen wurde dieser Wald besiedelt«, vermutete Ildrum. »Es macht absolut Sinn, dass die Elfen eines der Tore besetzten.«

Taron pflichtete Ildrum in Gedanken bei.

»Nein, es gibt kein Tor in Avurin«, erklärte Elwaran entschlossen.

»Aber in dessen unmittelbarer Nähe?«, stocherte Taron weiter.

»Bitte hört auf, mir Fragen zu stellen.«

»Verstehe doch Elwaran, sollte euch hier ein Tor zu Verfügung stehen, könntet ihr unzählige Leben retten.«

»Nein, du verstehst nicht. Ich habe schon viel zu viel gesagt.« Elwaran schüttelte verärgert den Kopf.

Einige Elfen drehten ihre Köpfe zu ihnen um.

»Wenn die Elfen fliehen, würde Esthîon vermutlich herausfinden, wo das Tor ist und unter seine Kontrolle bringen«, bedachte Mira.

Taron blickte zu Elwaran. Der Elf wirkte gequält, ganz im Gegensatz zu ihm. Die Information barg so viele neue Möglichkeiten. *Vielleicht kann Schlimmeres abgewendet werden. Ich muss mit Weredall sprechen.*

Taron setzte zum Spurt an. Weredall befand sich zusammen mit Puldrus an der Spitze des Trosses.

»Wo willst du hin?«, rief Elwaran.

»Zu deinem Vater.«

Elwaran griff Tarons Arm. »Bitte nicht, ich erzähle dir alles was du wissen möchtest.«

Taron begriff, dass er, wenn er jetzt zu Elwarans Vater ritt, ihn vollkommen kompromittieren würde und das wollte er auf gar keinen Fall. Er blieb neben ihm stehen. »Entschuldige Elwaran, ich wollte dich nicht in Verlegenheit bringen. Es kann so vieles verändern, wenn sich hier tatsächlich irgendwo...«

Elwaran hob beschwichtigend die Hände.

Taron sprach leiser weiter: »... wenn sich hier ein Tor befindet. Wir könnten unsere Suche nach den Steinen ohne große Probleme ausweiten.«

»Ich werde dir beantworten, was ich kann, aber nur dir. Du darfst niemandem davon erzählen.«

Taron nickte und ließ sich ein wenig zurückfallen. Elwaran blieb auf seiner Höhe.

»Wo liegt das Weltentor?«

»In den Bergen. Man erreicht es lediglich durch eine Schlucht nahe der Grenze Avurins.«

»Habt ihr die Möglichkeit, Nachrichten durch das Weltentor zu senden?«

»Es funktioniert genauso wie das Tor in Ijargheim, der Zwergenstadt.«

»Du sprachst vorhin von dem Hort des Wissens. Ist es möglich, dort bezüglich der Steine nachzufragen?« Taron deutete auf sein Medaillon.

»Wissen wird nur innerhalb des Hortes preisgegeben, aber soweit ich weiß, hat mein Vater eine andere, einfachere Informationsquelle angesprochen und mit der Suche beauftragt, gibt es solche Steine in Solærra, werden sie sie finden.«

»Wer sind sie?«

»Gargoyles, sie sind ein eigenartiges Volk, aber ihre Art der Informationsbeschaffung ist einmalig.«

»Ich hielt dies nur für Geschichten, so wie dass ihr Elfen bunte schillernde Haare haben sollt.«

Elwaran grinste. »Es gibt Gargoyels und unsere Haare sind bunt, braun, schwarz, blond, manche haben sogar rötliche oder gar weiße Haare. Sie sind vermutlich weniger schillernd.«

Taron schüttelte den Kopf. »Das meine ich nicht. Aber rein theoretisch, wenn die Gargoyles keine Informationen bekommen, dann könnten wir nach Varendul reisen und selbst danach suchen oder?«

»Meines Wissens nach gibt der Herr des Hortes nur an Elfen Wissen heraus.«

»Selbst solche Informationen wie diese, was zur Zeit von Naradra geschah?«

»Auch solche. Soweit ich weiß, haben die Elben noch nie Wissen an Fremde weitergegeben.«

»Ein Elb ist der Herr des Hortes?«

»Einer der fünf Elben, sie wechseln sich untereinander ab, aber ich weiß nicht, wer derzeit den Vorsitz hat.«

»Unglaublich, man müsste ihn also irgendwie von unserer Sache überzeugen.« Taron senkte den Kopf und betrachtete die Fuß- und Hufspuren vor sich. Er hatte das Gefühl, dass sich allmählich ein Plan manifestierte, wie er das Schlimmste von Avurin abwenden konnte. Doch irgendetwas, irgendein Puzzleteil, schien ihm noch zu fehlen.

»Gibt es denn noch andere Tore, die ihr benutzen könntet, um zu fliehen?«

»Nicht hier in Avurin.«

»Wo liegen die anderen Tore?«

Elwaran atmete tief durch. »Eines liegt weit im Osten und das andere im Süden.«

»Warum habt ihr denn diese Tore nicht besetzt?«

»Weil ihre Umgebungen wahrlich unwirklich sind. Das Tor im Osten liegt tief in Dornenmooren und das im Süden in einer Schlucht, die mittlerweile vom Sand der Wüste begraben wurde.«

»Also sind beide Tore mehr oder weniger unbrauchbar.« Taron trottete neben Elwaran her. Seine Gedanken drehten sich im Kreis. *Ich übersehe etwas. Aber was?* Er schüttelte das Haupt. »Wie haben denn die Elfen von den Standorten der Tore erfahren?«

»Ich weiß es ehrlich gesagt nicht genau. Das Tor in Ijargheim seinerzeit wurde vor tausenden Jahren von den Zwergen entdeckt, selbst die Elfen hielten es für das einzige Weltentor. Die anderen wurden glaube ich erst nach der magischen Welle gefunden.«

»Das macht Sinn.«

»Ja?«

»Die Magie breitete sich in alle Richtungen aus, erreichte die Tore und verteilte sich über diese in die anderen Welten.«

»Hilft dir dieses Wissen irgendwie weiter?«

»Ich weiß es nicht, vielleicht«, antwortete Taron betrübt. *Bitte Nebur, offenbare mir die Lösung, das Unheil von den Elfen abzuwenden. Ich weiß, dass du mir dies alles nicht grundlos preisgegeben hast.*

Sie kehrten an die Seite ihrer Gefährten zurück, welche noch immer über die Geschichte Naradras philosophierten. Doch Tarons Gedanken waren verworren wie ein großes Wollknäuel, bei dem man keine Enden fand, um es vernünftig aufwickeln zu können.

Kapitel 8: Der Söldnerfürst

Nebut, Rylak und Iru wandten sich ebenso von Kelsey ab und beschlossen, auf ihre eigene Weise Welten zu erschaffen. Vers aus dem Buche der Dreizehn

Esthîon trat durch das Flügeltor der großen Halle Halderas, begleitet von zwei Wachen der fünften Schwadron. Der gewaltige Tisch in der Mitte war besetzt mit den Novaren Gonvalors.

Diener huschten mit Karaffen durch den Raum und befüllten die Becher der Fürsten. Als sie Esthîon bemerkten, gingen sie zu den Wänden und verharrten reglos. Die Gespräche der Novaren verstummten.

Alle Augen waren auf Esthîon gerichtet. Manche Blicke wirkten offen und freundlich, während andere eher skeptisch bis missgünstig waren. Esthîon war nicht wohl dabei, die Novaren zu empfangen. Seine Nervosität hatte er seit Kindertagen nie wirklich ablegen können. *Zum Glück waren Wrins Bemühungen, xonanonischen Tee aufzutreiben, von Erfolg gekrönt gewesen. Ihnen ohne diesen Sud erfolgreich entgegenzutreten, wäre kaum denkbar gewesen.* Er ging an dem Tisch vorbei zu dessen Stirnseite, an der Weldur stand. *Es ist gut, ihn an meiner Seite zu wissen.*

Sein General nickte ihm zu. Der Pakt, den Weldur ersonnen hatte, hatte acht der insgesamt dreizehn Novaren an die Grenze Avurins getrieben.

Fast zwei Monate waren seit jenem Gespräch mit Nendor, Enari und Levillia vergangen. In jener Zeit hatte sich das Kriegslager weit hinein in die Hügel um das Übungsgelände herum ausgebreitet. Selbst die fehlenden fünf Fürsten, deren Novarien an den nördlichen und östlichen Grenzlanden lagen, hatten Einheiten zur Unterstützung der Streitkräfte entsandt. Zusammen mit Schreiben, in denen sie ihr Bedauern kundtaten und ihr Stimmrecht an andere Novaren zeitweilig abtraten. Wodurch nun einige der Anwesenden den anderen an Stimmgewalt überlegen waren.

Esthîon blieb vor seinem Stuhl stehen und betrachtete die Fürsten der Reihe nach. Manche waren aufgetakelt in den modischsten Kleidern, andere trugen schlichtere Gewänder und Novar Enari sogar eine Rüstung. *Ein wahrlich bunter Haufen, aber in einem Punkt unterscheiden sie sich nicht. Sie alle lechzen nach Macht.*

»Ich freue mich, dass Ihr meiner Einladung gefolgt seid, Novaren Gonvalors. In unseren Reihen begrüße ich einen Neuzugang, er ist am gestrigen Abend in Haldera eingetroffen. Novar Ulbra Elur von Eberthal.« Esthîon deutete mit der Hand auf einen untersetzten Mann mit einem stattlichen grauen Schnauzbart, dessen Enden wie Schweineschwänzchen geringelt waren. »Er wird uns mit über zweihundert seiner Männer bei der Befreiung Avurins unterstützen.«

Einige der Novaren klopften zur Begrüßung auf den Tisch, andere nickten und wieder andere prosteten Novar Ulbra zu. Dieser hob seinen Becher und senkte leicht das Haupt vor den anderen Adligen.

Esthîon trank selbst einen Schluck seines Weins, bevor er weitersprach: »Novaren, leider sind wir noch nicht vollzählig, doch bin ich nicht gewillt, länger mit der Planung zu warten. Ich habe Euch kommen lassen, um mit Euch über den bevorstehenden Angriff auf Avurin zu sprechen. Ich möchte meine Gedanken dahingehend zurückstellen und Euch mein Gehör schenken.«

»Wenn wir wüssten, wo sie ihre Streitkräfte sammeln, könnten wir mit Katapulten ihre Stellungen angreifen«, preschte Novar Ulbra sogleich voran.

Novar Nendor richtete sich im Stuhl auf. »Ihr seid noch nicht lange hier, keiner unserer Späher würde auch nur in die Nähe Avurins gelangen. Der Feind hat den Wald mit Kundschaftern gespickt, so wie wir es in den Hügeln tun. Ich bin für eine einfache Machtdemonstration. Lasst uns unser Heer vor ihrem Wald aufstellen und warten, was passiert.«

»Was, wenn sie nicht reagieren?«, fragte Teldor, ein stämmiger älterer Novar mit Kinnbart und Glatze.

»Dann marschieren wir ein«, offenbarte Novar Krikor, dessen Augen zu leuchten schienen.

»Ich hörte, dass es allerhand Fallen im Elfenwald geben soll. Einen Einmarsch halte ich daher kaum für klug«, wandt die Novarin Nesrie ein, eine Frau in den Vierzigern mit braunen, zu einem Zopf gebundenen Haaren.

»Steckt den Wald in Brand und treibt die Elfen heraus. So könnte ein offener Krieg verhindert werden«, sprach Novar Teldor.

»Vielleicht kann uns ja Euer Sohn helfen, ein Feuerchen zu legen«, entgegnete Enari und brachte damit mehr als deutlich sein Missfallen über den Plan zum Ausdruck.

Die Blicke von Teldor und Enari trafen sich. Teldor erhob sich von seinem Platz und hob den Arm.

Ehe er etwas sagen konnte, sprach Esthîon. »Ich würde gerne Abstand nehmen von der Idee, Avurin brennen zu lassen. Es geht bei diesem Kampf um Befriedung und Rückholung ehemaliger Gebiete, nicht um Zerstörung.«

»Auch wenn es die verfluchten Begabten verdient hätten zu brennen«, polterte Novar Krikor, ein schmaler Novar in den Dreißigern. Zustimmendes Gemurmel wurde laut.

»Ich versichere Euch, die Magiebegabten, die es verdienen, werden zur Rechenschaft gezogen und für ihre Taten büßen,« bestimmte Esthîon.

»Wir fordern die Avural auf, unser Land zu verlassen und drohen damit, es in Brand zu stecken, sollten sie dem nicht Folge leisten. Dies sollte sie aus ihren Löchern zu unserer Armee treiben«, erklärte Novarin Galadar. Sie hatte blonde, zu zwei Zöpfen geflochtene Haare, die über ihre Schultern hingen.

»Ein akzeptabler Vorschlag«, warf Novar Nendor ein.

»Die Drohung mit einer Waffe ist nur gut, wenn man auch gewillt ist, diese im Zweifel einzusetzen«, erklärte Weldur langsam.

Bumm, Bumm, Bumm, knallte es an der Tür. Alle im Raum verstummten und schauten zum Portal.

Die Flügel schwangen gleichzeitig auf. Esthîon traute seinen Augen kaum. Da stand ein schwarzer Pegasus, sein Wappentier. Mit majestätisch glänzendem Fell, großen, zu menschlich wirkenden Augen und einem unterarmlangen Horn auf der Stirn. *Ich hatte ihn erwartet, ihn aber nun hier zu sehen, unglaublich.*

Esthîon bemerkte die erschrockenen Blicke der Novaren. Manche begannen zu zittern, andere erstarrten zu Säulen. Zelorag Dun stand an der Seite des Tores und hielt den Kopf gesenkt.

Esthîon verspürte eine gewisse Erhabenheit, die das Tier ausstrahlte. *Das muss er sein, Chanurak.* Der Pegasus erfasste jeden im Raum. Esthîon fühlte eine Präsenz in seinem Kopf.

Ihr haltet einen Kriegsrat ab, ohne den erfahrensten Kommandanten darüber in Kenntnis zu setzen?, erklang eine tiefe Stimme. Esthîon war sich nicht sicher, ob er sie hörte oder ob sie nur in seinen Gedanken widerhallte, doch fühlte es sich fast so an wie wenn Weldur in seinen Kopf hineintastete. *Zelorag hatte davon berichtet, des Pegasus Telepathie soll zum Glück nur einseitig wirken.*

Esthîon stand auf und sah, dass die Novaren mit vor Schrecken versteinerten Gesichtern das lunærrische Wesen anstarrten. *Sie müssen seine Stimme ebenso vernommen haben,* dachte er grinsend und hob zur Begrüßung die Arme. »Ich heiße Euch herzlich willkommen, Heerführer Chanurak.«

Der Pegasus hatte die Ohren nach oben gespitzt und den Kopf erhoben.

Esthîon deutete mit der Hand auf das Ende der Tafel. Die dort sitzende Novarin Nesrie wirkte schwer beeindruckt und nickte dem Wesen bedächtig zu.

Chanurak ging weiter in den Saal hinein. Der Stuhl der Novarin schob sich wie von Zauberhand zur Seite und schaffte dem Pegasus Platz. Diese sprang erschrocken auf und starrte zunächst auf das Möbelstück und dann zu dem lunærrischen Heerführer. Als der Stuhl wieder stand, setzte sie sich zitternd darauf und griff zu ihrem Weinpokal.

Zelorag versprach mir wahrlich nicht zu viel. Welche Macht die Pegasie doch besitzen, dachte Esthîon belustigt und spürte erneut ein Zucken hinter seiner Stirn.

»Ihr habt also tatsächlich eine Horde aus Lunærra herbeordert«, sprach Krikor.

»Einer meiner Kommandanten versicherte mir, dass mit Chanuraks Söldnerschar ein Sieg sicher sei«, erklärte der König.

Doch zuvor muss ich wissen, wie Eure Pläne aussehen?, ertönte die Stimme Chanuraks, ohne dass sich sein Maul bewegte.

Stockend sagte der König: »Unser Ziel ist es, die in Avurin befindlichen Magiebegabten gefangen zu nehmen und die Elfen und Tauren aus Avurin zu vertreiben.«

Sprecht weiter, drang die Stimme in Esthîons Kopf.

»Wir haben noch nicht entschieden, wie es vonstattengehen soll, bisher haben wir darüber nachgedacht, mit der Zerstörung ihres Waldes zu drohen.«

Und wenn sie sich wehren?

»Werden wir ihnen in der Feldschlacht entgegentreten.«

Dann werdet Ihr verlieren.

»Mit Eurem Heer sind wir ihnen zahlenmäßig weit überlegen.«

Der Pegasus wieherte, was sich fast wie ein Lachen anhörte. *Ihr wisst nicht um die wahre Macht der Elfen.*

Esthîon bemerkte, wie sich die Mienen einiger Novaren veränderten und ängstlich wirkten. »Sie sind gute Krieger, aber am Ende sollte unsere Überzahl sie zermalmen.«

Wie viele Avural werden die Feinde ins Feld führen?

»Wir schätzen ihre Streitmacht auf drei- bis fünfhundert Mann«, entgegnete Weldur.

Dann seid Ihr zu wenige. Ich habe Elfen in meiner Truppe, sie gehören zu meiner absoluten Elite. Ich weiß am besten um ihre Stärke und sage Euch, Euer Plan wird lediglich das Ende Eurer Truppe beinhalten.

Esthîon verstand nicht, warum der Söldnerfürst die

Stärkeverhältnisse derart ungleich einschätzte. Eine Angst drang an die Oberfläche, eine Angst vor der Kraft magischer Wesen, die er lange Zeit nicht mehr verspürt hatte. *Was für eine Teufelei wohnt diesen Avural nur inne?* »Wie würdet Ihr vorgehen?«

Eine gute Frage, aber bevor ich sie Euch beantworte, brauche ich etwas zu trinken. Chanurak spähte hinüber zu einem der Diener. Die Karaffe löste sich aus seinen Händen, erschrocken tänzelte dieser hinterher. Doch die Kanne fiel nicht zu Boden, sondern schwebte zu dem geflügelten Pferd und hielt vor seinem Kopf. Der Pegasus vergrub sein Maul in dem Gefäß und trank. Der Krug senkte sich und landete auf dem Tisch. Rote Tropfen lösten sich von der Schanuze und fielen zu Boden. Es wirkte fast so, als hätte er Blut getrunken.

Guter Wein. Man kann die Elfen besiegen, wenn man ihnen die Möglichkeit nimmt, ihre Fähigkeit einzusetzen und sich auf einen Kampf vorzubereiten.

»Wir müssen also schnell handeln, sie überraschen«, sprach Enari begeistert.

»In ihren Wald zu stürmen, wäre blanker Selbstmord«, entgegnete Nendor, sein schmales Gesicht zeigte Entsetzen.

»Wir nehmen ihre Hauptwege und walzen nacheinander jedes Dorf nieder«, erklärte Enari.

»Und während wir die Wege entlangschlendern spicken uns ihre Bogenschützen vom Wald heraus mit Pfeilen. Das wird ein Massaker«, wandte die Novarin Nesrie ein.

Es kommt nur eine Variante in Frage, um einen sicheren Sieg zu erringen. Wir müssen ihre Magie stören.

»Wie sollen wir dies anstellen?«, fragte Esthîon.

Mit Magiebegabten. Der Pegasus sah die Novaren an, seine Lefzen schoben sich zu einem grausamen Lächeln auseinander und offenbarten eine Vielzahl scharfer Zähne. *Ich weiß um Eure Einstellung zu den Begabten. Sie ist mehr als töricht. Wie viele habt Ihr aufzubieten?*

Die Blicke aller im Raum richteten sich auf den König. Unwohl schrumpfte er in seinem Stuhl zusammen. Er schaute zu Weldur, welcher auffordernd nickte. »Meine fünf Schwadronenkommandanten sind magiebegabt.«

Chanurak wieherte lachend. *Fünf, das ist armselig. Ihr unterschätzt Eure wichtigste Waffe.*

»Die Begabten sind zu gefährlich«, empörte sich Novarin Levillia.

Gefährlich ja, aber richtig geführt und ausgebildet, können zehn von ihnen mächtiger sein als fünfhundert Mann. Mit meinen Begabten kommen wir auf etwa zwanzig, aber selbst das ist zu wenig.

»Wie viele brauchen wir?«, fragte Esthîon.

Wenn es ausgebildete Krieger sind, sollten dreißig weitere reichen. Wenn sie keine Kampferfahrung haben, mindestens doppelt so viele.

»Die Begabten werden niemals freiwillig gegen die Avural in die Schlacht ziehen«, wandt Novarin Galadar ein, während sie mit einer Hand einen ihrer beiden Zöpfe entlangglitt.

Bringt sie dazu, ihre Fähigkeiten gegen die Elfen einzusetzen.

»Man müsste schon mit der Gerte hinter ihnen stehen und sie antreiben«, warf Novar Enari ein.

Mir ist es egal, wie ihr die Begabten dazu bewegt. Doch wenn wir nicht mindestens fünfzig Magiebegabte ins Feld führen, ist ein Sieg ausgeschlossen und ich werde meine Truppen nur in den Kampf schicken, wenn die Erfolgsaussichten gut sind.

»Ich glaube, Ihr überschätzt unsere Widersacher«, fauchte Novar Enari.

Der Pegasus lachte wieder. *Am liebsten würde ich meine fünf Elfen gegen Eure Männer in den Kampf schicken, um Euch eines Besseren zu belehren, aber was sollte eine Maus schon gegen einen Löwen ausrichten? Ihr habt die für Euch mächtigste Waffe vergrault. Klärt das, lasst mich die Begabten, die Ihr herbringt ausbilden und wir werden mit geringen Verlusten siegreich sein.*

»Wir haben Listen bezüglich der Magiebegabten und werden so viele wie möglich herbringen lassen«, erklärte Esthîon.

Gut, denn alleinig so haben wir eine Chance, den Feind zu bezwingen!

Zelorag Dun war während des Kriegsrates in der Halle geblieben und hatte sich das Schauspiel angeschaut. Mit Genuss hatte er dem Auftritt seines ehemaligen Meisters beigewohnt. Die abwertenden Gefühle der Novaren gegenüber dem Pegasus waren unverkennbar. Doch sein Plan war gut und wahrscheinlich die einzige Möglichkeit, gegen die Avural zu gewinnen.

»…Sobald die Begabten hier sind und sie ausgebildet wurden, wird der Sturm über Avurin hereinbrechen«, beendete Esthîon die Zusammenfassung des Kriegsplanes.

Die Novaren klopften zustimmend auf den Tisch.

Esthîon hob beschwichtigend die Hände. »Ich danke Euch für Euer Erscheinen. Wer möchte, ist eingeladen, mit mir zu speisen.«

Etwa die Hälfte der Novaren und Novarinnen stand auf und verließ den Saal. Viele von ihnen nicht, ohne den Pegasus mit einem abschätzigen Blick zu verabschieden.

Chanurak nickte dem König zu und drehte sich als Letzter um und verließ den Saal.

Zelorag verschloss die Tür und ließ den Adel in dem Saal alleine zurück und folgte dem Pegasus. »Ich möchte dir danken, Chanurak, dass du dem Gesuch des Königs gefolgt bist.«

Folge mir, schnaubte Chanurak und erklomm den nahegelegensten Hügel.

Zelorag warf einen Blick zu seinen Männern und nickte ihnen zu. Er ging neben dem gehörnten Pegasus einher. Sein schwarzer Mantel lag wie ein Brett auf seinen Schultern und erschwerte den Aufstieg, doch war er so daran gewöhnt, dass es ihn kaum störte.

Sie hatten die Spitze erreicht. Der Pegasus betrachtete Avurin. *Wie schaffst du es nur, bei diesen Menschen zu bleiben?,* fragte er.

»Es ist mein Volk und Esthîon mein König.«

Er ist ein schwacher Herrscher und vermag es nicht einmal, seine eigenen Fürsten zu zähmen. Nur weil ihr der gleichen Rasse angehört, musst du ihm nicht dienen, du könntest deinen alten Platz in meinem Heer sofort wieder einnehmen.

Der Gedanke war verlockend, er blickte in die dunklen Augen des Söldnerfürsten. Sie wirkten so ausgeglichen, als hätte Enura sie selbst gepflanzt. Er spürte, wie er die Treue zu Esthîon gegen die Freiheit, die ihm Chanurak bot, abwog.

Schließlich schüttelte er den Kopf. »Ich muss ablehnen.«

Sie hassen alles Magische und dieser Weldur, er hat versucht, in meinen Kopf einzudringen.

»Das ist Weldurs Aufgabe, so wie es meine ist, den König zu beschützen.« Es fühlte sich richtig an, als Zelorag dies sagte.

Den König beschützen? Chanurak wieherte verächtlich. *Diese Narbe an deinem Hals, das war er, oder?*

Zelorag zog sein Tuch etwas nach oben und starrte in die Weite und dachte an den Tag zurück, als er dem König von seinem Versagen, Taron gefangen zu nehmen, berichtete.

Der König ist verrückt, einen seiner besten Krieger zu verstümmeln.

»Es war gerechtfertigt.« Der Schwadronal schaute zum Boden.

Der Pegasus schüttelte das Haupt. *Das glaubst du nicht einmal selbst. Wenn du wieder in Freiheit leben möchtest, kannst du dich meiner Truppe jederzeit wieder anschließen.*

Zelorag sah hinab auf die Zeltstadt, Haldera und die große Halle, über welcher das Banner Esthîons wehte. *Wieso muss mich Chanurak nur so prüfen? Mein Leben wäre so viel einfacher, wenn ich wieder mit ihm reisen würde.* Etwas in seinem Innersten band ihn an seine Treue, doch dieses Etwas war zum Reißen gespannt. »Mein Platz ist hier.«

Du bist so loyal und weißt nicht mal warum.

»Esthîon zu folgen ist der Sinn meines Lebens.«

Das denkst du wirklich, nicht wahr? Chanurak wieherte verächtlich und galoppierte den Hügel in Richtung Haldera hinab, spannte die Flügel und flog über die Halle und die Hütten hinweg. *Überdenke mein Angebot,* hallten seine Worte in Zelorags Kopf.

Der Schwadronal schaute dem Pegasus nach. *Wenn er nur wüsste, wie nah er daran gewesen ist, dass ich ihm folge,* dachte er und hasste sich sogleich für diesen Gedanken. Eine Böe schlug unangenehm gegen sein Gesicht und ließ seinen Kopf zur Brust sinken. Zusätzlich verfing sich der Wind in seinem Mantel, schien ihn hinabzuziehen und wirkte nun fast doppelt so schwer wie bei seinem Aufstieg. *Oh Gwendlin, warum nur hast du mich in diesen Kampf geschickt?*

Kapitel 9: Miras wahre Gabe

Neburpflanzte einen Samen seiner Macht.
Rylak malte mit leuchtenden Farben.
Iru formte seine Welt mit Hammer und Stahl.
Verse aus dem Buche der Dreizehn

Taron stand im Wald bei Merive. Er lehnte seitlich an einem Baum und sah zu, wie der Bach sich in einem Becken sammelte und schließlich über einen kleinen Vorsprung weiter seinen Weg durch Avurin bahnte. Eine gewisse Bedrückung hatte sich seit seinem Gespräch mit Elwaran in ihm ausgebreitet. *Wie vermag ich es nur, den Krieg abzuwenden?*, fragte er sich immer wieder.

Es war kein Kampf mehr, der sich rein um ihn und seine Freunde drehte. Die Autonomie von Avurin stand auf dem Spiel. *Einen Krieg, bei dem eine Partei darauf versessen ist, ihn zu führen, kann man nicht abwenden,* hallten Halvors Worte in seinem Kopf. *Wie es ihm wohl in den letzten Monaten ergangen ist? Mittlerweile wird er sich von dem Tigerbiss wohl erholt haben. Der Biss, mit ihm hatte alles begonnen. Ach Halvor, was würde ich nur für deinen Rat geben.* Sein Blick glitt durch die Baumkronen hindurch zu dem mit grauen Wolken verhangenen Himmel und für einen Moment sah es so aus, als hätte eine der Wolken das Antlitz seines Mentors angenommen.

Er glitt an dem Stamm hinab, wobei das Gebilde hinter dem Blätterdach verschwand. Er raufte sich die Haare. *Es ist alles so aussichtslos. Ich hätte mich einfach gefangen nehmen lassen sollen.* Er spürte, wie sich seine Augen mit Tränen füllten.

»Taron«, erklang die Stimme Miras hinter ihm.

»Hallo«, er wischte sich übers Gesicht und drehte sich um.

»Ich habe dich gesucht.« Mira kam an seine Seite und setzte sich auf den grasbewachsenen Boden.

»Du hast mich gefunden«, raunte Taron.

»Ich wollte dir eigentlich nur mitteilen, dass die letzten Elfen soeben eingetroffen sind. Aber ich sehe, du hast gerade andere Sorgen.«

»Nein, das ist gut, das heißt es sind jetzt zweihundert Elfen und etwa genauso viele Tauren.«

»Die Avural haben somit ihre größtmögliche Kampfkraft erreicht.«

»Und noch immer wollen sie warten und erst handeln, wenn der Feind seinen ersten Schritt getan hat. Der König hatte bereits vor zwei Monaten fast so viele Truppen. Mittlerweile wird sein Heer um einiges größer sein und sie werden Kavallerie ins Feld schicken.«

»Das hört sich fast an, als wäre ein Sieg ausgeschlossen.«

»Bisher will mir einfach nichts einfallen, wie wir gewinnen können.«

»Die Elfen sagen, sie hätten noch eine Technik, mit der sie gewiss siegen würden.«

»Im Kampf ist nichts gewiss.« Taron schüttelte den Kopf. Sie schwiegen einen Moment und starrten in den gemächlich dahinplätschernden Wasserfall. »Du würdest gerne mehr tun.«

»Wir haben die Gedankenverschleierung vollbracht, selbst Barvo gelingt es nun. Wir haben sogar gelernt, die Macht des Medaillons zu beherrschen und trainieren jeden Tag weiter. Jeder von uns ist wahrlich über sich hinausgewachsen. Aber wofür? Wir haben keinen Plan, wie wir gegen den König vorgehen können, geschweige denn was danach passieren soll, doch müssen wir einfach langsam irgendetwas tun, um unsere Schuld bei den Avural zu begleichen«, sprudelte es förmlich aus Taron hervor und er war froh, Mira seine Gedanken offenbaren zu können. Denn lediglich bei ihr hatte er das Gefühl, dies wirklich frei tun zu können.

»Wir haben nicht die Macht, um Esthîons Armee aufzuhalten.«

Taron nickte und stimmte Mira voll und ganz zu. »Vielleicht vermögen wir, sie etwas zu schwächen.« Ein Gedanke, der Grundstein für einen Plan, manifestierte sich in seinem Kopf. Hunderte dieser Einfälle waren ihm bereits gekommen, die letztendlich ins Nichts geführt hatten, doch diesmal schien es anders.

»Wir Begabte, könnten wenn, dann nur ein paar Dutzend Feinde ausschalten.«

»Nein, mir schwebt etwas anderes vor, doch müssten die Avural den ersten Schlag führen.«

»Das würden sie nie tun«, entgegnete Mira und rüttelte damit bereits an dem Fundament seiner Idee.

»Du hast recht. Es wäre vollkommen gegen ihre Natur, genauso wie es für mich das Kämpfen war.« Frustriert griff er in den Waldboden und hob Erde, Steinchen und kleine Stückchen von Rinde auf und zerrieb sie zwischen seinen Händen. Der Dreck und die Holzüberreste rieselten herab, bis nur noch ein paar Kiesel zwischen seinen Händen übrigblieben, die er schließlich ins Wasser warf. Platschend landeten die Steine in dem Becken. Wellen breiteten sich in alle Richtungen aus, bis sie sich überschnitten und vereinten. Schließlich beruhigte sich das Wasser wieder.

Tarons Gedanken überschlugen sich. *Aber natürlich, es ist so einfach. Ich muss nur die Avural von meinem Plan überzeugen.*

»Mira, hast du das gesehen?«, fragte er aufgeregt.

»Was meinst du?«

»Das Wasser, die Wellen. Natürlich, der Stein wuchs inmitten Intêrras. Ich hätte früher darauf kommen müssen.« Taron sprang auf.

»Ich verstehe nicht?«

»Wir müssen mit Puldrus und den anderen sprechen.« Taron half Mira auf die Beine und schaute in ihre ungläubig dreinblickenden braunen Augen. Er fasste ihre Hand und zog sie hinter sich her.

Zelte waren rings um Merive erbaut worden. Taron steuerte zielsicher auf eine Gruppe von drei der weißen Behausungen zu. Zwischen diesen brannte ein Feuer, um welches Lavina, Barvo und Ildrum saßen.

»Hallo«, sagte Lavina, welche gerade ein Messer auf ihrer Fingerspitze balancierte. Ihre Schulter, in die der Pfeil eingedrungen war, wirkte dabei ziemlich steif. Ildrum warf gerade einige Holzspäne ins Feuer und Barvo aß, beide nickten ihm zu.

Taron setzte sich bedeutungsschwer und atmete tief durch. »Ich habe eine Idee, wie wir möglicherweise an die Steine kommen und wir Esthîons Armee erheblich Schaden zufügen oder vielleicht sogar besiegen können.«

»Wie?«, fragte Lavina und schnippte das Messer von ihrer Fingerspitze in die Höhe, sodass es in der Luft kreiste und schließlich wieder in ihrer Hand landete.

Den Göttern sei Dank, dass sie ihre Kunstfertigkeit wiedererlangt hat, dachte er und senkte verschwörerisch das Haupt. »Wir geben dem König das, was er sich am sehnlichsten wünscht.«

»Taron, es bringt nichts, dich auszuliefern«, winkte Barvo ab und drehte einen Spieß, der vor dem Feuer in der Erde steckte und in der Länge seines Unterarmes mit Wildschweinhappen bestückt war.

»Das meine ich auch nicht, nicht direkt. Wir fünf werden uns seiner Gnade unterwerfen. Wir reiten zwischen die Hügel und Avurin, dann wird Esthîon sich mit uns befassen müssen .«

»Was soll deiner Meinung nach dann passieren?«, fragte Ildrum.

»Der König wird kommen, er kann nicht anders und er wird seine Armee mit sich führen. Schwadronäle, Krieger und womöglich die Söldner. Ich werde fordern, dass er mit mir um Avurin kämpft.«

»Darauf wird er sich niemals einlassen«, wandte Ildrum ein und schnitzte weiter an seiner Holzfigur.

»Ich weiß und daraufhin werden wir davonreiten.«

»Woraufhin er uns alles, was ihm zur Verfügung steht, hinterherschicken wird«, mutmaßte Lavina kopfschüttelnd.

»Und wir dadurch seine Kavallerie schwächen. Wenn die Avural dann angreifen, ist ihre Chance auf einen Sieg weitaus höher«, erklärte Taron.

»Es müssen nur Puldrus und die anderen Uldaren mitspielen«, wandte Mira skeptisch ein.

»Stärker als jetzt werden die Streitkräfte Avurins nicht mehr. Wir müssen das Schlachtfeld wählen, bevor es der Feind tut«, sagte Ildrum überzeugter.

»Es ist ein verrückter Plan, aber mit einem Gebirge voll Glück könnte er funktionieren«, raunte Lavina, warf ihr Messer in die Luft und fing es an der Klinge wieder auf.

»Zum Glück sind wir alle ein bisschen verrückt.« Barvo nahm den Spieß vom Feuer und zog das gesamte noch brutzelnde, tropfende Fleisch in einer fließenden Bewegung in den Mund, klopfte sich auf die Oberschenkel und stand auf.

»Du solltest nicht von dir auf andere schließen«, entgegnete Lavina etwas angewidert.

»Schön, dass ihr mit der Idee einverstanden seid.« Taron grinste und erhob sich mit den anderen und gemeinsam begaben sie sich zum Hauptgebäude Merives.

Sie gingen durch die Flechtbaumhäuser hindurch. Überall tummelten sich Elfen und Tauren. Von vielen wurden sie noch immer ein wenig argwöhnisch angeschaut. *Gewiss glauben einige, dass es besser wäre, wenn sie uns einfach zum König bringen.*

Vor dem großen umwucherten Turm stand eine Bank, auf welcher ein älterer weißhaariger Elf in einer ebenso weißen, feinen Tunika saß. Er galt als einer der Wächter des Hauses, zumindest in dieser Zeit der Ungewissheit.

Taron senkte vor ihm sacht das Haupt und führte zur Begrüßung die Hand zur Brust. »Guten Abend, Hüter der Hallen. Wir wünschen mit den Uldaren zu sprechen.«

»Ihr habt Glück. Sie haben sich soeben im Beratungsraum eingefunden. Ich werde mich erkundigen, ob eine Audienz gestattet werden kann«, galant erhob sich der Elf und schritt gemäßigten Schrittes durch das mit einem Baum verzierte Portal.

Kurz darauf erschien er wieder und ließ sie mit einer eröffnenden Armbewegung ins Innere.

Sie betraten den Raum mit den schier zahllosen Kissen. Öllampen an den Wänden spendeten ein schummriges Licht. Doch war der Raum brechend voll. Tauren und Elfen in verschiedensten Abschnitten ihres Lebens saßen auf den Kissen oder lehnten hier und da an den Wänden. Viele hatten Rüstungen aus Stahl und Leder und Waffen angelegt.

Taron erkannte Puldrus und Weredall unter ihnen, beide in Kampfmontur und Berian, die weißfellige Uldarin Merives, welche sie am Tag ihrer Ankunft begrüßt hatte.

Taron und seine Freunde waren bei den Besprechungen immer von Weredall oder Puldrus vertreten worden. Es war für sie das erste Mal, dass sie nun alle Herrscher Avurins versammelt sahen und es war ein beeindruckender Anblick.

Taron rutschte das Herz in die Hose und seine Hände füllten sich mit Schweiß. Die Situation erinnerte ihn an die Prüfung im Klostertempel, nur dass er diesmal mehr als zwanzig Prüfer vor sich sitzen hatte. *Wenigstens sind sie mir diesmal eher wohlgesonnen und ich habe mehr als nur einen Fürsprecher in ihren Reihen,* sprach er sich selbst Mut zu.

»Taron, du wolltest der Versammlung etwas mitteilen«, sprach Puldrus fordernd und in einem ungewohnt harschen Tonfall.

Er begann mit bebender Stimme zu sprechen. »Ich habe eine Eingebung gehabt, wie der Krieg möglicherweise mit verhältnismäßig wenigen Verlusten geführt werden kann.« Mit jedem Wort gewann Tarons Stimme an Kraft und Zuversicht. »Heute sind die letzten Truppen Avurins eingetroffen, wie mir berichtet wurde. Nun haben wir die größtmögliche Streitmacht. Dementsprechend muss schnellstens gehandelt werden.« Taron deutete mit den Händen auf seine Kameraden. »Wir möchten uns als Köder anbieten und uns dem König auf der Ebene zwischen Avurin und den Hügeln stellen. Esthîon wird gewiss eine Falle vermuten und uns mit einem großen Heer entgegentreten. Doch wir werden hindurchbrechen und…«

»Euer Vorhaben hört sich jetzt schon vollkommen irrsinnig an«, sprach ein schwarzfelliger jüngerer Minotauer in einer Stahlplattenrüstung.

»Bei dem Rat wird niemand unterbrochen!«, bellte Berian, was den Tauren schnaufen ließ.

»Wir haben Fähigkeiten, mit denen wir eine Flucht bewerkstelligen können. Wir reiten danach, gefolgt von der Reiterei Esthîons, nach Norden, diese Verwirrung müssen die Avural für einen Erstschlag nutzen. Es hieß, dass ihr noch eine Geheimwaffe besitzt, welche jedoch längerfristiger Vorbereitungen bedarf, durch unser Vorhaben hättet ihr diese. Während des Kampfes reisen wir zu dem Weltentor ins Soragebirge…«

Entrüstete Stimmen von Elfen und Tauren gleichermaßen peitschten durch den Raum.

»Wie können sie davon wissen?«, »Wer hat ihnen das verraten?«

»Das kann er nur von Weredall und Puldrus haben.«

»So etwas hat es noch nie gegeben!«, hörte Taron heraus, der sich zu seinen Freunden umwandte, die jedoch überhaupt nicht zu verstehen schienen.

Puldrus stand auf und brüllte dröhnend, woraufhin augenblicklich Ruhe einkehrte. »Von mir und Weredall weiß er es nicht, aber wenn ihr durcheinandergackert wie ein Haufen Hühner, wird er wohl kaum die Stimme finden, um uns zu berichten, wie er an dieses Wissen gelangt ist«, polterte er zornig, blickte danach kurz zu Weredall neben sich und setzte sich wieder.

Taron blickte einen Augenblick an die Decke. *Es tut mir leid, Elwaran.* »Einer unserer Mentoren hatte etwas angedeutet, ich habe daraus geschlussfolgert, dass es hier in Avurin ein Tor geben muss und ihn dazu gedrängt mir zu erzählen, wo sich dieses befindet. Aber selbst meine Kameraden habe ich in dieses Wissen nicht eingeweiht. Mein Plan sieht jedoch vor, dass meine Freunde nach Solærra reisen werden und weitere Nachforschungen bezüglich des magischen Steins anstellen und den Hort des Wissens und Ijargheim aufsuchen, während ich versuche, auf Intêrra die Steine ausfindig zu machen.« Taron spürte in seinem Rücken eine Vielzahl überraschter und verständnisloser Blicke. Mira, die an seiner Seite stand, schüttelte nur den Kopf. *Ich weiß, wie du dich fühlst, aber es muss sein,* dachte er und sprach mit fester Stimme weiter. »Ich habe eine Idee, wo sich der Ursprung des Steines hier auf Intêrra befinden könnte und will dem nachgehen. Wir möchten unseren Beitrag zu diesem Krieg leisten und dies scheint mir der sicherste Weg«, beendete Taron die Ausführung seines Planes.

Stille herrschte im Raum.

»Wer von euren Mentoren hat den Ort des Weltenportals verraten?«, fragte eine ältere schlanke Elfe mit blondgrauen Haaren.

Weredall hob die Hand. »Ich kann mir denken, wer es war und ich verspreche dir, dass er eine angemessene Strafe erhalten wird.«

»An ihm sollte ein Exempel statuiert werden, in mehr als zweihundert Jahren hat kein Wesen Intêrras erfahren, wo sich dieses Tor befindet und dies sollte sich auch nie wieder wiederholen«, schnalzte die Elfe.

»Gewiss meine Liebe, aber nun sollten wir wohl eher über den Plan Tarons beratschlagen.«

Die Uldarin Berian richtete sich etwas auf. »Dein Vorschlag hält zu viele Ungewissheiten parat und dazu steht er unserer Philosophie vollkommen entgegen. Wir bringen die Welt ins Gleichgewicht und nicht ins Wanken.«

»Den ersten Zug wagen? Niemals!«, erklärte ein jüngerer, in Leder gekleideter, braunhaariger Elf.

»Sie schaffen es vermutlich eh nie bis zu dem Tor«, brummte der schwarze Taur mit der Plattenrüstung.

Die Worte grämten Taron, er sah das Unterfangen schon als gefallen an, bevor es überhaupt in die Tat umgesetzt werden konnte. In seinem Hirn rotierten die Gedanken, während er versuchte, eine passende Erwiderung zu finden.

»Es ist ein Plan mit zu vielen Irrwegen…«, begann Weredall, doch wurde er von einem rhythmischen Klopfen an der Tür unterbrochen. Die Köpfe aller wandten sich ihr zu.

»Tretet ein«, sagte Berian, Missgunst schwang in ihrer Stimme mit.

Der weißhaarige Elf, der bereits Taron und seine Freunde eingelassen hatte, öffnete die Tür. »Entschuldigt die Störung, aber es ist jemand eingetroffen, der gerne an der Versammlung teilnehmen möchte.«

»Wer?« fragte Berian.

»Die ehrenwerte Seherin Srinares.«

Ein Raunen ging durch den Raum. Taron senkte ehrfürchtig den Blick. Srinares trat durch das Portal, begleitet von einem Duft, der süßem Kuchen glich. Sie ging gebeugt, auf einen Stab gestützt, dessen Ende immer wieder rhythmisch gegen eine der in ihre Haare geflochtenen Murmeln klackte. Ihr weißes Kleid schwebte hingegen förmlich über den Boden und doch schien Taron, als wäre sie seit ihrer letzten Begegnung noch älter geworden. »Ich begrüße die Uldaren Avurins«, hauchte Srinares krächzend. »Lange war ich mir nicht sicher, ob es klug ist, hier zu erscheinen, doch ich glaube, dass ich zur rechten Zeit hier eingetroffen bin.«

Alle Avural senkten ihre Köpfe, Taron und seine Freunde taten es ihnen gleich.

»Wir haben Euch nicht erwartet«, sprach Weredall leise.

»Ich weiß.« Sie betrat den Raum und musterte jeden der dort Sitzenden. Zuletzt haftete ihr Blick an Taron.

Er spürte ihre Präsenz, doch war es keinesfalls unangenehm wie bei Weldur Burak. Er öffnete seinen Geist freiwillig. Es entstand eine Verbindung, wobei Srinares sein gesamtes Vorhaben erfuhr.

Srinares löste sich von Taron. »Ich weiß, warum ihr hier seid. Ich habe viel Angst in euch gesehen und sie ist berechtigt.«

Puldrus atmete brummend. »Wir haben soeben einen Vorschlag von Taron vernommen. Dieser beinhaltet für die Begabten eine Vielzahl von Gefahren und würde uns dazu zwingen, den ersten Schlag zu führen.«

»Wir würden gegen das Gesetz der Harmonie handeln«, sagte ein grauhaariger Taur.

»Wir wären kaum besser als die Menschen«, erklärte Weredall.

»Aber die Chance auf einen Sieg wäre aussichtsreicher«, erwiderte Puldrus.

»Was wäre danach?«, fragte Berian. »Wir wären auf immerdar Feinde Gonvalors.«

»Solange Esthîon an der Macht ist, wird das immer so sein«, wandte Taron ein.

»Taron, du hast einen weiteren Gedanken, sprich ihn aus«, forderte Srinares.

Er sah die Gedankenleserin an und nickte. »Ich habe nach unserer Flucht nicht vor, nach Avurin zurückzukehren.«

»Was hast du vor?«, fragte Weredall.

»Unsere bisherigen Bemühungen, einen würdigen Nachfolger für Esthîon zu finden, sind bisher scheinbar nicht von Erfolg gekrönt gewesen. Ich habe eine Idee, wer uns zumindest einen reibungslosen und friedlichen Übergang schaffen könnte.«

»Wer ist diese Person?«

»Halvor, einige von euch kennen ihn. Ich werden zu ihm reiten und ihn um Hilfe bitten, seine Verbindungen zu den Priesterorden sind stark.«

Die Uldaren sahen Taron an, einige nickten.

»Das wäre eine Möglichkeit, aber auch sie birgt große Gefahren«, erwiderte Berian.

»Sie hat nur einen Haken. Du wirst dich, nachdem deine Kameraden das Weltentor benutzt haben, alleine den Schwadronen stellen müssen.«

»Das ist mir bewusst und daher muss ich euch um einen großen Gefallen bitten, wir brauchen die schnellsten und ausdauerndsten Pferde, um zu entkommen. Ich lenke die Aufmerksamkeit auf mich und reite dann alleine nach Yewabor.« Der Gedanke daran, ohne Unterstützung zu reiten, ließ ihn erschauern.

»Ein Führer wäre vonnöten, um nach Solærra zu gelangen«, schnaufte Berian und strich sich über eines ihrer kurzen Hörner.

»Elwaran wird euch begleiten«, befand Weredall.

»Dein Sohn war noch nie auf Solærra, Fendelin und Gelador sollten ebenfalls mit ihnen reisen«, entschied Puldrus.

»Sie wären eine Bereicherung«, entgegnete Taron erleichtert.

»Aber bedenkt, Solærra ist anders als Intêrra, die Luft ist dünner und die beiden Augen Rylaks werden euch dauerhaft begleiten. Für viele Menschen ist unsere Welt kaum zu ertragen.«

Taron drehte sich mit einem fragenden Blick zu seinen Freunden um.

»Wir sind bereit, die Strapazen auf uns zu nehmen«, erklärte Lavina.

»Es kann kaum schlimmer als die Schindereien Geladors sein«, fügte

Barvo hinzu, wodurch sich einige der Tauren und Elfen zu einem wissenden Schmunzeln hinreißen ließen. »Wie willst du auf Intêrra an weitere Informationen bezüglich der Steine gelangen?«, fragte Puldrus.

Taron hatte befürchtet, dass diese Frage kommt. »Ich hatte gehofft, dieses Thema in einem vertraulicheren Rahmen zu besprechen, aber vermutlich ist es besser, euch allen meine Gedanken zu offenbaren. Ich weiß, dass vor über eintausend Jahren ein magischer Stein in einem Tal auf Intêrra entstanden sein soll und vermute, dass mein Medaillon ein Stück von diesem enthält. Damals walzte eine Welle der Magie über die Welten und drang schließlich über die Weltentore auch nach Solærra und Lunærra. Das einzige Wissen, welches ich nun noch benötige, um den Standort des Steines zu bestimmen, ist wann diese Welle die vier naheliegendsten Weltentore erreichte?«

Unglaube und Verwirrung spiegelten sich in vielen Gesichtern der Uldaren wider. Doch Taron erwiderte ihre Haltungen mit einer stoischen Miene.

Ein alter weißhaariger Elf, der der Bruder von dem Hüter der Halle hätte sein können, räusperte sich. »Ich habe seinerzeit in dem Hort des Wissens in Varendul die alten Geschichten studiert. Wann genau die Welle die einzelnen Tore passierte, weiß niemand, da zu dieser Zeit lediglich das Tor in Varendul selbst bekannt war, welches die Verbindung nach Ijargheim, der Stadt der Zwerge, darstellt.« Der Elf hob den Zeigefinger. »Allerdings trafen schließlich drei Wellen gleichzeitig in einem Dorf namens Luberal mitten in Solærra ein. Der Himmel soll damals heller erleuchtet gewesen sein als je zuvor. Der Ort wurde danach *Weiler der Gaben* genannt. Nur durch dieses Ereignis konnten die fehlenden Tore entdeckt werden. Die Welle aus dem Süden traf dort jedoch erst später ein.«

»Das Tal, in dem sich der Stein befindet, müsste daher den gleichen Abstand zu diesen drei Toren haben und in ihrer Mitte liegen«, fasste Taron zusammen.

»Es ist der wahrscheinlichste Ort«, hauchte Srinares.

»Da sich die drei Welten lediglich von ihrer Beschaffenheit und den Weiten unterscheiden, ist es durchaus wahrscheinlich, dass sich der Stein dort befindet und die Suche das Risiko wert ist«, bestätigte Weredall.

»So der Rat zustimmt, werden wir euch eine Karte bringen lassen«, brummte Puldrus.

»Ich würde vorher gerne abstimmen lassen«, erwiderte Berian.

»Wir haben den Plan bisher noch nicht eingehender diskutiert«, sprach der weißhaarige Elf. »Und soweit ich es verstanden habe, geht mit ihm noch immer ein erster Angriff einher. Das kann ich nicht gutheißen.«

Zustimmendes Nicken einiger Anwesender war die Folge.

Verunsichert wollte Taron zu einer Erwiderung ansetzen, schloss seinen Mund dann jedoch wieder. *Wie nur vermag ich, ihre Jahrtausende alte Philosophie zu ändern? Ich habe ihnen einen Plan offenbart, der den Sieg bringen kann, mehr vermag ich wohl nicht zu tun.*

»Manchmal muss man einem Kind auf die Finger klopfen«, säuselte eine blonde Elfe, deren Alter Taron unmöglich schätzen konnte.

»Esthîon ist kein Kind «, herrschte der Taur mit der Plattenrüstung.

»Er schreit nach einem Leckerbissen, nur um niedere Gelüste zu befriedigen. Ihn als Kind zu bezeichnen, ist noch schmeichelhaft. Um unser Volk und unser Land zu beschützen, bin ich bereit, meine Überzeugungen in den Hintergrund zu stellen«, sprach die blonde Elfe mit fester Stimme.

»Es besteht sogar die Möglichkeit, dass Esthîon danach ganz von uns ablässt«, offenbarte Berian.

»Das glaube ich erst, wenn ich es sehe, aber ich bin dafür, den Plan Tarons durchzuführen«, erklärte Puldrus.

»Noch nie sind die Elfen in den Krieg gezogen, was nur würden die Elben tun, wenn sie davon erführen.«

Srinares ließ ihren Stab auf den Boden niederfahren und erhob das Wort. »Die Elben befassen sich nur mit der Sicherheit Solærras und dies ist einfach, da sie hinter dem Tor in Varendul sitzen und warten müssen, doch wir befinden uns auf ihre Anweisung hin vor einem anderen Tor. Eine Situation wie die unsrige gab es in der elfischen Geschichte noch nie, womöglich wäre ein Umdenken vonnöten.«

Die Worte der Gedankenleserin hatten ein enormes Gewicht und lösten ein Raunen bei den versammelten Elfen und Tauren aus, das zu einem Gemurmel anschwoll und schließlich in zustimmendes Flüstern und euphorisches Nicken brandete.

»Wer in den Plan Tarons einwilligt, möge den Arm heben«, rief Puldrus.

Erleichtert sah Taron, dass die meisten Hände der Uldaren nach oben gingen. Er nahm eine Bewegung neben sich wahr und sah, wie Barvo breit grinsend ebenfalls den Arm in die Höhe reckte. Seine Kameraden folgten dem Beispiel und auch Taron ließ schließlich lächelnd die Hand Richtung Decke wandern.

»Damit ist es beschlossen. Wir werden kämpfen und den Menschen die Macht der Avural offenbaren«, sprach Berian.

Taron atmete erleichtert aus und nickte Mira lächelnd zu, welche die

Geste erwiderte.

Die Tauren klopften auf ihre Oberschenkel, einige röhrten sogar.

»Wann soll der Angriff stattfinden?«, fragte der Minotaurus mit der Plattenrüstung, als wieder Ruhe eingekehrt war.

»Eine Woche für die Vorbereitungen sollte genügen«, sagte einer der älteren Elfen.

»Wir haben unsere größtmögliche Schlagkraft erreicht. Zwei Tage müssten vollkommen ausreichend sein«, befand Puldrus.

Eine einvernehmliche Stille war die Antwort.

»Also in zwei Tagen, alles Weitere besprechen wir morgen, mit euer aller Zustimmung würde ich den Rat für heute beenden.« Berian legte die flache Hand auf ihre Brust und senkte den Schädel.

Die Elfen und Tauren folgten dem Beispiel der Uldarin, standen auf und verließen den Raum.

»Ich wünsche, dass die Begabten noch hier verweilen«, forderte Srinares.

Die Tauren und Elfen gingen an ihnen vorbei. Puldrus und Weredall sprachen noch kurz mit einer jüngeren Elfe und entließen diese schließlich als Letzte.

Srinares sah jeden von ihnen an, »Ihr fünf wollt unser aller Schicksal in die Hand nehmen?«

Taron nickte.

»Ich habe Hoffnung in euch. Doch euer vollkommenes Potenzial ist noch nicht ausgeschöpft. Die wahren Kräfte entfesseln sich nur im Kampf.«

»Haben wir bereits die Stärke, Esthîon zu besiegen?«, fragte Taron demütig.

»Ja und nein.«

»Was bedeutet das?«

»Du allein hast die Macht, ihn zu Fall zu bringen. Doch solange er von seiner Schwadron umgeben ist, wird es dir nicht gelingen.«

»Ich muss ihn von seinen Kommandanten trennen.«

Srinares nickte bedächtig.

»Zum Glück hast du uns.« Barvo schlug Taron auf den Rücken, sodass ihm für einen Moment die Luft wegblieb.

»Ihr alle habt unglaubliche Kräfte, nur fehlt euch zur vollen Stärke etwas.« Srinares Blick ruhte auf Tarons Brust.

»Wir brauchen die Steine«, hauchte Mira.

»Ich habe viele Geister erforscht, nicht nur die euren, um die Kampfkraft der Schwadronäle einzuschätzen und bin zu dem Schluss gekommen, dass nur wenn ein jeder von euch solch ein Artefakt besitzt, ihr Esthîon bezwingen könnt.«

»Wir werden sie aufspüren«, versprach Taron.

»Und während unserer Reise weiter trainieren, um bestmöglich vorbereitet zu sein«, erklärte Lavina.

»Es ist bedauerlich, dass es in Avurin keinen weiteren gibt. So hätten wir auf unserer Reise durch Solærra wenigstens weiter üben können«, grummelte Ildrum.

»Wir werden es heute Abend und morgen nochmal mit Tarons Talisman probieren«, sagte Mira.

Es klopfte an der Tür.

»Tritt ein«, dröhnte Puldrus.

Herein trat Elwaran mit einem zusammengerollten Stück Papyrus. Ihm folgten Fendelin und Gelador. Sie führten ihre Hände zur Brust.

»Ich habe wie gewünscht eine Karte des uns bekannten Intêrras hergebracht«, sprach Elwaran.

Weredall nahm sogleich eine aufrechte Haltung an und sah seinen Sohn durchdringend an, der zu einer Flechtbaumwand erstarrte. »Gut, ich hörte, dass einer von euch Taron bestätigte, dass sich im Soragebirge eines der Weltenportale befindet…«

»Vater…«

»Gehe ich richtig in der Annahme, dass du es warst Elwaran?«

Der Elf senkte demütig das Haupt. »Ja.«

»Es ist eine Schande sondergleichen, die du über mein Haus bringst. Elwaran aus dem Geschlecht der Delur, als Strafe für dein Vergehen entbinde ich dich von deinen Pflichten als Späher Avurins.«

»Aber«, Elwaran hob leicht das Haupt und blickte in das gefühllose Gesicht Weredalls. »Ja, Vater.«

Taron war von der Härte Weredalls vollkommen überrumpelt, er wollte Elwaran beistehen, etwas sagen, war er doch für diesen Fehler verantwortlich. Doch der Anblick Weredalls erinnerte ihn an den Hohepriester Selvarin und da wusste er, dass jedes seiner Worte auf Granit treffen würde.

»Entschuldigt die Unterbrechung, ehrenwerte Srinares, möchtet Ihr noch etwas mit den Begabten besprechen?«, richtete sich Weredall an die Seherin.

»Alle Worte, die für alle Ohren bestimmt waren, sind gesagt worden«, erklärte Srinares.

»Nun denn, Fendelin, Gelador und Elwaran, ihr drei wurdet auserkoren, unsere magiebegabten Freunde bei einem schwierigen Unterfangen zu unterstützen. Ihr werdet mit ihnen in zwei Tagen Avurin verlassen. Die genauen Details eures Auftrages kann euch Taron zu einer späteren Zeit jedoch selbst erläutern. Also Elwaran, lege bitte einmal die Karte aus.« Puldrus deutete auf den Boden zwischen ihnen.

Der Elf tat, wie ihm geheißen und beschwerte die Ecken mit Kissen. Staunend, mit geweiteten Augen und kopfschüttelnd stieß Taron ein »Unglaublich« hervor.

Die Karte war feiner gezeichnet als jede, die er zuvor gesehen hatte. Die drei großen Reiche Xonanon, Raivor und Gonvalor und ihre Hauptstädte Xar, Lurbrunn und Donnerhall waren eingezeichnet, ebenso die Berge mit ihren Zwergensiedlungen und Flüssen und großen Wäldern, das östliche und das westliche Meer, die größten Seen. Im Norden endete die Karte in einem gewaltigen Wald, unter welchem der Name *Nundras* stand und im Süden mit der Steppe Savanks, welche in die ewige Wüste überging. Selbst Punkte mit den Namen Yewabor und Eberthal konnte er auf der Karte finden.

»Das ist also Intêrra«, hauchte Ildrum mit belegter Stimme.

»Nur der Teil, den wir kennen. Andere wurden von den Elfen bisher nicht bereist«, antwortete Weredall.

»Intêrra könnte also noch größer sein?«, fragte Mira.

»Wir sind uns diesbezüglich sehr sicher.« Der weißhaarige Elf nickte.

»Wo befinden sich die Tore?«, fragte Taron.

»Hier liegt Ijargheim«, Elwaran deutete auf einen Punkt im westlichen Teil des Klingengebirges.

»Dort befindet sich das zweite Tor.« Weredall zeigte auf ein Gebiet, welches hügelig gezeichnet war. Mit elfischer Handschrift war dieses Gebiet als Dornenmoor bezeichnet worden, es lag weit im Westen des Xonanon-Reiches. Die Hand des Elfen glitt weiter zum Süden der Karte und kam in der ewigen Wüste zum Liegen. »Hier ist das dritte Tor, doch es ist unter einem Berg aus Sand begraben. Und dann wäre da noch unser Tor, es liegt in einer Schlucht des Soragebirges.«

»Die Tore auf Solærra sind in einer ähnlichen Position angeordnet.«

»Von der Lage nahezu identisch, nur dass die Entfernung zueinander etwas geringer ist.«

»Dementsprechend müsste sich Enuras Felsen etwa hier befinden.« Taron deutete auf einen Punkt in der Karte, welcher in etwa der gleichen Entfernung zu dem Tor der Elfen, der Zwerge und dem in den Dornenmooren lag.

»Selbst mit dem schnellsten Elfenpferd wird dies mindestens eine dreiwöchige Reise, wenn man verfolgt wird und sich verstecken muss, kann es durchaus länger dauern, außerdem musst du noch irgendwie unentdeckt den Beledon überqueren«, führte Weredall das Vorhaben aus.

»Und dieser Ort liegt im Grenzland zu Xonanon«, flüsterte Barvo fast ängstlich.

»Taron, wenn der Felsen in ihrem Reich liegt, könntest du

abgefangen werden, ehe du zu ihm gelangst. Zumal die gesamte Grenze ständigen Schwankungen unterliegt«, bedachte Ildrum.

»Das heißt, ich muss vorsichtig sein und darf mich nicht entdecken lassen. Zum Glück hatte ich die besten Lehrer der Verschleierung.«

»Etwas zu üben, ist etwas anderes, als es tatsächlich anzuwenden«, mahnte Fendelin.

»Ich werde während meiner Reise dorthin vermutlich genug Gelegenheiten haben, um meine Fähigkeiten zu verfeinern.«

»Taron, ich war bereits einmal in Xonanon. Die Menschen dort sind anders, es ist schwierig, wenn man ihre Gepflogenheiten nicht kennt, sich anzupassen. Wenn du willst, kann ich die Reise antreten und den Stein suchen«, bot Lavina an.

»Nein, zumal ich außerdem noch Halvor finden und von der Machtergreifung während des Überganges überzeugen muss. Ich glaube kaum, dass er dir genauso ein Vertrauen entgegenbringen würde wie mir. Doch würde ich mich freuen, wenn du mich über die Gebräuche Xonanons unterrichten könntest.«

»Das werde ich.«

»Bleibt nur noch eine Frage, wo werden wir uns treffen, wenn unsere Suche beendet ist?«, fragte Mira.

»In Ijargheim am Nordtor der Zwergenstadt«, sagte Gelador. »Das Weltentor liegt etwa eine Meile außerhalb ihrer Mauern.«

»Das wäre dann noch einmal ein dreiwöchiger Ritt«, flüsterte Taron. Erst jetzt wurde ihm das Ausmaß seines Unterfangens tatsächlich bewusst.

»Und dann brauchen wir noch einmal vier bis fünf Wochen bis wir wieder hier sind. Kann Avurin so lange durchhalten?«, fragte Mira zaghaft.

»Avurin wird standhalten«, bestätigte Puldrus.

»Hat noch jemand ein Anliegen?«, fragte Weredall.

Srinares raue Stimme zerschnitt die Stille. »Ich würde gerne mit Taron und Mira noch einmal kurz alleine sprechen.«

»Dann wäre es das für heute. Einen schönen Abend euch noch.« Puldrus ging mit schweren Schritten an den Magiebegabten vorbei und verließ den Beratungsraum.

Seine Kameraden verließen das Zimmer, den Schluss bildete ein mitleidig dreinblickender Barvo, der hinter ihnen die Tür schloss.

Srinares setzte sich stöhnend vor den beiden auf einige Kissen. Ihre Knie knackten dabei, während die lange weiße Robe ihre Beine umhüllte. Taron und Mira ließen sich gegenüber von Srinares nieder.

»Taron, ich weiß, du siehst dich nicht als Anführer und doch bist du für deine Freunde einer. Ich muss dich um etwas bitten«, die alte Taurin schnaufte hörbar, bevor sie weitersprach, »lasse Mira hier zurück bei mir.«

Er runzelte die Stirn. »Sie hierzulassen würde unseren Plan erschweren.«

»Warum sollte ich hier verweilen?«, fragte Mira.

»Wegen deiner Fähigkeit, sie wird hier bald sehr dringend gebraucht.« Die Seherin hustete gebrechlich.

Mira schüttelte den Kopf. »Es gibt wesentlich stärkere Gaben als meine.«

»Das mag auf den ersten Blick so scheinen, doch vermagst du viel mehr als du ahnst«, hauchte die Taurin.

»Mira hat die gleiche Fähigkeit wie Ihr«, erkannte Taron.

»Ich soll die Fähigkeit haben, Gedanken zu lesen?«, fragte sie verwirrt.

»Davon bin ich überzeugt.«

»Und Ihr wollt mir dies beibringen?«

Die Taurin nickte. »Außerdem habe ich das Gefühl, dass sich Onacra bald meiner Seele bemächtigen wird. Ich brauche einen Nachfolger und ich wünsche, dass du meinen Platz einnimmst.«

Miras Augen weiteten sich kopfschüttelnd. »Taron, was sagst du dazu?«

Ihre Blicke trafen sich. Taron konnte das Gehörte kaum glauben. Alles sträubte sich in ihm, Mira in Avurin zurückzulassen. *Aber unsere Wege würden sich so oder so trennen und vermutlich ist es sicherer, wenn sie nicht mitkommt.* »Es ist eine Ehre unter Srinares zu lernen, aber letztendlich ist es deine Entscheidung. Ich würde es verstehen, wenn du hierbleibst.«

Mira ergriff Tarons Hand, welche auf seinem Oberschenkel ruhte. »Ich brauche Zeit zum Nachdenken«, entgegnete Mira schließlich.

»Du hast zwei Tage.«

»Dankeschön«, flüsterte Mira.

Die Taurin nickte. »Möge Rylak euch zwei letzte ruhige Tage schenken.« Srinares kämpfte sich grunzend auf die Hufe, verließ den Raum und ließ die beiden jungen Menschen mit wirren Gedanken alleine zurück.

Kapitel 10: Die Fänge des Königs

Die verbliebenen Götter wurden auf das Schaffen Neburs, Rylaks und Irus aufmerksam und drangen zu ihnen. Nur Kelsey blieb allein zurück.
Vers aus dem Buch der Dreizehn

Taron und seine Freunde standen zusammen mit ihren an den Zügeln geführten Pferden an der Waldgrenze Avurins, auf der ehemaligen Haupthandelsstraße nach Haldera. Ein frischer Wind wehte ihnen von den flachen Bergen aus entgegen, welcher passend für die Göttin Laval war, deren Monat vor wenigen Tagen begonnen hatte und möglicherweise vor einem nahenden Sturm warnte. *Heute wird es einen Sturm geben, einen Sturm, den Esthîon nie vergessen wird,* dachte Taron, seinen Blick auf die Hügellande Gonvalors gerichtet.

Hinter ihm hatten sich die Elfen- und Taurenkrieger aufgestellt. Sie hielten die Augen geschlossen. Lediglich ein leichtes rhythmisches Summen war von ihnen zu hören.

An ihrer Spitze befand sich Weredall, dessen Mimik wie jene der anderen Elfen vollkommen ausgeglichen schien. Taron und seine Kameraden hatten sich bereits am Vorabend von den Avural verabschiedet und waren bei diesem Anlass bestens von ihnen ausgerüstet worden. Tarons Oberkörper, Arme und Beine steckten in gehärtetem Leder. Es war untypischerweise schmucklos und würde niemanden außerhalb Avurins einen Hinweis auf seine Herkunft geben. Die Rüstung saß nahezu perfekt und erinnerte ihn an den Übungsschutz aus dem Kloster Yewabors. Über das Leder hatte er seine dunkelblaue Reisetunika angezogen. *Esthîon soll mich schließlich auch erkennen.* Sein Stab ruhte in einer Halterung auf seinem Rücken.

Er drehte sich zu seinen Kameraden und betrachtete sie der Reihe nach. Barvo und Ildrum trugen leichte Panzerplatten, Lavina, Fendelin, und Elwaran Lederharnische und Gelador eine mit einem Baummuster verzierte, blank polierte Elfenrüstung. Die Satteltaschen eines jeden Pferdes waren gefüllt mit alltäglichen Utensilien. Lediglich Taron hatte einen Rucksack dabei, welcher vollgestopft mit Proviant und hinter ihm am Sattel befestigt war.

Nur Mira fehlt, dachte Taron betrübt. Er hatte sie heute noch nicht gesehen. *Sie ist wohl dem Ruf Srinares' gefolgt.* Taron schmerzte die Erkenntnis, doch vermochte er es ihr kaum zu verübeln. Dass sie sich nicht einmal verabschiedet hatte, löste allerdings wahre Wehmut in ihm aus.

»Seid ihr bereit?«, fragte Taron.

»Mira ist noch nicht da«, rief Lavina.

Nach kurzem betretenem Schweigen sagte Taron: »Ich bezweifle, dass sie noch kommen wird.«

»Aber…«, begann Barvo.

»Es hat alles seine Richtigkeit«, seufzte Taron. »Habt ihr eure Gedanken verschleiert?«

»Wir sind bereit«, verkündete Barvo, welcher nickte, ebenso wie Lavina und die drei Elfen.

»Heute ist ein guter Tag, dem Feind ins Auge zu blicken und ihm die Stirn zu bieten«, sagte Ildrum grimmig.

Tarons Blick glitt zu Gelador. Er wirkte verkrampft. *Er würde lieber mit seinen Brüdern und Schwestern in den Krieg ziehen. Deine Zeit des Kampfes wird schnell genug kommen.* Taron war froh darüber, den Elfenkrieger bei sich zu wissen. Ihre Augen trafen sich. »Gelador, können wir aufbrechen?«

Sie blickten zurück und sahen, wie Weredall kaum merklich sein Haupt senkte.

»Die Avural sind kampfbereit«, bestätigte Gelador.

»Dann aufsitzen.« Taron war aufgeregt, der Schweiß strömte von seinem Gesicht, obwohl es nicht allzu warm war.

Sie schwangen sich in die Sättel. Taron hatte Sternenwind von Elwaran überlassen bekommen und empfand große Dankbarkeit dafür, da er wusste, was für ein eingespieltes Gespann die beiden waren. Doch war es das einzige Pferd, auf dem er sich wohlfühlte und welches ihn beim Reittraining nicht abwerfen wollte. Es tänzelte leicht zur Seite, als Taron auf ihm Platz nahm. Er berührte mit seinen Fersen die Flanke des Tieres, welches sich daraufhin in Bewegung setze. Seine Unruhe wollte sich jedoch selbst nach unzähligen Stunden des Reitens nicht wirklich legen.

Sie verließen Avurin. Sternenwind preschte wie von selbst über die Ebene.

Der Wind blies durch sein Haar und trocknete seine Haut. Allmählich entspannte sich Taron. Auf halbem Weg zu den Hügeln zügelte er Sternenwind.

Die anderen hielten neben ihm. Er sah sie an und nickte.

»Ich, Taron, fordere Esthîon Adar, König von Gonvalor, auf herauszukommen. Ich will ihm ein Angebot unterbreiten!«, schrie er.

Seine Stimme verklang.

»Haben sie uns mitbekommen?«, fragte Barvo.

»Ja«, antwortete Fendelin, welche die Lande vor sich musterte.

»Vermutlich müssen sie sich erstmal beratschlagen«, gluckste Ildrum.

»Eine königliche Garde zusammenzustellen, wird seine Zeit brauchen«, bestätigte Lavina.

»Also heißt es warten«, sagte Taron.

»Warten ist gut«, brummte Barvo und biss von einem Stück Trockenfleisch ab.

Taron musste grinsen.

Gelador schüttelte den Kopf. »Vielleicht hetzt er uns auch gleich ein paar Reiter auf den Hals«, bedachte der Elf.

»Das glaube ich nicht. Die Gefahr, dass wir fliehen, wäre zu groß«, entgegnete Taron.

Elwaran hob die Hand über die Augen. »Da vorne zwischen den Hügeln steht ein Reiter.«

»Und dahinter sind noch einige mehr«, hauchte Fendelin.

»Taron, wiederhole nochmal deine Forderung«, empfahl Gelador.

Er nickte und schrie erneut. Als hätte Laval ihre Zustimmung gegeben, drehte der Wind und wehte seine Worte zu den Anhöhen.

Ein Hornsignal erklang. Der dumpfe Ton surrte in Tarons Innerem nach.

»Es beginnt«, flüsterte Ildrum.

Eine Kolonne dunkler Reiter löste sich aus dem Tal direkt vor ihnen. Mehr als einhundert auf Pferden mit unterschiedlichen Rüstungen und Schilden. Dahinter marschierten Fußsoldaten, formiert in fünf Reihen, die sich in zahllosen Gliedern nach hinten erstreckten. Der Gleichschritt ließ den Boden vibrieren. Eine Streitmacht, wie sie noch keiner von ihnen vorher gesehen hatte. *Nur die Törichtsten würden es wagen, sich solch einer Gefahr entgegenzustellen. Es müssen weit über tausend Mann sein.* Taron fühlte sich mit jedem Schritt, den die Krieger vorrückten, kleiner und unbedeutender, während seine Zweifel ins Unermessliche stiegen. *In den guten Geschichten ringt immer der Kleine den Großen nieder. Diesmal besteht das Ungeheuer eben aus unzähligen Kriegern,* sprach er sich selbst Mut zu.

Eine Gestalt am vorderen Ende der Reiterschar schrie einen Befehl, woraufhin sich der hintere Teil der Kolonne auflöste und nach vorne an der Spitze vorbei galoppierte.

»Macht euch bereit. Seid auf alles gefasst«, beschwor Taron seine Kameraden.

Die Reiter bildeten einen Kreis um sie. Taron schwenkte sein Haupt und versuchte, jedem der feindlichen Krieger einen festen unnachgiebigen Blick entgegenzuwerfen. Ihre Gesichter waren durch Helme halb verdeckt und wirkten ungeachtet dessen überaus grimmig, was sein mulmiges Gefühl in der Magengrube verstärkte. *Ich darf ihnen keine Schwäche zeigen. Ich bin Herr der Situation.*

Die Berittenen kamen zum Stehen. Direkt vor ihnen offenbarte sich Esthîon, in einer blank polierten Rüstung auf einem großen Rappen, rechts von ihm ritt Weldur und links Schwadronal Dun. Der König wirkte erschöpft, wodurch sein Grinsen eigenartig verzerrt aussah.

»Batala, halt!«, erklang der Befehl, irgendwo hinter Esthîon.

Die Krieger kamen mit einem Schritt zum Stehen. *Ihre Fußtruppen haben uns nicht umschlossen.*

Stille lag über der Ebene. Die Blicke Esthîons und Tarons durchbohrten einander. Die Luft zwischen ihnen schien zu knistern.

»Ich grüße Euch, König Gonvalors«, rief Taron mit fester Stimme.

Der König nickte. »Du wolltest ein Angebot unterbreiten.«

»Ja.«

»Ich nehme an, es handelt sich dabei um eure Auslieferung.«

»Nein, ich, Taron, Novize Neburs vom Klostertempel Yewabor, fordere Euch, König Esthîon Adar, Herrscher Gonvalors, zum Zweikampf heraus. So ich siege, werdet Ihr Eure Truppen abziehen und die Verfolgung von meinen Kameraden und mir aufgeben. Solltet Ihr gewinnen, werden wir uns ohne weiteres Eurer Gerichtsbarkeit unterstellen.«

»Die Baumflüsterin fehlt. Du Sohn eines wertlosen Bauern willst mich wohl verspotten«, der König lachte, »aber sei´s drum, ich habe den Kreis um euch geschlossen, ihr vermögt nicht zu fliehen. Warum sollte ich kämpfen?«

»Der Kampf gegen mich ist Eure einzige Chance, um ehrenhaft und ohne den Tod Unzähliger aus dieser Misere herauszukommen.«

»Mit deiner Gefangennahme ist bereits ein Teil meines Willens geschehen und was die Avural anbelangt, die werden ihr Lehen verlassen, auf die eine oder andere Weise.«

Hinter Esthîon kam Bewegung auf. Der König wurde durch Weldur an der Schulter berührt.

»Ich bin gekommen, um dem Zweikampf zwischen Esthîon und Taron beizuwohnen«, erschallte die Stimme Miras über die Ebene.

Taron gefror das Herz. Sein Atem stockte. *Was macht sie bloß?*

»Taron, jetzt!«, rief Elwaran.

Die Stimme des Elfen rüttelte Taron wach. Er atmete ein und sog die Magie der Umgebung auf und erstrahlte förmlich.

Esthîons Reiter wichen zurück.

»Nach Avurin!«, schrie Taron. Sternenwind drehte. In Tarons Händen manifestierte sich Energie. Er riss beide Arme mit gestreckten Händen nach vorne. Ein Strahl löste sich aus ihnen und teilte die Reiterschar wie ein heißes Messer Butter. Er führte die Gliedmaßen zur Seite, woraufhin sich der Lichtstrom teilte und eine Vielzahl der Reiter zum Boden schickte und eine Passage öffnete.

»Fangt sie ein!«, erklang die Stimme Esthîons.

»Vorwärts!«, befahl Lavina neben ihm.

Taron drehte sich um und sah in das hasserfüllte Gesicht des Königs und musste lächeln. *Bei der nächsten Begegnung werde ich nicht fliehen.* »Heia!«, rief er und presste seinem Schimmel die Fersen in die Flanke, der freudig wieherte und sogleich wie ein abgeschossener Pfeil davonzog.

Links vor ihm sah er eine Flammenfontäne in Richtung der Schwadron drängen und rechts Lavina, die eine fünf Schritt lange Kette mit einer Kugel am Ende über den Kopf schwang. Dahinter waren Elwaran und Gelador, die mit ihren Schwertern weit ausholten und mögliche Angreifer fernhielten. Fendelin war neben ihm und hatte einen Pfeil auf die Sehne gelegt, während Ildrum eine kleine Axt an Lavina vorbei gegen einen der Männer schleuderte und ihn damit vom Pferd riss.

Vor ihm lagen einige Männer und Pferde, die durch seine Magie bewusstlos geworden waren. Am Ende des Durchganges saß Mira auf einem braunen Ross.

Sie preschten durch die Passage.

Die Schreie des Königs drangen wieder und wieder an sein Ohr. Taron drehte sich um, die Masse der Reiter setzte sich in Bewegung. *Sie folgen uns. Sehr gut.*

Mira hatte ihr Pferd gewendet und ritt vor Taron und den anderen nordwärts die Ebene entlang. Keiner schien verletzt zu sein. Sie trieben ihre Tiere zum Galopp an.

Taron schaute nach links zum alten Handelsweg, wo die Elfen und Tauren verharrten. *Nun liegt es an euch, wir haben getan, was wir konnten.*

Der Weg verschwand aus Tarons Sichtfeld. Der Blick nach hinten offenbarte ihm eine grölende Reiterschar, die ihre Pferde mit Schlägen antrieb und es trotz aller Gewalt nicht schaffte, die Elfenrösser einzuholen.

Taron und seine Gefährten ritten Seite an Seite. Taron wusste, selbst bei vollem Galopp würden sie erst am Abend das Soragebirge erreichen. Dabei durften sie die Verfolger nicht ganz abschütteln.

Während des Rittes erklangen immer wieder Hornsignale, welche die Späher Gonvalors aus ihren Posten in den Hügeln lockten und ebenfalls die Verfolgung aufnehmen ließen. Einige wenige agierten sogar schneller und versuchten, Taron und seinen Gefährten den Weg abzuschneiden. Doch mit hakenschlagenden Manövern gelang es ihnen, dass sie nicht in weitere Kampfhandlungen verwickelt wurden.

Im Gegenzug gewann die Reiterschar noch mehr Krieger hinzu und als zum Nachmittag hin das Soragebirge in greifbare Nähe rückte, wirkte es fast so, als würde eine Horde Löwen eine Maus jagen.

Die Sonne stand bereits tief im Westen, als sie die Schlucht des südlichen Gebirgskamms erreichten. Der Weg war nicht mehr als vier Pferde breit. Graue Felswände erhoben sich zu ihren Seiten. Die Krieger des Königs waren ein wenig abgeschlagen, ihre Rösser waren mit denen der Elfen nicht zu vergleichen. Doch selbst Sternenwind hatte bereits Schaum vor den Nüstern. *Auch ihn werde ich nicht ewig derart antreiben können. Bitte halte noch etwas durch.*

Taron selbst hingegen spürte mehr und mehr die Ermüdung. Das ständige Festklammern ließ seine Beine verkrampfen. *Zum Glück haben wir bald unser erstes Ziel erreicht.* Er verzichtete darauf, Magie in seine Knochen zu schicken, da er die Macht möglicherweise bald brauchen könnte.

Elwaran beschleunigte das Tempo. »Ich werde das Tor für euch öffnen«, rief er und trieb seinen Rappen zu Höchstleistungen.

Sie galoppierten längsseits einer Klamm entlang.

Nach einem Viertel Strich erspähte Taron Elwaran, er hatte sein Reittier neben eine Felswand dirigiert und betastete diese.

Der Elf zog sein Messer und schnitt in seine Handfläche. Mit dieser wischte er über das Gestein. Licht breitete sich über die Klippe aus, bis ein großer leuchtender Bogen entstand, durch den mehrere Reiter gleichzeitig reiten konnten.

Taron ritt an Elwarans Seite. Kein Blut war an dem Felsen zu erkennen.

Die Toröffnung bedarf eines Tributes.

»Pass auf sie auf«, beschwor er Elwaran, während Fendelin und Gelador in dem Portal aus Licht verschwanden.

»Das werde ich und du sei stets wachsam.«

Lavina und Barvo nickten Taron zum Abschied zu. Zuletzt waren Mira und Ildrum an der Reihe. Mira hatte Tränen in den Augen. »Auf Wiedersehen, Taron«, rief sie.

Taron spürte den Schmerz in ihrer Stimme, den gleichen, den auch er in seinem Herzen fühlte und vermochte im Moment nichts zu erwidern, griff sich zur Brust und senkte sein Haupt, sogleich war sie im Lichte des Portals verschwunden.

Elwaran griff Taron an die Schulter. »Bleib standhaft, mein Freund und finde, wonach du suchst, wir treffen uns in Ijargheim.«

»In Ijargheim.«

Elwarans ritt ebenfalls in das Licht, woraufhin der Bogen augenblicklich schwand. Nichts erinnerte mehr an das Tor. Es herrschte ein Moment der Stille. Er war allein. Schließlich vernahm Taron wieder das Gebrüll unzähliger Stimmen.

Er trabte langsam weiter und blickte sich immer wieder um. Die Verfolger kamen näher. *Sie müssen mich sehen.* »Da vorne ist einer! Wir haben sie!«, hörte Taron die Krieger schreien.

Taron konzentrierte sich auf das Medaillon und sog Magie in seine Faust, welche er vor sein Gesicht geführt hatte. Je ausgelaugter sein Körper war, desto schwerer fiel es ihm, die Kraft zu nutzen und die Macht zu bündeln. Schließlich riss er an Sternenwinds Zügeln.

»Gebt Acht«, rief einer der Verfolger.

Der Schimmel tänzelte, drehte sich im Kreis. Taron schleuderte seinen Arm in Richtung der Krieger. Die Magie schnitt wie eine Sense durch die Reihen der Reiterschar und riss jeden mit, den sie traf und ließ ihn bewusstlos zurück. Sternenwind vollendete die Drehung und drängte nun zum vollen Galopp. Taron wusste, dass sein Angriff das Ziel nicht verfehlt hatte. *Es wird dauern, bis sie sich davon erholt haben.*

Er preschte das immer enger werdende Tal entlang. Donnern grollte von den Hängen. Seine Augen folgten den Geräuschen, Gesteinsmassen, welche sich von den Felshängen lösten und den Tiefen der Schlucht entgegenpolterten. *Eine Lawine.* Panisch presste Taron seine Fersen tiefer in die Flanken von Sternenwinds. Die Verfolger wurden von Staub umhüllt, doch die Wolke drang einer zuschnappenden Schlange gleich durch das Tal und verschluckte schließlich auch ihn.

Kapitel 11: Die Harmonie der Schlacht

Die Weltenschöpfung dauerte an und allmählich begannen sich alle an den Werken Irus, Rylaks und Neburs zu beteiligen. Vers aus dem Buche der Dreizehn

Weredall summte leise im Klang der Harmonie wie all die Krieger Avurins hinter ihm. Eine weißblonde Strähne hatte sich aus seinen zurückgebundenen Haaren gelöst und wedelte vom Wind getrieben vor seinen Augen. Er ließ sie vorerst gewähren.

Neben ihm erschien Mira auf einem braunen Pferd, gekleidet in der blaugrauen Reisetunika des Neburordens. »Ich habe mich entschlossen, ich muss meinen Freunden beistehen.«

Weredall nickte lediglich, sein Geist war zu sehr in der großen Harmonie verwoben und für einen Abschiedsgruß wollte er diese nicht verlassen.

»Danke für alles und viel Glück«, sprach sie bedächtig und ritt der Streitmacht entgegen, welche soeben den Kreis um seinen Sohn und die anderen geschlossen hatte. *Bitte Rylak, gewähre ihr das Leben und lasse Tarons Plan gelingen.* In jenem Moment des Gedankens durchbrach ein Lichtstrahl die hinteren Reihen der Reiter. *Welch unglaubliche Macht.* Taron und seine Gefährten glitten durch die Bresche, nahmen Mira auf und trieben ihre Pferde nach Norden und zogen wie erhofft ein Band aus gonvalorischer Kavallerie hinter sich her.

Die Stunde des Sieges ist angebrochen. Esthîon stand allein mit Weldur vor seiner etwa eintausend Mann starken Eskorte.

Es dauerte nicht lange und schon war die gesamte Reiterei hinter einer Wolke aus aufgewirbeltem Dreck verschwunden.

Weredall schob die weiße Strähne hinter sein Ohr, setzte den Helm auf und schritt voran. Er ließ sich vollends in die Harmonie gleiten. Die unzähligen Gedanken in seinem Kopf wurden lauter. Seine Zweifel und Sorgen nahmen ab und wurden durch Mut und Kraft ersetzt, die vor allem von den Stimmen der Tauren herrührten. Die gemeinsame Verbindung zur Harmonie erhöhte die Aufmerksamkeit. Sie verband jedes Sichtfeld und jedes Gehör miteinander. *Nun sind wir eins. WIR SIND EINS. Das Mantra hallte in seinen Ohren nach.*

Fast wie ein einziger Organismus marschierten sie voran. Weredall gliederte sich in die vorderste Reihe ein. Sie verließen Avurin und wurden sogleich von den Feinden erkannt.

Esthîon brüllte seinen Männern Befehle zu und ritt zusammen mit

Weldur Burak hinter die Infanterie. Der König blieb dort, während der General weiter zu den Hügeln galoppierte. Die Streitmacht der Avural fächerte auf und nahm die gesamte Breite der vor ihr liegenden an. An den Seiten marschierten die Tauren, in der Mitte die Elfen und dahinter einige Schützen. Sie kamen in Pfeilschussreichweite von den Menschen entfernt zum Stehen. »Ihr stellt eine Gefahr für Avurin dar. Zieht Euch mit Euren Kriegern aus Haldera und den umliegenden Landen zurück!«, schrien die Avural wie aus einem Munde.

»Niemals, wir werden Avurin wieder in Gonvalor eingliedern!«, rief König Esthîon, dessen Stimme kümmerlich klang.

WEITER. Sie marschierten im Gleichschritt. *Wir sind der Schild, der jeden Gegner zurückdrängt. Wir sind die Klinge, die jeden Feind zerteilt,* schrie Weredall in seinen Gedanken und der Ruf wurde aufgenommen und schwappte wie ein Tsunami zu ihm zurück. Eine Phalanx bildete sich, die Krieger der ersten Reihe hielten ihre Schilde nach vorn und die hinteren nach oben, Schwerter wurden gezogen.

Angriff. Erste Elfenpfeile flogen über Weredall hinweg und brachten den Tod in die Reihen der Menschen.

Herzzerreißende Schreie schwebten über der Ebene. Ein Schildwall formierte sich vor den Avural. Er wirkte zusammengewürfelt. *Uneins.*

Die Menschen erwiderten das Feuer und trafen die Phalanx. *Keine Verletzten.* Die Formation hielt.

Weredall war berauscht. Noch nie zuvor hatten sie diese Kampfweise mit so vielen genutzt. Die Emotionen befanden sich im Fluss. Gleichzeitig war Weredall nicht nur er selbst, sondern Teil von etwas viel Größerem. Er sah durch die Augen der anderen Elfen und Tauren, hörte jeden Laut und nahm eine Vielzahl von teilweise auch unbekannten Gerüchen wahr.

Die Schlachtformationen trafen aufeinander. Weredall spürte Überlegenheit und Macht. Ein Speerstoß wurde durch seine Schildkante abgewehrt, während der Elf neben ihm dem Angreifer einen tödlichen Stich in die Seite versetzte. Ein Pfeil flog von oben auf ihn zu, welcher durch den Krieger hinter ihm mit dem Schild abgeblockt wurde. Sie walzten die Menschen nieder. Die Schreie, der Geruch von Blut und Exkrementen waren Nebensächlichkeiten. *Ihr wolltet den Krieg nach Avurin bringen, wir werden ihn beenden.* Die Avural behielten ihren Gleichschritt bei. Wie eine Sense durch Gras schnitten sie durch die Menschenreihen. Ein jeder Schwertstreich traf und verletzte oder tötete, während die Angriffe der Menschen sich wie die von Kindern anfühlten, die mit Holzschwertern spielten.

Die ersten drei Reihen der gonvalorischen Krieger hatten sie vernichtet, da spürte Weredall Verunsicherung an den Flanken, wo die Tauren kämpften. Einige waren aus der Harmonie geglitten. Weredall sah, wie Krieger sich aus der Formation gelöst hatten und sich wie Berserker durch die Reihen der Menschen droschen. Einer erhielt einen Speerstoß in die Brust und kämpfte trotzdem weiter, bis er zu Boden ging und einen weiteren Menschen niederwarf. Weredall spürte den Einklang wanken. *Haltet die Ordnung. Lasst sie im Kampfrausch, nutzt den Übermut, rückt nach,* sandte Weredall seine Gedanken mehrfach in die Harmonie. Seine Stimme wurde kaum erhört. Der Angriff der Elfen geriet ins Stocken. *Wir müssen eine Einheit bleiben,* dachte Weredall bei sich. In die Harmonie sandte er mit aller Macht: *Haltet die Ordnung! HALTET DIE ORDNUNG! WIR SIND EINS!* Er zwang förmlich alle Krieger dazu, sich in die Ruhe der Harmonie einweben zu lassen.

Die ersten Schmerzen wallten durch die Verbindung. Erste Verletzte. Weredall sah einen Elf mit einem Pfeil in der Schulter, einem anderen fehlte die Schwerthand, wieder ein anderer lag bewusstlos auf dem Boden. Allein dieses kleine Wanken hatte ihre Vollkommenheit gestört. *Bringt sie hinter die Formation.*

Doch ihr nun wieder erstarkter Angriff ließ den Widerstand der Menschen straucheln. Befehle der Menschen drangen an Weredalls Ohr.

»Rückzug, Bogenschützen Feuer.«

Die Schilde der avurinischen Phalanx zogen sich zu einem Panzer zusammen.

Angriff einstellen.

Die Elfen ließen die Menschen sich zurückziehen. Die ausgebrochenen Minotauren kamen nach und nach zu sich und schlossen sich wieder der Formation und der Harmonie an.

Das Summen der Avural erstarkte von neuem und fegte wie ein säuselnder Schlachtruf den Hügeln entgegen. Die Verletzten wurden zurück nach Avurin gebracht. Erst jetzt wurde Weredall gewahr, dass sie in einem Feld von Leichen standen, hunderte Menschen, verstümmelt und aufgeschlitzt. Der Boden war weich, stellenweise matschig. Einige von ihnen waren verwundet und schrien. *Bringt sie ebenfalls nach Avurin, versorgt sie notdürftig.*

Ihre Kameraden rannten durch die Hügel. Die Menschen schrien Befehle. Einige blieben im Tal zurück und formierten sich erneut. An den Hängen bildeten sich Gruppen von Bogenschützen.

Esthîon trat mit Weldur vor sein Heer. »Wir sind bereit, über Eure Kapitulation zu verhandeln.«

Kapitulieren. Niemals, wallte ein Meer aus Stimmen durch die Harmonie.

Weredall löste sich ein Stück weit aus dem Zauber und trat nach vorne.

»Unsere Kapitulation ist ausgeschlossen, doch wir gewähren Euch ohne Weiteres freien Abzug in Eure Lande.«

»Wir sind euch zehn zu eins überlegen. Ihr könnt gegen eine solche Übermacht nicht gewinnen, ergebt euch und wir lassen euch unbehelligt nach Solærra ziehen.«

»Wir sind freie Elfen und Tauren, bereits vor Jahrhunderten kauften wir dieses Land von Eurem Urahn. Wir werden es Euch nicht überlassen.«

»Mit eurer Unterstützung der Begabten und dem Angriff auf mich, als ich lediglich verhandeln wollte, habt ihr euer Recht in meinem Reich zu verweilen verwirkt.«

»Mit Euren Taten bringt Ihr nichts als Trauer und Leid über uns und Euer eigenes Volk. Wir nehmen dies hin und sterben eher, als Euch unsere Heimat zu überlassen!«, schrie Weredall bekräftigt von der Zustimmung der Avural in seinem Rücken.

Die Tauren brüllten ihren dröhnenden Schlachtruf. Die Elfen in der ersten Reihe traten einen Schritt nach vorne und legten ihre Schwerter auf die Schilde.

Weredall wurde wieder vollkommen in die Harmonie aufgenommen und ging auf die Menschen zu.

König Esthîon stürmte hinter die Reihen seiner Männer.

Feigling, wallte durch den Einklang.

Wir müssen sie brechen. Dreizackformation. Bogenschützen, Feuer auf die Berghänge, formte sich die Taktik.

Weredall beschleunigte sogleich seinen Schritt, er war die Spitze des mittleren Pfeils, der durch den Wall der Menschen hindurchbrechen sollte. Über sich sah er feindliche Geschosse hinwegfliegen und hörte, wie sie auf Schilde hinter ihm prallten und gelegentlich auch von Schmerz und Tod begleitet wurden.

Seine Waffe traf den Schild eines Menschen. Dieser stemmte sich dagegen. Weredalls Schwert stieß über die Schildkante hinweg und traf die Schulter des Gegners. Seine Klinge schnellte nach oben und ließ eine Fontäne roter Flüssigkeit in die Höhe spritzen.

Sein Elfenschwert zuckte wieder und wieder nach vorne und verletzte oder tötete, während sich neben und hinter ihm die Schilde seiner Kameraden wie ein Panzer um ihn schlossen.

Weredall durchbrach bereits die achte Reihe der Menschenkrieger. Die anderen beiden Zacken rückten beinahe ebenso schnell vor. Über die Verbindung zu den anderen Elfen spürte er nun jedoch einen zunehmenden Druck auf seinen Stoßtrupp. Hinter ihm prallte etwas gegen die rechte Flanke seiner Formation. Ein trüber Fleck im Glanze der Harmonie.

Rechts von ihm wurde ein Mann von einem weiß gefiederten Pfeil gefällt. Niemand hatte ihn kommen sehen.

Der Feind hat seine mächtigsten Waffen entsandt. Haltet stand!

Weredall sah durch die Augen eines der Elfenkrieger, wie eine Axt auf seinen Kopf zuflog und seinen Geist schwinden ließ. Das Gesicht des Axtkämpfers wurde Weredall offenbar. *Imdrir Vallar.* Er fraß sich wie ein wildes Biest durch den hinteren Teil von Weredalls Formation hindurch. Weredalls Pfeilspitze war von der Streitmacht abgeschnitten.

Ringformation, sandte Weredall zu seinen Männern. Die Zacke wandelte sich zu einem Kreis. *Zurück zur Streitmacht.*

Imdrir Vallar verblieb zwischen den beiden Elfen-Einheiten Er hatte sich Platz geschaffen. Einer Naturgewalt gleich wütete der *Hammer des Königs* und deckte jeden Elfen mit Hieben ein, der es wagte, auch nur einen Schritt in die Bresche vorzurücken.

Die Menschenkrieger drangen derweil mit neu gewonnenem Mut auf die Avural ein. Sie kämpften, hackten und stachen aus allen Richtungen. Ein weiterer weißer Pfeil traf einen Elfen im Ring.

Deckt den rechten Hügel mit Pfeilen ein. Lasst mich zum Schwadronal, befahl Weredall.

Der Kreis vollführte eine halbe Drehung. Währenddessen schnitt Weredalls Schwert über das Gesicht eines jungen Mannes. Imdrir kam in sein Sichtfeld. Der Elfenkrieger löste sich aus dem Kreis. *Dreht euch weiter. Ich übernehme den Kommandanten.*

Der blonde Bart des zweiten Kommandanten hatte sich vom Blute rot gefärbt. Weredall spürte, wie viele Geister durch seine Augen sahen und ihm Kraft gaben.

»Ich hatte gehofft, du wärst der Elfenschlächter.«

»Der ist nach Norden geritten. Aber es ist egal, wer von uns dich töten wird.« Imdrir sprang nach vorne und schlug mit der Axt nach dem Elfen, dieser führte sie weiter und erwiderte den Angriff. Der Schwadronal parierte mit einem Kurzschwert, welches er in der linken Hand führte. Bedrückt stellte er fest, wie die Harmonie während des Schlagabtausches versiegte. Ängste traten in den Vordergrund. Er sprang zurück, wodurch die Kraft wiederkehrte. *Das ist die Macht der Begabten, ich muss ihn ohne die Unterstützung besiegen.*

Ein Elf in Elwarans Alter sprang von hinten auf Imdrir zu. Dieser drehte sich zur Seite. Sein Schwerthieb ging ins Leere. Indessen grub sich die Axt des Schwadronals in den Spalt zwischen Helm und Schulterplatte und schickte den Krieger zu Boden.

Ich übernehme Vallar. Alleine!, sandte Weredall in die Harmonie und sprang nach vorne. Die Augen, Ohren und Stimmen in seinem Kopf verschwanden. All seine Aufmerksamkeit richtete sich auf den Schwadronal. Der Kampf entwickelte sich zu einem Sturm. Mit Mühe und Not wehrte er die Angriffe ab und wurde immer langsamer dabei.

Er blockte einen Axthieb mit dem Schild. Imdrir riss wie ein Berserker an seiner Waffe, wodurch sich Weredalls linke Seite öffnete. Imdrir nutzte dies und stieß mit seinem Schwert zu. Der Elf sprang nach hinten und löste seinen Arm aus dem Schild, um dem Schwertstoß zu entgehen.

Weredall befand sich erneut für einen Augenblick in der Harmonie, die anderen Vorstöße waren zum Erliegen gekommen. Bei dem linken Zacken stellte sich Weldur den Elfen und Tauren entgegen, während der weiß gefiederte Schrecken Gardon Uhlond die rechte Formation mit Pfeilen in Schach hielt.

Der Elfenkrieger stieß erneut mit seinem Schwert zu. *Der Hammer des Königs* riss einen Arm hoch und parierte den Hieb. Mit der Axt vollführte er eine ausholende Bewegung und traf des Elfenkriegers Schild. Die Waffe verkeilte sich. Vallar riss daran, sodass sich die Schutzwaffe von seinem Arm löste.

Weredall stolperte zur Seite. Ein Schlag traf seine rechte Schulter. Verwirrt blickte er zu der Verletzung und sah einen Pfeil aus dem Kugelgelenk herausragen.

Grausame Schmerzen überfluteten ihn. Er ging auf die Knie, schaute über seine Schulter und sah die verhängnisvollen weißen Federn Uhlonds. *Verfluchte Schwadronale.* Sein Blick drang weiter vor, zu dem Pulk der Bogenschützen. *Den Jäger des Königs* fanden seine trüben Augen nicht, stattdessen stellten sie fest, wie die rechte Flanke der avurinischen Armee versuchte, den Hügel zu erklimmen. Der Vorstoß ließ ihn hoffen.

Er versuchte, sich aufzurappeln.

Imdrir Vallar stand mit erhobener Axt keuchend vor ihm. Der Elf wollte seinen rechten Arm zur Parade heben. Doch versagte das Glied seinen Dienst. Die Axt, an deren Blatt noch immer Weredalls Schild hing, sauste nieder, traf den Kopf des Elfen und sogleich verschwand die Welt in Dunkelheit.

Kapitel 12: Sternenwinds großer Auftritt

Iru hämmerte Bergmassive und Höhlen, tiefer und größer als alles Erdenkliche, in seine Welt Lunærra. Vers aus dem Buche Irus

Taron hustete. Staub füllte seine Lungen und ließ ihn fast ersticken. In aufkeimender Panik gruben sich seine Beine in die Flanken Sternenwinds, welcher krächzend wieherte. *Bitte lauf weiter.* Das Getöse des einstürzenden Berges nahm zu, jeder Stein schien in Bewegung geraten zu sein. Die Rauchwolke wurde lichter, das Poltern leiser. Taron stieß aus dem Tal hervor und peitschte dem Hügelland entgegen. Sternenwind wurde langsamer. *Er hat sich eine kleine Pause nach diesem Gewaltritt verdient. Vielleicht gibt es hier irgendwo etwas Wasser.* Sein Blick glitt über die Ebene und sachten Anhöhen. Nichts. Er nahm einen Schluck aus seinem Wasserschlauch.

Er war im Begriff abzusteigen, um auch Sternenwind trinken zu lassen, da vernahm er das Schlagen von Hufen auf Fels. Taron wandte sich um. Ein Krieger in der Rüstung der Schwadron galoppierte mit einem zum Stoß bereiten Speer in der Hand auf ihn zu.

Er stürzte sich zur Seite und umklammerte den Sattelknauf, um nicht von Sternenwind zu fallen. Der Speerschaft verfehlte ihn um Haaresbreite. Taron zog sich zurück in den Sitz.

Der Reiter zügelte seinen Rappen und hielt in einigen Schritt Abstand. Das Gesicht war zum Teil von seinem Helm bedeckt.

»Ergebe dich!«, rief er grimmig.

Taron kannte die Stimme, sie gehörte Orwenar Dirod, des Königs Taktiker. *Wenn er mich alleine angreift, wird er wohl einen guten Plan haben.* »Bei Nebur und den Göttern, niemals«, entgegnete er, öffnete den Rückenhalfter und zog seinen Stab.

»Das wirst du bereuen.« Der Kommandant preschte voran, den Speer hoch über den Kopf erhoben.

Taron konzentrierte sich und sog tief Luft ein. Dirod wurde ein wenig langsamer. Doch die Magie sträubte sich dagegen, in seinen Körper zu fließen. *Ich habe zu viel beim letzten Angriff genommen.* Seine linke Hand bildete eine Kralle, in der die Energie zu flackern begann. Er riss seinen Arm nach vorne. Ein Strahl löste sich und fegte seinem Widersacher entgegen.

Der Schwadronal glitt zu Taron hin aus dem Sattel. Der Angriff verfehlte ihn. Stattdessen rollte Dirod über den Boden und war direkt neben Sternenwind, sein Schaft traf Tarons Bauch. Das Leder dämpfte den Stoß, trotzdem war er kraftvoll genug, dass es ihn vom Pferd riss. Hart prallte Taron auf den Boden, Erinnerungen an seinen ersten Sturz vom Pferd im Tempel flackerten auf. *Es ist sogar die gleiche Schulter, verdammt.* Er rollte über sie hinweg und kam kniend zur Ruhe, mit der Rechten den Kampfstab gegriffen. Seine linke Hand fühlte sich kalt an, die Kralle war versteift und nutzlos. *Ich hätte mir doch ein Schwert mitnehmen sollen.*

Er versuchte erneut, Magie aufzunehmen, doch nichts als frostige Lähmung zog seinen Arm hinauf. *Ich habe mein Limit erreicht. Bei Enura und Nebur. Das darf nicht sein.*

Der Kommandant schlug mit dem stumpfen Ende seines Speeres gegen Sternenwinds Flanke, welcher wiehernd aufstieg und zum Galopp ansetzte.

»Hattest du tatsächlich gedacht, dass dies noch einmal funktionieren würde? Wir hatten über zwei Monate Zeit, uns auf einen Kampf mit dir und deinesgleichen vorzubereiten.«

»Zumindest im Tal hatte es ganz gut funktioniert.« Taron stand auf, griff seinen Stab unterhalb des Schwerpunktes, mit dem schmaleren Ende nach vorne in einer von Geladors Schwerthaltungen.

»Mit deinem Angriff hast du viele gute Männer umgebracht. Ich glaube kaum, dass es deine Absicht war, eine Lawine auszulösen. Du vermagst es einfach noch nicht, deine Macht zu kontrollieren. Dies wird nun dein Verhängnis werden.«

»Zum Glück bin ich nicht auf meine Magie angewiesen, um dich zu besiegen.«

Taron führte den ersten Hieb, das schmalere metallene Ende traf auf den Schaft Dirods.

Ein erbitterter Schlagabtausch entbrannte. Taron verfluchte seine taube Hand, er musste auf die Schwerttechniken der Elfen zurückgreifen. Nur mit Mühe hielt er mit dem Schwadronal mit, welcher erbarmungslos Tarons linke Seite attackierte.

Orwenar täuschte einen Angriff auf seinen Stabarm mit der Speerspitze an. Der Novize setzte einen Block. Der Schwadronal änderte die Bewegung, fegte den Stab zur Seite und schlug sofort wieder zu.

Der untere Teil des Speers traf Tarons Rippen. Ein heiseres Stöhnen drang zwischen seinen Lippen hervor, dann kam die Welle des Schmerzes, als hätte jemand versucht, ihm einen Nagel in die Seite zu hämmern. Seine Beine gaben nach. Ein zweiter Hieb traf Tarons Kopf und schleuderte ihn auf den Bauch. Benommen und mit vor den Augen tanzenden Sternen versuchte er, sich aufzurichten.

Sogleich sprang der Schwadronal auf seinen Rücken. Des Novizen Brust krachte aufs Gras. Ein Knie drang gegen seine Wirbelsäule und Holz klebte in seinem Nacken. Der linke Arm wurde nach hinten gezogen und verdreht.

Vollkommen hilflos schrie Taron vor Schmerzen, die von seiner Schulter und seinen Rippen herrührten. *So darf es nicht enden. Nein.* »Im Namen König Esthîons nehme ich dich gefangen.« Triumph und Erleichterung schwangen in der Stimme des Schwadronals mit.

»Niemals«, Taron spannte seinen Arm an und versuchte, sich zu drehen. Es war aussichtslos.

Als Antwort zerrte der Kommandant noch mehr an seinem Arm.

Taron wimmerte, es fühlte sich an, als würde seine Schulter zerreißen. »Ich lasse mich nicht gefangen nehmen.« Taron atmete schwer und probierte, Magie einzuziehen.

Sein Kopf wurde gepackt und in den Dreck gedrückt. »Beruhige dich.« Orwenar Dirod riss an seinen Haaren und hämmerte das Haupt wieder und wieder auf den Boden.

Taron war nahe der Bewusstlosigkeit. Die Stirn blutig und sein Blick von Schmutz und Tränen verschwommen.

»Komm Junge, stehe auf.« Der Kommandant zog ihn hoch auf die Beine und pfiff.

Benommen raffte Taron sich auf und spürte eine Bewegung hinter sich. Ein Stoß ließ ihn wieder ins Gras gleiten. Der fesselnde Griff löste sich und so vermochte er sich halbwegs mit den Armen abzufangen. Kriechend wie eine Echse kroch er über den Boden, bis seine Finger das metallene Ende seines Stabes fanden. Er stellte ihn auf und zog sich an der Waffe wieder auf die Beine. *Meine zweite Hand funktioniert wieder,* stellte er glücklich fest.

Keuchend und mit zitternden Lippen ging Taron auf den Schwadronal zu.

Dirod stand ebenfalls wieder und starrte mit entsetztem Blick seinen Angreifer an.

Es war Sternenwind, welcher nun aufgeregt zur Seite tänzelte. *Meinen treuen Gefährten hast du wohl in deiner Gleichung nicht mit bedacht.*

Der Schwadronal zog blank und hob das Schwert hoch über seinen Kopf. »Du garstiges Biest!«

Die Angst um seinen Begleiter ließ Taron jegliche Pein vergessen. Er sprang nach vorne.

Dirods Klinge fuhr hinab und kollidierte nur wenige Zoll vor Sternenwinds Schädel mit Tarons Stab. Dessen Waffe bewegte sich wie von alleine, fegte das Schwert zur Seite. Ein zweiter Hieb knallte gegen des Kommandanten Schwerthand und öffnete diese. Der dritte traf den Bauch des Schwadronals, was ihn zusammensacken ließ.

»Ich bin frei«, keuchte Taron mit zitternder Stimme. »Der König wird uns niemals bekommen.«

»Wir kriegen euch alle«, hechelte Orwenar Dirod, dessen Helm sich vom Haupt gelöst hatte und nun die braunen zerzausten Haare offenbarte.

Der Stab prallte gegen den Kopf des Widersachers, dessen Augen rollten nach hinten und sein Bewusstsein schwand.

Taron trat an Sternenwinds Seite und zog sich mit letzter Kraft in den Sattel. »Danke, mein Guter«, flüsterte er und legte sich an den Hals des Tieres, welches sofort antrabte. »Bitte bringe mich nach Osten«, hauchte Taron und schloss die Augen. *Was nur werdet ihr Götter noch für mich bereithalten?*, war der immer wiederkehrende Gedanke, als Sternenwind in die Hügellande Gonvalors eintauchte. *Aber was auch passieren mag, nichts wird mich aufhalten.*

Kapitel 13: Die Macht der Begabten

Rylak zeichnete eine Welt der Harmonie mit dem ewigen Licht seiner zwei Augen, Solærra. Vers aus dem Buche Rylaks

Esthîon beobachtete aus sicherer Entfernung vom rechten Hügel aus den Schlachtverlauf. Jeder seiner Befehle wurde durch Boten an die Front geleitet. Die Schreie der Verletzten und Sterbenden ließen keinen seiner Rufe zu den Kriegern auf dem Schlachtfeld durchdringen. Doch glücklicherweise war der dreifache Vorstoß der Avural ins Stocken geraten.

An der rechten Front hielt Weldur die Avural auf. Doch dort wo keiner seiner Kommandanten war, sah die Lage weniger gut aus. *Dieser Chanurack hatte wirklich recht behalten. Was für einen tückischen Zauber haben diese Elfen nur heraufbeschworen.*

In der Mitte kämpfte Imdrir Vallar, der vollbärtige Krieger hatte es vermocht, die Elfen zurückzudrängen und war im Begriff, den Gegenangriff einzuleiten. Seine Schwadron war wie ein Meißel in die metallene Mauer der elfischen Schilde eingedrungen und hatte sie niedergemäht.

Eine andere Formation zog seine Aufmerksamkeit auf sich. An der linken Flanke bildete sich ein Trupp Tauren heraus, die den Hügel mit den Bogenschützen unter der Führung Uhlonds erklimmen wollten. *Er hatte dafür gesorgt, dass die linke Flanke gehalten hatte, doch nun scheint sich dort alles zu entscheiden.*

Esthîon ballte die Rechte zur Faust. »Haben wir noch eine freie Einheit Schwadronenkrieger?«, fragte Esthîon eine seiner Wachen.

»Nur uns, die Euren Schutz gewährleisten sollen«, erwiderte Ludorn, ein Veteran der Schwadron.

Die Blicke der umstehenden zehn Mann waren nun auf Esthîon gerichtet.

»Seid ihr bereit zu kämpfen?«

»Ja«, riefen die Krieger im Chor.

»Dann haltet den linken Keil der Avural auf und drängt sie zurück«, befahl Esthîon und zeigte in Richtung seines ersten Schwadronals.

»König, unsere Aufgabe ist es, Euer Heil zu bewahren«, widersprach Ludorn.

»Im Krieg gibt es keine Sicherheit. Am besten schützt ihr mich, indem ihr Tod und Verderben über die verfluchten Elfen bringt und sorgt dafür, dass sich ein Schildwall vor Gardons Bogenschützen postiert. Vorwärts, Schwadron Gonvalors.« Esthîon warf seinen rechten Arm in Richtung Front.

»König Esthîon.« Ludorn bedachte den Herrscher mit einem grimmigen Blick.

»Bewegt euch, oder soll ich mich selber um das Ausführen meiner Befehle kümmern.«

»Nein, wir werden euch ein paar Männer schicken«, der Veteran salutierte zaghaft, zog sein Schwert und rannte in Richtung der linken Frontseite.

Esthîons Blick wandte sich wieder dem linken Hügel zu. Die Avural stürmten trotz des anhaltenden Pfeilhagels den Berg hinauf. *Ihr Wille ist überwältigend.* Einige seiner Männer traten der herannahenden Masse an Tauren in einem Schildwall entgegen. Sie wirkten gegenüber den Gestalten wie Kinder. *Kommt schon, haltet sie auf, zumindest so lange, bis wir die Oberhand gewinnen.*

Einige Männer rannten auf Esthîon zu. Sie sahen abgekämpft aus und atmeten schwer, einer trug einen mit Blut durchtränkten Verband am linken Arm.

»Ich bin Olon, Hauptmann von Falkhorn. Wir sind Eure Wachablösung«, erklärte ein hochgewachsener Mann mit verwirbelten Ornamenten am Helm.

Einer von Dellars Männern. Ihnen haftete ein fauliger, aber auch leicht süßlicher Duft an. *Der Gestank der Schlacht.* Esthîon nickte ihnen zur Bestätigung zu.

»Mein König«, sagte eine weibliche Stimme hinter ihm.

Er drehte sich um und sah in die dunklen Augen Hirenas. »Ich benötige keinen Gottesbeistand.«

»Das denke ich schon, außerdem habe ich eine Nachricht von Amea.«

»Das ist wohl kaum der passende Zeitpunkt.«

»Ihr könnt Euch wohl denken, dass ich mich nicht grundlos in Gefahr begebe, wenn es nicht wichtig wäre.«

Esthîon hätte der Priesterin am liebsten einen saftigen Rückhandschlag verpasst, hielt sich jedoch zurück. »Sprecht!«

»Amea erschien mir in einem Tagtraum und teilte mir mit, dass die Kampfhandlungen so schnell wie möglich beendet werden müssen, da sonst unendliches Leid die Folge sein wird.«

»So schnell wie möglich?«, fragte er kopfschüttelnd.

Esthîon wandte sich wieder dem Krieg zu. Die Tauren an dem linken Hügel durchbrachen soeben eine Abteilung seiner Männer. Die von ihm ausgesandten Schwadronenkrieger waren gerade dort eingetroffen und hielten die Bestien erneut auf. Es dauerte doch nur wenige Herzschläge, dann wurden auch sie von den Feinden überrannt. *Ich habe sie geopfert für nicht mehr als einen Wimpernschlag an Zeit.* Die Tauren drangen weiter den Hügel hinauf und zerschlugen seine dortigen Bogenschützen. Gardon Uhlond war nicht mehr zu sehen. *Es sind so wenige, woher nehmen sie nur ihre Kraft.* Esthîon ballte die Hände zu Fäusten.

»Die Avural kämpfen wie eine gewaltige Klinge«, bemerkte Hirena.

»Ich glaubte, der Söldnerfürst hätte bei der Einschätzung ihrer Macht übertrieben«, offenbarte der König erschöpft.

In der Mitte des Kriegsschauplatzes hatte sich erneut eine langgezogene Frontlinie gebildet. Die vorherigen Keile der Elfen hatten sich aufgelöst. Lediglich die Abteilungen um Weldur und Imdrir hielten stand. Die linke Front brach vollends zusammen. In einer Welle schwappten die Minotauren über die Krieger hinweg und brachten nichts als Verdammnis. *Was soll ich nur tun?*

»Sie scheinen auf jeden Angriff eine Antwort zu besitzen«, raunte Esthîon verzweifelt.

»Verliert nicht Euren Mut.« Eine lange Gestalt löste sich aus der Schlachtformation und humpelte auf den König zu. Es war Gardon Uhlond, seine Uniform war blutverschmiert, in der Hand hielt er ein Kurzschwert, seine Köcher waren geleert und von seinem Bogen war keine Spur zu sehen. Schwer atmend kam er vor dem König zum Stehen.

»Bericht«, forderte Esthîon.

»Das Ende ist nahe. Ohne Gabe ist es fast unmöglich, die Avural zu besiegen.«

»Ihr meint, wir sollten uns zurückziehen?«

»Ja«, bestätigte *der Jäger des Königs.*

Esthîon schüttelte den Kopf. »Es wäre ein Eingeständnis der Überlegenheit der Magiebegabten.«

»Die Alternative wäre der Tod all Eurer Männer.«

»Die verfluchten Avural müssen besiegt werden.«

»Doch heute vermögen wir es nicht. Dieser Kampf hat keine Aussicht auf Erfolg.« Gardon deutete mit dem Arm auf das Schlachtfeld.

Esthîon griff sich hilfesuchend an den Helm. *Diese verfluchten Avural und ihre Magie. Jetzt den Rückzug anzutreten, kann mein Ende als König bedeuten. Die Novaren werden mir ihr Vertrauen entsagen.*

Verwundete und Verletzte wurden hinter die Frontlinie gebracht. Die Schreie waren voller Schmerz und Leid.

»Sie werden bald das Lager erreichen«, raunte Hirena.

Was vermag ich nur gegen dieses Ungeheuer zu tun? Wie kann ich mein Volk nur beschützen? Esthîon rang mit sich und schüttelte das Haupt. »Scheiß auf die Novaren. Scheiß auf die Avural. Gebt den Befehl zur neuen Formation, direkt vor Haldera.«

Seine Anweisungen wurden umgehend weitergeleitet. Die Formation der Krieger Gonvalors löste sich von hinten aus auf. Sie rannten an Esthîon vorbei. Manche halfen den Verletzten, darunter auch leblosen blutigen Bündeln, bei denen es sich Esthîon kaum vorzustellen vermochte, wie die Priester Enuras ihnen wieder Leben einhauchen wollten. Es schnürte Esthîon das Herz zu. *Ich bin für dieses Leid verantwortlich und ich werde es für heute beenden.*

»Gardon, übernehmt den Befehl an der letzten Verteidigungsstellung vor Haldera. Sollten die Avural nachsetzen, gebt alles, um sie vom Dorf und vom Lager fernzuhalten und beginnt mit der Evakuierung, sollte mein Plan scheitern.« Seine Worte fühlten sich widersprüchlich an, aber auch richtig.

»Das werde ich, mein König«, der erste Schwadronal nickte und humpelte Befehle schreiend davon.

»Männer, ich danke euch für euren Schutz. Ihr dürft euch ebenfalls zurückziehen. Hirena kümmert Euch bitte um die Verletzten.«

»Jawohl, König Esthîon«, entgegnete die schwarz gekleidete Priesterin und wandt sich ab.

Die Krieger um Olon blieben stehen. »Mein König, uns wurde befohlen, Eure Sicherheit zu garantieren. Wenn Ihr bleibt, bleiben wir ebenfalls.«

»Ich weiß nicht, was passieren wird. Ich bezweifele, dass sie mich töten werden. Bei euch könnte dies anders sein. Geht und bildet die letzte Verteidigung Halderas.«

Olon sah seine Männer der Reihe nach an und salutierte vor Esthîon. Er nickte dem König wortlos zu und ließ ihn allein an den Hängen der Anhöhe zurück.

Seine Armee hatte sich vollends aufgelöst und durchquerte nun das Tal unter Esthîon. Ein Mann kam zu ihm. Es war Weldur. Er hatte eine stark blutende Platzwunde über dem rechten Auge und eine Delle an seinem Helm darüber. Der General berührte Esthîons Arm. »Ihr habt den Rückzug gefordert?«

»Ja.«

Sie sahen einander kurz an. Esthîon spürte Weldurs Präsenz in seinem Geist.

»Euer Vorhaben ist Wahnsinn, lasst mich es für Euch tun.«

»Nein, geht Weldur. Ich werde den Krieg beenden.«

»Wenn es misslingt, ist es Euer Tod.«

»Dann wollen es die Götter so. Begebt Euch zu Uhlond, ich habe ihm das Kommando übergeben. Rettet so viele ihr könnt.«

»Ja, mein König«, bestätigte sein General wehmütig und rannte den Hügel hinab. Er folgte den letzten Männern, die das Tal durchquerten. Die Avural verharrten einem lauernden Raubtier gleich. Esthîon schritt den Hügel hinab. Seine Klarheit wirkte beruhigend. Er blieb in der Mitte der Senke stehen. Vor ihm befanden sich die Avural und Berge von Leichen, in seinem Rücken die letzten Krieger Gonvalors.

Die Zeit ist gekommen, Größe zu beweisen. »Avural, ich, König Esthîon, erkenne euren Sieg an.«

Ein Tauren trat vor die Masse der Kämpfer. Unter einer Schicht Blut glaubte Esthîon denselben zu erkennen, mit dem er bereits auf der Lichtung gesprochen hatte. »Wir erkennen Eure Kapitulation an und lassen Euch ziehen.«

Esthîon war erstaunt und sprachlos.

Der Minotaurus atmete rasselnd ein und aus und sprach weiter. »Doch wisst, dass wir jeden weiteren Versuch, uns kriegerisch entgegenzutreten, mit der gleichen Härte niederschlagen werden, wie wir es heute getan haben.«

Die Gewissheit der Worte prallte gegen Esthîon und ließ ihn zusammenschrumpfen. »Ich werde es nicht vergessen.«

»Gut, dann geht.«

Esthîon nickte und drehte sich um. Er fühlte sich erleichtert und erschöpft. *Der eine Kampf ist beendet, doch der zweite wird nicht lange auf sich warten lassen. Die Novaren werden die Niederlage kaum akzeptieren können, sie werden mir die Schuld für mein überstürztes Handeln geben. Die Götter wissen, sie haben damit recht.*

Der König blieb vor seinen Männern stehen. »Die Schlacht ist vorbei! Kümmert euch um die Verletzten und Toten und seid dankbar für euer Leben.«

Ein Raunen ging durch die Menge.

Er ging weiter nach Haldera. Die Krieger Gonvalors bildeten eine Gasse. Die meisten von ihnen wirkten entmutigt, viele aber auch erbost. *Ihr Kampfgeist scheint noch nicht erloschen, doch der meine ist es.* Ausgelaugt betrat er die Haupthalle, schlurfte zu seinem provisorischen Thron und setzte sich. Esthîon warf seinen Helm auf den Tisch und hielt sich mit beiden Händen die Stirn. *Jedweder Krieg ist einfach nur sinnlos, ich hätte es besser wissen müssen,* dachte er, während ihm eine Träne die Wange hinabbrann.

Kapitel 14: Geschöpfe aus Stein

Nebur zog aus seinem Samen den Weltenbaum und verwand das Beste von Lunærra und Solærra und so entstand Intêrra. Vers aus dem Buche Neburs

Ein grelles weißes Licht blendete Mira. Unweigerlich bedeckte sie ihre Augen. Das Schimmern wurde allmählich schwächer und sie begann, die Konturen ihres Pferdes vor sich wahrzunehmen. Während ihre Augen erstarkten, spürte sie ein unangenehmes Grummeln in ihrer Magengegend. Bedächtig atmend krümmte sie sich auf Elderfell, ihrer fuchsfarbenen Stute, zusammen und versuchte, den Würgereiz zu unterdrücken.

Elderfell hatte nach der Tordurchquerung angehalten, doch noch immer zitterte sie am ganzen Leib. *Wenn sich ihr Magen genauso anfühlt wie meiner, wundert es mich nicht.* »Ruhig, meine Schöne, wir haben es überstanden.« Sanft streichelte sie die schwarze Mähne ihres Reittieres.

Erst jetzt nahm Mira weiter ihre Umgebung wahr. Sie standen auf einem von Wurzeln überzogenen Waldboden, auf dem sich leuchtende Linien schlängelten, die mit jedem Herzschlag blasser wurden. Als sie aufblicken wollte, erstarkte das Rumoren in ihrem Inneren, woraufhin sie scharf einatmete. Doch wie es die Avural prophezeit hatten, fiel es ihr bei weitem schwerer als auf Intêrra, die Luft schien fast aus Teig zu bestehen. Mit einer Hand an der Stirn schloss sie die Augen und versuchte, den Mantel der Ruhe über sich zu legen, was aufgrund der anhaltenden Wärme, die unter ihre Kleider kroch, nicht gerade einfach war.

Jemand berührte sie an der Schulter. »Hier, trinke das«, sagte Elwaran, was sich irgendwie dumpf und weit entfernt anhörte.

»Danke«, Mira nahm den Wasserschlauch entgegen und schaute dem Elfen in die Augen, die etwas zu leuchten schienen.

Sie trank einige Züge. Ihr Bauch beruhigte sich und der Gürtel, der sich um ihre Brust gelegt zu haben schien, lockerte sich etwas und ihr Blick klarte auf.

Lavina war von ihrem Pferd abgestiegen und erbrach sich.

»Es geht gleich wieder«, keuchte sie.

Neben Lavina kniete Fendelin und hielt ihre Haare zurück. Auf der anderen Seite waren Barvo, Ildrum und Gelador. Ildrum lag mit aschfahlem Gesicht auf dem Hals seines Rappen.

»Kotzen ist Verschwendung von Essen«, sagte Barvo schallend.

»Ich könnte gut darauf verzichten«, fauchte Lavina.

Mira musste kichern und sogleich husten, wodurch sich jedoch die Pfropfen aus ihren Ohren lösten und sie nun ein zartes widerhallendes Rauschen wahrnahm. *Was ist das?* Sie schaute sich um und konnte ihren Augen kaum glauben. Sie stand auf einer zarten Anhöhe, rings um sie waren gewaltige Bäume, unweit hinter diesen brach der Untergrund ab und dahinter erstreckte sich ein schier endloses Gewässer, in dem sich weiße Linien bewegten. *Das sind Wellen. Ein Meer, unglaublich. Wenn Taron das nur sehen könnte.* Sie standen direkt am Rande einer Steilküste. Ein frischer Waldduft gepaart mit Salz stieg in ihre Nase.

Fasziniert ließ sie ihren Blick zur anderen Seite gleiten und erkannte einen schmalen Pfad, der sich zwischen den kolossalen Bäumen hindurchschlängelte. Schließlich sah sie hinauf zum hellorange gefärbten Himmel, an dem die beiden leuchtenden Augen Rylaks durch die Baumkronen zu erkennen waren. Jede für sich genommen, waren sie schwächer als die Sonne Intêrras, doch zusammen weitaus mächtiger. Sie produzierten eine Hitze, die sie so noch nicht mal an den heißesten Tagen erlebt hatte.

»Kannst du reiten, Lavina?«, fragte Gelador.

»Ich denke schon.« Lavina stand auf und wischte sich mit dem Ärmel über den Mund. Ihr Gesicht wirkte leichenblass.

»Wir sollten so schnell wie möglich aufbrechen«, sagte Elwaran.

»Komm, ich helfe dir«, Fendelin schob Lavina auf ihr Pferd.

Die Messerwerferin atmete rasselnd aus, als sie auf ihrem Rappen saß. »Zum Anfang vielleicht nur etwas langsamer.«

»Sollte es nicht eine Stadt unweit des Tores geben?«, fragte Ildrum.

»Ganz recht.« Gelador deutete auf den Pfad, welcher vom Meer wegführte und leicht abfiel. »Wenn wir parallel zur Steilküste reiten, kommen wir direkt darauf zu.«

»Ist dort auch ein Sitz der Gargoyles?«, fragte Mira.

»Taron hat dir davon berichtet«, vermutete Elwaran.

»Ja und nein, ich hatte bereits bei eurem Gespräch nach Merive etwas aufgeschnappt. Es tut mir leid.«

»Sei es drum. Ja, ihr Volk hat dort einen Außenposten«, sagte Gelador und ritt voraus.

Mira und die anderen folgten ihm.

»Es gibt sie tatsächlich. Ich dachte, Taron hätte sich das vielleicht ausgedacht«, raunte Ildrum.

Sie begaben sich auf den Pfad durch die uralten Bäume, begleitet von einem angenehmen, von Salz geschwängerten Wind.

Schließlich lichtete sich der Wald und sie gelangten an eine gepflasterte Straße, welche direkt an der Steilklippe entlangführte. Mira wagte einen Blick in die Tiefe. Voller Erstaunen betrachtete sie die im Takt der Wellen tanzenden hölzernen Ungetüme, welche sie bisher nur aus Erzählungen und Bildern kannte. Sie waren schwungvoll gestaltet und schienen keine Kanten zu haben. Es gab größere Bauten mit bis zu drei Segeln, aber auch kleinere. Während sie auf dem breiten Weg die Klippe entlang hinabritten, zählte Mira über zwanzig Schiffe, welche an einem langen Steg festgetäut waren. Geschäftig rollten Pferdekarre auf dem Anleger auf und ab und transportierten allerlei Waren. Lediglich einige wenige Minotauren gingen auf den Booten umher. Von einer Stadt war jedoch nichts zu sehen. Der Pfad schlängelte sich in Serpentinen dem Meer entgegen.

Nach der fünften Biegung offenbarten sich ihnen endlich einige Gebäude, deren Anblick Mira nun vollkommen überwältigte. Sie waren in einer Höhle errichtet worden, welche fast die gesamte Höhe der Steilküste vereinnahmte.

Alle Häuser, Türme und selbst eine Werft schienen aus dem grauen Stein herausgewachsen zu sein. *Nur Götter vermögen es, solch eine Pracht zu schaffen.*

Unbewusst hielt sie ihr Pferd an. »Welch wahre Schönheit«, hauchte sie.

»Das ist Liriem und eigentlich nichts Besonderes. Tretet bitte einmal zur Seite«, forderte Gelador und führte sein Ross zum rechten Wegesrand.

Die anderen folgten seinem Beispiel. Ein Pferdekarren fuhr rüttelnd an ihnen vorbei. Auf dessen Kutschbock saß ein schwarzgrauhaariger Minotaur, welcher grimmig dreinblickend den Elfen zunickte. Seine Augen blieben schließlich an Mira und ihren Freunden kleben, woraufhin sich seine Miene versteinerte und sich seine Wangenknochen verzerrt nach außen schoben.

Mira schaute zum Boden. Erinnerungen an die Blicke der Priester und Novizen in Yewabor, nachdem das Medaillon geleuchtet hatte, traten zum Vorschein. *Wenn sie von Esthîons Taten wissen, ist es nur verständlich, dass sie keine Menschen mögen.*

»Es muss Jahrhunderte gedauert haben, bis die Stadt fertig war«, staunte Barvo.

»Fertig? Fertig ist Liriem nicht und wird es wohl nie sein. Jeder Elfensteinmetz hat das Recht, an der Erweiterung der Stadt zu arbeiten«, erklärte Fendelin.

»Aber es stimmt wohl, die Stadt ist schon seit weit mehr als über einem Jahrtausend lang am Entstehen. Den Grundstein soll damals die Elbin Samurah gelegt haben«, führte Elwaran weiter aus.

»Unglaublich«, stieß Lavina aus.

»Bei Elfen gehen manche Vorhaben etwas langsamer vonstatten«, erwiderte Gelador, wenig beeindruckt.

»Nein, das meine ich nicht...«, Lavina stockte.

Mira folgte ihrem Blick. Erst beim zweiten Hinschauen erkannte sie den Grund, welcher Lavina verstummen ließ. Zwei Elfen gingen nebeneinander her und unterhielten sich. Dies war an sich nichts Ungewöhnliches, jedoch trug einer der Elfen dunkles blaues und der andere stechend grünes Haar.

»Die Elfen hier färben ihre Haare?«, fragte Mira.

»Gewiss nicht, das ist ihre natürliche Haarfarbe, sie verblasst, wenn man auf Intêrra wandelt«, gluckste Elwaran.

»Ich habe Geschichten davon gehört, aber Elwaran, du hattest doch gesagt...«

»Ich hatte gesagt, dass die Elfen bunte Haare haben würden.«

»Wie kam es dazu?«, fragte Ildrum.

»Laut unseren Geschichten malte Rylak unsere Welt mit einer Vielzahl von Farben. Die Elfen sind dabei lediglich Abkömmlinge der fünf ersten Wesen Solærras.«

»Den Elben«, sprach Mira.

»Ganz recht. Sie entsprangen den letzten fünf Tropfen von Rylaks Pinsel. Aus dem blauen entsprangen die Saphirelfen, aus dem roten Rubinelfen, aus dem grünen Smaragdelfen, aus dem weißen Diamantelfen und aus dem schwarzen die Obsidianelfen«, offenbarte Fendelin.

»Und dies spiegelt sich in den Haarfarben wider?«, fragte Ildrum.

»Unter anderem«, bestätigte Elwaran und zwinkerte keck, wobei seine Augen einen leichten roten Schimmer aufwiesen.

»Und was seid ihr für welche?«, fragte Barvo dumpf.

Fendelin grinste: »Ich bin eine Saphirelfe und Gelador ein Smaragdelf und Elwaran...« Sie sah den Elfen fragend an.

»Es ist mein erstes Mal auf Solærra, da ich aufgrund meiner hellen Haare wohl eher nach meinem Vater komme, gehöre ich wohl den Diamantelfen an.«

Fendelin bewegte ihr Reittier vor Elwarans und beäugte ihn eingehend. »Wenn du dich da mal nicht irrst, ich glaube, du hast am Ende doch mehr von deiner Mutter, als du ahnst.«

Elwaran schnappte sich ungläubig eine Strähne seines blonden Haares und tatsächlich hatte sich die Spitze bereits begonnen, rosa zu verfärben.

»Warum verblassen die Farben auf Intêrra?«, fragte Mira wissbegierig.

»Einige vermuten, dass es mit unseren Sonnen zu tun hat, denn nur die Augen Rylaks lassen die Wahrheit zutage treten, aber ganz genau weiß es niemand«, erklärte Fendelin.

Mira nickte und sah nun auch einen Elfen mit roten Haaren. Es war faszinierend. Doch gleichzeitig fühlte sie sich vollkommen unwissend. *In Intêrra gab es noch so viele Wunder zu entdecken, aber hier scheint es mindestens noch einmal so viele zu geben.*

Sie erreichten den Stadtrand.

»Der Markt liegt in der Mitte der Stadt«, sprach Gelador.

»Was ist das?«, fragte Barvo erschrocken nach oben blickend.

Etwas fiel mehrere Fuß aus der Decke. *Ein Stein. Nein.* Es war ein Wesen, es spannte zwei Flügel weit und glitt aus der Höhle.

»Das ist ein Gargoyle«, stellte Ildrum nach oben schauend fest.

»Soweit ich weiß, ist noch keiner von ihnen nach Intêrra gelangt«, sagte Fendelin.

»Aber sie können fliegen«, hauchte Lavina beeindruckt.

Sie ritten eine Straße mit hohen Bordsteinen entlang, es wirkt fast so, als wäre sie im Laufe der Zeit in den Boden eingesunken. Rechts und links des Weges ragten die unterschiedlichsten Häuser auf, manche hatten einen Vorgarten und wirkten wie kleine Paläste, ebenso gab es aber auch schmale Türme, die fast bis zur Höhlendecke ragten und wieder andere sahen aus, als wären sie aus Flechtbäumen gewachsen. Schließlich erreichte die Truppe einen Platz, auf dem einige Minotauren und auch Elfen umherwanderten. Rings um den Platz standen Häuser mit großen Fenstern, aus denen Händler ihre Waren anboten, Mira erkannte sogar einen Zwerg, der laut und brummig für seine Eisenwaren warb.

Gelador wandte sich der Gruppe zu. »Ihr besorgt bitte Nahrungsmittel und das, was ihr sonst noch für die Reise so benötigt.«

Fendelin nickte, Elwaran griff an seinen Geldbeutel.

»Wir treffen uns hier in etwa einem Strich. Mira, du kommst bitte mit. Unsere Pferde lassen wir bei euch«, sprach Gelador.

Die beiden saßen ab.

»Ich passe auf sie auf«, sagte Lavina und nahm die Zügel Elderfells.

»Bis später«, entgegnete Mira nickend und folgte Gelador.

Der Elf schlängelte sich wie vom Winde getragen durch die Wesen und Häuser zum Rand der Höhle. Während Mira Not hatte, sein Tempo zu halten. Sie begann, schwerer zu atmen, spürte, wie ihr Herz Purzelbäume schlug und musste nach Luft ringend anhalten. *Ich muss meine Kräfte anders einteilen.* Neidvoll schaute sie dem Elfenkrieger hinterher, der leichtfüßig dahinschlenderte.

»Wo gehen wir hin?«, fragte sie.

Gelador hielt ebenfalls an. »Zu den Suchern des Wissens, wie sie sich selbst nennen«, sprach er, beäugte Mira stirnrunzelnd und ging gemäßigteren Schrittes weiter.

Mira verstand nicht ganz und eilte dem Elfen weiter hinterher. *Hoffentlich können sie uns weiterhelfen.* Sie durchschritten das Portal und gingen die Wendeltreppe nach oben. An der Außenwand schlängelte sich ein fingerdickes Band entlang, welches schummrig leuchtete. Sie waren einige Stufen gegangen, bis Mira erneut eine Pause einlegen musste. »Ich kann verstehen, warum ihr nach Intêrra gezogen seid«, schnaufte sie.

»Die Luft ist in Solærra tatsächlich etwas anders. Doch für alle Kinder Rylaks macht es kaum einen Unterschied, ob wir hier oder auf Intêrra verweilen.«

»Dafür beneide ich euch, trotzdem lass uns bitte erstmal ein wenig langsamer gehen«, bat sie.

Der Elf glich seinen Schritt Miras an. Sie war dankbar dafür. Doch ihre hellgrüne Tunika zeigte erste Schweißflecken und begann, unangenehm an ihrer Haut zu kleben.

Nach gefühlt tausend Stufen erreichten sie einen rechteckigen Raum, Gelador musste sich ein wenig ducken, damit er nicht an die glatte Decke stieß, Mira hatte noch vier Handbreit Platz nach oben. An den Wänden zogen sich zwei Lichtbänder entlang, gegenüber der Treppe befand sich ein Tor. Obwohl der Raum recht groß war, wirkte er durch die niedrige Decke doch irgendwie bedrückend.

Mira näherte sich dem Lichtband, es wirkte bei näherer Betrachtung fast wie ein glatter Strick. »Wie bringen sie es nur zum Leuchten?«, fragte sie mehr zu sich selbst als zu Gelador. Ihre Hand glitt zu dem Seil. Als sie es berührte, erschienen vor ihren Augen die beiden Sonnen Solærras, außerdem überkam sie ein fast ungewohnter innerer Frieden. »Das ist kein Seil, das ist eine Wurzel«, flüsterte sie überrascht.

»Ackerwinde wird es glaube ich genannt. Die Blüten nehmen an der Oberfläche das Sonnenlicht auf und wenn man dessen Wurzeln freilegt, fangen diese nach gewisser Zeit an zu leuchten.«

»Ackerwinde, aber das ist doch Unkraut?«

»Ja, es wächst hier fast überall, wenn man nicht dagegen ankämpft. Wir haben versucht, es in Intêrra anzupflanzen, aber die Pflanzen brauchen wohl einfach die Augen Rylaks, um zu leuchten.«

Welch Wunder ich doch erleben darf, dachte sie, als sich die Decke über ihr zu bewegen begann. Ein grauer Klumpen formte sich daraus, in dem sich plötzlich zwei Augen öffneten.

Mira trat einige Schritte zurück.

Ein nach unten gerichteter Schädel bildete sich heraus. Immer mehr Stein schien an die Stelle zu fließen, als bestünde die Decke aus Wasser.

Schließlich bildete sich ein ausgezehrter Körper, zwei Arme, Beine und Flügel.

Mira war fasziniert, erschrocken und unglaublich froh, nicht alleine hier zu sein.

Das Wesen fiel aus der Decke und landete gebeugt auf dem Boden. Es reichte Gelador höchstens bis zur Hüfte.

Es hob den breiten Schädel. Die Ohren waren nach außen spitz zulaufend und im Gegensatz zum Kopf gewaltig. »Ich bin Krox«, stellte sich das Wesen mit hoher krächzender Stimme vor.

»Mein Name ist Gelador und das ist Mira.«

Die Glubschaugen von Krox ruhten auf ihr. »Ah, Ihr kommt aus Intêrra?«

»Wir sind im Auftrage Weredalls hier und wollen die Ware überprüfen.«

»Aber natürlich.« Krox humpelte zur gegenüberliegenden Tür. Er hob seine Hand nach oben, woraufhin sich die Decke ein Stück nach oben schob und Gelador normal stehen konnte.

Mira sah zu dem Elfen. Ihre Blicke trafen sich. *Magie?*, formten Miras Lippen.

Gelador nickte.

Mira konnte nur erstaunt den Kopf schütteln.

Krox war neben der Tür stehengeblieben und betrachtete einige Linien, die in dem glatten Gestein eingeritzt waren. Mira war sich sicher, dass diese bei ihrem Eintreten noch nicht vorhanden gewesen waren.

»Ich spüre deinen Drang nach Erkenntnis, Mensch«, krächzte der Gargoyle und fuhr mit der Hand über die Vertiefungen in der Wand. Ein Teil der Kratzer wurde größer, während andere verschwanden. »Bleibt nur die Frage der Bezahlung, Information oder Geld?« Der Gargoyle schaute abwechselnd zu Mira und Gelador.

Mira fühlte sich unwohl und verstand nicht genau, was dieser Krox von ihr wollte. Sie schaute zu Gelador und zuckte mit den Schultern.

Dieser starrte das geflügelte Wesen an. »Wir haben Informationen für Euch, doch wollen wir erst die Ware sehen.«

»So soll es sein, folgt mir.« Krox schob seine Hand Richtung Tür, welche ohne sie zu berühren aufschwang.

Licht flutete die Öffnung, Miras Augen brauchten einen Moment, um sich daran zu gewöhnen. Sie erblickte einen Gang, an dessen rechter Seite mehrere Türen waren, an der linken niedrige arkadenförmige Fenster. Weitere Gargoyles befanden sich hier. Einer sprang soeben aus dem Gang in die Tiefe, spannte seine Flügel weit und flog über die unter ihm liegende Pracht Liriems hinweg.

Ihr Blick wanderte zur Höhlendecke. Sie erschrak und zog scharf

Luft ein. Ein steinernes gargoylisches Gesicht hing aus der Decke herab. Lediglich die Flügelspitzen des Wesens traten noch aus dem Stein hervor.

»Was ist das?«, fragte Mira und zeigte auf die Fratze.

Krox lächelte breit. »Einer unserer Wächter.«

»Manche würden sie auch Spione nennen«, sprach Gelador.

Der Gargoyle drehte sich zu dem Elfen und grinste.

Der Elfenkrieger stolperte und wäre fast gestürzt. Auf dem sonst glatten Weg war eine Erhebung, welche nun wieder langsam in den Boden sank.

»Gelador, passt bitte auf, wo Ihr hintretet, nicht dass Ihr noch in die Tiefe fallt«, grummelte Krox kichernd.

Gelador ging unbeirrt weiter, aber seine Augen funkelten das geflügelte Wesen böse an.

Der Gargoyle blieb schließlich vor einer Tür stehen. Das Portal schwang ohne weiteres Zutun auf. Mira spähte hinein und sah einen quadratischen Raum. Die Wände waren aus dunklem grauem Gestein und zeigten einige verschnörkelte Verzierungen, die sich ganz langsam zu bewegen schienen und zu einem Bild aus hunderten Gargoyles wurden, die über Wälder, Seen, und Städten hinwegflogen. Sonst befanden sich darin lediglich zwei Stühle und ein Tisch mit einem ledernen Bündel darauf.

»Bitte tretet ein, und schaut Euch an, was wir gefunden haben.« Krox wies mit einer seiner langfingrigen Hände in den Raum.

Gelador und Mira betraten ihn und setzten sich auf die Stühle, während ihr Gargoyle in der Tür stehenblieb.

Gelador schlug das Leder auf. Zum Vorschein kamen fünf etwa daumengliedgroße Steine. *Sie haben tatsächlich einige gefunden. Bitte Nebur, lass den richtigen dabei sein.*

Die kleinen Schmuckstücke reichten von durchsichtig wie Glas bis schneeweiß. Jener, der dem im Medaillon am ähnlichsten war, schien aus mehreren Schichten zu bestehen. Mira nahm ihn in die Hand, die Oberfläche war eher rau. Sie drehte sich zur Tür und hielt ihn ins Licht. *Weiß und leicht durchsichtig.* Sie wandte sich wieder dem Tisch zu und schloss den Stein in beide Hände und versuchte, Magie aufzunehmen. Es geschah nichts. Mira schüttelte den Kopf und legte ihn wieder zurück.

Als nächstes nahm sie den weißen Stein in die Hand. Dieser war glatter. Mira versuchte erneut, Magie einzuziehen.

»Es funktioniert nicht«, flüsterte sie.

»Versuche es mit allen.«

Sie nahm jeden Stein in die Hand und versuchte ihr Glück. Am Ende legte sie jeden wieder auf den Tisch. *Sie sind es nicht.* Mira schüttelte niedergeschlagen den Kopf. »Es tut mir leid«, flüsterte sie mit zitternder Stimme.

»Es wäre auch zu einfach gewesen, die Gargoyles werden weitersuchen«, Gelador berührte Miras Schulter. Dann wandte er sich Krox zu. »Es ist leider nicht der Richtige dabei.«

Die Kreatur knirschte mit den Zähnen. »Dann ist die Suche noch nicht beendet, wenn es diese Art Stein auf Solærra gibt, werden wir ihn finden.«

»Das ist gut, wie wäre es mit einer Ausweitung des Suchgebietes, wie Intêrra?«

Krox kratzte sich an seinem Ohr. Seine Augen zeigten Abscheu. »Dies würde eine Erhöhung der Bezahlung bedeuten.«

»Über wie viel sprechen wir?«, fragte Gelador.

»Mehrere Sonnentaler.«

»Das ist unbezahlbar«, rief Mira.

»Intêrra ist unerkundetes Terrain, daher ist der Preis gerechtfertigt«, spie Krox aus.

»Das ist verständlich. Leider besitzen wir nicht solch hohe finanzielle Mittel. Allerdings würden wir Eure bisherige Arbeit gerne entlohnen.«

Krox nickte und grinste unnatürlich breit und zeigte zwei Reihen spitzer Zähne. »Gewiss, unsere bisherigen Leistungen sind fünfzig Sternenstücke wert.«

Mira glaubte, sich verhört zu haben. *Das ist ein kleines Vermögen.*

»Wir haben Informationen, die jenem Wert entsprechen dürften.«

»Ich bin ganz Ohr.«

»Ich gehe richtig in der Annahme, dass Ihr von der Belagerung Avurins durch die Menschen erfahren habt?«

Der Gargoyle nickte.

»Wir, drei weitere Menschen und zwei Elfen, waren Teil eines Ablenkungsmanövers, um die Reiterei der Belagerer zu schwächen. Im Moment kämpfen die Avural gegen das Menschenheer.«

»Ja, die Information bezüglich einer Schlacht ist gut. Doch entscheidend ist, wer den Krieg gewinnen wird. Das ist keine fünfzig Sternenstücke wert.«

»Wie viel?«

»Maximal zwanzig.«

»Es interessieren sich viele für die Geschehnisse auf Intêrra, also eher fünfundvierzig.«

»Intêrra ist weniger interessant als Ihr glaubt, wenn überhaupt dreißig«, der Gargoyle hob die Hand. »Ich mag es nicht, mit Elfen zu feilschen. Vielleicht habt Ihr noch eine weitere Information, die für uns von Nutzen ist. Zum Beispiel, was es mit diesen Steinen auf sich hat, die Ihr sucht.«

»Ich weiß nicht, ob ich es Euch sagen kann.« Gelador schaute zu Mira.

Sie nickte. »Auf Intêrra gibt es nur einen einzigen solchen Stein und dieser bewirkt eine Verstärkung der Fähigkeiten von Magiebegabten.«

»Es ist eine Waffe.«

»Ein Hilfsmittel«, widersprach Mira.

»Sind das nicht alle Waffen?«

»Womöglich. Ich denke, damit sollte jedwede Schuld beglichen sein«, sagte Mira mit fester Stimme.

»Nicht ganz, Ihr habt mir noch nicht gesagt, wofür Ihr dieses Hilfsmittel braucht.«

Mira stockte.

»Diese Information erhaltet Ihr, wenn Ihr den Stein gefunden habt«, beendete Gelador die Verhandlung.

Krox grinste. »Gut.«

»Wir werden nach Varendul weiterreisen. Liefert bitte alle weiteren Steine dorthin.«

»Ich werde es veranlassen. Sagt, wollt Ihr zum Hort des Wissens?«

»Das ist nicht relevant. Gehabt Euch wohl«, verabschiedete sich der Elfenkrieger und ging an Krox vorbei.

»Also ja, Ihr wisst aber, dass Menschen der Zutritt zum Hort nicht gestattet ist?«

Mira folgte Gelador und nickte dem Gargoyle zu.

»Es war mir eine außerordentliche Freude, mit Euch Geschäfte zu machen.« Krox verneigte sich und ergriff Miras Arm.

Es fühlte sich an, als würde sich ein Ring aus Granit um ihr Handgelenk legen.

»Ich kann mir vorstellen, was Euer Vorhaben ist und im Namen aller magischen Wesen hoffe ich auf Euren Erfolg«, seine Stimme nahm einen verschwörerischen Ton an. »Doch gebt acht, die Schatten des wahren Feindes sind länger, als ihr erahnen könnt«, krächzte Krox und entließ Miras Unterarm.

»D-d-danke«, stammelte Mira und sah zu Gelador.

Dieser war stehengeblieben. Seine Klinge ragte eine Handbreit aus deren Scheide. Langsam ließ er sie wieder zurückgleiten und vollführte eine auffordernde Kopfbewegung Richtung Ausgang.

Mira folgte ihm. Ihre Gedanken kreisten weiterhin um die letzten Worte des Gargoyles. *Gibt es noch mehr Gegenspieler, die wir nicht kennen?* Sie waren im Vorraum angelangt. »Die Schatten des Feindes. Was meint er wohl damit?«, fragte Mira schließlich.

»Das ist genau die Frage, die du dir stellen sollst. Gargoyles sind komische Wesen. Ich glaube nicht, dass du seinen letzten Worten mehr Bedeutung geben solltest. Er wollte nur deine Neugier damit entfachen.«
»Verstehe«, sagte Mira. »Und er schien zu glauben, dass ich nicht den Hort des Wissens betreten darf.«

Sie gingen die Treppe hinab.

»Dem ist auch so, doch uns Elfen ist es gestattet. Anderen Völkern wird, je nachdem welcher Elb vorsteht, eine Prüfung auferlegt. Also mache dir darum nicht allzu viele Gedanken.«

Mira grübelte vor sich hin. Irgendwie spürte sie, dass Krox sie vor etwas Größerem warnen wollte. *Nur wovor?* Sie vermochte den entgegengeworfenen Faden einfach nicht zu greifen.

Am Ende der Treppe warteten bereits die anderen auf Mira und Gelador.

»Wir haben alles Nötige für unsere Reise eingekauft«, erklärte Elwaran und hielt Gelador und Mira je einen Rucksack entgegen, den die beiden nahmen und schulterten.

»Haben die Gargoyles die Steine finden können?«, fragte Fendelin.

Mira schüttelte den Kopf: »Leider nicht.«

»Wir haben vereinbart, dass alle weiteren Steine nach Varendul gebracht werden«, offenbarte Gelador.

»Dann sollten wir aufbrechen.« Elwaran nickte und stieg in den Sattel seines Rappen und trabte in Richtung der Serpentinenstraße. Die anderen folgten ihnen.

Sobald sie aus der Höhle traten, spürte Mira die unerbittlichen Kräfte der zwei Sonnen. Ihre Haut begann zu brennen und aus ihren Poren spross der Schweiß. *Und ich hatte gedacht, mich bereits ein bisschen an Solærra gewöhnt zu haben.* Ildrum, Lavina und Barvo schien es ähnlich zu ergehen, hingegen die Elfen die Wärme scheinbar nicht spürten. Doch begannen sich allmählich die Haare der Elfen zu verfärben. Fendelins hatten einen leichten Blaustich bekommen, Geladors wirkten grünlich und Elwarans rötlich. Es war ein wenig verwirrend, sie so zu sehen. Und vor allem bei Elwaran wirkte es wild und verwegen.

Sie hatten den Serpentinenweg erklommen, da hatte Mira ihren Wasserschlauch bereits zur Hälfte geleert. Es kam ihr fast so vor, als würde sie selber marschieren und sich nicht tragen lassen. »Eure Welt ist wirklich etwas Besonderes.«

Barvo nickte und wischte sich über die Stirn, wobei mehrere Schweißtropfen herumflogen. »Ihr habt uns wochenlang geschunden, aber nichts davon hat uns darauf vorbereitet«, bestätigte Barvo und deutete nach oben.

»Solærra ist anders als Intêrra«, sprach Fendelin.

»Ihr werdet euch an unsere Welt gewöhnen. Achtet einfach auf eure Atmung und haltet sie ruhig, dann wird die Gewöhnungsphase angenehmer«, riet Elwaran.

Mira schloss die Augen und versuchte, ihre Atemzüge gleichmäßiger zu halten. Der Druck, den sie die gesamte Zeit verspürte, schien jedoch irgendwie stärker und unangenehmer, anstatt besser zu werden. »Spürt ihr das auch in eurem Inneren?«, fragte sie.

»Es fühlt sich ein bisschen so an, als würde Barvo auf mir sitzen«, gluckste Lavina.

»Hey, das ist nicht nett«, entgegnete der Feuerspucker empört.

»Das ist ebenfalls eine Auswirkung Solærras. Los, kommt jetzt!«, forderte Gelador.

Die Menschen nickten.

Sie folgten dem Weg, ritten an dem unscheinbaren Pfad zum Weltentor vorbei und betraten den Wald. Er war dunkel und unheilvoll. Vögel sangen nur spärlich, dafür war bei jedem Windstoß das Knarren uralter Bäume zu hören und trieb einem einen Hauch Blumenduft in die Nase.

Entspannt trabten die Elfenpferde dahin. Mira schwitzte, aber es kam ihr nicht mehr so vor, als würde ihr die Luft zum Atmen fehlen und an den Druck auf ihrer Brust gewöhnte sie sich langsam, auch wenn er nicht ganz verschwinden wollte. *Zum Glück haben wir die Pferde, ohne sie wäre die Reise unerträglich.* Zum Dank tätschelte sie den warmen Hals Elderfells.

So wanderten sie dahin, tiefer und tiefer in den Wald Solærras.

Kapitel 15: Die Folgen des Krieges

Die Zeit der Wunder brach an und selbst Kelsey begann, sich an der Schöpfung zu beteiligen. Vers aus dem Buche der Dreizehn

Esthîon lief durch die Zeltstadt. Mehr als ein Drittel war zu Lazaretten umfunktioniert worden. Drei Tage waren seit dem Kampf gegen die Avural vergangen und mittlerweile stieg einem an jeder Ecke des Lagers der faulige Geruch alten Blutes in die Nase. Es war unerträglich und erinnerte den König durchweg an die größte Schmach seines Lebens. Lediglich die Schreie der Verwundeten wandelten sich allmählich zu gelegentlichem Stöhnen. Was der König weitaus angenehmer fand. Er kam soeben aus einem der größeren Zelte, in dem er seinen verletzten Männern Mut zugesprochen hatte. Nun schüttelte er den Kopf. *Ich trage die Verantwortung für all das Leid, hätte ich doch nur auf den Rat Chanuracks gehört.* Vor ihm standen Wrin und einer der wenigen Überlebenden aus seiner Schwadron. Taron hatte mit seinem Angriff im Tal des Soragebirges den größten Teil der gonvalorischen Kavallerie unter einem Berg aus Geröll begraben. Den Beschreibungen seiner Kommandanten nach grenzte es an ein Wunder, dass es überhaupt Überlebende gab.

»Ich habe viele Jahre lang geglaubt, dass Krieg etwas Ruhmreiches wäre. Doch ich erkenne es nicht«, sagte Esthîon schließlich.

»Krieg ist nur ruhmreich, wenn man siegt«, entgegnete der Kommandant mit Bitterkeit in der Stimme.

»Dieses Resultat wäre bei einem Sieg vermutlich ähnlich gewesen.« Esthîon zeigte auf die umliegenden Zelte.

»Es würde Euch nur weniger interessieren, denn Ihr hättet die Belohnung und würdet feiern.«

»Vielleicht«, antwortete Esthîon missmutig und schritt an dem Schwadronal vorbei. Seine Verantwortung drängte ihn dazu, zum nächsten Zelt zu gehen. Er wollte jeden einzelnen seiner Männer aufsuchen und ihnen zusprechen. Dies war das Mindeste, was er tun konnte und eine mehr als gerechte Bürde.

Zum Mittag hin beendete er den Weg des Schmerzes und begab sich zurück zur Haupthalle Halderas. Kurz bevor er dort anlangte, spürte er etwas über seine Hand krabbeln. Es war eine Fliege, eine von denen, die nur allzu oft um die Toten herumschwirrten. Der Gedanke daran, wo die Fliege geschlüpft sein und wo sie bereits überall gesessen haben könnte, löste eine tiefe Abneigung gegenüber dem Wesen aus. Seine

Hand ballte sich im Zorn zur Faust, doch unterdrückte er den Drang, das Insekt zu erschlagen und wischte es mit der freien Hand beiseite. Esthîon schüttelte den Kopf und betrat die Haupthalle.

Am Ende des Tisches saß Weldur. Vor ihm ausgebreitet lagen verschiedene Pergamente mit Berichten und Nachrichten und einigen Tabellen. Sein Berater blickte auf und sah Esthîon mit glasigen Augen an.

»Ihr habt scheinbar genauso wenig geschlafen wie ich«, seufzte Esthîon und setzte sich auf seinen provisorischen Thron.

»Die letzten Tage waren kräftezehrend.«

»Ich weiß, was Ihr meint. Was gibt es Neues?«

»Avurin ist soweit ruhig, unsere Späher sehen gelegentlich Tauren und Elfen am Waldrand. Eure Schwadronäle sind soweit wieder einsatzbereit, lediglich ihre Einheiten sind noch nicht wieder vollständig hergestellt. Ich denke von den Lazaretten muss ich Euch nicht weiter berichten.«

»Onacra möchte noch immer zu viele Seelen durch die Tore Elysiums zerren. Was die Schwadronen anbelangt, stellt eine Truppe unter Wrin auf. Sie sollen die Begabten verfolgen.«

Weldur sah Esthîon skeptisch an. »Haltet Ihr dies für klug?«

»Es ist bereits viel zu viel Zeit verstrichen. Ihre Gefangennahme hat noch immer Priorität.«

»Ich werde es in die Wege leiten, doch wo sollen wir mit der Suche beginnen?«

»Denkt nach Weldur, was könnten Taron und seine Freunde wollen. Grundlos haben sie Avurin gewiss nicht verlassen.«

»Vielleicht wollten sie auch einfach nur flüchten und dabei den größtmöglichen Schaden anrichten.«

»Wären dann drei Elfen mit ihnen geritten? Nein, sie wollen mich zu Fall bringen und dafür müssen sie Vorbereitungen treffen.«

»So denn wäre es sinnvoll mehrere Schwadronen auszusenden, wenn…«

»Wenn meine Feinde nicht überall lauern würden.«

»Die Avural habt Ihr besänftigt und um die Novaren kümmere ich mich.«

»Ich habe großes Vertrauen in Euer Verhandlungsgeschick, aber viele der Novaren hassen mich, zu viele ihrer Männer habe ich zur Schlachtbank geführt.« Weldur wollte etwas erwidern. Esthîon schnitt ihm mit einer Handbewegung das Wort ab. »Ich glaube, diesen Hass zu mindern liegt nicht in Eurer Macht.«

»Es wäre schwierig, aber nicht unmöglich.«

Esthîon sah Weldur zweifelnd an. »Wir werden nachher mit den

Novaren zusammenkommen. Wie ist denn ihre Stimmung?«

Weldur zuckte mit den Schultern. »Nur wenige zeigen offenen Groll gegen Euch. Allerdings sind sie wie immer uneins. Das Einzige, bei dem sie einer Meinung sind, ist die Überzeugung, dass der Krieg weitergeführt werden muss, sobald die Söldner da und unsere Magiebegabten kampfbereit sind.«

Esthîon schüttelte den Kopf. »Wie können sie nur nach drei Tagen vergessen haben, wie die Elfen über unsere Truppen hinweggefegt sind?«

»Bedenkt, dass wir an jeder Front, an der ein Schwadronal kämpfte, Erfolge verzeichnet haben. Die Taktik der Söldner könnte noch immer aufgehen. Zudem habt Ihr den Novaren eine Belohnung versprochen und die wollen sie und es ist ihnen kaum zu verdenken, denn ein jeder von ihnen hat geblutet für diesen Krieg.«

»Ich war bereit, für ihre Krieger Gefangenschaft und Tod hinzunehmen, die Avural schenkten mir die Freiheit. Ihnen das mit einer weiteren Schlacht zu danken, fühlt sich falsch an.«

»Ich glaube, die Avural haben Euch bewusst am Leben gelassen, da sie die Vergeltung fürchteten. Es war gewiss keine mildtätige Geste. Trotzdem verstehe ich Eure Gedanken, sie machen Euch zu einem besseren Herrscher. Im Moment sind sie jedoch fehl am Platz. Gebt den Novaren ihren Kampf.«

Esthîon fuhr sich durch die klebrigen Haare und lehnte sich im Stuhl zurück. »Ich habe mich immer als großen Heerführer gesehen, aber dies ist nicht meine Bestimmung.«

»Ihr wart schon immer mehr ein Jäger als ein General. Lasst mich Eure Streitkräfte anführen und ich werde mit Unterstützung der Schwadronen und Söldner die Avural vernichten.«

»Ihr schürt Hoffnung, wo es keine geben sollte.« Esthîon starrte auf das Portal am gegenüberliegenden Ende der Halle. Seine Augen durchdrangen das dunkle Holz und sahen die Zelte der Verwundeten. Sogleich kehrte das schmerzverzerrte Stöhnen in seine Ohren zurück. »Ich will weder in den Krieg gegen die Avural ziehen, noch eine Rebellion der Novaren hervorrufen.«

»Ich möchte ehrlich mit Euch sein. Solltet Ihr nicht gegen die Avural kämpfen, könnte es Euer Ende als König sein.«

»Seid Ihr Euch da sicher?«

»Ja.«

»Gibt es keine andere Möglichkeit, die Novaren zu besänftigen?«

»Sie glauben weiterhin an den Plan der Söldner und auch ich bin mir sicher, dass er mit ein paar kleineren Abwandlungen funktionieren wird.«

Esthîon hatte das Gefühl, sich in einem Strudel zu befinden, der ihn immer weiter nach unten zog. Die Sicherheit, die er nach dem Kampf mit den Avural gespürt hatte, war verflogen.

»Dann warten wir auf die Söldner. Ich möchte Chanuracks Einschätzung zu diesem Plan hören, bevor wir eine Entscheidung treffen.« Esthîons Magengrube verdrehte sich. »Wenn wir ihn ohne große Verluste durchführen können, so werden wir es tun.«

»Das ist weise, mein König«, hauchte Weldur lächelnd, »und es wird Euch den Thron retten.«

»Zumindest wenn der Plan funktioniert«, entgegnete Esthîon säuerlich.

»Das wird er«, Weldur berührte den König an der Schulter, wie er es schon oft getan hatte. Eine fast väterliche Geste. Doch diesmal fand er sie abstoßend.

»Wann werden die Söldner hier eintreffen?«, fragte der König.

»Wie sie es verkündet haben, am heutigen oder am morgigen Tag.«

»Gut, ich werde heute alleine das Mittagsmahl einnehmen. Bitte geht und bereitet das Lager auf ihre Ankunft vor.«

»Jawohl, mein König.« Weldur stand auf und atmete angespannt aus. Dann lächelte er vielsagend, nickte und verließ die Halle.

Esthîon fühlte sich ein wenig erleichtert, als Weldur durch das Portal getreten war. *Ich habe mein Leben lang seinem Urteil und Verstand vertraut. Warum sollte ich ihn jetzt infrage stellen?* Er fasste sich an die Stirn und schüttelte den Kopf. *Weil ich mit einer weiteren Schlacht meinen letzten Rest Ehre verwirken würde.*

Ein schriller, unbekannter Hörnerschall erklang und ließ Esthîon aus seinem Bett hochschrecken. *Das müssen die Söldner sein.* Er hatte versucht zu ruhen, doch jedes Mal, wenn er im Begriff war einzuschlafen, kamen die Erinnerungen an die Nacht des Königsmordes zurück. *Bei den Göttern, was habe ich euch getan, dass ihr mich derart strafen müsst?* Er schwang die Beine aus dem Bett. Träge schleppte sich Esthîon hinüber zum Tisch und leerte den dort stehenden Becher Tee. *Immerhin haben wir davon wenigstens wieder genug.* Wie es Weldur gelungen war, noch Tee herbeizuschaffen, war ihm schleierhaft, doch war Esthîon sehr dankbar dafür.

Er griff die Kanne und trank daraus. Es war bereits die zweite des Tages. Bei der bevorstehenden Unterredung durfte er sich keine Trägheit erlauben. Er schnallte sich sein Schwert um und begab sich nach draußen.

Vor seiner Tür wartete Dirod mit einem seiner Männer. Orwenar drückte sich von der Holzwand des kleinen Hauses ab und verbeugte sich vor dem König, aufgrund seines Verbandes, welcher seinen Kopf umhüllte, hatte er auf einen Helm verzichtet.

Dass er es mit all seiner Raffinesse nicht vollbracht hatte, Taron zu fassen, stieß Esthîon noch immer übel auf. Doch hatte der König selbst die Macht des Begabten erblickt und daher auf härtere Strafen verzichtet. »Wo befinden sich die Söldner?«, fragte Esthîon.

»Am Eingang des Lagers.«

»Ich werde sie bei der Haupthalle empfangen. Sind Weldur Burak und die Novaren ebenfalls in Kenntnis gesetzt worden?«

»Ihr Signal war vermutlich bis nach Avurin zu hören. Die Novaren Krikor und Galadar sind soeben zum Marktplatz gegangen.«

Der König nahm die Information überrascht zur Kenntnis. »Haben die beiden miteinander gesprochen?«

»Sie wirkten vertraut«, sagte der Schwadronal.

Eigentlich können sich Novarin Galadar und Novar Krikor nicht ausstehen. Was führen die Novaren im Schilde? Je mehr Fürsten Gonvalors eintrafen, umso perfider und unübersichtlicher wurden ihre Bündnisstrukturen und die Änderungen der Gefüge schienen sich seit der Schlacht noch zu beschleunigen und selbst Weldur verlor allmählich den Überblick.

Esthîon schritt zur Haupthalle, welche sich unweit seines kleinen Hauses befand. Neben dessen Eingangsportal standen bereits vier Novaren, die angeregt mit Enari sprachen. Sie tuschelten und verstummten, als sie den König sahen. Wie es die Höflichkeit verlangte, verbeugten sich die Novaren flüchtig vor ihm. Esthîon quittierte die Geste mit einem Nicken. Danach wandten sie sich wieder einander zu.

Einige Dorfbewohner Halderas und auch Kinder eilten in Richtung des Heerlagers, der Ankunft der Söldner Lunærras entgegen.

Esthîon konnte ihre Aufregung verstehen, er selbst spürte sie ebenso. Händler aus der Welt der vielen Monde kannte man, aber eine Kampftruppe hatte man vermutlich seit Jahrhunderten nicht auf Intêrra gesehen.

Die Novarin Levillia erschien auf dem Vorplatz, flankiert von zwei Wachen. Sie knicksten vor Esthîon. »Möge Kelsey ihre Hand über Euch halten, mein König.«

»So wie über Euch.«

»Ich nehme an, Ihr wartet ebenfalls auf das Erscheinen der lunærrischen Söldner. Dürfte ich Euch dabei Gesellschaft leisten?«

»Gewiss.« Esthîon deutete mit der Hand neben sich.

»Ich bin sehr gespannt auf die zusätzlichen Truppen und ob sie halten, was sie versprechen.«

Esthîon konnte ihr Verlangen spüren. Es war unangenehm. *Warum belästigt sie mich nur mit solch Belanglosigkeiten?* »Ich bin mir da sehr sicher«, antwortete er höflich.

Ein rhythmisches leises Klopfen war zu hören.

Das schrille Horn wurde erneut geblasen, welches ihn an das Röhren eines sterbenden Hirsches erinnerte. Kurz darauf vernahm Esthîon über sich ein Rauschen. Der gehörnte Pegasus schwebte, von den Winden getragen, in über fünfzig Schritt Höhe in der Luft und zog die Blicke der Umstehenden auf sich. Bei einem Flügelschlag löste sich eine Feder aus seinem Gefieder und tanzte der Erde entgegen.

Die Menge versuchte, diese zu fangen, denn seit dem letzten Besuch des Söldnerfürsten galten seine glänzenden schwarzen Federn als Glücksbringer.

Chanurack flog einen Bogen und landete schließlich vor Esthîon und senkte leicht das Haupt.

»Ich begrüße Euch, großer Heerführer Lunærras.«

Der Pegasus hob die Lippen und offenbarte zwei Reihen weißer Zähne. *Der Titel Heerführer gefällt mir,* erklang Chanuracks Stimme in Esthîons Kopf. *Meine Krieger sind jeden Moment da.*

Zugleich vernahm Esthîon den rhythmischen Gleichschritt marschierender Soldaten, welche den Boden mit jedem Tritt mehr und mehr vibrieren ließen.

Dann erschien auf dem Platz die erste Abteilung der Söldner. Etwa zwanzig Zentauren in schwarzen Rüstungen oder Tuch gekleidet und mit Schwertern, Schilden und Speeren bewaffnet. Die meisten hatten schwarzes oder braunes Fell, lediglich einen gab es mit einem weißen Unterkörper. Dahinter kamen Fußtruppen bestehend aus Orks, Menschen, Ghulen, Zwergen, Tauren und den fünf Elfen. Sie trugen die unterschiedlichsten Waffen, darunter einige, die Esthîon noch nie zuvor erblickt hatte. Ein Wesen fiel Esthîon besonders ins Auge, es war so groß wie ein Minotaurus, aber von menschlicher Gestalt, es war vollkommen in Leder gewickelt und bewegte sich stockend und als einziges nicht im Takt der Marschierenden.

Beeindruckt von der mörderischen Vielfalt blieb ihm nicht mehr, als wehmütig zu nicken. *Wären sie nur schon vor drei Tagen hier angekommen, hätten wir womöglich den Lauf der Geschehnisse ändern können.*

Die Lunærraner reihten sich auf dem Platz auf und kamen schließlich mit einem Mal zum Stehen.

Dies sind die Chanurackar, erklang die stolzerfüllte Stimme des Pegasus.

Ein Raunen ging durch die Menge. Das kleine, einhundertfünfzig Mann starke Heer zog alle Aufmerksamkeit auf sich. Eine Spannung lag in der Luft. Es war ein Anblick, den wohl kaum einer so schnell vergessen würde.

»Ihr habt viele Wesen zusammengetragen«, sprach Esthîon ehrfürchtig. *Es gibt nichts Vergleichbares in den drei Welten.*

»Das glaube ich. Wir haben Verhandlungen zu führen, bitte lasst uns eintreten.«

Ja. Meine Krieger werden auf dem westlichen Hügel ihr Lager aufschlagen. Der Kopf Chanuracks zuckte in jene Richtung.

Es war einer der breiteren flachen Hügel, der vielleicht geradeso für die Söldnerschar ausreichte.

»So sei es.« Esthîon wandte sich ab und betrat die Versammlungshalle. Weldur und einige der Novaren saßen bereits auf ihren Stühlen. Esthîon ging ans Ende der Tafel und wartete, bis alle Platz genommen hatten. Er sah jeden von ihnen an. Die meisten widerstanden seinem Blick, Levillia und Krikor waren die einzigen, die lächelten.

»Ich habe die Versammlung einberufen, um unser weiteres Vorgehen zu besprechen. Der letzte Angriff hat jeden von uns viel gekostet…«

»Und wem haben wir das zu verdanken?«, unterbrach Enari Turador den König.

Esthîon starrte den Novaren an. »Wir haben uns verteidigt. Ihr wisst dies genauso gut wie ich.«

»Ja und bei der Niederlage herbe Verluste erlitten«, führte Enari weiter.

»Gibt es Zahlen zur derzeitigen Truppenstärke?«, fragte Nendor.

Esthîon stand auf. »Heute Morgen lag die Zahl der Toten bei neunhunderteinundfünfzig und die Zahl der Verwundeten bei zweihundertneunundsechzig.«

»Es sind im Laufe des Vormittages weitere drei Männer von Onacra empfangen worden«, fügte Weldur hinzu.

»Drumar wird ihren Seelen Ehre erweisen«, sagte der alte Novar Teldor.

»Und Baldor sie zu uns zurückschicken«, beendete Esthîon den Kreislauf der Seelen.

»Wir sollten die Toten ehren, indem wir Rache an ihren Mördern nehmen«, sprach Novar Krikor.

»Dem stimme ich zu«, bestätigte Novarin Galadar.

Mehrere der Novaren nickten.

»Wir hatten uns auf den Angriffsplan Chanuracks geeinigt, was denkt Ihr, ist er noch durchführbar?«, fragte Novarin Nesrie an den Geflügelten.

Der Pegasus fixierte mit den Augen Esthîon. *Mit einigen Modifikationen ist er durchführbar, aber es wird sehr viel mehr Tote geben, wenn Ihr keine weiteren Krieger rekrutieren könnt.* »Wie sehen diese Modifikationen aus?«, fragte der bedächtige Senoral. *Das werde ich Euch gerne erklären, doch muss ich vorher eines wissen.* Der Blick des geflügelten Pferdes durchdrang Esthîon. *Seid Ihr noch immer gewillt, Avurin zu erobern.* Alle Augen im Raum fixierten den König. Kein Geräusch war zu hören. Niemand regte sich.

Esthîon war unbehaglich zumute. Er fühlte sich wie ein ertapptes Kind und sank in seinem Stuhl zusammen, während die Novaren zu wachsen schienen.

»Sprecht!«, zerriss Enaris Stimme die Stille.

Der König richtete sich auf und stützte die Arme auf den Tisch ab. »Ich bin mir nicht sicher.«

»Wie könnt Ihr dies sagen?«, fauchte Enari. »Die verfluchten Avural haben uns mehr gepeinigt als alles jeher Dagewesene...«

Die Novarin Galadar hob die Hand. »Beruhige dich Enari, der König wird seine Gründe haben.«

»Und wir sind sicher alle gewillt, diese zu hören«, sprach Novar Nendor.

Esthîons Blick fiel auf den Novaren Ulbra, dieser bewegte sich nach vorne, er sah das erste Mal so aus, als sei er gedanklich anwesend. Ein breites Grinsen schob sich unter seinen Schnauzbart.

»Vor nicht einmal drei Tagen habe ich mich gegenüber den Avural ergeben. Ich war bereit, mich ihren Gesetzen zu stellen. Dies tat ich, um Euer aller Leben zu retten. Was wäre gewesen, hätte ich anders gehandelt. Vielleicht wären sie ins Lager eingedrungen und hätten Euch alle umgebracht. Gerade Ihr, Enari, müsstet es wissen.«

»Ja, ich weiß es besser als jeder andere. Ich habe mit meinen Männern an vorderster Front gekämpft. Ich habe dem Feind ins Auge geblickt und weitaus mehr geopfert, als Ihr Euch vorstellen könnt.«

»Auch Ihr lebt nur aufgrund der Barmherzigkeit der Avural.«

»Barm- her- zig- keit«, Enari betonte jede Silbe des Wortes. »Jene Barmherzigkeit der Elfen brachte mir nichts als Schmerz.« Enari riss den Ärmel seiner Tunika nach oben. Darunter kam eine Binde zum Vorschein, der Novar rupfte sie ab. Eine Schnittwunde, halb so lang wie der Unterarm, offenbarte sich, gelber, teils getrockneter Eiter drückte sich durch die graue Asche, mit der die Verletzung vor dem Verbinden überstreut worden war.

Ein süßlicher, fauliger, dem König nur allzu bekannter Geruch breitete sich in der Halle aus und ließ Esthîon übel werden. *Ein Schwurmal, es wird ewig dauern, bis die Wunde vollends verheilt ist.* Die Novaren wirkten zu gleichen Teilen erstaunt und angewidert. Enaris Lächeln offenbarte eine gewisse Genugtuung. »Dies war ein Elfenschwert, doch dieser Schmerz ist nichts im Vergleich zu jenem in meinem Inneren.« Enari ballte die Hand zur Faust und schlug sich dann gegen die Brust, wobei sich ein Schwall Eiter aus der Verletzung löste und auf dem Tisch verteilte. »Die Klinge des Elfen, die mir diesen Schnitt zufügte, hätte mich in der Mitte zerteilt, hätte mein Leibwächter und Freund sich nicht geopfert.«

»Drumar wird der Seele Eurer Wache gewiss große Ehren zuteilwerden lassen«, sprach Novarin Galadar, die neben Enari saß und nun dessen Unterarm berührte.

Enari stand auf. »Ich verzichte auf jede Beileidsbekundung. Was ich will ist Gerechtigkeit. Das wollt Ihr doch alle. Der Mann, der uns diese geben kann, ist allein der König.«

»Ich verstehe Euren Frust…«, begann Esthîon.

»Frust…«

»Enari, unterbrecht den König nicht«, sagte Teldor und strich sich dabei über den Kinnbart.

»Eurem verblödeten Sohn und seinen Freunden haben wir das alles doch nur zu verdanken, also haltet Euch zurück.«

»Enari, es reicht!«, schrie Esthîon und deutete mit dem Finger auf den Novaren.

»Ihr wollt, dass ich still bin und mich setze. Das werde ich, sobald ihr dem Angriffsplan zustimmt.«

»Ich höre nur Wahnsinn in Eurer Stimme und so mehr ich davon vernehme, umso sicherer bin ich mir, dass wir jegliche Kriegshandlungen einstellen sollten.«

»Wollt Ihr das tatsächlich?«

»Ja.«

»Seht Ihr, der König ist von der Angst vor ein paar Spitzohren gepackt«, richtete Enari das Wort an die Novaren. »Er will das geschehene Unrecht einfach auf sich beruhen lassen. Wir dürfen dies nicht zulassen. Ich werde kämpfen und das holen, was uns zusteht. Wer von Euch begleitet mich?«

Nendor meldete sich sogleich.

»Ihr habt nicht das Recht, gegen den Willen des Königs zu agieren«, fauchte Levillia.

»Es war der Wille des Königs, Avurin einzunehmen. Nur weil ein paar Männer gestorben sind, kneift er. Was ist daran noch königlich?« Enari schaute in die Runde.

»Enari Turador, Ihr habt mir einst Eide geschworen«, erinnerte Esthîon den Novaren.

»Ich habe geschworen, dem rechtschaffenen König zu folgen. Dies seid Ihr nicht mehr. Novaren, Ihr seid hergekommen, um Avurin in unsere Lande zurückzuholen. Folgt mir und wir werden Gonvalor im neuen Glanze erstrahlen lassen.«

»Nur der König hat das Recht, die Novaren in den Krieg zu führen«, erklärte Ulbra.

»Dann muss der König also abgesetzt werden, damit ich Eure Zustimmung erlange?« Enaris Augen funkelten Esthîon dunkel an und schienen ihn fast zu durchbohren. »Esthîon Adar, ich fordere Euch heraus zu einem Kampf um die Königswürde.«

»Seit Jahrhunderten gibt es kein Recht der Herausforderung mehr«, widersprach Weldur. »Lediglich wer einen Silbertiger erlegt, erhält nach den alten Gesetzen die Gelegenheit, den Herrscher zu fordern.«

»Es gibt nur leider keine Silbertiger mehr und außerdem muss sofort eine Entscheidung gefällt werden.« Enari schlug mit der Faust seines verletzten Armes auf den Tisch, woraufhin weiterer Eiter aus der Wunde spritzte und einige Novaren zurückschrecken ließ. »Also Esthîon, großer König Gonvalors, stimmt Ihr einem Zweikampf bis zum Tod Mann gegen Mann zu?«

Alle Blicke waren wieder auf Esthîon gerichtet. Dieser sah ganz allein Weldur in die Augen, welcher den Kopf schüttelte.

»Ein König, der es nicht vermag, ohne sein Schoßhündchen Entscheidungen zu treffen, ist es nicht wert, einer zu sein. Ich kannte Eure Eltern, sie wären von Eurer Schwäche enttäuscht.«

Esthîon hob langsam den Kopf. *Er wagt es, das Andenken meiner Eltern in den Schmutz zu ziehen.* Wut brodelte in ihm. Seine Unterlippe begann zu beben. Er sah in die braunen Augen seines Widersachers. Sie sprühten vor Zorn.

»Was Ihr Euch anmaßt?«, entgegnete Esthîon mit zitternder Stimme. »Eure Dreistigkeit werdet Ihr mit Eurem Tod bezahlen. Ich nehme die Herausforderung an und werde über Euch richten, in drei Tagen auf dem Übungsgelände.«

Enari grinste hämisch. »Das wird Euer Ende.« Der Novar machte auf dem Absatz kehrt und schritt aus der Halle.

Das hölzerne Tor schloss sich hinter ihm und eine eisige Stille breitete sich aus. Die Novaren blieben sitzen, einige sahen Enari noch hinterher, andere hatten die Augen an den Tisch geheftet und der Rest schaute Esthîon offen, teils erwartungsvoll, teils abneigend an.

Esthîons Groll gegenüber den Fürsten Gonvalors stieg mit jedem Augenblick. »Die Besprechung ist für heute beendet. Geht!« Esthîon vollführte eine wegwischende Bewegung mit der Hand. Woraufhin die Novaren aufstanden und die Halle verließen. Lediglich Weldur und Chanurack blieben zurück.

Eine interessante Entscheidung, die Ihr getroffen habt.

»Eine, die sein musste.«

Eine, die Ihr vielleicht bereuen werdet.

»Das wird die Zukunft zeigen.«

Womöglich. Gehe ich richtig in der Annahme, dass Ihr einen anderen Auftrag für meine Truppe habt?

»Ich werde ihn Euch bald zukommen lassen, außerdem möchte ich, dass Ihr mir Eure besten Kampfmeister bringt.«

Das werde ich. Chanurack neigte den Kopf und trabte hinaus.

»Ein Kampf um die Königswürde. So etwas hat es seit den alten Tagen nicht mehr gegeben«, hauchte Weldur Burak neben ihm.

»Und wird es nach dem Tod Enaris auch nie wieder.«

»Ihr habt ein Feuer entfacht, welches Ihr nun vielleicht nicht mehr zu löschen vermagt.«

»Es ist allein meine Entscheidung. Diesmal war es die richtige Wahl.«

»Ihr seid Euch zu sicher, dass Ihr gewinnen werdet. Enari hat mehr Erfahrung im Kampf als Ihr. Sein Novarion liegt an der Grenze der Savank. Überfälle sind dort keine Seltenheit und Enari hat schon mehr als einen niedergeschlagen und er hat bei der Schlacht gegen die Avural in der vordersten Reihe gekämpft.«

»Wenn Ihr der Meinung seid, mein Handeln sei dumm gewesen, wieso habt Ihr mir nicht Einhalt geboten?«

»Ihr hattet bereits alles gesagt, bevor ich es konnte. Von allen Prüfungen, die Euer Leben bisher für Euch bereithielt, wird dies die Schwierigste.« Weldur schüttelte den Kopf und ging zum Tor. Bevor er raus ging drehte er sich noch einmal um. »Ich dachte, Ihr wärt weitsichtiger.« Ein Lächeln zuckte über seinen Mund, dann verließ auch er die Halle und ließ Esthîon allein zurück.

Kapitel 16: Eine Nacht im Kloster

So entstanden Wälder, Blumen, Insekten, Fische, Vögel und schließlich eine Vielzahl denkender Wesen mit den unterschiedlichsten Kräften.
Vers aus dem Buche der Dreizehn

Sternenwind machte seinem Namen alle Ehre und fegte über die Hügel, Felder und Wälder hinweg, als wäre er ein wildgewordener Sturm. Menschen oder anderen Wesen begegneten sie glücklicherweise kaum. Ebenso schien die Göttin Laval, der der zehnte Monat des Jahres gewidmet war, ihrem Vorhaben wohlgesonnen und hielt die für diese Zeit so typischen Unwetter von ihrem Weg fern.

Während seiner Reise hatte Taron immer wieder darüber nachgedacht, wie das Treffen mit seinem Ziehvater ablaufen würde, ob er sich bereiterklären würde, seinem Vorschlag nachzukommen und mithilfe wohlgesinnter Priester die Ordnung in Donnerhall und Gonvalor nach dem Fall des Königs aufrechtzuerhalten. In Avurin war er davon überzeugt gewesen, dass Halvor seiner Bitte Folge leisten würde, doch mit der Zeit beschlichen ihn immer mehr Zweifel, die er einfach nicht abstreifen konnte.

Drei Wochen lang war er fast durchweg geritten und nun erreichte er endlich den Wald um Yewabor, dessen Blätterkleid bereits zum Großteil den kalten Temperaturen des Herbstes zum Opfer gefallen war.

Taron führte den Schimmel zu dem kleinen Bach, welcher sich unweit des Hauptweges zum Tempelkloster entlangschlängelte und ließ ihn von dem kühlen Nass trinken.

Es war bereits schummrig im Wald und die Stunde Ysabes würde sicher bald beginnen. *Dann werde ich mich also im Schutze deiner Gestirne nach Yewabor wagen,* dachte er fröstelnd und rieb sich die Hände. Doch wagte er es nicht, ein Feuer zu entfachen, die Gefahr entdeckt zu werden war einfach zu groß.

Taron war angespannt, ein Zustand an den er sich mittlerweile gewöhnt hatte und welcher seine Aufmerksamkeit stärkte. Er nickte und klopfte sich auf die Knie, was ein leichtes Ziehen in der Schulter zur Folge hatte. Bei dem Kampf gegen Dirod hatte er sie sich geprellt und leider zog sich die Heilung länger hin, als erhofft.

Er ging zu Sternenwind und streichelte dessen Hals. »Mein Freund, du bleibst hier und wartest auf mich, sollte ich in zwei Tagen nicht wieder da sein, bist du frei.«

Der Schimmel wieherte zur Antwort.

Taron begab sich zum Waldrand. Seinen treuen Begleiter zurückzulassen, löste Unbehagen aus. Doch konnte er ihn auf diesem Teil der Reise unmöglich mitnehmen.

Vor ihm erstreckten sich die abgeernteten Felder, die von kleinen länglichen Erdhügeln durchzogen waren, welche auf Wühlratten hindeuteten. Im Norden wurden leere Reben durch die untergehende Sonne in Orange gestrichen.

Taron hockte sich ins Dickicht, zog seinen Stab aus dem Rückenhalfter, drehte das schmalere Ende auf den Boden, es beruhigte ihn, das Holz durch seine Finger gleiten zu lassen. Schließlich war die leuchtende Himmelsscheibe hinter dem Horizont verschwunden. Er verstaute seinen Stab wieder und brach auf, lief leicht gebeugt wie eine Katze, die auf der Suche nach ihrer nächsten Beute war. Sich Yewabor, seiner Heimat, so zu nähern, fühlte sich einfach falsch an.

Er erreichte schließlich die Klostermauer und lauschte. Lediglich das sanfte Trällern einer Trauerschwalbe war zu hören. Seine Hände streiften an der Mauer entlang. Immer wieder hatte er Ausbesserungen an ihr vornehmen müssen und wusste, dass es hier und da Vertiefungen von herausgefallenen Steinen gab, die ein Übersteigen ermöglichen würden. Es war schwierig, diese bei der Dunkelheit auszumachen, doch schließlich fand er sie an der östlichen Seite des Klosters. *Nun der nächste Schritt.*

Seine Finger fanden eine Griffmulde und mit einem Ruck stieg er über die Mauer und landete mit einem dumpfen Knall in der äußeren Klosteranlage. Ein Stich schoss durch seine Schulter. *Enura, bitte lass die Schmerzen schnell vergehen.* Er atmete konzentriert aus und lauschte. Die Trauerschwalbe hatte ihre Melodie ein wenig verändert.

Er pirschte zum Stall und öffnete die Tür. Sogleich schlug ihm der bekannte Geruch frischen Heus und tierischer Exkremente entgegen. Das Innere war in Finsternis getränkt. Taron schloss hinter sich das Gatter und tastete sich durch den Gang bis hin zur Innenhoftür. Largo wieherte schrill und boshaft.

Taron erschrak, verharrte einen Moment und wandte sich dessen Stall zu. »Sei bloß still!«, zischte er.

Der Haflinger stampfte mit den Hufen.

Kopfschüttelnd öffnete Taron die Tür und spähte hindurch. *Niemand zu sehen,* trotzdem breitete sich eine Hitze in ihm aus, die seinen Mund auszutrocknen schien. Er schlich durch den Garten an dem Brunnen und den Beeten vorbei zum Portal des Gemeinschaftstraktes.

Alarmrufe blieben aus.

Zaghaft betätigte er die Klinke und schob das alte Holz auf. Ein schummriges Öllampenlicht erhellte die Wände. Seine Füße trugen ihn zur Treppe. Das Zimmer von Halvor befand sich im ersten Stock. Der Schritt auf die erste Stufe verursachte ein verächtliches Knarren. Taron hielt inne, ließ den Ton verklingen. *Diese verfluchte Treppe hatte ich ganz vergessen.* Als Kind hatte sich Taron einen Spaß daraus gemacht, sie zum Singen zu bringen, denn jede Stufe klang beim Betreten etwas anders. Später hatte er die Töne nicht mehr wahrgenommen.

Auf Zehenspitzen glitt er am äußeren Rand der Treppe nach oben und verlagerte sein Gewicht dabei auf das Geländer. Die Dielen knirschten trotzdem immer wieder und feuerten seinen Herzschlag weiter an.

Oben angelangt schloss Taron die Augen, zwang sich zur Ruhe und drang weiter zu Halvors Zimmer vor.

Er war soeben im Begriff zu klopfen, da erklang neben ihm das klackende Geräusch eines Schlosses. *Verdammt.* Sofort drehte Taron sich auf dem Absatz und lehnte sich in den Türrahmen, wobei er die rundliche Form seines Stabes im Rücken spürte.

Die Tür neben ihm schwang auf. »Ist da jemand?«, fragte eine kehlige Stimme und das rattenartige Gesicht Remahas' schälte sich aus der Düsternis.

Bitte gehe einfach ins Zimmer.

Der oberste Priester drehte langsam seinen Kopf. Ihre Blicke trafen sich, Schrecken lag in seinen Augen.

Taron drückte sich ab, zog in einer fließenden Bewegung seinen Kampfstab, vollführte eine Vierteldrehung und ließ seine Waffe kreisen. Das dünne Ende traf Remahas' Schläfe. Dieser schrie krächzend und sackte zusammen.

Ich musste es tun. Aus den umliegenden Zimmern wurden Stimmen laut. Das Rücken von Möbelstücken drang an sein Ohr. Taron betätigte die Klinke zu Halvors Zimmer, sie war verschlossen. Schlüssel wurden in Schlössern gedreht. *Bitte Halvor, öffne mir.* Sachte schlug er einmal gegen das Holz.

Irgendwo neben ihm erklang die Stimme Selvarins. »Was ist da draußen los?«

Die Tür öffnete sich. Halvors Augen strahlten vor Verwunderung. Der Priester griff Tarons Tunika und zerrte ihn in sein Zimmer.

Sein Ziehvater schaute auf den Gang. »Das frage ich mich auch.«

»Oberster Priester Remahas?«, fragte Selvarin.

Weitere Türen schwangen auf.

Halvor blickte zu Taron und legte einen Finger auf seine Lippen und zog die Tür hinter sich zu. »Jemand hat ihn niedergeschlagen«, drangen die dumpfen Worte Priester Gareschs durch das Holz.

Was ein aufgeregtes Stimmengewirr zur Folge hatte. Taron vernahm nur Wortfetzen: »Eindringling… Krankenzimmer… Durchsuchung.« Viele Füße schritten durcheinander. Türen wurden geöffnet und wieder geschlossen und Worte erklangen wie: »Hier ist nichts.«, »Keiner da.«

Die anfängliche Aufregung wich zunehmend der Panik. Das Trommeln seines Herzens wirkte wie Paukenschläge in seinen Ohren. Sein Blick schweifte umher und blieb bei dem Fenster ruhen. Taron schob den Stab in sein Halfter und zog das Fenster auf. Jemand betätigte die Klinke der Tür und prallte dagegen. »Sie klemmt manchmal«, sprach Halvor.

Taron schwang sich aus dem Fenster und klammerte sich an einen der Balken, welcher vom Dachstuhl aus ins Freie ragte. Krallen des Schmerzes fraßen sich in seine verletzte Schulter.

Halvors Tür knallte gegen die Wand.

»Hier ist ebenfalls niemand«, erschallte Bollos Stimme. »Du schläfst wohl auch mit offenem Fenster.«

»Frische Luft ist wichtig für einen gesunden Schlaf«, antwortete sein Ziehvater.

Tarons Finger begannen, über das Holz zu rutschen, er griff nach und biss die Zähne zusammen. Seine Atmung wurde schwerer und verkrampfte.

»Verstehe ich, aber diese Trauerschwalben würden mir wahrlich den Verstand rauben.«

»Ich finde ihren Gesang ausgesprochen beruhigend. Komm, lass uns weitersuchen.«

Die Tür fiel ins Schloss.

Taron schwang sich zur Fensteröffnung. Die Hand seines gesunden Armes löste sich vom Balken und umfasste den oberen Rahmen. Seine Fußspitzen fanden den steinernen Sims. Zitternd löste sich seine andere Hand vom Balken. Gleichzeitig rutschten seine Schuhe von der Fensterbank.

Er fiel.

Geradeso bekamen seine Arme den Sims zu fassen. Tarons Schulter schien dabei fast aus dem Gelenk zu reißen. Er unterdrückte einen Schrei und entließ lediglich ein leiderfülltes Stöhnen in die Nacht hinaus, während ein Blitz ihm für einige Momente das Augenlicht nahm.

Stimmen drangen vom Übungsgelände her zu ihm.

Mit zusammengebissenen Zähnen, zwischen denen man Diamanten hätte zermahlen können, zog er sich hoch, stemmte sich durch das Fenster und glitt schnaufend auf den Boden. Schweiß perlte seine Stirn hinab. *Ich hätte doch Lavina auf die Mission gehen lassen sollen. Sie wäre klüger vorgegangen als ich.* Taron setzte sich zitternd auf und massierte sich vorsichtig die Schulter.

Die Geräusche auf dem Flur gingen und kamen in Wellen und ließen seine Anspannung nie vollkommen schwinden.

Schließlich waren wieder Personen direkt vor Halvors Tür, er rappelte sich auf, schritt zum Fenster und sah, dass sich zwei Priester im Garten aufhielten. *Nochmal wird dies nicht funktionieren, dann muss ich wohl kämpfen.*

Der Stab glitt wie von selbst in seine Hände.

Die Klinke wurde heruntergedrückt. Taron schnellte hinter die Tür, welche im gleichen Moment aufschwang. Ein Priestermantel erschien in seinem Blickfeld. Der Mann betrat das Zimmer, warf die Tür ins Schloss und blieb in der Mitte des Raumes stehen.

»Halvor«, flüsterte Taron.

Der Priester drehte sich um und lächelte seinen Ziehsohn an. »Taron, mein Junge«, er trat auf den Novizen zu und drückte ihn fest an sich. »Was tust du nur hier?« In der Berührung des Priesters wallte so viel Kummer und Sorge, aber auch Glück mit, dass Taron es kaum ertragen konnte. Er grinste missmutig, als sie sich voneinander lösten. »Ich bin hier, weil ich deine Hilfe brauche.«

»Geht es dir gut, vielleicht setzt du dich lieber.« Halvor zeigte auf sein Bett.

»Es ist nichts weiter«, entgegnete Taron und nahm Platz.

Halvor setzte sich in seinen Schreibtischstuhl und nickte mit verkrampfter Miene. »Du bist einer der meistgesuchten Verbrecher Gonvalors, dir zu helfen bedeutet Hochverrat.«

»Ich weiß und ich würde dich nicht in Gefahr bringen, wenn es einen anderen Weg gäbe.«

»Warum bist du hier?«

»Ich möchte Gonvalor von der Herrschaft Esthîon Adars befreien. Ich habe viel nachgedacht und mit meinen Verbündeten darüber gesprochen, wie wir dies vollbringen können.«

Halvor atmete schwer aus und fasste sich an die Stirn. »Ihr wollt den König umbringen?«

Tarons Mund wurde mit einem Mal staubtrocken. »Ja, und wir brauchen nur eine Kleinigkeit dafür, aber viel wichtiger ist, was nach dem Fall des Königs passiert«, sprach er mit belegter Stimme.

»Es gibt keinen Nachkommen. Esthîons Tod würde einen Krieg um die Königswürde entfachen.«

»Genau dies vermuten wir auch und dies gilt es zu verhindern. Ich glaube, dass die göttlichen Orden Ruhe bringen und bis zum Ausruf des geeigneten Königs regieren könnten.«

Halvor lehnte sich in seinem Stuhl zurück, blickte an die Decke und schüttelte den Kopf. »Das ist Wahnsinn.«

»Es ist die einzige Möglichkeit.«

»Du überschätzt die Macht der Orden und meine. Was auch immer ihr vorhabt, es ist blanker Selbstmord.«

»Ich habe eine sehr mächtige Fähigkeit und Freunde, die mich unterstützen. Wir brauchen jedoch jemanden, der die Regierung nach seinem Tod stellen kann.«

Halvor strich sich über den Mund. »Was für eine Fähigkeit soll dies sein?«

Taron öffnete seine rechte Handfläche, nahm die Energie der Umgebung in sich auf und ließ eine kleine leuchtende Kugel zwischen seinen Fingern entstehen. Er führte seine Hand zum Arm seines Ziehvaters, welcher ängstlich die Stirn runzelte und mit seinem Stuhl zurückrutschte.

»Es tut nicht weh«, hauchte Taron. Die Energie strich sanft über Halvors Handrücken und verschwand schließlich darin.

»Ich spüre sie nicht mehr.« Halvor hob seinen Arm, an dessen Ende die Finger schlaff herabhingen.

»Das vergeht wieder.«

»Es ist beeindruckend, aber Taron, selbst damit ist dein Vorhaben nicht durchführbar. Bitte fliehe einfach und lebe.«

Taron schüttelte den Kopf. »Ich bin nicht der einzige mit dieser Kraft, meine Freunde können es ebenfalls und mit deiner Hilfe sind wir in der Lage, Gonvalor, das Volk und die Begabten zu erhalten. Bitte Halvor, stehe an meiner Seite.«

»Du überschätzt meinen Einfluss. Taron, du hast so lange überlebt, wirf es nicht weg für ein solches Fantasiegespinst.«

»Ich soll mein Leben nicht wegwerfen? Ich kämpfe für die Freiheit. Du solltest wissen, wie bedeutsam dies ist.«

»Eine Freiheit die du nie kennengelernt hast.«

»Ja richtig, eine, die ich nur aus Erzählungen kenne und die mich trotzdem so beflügelt, dass ich sie jedem Magiebegabten zukommen lassen möchte.«

Halvor stand auf und griff Tarons Schulter. »Was, sag was ist mit dir nur geschehen? Du warst einst einer der friedvollsten Jungen, die ich je gekannt habe. Du hattest einst sogar geschworen, für das Gute zu kämpfen und niemandem Leid zufügen zu wollen.«

»Gerne würde ich auf andere Weise für eine bessere Welt einstehen, aber nur von Dorf zu Dorf zu wandern und zu predigen wird nichts bringen, wenn der Feind mit härtester Gewalt gegen jene vorgeht, die es wert sind, geschützt zu werden. Wir müssen so schnell wie möglich handeln und wenn ich, um mein Ziel zu erreichen, geleistete Schwüre brechen muss, bleibt mir nichts anderes übrig, als auf Neburs Gnade zu hoffen.«

»Nicht alleine Nebur ist für dein Seelenheil verantwortlich.«

»Ich weiß und ich weiß, wie sehr du dich um mich sorgst, das hast du schon immer getan und heute ist es berechtigter denn je. Aber in den letzten Monaten ist viel geschehen.« Taron sah Halvor durchdringend an. »Ich werde meinen Plan durchführen, komme was wolle und mit deiner Unterstützung wird danach Friede herrschen.«

»Du lässt dich nicht abbringen?«

»Nein.«

Schweigen erfüllte den Raum.

Der Priester schüttelte den Kopf und raufte sich dabei die Haare.

»Halvor, du bist als freier Mann durchs Land gezogen. Dies ist seit Jahren keinem Magiebegabten mehr vergönnt. Dieser Frevel muss behoben werden.«

»Es wird unseren Tod bedeuten.«

»Die Möglichkeit besteht, aber ich glaube an den Erfolg.«

»Du bist zuversichtlich, das ist gut.« Halvor lächelte schief. »Ich werde dich begleiten, auch wenn ich vielleicht nur erreiche, dass du deinen Kopf etwas länger behältst.«

Taron stand auf und ergriff Halvors Schulter. »Ich danke dir. Mit deiner Hilfe werden wir ein neues Zeitalter über Gonvalor hereinbrechen lassen.« Er legte eine bedeutungsschwere Pause ein. »Es gäbe da nur noch eine Sache.«

Halvor runzelte die Stirn.

»Es geht um dieses Medaillon.« Taron hielt seine Kette hoch. »Der Stein im Inneren dient als ein Tor zur Aufnahme von Magie. Bevor wir den König besiegen können, brauchen wir mehr von diesen. Ich habe eine Idee, wo wir sie finden können, aber vielleicht findest du in der Bibliothek etwas darüber, wo man noch suchen könnte.«

»Ich glaube kaum, dass sich dort etwas findet, alles Bedeutsame über magische Artefakte wurde mit Selvarins Ernennung zum Hohepriester weggeschafft. Aber ich werde es trotzdem versuchen.«

Taron nickte dankbar.

»Du hast dich wahrlich verändert mein Junge, ob zum Guten oder Schlechten weiß ich noch nicht.«

»Ich hoffe doch zum Guten«, entgegnete der Novize grinsend.

Halvor erwiderte es. »Nun gehe, Taron. Die Sonne steigt bald über den Horizont und ich muss noch einige Briefe schreiben.« Halvor deutete auf das Fenster.

»Ich habe ein Lager aufgeschlagen, links des Weges nach Eberthal an dem kleinen Bach. Wir treffen uns am besten dort.«

»Ich werde zum Mittag da sein.«

»Und so beginnt die nächste Etappe zur Rettung Gonvalors.« Taron umarmte Halvor, öffnete das Fenster und ließ sich in das Dunkel der Nacht hinabgleiten.

Kapitel 17: Der Kampf um Gonvalor

Doch Enura, Amea und Elysia blieben in den unendlichen Weiten des Himmelreiches verschollen. Vers aus dem Buch der Dreizehn

Esthîon stand vor Keldemir, einem Elfen mit schwarzem Haar, schwarzen Augen und marmorner Haut. Einer der Ausbilder des Söldnerheeres.

»Kommt König, auf ein Neues«, forderte Keldemir mit klarer, heller Stimme, die nicht zu seinem Äußeren passen wollte und hielt sein Schwert in einer Hand nach vorn gestreckt wie ein Fechter. Der König griff erneut an, Keldemir parierte jeden Hieb, als würde er gegen einen Jungen kämpfen. Schließlich setzte der Lehrmeister zum Gegenangriff an. Der Herrscher Gonvalors geriet in die Defensive und nach einem kurzen Schlagabtausch lag erneut die Klinge des Elfen an seinem Hals.

»Ihr müsst anfangen zu kämpfen, wacht auf.«

»Du bist zu schnell.«

»Ausreden, wenn Enari es tatsächlich vermochte, Elfen zu töten, wird er kaum weniger agil sein.«

»Mag sein, dann bringt mir bei, genauso schnell zu sein oder wenigstens Bewegungen vorauszusehen.«

»Das bedarf viel Übung.«

»Dann lasst uns üben.«

»Noldros, du bist dran.«

Der Taur erhob sich. Das Wesen hatte schwarzes Fell und einen durch und durch muskelbepackten Körper. Seine Hörner waren mit metallenen Spitzen versehen und stachen weit nach vorne aus seinem Kopf. Doch am furchterregendsten waren seine Augen, die durchweg denen eines gehetzten Stieres ähnelten. Er hielt einen Speer und einen Schild in den Pranken.

Esthîon hatte gehörigen Respekt vor dem Wesen Solærras.

Noldros verbeugte sich vor dem König. Der Ghul neben Keldemir kicherte.

»Fangt an«, befahl Keldemir.

Der Speer des Tauren sauste nach vorne. Esthîons Schild blockte den Stoß ab, er musste jedoch trotzdem einige Schritte zurücktreten. Ein weiterer Hieb traf seine Schutzwaffe, deren obere Kante gegen seinen Helm knallte. Den dritten Schlag blockte er mit der Klinge und setzte zum Gegenangriff an.

Noldros tänzelte behände zurück und stieß mit einer unnatürlichen Geschwindigkeit erneut zu.

Esthîon fing die Stöße mit seinem Schild ab. Woraufhin sich langsam eine kribbelnde Taubheit durch seinen linken Arm kämpfte. *Ich muss in die Offensive gelangen,* dachte er, schlug den Speer zur Seite und vollführte eine Abfolge von Angriffen.

So gewaltig Noldros auch wirkte, war er doch genauso flink und vermochte, jedem Schwertstreich auszuweichen oder ihn abprallen zu lassen. Esthîon holte weit mit dem Schwert aus. Da spürte er einen Schlag an seiner linken Schulterplatte und ehe seine Klinge auf den Taurenschild prallte, noch einen an seiner rechten.

Esthîon sprang zurück, drehte sich und bereitete die nächste Attacke vor, da berührte ihn auch schon der Taurenspeer am Bauch.

Der König taumelte erniedrigt zurück und ließ die Arme hängen. *Warum tue ich mir diesen Scheiß nur an? Ich lerne von ihnen ja doch nichts.*

»Wollt Ihr den Tanz schon beenden?«, fragte Noldros.

»Ein Kampf, den man nicht gewinnen kann, ist es nicht wert, gefochten zu werden.«

»Das ist erbärmlich.« Der Tauren spie aus.

»Ihr spielt mit mir. Gestern habt Ihr es getan und heute wieder. Verdammt, Ihr solltet mich auf den Kampf vorbereiten.«

Der Tauren wandte sich angewidert ab.

»Oh, der Mensch hat es verstanden«, gluckste der Ghul. »Er hat überhaupt keine Chance.«

»Ist gut, Lobir«, sagte Keldemir.

»Es ist die Wahrheit, selbst unsere neusten Rekruten vermögen mehr als er«, entgegnete der Ghul.

»Mag sein, aber wir sind hier, um ihm etwas beizubringen.«

»Und es wäre angebracht, wenn Ihr damit beginnen könntet«, fauchte Esthîon.

Keldemir hob den Finger. »Das machen wir die ganze Zeit.«

»Eigentlich macht Ihr Euch nur über mich lustig und offenbart mir, dass ich nichts kann«, Esthîon steckte sein Schwert weg und nahm seinen Speer.

Der Elf grinste hämisch. »Lobir, du bist dran.«

»Na endlich«, krächzte der Ghul und rollte über den Boden. Seine lederne Rüstung machte keinen Laut. Dunkler schwarzer Rauch umspielte seinen Körper. Der Ghul reichte Esthîon geradeso bis zur Hüfte. Ein Arm von Lobir rauschte nach vorne. Etwas kam geflogen und traf Esthîons Oberschenkelplatte. Im Schatten folgte ein zweiter Gegenstand, Esthîons Schild schnellte vor und wehrte ihn ab. Der

König geriet mal wieder in die Defensive. Wie ein Hagelsturm prasselten die Wurfgeschosse gegen Esthîons Schild und seine Beinschienen, eines traf sogar seinen Helm, was ein Dröhnen zur Folge hatte.

»Kämpft Euch vor!«, rief Keldemir.

Bedächtig näherte sich Esthîon dem Ghul und stieß mit seinem Speer zu.

Lobir lachte und wich aus. Wieder und wieder hieb Esthîon nach ihm. Schlangengleich wandte der Ghul sich um den Speer, es schien einfach unmöglich, ihn zu treffen. Während Esthîon durchgehend mit kleinen Steinen beworfen wurde, die er nicht einmal kommen sah. Verzweiflung gepaart mit Wut stieg in ihm auf.

»Kommt schon, Euer Hochwohlgeboren, Ihr werdet doch wohl wenigstens einen einzigen Schlag landen können.«

»Ihr seid wie ein Aal.«

Der Ghul sprang nach einem weiteren Speerstoß zur Seite. Esthîon riss seine Waffe in dessen Richtung. Lobir beugte sich unter dem Schaft hinweg und warf einen Stein und traf damit die Stirnseite von Esthîons Helm, knapp über dem Auge.

Die Wucht des Aufschlages riss den König von den Füßen. Hart landete er auf dem Rücken, während sein Schädel dröhnte, als hätte jemand darin ein Jagdhorn geblasen. *Das hier hat doch keinen Sinn,* dachte er und hielt sich den Kopf.

»Oh, von heute an darf ich mich Königsbezwinger nennen«, der Guhl grinste breit und vollführte einen Siegestanz. »Lobir der Königsbezwinger, hört sich gut an, oder?«

Noldros lachte.

»Wäre das eine seiner Nadeln gewesen, wärt Ihr jetzt tot oder blind, Hoheit.«

Die Sternchen vor Esthîons Augen schwanden allmählich, sodass er nun den von Wolken durchsetzten Himmel erblicken konnte. Doch vor seinem inneren Auge sah er, wie ihm Gonvalor aus den Fingern gerissen wurde. *Ich werde morgen alles verlieren.* Erniedrigt, schwach und zornerfüllt drehte er sich auf den Bauch und kämpfte sich auf die Beine. »Ihr solltet mich auf den Kampf gegen Enari vorbereiten. Das Einzige was ihr tut, ist es, mich zu verspotten.«

»Wir bereiten Euch doch darauf vor, wir zeigen Euch, wie es sein wird, zu verlieren«, erklärte Lobir mit erhobenem Zeigefinger.

»Das könnt Ihr recht gut«, ergänzte Noldros.

»Ehrloses Gesindel seid Ihr und nichts anderes.« Esthîon wandte sich um und ließ das Gelächter hinter sich. Er fühlte sich furchtbar gedemütigt. Nie hatte es jemand gewagt, so mit ihm umzuspringen. *Sie*

*haben Glück, dass nicht mehr meiner Schmach beigewohnt haben,
sonst würden sie jetzt am Galgen baumeln.*

Eine Wache und Zelorag Dun folgten ihm.

»Wenn jemand von dem gestrigen oder heutigen Training erfährt,
werdet Ihr bis zum Ende Eures Lebens Latrinen schrubben.
Verstanden?«

»Verstanden«, sangen beide im Chor.

Esthîon schaute sie an, der Krieger schien eingeschüchtert. Zelorag
hingegen wirkte vollkommen ruhig und ausgeglichen.

»Wie habt Ihr es geschafft, bei dem Söldnerheer so lange
durchzuhalten?«

Zelorag schien überrascht über diese Frage. »Ich habe gekämpft und
bin stärker geworden.«

»Sah Eure Ausbildung genauso aus wie meine?«

»Zum Teil.«

»Sie haben mir kein bisschen weitergeholfen. Das war reinste
Zeitverschwendung.«

»Darf ich frei sprechen?«

»Ja«, sagte Esthîon säuerlich.

»Ich glaube, das Training hat Euch weit mehr gebracht als alles, was
wir Kommandanten hätten tun können.«

»Ihr wollt mich ebenfalls aufziehen?« Der König funkelte Zelorag
zornig an.

»Nichts liegt mir ferner«, beschwichtigte dieser mit ernster Miene.

»Erhellt mich, was soll mir dieses sinnlose Training genutzt haben?«

»Wenn ich Euch diese Lektion verrate, wäre ihre Gewichtung weit
weniger von Bedeutung.«

»Ich habe vor einigen Wochen darüber nachgedacht, Euch
hinzurichten, hätte ich es doch nur getan.«

Sie begaben sich zu Esthîons Wohnhaus. Der König überlegte in der
Zeit, wie er Enari gegenübertreten sollte. Er hatte gehofft, durch die
Söldner eine Taktik an die Hand gelegt zu bekommen. *Sie haben mich
vorgeführt wie ein Kind. Die Novaren behandeln mich teilweise wie ein
Kind. Ich muss ihnen zeigen, dass ich ihr König bin.* Im Inneren spürte
er, dass er verloren war. Der Kampf war in nicht einmal mehr sechs
Strichen und er hatte nicht die geringste Ahnung, wie er ihn angehen
sollte.

Sie waren an der Holzhütte angekommen. Zelorag und der andere
Krieger hielten in angemessenem Abstand.

Esthîon setzte sich auf die erste Stufe und sah zum Himmel. Tanus
stand bereits als Halbmond am wolkenlosen Firmament, während über
dem östlichen Hügel Sidar, der erste Stern, strahlte. *Ysabe oder*

irgendein anderer von euch, bitte schickt mir Kraft und Weisheit.
»Geht es Euch gut, König?«, fragte Zelorag.
»Ja, ich habe nur um Kraft gebeten.«
»Nach meiner Erfahrung kann man nur seiner eigenen Kraft vertrauen und vielleicht ein wenig auf die seiner Kameraden.«
»Mir stehen morgen keine Kameraden zur Seite und meine eigene Kraft ist mehr als begrenzt. Wenn ich wenigstens eine Taktik hätte.«
»Die richtige Taktik ist meist der Schlüssel zum Sieg.«
»Wie würdet Ihr vorgehen, Zelorag?«
»Ich würde auf meine Fähigkeit vertrauen, kein normaler Mensch kann es mit meiner Geschwindigkeit aufnehmen.«
»Und wenn Ihr Eurer Schnelligkeit beraubt wärt?«
Zelorag dachte kurz nach. »Dann würde ich auf meine Waffen zurückgreifen. Es gibt für jede Situation die passende.«
Vielleicht ist das eine Möglichkeit. Eine Taktik mit jenen Waffen, die ich immer führe, wird Enari mit Gewissheit erwarten. »Bringt mir alles an außergewöhnlichen Waffen, was Euch zur Verfügung steht.«
»Die meisten befinden sich in Donnerhall, die kampferprobten sind im Besitz meiner Männer.«
»Dann weckt Eure Männer, lasst alles herbringen.«
»Jawohl!« Zelorag salutierte und verschwand.
Nach einem Viertel Strich erschien er wieder. In den Armen trug der Schwadronal ein Bündel, welches er vor dem König zum Boden gleiten ließ. Er schlug die Decke auf, darin kamen einige teils sehr eigenartig aussehende Waffen zum Vorschein
»Das ist alles, was uns zur Verfügung steht. Die meisten Waffen bedürfen jedoch einiges an Übung.«
Esthîon war erstaunt von den Konstruktionen seines Schwadronals. »Sie sehen sehr außergewöhnlich aus. Bitte erkläre mir alle.«
Zelorag begann, sie voller Stolz vorzuführen. Darunter befanden sich mehrere Messer mit einer dreifach geschwungenen Klinge, welche unglaubliche Verletzungen hervorbringen sollte, außerdem ein kleines Rohr, in dem sich ein Netz befand, das man gezielt auf jemanden schleudern konnte sowie ein Unterarmschutz, dessen eingebaute Klinge man bei Bedarf hervorschnellen lassen konnte. Dies entsprach schon eher Esthîons Geschmack. Dann hatte der Schwadronal noch eine ringförmige Klinge dabei, die am Ende eines Stabes festgemacht war. Der Ring konnte durch den Druck auf einen Knopf gelöst werden, wodurch sie auch als Fernwaffe eingesetzt werden konnte. *Sehr spannend, jedoch vielleicht etwas schwierig in der Bedienung.* Des Königs Blick glitt zu einem Wurfspeer der letzten Konstruktion.
»Dieses Prachtstück beinhaltet Asche, welche beim Auftreffen

freigesetzt wird und dem Feind die Sicht nehmen und ihn aus dem Konzept bringen soll«, erklärte Zelorag strahlend.

»Das gefällt mir«, staunte Esthîon und reckte die Arme dem Kommandanten entgegen, welcher ihm den Speer überreichte. »Ich habe außer diesem noch einen weiteren im Sortiment. Es sind allerdings einmalig verwendbare Waffen.«

»Zwei Aschewolken, noch ein paar mehr wären besser«, sinnierte Esthîon, während seine Finger über die Spitze des Speeres glitten.

»Ich hätte noch einen Prototyp, er ist noch nicht ganz ausgereift, aber man könnte ihn häufiger nutzen.«

»Holt ihn.«

Zelorag verschwand und kam kurze Zeit später mit einem Speer wieder, an dessen Ende eine Kette befestigt war. »Dies ist der Kapselspeer, er besitzt Patronen, die mit verschiedenen Inhalten befüllt werden können.«

Esthîon nahm ihn in die Hand. Er war vollkommen aus Metall und trotzdem nicht allzu schwer. »Er ist wunderschön«, hauchte Esthîon.

»Mein bisheriges Meisterstück. Es befinden sich zwei Mechanismen an dem Stab. Der eine bewirkt beim Auftreffen der Spitze auf einen Gegenstand, dass die Kapsel zerstört wird und der Inhalt austreten kann, ähnlich wie bei dem Aschespeer. Ich würde es Euch einmal zeigen.«

Esthîon reichte dem Schwadronal die Waffe. Dieser warf den Speer wenige Fuß weit. Die Spitze drang in den Boden ein und schob sich ein Stück weit zurück, wobei eine Kapsel mit schwarzer Asche zerstört wurde und den Schaft in eine kleine graue Rußwolke einhüllte.

»Beeindruckend«, hauchte Esthîon.

»Wenn man an der Kette zieht, wird die Speerspitze wieder in die Ausgangsposition geschoben und eine neue Kapsel automatisch eingeführt.« Zelorag Dun riss an der Kette und zog den Speer zurück. Esthîon sah eine Öffnung im oberen Drittel des Schaftes. »Leider klemmt dieser Mechanismus manchmal.« Der Schwadronal riss nochmal an der Kette und die Spitze schnellte wieder nach vorne.

»Wie füllt man die Kapseln nach?«

Zelorag nickte. »Hier oben gibt es einen Drehverschluss, diesen öffnet man und führt dann die Kapseln ein.« Der Kommandant zog aus seinem Mantel eine kleine Pergamentrolle. »Insgesamt passen zehn von diesen in den Schaft.«

»Die Kapseln mit Flüssigkeit zu füllen, ist vermutlich nicht möglich.«

»Es funktioniert nur mit staubartigen Mitteln.«

»Das heißt, man könnte auch Kohle- oder Metallpulver verwenden, richtig?«

»Könnte man, ja. Ich fand Asche um den Feind zu blenden sehr gut.«

»Ich habe nicht vor, meinen Feind zu blenden.« Die Augen der beiden Männer trafen sich. »Zelorag, ich glaube, mit dieser Waffe kann ich den Sieg davontragen. Aber wir haben noch einiges zu tun.« Esthîon lächelte und hielt seinem Schwadronal die Hand entgegen.

Zelorag Dun ergriff sie und das erste Mal glaubte er, wahre Freude bei seinem fünften Kommandanten zu sehen.

Zelorag hatte die Waffe nach des Königs Wünschen modifiziert und ihn danach so lange trainiert, bis sich für den Herrscher Gonvalors das Kämpfen fast so vertraut anfühlte wie jenes mit Schwert und Schild. Als sich die ersten Anzeichen des beginnenden Tages am Firmament abzeichneten und sich die Stunde Drumars dem Ende neigte, hatte der König seinen Schwadronal entlassen. Die Striche vor dem Kampf wollte er alleine sein und versuchen, etwas zu ruhen. Doch traten ihm wie gewohnt die Bilder Tarons vor die Augen, wenn er sie schloss und so hatte er es schließlich aufgegeben.

Nun saß Esthîon Adar auf seinem Bett, die zugezogenen Vorhänge hielten das Zimmer in einem schummrigen Licht.

Er hielt den modifizierten Kettenspeer in seiner Hand. Der Schaft war mit einigen Riefen versehen, die ihn besser greifen ließen und eine gewisse Erhabenheit verschafften. *Damit werde ich den Sieg erringen.*

Der König stand auf, stellte den Speer an den Tisch und begab sich zur Tür.

Verwundert stellte er fest, dass Zelorag auf dem Weg vor seiner Hütte auf- und abging. Dieser hielt inne und schaute zu ihm. »Guten Morgen König, konntet Ihr ein wenig ruhen?«

»Ich hatte Euch doch fortgeschickt«, entgegnete er.

»Ich habe geschlafen, aber mich nach einer Schicht wieder wecken lassen, niemand sollte Euch vor einem Kampf stören, dafür musste jemand Sorge tragen, der notfalls alle Mittel einsetzt«, erklärte der Schwadronal schief grinsend.

»Nun gut, besonders viel Schlaf habe ich nicht bekommen, aber es wird ausreichen. Lasst mir bitte einen Tee kommen und dann brauche ich jemanden, der mir meine leichte Rüstung anlegt.«

»Jawohl, mein König.« Zelorag nickte zu seinem Krieger, der sogleich in Richtung des Lagers eilte.

Esthîon schloss die Tür und etwas länger als ein Zwinkern die Augen. Das Gesicht Tarons, halb von einer Kapuze bedeckt, erschien ihm. *Wieso bekomme ich nur dieses Bild nicht aus meinem Kopf?* Er ballte die Hände zu Fäusten, sodass sich die Fingernägel in die

Handballen bohrten. Der Schmerz war willkommen und ablenkend. *Warum verfolgt mich dieser verfluchte Novize nur so?*

Der König ging zu seinem Bett und setzte sich auf die zerwühlte, weiche Federdecke und rief sich nochmals die verschiedenen Speerkampftaktiken ins Gedächtnis.

Schließlich holte ihn ein Klopfen an der Tür aus seinen Gedanken. Er öffnete sie. Vor dem Häuschen standen der fünfte Schwadronal zusammen mit drei seiner Krieger, alle in voller Rüstung und dahinter die Priesterin Hirena in einer sehr enganliegenden schwarzen Robe.

Zelorag deutete auf zwei seiner Männer. »Die beiden werden Euch beim Anlegen behilflich sein. Was den Tee angeht, es scheint leider keinen mehr zu geben.«

»Warum?«

»Die Vorräte sind erschöpft.«

»Erschöpft oder verschwunden?«, fragte Esthîon erbost.

»Ich weiß es nicht. Eure Diener suchen danach.«

»Enari«, spuckte Esthîon aus.

»Womöglich.«

»Dafür werde ich ihn leiden lassen.« Esthîon spürte, wie sich sein Gesicht verhärtete. »Und was ist mit ihr?«, er nickte in Hirenas Richtung.

»Die Priesterin Ameas wünscht Euch zu sprechen. Ich sagte ihr, dass es ein schlechter Zeitpunkt wäre. Sie bestand jedoch darauf, zu bleiben.«

»Wenn ich gerüstet bin, schickt sie herein.«

Die beiden Kämpen traten ein und Zelorag schloss das Portal hinter sich. Die Krieger machten sich daran, Esthîons Rüstung anzulegen. Sie war aus leichtem Zwergenstahl gefertigt, roch nach Öl und passte seinem Körper nahezu perfekt. Sein rechter Unterarmschutz wurde durch den von Zelorag ersetzt. Zuletzt wurden ihm die Waffen angelegt, zwei Aschespeere und der Kettenspeer auf dem Rücken, ein Messer und sein Schwert am Gürtel und am linken Arm ein Rundschild mit dem königlichen Wappentier. Der Helm verblieb vorerst noch auf dem Ständer.

Eine gewisse Macht durchströmte Esthîon, doch gleichzeitig schien der weitaus wichtigere Teil, der Teil, der hinter seiner Stirn lag, wie ein großer Haufen Matsch zu sein. *Hätte ich doch nur ein wenig Tee.* Er schüttelte den Kopf, streifte die Handschuhe über und nickte seinen Männern zu. »Schickt mir bitte Priesterin Hirena herein.«

Sie verließen die Hütte, woraufhin Ameas Dienerin eintrat und die Tür zuzog. Ihr Antlitz wirkte wie frischer Morgentau, hell und belebend, während ihre Lippen eine tulpenähnliche Röte aufwiesen.

»Eine Unterredung ist gerade etwas unpassend. Zumal Eure Göttin jene ist, von der ich am wenigsten Unterstützung erwarte.«

Hirena lächelte, wodurch ihr Gesicht rundlich und zugleich etwas zerbrechlich wirkte. »Ich weiß, wie ungünstig es erscheinen mag, aber ich dachte, diesmal wäre es vielleicht besser, Euch vor dem Kampf zu warnen und nicht währenddessen.«

»Warnen, wovor?«

»Die Schlafende schickte mir in der Nacht eine Vision von der heutigen Herausforderung«, sie machte eine bedeutungsvolle Pause und berührte mit dem Zeigefinger ihre Schläfe. »Amea zeigte mir, dass ein einziger Schnitt Euer Ende besiegelt.«

»Mehr nicht?«

Sie schüttelte den Kopf.

»Das heißt, ich darf mich nicht treffen lassen.«

»Ja.«

»Gut, denn das habe ich auch nicht vor.«

»Ich bete für Euch.«

»Tun das nicht alle Ordenspriester?«

»Sie beten für den rechtmäßigen König Gonvalors, nicht für Euch, Esthîon aus dem Hause der Adar.«

Esthîon war berührt und gleichzeitig verärgert, beides Emotionen, die er im jetzigen Moment überhaupt nicht gebrauchen konnte. Seine eine Hand griff zur Klinke der Haustür, doch die der Priesterin schnellte ebenso dahin und blieb auf seiner ruhen. Ihre Gesichter wandten sich einander zu.

»Bitte kämpft besonnen und seid siegreich«, hauchte sie und fasste mit beiden Armen die Schulterplatten der Königsrüstung. Ihre Blicke trafen sich. Die großen dunklen Augen waren wie die Tiefen eines Bergsees, beruhigend aber auch unergründlich, doch da war noch etwas, Zuneigung.

Esthîon stand wie versteinert da, noch nie hatte ihn jemand auf so eine Art und Weise betrachtet oder sich ihm derart genähert. Nie hatte er sich mit den Gefühlen von Frauen beschäftigt, vor allem nicht mit denen von Priesterinnen. *Wieso muss das gerade jetzt passieren?*

Hirena ließ ihre Arme hinabgleiten und senkte den Blick. »Entschuldigt«, flüsterte sie.

»Ich werde siegen«, antwortete Esthîon zuversichtlich. Steif öffnete er die Tür, draußen stand die zehn Mann starke fünfte Schwadron.

»Achtung!«, brummte Zelorag.

Die Schwadron stand still und salutierte. Einzig Weldur fehlte. *Sicherlich hat er noch wichtige Vorbereitungen zu treffen.*

Gerührt von ihrer Unterstützung begab der König sich in ihre Mitte. »Männer, ich habe heute einen wichtigen Kampf auszutragen, Ihr seid diejenigen, die mich zu dem Krieger gemacht haben, der ich heute bin. Dafür will ich Euch danken.«

Die Männer nickten.

»Dann vorwärts!«, rief Esthîon.

Sie setzten sich in Bewegung und formten dabei einen Kreis um Esthîon.

Weldur kam direkt auf sie zu, er würdigte die Schwadron mit einem Nicken und schlüpfte zwischen den Männern hindurch und lief neben dem König weiter. »Entschuldigt die Verspätung«

»Ihr hattet sicherlich Gründe.«

»Durchaus, meinen letzten Berichten zufolge wird Enari Waffen einsetzen, die Ihr nicht erwartet.«

»Die wären?«

»Fernkampfwaffen, vermutlich Wurfgeschosse.«

»Geht es genauer?«

»Leider nicht.«

Esthîon rümpfte die Nase. »Das ist nicht sonderlich viel.«

Sie gingen weiter, durchquerten das Lager. Es war bis auf wenige Heiler menschenleer. Doch der Hauch des Todes hielt sich weiterhin zwischen Zelten und drang einem gelegentlich in die Nase.

Schließlich verließen sie die Zeltstadt. Bereits von weitem war Stimmengewirr zu hören, welches von den Rufen einiger Händler durchschnitten wurde, die Essen und Getränke anboten. Sie umrundeten einen Hügel und gelangten zu einer Kreuzung von fünf Tälern, dies war das neue Trainingsgelände der Armee gewesen. Nun tummelten sich die Menschen an den Hängen, wo Esthîon selbst des Öfteren gestanden hatte.

In der Mitte der Erhebungen war ein Ring mit Steinen ausgelegt worden. Am anderen Ende des Ringes stand Enari umringt von einigen seiner Krieger. Er trug ebenfalls eine Rüstung. *Sie sieht anders aus als jene, die er in der Schlacht getragen hat.*

Die Schwadron löste sich um Esthîon auf und nahm um das Kampffeld Aufstellung. Lediglich Zelorag und Weldur blieben zurück.

»Können wir noch etwas für Euch tun?«, fragte sein General.

»Etwas zu trinken.«

Zelorag reichte ihm seinen Wasserschlauch. Es war verdünnter Wein darin.

»Danke.« Esthîon fixierte Enari. Das Gesicht des Novaren zeichnete ein gewinnendes Lächeln. *Dies werde ich ihm zu nehmen wissen.*

»Seid Ihr bereit, König?«, fragte sein Berater.

»Ja.«

Weldur betrat den Kampfkreis und ging hinüber zu Enari, sie

wechselten ein paar Worte, dann trat der General zurück in den Kreis und breitete die Arme aus. »Wir schreiben heute den dreizehnten Tag im Monat Lavals 418 Jahre nach der Gründung Gonvalors«, rief Weldur der Menge entgegen, die sogleich verstummte. »Solange herrscht das glorreiche Geschlecht der Adar über uns. Doch am heutigen Tag wird eine alte Tradition, welche mit der Reichsgründung ein Ende fand, wieder zum Leben erweckt, der Kampf um die Macht, um die Vorherrschaft, der Zweikampf um den Thron Gonvalors. Der Herausforderer und Elfenbezwinger Novar Enari Turador.« Jubelrufe erklangen, was zu einem Tosen anschwoll.

Weldur senkte die Hände, bis Ruhe einkehrte. »Er stellt sich dem Herrscher, dem Schlachtenlenker König Esthîon aus dem Hause der Adar.« Applaus war zu hören, jedoch weitaus weniger als bei Enari.

Sie denken tatsächlich, dass ich den Sieg verhindert habe.

»Betretet den Kreis!«, rief Weldur.

Esthîon spürte die Erregung, die er bereits des Öfteren vor Kämpfen gefühlt hatte. Es war jene, die die Reflexe schneller werden und die Müdigkeit verfliegen ließ. Doch noch hatte sie den Höhepunkt lange nicht erreicht.

Eine Hand legte sich auf seine Schulter und schob ihn in den Kreis, es war Zelorags. »Vertraut auf Eure Kraft.«

Esthîons Blick war auf seinen Gegner gerichtet. Enari drehte sich noch einmal um und nahm von einem seiner Männer einen Bogen entgegen. Ein Köcher mit Pfeilen befand sich bereits an seiner Hüfte. *Hing dieser eben auch schon da?*

Enari betrat den Steinring, zog einen Pfeil und legte ihn auf die Sehne. Die Zeit der Worte war vergangen, nun begann der Kampf um Gonvalor.

Hirenas Stimme hallte in Esthîons Geist. *Ein Schnitt bedeutet Euer Ende. Aber dieser wird mir nicht von einem Pfeil zugefügt.* Esthîon lief seitlich am Rand des Steinringes entlang, den Schild schützend erhoben. Er löste den mittleren Aschespeer aus seinem Rückenhalfter, ließ seinen Gegner dabei jedoch nicht aus den Augen.

Enaris erster Pfeil schnellte von der Sehne. Esthîon sprang nach vorn, das Geschoss flog hinter ihm vorbei.

Nun bin ich am Zug. Esthîon warf den ersten Aschespeer, welcher direkt vor dem Novaren landete.

Dieser lächelte amüsiert und ließ einen weiteren Pfeil von der Sehne. Das Geschoss prallte gegen Esthîons Schild und blieb stecken.

Der Mechanismus des Speeres löste aus und hüllte Enari vollends ein. *Nun der zweite Schritt.* Esthîon befreite den Kettenspeer aus seinem ledernen Gefängnis und schleuderte ihn direkt in die Wolke aus schwarzem Kohlestaub. Die Spitze bohrte sich in den Boden und entfachte eine weitere, kleinere Wolke.

Der Novar sprang hustend zurück.

Esthîon zog an der Kette, der zweite Mechanismus schnellte zurück, die in der Nacht angebrachten Feuersteine trafen aufeinander. Ein Funke flog und ließ die Wolke mit einem lauten Knall explodieren. Enari riss die Arme vor sein Gesicht und stolperte weiter nach hinten.

»Diese ehrlosen Spielereien werden Euch nicht den Sieg bringen!«, schrie er.

Esthîon lachte und rannte auf Enari zu und zog dabei den Kettenspeer zu sich. Enari spannte indes den Bogen und feuerte einen weiteren Pfeil ab. Esthîon parierte ihn mit dem Schild, die Pfeilspitze durchdrang das Holz knapp unter seiner Armschiene.

Der König warf erneut den Kettenspeer.

Enari wich zur Seite aus.

Die Speerspitze verschwand im Boden. Esthion riss an der Kette, woraufhin eine kleinere Explosion folgte. Aus dieser schoss ein weiterer Pfeil auf ihn zu. Er drehte sich weg, das Geschoss schliff Esthîons Schulterplatte. *Ich muss in den Nahkampf.*

Der König rannte unter Pfeilbeschuss im Zickzack und zog seinen Speer zurück. Zwei weitere drangen in seinen Schild ein.

Esthîon hatte den Novaren erreicht und stach mit seinem Speer zu. Enari wehrte den ersten Stoß mit dem Bogen ab, warf ihn zur Seite und zog sein Schwert. Esthîon trieb Enari mit gezielten Stößen vor sich her, darauf bedacht, den Mechanismus des Speeres dabei nicht auszulösen. Der Novar wich geschickt aus und parierte seine Angriffe.

Schließlich schnellte Enaris linker Arm nach vorne.

Esthîon sah im Augenwinkel einen kleinen Gegenstand auf sein Gesicht zufliegen und führte reflexartig das Kinn zur Brust. Mit einem metallischen Klirren prallte er gegen den Helm und fiel zu Boden. *Ein Wurfstern.*

Enari sprang vor, nutzte die Ablenkung zum Gegenangriff und drosch wild auf Esthîons Schutzwaffe ein. Ein kräftiger Schwertstreich riss des Königs Schild zur Seite. Sein linker Arm begann, taub zu werden.

Enari führte einen beidhändig geführten Schwerthieb von oben. Esthîon riss zur Parade den Speer hoch und fing den Angriff ab. Eine Staubwolke löste sich aus dem Schaft und hüllte die beiden ein. Esthîon taumelte rückwärts, seine Augen brannten.

Enari schritt durch die Kohlestaubmischung hindurch, schien sich kurz sammeln zu müssen und rieb sich die geröteten Augen.

Esthîon wollte mit dem Speer zustechen und sah, dass dieser

verbogen war und warf ihm dem Novaren entgegen, welcher den Kettenspeer mit dem Schwert zur Seite schlug. Esthîon zog blank. Es war die Situation, die Esthîon am wenigsten gewollt hatte.

Enari nahm nun ebenfalls seinen Schild vom Rücken. Der Tanz ging in die nächste Runde. Die Angriffe stürmten in einem unfassbaren Tempo auf ihn ein und zwangen Esthîon mehr und mehr in die Defensive. Er spürte, wie seine Kraft im linken Arm schwand und mit jedem Schlag die Taubheit zunahm. Sein Arm sackte schließlich kurz hinab.

Ein von oben geführter Schwertstreich Enaris riss ihm den Schild aus der Hand. Esthîons linker Arm wollte ihm kaum noch gehorchen, selbst eine Faust zu bilden, schien die härteste aller Kraftanstrengungen zu sein. Schwer atmend ging er auf ein Knie.

Jubel drang von den umliegenden Hügeln ins Tal.

»Wenn Ihr aufgebt, werde ich Euch unverrichteter Dinge ins Exil fliehen lassen«, bot Enari keuchend an.

»Ich kämpfe weiter.« Esthîon stützte sich mit seinem rechten Unterarm auf seinem Knie ab. Es blieb ihm keine Zeit, sich aufzurichten. Ein weiterer Hieb Enaris folgte. Die Klinge des Königs schnellte zur Parade nach oben. Doch die Wucht des Streiches schleuderte ihn auf den Rücken.

Der Novar rückte nach und schlug gegen Esthîons Unterarmschutz, seine Schwerthand sprang auf und ließ die Waffe frei.

Enari war über ihm und stieß mit dem Schwert in Richtung seines Halses. Esthîons rechter Arm umschlang die Klinge und ließ sie neben seiner Brust in den Boden fahren, während einer seiner Füße gegen die Hüfte und der andere gegen das Bein seines Widersachers trat und ihn zu Fall brachte. Der König rappelte sich auf, sprang auf den Herausforderer und rammte sein Knie auf dessen Schwertarm.

Esthîon machte eine Handbewegung und ließ die versteckte Klinge aus dem Unterarmschutz schnellen und stach zu. Enari brachte sein Schild vor sich und ließ den Angriff abprallen. Der König wollte die Schutzwaffe zur Seite schleudern, glitt jedoch ab und stemmte sich nun mit seinem gesamten Körpergewicht dagegen. Der Novar wand sich unter ihm wie ein Aal auf dem Trockenen, doch vermochte er sich nicht zu befreien und schließlich versagten seine Kräfte.

Esthîon führte seine Unterarmklinge zum Hals des Novaren. Angesicht zu Angesicht schrie er ihn an. »Nun gebt auf!«

»Ja, ich gebe auf«, flüsterte Enari.

»Lauter!«

»Ich gebe auf«, seine Stimme bebte.

Glücklich stand Esthîon auf und sah zu Weldur. Der General nickte anerkennend.

»Ich gebe auf«, schrie Enari erstarkt, »sobald Ihr den Angriff auf Avurin befehligt und uns endlich von dem Joch der Elfen befreit.«

Esthîon sah im Augenwinkel, wie etwas auf ihn zuflog. Ein Stern prallte gegen seine Rüstung, ein zweiter ritzte seine linke Wange. Er zuckte zusammen und hielt sich das Gesicht. In einem Anflug aufkeimenden Hasses griff er den letzten Aschespeer, vollführte eine Drehbewegung und rammte ihn direkt auf Enari. Der Mechanismus des Speers löste aus. Beide verschwanden in Kohlestaub. Esthîon taumelte aus dem Nebel und hustete.

»Ich lebe noch, Ihr Vatermörder und elternloser Bastard. Ich bringe Euch um«, krächzte Enari.

»Ihr hattet Euren Versuch.« Esthîon schleppte sich zu seinem Schild, nahm ihn an der Kante und warf ihn in den Rauch. Es klirrte, ein Funke entstand und eine gewaltige Explosion, gefolgt von Schreien, die Esthîon an jene in den Lazaretten erinnerte. »Ihr wolltet ganz Avurin brennen lassen. Nun habt Ihr so kurz vor Eurem Ende noch einen Geschmack dieser Kost bekommen.«

Die Schmerzenslaute endeten nicht.

Doch der Rauch lichtete sich. Esthîon hatte mit seinem Speer den Schild des Novaren mit seinem Körper und dem Boden verbunden. Dessen gesamte Vorderseite war schwarz und angesengt. Der König ging zu Enari, ließ die Klinge aus seinem Unterarmschutz erscheinen und rammte sie durch Enaris Augenschlitz. Die Schreie verstummten.

Der Feind war besiegt.

Esthîon richtete sich auf, sein gesamter Körper fühlte sich schwach an. Er blickte zu Weldur.

Dieser hob die Arme. »Esthîon aus dem Hause der Adar hat die Herausforderung entschieden.«

Jubel brach aus. *Am Ende wollten sie alle nur eine gute Show.*

Esthîon ging auf seinen General zu, seinen Blick auf die Hänge der Hügel gerichtet. Die Menschen darauf waren nicht mehr als eine verschwommene Masse.

Sein linker Arm und seine linke Gesichtshälfte fühlten sich taub an. Selbst der metallische Geschmack in seinem Mund war einem Pelz gewichen. Seine Beine gaben unter ihm nach und er stürzte zu Boden. Er spürte Hände an seinem Körper, die ihn auf den Rücken drehten. Ein schwarzer Schleier stülpte sich über seine Augen. Rufe wurden laut. Nur ein Wort vermochten seine Ohren sicher herauszuhören. »Gift.«

Die drei Welten waren erschaffen und ein gewisser Einklang wallte durch das Elysium. Vers aus dem Buche der Dreizehn

Mira und die anderen ritten den gepflasterten Weg durch den schier endlosen Wald Solærras. Die gewaltigen alten Bäume hielten das Klima angenehm, sodass sie sich relativ schnell körperlich an die Welt anpassen konnten, lediglich die Schwere, welche auf der Brust lag, wollte nicht so ganz verschwinden.

Da es jedoch in Solærra höchstens einen Strich am Tag dämmerte, verlor Mira bald jegliches Zeitgefühl. Ihr Körper schien viel weniger Schlaf zu benötigen, doch bereits nach wenigen Umläufen fühlte sie sich sehr erschöpft und aus unerfindlichen Gründen gehetzt. Barvo, Lavina und Ildrum schien es kaum besser zu ergehen. Daher hatten die Elfen vor den Schlafenszeiten begonnen, mit ihnen zu meditieren, um ihre Geister ins Gleichgewicht zu bringen. Was leider nur bedingt half.

Glücklicherweise erreichten sie alle paar Tage Dörfer, in deren Gasthäusern sie weiche Betten erwarteten und in denen sie weitaus erholsamer zu schlafen vermochten.

Mira hingegen hatte begonnen, bei ihren Pausen durch die Wälder zu streifen und mit den uralten Bäumen zu kommunizieren. Es war nicht nur das Erkennen von Bedürfnissen und Gefühlen, manche von ihnen besaßen schon fast Stimmen, die wie ein sanfter Windhauch in ihrem Kopf widerhallten, auch wenn Mira nicht verstand, was die Bäume sagten. Seit sie in Avurin gewesen war, hatte sie sich kaum mit ihrer eigenen Fähigkeit beschäftigt, jedoch schien sie sich durch das harte Training Geladors weitaus mehr weiterentwickelt zu haben, als sie es bisher erahnt hatte.

Nach etwa drei Wochen lichtete sich schließlich der Wald und wandelte sich in ein von Hügeln und Bächen durchsetztes Grasland, welches so ebenmäßig und malerisch wirkte, aber auch die beißende Hitze der zwei Sonnen mit sich brachte, die die Menschen nun ungeschützt von den Bäumen umso härter traf und sie daran erinnerte, dass sie nicht für diese Welt geschaffen waren.

Am Ende der vierten Woche ihrer Reise gelangten sie nach Varendul, eine Stadt, welche auf mehreren Hügeln errichtet worden war. Schon von weitem stach die große Bronzekuppel auf dem mittleren Hügel hervor, der alle umliegenden Anhöhen überragte und deren

Ausmaße kaum abzuschätzen waren.

Sie erreichten schließlich die Stadt. Mira hatte erwartet, dass sie möglicherweise Donnerhall glich, doch dies war nicht der Fall. Es gab keine Palisade oder Mauer. Sie konnten einfach so die Stadt betreten und auch die Häuser waren mit jenen auf Intêrra nicht zu vergleichen. Sie waren aus Stein oder Flechtbäumen errichtet worden und bei den meisten Behausungen hatte man versucht, die Bauweisen in Einklang zu verbinden, was interessante Konstruktionen zur Folge hatte. Einige ragten zwei bis drei Stockwerke in die Höhe, formten verschlungene Gebilde und die Kronen öffneten sich hier und da für Dachterrassen. Doch vor allem wirkten sie viel heller, glatter und einladender als all jene Gebäude, die Mira kannte. Der gesamten Stadt schien eine betörende Verspieltheit, aber auch Gleichmäßigkeit innezuwohnen, welche half, die eigene innere Ruhe zu erhalten.

Varenduls Volk, die Elfen, Tauren und die Gargoyls am Himmel schienen diese Eigenschaften ebenfalls verinnerlicht zu haben. Alle bewegten sich harmonisch, niemand rannte, keiner schrie. *Welch ein vollkommener Gegensatz zu Donnerhall.*

So ritten sie die Straße entlang, bis sie zu einem großen Flechtbaumgebäude gelangten, das an einen steinernen Stall grenzte. An der Tür war ein Zeichen eingraviert, ein Baum mit einem Stern als Krone.

»Dieses Haus gehört den Bellesar«, sagte Elwaran.

»Ganz recht.« Gelador stieg von seinem Pferd ab und begab sich zur Tür, ehe er bei ihr eintraf, öffnete sie sich bereits.

Im Portal stand eine hochgewachsene Elfe.

Vollkommen überwältigt betrachtete Mira sie. Die Elfe hatte wie Elwaran rote Haare, doch ihre Augen leuchteten fast schon purpurn ebenso wie ihre vollmundigen Lippen. Dazu trug sie ein gelbgoldenes Kleid mit einer goldenen Kette und schmalen ovalen Ohrringen, die ihre spitzen Ohren noch länger wirken ließen. Dabei waren ihre Gesichtszüge so weich und zart, dass allein ihr Anblick Miras Gemüt aufzuhellen schien. *Sie muss einer Königsfamilie angehören.*

Die rechte Hand der Elfe ruhte auf ihrer Brust und offenbarte einen feinen goldenen Ring. »Ich heiße Euch im Namen der Götter und Elben im Hause der Bellesar willkommen«, sang sie mit glockenklarer Stimme.

»Ich begrüße Euch, Silared«, sprach Gelador und erwiderte ihre Geste, so wie die anderen der Gruppe.

»Ihr seid die Schwester Nifrims?«, fragte Elwaran.

»Ja, auch wenn alleine das Hören ihres Namens schon große Trauer in meinem Herzen entfacht.« Ihr Blick glitt für einen Moment in weite Ferne, bis sie sanft ihr Haupt schüttelte und sich wieder fasste. »Bitte bringt die Pferde zu den Ställen und dann kommt herein. Ich habe einen Tee aufgesetzt.«

Sie führten ihre Tiere um den steinernen Anbau herum und sattelten sie ab, entfernten das Zaumzeug und gaben ihnen etwas Heu. Anschließend betraten sie über die Hintertür das Haus der Bellesar.

Der Flur war breit und geräumig. Alle Möbel darin bestanden aus einem hellen Holz, welches sich von den dunklen Strängen der Flechten, die die Wände und Treppen bildeten, abhob.

Sie begaben sich in ein Esszimmer, in welchem ein großer ovaler Tisch stand, der aus dem Boden zu wachsen schien, lediglich die Tischplatte wies wieder helleres Material auf und war blank geschliffen und poliert, dass man sich fast hätte spiegeln können. Auf diesem standen bereits feingearbeitete Tonbecher mit dampfendem Tee. Sie setzten sich auf die mit weißem Samt gepolsterten Stühle und schlürften von dem heißen Getränk, welches einen rosigen Duft absonderte, aber eher säuerlich schmeckte.

»Ich danke Euch, Silared, für Eure Gastfreundschaft, bitte seht es nicht als unhöflich an, aber wir würden gerne schnellstmöglich unseren eigentlichen Aufgaben nachkommen«, erklärte Elwaran.

Silared lächelte. »Meine Schwester war ähnlich ungestüm, ich verstehe Eure Dringlichkeit.«

»Vielen Dank, ich hoffe, wir finden zu einem späteren Zeitpunkt noch die Gelegenheit für ein Gespräch.«

»Mein Haus steht Euch für die Dauer Eures Aufenthalts in Varendul zur Verfügung. Ich bin mir sicher, die Gelegenheit wird sich ergeben.«

Mira betrachtete die beiden, während sie weiter ihren Tee schlürfte. Sie wirkten so unterschiedlich von der Kleidung und ihrer Haltung her, doch ihre Gesichtszüge ähnelten sich sehr. Plötzlich fiel es ihr wie Schuppen von den Augen. *Aber natürlich, Elwaran hatte uns davon erzählt, Nifrim war seine Mutter, jene die von Zelorag Dun ermordet wurde.* Die Erinnerung an den Kampf zwischen dem Elfenschlächter und Taron auf der Ebene zwischen Avurin und den Hügellanden drang an die Oberfläche und vermochte es selbst nach über drei Monaten noch immer, etwas in ihr zusammenzuschnüren. *Wäre Elwaran nicht erschienen, wäre Taron mit Gewissheit gefangen genommen worden.*

»Habt Dank, Silared, aber wir sollten nun aufbrechen«, begann Gelador. »Barvo, Lavina und Ildrum, ich würde euch bitten, ein paar Vorräte zu besorgen. Fendelin und Elwaran, ihr begebt euch bitte zum Hort des Wissens und versucht Zutritt zu erlangen, sollten Mira und ich keine weiteren Steine von den Gargoyls erhalten, ist der Hort des Wissens der womöglich einzige Ort Solærras, an dem wir mehr über Tarons Artefakt herausfinden können.«

Alle nickten zustimmend.

»Ihr wollt also tatsächlich in den Hort des Wissens?«, fragte Silared.

»Spricht etwas dagegen?«, entgegnete Fendelin.

»Nein, jedoch solltet Ihr wissen, dass derzeit die hochehrwürdige Limefrah im Hort residiert.«

Gelador griff sich besorgt an die Schläfe. »Unserem letzten Bericht zufolge sollte Samurah den Vorsitz haben.«

»Ganz recht, jedoch hat vor zwei Wochen ihre Ablöse stattgefunden.«

»Was hat das zu bedeuten?«, fragte Mira.

»Die hochehrwürdige Limefrah ist Intêrra alles andere als wohlgesinnt. Es wird sehr schwer werden, sie davon zu überzeugen, uns den Zugang zum Hort zu gewähren.«

»Wenn sie versteht, wie wichtig dieses Wissen für uns ist, schaffen wir es gewiss, ihr Herz zu erweichen«, sprach Elwaran selbstbewusst und nickte Fendelin zu.

»Ich vertraue auf euch«, beschwor Gelador und stellte seinen geleerten Becher auf den Tisch. »Dann lasst uns aufbrechen.«

Niedergeschlagen trat Mira aus der Höhle der Sucher des Wissens heraus. Das Gespräch mit den Gargoyls war mehr als ernüchternd gewesen. Sie hatten in den vergangenen vier Wochen einfach keine weiteren Steine aufbringen können.

»Und was nun?«, fragte Mira.

»Wir gehen zurück zur Unterkunft und hoffen darauf, dass Fendelin und Elwaran mehr Erfolg haben«, erwiderte Gelador.

Mira strich sich mit dem Finger über das Brandmal an ihrer Stirn und überlegte. »Oder zum Hort des Wissens, im besten Falle können wir die beiden vielleicht unterstützen.«

»Ich bezweifle sehr, dass sie dich dort einlassen werden, aber wir können es probieren.«

Mira folgte Gelador schweigend durch die Gassen. Schließlich erreichten sie den mittleren Hügel Varenduls, auf dessen Haupt die gewaltige Kuppel thronte. Erst jetzt vermochte Mira die Ausmaße wahrhaftig zu fassen. Die Außenmauer war höher als jene der Festung Donnerhalls und wesentlich breiter. Das bronzene Gewölbe dahinter wirkte wie eine Krone und reckte sich der Physik zum Trotze dem Himmel entgegen.

Sie standen vor einem Tor mit fünf Wachen zu jeder Seite. Die Krieger trugen bronzefarbene Harnische, Helme und Speere. Ihnen wohnte etwas Wehrhaftes, aber gleichzeitig auch Belesenes inne.

Gelador trat an einen der Elfen heran und legte eine Hand auf seine

Brust. »Ich begrüße Euch, Bewahrer des Wissens.«

Die Wache erwiderte die Geste.

»Vor geraumer Zeit sind eine Saphirelfe und ein Rubinelf hierhergekommen. Wir möchten gerne zu ihnen.«

Die Wache nickte. »Sie sprechen mit der hochehrwürdigen Limefrah. Wenn Ihr es wünscht, werden wir Euch zu ihrer Vorhalle geleiten. Weiterer Zutritt ist Menschen jedoch untersagt«, sprach er, Mira musternd.

»Wir bitten trotzdem darum.«

»Dann folgt mir«, die Wache verließ ihren Posten und ging Mira und Gelador voraus.

Sie durchquerten das gewaltige Tor. Die Straße führte zur Kuppel und wurde von einer weiteren durchkreuzt, die einmal entlang der gesamten Mauer zu verlaufen schien und so breit war, dass drei Pferdekarren nebeneinander ein Rennen hätten fahren können.

Ihr Weg endete vor einem Portal, dessen Flügel mit je einer Sonne versehen waren und vor dem zwei weitere Wachen standen. Ihr Führer nickte den Kriegergelehrten zu, woraufhin die drei Mann hohen Torflügel wie von selbst aufschwangen. Dahinter offenbarte sich ein breiter Gang, dessen Boden und Wände mit bronzenen und steinernen Platten ausgelegt waren. An der Decke befanden sich in regelmäßigen Abständen Schächte, durch die Licht drang und so den Gang erhellten. Kurz bevor sie einen größeren Raum erreichten, kamen ihnen Elwaran und Fendelin geführt von einem der Bewahrer entgegen.

»Was macht ihr beide hier?«, fragte Elwaran.

»Unsere Vorstellung bei der Gargoyls war wenig erfolgreich, daher wollten wir euch unsere Hilfe anbieten.«

»Leider haben wir ebenfalls keine guten Nachrichten«, sagte Fendelin. »Wir haben Limefrah unser Anliegen erklärt, jedoch verweigert sie uns die Nutzung des Hortes.«

»Hatte sie euch eine Erklärung gegeben?«, fragte Gelador nüchtern.

»Wie es Srinares vorhersagte. Die Nutzung des Hortes ist nur jenen gestattet, die zum Wohle der Elfen handeln.«

»Aber das tun wir. Wir handeln zum Wohle der Elfen Avurins«, empörte sich Mira.

»Dies erkennt sie an, allerdings denkt die Hochehrwürdige etwas anders, als wir es tun. Ein heute gegebenes Wissen kann in tausend Jahren den Untergang der Elfen bedeuten«, erklärte Elwaran.

»Dann müssen wir letztendlich doch Taron vertrauen«, sprach Gelador.

»Wir sind über einen Monat gereist und sollen nun einfach so von dannen ziehen, obwohl wir hier Wissen finden könnten, das uns unserem Ziel näher als alles andere zu bringen vermag.«

»Es tut mir leid, Mira.« Fendelin legte ihr sanft eine Hand auf die Schulter.

»Ich würde gerne selbst noch einmal unser Anliegen vorbringen. Ist dies möglich?«, fragte sie an den Bewahrer des Wissens gewandt.

»Es ist nicht üblich, eine Forderung zweimal vorzutragen.«

»Bitte gebt mir die Möglichkeit«, Mira sah den Elfen mit festem Blick an.

Der Bewahrer schaute den Gang hinab in die Richtung, aus der Fendelin und Elwaran gekommen waren und seufzte. »Ich kann die ehrwürdige Limefrah nicht zweimal mit derselben Thematik belästigen. Ich muss Euch bitten, mich nach draußen zu begleiten.«

»Ihr versteht die Tragweite unseres Unterfangens nicht. Ich frage nicht nach Wissen für mich oder für meine Freunde. Es geht hier um die Freiheit von unzähligen Begabten und Elfen auf Intêrra.«

»Ich nehme an, Eure Freunde haben diesen Punkt ebenfalls bei Limefrah vorgetragen?«, fragte er mit einem Seitenblick zu den Elfen.

»Nur nicht mit solch einer Inbrunst«, offenbarte Fendelin.

Mira fixierte die Augen des Bewahrers weiter und versuchte, so viel Vertrautheit, Hoffnung und Flehen in diesen Blick zu legen, wie sie konnte.

In der Mimik des Bewahrers sah sie schließlich eine Mauer brechen, an deren Ende er geräuschvoll stöhnte. »Folgt mir, aber erwartet nicht zu viel.«

Sie gingen gemeinsam den Gang entlang und gelangten in eine kleine Halle mit mehreren Bänken, an deren Ende sich ein weiteres Tor befand.

»Wartet hier«, befahl die Wache und betrat den Raum hinter der Halle.

Mira konnte nicht erkennen, was sich hinter dem Portal befand.

»Was möchtest du der Elbin sagen?«, fragte Elwaran.

»Die Wahrheit«, entgegnete Mira. Sie verspürte Lampenfieber, ihre Hände schwitzten und ihr Magen schien sich um sich selbst zu wickeln. *Ich werde die Elbin überzeugen.*

Das Tor öffnete sich wieder. Der Kriegergelehrte blieb in dem Flügel stehen und hielt ihn auf. Gelador und Mira erhoben sich und begaben sich zum Tor.

»Nur das Mädchen«, befahl der Bewahrer des Wissens.

Mira stockte, wehleidig blickte sie zum grünhaarigen Elfenkrieger.

»Sei ganz du selbst und offenbare ihr deine Stärke.«

Fendelin und Elwaran nickten aufmunternd.

»Ich werde es schaffen«, versprach sie und setzte ein Lächeln auf, welches Zuversicht ausstrahlen sollte, strich sich eine braune Haarsträhne hinters Ohr und trat durch das Portal.

Licht umfing sie. Die Wände waren mit weißen Vorhängen behangen, die bis zur fast unermesslich hohen Decke der Kuppel reichten, in der ein kreisrunder Teil in der Mitte fehlte und die Sonnenstrahlen hereinließ. Es dauerte einen Moment, bis sich Miras Augen an die Helligkeit gewöhnten und sie eine breite nach oben hin schmaler werdende Treppe mit zwölf Stufen vor sich sah, an deren Ende ein Thron stand. Auf diesem saß die Elbin.

Sie wirkte ausgesprochen groß, Mira war sich nicht sicher, ob sie aufgrund des Thrones nur so wirkte oder ob sie es tatsächlich war. Sie trug dunkelgrünes Haar und vollkommen grüne, strahlende Augen, bei denen Pupillen und Linsen fehlten, ihre Haut war marmorn und glatt, sodass sie auch eine Statue hätte sein können. Die Gesichtszüge waren scharf geschnitten und lange nicht so weich wie die der Elfen. Während ein bronzefarbenes Kleid aus feinem Stoff den Körper der Elbin bedeckte, wurde ihr Haupt von einem verschnörkelten, bronzenen Diadem geschmückt, welches über ihrer Stirn einen Smaragd einfasste. An den Handgelenken hingen einige Armreife.

Mira war überwältigt, ihr Kinn sank wie von selbst zur Brust, während ihr Rücken sich durchbog.

»Was ist dein Anliegen?«, sprach die Elbin mit einer Stimme, die in Miras Ohren wie ein zaghaftes Lüftchen schmeichelte.

Ehrfürchtig nickte Mira. »Ich erbitte Wissen.«

»Jenes Wissen, welches Elwaran und Fendelin bereits wünschten?«, fragte sie zuckersüß.

»Ja.«

»Das ist inakzeptabel«, die Worte brandeten Mira wie ein Sturm entgegen und drohten, sie von den Beinen zu fegen. »Wie könnt ihr es wagen, mich zweimal mit dieser Bitte zu belästigen?«

Mira sank auf ein Knie. »Es ist wichtig für alle Magiebegabten Intêrras und für mich.«

»Intêrra, eine schwache Welt mit vielen schwachen Geschöpfen.«

»Aber auch Geschöpfen mit Güte und Zuversicht und der Hoffnung auf eine bessere Zukunft.«

Limefrahs Blick durchdrang den Miras und schien fast bis in die Tiefen ihrer Seele hinabzugleiten. »Ich glaube dir, dass alles was du tun möchtest ehrenhaft sein mag.« Die Elbin stand von ihrem Thron auf. Erst jetzt wurde Mira die wahre Größe Limefrahs gewahr, mit Sicherheit überragte sie noch viele der Tauren. Doch war sie grazil und leichtfüßig, als sie die Stufen hinabging. Ihr Kleid war an der Rückseite etwas länger als vorne. »Es gibt einen Grund, warum nur die wenigsten Zugriff auf unser gesammeltes Wissen erhalten.«

»Ich würde nie Euer Wissen gegen Euch oder Solærra verwenden.«

»Ich bin mir sicher, dass du an das glaubst, was du sagst. Doch ich kenne euch Menschen, ihr seid wankelmütig und uneins und eure Königreiche zerfallen auf Intêrra schneller zu Staub als die Gebeine vergangener Elfen.« Limefrah ging im Kreis um Mira herum und musterte sie.

Es war erdrückend. »Ich würde Euch schwören, so wir mit Eurem Wissen die Steine finden, diese Euch nach unserem Unterfangen auszuhändigen und so Ihr dann noch immer an meiner Rechtschaffenheit zweifelt, würde ich für den Rest meines Lebens in Solærra verweilen, um keine Geheimnisse zu verbreiten.« Der Gedanke daran, Intêrra dauerhaft den Rücken zu kehren, versetzte ihr einen tiefen Stich ins Herz.

Die Elbin blieb vor Mira stehen, ihr Gesicht war von Härte gezeichnet, wobei sie kaum noch lebendig wirkte. »Du bist ein außergewöhnlich beharrliches Exemplar deiner Art. Das ist selten, besonders wenn man dein junges Alter betrachtet. Was wärst du bereit, für die Freiheit der magisch Begabten aufzugeben?«

»Das, was von mir verlangt wird.«

»Wärst du bereit, ein ganzes Volk zu opfern?«, die Elbin streifte mit dem kleinen Finger Miras Wange.

Limefrah verschwand vor ihren Augen, stattdessen erschien ihr der Wald Avurins und daneben das Soragebirge, sie befand sich vor der Schlucht, die zum Weltentor führte. Eine Armee bestehend aus Elfen und Tauren stand vor dem Tal ins Gebirge. Doch waren es nicht jene Krieger, die an dem Tag ihrer Flucht auf ihren Einsatz gewartet hatten, es waren Junge und Alte, alle die nicht kämpfen sollten. Ihnen gegenüber ein Heer der Menschen in vollen Rüstungen und Kriegsbemalungen und sie waren an der Zahl mindestens vier zu eins der Streitmacht der Avural überlegen. Eine erdrückende Übermacht.

Die Stimme Srinares' hallte über die Ebene. »Sie wollen uns unsere Heimat nehmen, doch dies werden wir verhindern. Avurin wird niemals in die Hand der Menschen fallen, unsere Krieger sind für unsere Freiheit gefallen. Nun gilt es, für uns selbst zu kämpfen. Auf Avural, auf in den Kampf!«, schrie Srinares gefolgt von einem mächtigen brummenden Kriegsschrei.

»Nein, nein, nein, hört auf mit dem Wahnsinn!«, schrie Mira.

Srinares sah Mira an. »Ihr habt euren Teil der Abmachung nicht erfüllt, nun ist es an uns den Tribut zu bezahlen«, hörte Mira Srinares in ihrem Kopf. Die gebrechliche Taurin spurtete laut schreiend auf die Reihen der Menschen zu, welche noch mehrere hunderte Fuß entfernt waren. Die restlichen Avural folgten ihr. *Sie dürfen nicht ihr Leben wegwerfen, nur weil sie uns Schutz geboten haben.* Mira war aufgewühlt, entsetzt. *Ich muss dieses Unheil abwenden. Nur wie?* Mira rannte los zu den Heerscharen der Menschen. Es war das Erste, was ihr einfiel. Sie war schnell, schneller als sie hätte sein dürfen. Ihr Körper glühte vor Magie. *Wie kann das sein?* Sie sah an sich hinab, um ihren Hals baumelte Tarons Medaillon. *Warum habe ich es?*

Das Schwirren von Pfeilen drang an ihre Ohren und Geschosse flogen über ihren Kopf hinweg und brachten den Tod in die Reihen der Avural. *Wenn ich Esthîon finde, ihn besiege, kann ich das Schlimmste vielleicht abwenden.*

Sie erkannte den Heerführer an seiner Rüstung. Stürmte weiter, zog ihr Messer aus dem Gürtel und prallte im vollen Lauf gegen den König. Die beiden stürzten. Mira landete auf ihm und rammte das Messer bis zum Anschlag durch den Sehschlitz tief hinab in das Auge des Peinigers. Sie klammerte sich an den Griff der Waffe wie ein Ertrinkender an ein Stück Treibholz. Ihre Arme begannen zu verkrampfen. Sie verharrte, bis er sich nicht mehr bewegte. Den König zu meucheln fühlte sich nicht schlecht an, eher befreiend. Erschrocken über diesen Umstand stand Mira zitternd auf. *Ich habe es getan, Taron, wo auch immer du sein magst.*

Doch die Krieger beider Seiten interessierte dies überhaupt nicht. Sie marschierten weiter schreiend einander entgegen. *Nein, das darf nicht sein.* Zwei Stürme, aus Pfeilen bestehend, kollidierten miteinander. Todesschreie hallten über das Schlachtfeld.

»König Esthîon ist tot, ihr habt keinen Grund mehr zu kämpfen«, schrie sie. Niemand vernahm ihre Rufe.

»Hört auf zu kämpfen. Hört auf mit dem Wahnsinn!«, schrie Mira und rannte in die Mitte der beiden wie Meere aufeinander zurollenden Frontlinien und stellte sich zwischen diese.

»Weicht zurück!« Mira überkreuzte ihre Arme, atmete mehrfach ein und aus und sammelte so viel Magie in sich, wie sie aufzunehmen vermochte und ließ sie in ihre Arme fließen. Sie drehte sich und streckte ihre Arme nach außen und entließ zwei Walzen purer Magie in Richtung beider Heere. Sie riss zahlreiche Krieger in die Bewusstlosigkeit, doch schließlich löste sich ihre Kraft nach etwa vierzig Schritt auf.

Sie hatte hunderte Krieger ausgeschaltet, doch die Armeen konnte sie nicht aufhalten. Mira sank auf die Knie. Die Schlachtlinien prallten aufeinander, vermischten sich und bald wurde überall um sie herum gekämpft. Die Symphonie des Todes erklang und riss Mira in vollkommene Verzweiflung. Sie konnte die Tränen nicht mehr zurückhalten. *Soll am Ende alles umsonst gewesen sein?*

»Bitte hört auf!«, schrie sie dem Himmel entgegen.

Mira taumelte durch die Kämpfenden und flehte sie an aufzuhören.

Niemand sah sie, niemand hörte sie, sie war nicht mehr als ein Geist. *Ich vermag es nicht, sie zu stoppen.* Immer mehr leblose Körper fielen um sie herum zu Boden.

»Bitte. Bitte«, flüsterte sie.

Mira verlor das Zeitgefühl, während um sie herum plötzlich alles schneller abzulaufen schien. Die Schreie wurden zu einem Rauschen, aber die Eindrücke überfluteten sie. Es war wie in einem ihrer furchtbarsten Albträume. Schließlich verlangsamte sich die Welt wieder und Ruhe kehrte ein.

Kälte hüllte sie ein, während Tränen der Machtlosigkeit über ihr Antlitz rannten. Die Ebene war zu einem Meer aus Leichen geworden, vor allem Minotauren und Elfen, aber auch Menschen waren unter den Gefallenen. Es waren nicht nur Krieger, auch Frauen, Alte und Kinder. Die Szenerie ließ sie verzweifeln. Der faulige Geruch der Verwesung verschlug ihr den Atem und ließ ihr übel werden. Doch am niederschmetterndsten war die Stille, die Stille allen Endes.

Sie fand Srinares mit einem Schwert in der Brust auf dem Boden liegend, sank neben ihr nieder und berührte sie. Jegliche Wärme war aus der Taurin gekrochen.

Limefrah erschien plötzlich vor Mira und betrachtete sie.

Mira schaute auf. »Ist dies Wirklichkeit?«, fragte sie.

»Es ist eine Möglichkeit«, ertönte die Stimme der Elbin. »Ist euer Unterfangen so wichtig, dass ihr die Avural dafür opfern würdet?«

»Wie könnt Ihr so etwas fragen?«

»Wärst du bereit, deine Freunde zu opfern?«

Ein Großteil der Leichen verschwand, nur jene in ihrem Umfeld blieben liegen. Doch ihre Gesichter wandelten sich zu denen von Barvo, Ildrum, Fendelin, Elwaran und Gelador. Keiner von ihnen bewegte sich, sie waren tot, gemeuchelt mit Schwert, Messer und Axt. Srinares' Gestalt wandelte sich zu jener Lavinas. *Dies ist nicht real.*

Limefrah löste sich zu Rauch auf und manifestierte sich kniend an ihrer Seite und säuselte ihr ins Ohr. »Oder deine große Liebe, der du zu wenig Aufmerksamkeit geschenkt hast, weil ihr dachtet, dass ihr Zeit hättet.«

Ihre Freunde verschwanden, alle bis auf Lavina. Mira befürchtete Furchtbares. Limefrah strich mit ihrer Hand über Lavinas Stirn, welche sich daraufhin zu Taron wandelte, der ebenso ermordet leblos dalag. Blut ran seinen Mundwinkel hinab, die Augen waren geöffnet und seine Haut ausgeblichen.

Miras Dämme brachen vollends. Wehklagend beugte sie sich über den Körper, umklammerte ihn. *Ja, ich liebe ihn.* Die Erkenntnis entfachte einen Funken Hoffnung. Langsam drehte sie sich zu der Elbin. »Warum nur zeigt Ihr mir das?«

»Damit du verstehst. Verstehst, was deine Handlungen für Auswirkungen haben könnten. Welcher Tod löst mehr Schmerzen in dir aus? Der Tod deiner Liebe oder deiner Freunde? Bei mir ist es dieses Bild.« Limefrah schnippte mit den Fingern. Sogleich füllte sich das Schlachtfeld mit den zahllosen toten Elfen und Tauren. »Kannst du dir vorstellen wie es ist, jedes dieser Wesen so zu lieben, wie du ihn liebst und sie alle zu verlieren?« Die Stimme der Elbin toste wie der traurigste Sturm Intêrras. Ihr Klang war der einer Mutter, die ihre Kinder verloren hatte.

»Ist dies Wirklichkeit?«, fragte Mira erneut.

»Wir haben den Kontakt zu den Avural verloren.«

»Wir wollten immer nur andere beschützen.«

»Und habt dabei einen ganzen Berg an Leichen hinterlassen.«

Ein Feuer stieg am Ende ihres Sichtfeldes auf und das Trauerlied der Tauren schwang in ihren Ohren. Es kamen im Kreis um sie herum Feuer hinzu, bis dieser geschlossen war.

»Deswegen wollen wir Esthîon stürzen, damit nie wieder jemand seinetwegen Leid erfahren muss.«

»Esthîon Adar ist nur ein kleines Übel. Es gibt Gefährlicheres in Intêrra und Lunærra. Etwas, das den Tod lenkt, ein Bringer der ewigen Dunkelheit, der bis vor Kurzem schlief, aber durch euer Handeln wieder zu erwachen droht.«

»Was meint Ihr?«

»König Esthîon Adar ist nur ein Soldat in der ersten Reihe in dem großen Krieg der Mächte, quasi bedeutungslos.«

»Ihn zu besiegen wird nichts bringen.«

»Es wird für Veränderung in Gonvalor sorgen, aber für Intêrra oder Fihanar spielt sein Tod keine Rolle.«

»Wir haben probiert, unseren Blick so weit zu fassen, wie wir konnten.«

»Menschen waren noch nie in der Lage, das große Ganze zu sehen. Selbst viele Elfen vermögen dies nicht.«

Mira fühlte sich so unendlich klein, nicht mehr als eine Maus im Reich der Götter. »Was kann ich tun?«

Limefrah beugte sich ein wenig hinab und schaute Mira direkt in die Augen. »Bist du bereit, dich zu verpflichten, dich vollkommen aufzuopfern?«

»Wenn wir dadurch die Welt der Begabten und der Menschen retten können. Ja.«

»Bist du bereit, dich in meinen Dienst zu stellen?«

»Wenn wir dadurch das Wissen und die Macht erhalten, die wir ersehnen.«

»Bist du bereit, alles Erdenkliche zum Schutze Solærras zu tun?«

Mira nickte.

Limefrah nahm einen bronzenen, in sich gewundenen Armreif von ihrem Unterarm. »Schwöre es!« Die Elbin griff Miras rechte Hand und schob den Armreifen darüber, der viel zu groß schien.

»Ich schwöre im Sinne der Elfen und der Geschöpfe Solærras zu handeln, sie zu schützen und jeglichen Schaden von ihnen abzuwenden.« Mit jedem Wort wurde der Armreif enger und beim letzten schloss er sich fest um Miras Handgelenk.

»Dieser Armreif wird dich für immer an deinen Schwur erinnern.« Limefrah richtete sich auf und zeigte mit der Hand in eine Richtung. »Nun denn gewähre ich dir Zugang zu dem Wissen der Geologie.«

Die Feuer um sie verschwanden und die Halle im Hort des Wissens erschien wieder.

Ein Elf trat hinter dem Vorhang hervor, auf den die Elbin zeigte und schob den wallenden Stoff zur Seite, ein Abteil öffnete sich und zwei Reihen von Regalen offenbarten sich, die bis zur Decke der Kuppel reichten.

Mira senkte das Haupt »Ich danke Euch.«

»Du bist mit diesem Schwur eine Pflicht eingegangen. Vergiss diese nie.«

Kapitel 19: Der Weg nach Osten

Doch in Irus Innerem brodelte etwas. Ein Gewebe aus Trauer und Zorn, das sein Herz zu verdunkeln schien. Vers aus dem Buche Irus

Der Rückweg von Taron zu seinem Unterschlupf im Wald verlief ohne größere Probleme. Als er seinen Lagerplatz erreichte, war die Morgendämmerung bereits angebrochen und eine schwere Schicht Tau hatte sich über die Welt gelegt.

Sternenwind trabbte ihm entgegen die Ohren gespitzt, als würde er sich freuen. »Hallo mein Guter«, begrüßte er das Ross und tätschelte dessen Hals. »Ich habe es geschafft, Halvor wird gegen Mittag zu uns stoßen.«

Der Schimmel wieherte zur Antwort und scharrte mit den Hufen.

Taron hob beschwichtigend die Hände, »Ich freue mich auch, aber ein bisschen wird es noch dauern und bis dahin werde ich mich noch einmal hinlegen. Bitte wecke mich, sobald dir irgendetwas eigenartig vorkommt.«

Sternenwind senkte den Kopf, als hätte er es verstanden.

Taron legte sich hin, warf die Decke über sich und versuchte zu schlafen. Doch als sich der Schlaf endlich einstellte, erklang ein Wiehern und er war sofort wieder hellwach. Seine Hand glitt zum Stab, der neben ihm lag. Der Geruch frischen Laubes trieb ihm in die Nase. Er richtete sich auf und sah sich um.

Sternenwind stand am anderen Ende der kleinen Lichtung, sein Kopf zeigte in Richtung des Weges. Lediglich das Rauschen des Windes, welcher sich im Geäst verfing war zu hören. Taron pirschte an die Seite des Schimmels. »Was hast du gesehen?«, flüsterte er.

Sternenwind spähte weiter über den nahen Bach hinweg. Ein Mann in einem schwarzen Mantel, einem Wanderstab und einem Rucksack erschien im Dickicht. Sein Gesicht war von einer Kapuze verdeckt. *Würde sich Halvor so kleiden? Aber wer sonst sollte jetzt hier lang gehen.*

Taron schob sein Reittier hinter einen nahegelegenen Baum und duckte sich ebenfalls ab. Er griff seinen Stab mit beiden Händen und drang durch das karge Buschwerk, sprang über den Bach und näherte sich dem Menschen.

Es war ihm nicht möglich unter die Kapuze zu spähen. Taron blieb hinter einer Silbereibe verborgen und pfiff einmal. Die Person blieb stehen und wandte sich Taron zu. Es war Halvor.

»Du bist es«, sprach der Priester erleichtert.

Die beiden umarmten sich. »Komm, ich habe dort ein kleines Lager.« Taron deutete in den Wald hinein.

Sie traten auf die Lichtung und Sternenwind trabte aufgeregt auf Halvor zu. Der Priester legte eine Hand auf dessen Nüstern »Kann es sein. Das ist doch das ist doch Elwarans Pferd.«

»Du kennst Sternenwind?«

»Er war noch ein Fohlen, als ich ihn das letzte Mal sah, aber das du es dir traust solch ein Pferd zu Reiten, hätte ich in tausend Jahren nicht für möglich gehalten.«

»Es war auch alles andere als Einfach.«

»Nachdem Vorfall mit Largo, glaube ich das gerne.«

Taron strich sich über seine noch immer schmerzende Schulter.

»Aber darüber können wir später sprechen. Du hattest gesagt, du müsstest weitere dieser Steine finden. Ich habe noch mal in der Bibliothek nachgeschaut.« Halvor schüttelte den Kopf. »Das einzige, was ich gefunden habe, war die Geschichte von Neburs Paladin und ein Buch, welches sich generell mit Edelsteinen beschäftigt. Etwas vergleichbares, wie das was du um den Hals trägst, fand ich darin nicht.«

Taron musste grinsen. »Meine Vermutung wo wir mehr dieser Steine finden könnten, beruhen auf der Geschichte von Neburs Paladin.«

Halvor runzelte die Stirn. »Das soll eher eine Sage sein, mit wenig Wahrheitsgehalt.«

»Ich sprach mit den Elfen darüber in Naradras Geschichte steckt mehr Wahrheit, als der Orden ihr zuspricht.«

»Du glaubst also, dass es weitere Steine in dem Tal gibt? Aber in dem Buch wird nicht näher beschrieben, wo es sich befindet.«

Taron nickte. »Mithilfe der Avural, habe ich herausgefunden, dass das Tal östlich von Rinnwald liegen müsste, im Grenzland zum Xonanonreich.«

Halvors Augen weiteten sich. »Habe ich dir eigentlich je erzählt, wo sich dein Elternhaus befand?«

Taron zog die Augenbrauen zusammen und schüttelte den Kopf.

»Es war ein alleinstehendes kleines Bauernhaus in der Nähe eines Dorfes östlich von Rinnwald. Wir könnten dort direkt lang kommen.«

Eine Kralle zog sich in Tarons Brust zusammen. Bruchstücke von Erinnerungen, wie er von seinem Vater und seiner Ziehmutter misshandelt wurde, traten an die Oberfläche. Sie endeten mit der Nacht, als Halvor bei ihnen eintraf. Da war noch immer ein Loch, in seiner Gedankenwelt, das sich seit dem Sturz vom Schwadronenpferd nicht geschlossen hat. Er wusste nur, dass es die Schlimmste von allen war.

»Ich weiß nicht, ob ich meinen Vater oder meine Stiefmutter

wiedersehen möchte.«

»Es könnte dir eine Möglichkeit bieten mit der Vergangenheit abzuschließen.«

»Ja, vielleicht.« Taron schaute zu Boden und raufte sich das braune struppige Haar.

Halvo berührte seinen Schützling an der Schulter. »Ich hatte mich während meiner Recherche an ein Gespräch mit Priester Garesch erinnert. Er sagte, dass er ein ähnliches Medaillon einst vor vielen Jahren, als er noch jünger war in Feldorn gesehen habe, sollte die Suche im Tal erfolglos sein, wären dort vielleicht weitere Hinweise zu finden.«

Taron war dankbar für den Themenwechsel. »Das hört sich doch nach einem Plan an«, sagte er und nickte seinem Ziehvater zu.

»Aber bevor wir aufbrechen, muss ich noch etwas in Eberthal erledigen.«

»Dann sollten wir keine Zeit verlieren.« Taron packte seine Sachen zusammen und band sie bis auf seinen Stab an den Sattel Sternenwinds fest und verschleierte alle Spuren auf der Lichtung, wie es Fendelin ihm beigebracht hatte.

Sogleich begaben sie sich durch das Unterholz des Waldes parallel zum Weg, auch wenn es unwahrscheinlich war jemandem dort zu begegnen, wollte Taron doch kein Risiko eingehen.

»Was gibt es denn in Eberthal noch zu erledigen?«, fragte Taron schließlich.

»Ich möchte die Eingeweihten, die Priester, die ähnlich wie ich denken, nach Donnerhall beordern. Wenn der Fall des Königs naht, können wir jeden Priester gebrauchen.« Halvor hielt einige Briefumschläge in die Höhe.

»Wie viele Priester gehören diesem Kreis an.«

»Ein paar, auf jeden Fall genug um die Ruhe in Donnerhall aufrecht zu erhalten, so es nötig wird«, erklärte Halvor.

»Ihr macht noch immer zu viele vage Andeutungen.«

»Es dient und diente immer nur deinem Schutz.«

»Ich habe mich bereits zweimal Weldur und seinen Fähigkeiten gestellt und konnte mich seiner widersetzen. Glaubt mir, ich bin bereiter als jeder andere, alles zu erfahren.«

»Ja… du bist stärker geworden.« Halvor schaute Taron wertend an und seufzte dann. »Die Eingeweihten sind kein Thema über welches ich gerne offen spreche.«

»Du kannst es dir nicht mehr leisten, etwas vor mir zu verbergen. Bitte zum Wohle der Begabten und Gonvalors, erzähl mir alles.«

»Wahrscheinlich hast du recht.« Halvor schüttelte den Kopf. »Es gab bereits vor dem Tod des alten Königs Entwicklungen, die viele Priester nicht gut hießen. Viele Novaren hatten Angst vor den magischen Gaben und vertrieben jene mit solchen Fähigkeiten von ihren Ländereien. Es waren schwierige Zeiten. Der König hatte versucht dem entgegenzuwirken, doch er scheiterte. Damals zog ich los, um als Priester für Verständnis und Akzeptanz zu sorgen. Doch es sollte mir und allen anderen nicht gelingen. Stattdessen fand ich dich, in der Nacht als der König starb. Sein Tod änderte alles. Der Hass wurde stärker und die Verfolgung der Begabten blühte auf. Priester die gegen die Edikte König Esthîons aufbegehrten wurden mundtot gemacht oder abgesetzt. So auch schließlich der ehemalige Hohepriester Jeldra und wir bekamen dafür den königstreuen Selvarin. Bereits davor haben wir uns weiterentwickelt und versucht so vielen Begabten wie möglich zu helfen und die Gedanken der Menschen zu ändern, doch war unser Erfolg wahrlich mäßig von Erfolg gekrönt.«

»Ihr habt all die Jahre für die Magiebegabten gekämpft.«

»Ich habe mein Bestes gegeben um den Gedanken der Freiheit in die Welt zu tragen. Zumindest bei einem Novizen hat es Früchte getragen.«

»Wie viele Priester des Zirkels gibt es noch?«

»Ich kannte damals etwa zwanzig. Mit einer Handvoll habe ich noch regelmäßig Kontakt, zwei sind gestorben und einige haben Gonvalor verlassen.«

»Wohin sind sie gegangen?«

»Dorthin hin, wo es noch gestattet war frei seine Meinung zu äußern, ohne vor den König geschleppt zu werden.«

»Sie hätten hier bleiben und kämpfen müssen.«

»Selbst wenn sie sich in Enklaven befanden, waren sie meist vollkommen alleine mit ihrer Sicht der Dinge und mussten jedes Unrecht das sie sahen zur Untätigkeit verdammt, erdulden. Ich kann jeden verstehen, der sich dieser Qual nicht aussetzen wollte.«

»Ihr kanntet einige der Gebrandmarkten.«

»Ja, gute Menschen und auch Priester waren unter ihnen und zu allerletzt sollte sogar mein Ziehsohn unter das Brandeisen gehievt werden. Du kannst dir nicht vorstellen, welche Sorgen ich mir gemacht habe, als ich erfuhr, dass ihr, du und Mira gesuchte Verbrecher seid.«

»Das tut mir Leid.«

»Muss es nicht.«

»Doch ich habe an jenem verhängnisvollen Tag einen Fehler begangen. Ich habe meine Kräfte unkontrolliert eingesetzt und alleine deswegen ist jemand gestorben. Die Höhe des Kopfgeldes hatte ich gewiss nicht verdient, aber ich bin auch nicht unschuldig. Und heute Nacht habe ich einen Priester niedergeschlagen. Möge Nebur mir meine Taten verzeihen.«

»Diese eine Tat sollte dich nicht grämen, Remahas am Boden liegen zu sehen, war einer der angenehmsten Anblicke, die ich seit langem hatte.«

Taron dachte sich verhört zu haben und sah seinen Ziehvater ungläubig an.

»Er ist im Laufe des morgens erwacht und hat über Kopfschmerzen gejammert. Leider hatte Priester Garesch keine getrockneten Sonnenstrauchblätter mehr, aber da Remahas welche verlangte, bekam er natürlich welche.« Halvor grinste breit.

»Aber ungetrocknet, lösen die doch...«

»Oh ja der Abort wird heute wohl Remahas liebster Platz und ihm gewiss seine Pein vergessen lassen.«

Halvor und Taron lachten.

»Ach Taron, es tut gut dich wiederzusehen. Wir hatten im Tempel zu wenig Zeit zum Erzählen und du scheinst einiges erlebt zu haben, berichte mir bitte davon.«

So begann Taron von seinen Reisen mit Mira und seinen neuen Freunden, seinen Kämpfen, dem Training und der Erschaffung seines neuen Stabes zu erzählen. Einiges ließ er jedoch zum Schutze Halvors oder seiner Freunde, die soeben irgendwo in den Weiten Solærras unterwegs waren, aus.

Sie verließen schließlich den Wald und kamen zu den nun abgeernteten Feldern um Eberthal.

»Von hier aus sollten wir uns trennen, es ist zu gefährlich wenn mich jemand erkennt.«

»Wo wollen wir uns treffen?«

Taron sah über die Felder hinweg. »Dort nördlich der Stadt an den Hügeln.« Taron deutete mit dem Finger in die Richtung.

»Ja.«

»Vielleicht schafft ihr es noch ein Pferd zu bekommen? Das würde unsere Reise enorm beschleunigen.«

»Ein Pferd? Dafür fehlen uns denke ich die Mittel.«

»Ich habe noch ein paar Sternenstücke«, sagte Taron und öffnete seinen Beutel und holte sechs heraus, auch den mit den drei Punkten.

»Das wird kaum reichen.«

»Dann müssen wir wohl die längere Reise auf uns nehmen.«

Sie trennten sich voneinader. Taron blieb so lange wie möglich im Schatten des Waldes, stieg schließlich in den Sattel und ritt wie der Wind über die Felder zu den Hügeln. Er suchte sich einen geeigneten Platz abseits des Weges im Dickicht, von welchem er die Straße im Blick behalten konnte.

Es vergingen mehrere Striche, bis er Halvor erblickte.

Taron pfiff die Melodie eines Neburenchorales Halvor hielt an, schaute sich um und grinste dabei. Dann folgte er Tarons Lied hinein ins Unterholz.

»Hast du die Briefe verschickt?«

»Ja sie sind unterwegs, die Eingeweihten werden sich bald in Donnerhall sammeln.«

»Ich bin gespannt wie viele deinem Ruf folgen werden.«

Halvor lächelte. »Ich auch, doch habe ich im Tempel Eberthals jedoch noch etwas anderes erfahren. Etwas, das dich freuen sollte. Die Avural haben die Schlacht gewonnen.«

Taron war erleichtert davon zu hören.

»Aber es gibt noch etwas anderes König Esthîon wurde von dem Novaren Enari zu einem Zweikampf um die Königswürde herausgefordert.«

»Enari ist einer der schlimmsten Hetzer. Wenn er gewinnt, wird die Jagd nach den Magiebegabten unvorstellbare Ausmaße annehmen.«

Niemals hätte Taron gedacht, dass er Esthîon wünschte am Leben zu bleiben und das nur, damit er es ihm selbst nehmen konnte.

Sie waren eine Woche lang marschiert, hielten sich dabei abseits der Wege und versuchten allen Dörfern fernzubleiben. Bisher schienen sie noch nicht entdeckt worden zu sein. Der unebene Waldboden machte Halvors Bein, aus welchem der Silbertiger einst ein Stück Fleisch gerissen hatte, ziemlich zu schaffen. Wodurch sie weitaus langsamer voran kamen, als es Taron lieb gewesen wäre. Aber so war es die beste Lösung. Sternenwind war ein großartiges Ross, doch konnten sie den Guten unmöglich mit ihnen beiden und dem Proviant belasten. Im Notfall wäre er dann nicht stark genug, um ihnen einen schnelle Flucht zu ermöglichen und so führten sie ihn vorerst als Lastentier mit. Zu allem Überfluss, waren mittlerweile ihre Nahrungsmittelvorräte nahezu erschöpft, weshalb sie die Mahlzeiten rationieren mussten. Halvor knurrte bereits der Magen. *Bitte Nebur, lass uns bald zu einer kleinen Siedlung kommen, damit wir etwas Essen besorgen können.*

Nebur schien seine Gedanken gehört zu haben und keinen Strich später gelangten sie an ein Feld, bei dem lediglich die Halme daran erinnerten, dass hier einst Getreide angebaut worden war. In Sichtweite stand ein altes Bauerngehöft, dessen Weg bis zur nächstgelegenen Straße führte.

Taron war stehen geblieben und hatte die Faust erhoben und betrachtete genau die Umgebung. »Es ist niemand zu sehen, aber trotzdem würde ich vorschlagen das Gebiet im Schutz des Waldes zu umrunden«, befand sein Ziehsohn und wollte bereits weitergehen.

»Warte einen Moment. Glaubst du nicht, dass es eine gute Gelegenheit wäre hier etwas Essen zu kaufen?«

Taron wandte sich Halvor zu. »Vermutlich hast du recht. Ich werde hier mit Sternenwind warten. Wenn etwas sein sollte nicke einfach in unsere Richtung.«

»So machen wir es.«

Halvor nahm seinen Rucksack vom Sattel und lehrte ihn weitestgehend. »Mal schauen, was der Bauer für uns hat.« Der Priester schlich durch das Unterholz und gelangte schließlich auf die breite Handelsstraße. Es war nichts außergewöhnliches zu hören oder zu sehen. Er begab sich die Straße entlang, bis zu jenem Weg, der zu dem Hof führte. Es war ein großer, viereckiger Bau mit einem hölzernen Tor, durch das man auf den Innenhof gelangte und durch das bequem ein Ochsenkarren fahren konnte.

Halvor klopfte mit seinem Stab gegen das Holz. Der dumpfe Klang verhallte.

Es dauerte einige Augenblicke, bis Halvor Schritte hörte.

»Wer ist da?«, rief eine männliche Stimme.

»Nur ein Wanderer auf der Suche nach etwas Essbarem. Ich bin auch bereit zu zahlen.«

»Seit ihr alleine?«

»Ja.«

Ein Riegel am Tor wurde zurückgezogen und ein Torflügel schwang auf. Ein Mann, etwa in Halvors Alter, mit einem drahtigen Körperbau, wettergegerbten Gesicht, einem grauen Vollbart und mit einem Dreschflegel in der Hand erschien. Hinter ihm standen zwei Jünglinge mit Mistgabeln in den Händen.

Halvor hob abwehrend die freie Hand. »Guten Tag, ihr guten Männer. Ich möchte euch nichts tun.«

Irgendwo wieherte ein Pferd.

»Ihr seht auch nicht gefährlich aus«, sprach der Alte.

»Ich möchte nur etwas zu Essen.«

»Ist gut.« Der Mann senkte den Dreschflegel und drehte sich zu den beiden Jüngeren. »Geht und holt was.«

»Ich danke euch.« Halvor nickte. »Ihr seid sehr vorsichtig«, erkannte Halvor an.

»Muss man in den heutigen Tagen.«

»Warum?«

»Habt ihr nicht von Ihnen gehört?«, fragte der Bauer sichtlich überrascht. »Eine Gruppe dämonischer Begabter soll hier in der Nähe ihr Unwesen treiben. Es ist mutig von euch alleine unterwegs zu sein.«

»Dämonische Begabte?«

»Ja, sie sollen das Kloster in Eberthal überfallen und einen Priester entführt haben. Es sollen acht Reiter auf gigantischen Rössern sein. Drei Spitzohren gehören zu denen, welche sich auf das Aufschlitzen von Kehlen spezialisiert haben.« Der Bauer machte einen Bewegung an seinem Hals entlang. »Dann soll da noch einer sein, der die Elementare heraufbeschwören kann und einer, der mit einen Flammendämon verspeiste und nun selbst Feuer zu spucken vermag und zwei der grausamsten Hexen. Doch ihr Meister soll der Schlimmste von allen sein. Wenn man dem glauben schenken mag, was man so hört, muss er aus den dunkelsten Verliesen Lunærras freigelassen worden sein. Nur mit einem Fingerschnippen soll er ganze Schwadronen auslöschen können. Sein Name ist Taron.« Die Angst schwang in seinen Worten mit.

»Taron«, hauchte Halvor, »von dem habe ich schon gehört.«

»Das dachte ich mir. Alle Schwadronen und sogar Zentauren suchen nach ihm. Erst vor zwei Tagen kam eine Abteilung dieser Pferdemenschen hier durch.«

»Aber sagt, warum entführen sie einen alten Priester.«

»Das haben sie nicht gesagt, aber was sollen solche mit einem wahrhaftigen Manne Neburs schon Anfangen, das stinkt für mich ganz gewaltig nach schwarzer Magie und euch rate ich nur, seit auf der Hut und dreht Euch auf eurem Weg lieber einmal öfter um.«

»Ich danke euch für die Warnung.«

Plötzlich wurde das Klappern von Hufen hinter Halvor laut. Eine lange nicht mehr bekannte Angst stieg in ihm auf und legte sich auf seinen Magen.

Auch im Gesicht des Bauern stand für einen Moment die Furcht geschrieben, seine Hand spannte sich um den Schaft des Dreschflegels.

Die Reiter hielten auf der Straße und sahen in ihre Richtung. Einer löste sich aus der Truppe und ritt auf sie zu und zügelte sein Ross direkt vor Halvor..

»Guten Tag, ich bin Furlo Wrin Kommandant der vierten Schwadron im Namen des Königs suchen wir nach flüchtigen Magiebegabten. Habt ihr sie gesehen?« Der Schwadronal zog eine Mappe und hielt die Steckbriefe von Taron, Lavina, Barvo, Mira, Ildrum und die Zeichnungen von Elfen in die Höhe. »Unter ihnen sollen sich ebenfalls drei Spitzohen befinden.«

»Entschuldigt Herr, hier sind sie nicht gesehen worden«, sagte der Bauer. Seine beiden Söhne kamen zurück und starrten Wrin mit großen Augen an.

»Auch Halvor schüttelte den Kopf.« Darauf achtend, dass seine Kapuze den größten Teil seines Gesichtes verdeckte.

»Es ist möglicherweise ein älterer Mann bei Ihnen, ein Priester Neburs. Etwa so soll er aussehen.« Der Kommandant hielt eine weitere Zeichnung in die Höhe.

Das Bild war eher eine Karikatur, doch die Ähnlichkeit war unverkennbar. Halvors Herz raste vor Aufregung, er zog die Kapuze noch etwas tiefer in sein Gesicht und schüttelte das Haupt.

Indes weiteten sich die Augen des Bauern und wechselten zwischen dem Papier in der Hand Wrins und Halvor hin und her. »Ja, tut mir Leid, von denen kam hier niemand durch.«

Halvor atmete erleichtert aus.

»Wenn ihr sie seht, muss sofort Meldung in der nächsten Stadt gemacht werden.«

»Das werden wir«, schwor der Bauer.

»Gehabt euch wohl, ehrenwerte Männer«, verabschiedete Fulro Wrin wendete sein Pferd und ritt zu seinen Männern zurück und weiter in jene Richtung, aus der Taron und Halvor gekommen waren.

Halvor spürte, wie sich sein Herzschlag wieder beruhigte und sein Körper entkrampfte.

»Seid ihr ein Priester?«, fragte der Bauer schließlich.

»Nein.« *Vergib mir Nebur, dass ich deiner verleugne.*

»Gut, ihr hattet irgendwie mit dem letzten Bild etwas Ähnlichkeit, aber warum solltet ihr auch alleine durch die Gegend wandern? Das wäre ja doch irgendwie verrückt.«

»Ja verrückt.«

Die Jungen des Bauern erschienen hinter ihm mit zwei Körben, voll mit Gemüse, Obst, Schinken, Käse und Brot in den Händen.

»Das sieht sehr gut aus«, sprach Halvor. »Wie viel möchtet ihr dafür?«

»Zwei Sternenstücke reichen.«

»Das ist ausgesprochen großzügig. Da ihr mich vor den dämonischen Begabten gewarnt habt, gebe ich euch drei.«

»Ich danke euch.«

Die Sternenstücke wechselten den Besitzer und das Essen verschwand in Halvors Tasche.

»Mögen die Götter euch schützen«, verabschiedete Halvor sich.

»Euch ebenso.«

Er drehte sich um und ging in Richtung der Straße und zurück zu Taron.

»Ist alles gut gegangen? Ich sah die Schwadron den Weg nach Eberthal entlang reiten.«

»Es war die Vierte. Sie suchen nach uns, außerdem sollen ebenfalls Zentauren in der Gegend unterwegs sein. Aber zum Glück wissen sie nicht, dass wir nur zu zweit sind.«

»Fulo Wrin also und Zentauren.« Taron schüttelte den Kopf. »Wir müssen schneller vorankommen.«

»Sternenwind kann uns nicht beide tragen.«

Der Schimmel drehte seinen Kopf zu Taron und Halvor, als er seinen Namen hörte.

»Nein, wir müssen uns ein Pferd besorgen«, raunte Taron.

»Bist du sicher, dass dies notwendig ist?«, fragte Halvor kopfschüttelnd.

»Wir müssen wieder Abstand gewinnen, zwischen uns und unseren Häschern. Hatte der Bauer eines?«

»Ich hatte etwas wiehern hören, aber Taron er ist ein guter Mann.«

»Es geht um die Freiheit Unzähliger.«

»Nein Taron.« Halvor griff entschieden den Arm seines Ziehsohnes. »Wenn du den einfachen Leuten etwas wegnimmst bist du nicht besser als die Novaren oder der König.«

»Dann muss ich eines von einem Adligen besorgen, die werden es eher verkraften.«

»Dir ist bewusst, dass du damit eine Linie überschreitest?«

»Ich glaube die Linie war bereits überschritten, als ich einen obersten Priester niedergeschlagen habe«, wandte Taron ernst ein.

»Das war etwas anderes Remahas hatte es verdient.«

»Ich habe nur Sorge, dass du allmählich dem Mann annäherst, über welchen die furchtbaren Gerüchte gestreut werden.«

»Ich werde mich für all meine Taten verantworten.«

»Wann?«

»Wenn alles vorbei ist.« Taron schaute an Halvor vorbei. »Bitte lass uns erstmal weitergehen. Weißt du wo die nächste größere Stadt liegt?«

»Wenn wir weiter der Straße folgen müsste bald Rinnwald kommen.«

»Hat Rinnwald einen Novaran.«

»Nein, ihr Herrscher ist Naver Delsar, soweit ich weiß«, sagte Halvor widerwillig.

»Dann gehen wir dorthin.« Taron setzte sich in Bewegung, er schnalzte Sternenwind zu, welcher ihm folgte.

Halvor blieb kurz zurück und ging ihnen dann kopfschüttelnd hinterher. *Wie konnte die Welt ihn nur so schnell verderben? Vor Vier Monate wäre ein Diebstahl undenkbar gewesen. Er hat in seinen jungen Jahren einfach schon zu viel erlebt. Aber vermutlich würde ich an seiner statt ähnlich wie er denken und handeln. Was habe ich in der Zeit getan, in der Taron um sein und das Leben seiner Freunde kämpfte? Nichts. Ich muss ihm einfach vertrauen...*

»Weißt du Halvor,« rissen Tarons Worte ihn aus seinen Gedanken.

»Ich habe dreimal gegen die Schwadronen und ihre Kommandanten gekämpft und konnte jedes Mal nur gerade so entkommen. Sie lernen dazu und werden stärker und ich weiß nicht, ob ich es einen weiteren Tanz mit ihnen überstehe. Wir müssen uns die Möglichkeit für einer Flucht einfach offen halten.« Taron war stehen geblieben.

»Ich verstehe deine Gedankengänge und ich werde dich unterstützen, auch wenn es mir vielleicht schwer fallen mag.« Halvor schloss zu Taron auf und legte ihm eine Hand auf die Schulter.

Sie marschierten weiter, übernachteten im Schutze der Wälder und nach zwei Tagen sahen sie durch die lichten farbenfrohen Baumkronen hindurch Rauch aufsteigen.

»Könnte das Rinnwald sein?«, fragte Taron.

»Ich denke schon.«

»Gut, möchtest du mich begleiten?«

»Es ist gefährlich die Stadt zu betreten, jemand könnte dich erkennen.« Halvor schüttelte mitleidig das Haupt. »Ich kann es nicht gut heißen.«

Taron nickte und schaute nochmal zu dem grauen Dunst am Himmel. »Das verstehe ich. Es muss sein, aber zuvor werde ich mich noch etwas zurecht machen.« Taron wurde ein bisschen mulmig zumute. Er rief sich die Stunden mit Lavina und Fendelin ins Gedächtnis, in denen sie ihm beigebracht hatten, wie er sein Äußeres verändern konnte um unliebsamen Blicken zu entgehen.

Er zauberte aus seinem Rucksack eine Schale hervor und vermengte Erde mit Wasser zu einem grauen Brei und bestrich seine Kleidung damit, welche dadurch noch schmuddeliger als ohnehin wirkte. Zusätzlich warf er sich eine Handvoll Matsch in die braunen Haare und legte sie so, dass sie über seine Stirn fielen. Abschließend rieb er sich noch den Schmutz übers Gesicht und die Augenlider. Der Geruch modriger Erde umhüllte ihn nun von Kopf bis Fuß an. Ein wahres Kunstwerk. »Wie sehe ich aus?« Taron drehte sich grinsend zu Halvor.

»Wie ein vollkommener Landstreicher, sie werden dich nicht einmal in die Stadt lassen.«

»Ich denke schon und wenn nicht habe ich aber schon einen Plan. Es fehlt nur noch eines. Könnte ich bitte deinen Stab haben. Ich glaube meiner wäre zu auffällig«

»Aber passe gut auf ihn auf.«

Taron nahm ihn entgegen. »Ich werde ihn besser als meinen eigenen behandeln«, er ging einige Schritte und zog ein Bein dabei nach. »Was denkst du?«

»Du siehst furchtbar aus, aber es könnte funktionieren.«

»Gut, dann wünsche mir Glück.«

»Nein, aber ich wünsche dir, dass die Götter deinen Weg gutheißen werden.«

»Das reicht mir.« Taron drehte den Stab und vollführte einen Probeschlag. *Er liegt gut in der Hand.* »Ich sollte spätestens am Abend wieder hier sein, pass auf dich auf.«

»Nebur sei mit dir.«

Taron schlich durch den Wald, bis er zur Straße gelangte. Er spähte durch das schwindende Buschwerk hindurch. Es war niemand zu sehen. Humpelnd und auf den Stab gestützt trottete er der Stadt entgegen. Eine hölzerne Palisade umgab diese, neben dem Tor stand eine Mann mit einem ernsten Gesicht und einem Speer in der Hand. Taron ging auf ihn zu, das Gesicht zum Boden geneigt.

»Bleib stehen! Was willst du in Rinnwald?«, fragte die Wache mit tiefer Stimme, als Taron von nur noch zwei Mannslängen von ihm entfernt war.

Taron reagierte nicht und schlurfte weiter.

Der Gardist senkte seinen Speer.

Taron verharrte. »Bitte guter Mann, ich möchte nur etwas zu essen kaufen«, krächzte er mit tiefer Stimme.

»Wir dulden solche wie dich nicht bei uns.«

»Erbarmt euch meiner ich habe Geld bitte lasst mich ein.« Taron zeigte sein Sternenstück dem Krieger entgegen.

»Nein, verschwinde.«

Taron ließ sich auf die Knie fallen, seine Hände klammerten sich an den Stiefeln des Mannes fest. »Bitte, bitte, bitte last mich ein, ich habe solch einen Hunger.« Er zog ein Sternenstück aus der Tasche und hielt es dem Mann entgegen. »Seht ich kann bezahlen.«

Die Wache trat mit dem umschlungenen Bein aus. Taron wurde auf alle Viere geschleudert und zitterte.

»Ist gut, gehe einfach, aber verschwinde so schnell wie möglich wieder aus Rinnwald. Solltest du morgen noch hier sein, jage ich dich aus der Stadt.«

»Ich danke euch, ehrenwerte Wache.« Taron rappelte sich hoch, griff seinen Stab und lahmte weiter die Straße entlang. Er spürte den Blick des Gardisten in seinem Rücken, doch auch sonst waren viele Augenpaare auf der Straße auf ihn gerichtet. Es war unangenehm. *Das ist also der Schatten der Aufmerksamkeit,* dachte Taron. *Lavina wäre stolz auf mich. Bitte lass nur niemanden Alarm schlagen.*

Er folgte der geschotterten Hauptstraße. Die Häuser waren aus Holz, meist mit Stroh bedeckt. Doch waren es nicht die einfachen Bauten, die Taron suchte. Irgendwo musste es noch das Anwesen des Naveren geben. Fragen wollte Taron nicht, denn jedwede Interaktion bürgte Gefahren. *Ich werde es schon finden.*

Schließlich war Taron beim nahezu verlassenen Marktplatz angelangt. Lediglich zwei Händler boten ihren Waren an, einer mit Obst und Gemüse und ein zweiter mit einigen Alltagsgegenständen, vor allem Kleidung. Außerdem gab es einen Tempel mit einem Dreieck über dem Portal.

Taron ging zu der Tür und besah sich das Zeichen genauer. An jeder Ecke war ein Zeichen eingraviert. Oben der Baum Neburs, links das Zepter Kelseys und rechts der Kreis des Schicksalsgottes Drumar. Es zog Taron förmlich in das Gotteshaus. Doch widerstand er dem Drang. *Es ist zu gefährlich.* Seine Ohren vernahmen Stimmen aus dem Tempel, sie kamen ihm bekannt vor, nur zuzuordnen vermochte er sie nicht. Er schüttelte die Gedanken ab und hob die Hände zum Gruße Neburs und blickte gegen Himmel. *Bitte segnet meinen Weg.*

Ein Wiehern war die Antwort. Tarons Herz klopft sogleich schneller. »Danke«, flüsterte er und sah sich um. *Woher kam es?* Auf der anderen Seite des Platzes begann eine Straße, welche vermutlich zum Osttor verlief. *Der Laut müsste von dort gekommen sein.* Er schleppte sich die Straße entlang.

Schließlich gelangte er zu einem größeren Gebäude, in dessen Mitte sich ein Tor befand, durch welches ein Ochsenkarren hätte durchfahren können. Taron stieg der bekannte Geruch von Mist in die Nase. Euphorisch zog er die Luft ein. *Pferdemist.* Das Portal stand offen und auf dem Innenhof war niemand zu sehen. Taron blickte sich um. Einige Augen waren noch immer auf ihn gerichtet. Er setzte sich gegenüber des Tores an eine Hauswand und hielt die schmutzigen Hände nach oben geöffnet. Den Blick weiterhin starr nach vorne auf den Innenhof gerichtet. *Nun muss ich nur warten, bis die Blicke der Menschen von mir ablassen.*

Taron hörte immer wieder Pferdelaute und sah mehrere Personen im Innenhof entlanggehen. Die meisten waren eher einfach gekleidet, vermutlich Knechte und Mägde. Etwas anderes erregte schließlich seine Aufmerksamkeit. Aus Richtung des Marktes schallten vertraute Stimmen den Weg entlang. Jene, die er vor vielen Monaten in Yewabor zuletzt gehört hatte. Taron spähte die Straße entlang.

Es war eine Gruppe von fünf jungen Männern in Tarons alter. Er wollte seinen Augen nicht trauen und blinzelte. Es waren Merak, Ulrad, Bur, Kiedan und Reverin. Die Novizen mit denen Taron einst zusammen im Tempelkloster studiert hatte, doch nun trugen sie die blau gesäumten Priesterroben. *Natürlich, sie haben ihre Weihe zum Priester erhalten und befinden sich auf Wanderschaft. Aber bei den Göttern, warum musstet ihr sie gerade heute hier entlang führen?* Taron schlang seinen Mantel weitestgehend um Halvors Stab und erstarrte.

Die Fünf kamen weiter auf ihn zu.

»Willst du dem wirklich etwas geben?«, fragte Reverin.

»In den göttlichen Schriften steht, dass man auch den Armen helfen muss.« erklang Kiedans Stimme.

Taron konnte die Worte kaum fassen.

»Du verhilfst ihm damit höchstens zu seiner nächsten Flasche Rinnwalder Fusel«, bemerkte Merak.

»Dann sei es so«, entgegnete Kiedan.

Er legte Taron ein Sternenstück in die Hände. »Nutze es sinnvoll und möge Nebur deinem weiteren Weg zukünftig mehr Glück bescheren.«

»Danke«, hauchte Taron, wobei seine Stimme diesmal ungewollt zitterte.

»Sage, kenne ich dich nicht irgendwo her?«, fragte Kiedan.

»Wir sehen alle ähnlich aus.«

»Vielleicht ja.«

»Komm schon«, forderte Reverin.

»Mögen die Götter dir beistehen.«

Taron senkte lediglich das Haupt.

Kiedan entfernte sich.

»Das Geld hättest du wahrlich besser im Vollen Hirsch lassen können«, empfand Ulrad.

Die fünf gingen weiter die Straße entlang und erst als sie aus Tarons Blickfeld verschwunden waren, löste sich die Spannung aus seinem Körper. *Gonvalor ist so gewaltig und ausgerechnet die müssen hier auftauchen? Danke Nebur für diese unnötige Prüfung.* Dachte Taron und verstaute das Sternenstück in seinem Lederbeutel.

Ich sollte so schnell wie möglich raus aus Rinnwald, ehe sie wiederkommen. Taron stand auf, humpelte durch das Tor und späht vorsichtig über den gepflasterten Platz. Er erkannte die äußeren Gatter der Ställe, sie befanden sich an der Südseite des Gebäudes. Sonst war niemand weiter zu sehen.

Sein Herz pochte gegen seine Ohren. Er glitt zu den Ställen ohne einen Laut von sich zugeben, öffnete die braune hölzerne Tür, welche verheißungsvoll quietschte und schlüpfte hinein. Es war niemand hier. Erleichtert atmete er aus und sah sich um. Zwei Pferde standen in ihren Ställen, ein weißes und ein schwarzes. Er ging zu dem Rappen, es war ziemlich groß und wirkte irgendwie bedrohlich. Bisher war Taron nur auf Sternenwind freiwillig geritten. Er hoffte, dass sich andere Pferde ähnlich wie Elwarans Schimmel verhielten.

Vorsichtig ging er zu dem Tier, es tänzelte mit nach oben gespitzten

Ohren zur Seite.

»Ruhig«, flüsterte Taron.

Der Rappe wieherte.

»Ich brauche dich mein Freund, bitte hilf mir.«

Das Pferd fixierte Taron.

Er hielt seinem Blick stand. Allmählich wurden die Gesichtszüge des Tieres weicher. Taron führte seine Hand zu den Nüstern. Ließ sich beschnuppern und strich dann sanft über die weiche Haut.

»Möchtest du ein wenig Auslauf?«, fragte Taron, nahm die an der Wand hängenden Zügel und betrat den Stall.

Plötzlich hörte er wieder Stimmen, diesmal kannte er sie nicht. Dann ein Schrei. Er erstarrte. Die Tür zum Stall öffnete sich. Taron duckte sich, Halvors Stab kampfbereit gefasst um jeden Moment zuschlagen zu können.

»Ja, mache ich…«, hörte Taron eine männliche Stimme. Die Person, welche gesprochen hatte, stapfte in den Stall.

»…jeden verfluchte Tag das Gleiche, tue dies, tue jenes. Es fehlt nur noch ein savanakischer Aufseher, der mich mit der Peitsche antreibt. Der größte Scheiß ist das hier«, fluchte der Mann. Es polterte die Tür flog auf und krachte kurz darauf wieder ins Schloss. Dann stille.

Taron blieb noch einige Augenblicke hocken und stöhnte erleichtert.

»Danke, dass du mich nicht verraten hast«, flüsterte er und strich dem Tier wieder über die Nüstern. Dann nahm er die Zügel und legte sie über den Kopf des Pferdes, führte es aus seinem Gehege und legte ihm einen Sattel drüber und befestigte alle Schnallen. Taron ging zur Tür, öffnete sie einen Spalt und schaute hindurch. Auf dem Hof war niemand zu sehen. Er schwang sich auf den Rappen und trieb ihn mit einem Schenkeldruck zum Ausgang. Dann stieß er mit seinem Stab die Tür auf. Das Ross trabte über den gepflasterten Hof auf die Straße.

Irgendjemand schrie hinter ihm. Taron trieb die Fersen in die Flanken seines Reittieres. Es wieherte freudvoll und galoppierte an und peitsche die Straße nach Osten entlang.

»Haltet ihn!«, schrie jemand.

Die Häuser und Menschen flogen an ihm vorbei und trotzdem vermochte Taron hier und da bestimmte Einzelheiten wahrzunehmen. Vor ihm erschien das Tor in die Freiheit. Er raste darauf zu. Der Speichel des Pferdes streifte seine Hand.

Ein Krieger in einer Rüstung, ähnlich jener am anderen Tor, stellte sich in den Durchgang.

Taron riss an den Zügeln. Zu spät. Er sah das weiß in den Augen des Mannes. Der Rappe prallte gegen die Wache. Der Mann flog zur Seite. *Verflucht.* Das Naverenpferd kam einige Schritte hinter dem Tor zum

Stehen. Der Krieger blieb reglos am Boden liegen.

Taron agierte wie von selbst. Sprang aus dem Sattel und kniete neben dem Mann. Er lag auf dem Rücken. Die Augen geschlossen. Er wirkte älter als Taron, vermutlich in den Dreißigern. Taron zog ihm den Helm vom Kopf.

Aus der Stadt drangen vermehrt Rufe. Taron schaute in die Richtung. Mehrere Menschen rannten auf ihn zu.

Taron legte sein Ohr auf die Brust. Sie fühlte sich weich an, als seien mehrere Knochen gebrochen. Doch sein Herz schlug noch. *Bei den Göttern, welch Glück.*

Der Gardist riss die Augen auf. Sie waren von Schmerz und Furcht gezeichnet. Taron schnellte hoch.

»Der Novize«, hauchte er, versuchte sich aufzurichten und schrie schmerzerfüllt.

Taron rannte zum Pferd, sprang in den Sattel und vergrub erneut seine Beine in dessen Flanken.

»Ruft die Schwadronen!«, »Der Königsschrecken!«, »Taron!«, »Haltet ihn auf!« Die letzten Worte kamen nicht von der Wache, sondern von seinen ehemaligen Kameraden aus Yewabor, welche ihm hinterhereilten.

Taron sah einen Pfeil vor sich einschlagen. Er schaute nicht zurück, galoppierte den Weg entlang weiter und weiter, bis nur noch das Rauschen des Windes in seinen Ohren klang. Das Adrenalin der Flucht verflog. An dessen Stelle traten Gram und Selbsthass. *Die Mission ist zum Scheitern verurteilt und das ist alleine meine Schuld.* Er ließ den Rappen langsamer werden, bis er stand. Taron schlug sich mit der Hand gegen den Kopf. *Mir bleibt keine andere Wahl, ich muss weitermachen.*

Das Pferd trabte in den Wald hinein. Taron führte ihn durch das Unterholz, parallel zu jenem Weg, den er gerade entlanggeritten war. Er erreichte die Stadt, ließ sie rechts liegen und suchte weiter nach Halvor und Sternenwind. Er pfiff immer wieder, wie es ihn Elwaran gelehrt hatte, in der Hoffnung Sternenwind würde es hören und antworten. Er suchte fast einen gesamten Strich nach den beiden. Die Sorge keimte bereits in ihm, dass er sich verlaufen haben könnte, da vernahm er das Schnauben des Schimmels. Erleichterung breitete sich in Taron aus, als er die beiden endlich erreichte. Der Novize ließ sich aus dem Sattel gleiten und setzte sich auf den feuchten Waldboden.

»Was ist passiert?«, fragte Weldur.

»Ich habe alles gefährdet.«

»Wie?«

Taron schüttelte den Kopf. »Einer der Wachen ist mir bei der Flucht in den Weg gesprungen. Ich habe ihn nieder geritten.«

»Bei Nebur.«

»Ich dachte, ich hätte ihn umgebracht, ich hielt an und wollte mich vergewissern. Ich war so dämlich. Ich bin abgestiegen um nach ihm zu schauen. Er hat mich erkannt.«

»Die Bürger Rinnwalds wissen, dass du in der Nähe bist.«

»Ja, sie und Merak, Bur, Reverin, Kiedan und Ulrad. Sie waren ebenfalls dort. Sie werden alles tun um uns zu fangen. Sie rufen die Schwadronen, alle werden hinter uns her sein. Ich hätte ihn einfach liegen lassen sollen. Ich hätte niemals nach Rinnwald gehen und auf deinen Rat hören sollen.« Taron schlug mit den Fäusten auf seine Knie, Tränen stiegen ihm in die Augen.

»Du hast das getan was du für richtig gehalten hast und am Ende wieder den Ausgleich in deiner Seele hergestellt.«

»Ich versuche immer das Richtige zu tun, und trotzdem werden meinetwegen Freunde, Verbündete und sogar Unbeteiligte verletzt. Das ist... furchtbar. Ich bin furchtbar. Ein furchtbarer Mensch.« Taron fasste sich an die Brust.

»Gräme dich nicht, es wird die Zeit kommen, da du dich für deine Taten verantworten musst.«

»Vor den Göttern.«

»Vor deinem Gewissen und dem Recht, die Götter interessieren sich erst am Ende deines Lebens für deine Seele.«

Taron sah Halvor an. Sein Ziehvater hielt seinem Blick stand. Er ′wandte sich ab und schaute zu einem Wartbaum. *Hatte er vorhin schon dort gestanden?* Er richtete sich auf, ging hinüber und berührte eines seiner runden Blätter, die der Vergänglichkeit des Herbst zum Trotze noch immer strahlend grün waren. Seine Finger spürten deren Standhaftigkeit.

»Ich hatte mich einst dem Schutz der Menschen verschrieben.«

»Den Neburpriestern ist die Pflicht gegeben das Leben zu erhalten.«

»Doch bin ich kein Priester, wenn überhaupt nur ein Novize.« Taron sah hinüber zu seinem Ziehvater.

Halvor schüttelte den Kopf.

»Ich werde mich dem Recht unterwerfen, wenn alles vorbei ist, die Begabten geschützt sind und niemand mehr der Schreckensherrschaft Esthîon Adars ausgesetzt ist. Ich werde mich vor der Gerichtsbarkeit des neuen Herrschers verantworten. Selbst wenn dies meinen Tod bedeutet. Dies schwöre ich bei Nebur und bei den Göttern unter dem Zeichen des Wartbaumes.«

»Das sind große Worte Taron.«

»Es sind die richtigen Worte und ihnen werden Taten folgen.«

»Wenn dem so ist, ist es der richtige Weg, aber bis dahin haben wir noch einiges zu erledigen. Mit den Pferden werden wir schneller das Tal erreichen, lass uns einfach hoffen und beten, dass die Schwadronen uns nicht entdecken.«

»Dann lass uns aufbrechen.«

Sie packten ihre Sachen zusammen, stiegen in die Sättel und ritten weiter nach Osten einer noch ungewisseren Zukunft entgegen.

Kapitel 20: Der Schwarzbrand

Iru riss diesen Schatten aus seiner selbst, nahm den mächtigen Weltenhammer Umalgor und schlug eine letzte Kammer in die Tiefen Lunærras, woraufhin ein Meer aus Funken in allen drei Welten niederging. Vers aus dem Buche Irus

Esthîon kam wieder zu Bewusstsein. Die Schmerzen seines ersten Atemzuges ließ ihn schwindlig werden. Gleichzeitig brannte seine linke Wange, als hätte ihm jemand eine glühende Kohle drauf gelegt.

»Ihr seid wieder bei Bewusstsein«, sagte Weldur, der in seiner Nähe zu stehen schien.

Der König brachte lediglich ein Stöhnen zustande während er versuchte seine Augen zu öffnen. Esthîons linke Gesichtshälfte war gelähmt. Lediglich sein rechtes Auge vermochte er einen Spalt zu öffnen, welches nun gierig nach Informationen die Umgebung erforschte. *Mein Zelt, aber was ist passiert?* Schließlich fixierte er seinen Berater.

»König, Enari hat euch vergiftet. Ihr müsst ruhig liegen bleiben.«

Dieser Bastard. Esthîon erinnerte sich wieder. *Ein Schnitt sollte mein Ende bedeuten.* Erinnerte sich der Herrscher Govalors an die Worte von Priesterin Hirena. *Ein Schnitt hätte fast mein Ende bedeutet. Aber... der Wurfstern.*

Das Atmen fiel ihm immer schwerer, es fühlte sich fast an, als würde jemand ihm ein Kissen auf das Gesicht drücken. Den Umständen zum trotz hatte er das Bedürfnis aufzustehen, sich zu strecken und durchzuatmen. Esthîon stützte sich auf die Ellenbogen auf und versuchte sich aufzurichten.

»König, ihr müsst liegen bleiben.« Weldur hielt seinen Herrn an den Schultern fest und drückte ihn sanft zurück ins Bett.

Der Drang an die frische Luft zu kommen war schier übermächtig. Hier im Zelt schien er fast zu ersticken. Er schaute zum Eingang.

»Raus«, hauchte er durch die fast geschlossenen Lippen.

»Jegliche Bewegung führt nur dazu, dass ihr noch schneller sterbt.«

Esthîon schaute Weldur durchdringend an.

»Das hat Zelorag gesagt. Er kennt diese Art Gift und versucht ein Gegenmittel aufzutreiben.«

»Novaren, sprechen«, flüsterte er.

»Das kann ich für euch erledigen.«

Esthîon schüttelte das Haupt und spürte wie sich das Feuer weiter in seinen Lungen ausbreitete. »Ich«, sagte er.

»Ruht euch aus, schließt die Augen.«

Der König hustete und krümmte sich vor Schmerzen, während ihm kalter Schweiß die Stirn hinab lief. *Ich werde hier nicht sterben.* Sein Blick glitt Richtung Zeltdecke und verschwamm schließlich, während sein Geist in finstere Träume hinwegdämmerte.

Er wusste nicht, wie lange er so da lag. Es hätte ein Tag sein können, Stunden oder nur Augenblicke. Das Einzige, woran er dachte war, *Leben.* Schließlich kam eine Person mit schwarzen Haaren in sein Blickfeld, dessen Gesicht entstellt wirkte, da eine Narbe seine rechten Mundwinkel zierte. Es dauerte eine ganze Weile, bis er Zelorag Dun in ihm erkannte. Er sprach zu ihm, doch seine Ohren vermochten den Schwadronal kaum wahrzunehmen.

Schließlich hielt der Kommandant einen Becher mit Wasser an des Königs Mund, welcher lediglich daran zu nippen vermochte.

Zelorag sprach weiter und Esthîon glaubte zu verstehen, dass es kein Gegenmittel geben würde und er lediglich etwas zur Beruhigung erhalten habe.

Esthîons Hoffnung schwand, ebenso sein Geist, der erneut auf eine Reise ging. Er wusste nicht wie lange er schlief, wie lange er dahinsiechte in einem Strudel der Trostlosigkeit. Irgendwann schlug Esthîon die Augen auf. Es war dunkel, sehr beklemmend, einengend. Das Feuer in seinem Inneren war erträglicher. Eine Gestalt schälte sich aus der Dunkelheit.

»Ihr seid erwacht«, vernahm er die tiefe raue Stimme Zelorags.

»Ja, Wasser.«

»Nur etwas.« Zelorag hielt Esthîon einen halbvollen Becher an die Lippen. Den der König gierig leerte.

Er spürte sofort wie das Leben in seine Brust zurückkehrte und er an Kraft gewann. Behutsam richtete sich Esthîon auf und stützte seinen Kopf auf die Hände ab. Doch die Berührung seines Gesichtes löste ein furchtbare brennen aus, dass in seinen gesamten Körper zu strahlen schien.

Der Schwadronal entzündete eine Öllampe und betrachtete Esthîons Gesicht. »Eure Wunde sieht gut aus, die Fäulnis hat sich zurückgezogen.«

»Was war das für ein Gift?«, fragte der König.

»Der Schwarzbrand.«

»Hast du ein Gegenmittel gefunden?«

Der Schwadronal schüttelte den Kopf.

»Wieso lebe ich noch?«

»Ihr habt die richtige Behandlung erfahren.«

»Es ist kein tödliches Gift?«

»Unter Umständen hätte es euch getötet. Der Schwarzbrand ist tükisch, eine minimale Menge des Giftes reicht aus, um das Blut in Wallung zu versetzen, es zwingt einen sich zu bewegen, nach Wasser und Heilung zu suchen. Doch jeder Schluck und jeder Schritt bringt einen dem Tod näher. Es wurde einst hergestellt, damit man freigelassene Gefangene zu ihren Kameraden zurückverfolgen kann. Die Wunde, die durch das Gift entsteht fängt augenblicklich an zu faulen und einen Geruch abzusondern, den jeder Ork auf Meilen zu riechen vermag.«

»Das Gift stammt aus Lunærra.«

»Ja.«

»Und es wurde einst in deiner Einheit verwendet.«

»Ich selbst habe es einst erfunden, aber ich habe versäumt ein Gegenmittel herzustellen. Ich hatte gehofft mein Nachfolger hätte es, aber dem war nicht so.«

»Wie ist Enari in den Besitz des Giftes gelangt?«

»Es wurde über Umwege von den Söldnern gekauft. Wir haben dies nachverfolgen können.«

»Wurden deine Söldnerfreunde wenigstens gut entlohnt?«

»Novarisch gut.«

Eshtîon lachte, was ein Ziehen in seiner Brust auslöste. Es war ein bitteres Lachen. »Wie genau sind die Wurfsterne in Enaris Besitz gelangt?«

»Dies kann euch wenn dann nur General Weldur verraten, allerdings zierte das Wappen Krikors eines der Geschosse.«

Esthîon schüttelte das Haupt. *Der Kampf hat mir zu viel abverlangt und nun muss ich sogleich einen weiteren Kämpfen.*

»Ihr scheint aus dem Gröbsten heraus zu sein.«

»Wie lange habe ich geschlafen?«

»Seit eurem Kampf mit Enari sind fast drei Tage vergangen.«

Esthîon nickte. »Bringt mir bitte meine Tunika. Ich muss vor den Novaren sprechen.«

»Dies ist unklug. Ihr seid noch immer schwach und zu viel Bewegung, kann den Schwarzbrand von neuem entfachen.«

»Ich muss mit den Novaren sprechen und ihnen meine Macht demonstrieren. Lass mir Kleider und Tee bringen, ich brauche unbedingt wieder einen klaren Kopf.«

»Jawohl. Aber Tee mein Herr...« Der fünfte Schwadronal schüttelte sacht den Kopf.

»Dann muss es halt ohne gehen. Die Novaren sollen in das Beratungszelt kommen und schickt mir Weldur.«

Zelorag salutierte und verschwand sogleich.

Der König richtete sich langsam in seinem Bett auf. Bei jedem Atemzug legte sich wieder und wieder eine neue Schicht brennenden Rußes auf seine Lungen. Neben seinem Bett stand der Krug aus dem Zelorag Wasser genommen hatte. Esthîon griff nach ihm und schöpfte sich ein paar Hände des kühlenden Nasses ins Gesicht. Es wirkte erfrischend und belebend, doch widerstand er dem Drang daraus zu trinken und kippe sich stattdessen das ganze Wasser über den Kopf. Dann nahm er sich eine Decke, legte sie über sein Haupt, schloss die Augen und atmete ganz behutsam ein und aus und versuchte die Schmerzen in seiner Lunge von sich zu schieben.

Esthîon hörte wie jemand das Zimmer betrat. Er öffnete die Augen und sah seinen General im Zelteingang verharren.

»Es ist gut euch wohlauf zu sehen, mein König«, sprach er ohne Emotionen in der Stimme.

»Ich will mit den Novaren sprechen. Wie stehen sie zu mir?«

»Sie sind weiterhin zweigeteilt. In eurem Zustand würde ich mich nicht auf große Diskussionen einlassen. Ihr dürft keine Schwäche zeigen. Macht Ihnen klar, dass jegliche Widerworte zwecklos sind.«

»Haben sie Ihre Meinung bezüglich des Abbruchs der Belagerung geändert?«

Weldur seufzte: »Sie werden es nicht akzeptieren.«

»Das heißt, ich werde meinen Befehlen Nachdruck verleihen müssen. Ich möchte, dass sich die komplette Fünfte vor meinem Zelt einfindet. Ich werde mich ankleiden und dann zu euch stoßen.«

Weldur nickte und verließ Esthîons Zelt. Dieser machte sich behutsam daran eine Robe in den Farben seines Wappens anzulegen und seinen Gürtel ohne Schwert drumherum zu legen. Zuletzt setzte er seine Krone auf, die viel schwerer als gewöhnlich zu wiegen schien.

Esthîon verließ gebeugt sein Zelt und wie befohlen warteten zwei Reihen Krieger, angeführt von Zelorag Dun davor.

Der König nickte ihnen zu. »Schon seit Jahren sind die Schwadronen ein Zeichen der Macht. Ihr vertretet in allen Teilen Gonvalors mein Wort. Heute brauche ich euch erneut als meine Stütze. Heute werde ich von euch vermutlich mehr als gewöhnlich abverlangen müssen. Heute erwarte ich bedingungslose Loyalität. Daher meine Frage, wem habt ihr die Treue geschworen?«

Die Männer reckten sich und schrien im Chor. »Euch König Esthîon.«

»Dann geleitet mich zur Handelshalle. Wenn wir dort sind, möchte ich, dass ihr hinter die Stühle der Novaren tretet und meine Befehle erwartet.«

»Jawohl, König Esthîon«, riefen die Männer wie aus einem Munde.

»Dann fünfte Schwadron vorwärts.« Der Herrscher trat zwischen die Reihen seiner Männer. Zelorag Dun befand sich an dessen Spitze. Langsamer als gewöhnlich begaben sie sich durch das Dorf hin zur Halle.

»Männer sichert bis zum Eintreffen der Novaren den Platz«, befahl Esthîon und trat als erstes ein. Seine Krieger folgten dem Befehl. Er durchstreifte den Raum und ließ sich auf den Thron fallen. Das Brennen in seiner Brust war wieder deutlicher zu spüren und schien sich bis zu seinen Gliedmaßen hin auszubreiten.

Nach und nach traten die Novaren ein und setzten sich auf ihre angestammten Plätze, lediglich der von Enari blieb unbesetzt. Einige von den Herrschaften betrachteten Esthîon mit finsteren Blicken, während andere eher bedauern zu empfinden schienen. Wie befohlen nahmen die Fünften hinter den Novaren Aufstellung.

»Ich begrüße euch Novaren Gonvalors«, sagte er steif.

»Es ist eine wahre Freude zu sehen, dass ihr wohlauf seid«, säuselte die Novarin Levillia, in deren Stimme ein Hauch Ehrlichkeit mitschwang.

Esthîon atmete schmerzerfüllt aus und winkte die Aussage der Novairn ab. »Ich habe euch her beordert um euch eine Frage zu stellen«, sprach er düster. »Enari hatte unter euch einige Fürsprecher. Ich habe ihn besiegt. Gibt es noch jemanden unter euch, der gegen mich aufbegehren möchte?«, Esthîon ließ seinen Blick über jeden der Novaren gleiten.

»Das kommt ganz auf eure nächsten Entscheidungen an«, sagte Novar Krikor und reckte das schmale Kinn.

»Ihr wisst was meine Befehle sein werden.«

»Wir haben so viel geopfert. Wie könnt ihr da nur an einen Abbruch des Kriegslagers denken?«, fragte Novar Nendor.

»Ich gebe Nendor recht, wir können noch immer Avurin bezwingen und wenn wir es einäschern müssen«, pflichtete Novarin Galadar bei.

Novar Teldor wollte ebenfalls etwas sagen, doch Esthîon schnitt ihm mit einer Handbewegung das Wort ab.

»Wir werden das Kriegslager reduzieren. Ein Teil wird hier verweilen und Avurin weiterhin abriegeln und die Ausbildung der ankommenden Begabten zusammen mit den lunærrischen Söldnern vornehmen. Der Rest wird auf die flüchtigen Begabten angesetzt.«

»Ihr habt uns in Hoffnung her bestellt und nun wollt Ihr Euer gegebenes Versprechen fallen lassen? Das ist eines Königs nicht würdig«, chauffierte sich Novar Krikor.

»Werdet ihr euch meinem Befehl widersetzen?«

»Ich habe einen zu hohen Tribut bezahlt um jetzt hier einfach nur auszuharren und dem Pöbel beim Krieg spielen zu zuschauen«, kreischte Krikor.

»Bedenkt eure Worte, ähnliche haben einen anderen vor euch bereits das Leben gekostet. Werdet ihr meinem Befehl folgen?«

»Nein, eher brenne ich ganz Avurin nieder.«

»Ihr widersetzt euch mir«, hauchte Esthîon erschöpft.

»Ja.«, antwortete er grimmig.

»Solltet ihr nach dem Fall Enaris nicht wissen, zu was ich fähig bin?« Der König kämpfte sich schnaufend aus seinem Thron hoch, wobei er sich am Tisch festklammern musste. »Novar Krikor vom Hause der Dulum ich klage Euch wegen dem Bruch des Lehenseides und Befehlsverweigerung an und enthebe Euch eures Ranges und verbanne euch aus dem Reich Gonvalor.«

Krikor sprang auf. »Ihr seit wahnsinnig.«

»Verlasst sofort die Halle oder ich überdenke meine Urteil nochmal« Esthîon nickte dem Schwadronenkrieger hinter Novar Krikor zu. Dieser zog sein Schwert und legte es auf der Schulter des Adligen ab.

Der Novar schaute Esthîon durchdringend an. »Ich verfluche Euch und Eure…«

Der König deute auf den Krieger »Ein Schnitt!«

Der Kämpe riss sein Schwert nach hinten, die Klinge schnitt die oberste Hautschicht ein. Zarte Blutspritzer landeten auf der Tunika des Novaren, auf dem Tisch und der neben ihr sitzenden Nesrie, die sich angewidert abwandte. Während sich Krikor erschrocken an den Hals griff.

»Noch ein weiteres Wort und Ihr verliert Euren Kopf. Nun geht, nehmt Euch ein Pferd und verlasst das Land und kehrt niemals zurück.«

Bebbend rappelte sich Krikor auf. Hilfe suchend glitten seine Augen die Reihe der anwesenden Novaren entlang. Keiner von ihnen erwiderte seinen Blick. Er spuckte aus und eilte wie ein getretener Köter aus der Halle.

»Hätte je einer von euch gewagt meinem Vater derart den Befehl zu verweigern? Ich möchte nichts weiter, als eure Treue und Gehorsamkeit, wer dies nicht bereit ist zu geben, möge nun sprechen.«

»König, Enari und Krikor, waren die einzigen, die Zweifel hegten«, erklärte Novarin Galadar.

»Wenn dem nur so wäre«, kicherte Esthîon.

Die Novaren wirkten verunsichert.

Der König räusperte sich. »Wenn dem so ist, beweist es und schwört mir erneut die Lehnstreue.«

Novar Teldor stand auf und legte die Hand auf die Brust. »Ich schwöre meine Treue dem Hause der Adar und Gonvalor.«

»Ihr schwört dem Hause und - mir - die Treue und kniet nieder.«

Teldor war verunsichert.

»Ihr alle, kniet nieder!«

Die Novaren schauten sich gegenseitig abwechselnd an, verharrten jedoch.

»Kniet nieder!«, schrie Esthîon.

Teldor ließ sich auf den Boden gleiten. »Ich schwöre bei den dreizehn Göttern euch König Esthîon vom Hause der Adar und Gonvalor meine ewige Treue«, erklärte Teldor.

Die anderen Novaren gingen nach und nach auf die Knie und wiederholten Teldors Worte. Einigen stand dabei der Schweiß auf der Stirn, andere bibberten. Lediglich die Novarin Galadar blickte Esthîon mit fester Miene an.

»Vergesst eure Worte niemals, es wäre zu betrüblich sollte es doch geschehen«, Esthîon lächelte breit. »Da dies geklärt wäre, gilt es nun ein weiteres Thema zu besprechen. Ich enthebe das Haus der Dulum und das Haus der Turador ihres Herrschaftsanspruches. Euch obliegt es Nachfolger auszuwählen und mir zu präsentieren. Wenn sie meinen Erwartungen entsprechen, werde ich sie einsetzen. Also entscheidet klug. Weiterhin befehle ich, dass die Hälfte eurer Reiterreien, den Ring um Avurin erneut schließt, der Rest begibt sich auf die Suche nach den entflohenen Begabten und Elfen. Dahingehend erhöhe ich die Kopfgelder eines jeden Gesuchten um einhundert Himmelstaler. Dies wäre es für heute, Ihr dürft gehen.«

Die Novaren standen auf. Jeglicher Stolz war aus ihren Leibern verschwunden. Schweigend verließen sie die Halle.

Der König fiel in seinem Stuhl zusammen und begann fast augenblicklich an zu zittern. Er gab sich dem Brennen in seiner Brust hin, krallte seine Finger in die Armlehnen und Tränen sprangen in seine Augen.

Zelorag trat an sein Blickfeld und hielt ihm eine Wasserflasche hin. »Trinkt einen Schluck, es ist Tee.«

Esthîons Hals schien Feuer gefangen zu haben, gierig griff eer nach der Flasche, aber mehr als einen kurzen Hieb wagte er nicht zu nehmen, auch wenn der Tee fast augenblicklich das Gleichgewicht in seinem Hirn wiederherzustellen schien.

Weldur betrat die Halle. Er schüttelte beim Erblicken der Blutspur auf dem Boden den Kopf. »Was habt ihr nur getan?«

»Den Novaren Konsequenzen aufgezeigt.«

»Ihr habt sie erniedrigt. Dies hier könnte sie gegen Euch aufbringen.«

»Sie hassen sich gegenseitig mehr als mich.«

»Vielleicht hat sich das mit dem heutigen Tage geändert.«

»Die Zukunft wird es zeigen, aber im Moment habe ich jegliche Revolte im Keim erstickt und die heutige Tat wird noch lange nachhallen.«

»Ihr hättet ein solches Vorgehen vorher mit mir besprechen müssen.«

Esthîon fühlte sich bevormundet. Seine Hand ballte sich zur Faust. »Nein, Eure Zweifel hätten mich zögern lassen. Außerdem ist es an der Zeit meinen eigenen Weg zu gehen.« Esthîon setzte sich etwas gerader hin. »Aber ihr seid zum richtigen Zeitpunkt erschienen. Ich möchte Euch mit einem Auftrag betrauen. Es geht um die entflohenen Begabten, zu lange haben sie sich meiner entzogen. Daher werdet Ihr von nun an persönlich die Suche nach den Magiebegabten leiten. Ihr bekommt alle nötigen Mittel. Ich will Erfolge sehen und regelmäßige Berichte.«

Weldur Buraks blaue Augen schienen Esthîon zu durchdringen. Der König wusste, was dies bedeutete. Schließlich nickte sein Berater. »So soll es sein. Ich werde schnellstmöglich abreisen.« Er verbeugte sich und verließ den Raum.

Esthîon blieb umringt von seiner Schwadron zurück, lehnte sich wieder an, schaute zum Hallendach und gab sich endgültig der Pein des Schwarzbrands hin.

Kapitel 21: Eine Begegnung des Leides

In diese dunkelste all seiner erschaffenen Schluchten verbannte Iru die peinigenden Erinnerungen Elysias, so er nun denn erblühen konnte.
Vers aus dem Buche Irus

Taron und Halvor ritten so schnell es ihre Pferde erlaubten nach Osten und näherten sich Stück für Stück der Grenze zum Xonanonreich und dem ersehnten Tal, welches in den Schriften von Neburs Paladin beschrieben war. Lediglich in den Nächten hielten sie an um zu Ruhen. Von den Schwadronen war bisher keine Spur zu sehen.

Am dritten Tag nach den Ereignissen in Rinnwald, ritten sie einem schmalen Wildpfad entlang. Der Himmel war wolkenverhangen, während ein eisiger Wind zwischen den Bäumen hindurch pfiff und einem immer wieder Tränen in die Augen steigen ließ.

Durch die Trübnis erblickte Taron die Umrisse eines größeren Dorfes mit Holzpallisade. Er zügelte Sternenwind und sah zu Halvor, dieser hielt ebenfalls an. »Könnte es das sein?«

Halvor nickte. »Hast du dich entschieden?«

»Ich will mit meinen Vater sprechen, kannst du mir den Weg zu meinem Elternhaus zeigen?«

»Ja, wir müssen da lang.« Halvor deutete mit dem Arm nach Osten.

Sie gelangten schließlich an ein abgeernteten Feld und folgten dessen Rand im Schutze des Dickichts, bis sie auf einen Pfad stießen, der weiter in den Wald hinein führte. Der Weg war schmal und teilweise mit dicken Wurzeln überwuchert. Er schien nur selten genutzt zu werden. Nach einiger Zeit öffnete sich der Wald und offenbarte einen weiteren abgeernteten Acker, in dessen Mitte ein kleines Haus stand.

Taron erinnerte sich dunkel daran, wobei sich eine Klammer in seiner Brust zusammenzuziehen schien. Er blickte zu Halvor, welcher jedoch den Kopf schüttelte und mit dem Finger den Weg entlang deutete. »Wir müssen weiter.«

Sie ritten an der Abzweigung vorbei und tauchten wieder in den Wald ein, während sich die Enge in seinem Inneren auszubreiten schien. Rechts und Links des Weges sprossen Büsche die diesen schmälerten und kaum begehbar machten. *Hier ist seit Jahren niemand mehr lang gegangen.*

Die Bäume lichteten sich schließlich und sie kamen an eine Hütte, links davon lag ein Feld, welches ein Meer von bräunlichem Unkraut zierte, das selbst Taron fast überragte.

Die Hütte erkannte er sofort. *Das ist es.* Rundherum sprossen unterschiedlichste Pflanzen. Selbst auf dem Dach hatte sich ein Teeberenbusch niedergelassen und ließ seine Dornenranke über eines der vernagelten Fenster hängen.

Das zerdrückende Gefühl in seiner Brust löste sich auf. Sein Entschluss stand fest. »Hallo«, rief er.

Es kam keine Antwort. Taron spürte eine gewisse Erregung. Er saß von Sternenwind ab und betrat den Vorgarten. Halvor folgte ihm.

Der Weg zur Hütte war nicht mehr zu erkennen. Die Wände des Hauses waren mannshoch mit verschiedenen Pflanzen umwuchert und schienen fast das Grauen, welches im Haus geschehen war, einschließen zu wollen.

Taron schlug mit seinem Stab gegen die Tür. »Hallo, ist jemand da?«

Keine Antwort.

Seine Hand griff die von Rost überzogene Klinke. Er drückte sie, rüttelte daran, doch der Zugang bewegte sie sich keinen Splitterbreit.

»Es ist niemand da«, raunte Halvor behutsam.

Taron nickte und ging um das Haus herum in den Garten. Hier stand ein Apfelbaum dreimal so hoch wie Taron selbst, in dessen Rinde ein Name eingeritzt war - Elrie. Vor dem Baum war eine kleine Erderhebung, auf dem verschiedene Gräser wuchsen.

Es gab nicht viele Dinge, an die sich Taron aus seiner Kindheit erinnerte. Doch dieser Ort war einer. Er war ein Platz des trostes gewesen. Ein Platz der Ruhe. Der einzige Platz, an dem sein Vater es nie gewagt hatte ihn zu schlagen. Das Grab seiner Mutter.

Taron kniete nieder, legte den Stab neben sich ab, berührte das Gras und schloss die Augen. *Bitte Götter seit ihrer Seele gnädig.* Er nahm seinen Wasserschlauch vom Gürtel und ließ einige Tropfen in seine Hand laufen, streckte den Arm nach vorne und ließ das kühle Nass auf das Grab herabrieseln. »Möge das Wasser deine Seele von jeglicher Last reinwaschen, so du noch nicht von Onacra empfangen, von Drumar geprüft oder von Baldor zurückgesandt wurdest.«

Er stand auf und betrachtete den weiteren Garten. Das Meiste, hatte sich die Natur bereits zurückerobert. An vielen der Bäume hingen noch immer einige essbare Äpfel und Birnen, die meisten verfaulten jedoch bereits auf dem Boden. Tarons Blick glitt zurück zu der Hütte. Unweit der hinteren Tür, fielen ihm zwei weitere Erdhaufen auf, die zu sein Kindertagen noch nicht da gewesen waren. *Konnte es sein...*

Halvor folgte seinem Blick.

Taron begab sich zu den beiden Erhebungen. »Das sind sie oder?«

»Dein Vater und deine Stiefmutter.«

Es gab keine Tafel, nichts woran man es erkennen konnte. Irgendwie spürte Taron, dass es stimmte. Er ging zum Haus. Die Hintertür war mit einem Brett vernagelt worden. Taron klemmte das schmalere Ende seines Stabes zwischen Türspalt und Riegel und hebelte daran. Das morsche Brett brach aus den Nägeln heraus und fiel zu Boden. Seine Hand griff an den hölzernen Türriegel und zog ihn auf. Die Tür öffnete sich. Abgestandene Luft strömte ihm entgegen. Taron drehte den Kopf zur Seite, seine Augen weiter auf das Innere der Hütte gerichtet. Darin war es dunkel, weshalb es einen Moment dauerte bis seine Augen schärfere Konturen wahrnahmen.

Licht drang durch einige Ritzen des Bretterverschlages und hielten den Raum schummrig. Taron trat ein und hielt den Stab in einer Abwehrhaltung. Das Innenleben hatte sich kaum verändert, außer dass überall das Rad der Zeit genagt hatte, alles war staubig und Spinnweben erstreckten sie über die gesamte Decke. Neben dem Kamin stand der Schürhaken, welcher Taron noch gut im Gedächtnis geblieben war, dann gab es noch eine Sitzgruppe, eine kleine Kochstelle und hinter einem löchrigen Vorhang mehrere Betten. Auf dem Boden lag allerlei Gerümpel, zerstörte Tonkrüge, Kleidung, verdorrtes Essen und im Überfluss Mäusedreck.

Noch etwas viel Taron auf. Eine dunkle Verfärbung auf den Holzdielenboden. Er griff nach einem Lumpen, der eine ähnliche Verdunkelung aufwies und begab sich an Halvor vorbei ins Licht. Seine Vermutung bestätigte sich. *Blut.*

Er rannte wieder ins Haus. Seine Augen fixierten die schwarz wirkenden Stellen im Raum, überall waren sie zu sehen, auf den Stühlen, dem Tisch, an der Decke waren Spritzer. Die größten Flecken befanden sich auf dem Boden verteilt. *Welch Schrecken ist hier nur geschehen.* Tarons Blick schnellte weiter umher. Bei einem Stuhl fehlte ein Bein, es war sauber abgetrennt. »Es gab einen Kampf«, flüsterte Taron.

»Ja wahrscheinlich.«

»Was ist hier nur passiert Halvor?«

»Unbeschreibliches.«

»Jemand hat dieses Haus zu einem Ort des Todes verwandelt. Ich muss wissen warum?«

»Wieso willst du dich damit belasten?«

»Weil dies ein Teil meiner Geschichte ist.« Taron schüttelte den Kopf. »Auf dem Weg hierher, kamen wir an einem anderen Bauernhaus vorbei. Könntest du dich vielleicht dort erkundigen, was hier geschehen ist?«

»Was erwartest du dir davon?«

»Ich kam her um mit meiner Vergangenheit abzuschließen und vielleicht die Erinnerung und den Tag meiner Flucht wieder zu erlangen, diese Möglichkeit wurde mir verwehrt. Wenn ich weiß, was hier geschah, kann meine Seele eher Ruhe finden.«

»Das ist sehr riskant, was ist, wenn der Mann mich erkennt?«

»Wir sind durch die Pferde schnell vorangekommen ich bezweifle, dass die Schwadronen bereits in der Nähe sind. Aber zum Schutz könnten wir dein Äußeres ein wenig verändern.«

»Wenn es sein muss, aber du schmierst mich nicht mit Matsch ein.«

»Nein, das machen wir erst beim nächsten Mal«, gluckste Taron und handelte sich einen finsteren Blick Halvors ein, woraufhin er zum Kamin trat und verkohltes Holzstück aufsammelte. Neben der Tür fand er einen alten Mantel, der mal seinem Vater gehört haben musste. Der braune Stoff war vollkommen verstaubt und hatte ein paar Löcher, jedoch keinen Blutflecken.

Mit beidem trat er hinaus ins Freie und spürte, dass sein Herz wieder etwas leichter schlug.

»Was meinst du, wenn du dir den überwirfst?« Taron hielt Halvor den Mantel hin.

Der Priester nahm ihn, roch daran und betrachtete ihn von jeder Seite und atmete schwer. »Es wird wohl das Beste sein.«

»Dankeschön.«

»Ist schon gut«, winkte Halvor ab, warf ihn sich über und stellte sich dann vor Taron, sodass er sein Gesicht mit der Kohle bemalen konnte. »Schließe bitte die Augen.«

Halvor tat wie ihm gehieß und Taron begann um die Augen herum die Kohle zu verteilen. Dann zerbröselte er das restliche Stück Holz und verteilte es auf Halvors Haaren. »Das sollte so genügen.«

»Wie sehe ich aus?«, sagte Halvor grinsend.

»Schäbig«, antwortete Taron zaghaft.

»Gut.«

»Ich warte hier auf dich.«

Halvor ging den Weg zurück, den sie gekommen waren. Taron führte die Pferde hinter das Haus, schöpfte Wasser aus dem alten Brunnen, ließ die Tiere trinken und anschließend grasen.

Seine Aufmerksamkeit glitt schließlich zurück zur Hütte. Irgendwie zog es ihn dahin. Er betrat sie erneut und ließ das Innere auf sich wirken. Abscheu und Ekel drangen in den Vordergrund. *Wer vermag nur solch Gräueltaten zu verüben?*

Ihm blieb für einen Moment die Luft weg und griff sich zur Brust, während sich seine andere Hand auf der Tischplatte abstützen wollte, doch dieser begann zu kippen. Er verlagerte sein Gewicht wieder auf die Beine und umschlang mit beiden Händen die Holzplatte, um diese wieder zu stabilisieren.

Er atmete kurz durch und ließ seine Finger über den Tisch gleiten. Da waren einige Vertiefungen, die vom Staub fast vollständig überdeckt wurden. Taron betrachtete sie genauer. Es sah aus, als hätte jemand in gleichmäßigen Abständen in einer Linie mit einem Messer in das Holz gestochen. *Sehr eigenartig. Was hat das zu bedeuten?*

Eine gewisse Erregung ergriff ihn. Seine Augen suchten noch einmal den Raum ab. Überall fanden sich ähnliche Einstiche, über dem Kamin, in der Türzarge. *Es war eine Waffe.* Begriff Taron. Vor seinem inneren Auge erwachte der Todeskampf seines Vaters von neuem. Die beschädigten Möbel, die Blutspritzer und Lachen auf dem Boden, alles ergab ein großes zusammenhängendes Bild. *Wer auch immer dies getan hatte, wollte nicht nur töten. Er wollte vernichten.*

Die Erkenntnis erschütterte Taron. Er rannte aus dem Haus, zu dem Eimer, aus dem zuvor die Pferde getrunken hatten und warf sich eine Hand voll Wasser ins Gesicht.

»Alles in Ordnung mit dir?«

Taron schreckte hoch. Sein Blick ging zu seinem Stab, der neben der Tür gelehnt stand. Dann erkannte er Halvor und sackte in sich zusammen. »Du bist es. Es ist alles gut.«

Der Priester ging zu seinem Ziehsohn, stützte sich auf dessen Schulter ab und nahm neben ihm Platz. »Ich habe mit dem Bauern gesprochen.«

Taron nickte.

»Er sagte, vor etwa sieben Jahren sei deine Ziehmutter spurlos verschwunden und zwei Jahre danach dein Vater. Es wurde nach den beiden gesucht, doch als sie das alles hier sahen, verschreckte es sie und das Haus wurde verbarrikadiert. Seitdem war niemand mehr hier gewesen.«

»Hatte man seine Leiche gefunden?«

»Nein.«

»Dann wird sie wohl unter einem der Hügel liegen.« Taron deutete zu den beiden Bergen neben der Hintertür.

»Welcher Mörder begräbt nach der Tat seine Opfer?«

»Jemand der ihm nahe stand.«

Taron nickte und stand auf und ging zu den Hügeln. »Vater solltest du darunter liegen, wisse, dass ich deiner Seele vergebe in der Hoffnung, dass sie im nächsten Leben weniger Leid verursachen mag.« Er hob die Arme mit den Handflächen nach oben und senkte den Kopf und verharrte einen Moment in der Geste Neburs.

»Große Worte Taron.«

»Nur jene die gesagt werden mussten.«

Halvor wusch sich, die Kohle aus dem Gesicht. Dann füllten sie ihre

Wasservorräte auf und verschlossen die Hütte. Während sie ihre Reise nach Osten fortsetzten, fühlte Taron mit jedem Schritt, den Sternenwind tat, eine wachsende Erleichterung. Doch zugleich häuften sich in seinem Geist immer mehr unbeantwortete Fragen.

Kapitel 22: Die Botschafterin der Elben

Jede der drei Welten schien perfekt zu sein und stand derer, die Elysia einst schuf, in nichts nach. Vers aus dem Buche der Dreizehn

Seit über einer Woche waren Mira, Elwaran, Fendelin und Gelador nun im Hort des Wissens und suchten nach Hinweisen zu den magischen Steinen. Nur zum Schlafen, Meditieren oder Essen hatten sie die bronzene Kuppel verlassen. Bisher waren sie noch keinen Schritt weitergekommen. Es gab Auflistungen über jede Art von Steinen und auch Proben waren zahlreich vorhanden. Nichts glich jenem Kleinod, welches Taron um den Hals trug. Es gab keine Aufzeichnung über irgendetwas Vergleichbares.

Es war zum Verrücktwerden. Mira hing gerade über einem dicken Wälzer, dessen Titel *Die Geschichte der Geologie* war. Ein Buch, welches vor mehr als eintausend Jahren angefangen und seit jeher mehrfach abgeschrieben und immer wieder erweitert wurde. Mittlerweile konnte Mira die verschnörkelten elfischen Schriftzeichen, die denen der Menschen im Entferntesten ähnelten, relativ gut lesen. *Wenn das Thema nur nicht so unfassbar trocken wäre.* Dieses Werk behandelte die Arbeitsvorgänge der Katalogisierung von neuen Steinen und verschiedene Methoden zur Eigenschaftsbestimmung und deren Veränderungen im Laufe der Zeit. *Wir hätten wahrlich mehr Tests an dem Medaillon durchführen müssen.* Mira ließ sich in ihrem Stuhl zurücksinken, schloss die Augen und rieb sich die Schläfen.

»Wenn du möchtest, kannst du dich auch ein wenig ausruhen gehen«, flüsterte Fendelin ihr zu.

Mira lächelte die Elfin an. »An sich bin ich noch relativ munter, es ist nur…«, sie schüttelte den Kopf. »Wir hätten doch schon etwas finden müssen.«

»Wir suchen doch erst seit ein paar Tagen«, entgegnete Elwaran aufmunternd.

»Eine Woche und in keinem der Kataloge ist irgendetwas Brauchbares zu finden. Ich glaube nicht, dass auf Solærra ein solcher Stein zu finden ist.«

»Es wäre möglich, dass jede Welt eigene geologische Besonderheiten aufweist«, vermutete Gelador.

»Hat jemand ein Buch zu den Steinen Intêrras gefunden?«, fragte Mira.

Die Elfen schüttelten die Köpfe.

»Das hiesige Wissen bezieht sich allein auf Solærra«, sagte Elwaran. »Wollen wir noch einmal zusammentragen, was wir für Wissen haben?«, fragte Gelador, bestimmt erst das fünfte Mal diese Woche. Fendelin nickte. »Der Stein ist glatt, weiß, leicht durchsichtig und nimmt die vollkommene Herrlichkeit der Sonne in sich auf«, bei den letzten Worten legte die Elfe ein gewisses Pathos in die Stimme, woraufhin sie sich einen bösen Blick des Schwertmeisters einhandelte. Mira schmunzelte. »Der Stein öffnet zudem das innere Tor, durch welches man Magie aufnehmen kann.«

»Außerdem glaubt Taron, dass der Stein mit dem Kampf gegen die dunklen Heerscharen Lunærras vor etwa eintausend Jahren in Verbindung steht«, fügte Gelador hinzu.

»In dessen Erzählung es heißt, dass ein glatter Fels aus dem Boden hervorbrach, mit dessen Hilfe Naradra die Kreaturen Lunærras besiegte und schließlich vertrieb«, führte Elwaran weiter aus und fuhr sich mit der Hand durchs rote Haar.

Dieses ganze Gespräch bereitete Mira Kopfschmerzen, sie stellte ihre Ellenbogen auf den Tisch auf und rieb sich die Schläfen. *Wir drehen uns wirklich im Kreis.* »Wir suchen vermutlich einfach in der falschen Abteilung«, sagte Mira verzweifelt.

»Du meinst, wir sollten lieber bei dem Geschichtsabteil suchen?«, fragte Elwaran.

»Oder der Alchemie oder den göttlichen Ereignissen«, bestätigte Mira.

»Es war für dich schwierig genug, hierzu Zutritt zu erlangen, denkst du, Limefrah wird dir mehr gewähren?«, fragte Elwaran.

»Ich hoffe es.« Mira stand auf und atmete stöhnend aus.

»Viel Glück«, wünschte Fendelin ungläubig.

Elwaran nickte ihr aufmunternd zu.

Mira ging den langen Gang zwischen den Regalen mit den scheinbar unzähligen Schriftrollen und Büchern entlang, bis diese sich auf zwei Reihen verjüngten. Einer der Bibliothekare bemerkte sie und trat an Mira heran.

»Wie kann ich Euch weiterhelfen?«, fragte der Elf.

»Ich möchte gerne andere Bereiche als die der Geologie erforschen.«

»Limefrah ließ Euch lediglich dieses Abteil nutzen.«

»Besteht vielleicht die Möglichkeit, dass sie meine Berechtigung ein wenig erweitert?«, fragte Mira demütig.

»Ich werde Euer Anliegen vortragen.«

»Nicht nötig«, zerschnitt die klare Stimme der Elbin die Luft. »Lass sie zu mir.«

Der Elf neigte das Haupt und schob den Vorhang zum Mittelteil zur

Seite.

Limefrah saß in einem Sessel, welcher mit rotem Stoff ausstaffiert war und vor dem großen Thron aufgestellt worden war. Ihre Füße lagen auf einem Hocker, während sie ein Buch in den Händen hielt, welches sie nun auf ihren Oberschenkeln ablegte. Neben ihr stand ein kleiner Beistelltisch mit einer Kanne und einer Tasse darauf. »Wenn du möchtest, kannst du dich gerne setzen, kleine Elfenbewahrerin«, sie deutete auf den Schemel, von dem sie soeben ihre Füße nahm.

Mira war verunsichert, diese Audienz war nun schon so vollkommen anders als ihre erste. Die Gesichtszüge der Elbin wirkten diesmal wesentlich weicher. Zaghaft setzte sich Mira auf den angebotenen Sitzplatz, hielt dabei ihren Blick gesenkt.

»Was ist dein Begehr?«, fragte Limefrah lächelnd.

»Altehrwürdige, ich möchte Euch bitten, uns weiteren Zugriff auf Wissen zu gewähren.«

»Ihr habt bisher nur einen verschwindend geringen Teil des ersten Bereiches erforscht. Eine Ausweitung eurer Befugnisse wäre gewiss voreilig.«

»Wir haben alle Listen, seien es ältere oder auch jüngere, durchforstet, doch nichts gefunden was dem, was wir suchen, nahekommt. Wisst Ihr, wir suchen nicht irgendeinen einfachen Stein, es könnte sein, dass er besonderen Ursprungs ist.«

Die Elbin nippte interessiert an ihrer Tasse. »Sprich weiter.«

»In den Sagen Neburs gibt es eine Überlieferung, in der ein großer Felsen entstand, mit dessen Hilfe eine gewaltige Schar an Feinden bezwungen werden konnte. Wir glauben, dass Fragmente dieses Steines jene sein könnten, die wir suchen.«

»Es ist die Geschichte Naradras. Ich bin mit dieser vertraut. Sie geschah zur Zeit des Aufbruchs. Als sich das zweite Mal die Heere Lunærras regten und Intêrra zu eigen machen wollten. Gewaltige Orkhorden verwüsteten damals weite Landstriche eurer Welt, bevor sie vernichtet werden konnten.«

»Habt Ihr davon Berichte?«

»Einen, überliefert von einem Zwerg, der an diesem Tag in der Nähe des Tales der Vernichtung weilte.«

»Nur einen? War dies kein Ereignis, welches Eurer Aufmerksamkeit bedurfte?«

»Du fragst viel, Menschenkind. Ein Elf oder Tauren würde dies nie wagen.« Ein Hauch von Missgunst schwang in ihrer Stimme mit.

»Ich möchte mich entschuldigen, es war nicht meine Absicht, meine Privilegien auszureizen.«

»Privilegien, die gegeben wurden, können ebenso schnell genommen werden.« Limefrah führte Daumen und Zeigefinger zusammen und schnippte einmal. Es wirkte anmutig und gleichzeitig machtvoll und Mira spürte förmlich, wie abhängig sie von der Elbin war, woraufhin sich ihre zusammengefalteten Hände ein wenig verkrampften.

Ein zartes Lächeln schob sich über die Mundwinkel Limefrahs. »Glücklicherweise empfinde ich dein Auftreten zuweilen erfrischend, drum will ich dir deine Fragen beantworten. Wir hatten zum Ausbruch des Krieges alle Wesen Solærras in die Heimat zurückbeordert. Erst nach zehn langen Nächten öffneten wir die Tore wieder.«

Erleichtert über die Antwort fragte Mira: »Ihr habt einhundertzwanzig Jahre gewartet?«

Die Elbin nickte.

»Und damit Euer Volk beschützt«, fuhr Mira weiter fort.

»Wie wir es immer tun.«

»Was erzählte dieser Zwerg?«

»Dass ein Meteor unmittelbar in der Nähe des Steines einschlug und so das lunærrische Heer schwächte, sodass die versammelten Streitkräfte Intêrras den Sieg davontragen konnten.«

»Naradra hatte also tatsächlich ebenfalls ein Heer aufgestellt?«

»Bestehend aus den Stämmen der Menschen und Zwerge, es waren wenige im Vergleich zu den Horden Lunærras und vermutlich hätten sie nie gewonnen, wenn der Komet nicht gewesen wäre.«

»Ein Komet?«

»Er schlug inmitten der Feinde ein und öffnete eine Bresche für die Naradra und ihr Gefolge.«

»Also war es keine Gabe, welche die Orks niederstreckte.«

»Das ist nicht zweifelsfrei geklärt, es wäre möglich, dass Naradra mehr tat. Doch eines ist gewiss, Intêrras Schar trug den Sieg davon und der große weiße Felsen verschwand.«

»Ist bekannt, wo genau sich die Schlacht zutrug?«

»Leider nicht, aber unseren Überlieferungen nach könnte eure Einschätzung richtig sein.« Limefrah fixierte Mira mit den Augen. »Taron ist vermutlich auf dem richtigen Weg. Die Frage ist nur, ob er den Felsen finden wird.«

»Ihr habt meinen Geist erforscht?«

»Dies war nicht nötig.«

»Aber…«, Mira brach verwirrt ab.

»Mein Blick reicht weit.« Die Augen der Elbin nahmen für einige Wimpernschläge einen olivfarbenen Ton an.

Die Veränderung war einnehmend und einschüchternd und ließ Mira auf ihrem Schemel zusammensinken. *Wozu mag sie noch im Stande sein?* Sie wollte es lieber nicht herausfinden und schüttelte den Kopf.

»In unserer Variante der Geschichte sandte Nebur den Stein. Wäre es daher wahrscheinlich, dass ähnliche nur auf Intêrra existieren?«

»Es wäre möglich, allerdings verbrauchte Nebur das meiste seiner Kraft bei der Weltenerschaffung. Es gibt nur eine Göttin, die weniger in der ersten Stunde beteiligt war.«

»Enura«, hauchte Mira.

»Genau diese vermuten wir.«

»Ihr steht nicht im Austausch mit den Göttern?«

»Sind das Gerüchte? Nein, wir Elben stehen mit ihnen schon seit dem Anbeginn der Zeit nicht mehr in Verbindung.«

»Es gibt noch so vieles, was wir nicht verstehen«, Mira seufzte. »Gibt es keine Möglichkeit, wie ich doch Zugang zu den anderen Archiven erhalten könnte?«

»Du möchtest deine Privilegien erweitern? Werde zuerst eine Meisterin in einem Gebiet, bevor du ein anderes studierst.«

Mira überlegte angestrengt. *Ich kann nicht ohne etwas zurückkehren,* dachte sie und rutschte dabei mit ihrem Hintern unruhig auf dem Hocker hin und her. »Vielleicht ist es zu vermessen, aber wäre es möglich, den Erfahrungsbericht von Eurer Variante der Geschichte des Aufbruchs zu erhalten?«

Die Augen Limefrahs durchbohrten Mira. »Du bist hartnäckig. Nun gut, ich lasse dir die Schriftrolle bringen.«

»Vielen Dank. Gibt es denn sonst andere göttliche oder magische Ereignisse in Verbindung mit Steinen?«

»Ich werde einen Bewahrer danach suchen lassen. Doch freien Zutritt kann ich dir nicht gewähren. Jedoch kann ich dir vielleicht anders helfen. Ihr sucht die Steine, um Magie zu weben?«

Mira nickte etwas verwirrt über die Frage.

»Du und deine Menschenfreunde hier in Varendul seid allesamt magiebegabt. Warum versucht ihr nicht eure von den Göttern gegebenen Fähigkeiten zu entfalten?«

Mira schüttelte sachte das Haupt. »Die ehrwürdige Srinares deutete so etwas an. Ihr vermutet ebenfalls, dass wir alle unsere Kräfte steigern können?«

»Ich weiß es. Seit der Zeit des Erwachens erforschen die Begabten meines Volkes ihre Magieformen und haben dabei unglaubliche Fortschritte erzielt.«

Euphorisch reckte Mira sich. Die Worte der Elbin wirkten wie ein Lichtschimmer am Ende des dunklen Tunnels der bisherigen Erfolglosigkeit. »Es wäre uns ein großes Privileg, wenn wir die Ergebnisse ihrer Arbeit erhalten könnten.«

»Ich werde dir ein Werk zu den Gaben und unsere Aufzeichnungen

bezüglich der Geschehnisse um Naradra zukommen lassen.«
»Ich vermag meine Dankbarkeit kaum in Worte zu fassen.« Mira
schloss die Augen und hob ihre geschlossenen Hände. »Eure
Hilfsbereitschaft offenbart Eure wahrhaftige Größe.«
»Du wirst eine meiner ersten Botschafter in Intêrra seit langem sein
und daher steht dir eine gewisse Sonderposition zu.«
Mira fühlte sich geehrt von diesem Titel, aber ebenso erdrückt. *Ich
eine Botschafterin.* Bei dem Gedanken stockte ihr kurz der Atem.
Limefrah lächelte süffisant. »Mein Kind, du darfst nun gehen.«
Mira stand auf, verbeugte sich erneut und begab sich wieder zu dem
Vorhang mit dem Zeichen der Geologie darauf. Der Bewahrer öffnete
ihn und entließ sie zu ihren Freunden.

Mira las zum zweiten Male die Schriftrolle mit der Geschichte des
Aufbruchs oder wie sie die Elfen nannten: *Die Entstehung der Gaben -
Ein Bericht von Rifelgar Goldhammer.* Sie hoffte irgendein weiteres
Detail zu erkennen, irgendetwas bisher überlesen zu haben, was sie auf
die richtige Fährte führen könnte, wo sich jene Steine, die sie suchten,
befinden könnten. Rifelgar Goldhammer hatte sich lediglich am Rande
der Schlacht befunden und nicht genau gesehen, was im Zentrum um
Naradra geschehen war. Er beschrieb jedoch, dass ein Lichtstrahl, einem
Meteor gleich, vom Himmel herniederging, wodurch die Horden
Lunærras geschwächt wurden und der Sieg errungen werden konnte.
Doch leider waren die Ortsangaben des Kampfes so ungenau, dass jenes
beschriebene Tal sich in nahezu jeder flachen Region Gonvalors oder
einem der anderen Reiche befinden konnte. *Wenn doch wenigstens die
Tore oder der Lichtschein näher beschrieben worden wären,
irgendetwas, das uns mehr Sicherheit geben könnte.* Doch in dem
Erfahrungsbericht stand nichts davon.
Einer der Bewahrer erschien an ihrem Tisch und legte ein weiteres
Buch vor ihr ab. »Mit Empfehlung der altehrwürdigen Limefrah.«
Mira sah von dem Bericht Rifelgar Goldhammers auf und las die
goldenen Lettern auf dem roten Einband des vor ihr abgelegten
Folianten: *Die Entfaltung arkaner Künste - Eine Zusammenfassung
begabter Minotauren.*
Ergriffen blickte Mira zu dem Elfen auf. »Vielen Dank.«
»Selten kommt es vor, dass dieses Werk herausgegeben wird. Selbst
den Tauren wird dieses Privileg meist erst nach Jahren der Aufopferung
im Hort gewährt. Seht es als enormen Vertrauensbeweis Limefrahs an,
dass sie Euch nach so kurzer Zeit bereits dieses Wissen gewährt.«
Mira nickte stumm, schob die Schriftrolle zur Seite und zog das Buch
zu sich heran. Ihre Hände zitterten leicht, als sie die erste Seite mit dem

Verzeichnis über die verschiedenen Gaben aufschlug. Sie wollte ihren Augen kaum trauen. Es gab Dutzende verschiedener Gaben. Sie reichten von dem Beherrschen der einzelnen Elemente über gesteigerte körperliche Fähigkeiten bis hin zu schon fast okkulten Kräften, deren Benennung allein ausreichte, um Mira einen Schauer über den Rücken zu jagen. Aber auch die Gaben des Gedankenlesens, der Selbstheilung und der Telekinese wurden angesprochen, lediglich über das Anziehen von Elementaren fand sie nichts in dem Buch. Eifrig las sie jedes der betreffenden Kapitel durch, in denen genau beschrieben stand, welche Formen die einzelnen Fähigkeiten annehmen konnten, wie man jene Fähigkeiten steigerte und seine Macht zu potenzieren vermochte. *Ich muss das Barvo, Ildrum und Lavina zeigen. Es ist einfach zu unglaublich.*

Sie schlug das Buch zu, sodass Fendelin, Elwaran und Gelador erschrocken von ihren Werken aufschauten.

»Entschuldigt mich, ich muss zu den anderen«, stammelte Mira, schob sich das Buch unter den Arm und eilte den Gang zum Ausgang entlang.

Fast dort angelangt, stellte sich einer der Bewahrer ihr in den Weg und hob geflissentlich die Hand. »Wo wollt Ihr denn so eilig hin, junge Botschafterin?«

»Nur zu unserer Unterkunft.«

»Mit einem der Werke des Hortes?«

Mira biss die Zähne zusammen. »Verzeiht, vor lauter Aufregung vergaß ich, dass keine der Schriften den Hort des Wissens verlassen darf.«

»Schon gut, mir ist nur zu gut bewusst, welche Wirkung einige unserer Werke entfalten können. Trotzdem muss ich Euch bitten, das Buch hierzulassen.«

Mira schüttelte kurz, über sich selbst verärgert, den Kopf. »Wäre es vielleicht möglich, etwas Papier und eine Feder zu erhalten, sodass ich ein paar Abschriften anfertigen kann?«

»Ich müsste dies mit der altehrwürdigen Limefrah absprechen, aber ich denke, dies sollte möglich sein.«

»Habt meinen Dank. Allerdings habe ich noch eine Frage, einer meiner Gefährten vermag es, Elementare anzulocken. Ich fand in dem Buch leider nichts zu diesem Thema. Habt Ihr vielleicht noch ein Werk, in dem aufgeführt wird, wie man jene Fertigkeit verbessert?«

»Nach Solærra hat sich meines Wissens noch kein Elementar verirrt, diese existieren lediglich auf Intêrra. Doch so wie sich Eure Beschreibung für mich anhört, gleicht die Fähigkeit Eures Freundes einer Art Beschwörung, eine Form der dunkleren Magie und gewiss keine, die es wert ist, weiterentwickelt zu werden.« Die Stimme des Bewahrers nahm mit jedem Wort an Schärfe zu.

»Oh, verzeiht«, raunte Mira etwas perplex.

»Allerdings findet Ihr in *Die Entfaltung arkaner Künste* ein Kapitel zu Beschwörungen und wie man jene zu unterdrücken vermag.«

»Ich danke Euch.« Mira neigte das Haupt und kehrte zu ihren Freunden zurück.

»Dieser Wälzer muss ja wahrlich ausgesprochen begeisternd sein«, gluckste Fendelin.

»Er könnte, so Taron die Steine nicht findet, der Schlüssel zu unserem Sieg sein«, offenbarte Mira den anderen und erntete damit ihre Aufmerksamkeit. »Das Buch enthält Anleitungen, wie wir unsere Fertigkeiten steigern können. Es ist beeindruckend und dabei scheint es so einfach zu sein.«

»Das ist fantastisch«, entgegnete Elwaran, doch seine starre Mimik verriet, dass soeben ein Schimmer der Hoffnung aus seiner Selbst am Entweichen war.

»Aber trotzdem denke ich, sollten wir weiter nach den Steinen suchen. Nach meinem Kenntnisstand dauert die Verfeinerung eurer Gaben vermutlich Jahre«, empfahl Gelador.

»Du hast vollkommen recht«, bestätigte Mira.

Der Bewahrer des Wissens erschien. »Limefrah gewährt Euch zu jenem Thema Abschriften zu verfassen«, sprach er gewissenhaft, legte einige Lagen Pergament und Schreibutensilien auf den Tisch und eilte wieder von dannen.

»Habt meinen Dank«, sprach Mira und machte sich sogleich daran, mehrere Stichpunkte zu den einzelnen Fähigkeiten ihrer Freunde zu dokumentieren. Es dauerte gefühlt eine halbe Ewigkeit, alles Wichtige zu notieren. Doch als sie fertig war, eilte sie sofort zum Hause Silareds und berichtete Ildrum, Barvo und Lavina von den neu gewonnenen Erkenntnissen und überreichte ihnen die Abschriften.

»Ich soll alleine mit der Kraft meiner Gedanken einen Felsen anheben können?«, stieß Lavina aus, nachdem sie ihr Pergament überflogen hatte.

»So stand es in dem Buch.«

»Das kann ich bei dir wenigstens noch glauben. Hier steht, dass ich mit der Kraft des Glaubens sogar andere heilen kann. Meinen die damit göttlichen Glauben?«

Mira nickte: »So stand es in der *Entfaltung der arkanen Künste.*«

»Nichts für ungut, aber für den Priesterkram hatte ich nie viel übrig«, brummelte Barvo und kratzte sich den Kopf.

»Immerhin seht ihr Potenzial. Ich hatte die leise Hoffnung, dass ich vielleicht die Elementare beherrschen kann, aber hier steht nur, wie ich diese Wesen vertreiben kann«, offenbarte Ildrum mürrisch.

»Die Elfen sehen das Beschwören von Wesen als eher dunklere Gabe an, aber ich glaube, wenn du das Vertreiben von Elementaren übst, könntest du damit vielleicht viel Gutes bewirken und zum Beispiel Unwetter und dergleichen abschwächen.«

»Das hört sich tatsächlich gut an, aber eigentlich wollte ich mir nach unserer Mission nur irgendwo ein kleines Häuschen bauen und in Ruhe und Frieden leben.«

»Ich kann deinen Wunsch nur zu gut nachvollziehen«, sagte Lavina und legte ihre Hand sanft auf Ildrums.

Die beiden lächelten einander an, was ein gewisses gegenseitiges Verständnis offenbarte.

»Ich denke, es wäre durchaus von Vorteil, wenn wir trotz aller Widrigkeiten versuchen würden, unsere Kräfte zu steigern. Bisher waren unsere Erfolge bezüglich der Steine wahrlich mäßig und ich glaube fast, dass wir, wenn überhaupt, auf Taron vertrauen müssen, was dies anbelangt. Doch sollte er scheitern, müssen wir letztendlich wohl auf unsere eigenen Kräfte vertrauen«, erklärte Mira.

»Du hast vollkommen recht, wir werden weiter trainieren«, pflichtete Lavina bei.

»Aber zuvor sollten wir erstmal etwas essen. Ich habe einen Schweinebraten gebacken, der nur darauf wartet, verspeist zu werden«, sagte Barvo strahlend.

Als hätten Fendelin, Gelador und Elwaran Barvos Worte gehört, klappte in jenem Moment die Tür, woraufhin die drei das Haus betraten.

Der Tisch war schnell gedeckt und obwohl dies schon der dritte Schweinebraten der letzten Woche war, aß Mira so gut wie lange nicht mehr, denn dieser Tag bot endlich schien ein leiser Schimmer der Hoffnung durch den dichten Nebel ihrer Suche zu dringen.

Seit der zweiten Unterredung mit Limefrah und der darauf folgenden Unterstützung durch die Hüter des Wissens war eine Woche vergangen. Eine weitere Woche des Durchstöberns unzähliger Bücher und Berichte, doch wollten sich einfach keine Hinweise auf das Kleinod aus Tarons Medaillon finden lassen. Mira und Gelador hatten sogar noch einmal ihr Glück bei den Gargoyls versucht, doch auch dies hatte keine weiteren Erkenntnisse gebracht.

Das hat doch alles keinen Sinn, dachte Mira und blickte kopfschüttelnd von dem Bericht eines Elfen auf, welcher vor mehreren hundert Jahren einen Ogersteinbruch im Norden Solærras inspiziert hatte, in dem die gewaltigen Wesen diverse Edelsteine fanden, mit denen sie einfach nichts anfangen konnten.

Sie schaute hinüber zu Elwaran und Fendelin, diese saßen über zwei dicken Wälzern der Steinkunde. »Wisst ihr, ich glaube, wir sollten aufbrechen.«

»Du meinst, wir sollten das Mittagsmahl einnehmen?«, fragte Elwaran. »Aber Mira, die Stunde Rylaks hat soeben erst begonnen.«

»Barvos Kochkünste sind jetzt nicht so berauschend, dass man sich ein früheres Mahl herbeisehnen müsste«, sagte Fendelin

»Er kann eigentlich nur Fleisch braten. Mit Gemüse hat er es nicht so, aber nein, das meine ich nicht. Lasst uns zurück nach Intêrra reisen. Wir kommen hier nicht weiter.«

»Vielleicht stehen wir ganz kurz vor dem Durchbruch«, wandte Gelador ein.

»Glaubst du wirklich daran?«, fragte Mira. »Ich denke, wir haben alles getan, um einen ähnlichen Stein zu lokalisieren. Man sollte einfach erkennen, wenn etwas keinen Sinn mehr hat. Vielleicht haben die Zwerge ja eher Kenntnisse von diesem Kleinod.«

»Und würden sie uns vermutlich liebend gerne für alle unsere Sternenstücke, unsere Pferde und unsere Waffen verkaufen«, gluckste Fendelin.

Mira musste kichern und handelte sich dafür einen bösen Blick eines ihnen nahe sitzenden Bewahrers ein.

»Du hast unseren gesamten Proviant und die Kleidung bei deiner Auflistung vergessen.« Elwaran bedachte die Saphirelfin mit einem Lächeln und schaute danach ernster zu Mira. »Ich glaube, du hast recht. Es ist frustrierend, du hast dich in den Dienst Limefrahs gestellt, damit wir einen Fortschritt erlangen. Doch scheint die Mühe fast vergebens zu sein.«

»Die Akkumulierung von Wissen ist nie vergebens«, erklärte Gelador geschwollen und legte ein dickes, in Leder gebundenes Buch auf dem Tisch ab. »Außerdem glaube ich wirklich, in *Die Spalten des Granits* etwas Brauchbares finden zu können.«

»Ja genau und vielleicht können wir auch aus den Spalten noch genug Sternenstaub für einen Stein zusammenfegen. Ich glaube, wir können mit Sicherheit sagen, dass dies nicht der Fall sein wird und die Steine nicht auf Solærra zu finden sind«, wandte Fendelin ein, woraufhin Gelador abschätzig den Kopf schüttelte.

»Vielleicht werden wir unsere erworbenen Kenntnisse irgendwann einmal brauchen. Mittlerweile könnte ich vermutlich sogar bei den Zwergen anheuern, um ihnen bei der Erkundung neuer Minen zu helfen. Aber Mira, ich gebe dir recht, wir haben hier getan, was wir tun konnten«, sprach Elwaran.

»Immerhin haben wir von der altehrwürdigen Limefrah einen Schlüssel zum Sieg über Esthîon Adar erhalten und für den zweiten bleibt uns wohl nur das Vertrauen in Taron«, bestätigte Gelador ihren Aufbruch etwas widerwillig.

»Ja, wir wissen, dass er auf dem richtigen Weg ist und so die Götter ihm wohlgesonnen sind, er die Steine bereits gefunden hat. Daher könnte er wie abgesprochen jeden Tag in Ijargheim auftauchen«, hoffte Mira und freute sich insgeheim, ihn endlich wiederzusehen.

»Und um dort hinzugelangen, müssen wir durch das Weltentor hier in Varendul«, sagte Fendelin und klappte den vor ihr liegenden Folianten zu.

Bei dem Gedanken erneut durch das Portal zu müssen, grummelte Miras Magen, während sie die Abschrift über die Ogerminen sorgsam einrollte. Gemeinsam räumten sie die Bücher und ihre Mitschriften zusammen und begaben sich zu dem großen Vorhang, wo sie bereits von einem der Bewahrer erwartet wurden.

»Wir werden abreisen und würden uns gerne von Limefrah verabschieden.«

»Die Altehrwürdige ist leider nicht zugegen. Ich werde ihr Euren Fortgang mitteilen und Euch, Mira, soll ich sagen, dass Ihr Nachricht erhalten werdet.« Der Elf deutete auf den Armreif an ihrem Handgelenk.

»Wir sind überaus dankbar, für Eure Gastfreundschaft, möge Rylak Euch auf Euren Wegen begleiten.« Mira neigte leicht ihr Haupt und fasste sich an die Brust, ebenso Fendelin, Elwaran und Gelador.

Der Elf erwiderte diese Geste.

Sie verließen den Hort des Wissens und irgendwie wusste Mira, dass der Abschied von Dauer sein würde. Sie gingen zum Hause Silareds. Der Anblick, der sich ihnen hier bot, war für Mira noch immer verstörend. Barvo saß mit freiem Oberkörper auf einem einfachen Holzstuhl in der Küche. Um seine Unterarme und seine Taille waren blutdurchtränkte Tücher gewickelt, während seine Oberarme von Schnitten übersät waren. Ildrum stand hinter ihm und hielt zwei von Lavinas Messern in den Händen. Erinnerungen an die Folterkammer Donnerhalls stiegen in Mira empor.

»Ihr seid schon wieder da«, sagte Barvo breit grinsend, was die gesamte Situation nur umso surrealer wirken ließ.

»Und ihr übt, aber bei den Dreizehn, warum denn nur in der Küche?«, fragte Fendelin.

»Ildrum hat gesagt, ich bekomme erst einen Happen des Bratens, wenn ich meine Heilung beeinflussen kann.«

Erst jetzt fiel Mira auf, dass Barvo mit dem Gesicht zum Herd saß, wo in einem großen Kochtopf das Essen vor sich hin schmorte.

»Und nun ja, wenn ich ihn sehe, motiviert es mich einfach etwas mehr.«

»Solange es funktioniert«, kicherte Mira.

Barvo wandte sich mit verzweifeltem Blick an seinen Schlächter.

»Ich glaube, der rechte Schnitt hat sich gerade einen Wimpernschlag schneller geschlossen als der linke.«

»Na dann lasst uns essen, ich hole schnell Lavina.« Barvo sprang vom Stuhl auf und rannte sogleich auf den Hinterhof, wo Lavina vermutlich soeben trainierte.

Gemeinsam deckten sie den Tisch, aßen den Krustenbraten ohne Gemüsebeilage und besprachen ihre Abreise von Solærra.

Am nächsten Tag verabschiedeten sie sich von ihrer Gastgeberin Silared und ritten zu dem Torhügel. Er war eine Plattform ähnlich jener bei Liriem, nur dass diese von einer breiten Doppelmauer umgeben war, welche mit großen runden Türmen gespickt war.

Nach einer ausgiebigen Kontrolle wurden sie eingelassen und schließlich zur fünften Stunde des Tages zu Ehren Neburs zusammen mit anderen Reisenden nach Intêrra geschickt. Diesmal betätigte ein Zwerg das Tor, welcher sich dafür die Hand aufschnitt und auf den Boden presste.

Der Übergang war verwirrend, die Übelkeit überkam Mira und sie war froh, auf Frühstück verzichtet zu haben.

Die Dunkelheit, die sie empfing, war erdrückend. Anstelle der wohligen Wärme trat eine ungewohnte, nasse Kälte, welche Mira an keinem Ort Solærras gespürt hatte. Jedoch schien die Luft um ein Vielfaches leichter zu sein, auch wenn sie etwas Muffiges an sich hatte. So abstoßend die ersten Eindrücke auch waren, hatte sie doch das Gefühl, ihrer Heimat weitaus näher zu sein, als sie es in Solærra je gewesen war.

Es dauerte, bis sich ihre Augen an das wenige Licht gewöhnten. Sie schaute zu ihren Kameraden.

Lavina und Ildrum schienen ebenfalls mit dem Passieren des Weltentores Probleme zu haben. Die Messerwerferin hielt mit einer Hand die Brust und der anderen den Knauf ihres Sattels, während Ildrums Gesicht so bleich geworden war, dass es trotz des schummrigen Lichts der Öllampen, welche von anderen Reisenden entzündet worden waren, deutlich zu erkennen war. Mira ließ ihren Blick weiter schweifen. In ihrem Rücken befand sich eine Höhlenwand, auf der schmale, funkelnde Linien zu verblassen schienen, während auf der anderen Seite eine halbkreisförmige Mauer aus dunklem Stein errichtet worden war.

Ein gewaltiges Konstrukt, auf dem Zwerge mit Fackeln patrouillierten und die Ankommenden mit finsteren Mienen musterten. Irgendjemand schrie:»Geht zum rechten Tor, macht euch für eine Inspektion bereit und öffnet all eure Taschen und präsentiert eure Güter.«

Sie setzten sich zum Tor hin in Bewegung.

Als sie an der Reihe waren, wurde jeder Einzelne von grimmig dreinblickenden Zwergenkriegern in blank polierten Rüstungen kontrolliert, besonders interessierten sie sich für die elfischen Klingen und für Geladors Rüstung. Brummend ließen die Zwerge sie weiter. Die Menge drängte einen Gang entlang, der von Öllampen gespickt war.

Mira missfiel die Enge sehr und am liebsten wäre sie schnell weiter geritten, diese Möglichkeit hatten sie nicht. Sie spürte bereits, wie sich ihr Herzschlag und ihre Atmung beschleunigten und der ölig rauchige Dunst ihre Kehle austrocknen ließ.

Nirgends gab es einen Fluchtweg und zu allem Überfluss schien der Gang noch schmaler zu werden. *Oder bilde ich mir das nur ein.*

Lavina ritt an ihre Seite.»Mira, geht es dir gut?«

Mira schüttelte den Kopf.»Ich muss hier bald raus.«

»Wir können hier auch etwas warten, bis der große Tross vorbeigezogen ist.«

»Nein, nein, bloß weiter«, stammelte sie und spürte sogleich eine Hand auf ihrer Schulter: Es war Barvo, der ihr aufmunternd zunickte.

»Es ist nicht mehr weit. Zumindest wenn das stimmt, was die Elfen da drüben erzählt haben«, erklärte der Feuerspucker.

Mira nickte, sie kontrollierte ihre Atmung und versuchte sich vorzustellen, wie der Raum sich immer mehr öffnete und sich ausdehnte, wodurch sich auch ihr Inneres ein wenig beruhigte.

Es dauerte tatsächlich nicht mehr lange, da gelangten sie an eine runde, höhere Halle, in deren Mitte Licht aus der Decke auf den Boden fiel. Die Trosse aus Wagen, Reitern und anderen Passanten verbanden sich hier, es herrschte dichtes Gedränge, welches sich im Gleichschritt um den leuchtenden Kegel herum bewegte. Vier Gänge gingen von dieser Höhle ab. Über dem einen stand das Wort - *Ijargheim* - in den Fels geschlagen. Diesen nahmen sie und zum Glück war der Gang etwas weniger mit Personen vollgestopft und ließ Raum zum Atmen.

Erst jetzt bemerkte Mira, dass an den Wänden einige Szenen in den Stein gemeißelt waren. Darunter Zwerge bei der Arbeit in ihren Zünften oder wie sie in die Schlacht zogen, auch wenn ihr nicht bewusst gewesen war, dass die Zwerge viele ausgefochten hatten. *Einige ihrer Darstellungen wirken so lebendig, dass man glauben könnte, man würde mit den Zwergen zusammen marschieren.*

Bald öffnete sich der Gang zu einer gewaltigen Höhle, in der verschiedene Arten Stalaktiten und Stalagmiten aus der Decke oder aus dem Boden wuchsen. Mira konnte aufgrund der Düsternis abseits des Weges kaum abschätzen, wie breit die Höhle tatsächlich war. Jedoch erhob sich am Ende des Weges eine sandfarbene Mauer wie der Unterkiefer eines Ungeheuers. *Dies muss Ijargheim sein, die Hauptstadt der Zwerge.* Aber was Mira dahinter sah, machte sie weitaus wehmütiger.

Es war lediglich ein zarter blauer Streifen am Firmament, der Himmel, aber es war nicht einfach nur irgendein Himmel, es war ihr Himmel, der Himmel Intêrras, welchen sie so oft in den Abendstunden im Kloster beobachtet hatte. Ein wohliges Gefühl breitete sich in ihrem Inneren aus, das Gefühl, angekommen zu sein.

Kapitel 23: Unter dem Zeichen Neburs

Im Elysium selbst begannen Götter, ihre Schöpfungen zu vergleichen und sich mit ihrer Genialität zu brüsten. Vers aus dem Buche der Dreizehn

Taron und Halvor kraxelten mit den Pferden im Schlepptau einen Felsen hinauf. Oben angelangt breitete sich vor ihnen ein braun und rot gesprenkelter Wald aus, der das gesamte Tal verschlungen zu haben schien. Es war bereits das dritte, welches sie in der Gegend ausmachen konnten. Für die Absuche der anderen beiden Täler hatten sie einen ganzen Tag gebraucht, wobei das eine tatsächlich einen vollkommen kreisrunden Krater hatte. Doch selbst dort vermochten sie keine weiteren magischen Steine zu finden und allmählich schwand die Hoffnung Tarons, ob sie doch auf der richtigen Fährte waren. Hingegen steigerte sich gleichzeitig die Angst vor den Schwadronen mit jedem weiteren Strich. *Sie könnten mittlerweile schon ganz in der Nähe sein.*

Er schüttelte den Gedanken ab und überblickte die Senke, welche wie ein gewaltiger Kessel wirkte. *Als hätte ein Gott mit der Faust die Erde eingedrückt.*

»Aber wo nur ist der Mittelpunkt?«, fragte er mehr zu sich selbst.

»Er ist von hier aus nicht zu erkennen.«

»Also bleibt uns nur die langwierige Suche.«

»Nebur wird uns den Weg leiten.«

Taron nickte lediglich. Jeden Tag betete er und bat die Götter um Beistand. Wie von selbst führte er die Arme mit den Handflächen nach oben, dem blauen, mit weißen Wolken versetzten Himmel entgegen, während sich sein Haupt senkte und die Lider schlossen. *Bitte lasst es dieses Tal sein und segnet unsere Suche.* Ein sanfter Windhauch streichelte Tarons Finger, sodass seine Handfläche kribbelte.

Langsam öffnete er die Augen und für einen Moment schien es ihm, als würde er am Rand des Felsens eine Person stehen sehen. Eine Frau mit langen, zu einem Zopf gebundenen Haaren mit Schild und Schwert. *Neburs Paladin, Naradra.* Nach einem Wimpernschlag war das Bild verschwunden. »Bei den Dreizehn, wir sind richtig«, flüsterte er.

Halvor sah zu ihm. »Dann lass uns die Steine finden.«

Sie führten ihre Pferde den Hügel hinab in den Wald hinein. Die Bäume standen weit auseinander und der Boden war von Laub bedeckt. Der Herbst hatte Einzug gehalten. Sie untersuchten jeden weißen Stein, jedes Schimmern, alles was irgendwie auf Magie hindeuten konnte.

Wobei Taron immer wieder ein eigenartiges Gefühl beschlich, dass ihn irgendetwas zurückdrängte, aufhielt und beobachtete. Das Unbehagen wollte sich einfach nicht abschütteln lassen. So suchten sie weiter, bis sie nicht einmal mehr wussten, wo sich die Himmelsrichtungen befanden und die Dämmerung alles in ein schummriges Licht tauchte.

Bei Nacht wird unsere Suche erst recht nicht von Erfolg gekrönt sein. »Das bringt alles nichts.« Taron setzte sich erschöpft auf einen Stamm und trank.

»Es war zu erwarten, dass es nicht ganz einfach wird.«

»Wenn die magischen Steine hier zur Zeit des Aufbruchs entstanden sind, könnten sie mittlerweile tief unter der Erde liegen.«

»Wir können kaum den gesamten Wald umgraben und die Bäume herausreißen.«

»Nein, das können wir nicht.« Taron nahm das Medaillon in seine Hand und betrachtete es. Der Anblick wirkte beruhigend. Er streckte seine Hand zu Halvor. »Nimm dies bitte. Ich möchte einmal anderweitig meine Fühler ausstrecken.«

Der Priester ergriff den Talisman und nickte bedächtig.

Taron schloss die Augen und die graue Meditationswelt begann Konturen anzunehmen. Es bedurfte eines hohen Maßes an Konzentration, um das Medaillon erscheinen zu lassen und obwohl sein Ziehvater nicht weit von ihm entfernt stand, leuchtete das Kleinod nicht mehr als eine Kerzenflamme in weiter Ferne. »Halvor, gehe bitte noch einige Schritte zurück.«

Sein Ziehvater erhöhte den Abstand. Das Glimmen nahm mehr und mehr ab. Bis es vollkommen verschwand.

Taron öffnete seine Augen. Halvor stand zehn Schritt weit von ihm entfernt.

»Sehr viel weiter vermag ich meinen Talisman nicht zu spüren.«

»Und ob deine Sicht den Boden durchdringen kann, weißt du auch nicht.«

»Wohl wahr.«

»Vielleicht sollten wir zur Mitte des Tales gehen und von dort aus in kleinen Kreisen unsere Suche von neuem beginnen«, schlug Halvor vor und überreichte Taron den Talisman.

»Das wird wohl das Beste sein. Allerdings wird die Nacht bald hereinbrechen, ich denke, wir sollten vorerst ein Lager aufschlagen.«

»Die Dunkelheit wird uns kaum eine Hilfe beim Finden der Steine sein.« Halvor blickte zu dem orangefarbenen Schattenspiel, welches sich in den Baumkronen hielt.

Sie breiteten ihre Decken aus, aßen gemeinsam, beteten und legten sich alsbald nieder. Taron tastete noch einmal seine Umgebung ab, doch konnte er nichts außer seinem Talisman feststellen und so schlief er schließlich ein.

Am nächsten Morgen erwachte Taron durch das Kreischen eines Schwertbussards. Der Morgentau hatte sich auf den Boden und auf ihre Decken gelegt und wirkte sehr belebend. Halvor schlief noch. *Heute gilt es, die Mitte des Tales zu finden. Leider ist dies einfacher gesagt als getan.* Taron sah sich um und versuchte festzustellen, in welche Richtung der Boden abfiel, doch war er uneben und hier und da durch dicke Wurzeln gewölbt, was seinen ersten Gedanken unmöglich machte. *Ich muss mir auf eine andere Weise einen Überblick verschaffen.*

Tarons Augen streiften die umstehenden Bäume ab. *Aus den Baumwipfeln heraus kann ich sicherlich besser erkennen, wo wir sind.* Taron ging zu einer alten Eisenesche, deren Krone in der Höhe nicht mehr zu erkennen war.

Er sprang zum ersten Ast, umschlang ihn mit seinen Armen und zog sich hoch. Stück für Stück stieg er den Baum empor.

»Taron, Taron, wo bist du?«, rief Halvor.

»Hier oben, ich wollte dich nicht wecken.«

»Was machst du denn da?«

»Nur schauen, wo wir sind.«

Halvor brummelte etwas, was Taron nicht verstand. Er blickte nach unten und konnte gerade so den Boden erkennen. Ihm wurde ein wenig schummrig und seine Hände verkrampften. *Ganz ruhig weiterklettern.*

Vorsichtig hangelte er weiter von Ast zu Ast, während der Stamm immer dünner wurde. Seine Hände und Beine fingen allmählich an zu zittern. Eine solche Belastung waren sie nicht gewohnt. Den Stamm umschlingend robbte Taron dem Himmel entgegen, jede breitere Astgabel nutzend, um einen Moment auszuruhen. Der Baum wurde schmaler und ein Blick durch das Geäst verriet ihm, dass er bereits höher als ein Großteil des Waldes war.

Ein atemberaubender Anblick offenbarte sich seiner. Die Morgensonne tauchte das bunte Blätterdach in ein frisches Gelb. Doch der Dunst der aufsteigenden Feuchtigkeit in Verbindung mit dem zarten Wind, der durch die Baumkronen glitt, ließ die Decke des Waldes mystisch wirken.

Hat je ein Mensch solch eine Schönheit erblickt? Nur wo ist die Mitte des Waldes? Es war schwer zu erkennen. Zu allen Seiten erhoben sich die Bäume. Etwas anderes zog seinen Blick förmlich an, etwas hinter der Waldgrenze auf einem Hügel. Sein Herz begann zu pumpen. Er kniff die Augen zusammen. Zwei schwarze Punkte, es waren Reiter.

Sofort griff eine allzu bekannte Unruhe nach ihm. *Die Schwadron, sie haben uns gefunden.*

»Taron, was siehst du?«, drang die Stimme Halvors dumpf an sein Ohr.

»Warte«, rief Taron hinab. »Ich komme gleich.«

Er schloss die Augen und zog tief Luft ein, öffnete sie wieder und ließ seinen Blick erneut im Kreis wandern. Er nahm die Entfernungen zu den Talausläufern wahr. Nördlich von seiner Position erhob sich ein Baum, der höher als die umliegenden wirkte und noch immer saftig grün zu sein schien. *Das könnte die Mitte sein und selbst wenn nicht, ist er ein guter Ausgangspunkt für unsere Suche.*

Er schaute erneut nach Süden. Die Reiter waren von dem Felsen verschwunden.

Hektisch kletterte Taron hinab. Fast unten angelangt fuhr ein Stechen durch seine linke Schulter, jener, die er sich beim Kampf gegen Orwenar verletzt hatte. Seine Hand sprang auf und sogleich fiel er der Erde entgegen. Er schrie, versuchte einen Ast zu fassen, glitt daran ab und knallte schließlich hart auf den Boden.

»Verdammt«, stöhnte er.

Halvor eilte an seine Seite. »Geht es dir gut?«

»Ja«, keuchte Taron und zerrte an dem Fleisch seiner linken Schulter, in der Hoffnung, die Pein damit herausreißen zu können.

»Hast du dich verletzt?« Halvor kniete und schob zaghaft den Ärmel der Tunika nach oben.

»Nein, meine Schulter hat nur gestreikt.« Taron setzte sich schnaufend auf. »Wir müssen schnell weiter.«

»Ach, deswegen hast du die Abkürzung genommen.«

Taron grinste schief. »Einige Reiter sind hierher unterwegs.«

»Die Schwadron.«

»Vermutlich.«

»Hast du die Mitte des Tales ausmachen können?«

»Wir müssen nach Norden, ein paar hundert Fuß zu einem Wartbaum.«

Halvor nickte und reichte seinem Ziehsohn einen Wasserschlauch. »Bleibe noch kurz sitzen, ich packe alles zusammen und dann reiten wir los.«

Das Stechen in der Schulter wurde allmählich erträglicher, doch blieb ein Pochen am rechten Rippenbogen zurück. *Alles in allem ist es nochmal ganz gut gegangen.*

Sie stiegen auf ihre Pferde und schlängelten sich den Weg durch die Bäume. Ein sanfter Nebel waberte zwischen den Stämmen hervor, der fast übernatürlich wirkte, mit ihm baute sich ein bedrückendes Gefühl in Tarons Magengrube auf, welches ihre Rösser ebenso zu spüren vermochten. Sie drangen zur Seite und stemmten sich gegen ihre Zügel. Beruhigend sprachen die beiden auf ihre Tiere ein und brachten sie wieder auf Kurs. Zweimal klappte dies, doch als der Nebel immer dichter wurde, schnaubte der Rappe, wieherte und schleuderte seinen Kopf mit weit aufgerissenen Augen abwehrend von einer auf die andere Seite.

»Ruhig, mein Guter«, sprach Halvor und tätschelte den Hals des Tieres. Der Rappe hielt am ganzen Körper zitternd inne. »Irgendetwas lässt die Pferde scheuen, irgendetwas Dunkles.«

»Ich spüre es auch, aber wir müssen weiter«, hauchte Taron. »Alles in mir sträubt sich dagegen.«

»Das verstehe ich, notfalls gehe ich alleine, ich glaube, wir sind ganz nah.«

»Nein, ich komme mit. Lass uns nur die Pferde anbinden.«

Taron nickte, stieg von Sternenwind ab und befestigte ihn zusammen mit dem Rappen an einem niedrig hängenden Ast.

Starr schaute Taron den vor ihm liegenden Weg entlang.

»Nun komm, lass uns die Steine finden«, sprach Halvor und berührte sanft Tarons Schulter.

Gemeinsam gingen sie der Mitte des Tales entgegen. Mit jedem Schritt wurde der Nebel undurchdringlicher und schien jedes Geräusch zu absorbieren, sodass Taron seinen Herzschlag in seiner Brust hämmern hörte. Helle, formlose Schleier begannen sich hier und da aufzubauen und gleich wieder zu zerfallen. In einem glaubte Taron, eine verzerrte Fratze zu erkennen. *Welch Schrecken ist das nur?*, dachte er, während eine grausame Kälte nach ihm griff. Eine neblige Kralle hatte sich um sein Bein geschlungen.

Er sprang zur Seite, als ein dunkles Grollen aus seinem Rücken an sein Ohr drang.

Er wandte sich dem Laut zu, konnte durch den Dunst jedoch nur einen schemenhaften Schatten erkennen, der dem eines riesigen Wolfes glich. Nach einem Wimpernschlag war dieser verschwunden. Sein Blick glitt weiter zu Halvor, der lediglich mit bleichem Gesicht den Kopf schüttelte.

Verzweifelt fasste sich Taron an den Kopf und atmete mehrfach ein und aus. *Es ist nur ein Nebel und nichts anderes.* »Wir sind ganz nah«, hauchte er und nickte seinem Ziehvater zu. Taron zog seinen Stab aus dem Rückenhalfter, das Holz zwischen seinen Fingern zu fühlen, gab ihm Kraft, doch das Zittern vermochte seine Waffe kaum zu lindern.

Zaghaft wateten sie weiter durch die Schwaden, welche nun immer wieder nach ihnen griffen und jedes Mal an ihrer Kleidung zerstäubten.

Schließlich türmte sich einer dieser Schleier direkt vor ihnen auf. Taron verharrte.

Eine menschenähnliche Gestalt formte sich aus dem weißen Dunst, zunächst waren nur Konturen zu erkennen, welche mit jedem Augenblick an Schärfe gewannen. Es war ein Mann, dessen rechte Kopfseite ein klaffender Spalt zierte, während sein Gesicht von reinster Pein gezeichnet war. Er steckte in zerrissenen Kleidern, unter denen ein Kettenhemd hervorlugte.

Was mag nur dieser Kreatur widerfahren sein? Bei dem Gedanken lief ihm eine eisige Kralle den Rücken hinab.

Immer mehr dieser Wesen stiegen aus den trüben Schwaden empor, nicht nur menschliche Gebilde, sondern auch Zwerge, Orks und Guhle. Ihre zerfetzten Rüstungen hingen schlaff an ihren geschundenen, verstümmelten Körpern.

Vollkommen erstarrt zog Taron scharf Luft ein, während sich seine Finger umso fester an das Holz seines Stabes klammerten. *Die letzten Überbleibsel der Schlacht.*

Schließlich begann sich der Mund des ersten Wesens zu bewegen. »Dies ist das Tal des Endes«, sprach er mit dunkler, rasselnder Stimme. »Geht oder es wird das Eure sein.«

Erschrocken trat Taron einen Schritt zurück und begab sich dabei in eine Verteidigungshaltung. »Wir suchen das Geschenk Enuras«, stammelte er.

Der Geist lachte verächtlich. »Enuras Geschenk.«

Sein Gelächter wurde von einigen der schleierhaften Wesen aufgenommen und hallte in tausenden tiefen Stimmen wider.

Taron fixierte den vor ihm Stehenden, dessen Züge ganz allmählich zu zerfallen schienen. »Der große von Enura gesandte Stein, er band eure Seelen an diesen Ort?«

Das Lachen verstummte.

»Nein und nun geht oder ihr werdet niemals wieder aus dem Nebel herausfinden und zu einem der Unsrigen.«

»Wir müssen zu dem Stein!«

»Nie ist es jemandem gelungen, zu ihm zu gelangen!«

»Nie? Und warum besitze ich dann einen Teil von ihm?« Taron zog den Talisman aus seiner Tunika hervor. Alleine ihn auf seiner Hand zu spüren, ließ seine Angst in den Hintergrund treten. Er sog ein wenig Magie ein, sodass der Stein zu leuchten begann.

Die Geister begannen zu kreischen und sich von ihm abzuwenden.

Der Redensführer wurde von den Strahlen durchbohrt und krümmte sich vor Schmerzen.

Taron ließ das Licht erlöschen. »Ich möchte euch nichts Böses, sondern nur einige dieser Steine.«

»Wir sind die Hüter, Unzählige sind gestorben, um an Enuras Fluch zu gelangen.«

»Und nun benötige ich diesen, um Unzählige zu befreien.«

Ungläubig schüttelte der Geist das Haupt. »Du vermagst seine Kraft zu nutzen.«

»Nicht nur ich.«

»Also könnte es sein.« Ein aus Nebel geformter Ork näherte sich humpelnd dem Redensführer und flüsterte ihm etwas ins Ohr. Dessen Blick ruhte weiterhin auf Taron.

»Ich hätte vermutlich die Macht, mir mit meiner Magie einen Weg durch euch hindurch zu bahnen, doch erscheint ihr mir ruhe- und rastlos zu sein. Was vermag ich zu tun, um euch zu befreien?«

»Brich den Bann Naradras, lass den Baum erstrahlen und werde selbst zum Wächter des Steines.«

»Den Baum erstrahlen lassen, wie schaffe ich das?«

»Wir sind die Hüter. Du beherrschst die Magie.«

Taron konnte mit der Aussage nichts anfangen und schüttelte den Kopf. »Ich werde es versuchen.«

»Vollbringst du es nicht, wird der Fluch sich deiner bemächtigen. Lasse den Baum erstrahlen und das Erwachen der Magier naht.«

»Das Erwachen der Magier«, erhob sich ein Chor aus verzerrten Stimmen, die ihm wie ein Sturm entgegenbrandeten. Die Worte wiederholten sich, wurden jedoch mit jedem Mal leiser und sanfter, während die Wesen sich aufzulösen begannen und in den Nebel übergingen und schließlich darin verschwanden. Der graue Dunst lichtete sich ein wenig und schließlich erkannte Taron in nicht einmal dreißig Schritt Entfernung den gewaltigen Stamm des Wartbaumes.

»Was waren das für Wesen?«, hauchte Halvor.

»Die Bewahrer des Steins. Ich glaube, Naradra schuf sie einst, damit nie wieder Krieg darum geführt wird.«

»Und du willst diesen Schutz wirklich zerstören?«

»Ich muss es tun.« Taron erreichte den Wartbaum. Es war ein Gigant, den vermutlich vier Männer alleine nicht umfassen konnten. Die unten hängenden Blätter waren saftig grün und größer als ein aufgeschlagenes Buch. Er sprühte eine unglaubliche Macht und Erhabenheit aus.

»Spürst du das auch?«, fragte Taron.

»Nebur hat seine Hand auf diesen Ort gelegt.« Halvor blickte zu Taron. »Obwohl eigentlich Enuras Werk hier im Vordergrund stehen müsste.«

»Vielleicht hat Nebur sich für ihre Anwesenheit mit diesem Koloss bedankt.«

»Oder wollte die Schmach, die sie hinterließ, verschleiern.«

»Gewiss ist nur, dass der Wartbaum mit allem, was bei dem Krieg geschah, in Verbindung steht. Siehst du irgendwo einen dieser Steine?« Taron kniete nieder und öffnete sein inneres Auge. Zuerst nahm er nur das Schimmern des Medaillons wahr, welches auf seiner Brust ruhte. Doch da war noch mehr direkt vor ihm. Der Wartbaum war von Magie durchdrungen. *Aber wie kann das sein? Ist der Stein vielleicht gar kein Stein, sondern ein Stück Holz?*

Taron nahm seinen Talisman und reichte ihn seinem Ziehvater. »Halvor, nimmst du bitte noch einmal das Medaillon?«

»Hast du etwas gespürt?«

»Vielleicht und ich habe eine Idee, wie man den Baum erstrahlen lassen könnte.« Taron trat an den Wartbaum heran und legte seine Hände darauf und versuchte, die Energie in sich aufzunehmen. Er schloss die Augen, krallte die Hände in den Stamm und atmete mehrfach tief ein und aus und wollte die Magie herauspressen. Sie blieb, wo sie war.

»Der Baum fühlt sich fast wie der Stein des Talismans an, aber ich vermag durch ihn keine Kraft aufzunehmen.«

»Was hat das zu bedeuten?«

»Ich weiß es nicht, aber könnte es nicht sein, dass die Steine gar keine Steine sind?« Taron blickte den Baum hinauf.

»Du kannst keinen Wartbaum beschädigen.«

»Vielleicht muss ich es tun.«

»Es ist das Zeichen Neburs. Willst du dir das aufbürden?« Halvor schaute grimmig drein und schüttelte energisch den Kopf.

Taron raufte sich die Haare. »Du hast ja recht. Doch gerade ist es die wahrscheinlichste Möglichkeit.«

»Bitte Taron, versuche etwas anderes.«

»Gut.« Er trat mehrere Fuß zurück und ließ seinem Gespür erneut freien Lauf. Der Wartbaum strahlte einem Feuer gleich wider die Finsternis. Er streifte weiter die Umgebung ab und drang anschließend in den Boden vor. Die Wurzeln breiteten sich weit unter ihm aus, aber da war noch mehr, viel mehr. Taron erkannte den Ursprung des Lichts. Er sank auf die Knie. »Ich habe es.« Taron löste seinen Stab aus der Halterung und begann zu graben. Wenige Handbreit unter sich stieß er auf eine Wurzel. Hastig schaufelten seine Hände Erde aus dem Loch, schoben sich unter das Holz und umschlossen etwas Glattes. Er zog es hervor, pustete den Dreck ab und zum Vorschein kam eine kleine weiße Kugel. Sie war nahezu identisch mit dem Stein des Medaillons.

Taron fiel überglücklich grinsend auf den Rücken und hielt den Stein dem Himmel entgegen.

»Du hast es geschafft.«

»Ja.« Taron rannte eine Freudenträne die Wange hinab.

»Sind da noch mehr?« Taron setzte sich hin.

LASSE DEN BAUM ERSTRAHLEN, hallten die tiefen Worte des Geistes in seinem Kopf. Kälte und Bedrückung drängten jegliches Glück sofort wieder zurück, während der Nebel sich wieder enger um sie schlang.

»Ich spüre noch mehr, aber zuerst muss ich dem Bann ein Ende setzen.«

Taron begab sich wieder zum Stamm. Seine Hände fuhren über die glatte Rinde. *Magie daraus zu ziehen, hatte keine Wirkung, aber wenn ich es vielleicht umkehre?* Er versuchte, die Magie der Umgebung in sich aufzunehmen, es war verschwindend wenig, alles um ihn schien verbraucht zu sein. Doch als er das Wenige an Magie in den Baum hineinfließen ließ, leuchtete er an jener Stelle auf. Gleichzeitig hatte er das Gefühl, auf eine imaginäre Wand zu stoßen. Eine Wand, die es einzureißen galt. *Doch dafür benötige ich einen Hammer.*

Taron trat einige Schritte von dem Baum zurück und nahm seinen Stab in beide Hände. Die Oberfläche war warm und prickelte ein wenig auf seiner Haut. Er sog erneut Magie ein, was nun, etwas weiter entfernt von dem Wahrzeichen Neburs, einfacher gelang. Er hielt die Kraft, ging wieder auf den Stamm zu und stieß seinen Stab dagegen und entlud seine Magie.

Das breite Ende seines Stabes und die Rinde des Wartbaumes begannen zu leuchten. Der Schimmer breitete sich über den gesamten Stamm aus. Tarons Energie versiegte allmählich und er hatte das Gefühl, es vollbracht zu haben und wollte den Stab zurückziehen, doch irgendetwas hielt seinen Körper versteinert.

Panisch wandte er sich zu Halvor. »Ich komme nicht mehr los.«

Ein Stich durchfuhr seine Brust.

»Was soll ich tun?« fragte der Priester und hastete an Tarons Seite.

»Reiße mich los.«

Halvor umschlang Tarons Körper, zerrte an ihm. Doch der Novize war zu einer Statue geworden.

Das Licht breitete sich über den gesamten Baum aus, während sich ein weißer Dunst um den Stamm bildete und sich langsam über Tarons Stab zu ihm schlängelte. Als der Schleier seine Finger erreichte, rollte eine Woge des Schmerzes über ihn hinweg, als würden tausende Nadeln seinen Körper durchbohren. Er schrie und krümmte sich, was die Fetzen nicht davon abhielt, sich weiter seine Arme hinaufzuarbeiten.

Halvor stand verzweifelt daneben.

Schließlich blitzte das breite Ende des Stabes auf. Taron wurde nach hinten geschleudert und eine Welle der Macht dehnte sich ringförmig in alle Himmelsrichtungen aus und fegte den Nebel davon, während der Wartbaum bis in die Baumkrone hinein strahlte.

Dieses Bild drängte jegliche Pein aus Tarons Körper, bewegungslos starrte er auf das von ihm geschaffene Wunder.

Halvor eilte an seine Seite. »Du hast es geschafft, geht es dir gut?«

Taron blickte vollkommen perplex auf seine verkrampften Hände. Dort, wo die wabernden Fetzen ihn berührt hatten, waren seine Glieder durchsichtig und taub geworden. »Naradra hatte dies so gewiss nicht vorgesehen.« Verstört ballte er die Finger zu Fäusten, woraufhin das Gefühl prickelnd zurückkehrte und sie wieder an Festigkeit gewannen. »Ich glaube, mir geht es gut.«

»Du hast fast deine Hände verloren.«

»Was sind schon ein paar Hände für die Befreiung Gonvalors. Nun lass uns die Steine holen und von hier verschwinden.« Tarons Gliedmaßen hatten sich vollends manifestiert, so rappelte er sich auf.

Das Leuchten des Baumes verblasste bereits, der Nebel um sie war vertrieben und das Licht der Sonne brach bis zum feuchten Waldboden hindurch.

So schloss er die Augen und erspähte die einzelnen Kleinode, die im Erdboden verborgen lagen.

Gemeinsam gruben sie noch vier weitere der kleinen weiß glänzenden Kiesel aus und verstauten sie in Tarons Geldbeutel.

»Wir haben sie.«

»Dann auf nach Ijargheim.«

Sie verscharrten die Löcher und legten Laub darüber.

Ein warnendes Schnauben ertönte. *Sternenwind.* Taron blickte sich um und konnte nichts Ungewöhnliches um sich herum entdecken. *Die dunklen Reiter haben das Leuchten gewiss gesehen.*

Taron vollführte eine auffordernde Geste zu seinem Ziehvater, woraufhin die beiden zu ihren Reittieren zurückspurteten. Bei den Pferden angelangt ertönte ein Wiehern, es kam nicht von ihren Pferden, war aber auch nicht weit entfernt.

Gebannt blickte Taron in die Richtung, aus der der Laut kam, konnte jedoch niemanden entdecken. Er nahm Sternenwinds Zügel und pirschte dicht gefolgt von Halvor und seinem Pferd durch den Wald.

Sternenwind war leichtfüßig und schien zu merken, dass Ruhe angebracht war, während es Taron vorkam, als würde der Rappe aus Rache für seinen Diebstahl auf jeden Stock, der am Boden lag, trampeln. *Wenigstens ist er sonst still.*

Sie blieben nicht stehen und erreichten bald die Waldgrenze.

Erleichtert stiegen sie auf die Pferde und verfielen sogleich in einen harten Galopp. Sie hatten sich keine zweihundert Schritte entfernt, da brachen die Verfolger aus dem Unterholz hervor. Taron schaute zurück. Mindestens zwanzig Berittene stürmten ihnen laut schreiend hinterher. Taron trieb die Stiefel in die Flanken Sternenwinds, der sein Tempo noch einmal erhöhte. Er wandte sich erneut zurück. Halvor war bereits mehrere Schritt hinter ihm. »Komm, schneller!«, rief Taron.

Halvor schlug seinem Pferd in die Flanke. Das Weiß in den Augen des Rappen trat zum Vorschein. Er wurde einfach kaum schneller.

Sie ritten einen Viertel Strich, ihre Jäger ließen sich nicht abschütteln. Den Wald hatten sie mittlerweile weit hinter sich gelassen, stattdessen offenbarte sich ihnen nun eine weite Ebene. Plötzlich erschienen in einigen Meilen Entfernung mehr als zehn gelbe Punkte auf weißen Pferden.

Das müssen die Grenztruppen Xonanons sein. Taron lächelte und drehte sich zu Halvor um. »Das ist unsere Rettung.«

Sie steuerten bis auf etwa zweihundert Schritt auf die Entgegenkommenden zu, dann schwenkte Taron gegen Norden. *Mit etwas Glück zerhacken sie sich gegenseitig.*

Die Kommandanten beider Einheiten schrien einander an. Taron verstand nicht was gerufen wurde, aber die Stimme des Geschwaderführers erkannte er sofort. Weldur Burak.

Erschrocken schaute er erneut zurück. Die Verbände schlossen sich zusammen und nahmen gemeinsam die Verfolgung auf. Jegliche Hoffnung zerfiel zu Staub. *Sind Gonvalor und Xonanon doch verbündet? Wie kann das sein?*, dachte der Novize ungläubig.

Halvors Blick fing den seinen ein. Er war von Bedauern gezeichnet.

Taron ahnte, was sein Ziehvater vorhatte.

»Mein Junge, reite weiter!«, schrie Halvor.

»Nein, wir entkommen zusammen.«

»Suche in Donnerhall Hohepriester Noreldin auf. Er wird dich unterstützen.«

»Nein, ich stelle mich ihnen. Du kannst es nicht mit ihnen aufnehmen!«

Die Reiter waren keine einhundert Schritt mehr entfernt.

»Ich weiß.« Halvor holte mit seinem Stab aus und traf das Hinterteil Sternenwinds, während der Priester seinen Rappen wendete.

Der Schimmel wieherte schmerzerfüllt und preschte noch schneller voran. Taron riss an den Zügeln, seine Beine eng zusammengepresst. »Halt!«, rief er. Es dauerte, bis das Elfenpferd wieder zur Ruhe kam. Sie waren mehr als vier Dutzend Schritt von Halvor entfernt. Sein Ziehvater war von der Hälfte der gonvalorischen Kavallerie umringt. Er wehrte sich nicht.

Die restlichen Reiter folgten ihm.

Taron griff nach seinem Medaillon, atmete tief die kühle Luft zusammen mit einer Unmenge an Magie ein und warf seine glühende Faust den Angreifern entgegen. Eine Welle der Macht hüllte die Reiter ein.

Siegessicher schlug er die Fersen in die Flanken seines Pferdes, da durchstach ein Schatten den Lichtbogen und fraß sich hindurch wie ein alles verzehrendes Ungeheuer.

Sternenwind erstarrte.

Weldur hatte Tarons Macht abgewehrt und ritt weiter, als wäre die Kraft nicht mehr als ein laues Lüftchen. Die restlichen Pferde waren zu Boden gegangen, doch die gonvalorischen Krieger standen wieder auf und folgten ihrem General. Lediglich bei den xonanonischen Kämpfern zeigte seine Magie Wirkung.

Welch dunkle Kräfte beherrschen sie nur, um meinen zu widerstehen?, dachte Taron verzweifelt.

Der Berater des Königs hielt in einigen Schritten Entfernung. Er trug eine Rüstung mit dunklen, verschnörkelten Strukturen und einen pechschwarzen Schild.

Die Angst griff nach Tarons Herzen, während sich ein bitterer Geschmack in seinem Mund ausbreitete. *Er darf Halvor nicht bekommen. Ich muss ihn zurückholen.* Taron nahm erneut Magie auf, streckte seine linke Faust nach vorne und schleuderte einen weiteren Strahl auf den General, kurz bevor der Angriff traf, öffnete er seine Hand. Der magische Angriff splitterte in viele kleinere auf, beschrieb einen Bogen um den schwarzen Schild Weldurs.

Grausam grinsend hob der General seine Schutzwaffe und fing ein paar der Splitter ab, welche wie Wasser von einem Schwamm aufgesogen wurden. Andere trafen die Rüstung und einer sogar sein Pferd, doch alle verpufften wirkungslos.

»Taron flieh, flieh um…«, ein dumpfer Schlag beendete den Ruf Halvors, der daraufhin in sich zusammensackte.

Machtlosigkeit und Zorn regten sich in Taron und ließen Sternenwind aufgeregt zurücktänzeln. Doch lenkte er seine Gedanken zurück auf den Feind. *Er hat mehr als nur eine magische Fähigkeit. Nur wie vermag ich ihn zu bezwingen?*

»Das hat beim ersten Mal nicht funktioniert und wird es auch jetzt nicht«, lachte Burak.

Die verbliebenen Krieger waren auf Weldurs Höhe angelangt, ein Teil von ihnen zielte mit gespannten Bögen auf Taron, während die restlichen sie mit schwarzen Schilden schützten.

»Gebt Halvor frei und lasst uns gehen«, forderte Taron mit zitternder Stimme.

»Das werde ich, sobald du mir sagst, wo ich deine Freunde finde.«

Taron spürte die Anwesenheit Weldurs in seinem Kopf. *Auf diese Entfernung sollte seine Kraft nicht funktionieren.* »Niemals!«, schrie er.

»Überlege es dir gut«, Weldur hob die freie Hand.

Tarons Augen verdunkelten sich. Bilder schossen durch seinen Kopf. Halvor befand sich in einem dunklen Kerker und um ihm herum hingen Folterwerkzeuge. Sein Ziehvater war bewusstlos. Blut floss aus seinem Mundwinkel hinab. Ein Ohr und ein Finger fehlten ihm.

»Verschwindet aus meinem Kopf!« Taron keuchte, während sich sein Brustkorb verkrampfte. Weldur zog sich zurück. *Seine Fähigkeit ist unglaublich.*

Taron nahm die Krieger vor sich wieder wahr. »Was war das?«

»Ein Blick in die Zukunft.«

»Das habt Ihr mit ihm vor?«

»Vielleicht, doch du kannst es abwenden.«

»Wie?«

»Komme mit deinen Freunden und hole ihn.« Weldur grinste breit.

»Ich werde sie nicht Eurer Willkür aussetzen.«

»Dann ist Halvor des Todes, aber sei gewiss, dass er vorher unfassbare Qualen erleiden wird.«

Tarons Verzweiflung stieg ins Unermessliche. Tränen traten in seine Augen und er fletschte die Zähne. »Ihr seid Monster.«

»Wir sind die Beschützer Gonvalors. Denke darüber nach, ich gebe dir Zeit bis zu den Tagen der Stille, wenn du und deine Freunde sich bis dahin nicht in Donnerhall ausliefern, wirst du Halvor nie wieder sehen.«

»Drumar soll Eure Seele verfluchen!«

Weldur lachte und wendete sein Pferd. »Keiner der Götter hat Macht über mich!« Seine Männer zogen sich ebenfalls zurück.

Taron verharrte. *Was soll ich nur tun? Sie haben einen Weg gefunden, meine Magie zu neutralisieren.* Er schaute auf seinen Stab hinab. *Habe ich mir vielleicht zu viel Zeit gelassen?*

Die auf dem Boden liegenden Pferde und die Xonanonkrieger kamen wieder auf die Beine, während Weldur bei Halvor anlangte. Die Truppenverbände vereinten sich, ritten gegen Gonvalor und verschwanden schließlich.

Taron blieb entmutigt und frustriert zurück. Sein Gesicht war mit Tränen überflutet. »Warum?«, schrie er dem Elysium entgegen. »Warum tut ihr ihm das an?«

Die Götter wollten ihm nicht antworten und das erste Mal in seinem Leben verfluchte Taron sie dafür.

Er schüttelte den Kopf. *Ich muss Halvor zurückholen.* Die Hand griff an seinen Geldbeutel zu den Steinen. *Und damit wird es gelingen.* Taron wendete Sternenwind und ritt Ijargheim, der Stadt der Zwerge, und seinen Freunden entgegen.

Kapitel 24: Das Verhör der Schande

Unmut und Zwietracht zündelte zwischen den Göttern und entflammte zu einem wahrhaftigen Streit, welchen sogar ihre Kinder in den drei Welten zu spüren vermochten. Vers aus dem Buche der Dreizehn

Halvor erwachte am siebten Tag nach seiner Gefangennahme auf einem Bauernhof, dessen Eigentümer ihn nach einer kurzen Unterredung mit Weldur nur allzu bereitwillig für die Nacht überlassen hatte. Die Sonne war noch nicht vollends über den Ställen aufgegangen, lediglich der First des Reetdaches wurde in ein zartes Orange getaucht. Die Schwadronenkrieger tummelten sich bereits auf dem Hof und sattelten die Pferde, während die Kühe und Schweine die unterschiedlichsten gutturalen Laute von sich gaben und mit der Aufregung am Morgen nicht einverstanden zu sein schienen.

Die Reiter Xonanons, mit denen sich die gonvalorischen Krieger bei der Verfolgung verbündet hatten, waren in ihrem Reich geblieben. Doch auch ohne diese Unterstützung war für keinen Augenblick an eine Flucht zu denken.

Des Priesters Hände waren hinter seinem Rücken um einen Pfeiler am Rande der Scheune gefesselt. Jede Stelle seines Körpers schmerzte auf eine andere Weise. Schulter, Arme und Rücken waren verspannt, sein Hintern wundgeritten und die Muskeln in seinen Beinen verhärtet. *Sie foltern mich nicht körperlich, aber was sie mir antun, ist mindestens genauso schlimm.* All die Leiden wurden von den Hämmern in seinem Kopf noch überdeckt. Am gestrigen Abend hatte Weldur Burak erneut versucht, durch seine Gedankenbarriere zu gelangen, zum Glück ohne Erfolg. Sogleich spürte Halvor wieder eine Präsenz in seinem Hirn. *Was für eine wundervolle Morgenbegrüßung.* Halvor schaute sich um und sah den General an einem Brunnen sitzen und genüsslich einen Apfel essen. Ihre Blicke trafen sich.

»Beginnt Euer Spiel von neuem?«

»Von heute an jeden Tag, bis ich all Eure Geheimnisse erfahren habe.«

Alleine diese falsch grinsende, glatzköpfige Gestalt zu erblicken, widerte Halvor zutiefst an. Bisher hatte Weldur lediglich erfahren, dass Taron einige dieser weißen Steine bei dem Wartbaum gefunden hatte und hasste sich dafür, dass er es ihm preisgeben musste. *Es war einfach zu wenig Zeit gewesen, um einen Schutz darum zu weben.* Eine Abteilung hatte sich nach der Erkenntnis ebenfalls in den Wald begeben, was sie dort genau wollten, hatte Halvor nicht erfahren, sich jedoch denken können.

»Ich werde bis zu meinem Ende standhalten.«

»Das werden wir noch sehen«, Weldur stand auf und begab sich zu Halvor und kniete nieder, wobei dessen Glieder knackten. »Stein für Stein werde ich Euren Schutzwall einreißen.«

Halvor spürte einen stärker werdenden Druck in seinem Kopf. Er biss die Zähne zusammen und trotzte dem Blick seines Widersachers. *Ich bleibe standhaft, einer Mauer aus Granit gleich.* Seine Augen begannen zu tränen und schließlich musste er sich von ihm abwenden. Die Präsenz blieb bestehen. Sie tobte und wirbelte Erinnerungen und Gefühle in einer Flut von Schmerzen durcheinander.

Halvor versuchte, sich in eine Meditation zu flüchten, versuchte, seine Atmung zu kontrollieren und sich auf den Gleichklang zu konzentrieren.

Schließlich zog sich Weldur aus seinem Geist zurück, nur um kurz darauf noch heftiger wieder zurückzukehren. Halvor stöhnte und wollte zu seinem Schädel greifen, seine Fesseln hielten ihn zurück.

»Ah, ich sehe Ihr habt einige engere Vertraute unter den Neburpriestern, doch scheinen sie sich nicht im Klostertempel zu befinden. Was für einen Plan heckt ihr aus?«

»Keinen«, zischte Halvor.

»Schon gut, ich werde es herausfinden, auch wenn ich Euren Geist dafür schmelzen muss.«

Ein Krieger trat an Weldur heran. »General, wenn ich stören darf.«

Der Befehlshaber vollführte eine auffordernde Handbewegung, ohne von seinem Opfer aufzuschauen.

»Einer unserer Späher ist zurückgekehrt. Die Straße, welche zur Brücke von Aregar führt, ist wieder passierbar. Wenn wir diesen Weg nehmen, können wir heute Abend in Donnerhall sein.«

»Dann bereitet unsere Abreise vor.«

»Jawohl.«

»Euch gönne ich nochmal eine Pause, in der Ihr darüber nachdenken könnt, was eine Kooperation für Vorteile mit sich bringen könnte.«

Weldurs Bewusstsein zog sich aus Halvors zurück, was sich anfühlte, als würde er aus unergründlichen Tiefen an der Wasseroberfläche auftauchen. Er lehnte sich zurück und veratmete die letzten zuckenden Schmerzen, bevor einer seiner Bewacher mit einer Kelle kam und ihn trinken ließ.

Dann wurden seine Fesseln gelöst und wieder am Pferd befestigt. Sie ritten weiter gegen Westen dem großen Beledon entgegen.

Der Ritt war grausam. Die Schnüre an seinen Handgelenken lösten den Schorf, der sich seit dem Vortag gebildet hatte und rieben sich weiter dem Knochen entgegen. *Ich sollte dankbar sein, dass ich dafür meinen restlichen Körper nicht mehr spüre.*

Halvor versuchte sich in Trance zu versetzen und seinem Körper zu entfliehen, wie er es bereits die letzten Tage getan hatte. Bisher gelang es mehr schlecht als recht.

Die Striche vergingen und am Abend, als bereits Wuldro, der größere der beiden Monde, am wolkenfreien Himmel zu sehen war, erreichten sie die Hauptstadt Donnerhall. Das Tor war bereits geschlossen.

Ein Hornsignal erklang, welches Halvors Herz zusammenschrecken ließ. Die Reiter verringerten kaum merklich ihre Geschwindigkeit. Sie durchquerten das Haupttor und drangen auf einer gepflasterten Straße der Festung entgegen. Menschen sprangen an den Straßenrand und grüßten die Schwadron. *Sie sind hier tatsächlich gerne gesehen. Wenn die Menschen nur wüssten, wozu diese Krieger im Stande sind.*

Sie erreichten den Königssitz und zügelten ihre Tiere schließlich auf dem Innenhof. Halvor sank im Sattel zusammen, während seine Hände den Knauf umklammerten.

»Gute Arbeit Männer, bringt den Gefangenen in den Kerker und gebt König Esthîon Bescheid, dass wir da sind und ich ihn sprechen möchte. Nachdem ihr das erledigt habt, seid ihr für heute entlassen.«

»Es ist nicht nötig, nach mir zu schicken«, erklang die Stimme des Königs. Halvor sah zu dem Mann, der im großen Portal des Hauptgebäudes der Burg stand. »Was habt Ihr mir mitzuteilen, General?«

Weldur saß von seinem Schlachtross ab, verbeugte sich vor Esthîon, welcher eine schwarze Tunika mit dunkelblauer Bordüre trug. Sie wechselten ein paar Worte und begaben sich ins Innere der Festung.

Halvor wurde indessen grob von seinem Pferd gebunden und durch eine hölzerne Tür eine Wendeltreppe hinab geführt. Er befand sich in einem Raum mit zwei Gittern rechts und links des Ganges. Eine grauhaarige, hagere Gestalt mit eingefallenen Gesichtszügen und traurigen Augen stand in der Mitte des Ganges.

»Kerkermeister, Ihr bekommt Kundschaft«, offenbarte einer der Schwadronenkrieger

»Gut«, hauchte dieser. »Was soll mit ihm geschehen?«

»Er soll verhört werden«, antwortete der zweite Soldat.

»Dann setzt ihn auf den Stuhl und fesselt seine Hände an den Tisch. Braucht er was zu essen?«, fragte der Aufseher und deutete mit seinen krallenartigen Fingern in den hinteren Teil des Kerkers.

»Frühestens, wenn Weldur mit ihm fertig ist.«

»Verstanden.«

Halvor wurde auf einen Schemel gestoßen, welcher am hinteren Ende des Raumes stand und seine Unterarme in eiserne Handfesseln gelegt, die mit der Tischplatte verbunden waren. Die beiden Krieger verschwanden wieder und Halvor blieb ein Moment, um sich umzuschauen. An den Wänden hingen die unterschiedlichsten Folterwerkzeuge und darunter auch das nur allzu verhasste Brandzeichen mit den nach außen gerichteten Klammern.

»Du bist ein Priester, oder?«

Halvor nickte nur.

»Braucht Eure Göttlichkeit etwas zu trinken?«

»Ja«, raunte Halvor.

Der Kerkermeister trat zu einer Ecke des Raumes und nahm eine Schale mit Wasser vom Boden und hielt sie Halvor an den Mund. Er trank und spie es hustend wieder aus. Es schmeckte ranzig und abgestanden. *Was soll das sein?*

»Ist es nicht gut? Also, dem Köter vom Stallmeister hatte es geschmeckt, vor drei Wochen. Könnte natürlich sein, dass ein paar Ratten reingepisst haben«, kicherte der Mann, strich sich durchs fettige, strähnige graue Haar und stellte die Schale auf dem Tisch ab.

Diese Demütigung schmerzte Halvor mehr als alles, was er die letzten Tage erdulden musste und spürte nun das erste Mal Hass in sich aufkeimen. *Nebur, womit habe ich das verdient?*, fragte sich Halvor, auch wenn er die Antwort bereits kannte. *Damit ich stärker werde.*

»Eure Priesterschaft findet das wohl nicht lustig. Man mag es kaum glauben, aber in diesen Gemäuern ist der Schelm allgegenwärtig.«

Halvor schaute den Kerkermeister so teilnahmslos wie möglich an und versuchte, seine Emotionen zu verbergen, auch wenn er ihm nur zu gerne eine ordentliche Tracht Prügel verpasst hätte.

Eine Tür wurde geöffnet und wieder geschlossen und dann erschienen General Weldur und König Esthîon in seinem Blickfeld.

Eine schwarze eitrige Narbe zierte des Königs Wange und gab seinem Antlitz etwas Verrücktes. Ein Detail, welches ihm auf dem Burghof entgangen war. Das Grauen vor dem Kommenden ließ seine Hände verkrampfen. *Können sie mir nicht ein wenig Ruhe gönnen?*

»Kerkermeister, ich hoffe, du hast deinen Gast gut behandelt«, sprach Esthîon steif.

»Selbstverständlich, wir haben gerade ein wenig gescherzt.«

»Nun denn, zieh dich zurück, wenn wir fertig sind, rufen wir dich.«

»Jawohl, mein König.« Er verbeugte sich mehrfach und verschwand die Treppe hinauf.

Esthîon nickte Weldur zu.

»Priester Halvor, Ihr wisst, wo wir das letzte Mal aufgehört haben?«, fragte der General.

Halvor spürte sogleich die Präsenz in seinem Kopf. Taron hatte ihm erzählt, dass Weldur seinen Schädel gegriffen hatte, um an Informationen zu gelangen. Dieses Vorgehen kam bisher noch nicht zur Anwendung.

Doch fühlte Halvor leider viel zu genau, wie Stück für Stück seiner Barriere weiter abgetragen wurde und zersplitternde Kopfschmerzen auslöste, die ihm Tränen in die Augen trieben. Die Prozedur dauerte, wie lange konnte Halvor unmöglich sagen, doch es fühlte sich wie Striche an. Als sein Schädel zu zerspringen schien, begann sich die Pein weiter auszubreiten, wanderte seinen Hals hinab und schnitt ihm die Luft ab. Krampfhaft rangen seine Lungen nach Sauerstoff, während das Gefühl zu ersticken unerträglich wurde.

»Wie lange bearbeitest du seinen Geist bereits so?«, fragte König Esthîon, doch seine Worte schienen aus einer anderen Welt zu kommen.

»Seitdem wir ihn gefangen genommen haben. Allerdings so wie jetzt das erste Mal.«

»Lass ihm kurz eine Pause.«

Die Präsenz verflüchtigte sich aus Halvors Geist. Gierig atmete er ein und lehnte sich im Stuhl zurück. *Wenn Weldur so weitermacht, zerreißt er noch meine Seele. Wie nur hatte Taron diese Prozedur ertragen?*

»Halvor, Ihr seid ein guter Priester, da bin ich mir vollkommen sicher«, sprach Esthîon versöhnlich.» Wir wollen Euren Verstand nicht beschädigen. Bitte sagt uns, was Ihr vorhabt.«

»Ihr habt doch sogar schon die Steine. Ich habe keine weiteren Informationen«, presste Halvor hervor.

Esthîon schaute fragend zu Weldur, welcher lediglich mit den Schultern zuckte.

»Wir beide wissen, dass dies nicht stimmt«, erklärte der König.

»Bitte«, keuchte er mit bebender Stimme.

»Wo sind Tarons Gefährten?«

Halvor schüttelte den Kopf.

»Sehr schade, dass Ihr nicht sprechen wollt. Weldur, besorgt mir Informationen mit allen Mitteln.«

»Es könnte Schäden verursachen.«

»Tut es.«

Weldurs Arm peitschte nach vorne und umklammerte seinen Kopf, während ein gigantischer Rammbock gegen seine innere Barriere knallte. Trotz der reißerischen Schmerzen, welche ihn die Zähne zusammenbeißen ließ, hielt er dem Blick des Generals stand. Es war ihm, als würden die Pupillen seines Peinigers sich bewegen, sich stetig verändern und keine Konturen annehmen zu wollen. *Was ist das? Spielt er mit meinen Gedanken?* Das Schwarz weitete sich, es schien an ihm zu zerren und ihn aufsaugen zu wollen. Halvor fiel in ein bodenloses Nichts, welches absurderweise zu leben schien. Das Ergebnis war Panik. Die Luft schien erneut seinen Lungen zu entweichen. Er krümmte sich zusammen und griff sich zum Hals, doch die Fesseln hielten seine Hände gefangen. Er fühlte, wie das Leben aus ihm wich und gegen jeden Widerstand seine Augen sich schlossen.

In der entstandenen Finsternis drang eine weiße Kugel in sein Sichtfeld. Die Schmerzen waren vergangen. Taubheit war an deren Stelle getreten, zusammen mit einer gewissen Faszination. *Ist das der Weg zum Elysium?* Das leuchtende Objekt waberte. Ein Faden löste sich daraus und bewegte sich auf ihn zu. Plötzlich verschwand das Licht in vollkommener Schwärze.

Sein Körper reagierte wieder. Scharf sog er Luft ein und riss dabei den Kopf nach oben. Er war wieder in dem Kerker, am Tisch gefesselt, während sein ganzer Leib unkontrollierbar zitterte. Es dauerte einige Augenblicke, bis Halvor wieder die Kontrolle über sich erlangte. *Welche unglaubliche Fähigkeit er nur besitzt, all unsere Berichte scheinen falsch zu sein. Wann und wie ist Weldur derart mächtig geworden?* »Was habt Ihr getan?«, drang zwischen seinen Lippen hervor.

»Eure Barriere gebrochen.«

Halvor fühlte in sich hinein. Seine Gedanken waren wie von einem Sturm durchgewirbelt. Ihm war, als würden Fragmente seiner Erinnerung fehlen.

»Nein«, hauchte Halvor.

»Noch nicht ganz, aber sie ist beschädigt. Die Frage ist nur, wie lange werdet Ihr durchhalten, bevor Ihr Euch selbst verliert?«

»So lange ich muss.«

»Weldur, was habt Ihr bisher herausgefunden?«

»Nur ein paar Namen, wichtige Namen, aber da ist noch viel mehr.«

Weldur betrachtete sein Opfer wie eine Raubkatze eine Maus. Die Hand des Generals schnellte nach vorne und umschlang Halvors Stirn, sogleich schien es als würden von allen Seiten Lawinen auf sein Hirn hinabstürzen.

Ihm wurde erneut schwarz vor Augen. Er spürte einen Schatten, der ihn niederwalzte und nichts als Verwirrung und Zerstörung zurückließ.

Weldur zog seine Hand zurück.

Halvor knallte mit dem Kopf auf die hölzerne Tischplatte. *Was macht er nur mit mir?*, dachte er, während Tränen das Holz unter ihm benetzten. *Ich muss widerstehen, einem Wall aus Granit gleich.*

»Ich habe einige Orte«, erklärte Weldur Burak kühl, griff Halvors Kopf erneut.

»Holt alles aus ihm heraus.«

Halvor verlor das Bewusstsein. Als er wieder zu sich kam, brauchte er einige Zeit, bis er es vermochte, sich zu orientieren. Die gesamte Welt schien in Bewegung geraten zu sein. Ihm wurde übel und er musste sich übergeben.

»Bitte hört auf«, winselte er.

»Ich habe einige interessante Erinnerungen gesammelt.«

»Wisst Ihr, wo Tarons Kameraden sind?«

»Ich glaube nicht, dass er das weiß.«

»Suche nochmal!«

Fast augenblicklich schwanden des Priesters Gedanken. Beim Erwachen fand er sich sabbernd auf der Tischplatte wieder, sein Gesicht lag in seinem Erbrochenen. Er würgte gelblichen, sauren Schleim aus, der seinen Mundwinkel hinablief. Halvor richtete sich auf, es fühlte sich an, als hätte er einen Berg auf den Schultern liegen und wandte seinen Blick Esthîon zu. »König«, flüsterte er. »Ich verstehe Euren Schmerz. Aber Rache…« Halvor schüttelte sacht den Kopf. Er vermochte nicht weiter zu sprechen, sein Geist war wie leergefegt. Das Einzige, was er fühlte, war Mitleid.

Kapitel 25: Ijargheim - Die Stadt der Zwerge

Erbarmungslose Stürme fegten über die Ebenen Intêrras, gewaltige Fluten zermalmten die Küsten Solærras, während unvorstellbare Feuersbrünste die Wälder Lunærras in Schutt und Asche legten. Vers aus dem Buche der Dreizehn.

Taron war zwei Wochen fast durchweg im Grenzland zum Xonanonreich geritten, stets begleitet von der Sorge um Halvor, die ihn nur umso mehr antrieb. Einmal hatte er Reiter gesehen. Glücklicherweise hatten sie ihn nicht verfolgt. Vermutlich war ein einziger Mann keine Bedrohung für das Imperium.

Schließlich hatte er den großen Gebirgszug erreicht und war in dessen Schatten nach Osten bis Ijargheim gereist.

Nun, zur Mittagsstunde, erblickte er die große Stadt der Zwerge von einer Anhöhe aus. Weredall hatte sie detailgetreu beschrieben, aber seine Erzählung war nichts im Vergleich zu dem, was Taron nun erblickte. Es war atemberaubend, er musste verharren und das Monument zwergischer Baukunst auf sich wirken lassen.

Die Mauer war beigefarben und begann an der linken Seite einer Klippe. Von da an schlängelte sie sich in einem Bogen zickzackförmig nach Westen, an jeder dritten Zacke ragten imposante Wachtürme empor, die noch höher und massiver als die Mauer selbst wirkten. Auf ihren Zinnen patrouillierten paarweise schwer gerüstete Wachen. *Ein Bollwerk, welches dem Schutz Elysiums dienen könnte.*

Sein Blick glitt weiter nach Süden. Aus Ijargheim strömten Karren und die unterschiedlichsten Wesen, was Taron jedoch lediglich von der Größe und der Kleidung dieser schlussfolgerte. *Dort wird das Tor sein.*

Er benetzte sich die Lippen, zog ein Tuch vor Mund und Nase und ritt unter den wachsamen Augen der Zwerge die Mauer entlang. Er erreichte das Tor. Es war eingerahmt von zwei riesigen quadratischen Türmen und wirkte uneinnehmbar.

Er ließ Sternenwind einen Moment halten und betrachtete die Wachen. Zwei Zwerge, die Brüder hätten sein können, standen rechts und links des Tores. Sie waren etwa zwei Kopf kleiner als Taron, aber mehr als doppelt so breit, mit schwarzen Bärten und Haaren und eisernen Rüstungen. Einer trug eine Axt und der andere einen riesigen Hammer. Auf den Zinnen über ihnen standen weitere Wachen und beobachteten das Treiben.

Ein dritter Wächter stritt soeben mit zwei Orks über die Höhe des Zolls, welcher erbracht werden sollte.

Taron ritt zu dem Axtzwerg.

»Herr Zwerg.« Er neigte das Haupt vor dem Mann.

Der Krieger mit dem Streithammer blickte auf. »Wir sind die Wache Ijargheims, das ist unser Titel.«

»Entschuldigt, Wache Ijargheims. Ich wollte lediglich erfahren, was man benötigt, um in die Stadt gelassen zu werden.«

»Wenn Ihr rein wollt, stellt Euch genauso an wie alle anderen«, brummte der Zwerg und nickte den Weg entlang.

»Aber…«

Der Zwerg schaute Taron grimmig an und deutete mit seiner zweischneidigen Waffe den Tross entlang.

Taron fühlte sich übergangen und in die Zeit des Klostertempels zurückversetzt. Sein Blick folgte dem Axtwink der Straße entlang. Mehrere hundert Schritt an Wagen und Wesen standen aufgereiht und warteten auf Einlass. *Es ging doch nur um eine Information.* Er schüttelte den Kopf, wandte sich dem Zwerg noch einmal zu und nickte.

Dieser kontrollierte jedoch bereits den nächsten anstehenden Karren.

Anstellen, ohne am Ende zu wissen, was man opfern muss, welch schönes Spiel. Schwermütig schwang sich Taron aus dem Sattel und tätschelte Sternenwinds Hals. »Lass uns erstmal hier warten, vielleicht erfahren wir ja so, was sie verlangen.«

Die Menschen, Lastentiere und Karren zogen vorbei. Die mitgeführten Waren wurden inspiziert, es wurde ein Preis genannt, der meistens ohne zu feilschen gezahlt wurde. Wie viele Sternenstücke oder Sichelmark die Wachen Ijargheims verlangten, vermochte Taron jedoch nicht zu hören. *Nun gut, ich muss wohl einfach mein Glück versuchen.*

»Komm«, sagte Taron zu Sternenwind und zusammen begaben sie sich ans Ende der Schlange.

Nach mehr als einem Strich des Wartens waren sie an der Reihe.

Der Zwerg mit der Axt stand wieder vor ihm. »Was führt Ihr für Waren ein?«

»Ich möchte nichts verkaufen, ich suche nur jemanden.«

Der Zwerg schüttelte den Kopf, sein Blick glitt Taron prüfend ab. »Was befindet sich dort in dem Geldbeutel?«

»Lediglich ein paar Steinchen und ein paar Sternenstücke.«

»Edelsteine?«

»Eigentlich nicht.«

»Vorzeigen!«

Taron war mulmig zumute. Doch schnürte er das Säckchen vom Gürtel und ließ die fünf weißen Schätze in seine Hand kullern und offenbarte sie der Wache.

Der Krieger sah skeptisch aus und schaute einen Moment zu dem Zwerg mit dem Streithammer.

Dieser trat neben ihn und nahm ebenfalls die magischen Steine in Augenschein und wollte einen von ihnen greifen. Taron schloss die Hand. »Ich führe sie nicht zum Verkauf ein.«

»Wir müssen jegliche Ware prüfen, bevor sie in unsere Stadt kommt«, erklärte der Zwerg mit dem Hammer.

»Entweder Ihr lasst sie uns anschauen oder Ihr verschwindet.«

Widerwillig öffnete Taron die Hand und ließ den Zwerg eines der Kleinode näher betrachten.

Dieser fühlte mit den Fingern die glatte Oberfläche des Steins, hielt ihn zwischen Daumen und Zeigefinger und führte ihn zur Sonne und kratzte abschließend mit dem Fingernagel darüber. »Kein bekannter Edelstein«, sprach er.

»Hat aber ähnliche Eigenschaften«, fand der Axtkrieger.

»Woher habt Ihr die?«, fragte der andere.

»Ich habe sie in einem Wald gefunden in Gonvalor.«

»Sehr interessant. Die Zunft muss deren Wert bestimmen«, erklärte der mit dem Kriegshammer.

»Wie viel nehmen wir?«

Der mit dem Hammer zuckte mit den Schultern und streckte schließlich den Daumen nach oben.

Der Axtkämpfer nickte. »Wenn Ihr Einlass wollt, dann eine Sichelmark.«

»Das ist viel zu viel.«

»Ihr führt ein Schlachtross, vermutlich von elfischer Zucht, ein und fünf dieser Steine, deren Wert wir noch nicht kennen, es ist mehr als angemessen.«

»Ich habe lediglich drei Sternenstücke«, murmelte Taron. »Könnt Ihr mir nicht einen Nachlass gewähren?«

»Nein.« Der Zwerg mit der Axt runzelte die Stirn. »Aber wir akzeptieren auch einen dieser Steine.«

»Können diese als Pfand hinterlegt werden? Ich würde ihn auslösen, sobald ich Geld habe.«

Der Zwerg nickte. »Für jeden Tag Lagerung fällt ein Sternenstück Gebühr an, der Preis des Steines wird durch die Zunft der Gemmenschleifer neu eingeschätzt, das Auslösen könnte also noch teurer werden.«

Er nickte und überreichte der Wache Ijargheims schweren Herzens einen der Steine, woraufhin die Augen des Axtschwingers zu leuchten begannen. »Ihr könnt ihn am Torhaus wiederbekommen«, sagte er und überreichte dem Novizen einen Pfandbrief.

Taron betrat die Stadt und war sogleich überwältigt. Jedes Haus war aus dem gleichen beigefarbenen Stein errichtet worden, zwei oder drei Stockwerke hoch und mit einem rötlichen Schieferdach versehen. Die Straße war überfüllt mit allerlei Wesen, darunter hauptsächlich Zwerge und Menschen. *Hier jemanden ohne Treffpunkt zu finden, wäre vollkommen aussichtslos.*

Taron folgte der gepflasterten Hauptstraße. Es waren zwei Ströme, die gleichmäßig auf beiden Seiten dahinflossen. Lediglich einige Boten huschten wie Fische etwas schneller mit dem Fluss, peinlichst darauf bedacht, niemanden anzurempeln. Taron erreichte schließlich einen riesigen Markt. Er war noch gewaltiger als jener Festplatz Donnerhalls und umgeben von neun identischen vierstöckigen, rechteckigen Hallen, die den Markt umschlossen. Über den Toren der Kontore waren Symbole eingraviert, von denen Taron einige sogar erkannte. Die Zeichen der Handelszünfte.

Er streifte über den Platz und erkannte, dass selbst die Händler nach den entsprechenden Gilden unterteilt waren. Es gab Händler für Eisenwaren, Schmuck und Edelsteine, Kleidung, Nahrung, Leder, Steinmetzarbeiten, Holzwaren, alkoholhaltige Getränke und einen Bereich für Alltagsgegenstände wie Flechtkörbe, Kochgeschirr und Tonbehälter. Einfach alles, was das Herz begehrte.

Taron verlor fast die Orientierung, doch ein einfacher Blick nach oben offenbarte ihm, wo Norden lag. *Es gibt gewiss eine Straße, welche von hier aus tiefer in das Gebirge führt.* Er fand den entsprechenden Weg und reihte sich erneut in einen Tross aus Wagen, Tieren und unterschiedlichen Wesen ein und rückte mit jedem Schritt tiefer in das Reich der Zwerge vor. Unmittelbar hinter dem Markt begann die Höhle und hüllte den darunterliegenden Stadtteil in Schatten, wobei die Temperaturen sogleich leicht abnahmen und er seinen Mantel wieder über die Schultern legte.

Schließlich gelangte er zum Nordtor, vor welchem es sich erneut staute. Mauer und Torhaus ähnelten jenem im Süden bis zu den Steinen hin. *Vielleicht sollte ich mir doch einmal das Wunder des Weltentores anschauen,* kam ihm die Idee, während er den Weg entlangschritt und sah, dass beim Betreten der Stadt ebenfalls ein Zoll erhoben wurde.

»Wenn ich wieder herkomme muss ich nochmal zahlen?«, raunte Taron überrascht zu sich selbst.

Ein Mann mit grauen Haaren schien ihn gehört zu haben und drehte sich zu Taron um. »Immer, wenn Ihr Waren einführt.«

»Ich habe am Südtor für meine Waren bereits bezahlt.«

»Warum wollt Ihr denn dann die Stadt verlassen, wenn nicht, um weiter zu reisen?«

»Ich hatte mir nur überlegt, das magische Tor anzuschauen.«

Der Mann nickte und zeigte mit dem Finger auf ein großes, längliches Gebäude, vor welchem ein Zwerg mit Lederweste hinter einem Tresen stand. »Dort könnt Ihr Waren kurzzeitig gegen eine Gebühr einlagern.«

»Ich danke Euch.«

Taron begab sich mit Sternenwind im Schlepptau zu der Halle. »Ich grüße Euch, ich würde gerne einige Sachen bei Euch zwischenlagern.«

»Was denn?«, brummte der Bärtige.

»Vier Steine und mein Pferd, wie viel würde dies denn kosten?«

»Es kommt auf die Steine an, aber in der Regel nehmen wir zwei Sternenstücke.«

»Das ist einiges.« Taron atmete geräuschvoll aus. »Vielen Dank für die Information.« Er nickte dem Zwerg zu, welcher lediglich ein Brummen von sich gab.

Taron wandte sich wieder dem Tor zu und betrachtete das Getümmel. *Hier wollte ich mich mit den anderen treffen, eigentlich sollten sie schon in Ijargheim sein, wenn alles gutgegangen ist. Aber bei dem Gewusel jemanden zu finden, wird gar nicht so einfach.*

Sein Blick glitt nach Süden, er versuchte die Zeit einzuschätzen, die ihm noch bis zum Sonnenuntergang blieb. Es war Nachmittag, die Stunde Enuras musste eigentlich bald beginnen.

Taron schlängelte sich durch die Ansammlung und hielt nach einem geeigneten Platz Ausschau, um die Menge gut überblicken zu können. Er stellte sich neben das Torhaus. Kurz darauf ertönte aus der Ferne ein leiser, tiefer Ton, der Gong schlug neun Mal.

»Taron…«, erklang plötzlich eine weibliche Stimme hinter ihm.

Er drehte sich um. Arme flogen um seine Schultern und sein Gesicht verschwand in einem braunen Haarschopf.

»Mira.« Tarons Arme umschlangen ihr braungrünes Elfenkleid. Beide verharrten einige Augenblicke.

»Ich bin froh, dass es dir gut geht«, flüsterte Mira und löste sich wieder von ihm.

»Ich freue mich ebenso.« Taron blickte in ihre großen braunen Augen und erst jetzt spürte er, wie sehr er sie vermisst hatte, die stete Sorge um Halvor hatte alle anderen Gefühle in den Hintergrund treten lassen. Aber da lag noch mehr in ihren Augen, eine Tiefe, die er nie zuvor wahrgenommen hatte. Taron schüttelte lächelnd das Haupt. »Wie hast du mich so schnell gefunden?«

»Ich hatte dort oben meinen Spähposten eingerichtet, von dort hat man einen guten Blick über den gesamten Platz.« Mira deutete auf ein Gasthaus, dessen Balkon einmal um das gesamte Gebäude herum verlief.

Taron nickte. »Wo sind die anderen?«

»Wir sind in der Nähe des Südtores untergekommen.«

»Dann müssen wir schnellstens dorthin.«

»Gut, folge mir«, sagte Mira und schritt in Richtung der Hauptstraße. »Aber sag, wo ist denn Halvor, bist du ihm vorausgeritten oder organisiert er bereits den Wechsel der Mächte?« fragte sie.

Ein finsterer Schleier fuhr über sein Antlitz. Er ließ den Kopf hängen und fuhr sich durchs Haar. »Halvor wurde von Weldur gefangengenommen.«

»Oh nein.« Mira war stehen geblieben. »Wir müssen ihn retten! Weißt du, wo er sich aufhält?«

Taron nickte. »Weldur will euch im Austausch für ihn.«

»Wir werden uns etwas ausdenken. Allerdings wäre es hilfreich, wenn wir die Steine hätten. Leider war unsere Suche weniger erfolgreich.«

»Sie waren dort, wo ich sie vermutet hatte. Ich habe das Tal Naradras gefunden.«

»Das heißt, wir haben eine reelle Chance zu gewinnen.«

Taron nickte zögerlich.

»Alles gut mit dir?«

»An sich schon. Bitte lass uns über etwas anderes sprechen. Wie war Solærra?« Taron bemerkte den mitleidigen Blick Miras.

Sie seufzte. »Anders. Die Luft dort schien einem weniger Kraft zu spenden, während die beiden Sonnen fast unablässig brannten. Wir haben einige Tage gebraucht, um uns daran zu gewöhnen. Aber die Pflanzen haben sich daran angepasst und unglaubliche Formen ausgebildet, manche von ihnen haben sogar schon fast ein Bewusstsein entwickelt. Aber generell sind alle dort etwas distanzierter. Und wusstest du, dass Elfen eigentlich bunte Haare haben?«

»Ich sah hier einige Elfen mit Farbstichen in den Haaren. So sehen sie normalerweise aus? Ich hatte doch Elwaran darauf einmal angesprochen.«

»Er hat ein bisschen geflunkert. Es verblasst, sobald sie Intêrra betreten. Ich hatte es vorher auch nicht glauben wollen.«

Mira erzählte von der Reise, dem vielen Meditieren, dem Training ihrer Kräfte und von den Begegnungen mit den Gargoyles, den Recherchen in der großen Bibliothek Varenduls und von der Tordurchquerung.

Am meisten staunte Taron, dass Mira von der Elbin Limefrah als

Botschafterin auserkoren wurde und freute und sorgte sich jedoch gleichsam.

Das Wiedersehen und der Spaziergang durch Ijargheim waren wahrlich ein Genuss. Sie folgten zunächst der Hauptstraße. Irgendwo zwischen dem Südtor und dem Marktplatz bogen sie ab und schlängelten sich dann durch eine Vielzahl Wege bis sie schließlich vor einem zweigeschossigen Haus standen. Es war ein liebloser steinerner Kasten mit hölzernen Fenstern und Türen.

»Da seid ihr untergekommen?«

»Wir haben es für die Zeit unseres Aufenthalts gemietet.«

Sie begaben sich zu den Ställen, als Sternenwind die anderen Elfenpferde sah, wieherte er vor Freude und lief zu ihnen. Doch Taron und Mira ließen ihn nur kurz gewähren, dann sattelten und rieben sie den Schimmel ab, bevor er sich ganz seiner Wiedersehensfreude hingeben durfte.

Dann begaben sich die beiden zur Hintertür des Hauses. Zaghaft klopfte Mira.

»Wer ist da?«, drang die Stimme Fendelins an ihre Ohren.

»Mira und…«

Die Tür flog auf. »Taron«, entgegnete die Elfe strahlend, führte ihre Hand zur Brust und neigte das Haupt. Sie trug eine beigefarbene Schürze, die ihr etwas zu groß war.

Taron schmunzelte bei dem Anblick, erwiderte jedoch ihre Geste und trat ein. Das Häuschen war einfach eingerichtet. In einer Ecke lagen einige Kissen auf dem Boden. Sonst befanden sich darin ein großer, schlichter hölzerner Tisch mit Stühlen und eine Kochstelle mit einem Rauchabzug. Auf dieser stand gerade ein Topf, aus welchem es dampfte. Der Geruch von Gemüse lag in der Luft. Eine Tür führte in den Flur, wodurch man zum Haupteingang und zu einer Treppe ins Obergeschoss gelangte. Außer Fendelin war niemand da.

»Wo sind die anderen?«, fragte Taron, stellte seinen Rucksack ab, seinen Stab daneben und nahm am Tisch Platz.

»Nur etwas Geld verdienen, sie sollten aber bald eintreffen. Möchtest du vielleicht etwas trinken?«

»Sehr gerne«, antwortete Taron.

Fendelin reichte ihm und Mira einen Becher. »Aber sag, hast du die Steine?«

»Ja, habe ich.«

»Welch Glück, wir haben leider weniger gehabt. Dafür sind wir jetzt Meister der Edelsteinkunde.«

»Habe ich schon gehört.«

Es klopfte an der Haustür.

»Ich gehe schon«, sagte Mira.

Die Tür schwang auf und sogleich drang ein vollmundiges Lachen an sein Ohr.

»Mira, meine kleine Elbenkennerin, du bist auch schon da, sehr gut«, hallte Barvo und ließ irgendetwas auf den Boden im Flur fallen.

Lavina blieb in der Tür stehen und starrte Taron an.

»Ich sage euch, das Publikum ist gut, aber…«, Barvo prallte mit Lavina zusammen. »Was ist los?«

»Taron«, sprach die Jongleurin und eilte um den Tisch und schlang ihre Arme um ihn. »Du lebst.«

»Hegtest du daran je Zweifel?« Barvo lachte schallend und folgte Lavina und schlug dem Novizen auf die Schulter, dass der Stuhl unter ihm zusammenzubrechen drohte.

»Ich freue mich auch, euch zu sehen.«

»Na dann erzähle mal, wie ist es dir ergangen?«, fragte Barvo.

»An sich gut, aber ich würde euch lieber berichten, wenn alle da sind. Wo sind denn Elwaran, Gelador und Ildrum?«

»Ildrum arbeitet bei der Holzzunft, Elwaran und Gelador in der Zwergengarnison.«

»Was machen die beiden denn in der Zwergengarnison?«

»Zwerge im Kampf ausbilden«, erläuterte Mira.

»Die Zwerge lassen sich von Elfen unterrichten?«

»Natürlich«, bekräftigte Fendelin und sah ihn fragend an.

»Ich dachte immer, Elfen und Zwerge mögen einander nicht sonderlich.«

Es klopfte an der Tür, Lavina begab sich zu dieser und öffnete sie.

Mira antwortete indes. »Gelador hat ihren besten Krieger herausgefordert. Es war ein Kampf, der seinesgleichen gesucht hat. Wenn eines den Zwergen schwerfällt, ist es verlieren und…«

»Am Ende habe ich gesiegt«, beendete Gelador den Satz der Gottesdienerin. »Schön, dass du da bist, Taron.«

»Sogar drei Mal«, flüsterte Mira hinter vorgehaltener Hand, woraufhin der Elfenkrieger nur den Kopf schüttelte.

Elwaran und Ildrum kamen ebenfalls in den Raum und lächelten über beide Ohren.

Taron stand auf und begrüßte die drei in gewohnter Elfenmanier, glücklich, alle wohlauf zu sehen und hatte das erste Mal seit Wochen das Gefühl, vollständig zu sein, zumindest fast.

Fendelin stellte den großen Topf mit der Suppe auf die Tafel und hängte ihre Kittelschürze an einen Haken.

Währenddessen brachte Mira einen Krug Wasser, einen mit Bier, mehrere Flaschen Wein und einige Becher herbei.

»Setzt euch!«, bat Fendelin und füllte nacheinander die Schalen mit der Suppe. Sie dampfte und roch leicht würzig. Jeder nahm sich sein bevorzugtes Getränk.

Dann kehrte Ruhe ein und die Blicke der Anwesenden fielen auf Taron.

»Würdest du das Abendessen eröffnen?«, fragte Mira.

Taron senkte bedeutungsschwer das Haupt und hob die Hände mit den Handinnenflächen nach oben. »Wir danken Nebur, Rylak und den Göttern dafür, dass sie uns wieder zusammengeführt haben und uns den Frieden gönnen, dieses Mahl gemeinsam einzunehmen.« Er öffnete die Augen und sah, dass Barvos Löffel bereits in seinem Mund steckte. Was Taron ein Lächeln entlockte. »Guten Appetit.«

Sie aßen und Taron erfuhr mehr darüber, was sie die letzten Wochen und jeder am Tag erlebt hatten. Es kam ihm fast so vor, als würde er nach einem lehrreichen Tag zusammen mit anderen Novizen im Speisesaal im Tempelkloster sitzen. Wie es so oft der Fall gewesen war, zumindest bis Selvarin die Führung übernommen hatte. *Lediglich einer fehlt. Halvor.* Der Gedanke trübte seine Stimmung.

Im Moment des Gedankens nahm Barvo den großen Topf, welcher bereits fast leer war, von der Mitte des Tisches und führte seinen Löffel hinein.

Lavina räusperte sich.

Barvo hielt inne und schaute in die Runde. »Oh, entschuldigt. Ich darf doch, oder?«

Taron schmunzelte. »Nur zu«, murmelte er zustimmend.

Auch die anderen hatten keine Einwände.

»Sehr gut, Feuerspucken macht nämlich verdammt hungrig«, erklärte er und vergrub seinen Kopf samt Löffel in dem Topf.

»Ist ja nicht so, als hättest du auf dem Weg hierher nicht schon einen Bratapfel gegessen.«

»Da erinnerst du mich an etwas.« Barvo knallte den Topf neben seinen Teller, sprang auf und kam mit seinem Rucksack wieder und zauberte für jeden einen gerösteten Apfel hervor. Der süße Geruch von Zimt breitete sich im Raum aus.

»Nachtisch, sehr gut«, freute sich Ildrum.

Barvo reichte Taron ebenfalls einen. »Der war eigentlich für mich, aber da ich schon einen hatte…«

»Du kannst ihn ruhig essen«, entgegnete Taron.

»Schon gut, im Topf ist noch ein kleiner Schwaps, der nur auf mich wartet.« Sogleich verschwand Barvos Kopf im Blechgefäß.

Schließlich hatten sie auch die Äpfel verputzt, räumten ab und nahmen sich noch einmal Getränke nach.

Taron nahm sich einen Becher mit Bier.

Elwaran hob den seinen und sprach. »Auf Taron, der in unsere Mitte zurückgefunden hat.«

»Auf Taron«, sangen die anderen im Chor.

Der Novize lächelte und kostete von dem Bier. Es war leicht bitter, hatte jedoch auch eine süßliche Note.

»Also Taron, erzähle uns nun, wie es dir ergangen ist«, bat Gelador.

Ein jeder sah zu ihm. Ildrum zündete sich soeben eine Pfeife an, was Taron ein wenig verwunderte, denn er hatte nicht gewusst, dass Ildrum gelegentlich schmauchte. Der Rauch verband sich mit dem Zimtgeruch und fügte ihm eine kirschige Note hinzu.

Er begann, von den Ereignissen der letzten Wochen zu berichten, schließlich gelangte er zu dem Aufeinandertreffen mit Weldur Burak, was ihn ins Stocken brachte. Trauer und Wut wallten in seinem Inneren.

»Taron, wir können eine Pause machen, wenn du möchtest«, schlug Lavina vor.

Er schüttelte den Kopf und trank einen Schluck. »Nein, nein. Die Schwadron verfolgte uns, aber Halvors Pferd war einfach nicht schnell genug. Wir konnten nicht entkommen. Zu allem Überfluss verbündete sich das Geschwader sogar noch mit einigen Reitern Xonanons. Es war ausweglos und so opferte Halvor sich. Ich setzte meine gesamte Macht ein, um ihn wieder zu befreien, aber Weldur und seine Krieger haben eine Möglichkeit gefunden, meine Kraft zu neutralisieren, sie aufzusaugen und dann drang er in meinen Kopf ein. Seine Macht war um ein Vielfaches stärker als bei unserem Zusammentreffen auf der Lichtung, einfach unglaublich. Weldur Burak hätte mich in jenem Moment gewiss gefangen nehmen können, doch tat er es nicht.« Taron Stimme wurde belegter und leiser. »Er sagte mir, dass sie Halvor nach Donnerhall bringen und dort hinrichten werden, wenn wir uns König Esthîon nicht bis zur Zeit der Stille ausliefern.« Sein Blick durchbohrte das Holz der Tischplatte.

»Ach Taron«, Mira berührte seine Schulter.

»Ausliefern, solche Schweine«, fluchte Ildrum und spie Rauch durch seine zusammengebissenen Zähne.

»Weldur wird kaum glauben, dass wir kampflos aufgeben«, sprach Gelador.

»Und uns eine Falle stellen«, warf Lavina ein.

»Ich weiß«, sagte Taron.

»Es ist gut möglich, dass sie Halvor schon längst getötet haben, wenn wir in Donnerhall eintreffen«, bedachte Elwaran.

»Daran sollten wir keinen Augenblick denken«, herrschte Fendelin.

»Halvors Gefangennahme ändert nichts an unserem eigentlichen

Plan. Den König finden und töten!« Gelador hatte eine harte Miene aufgesetzt, wobei seine Wangenknochen hervorstachen.

»Es könnte alles ändern«, widersprach Lavina.

Taron nickte. »Weldurs Macht hat sich gesteigert, er konnte mir Bilder schicken und meine Gedanken aus der Entfernung angreifen. Er ist gefährlicher denn je und ich glaube, mit genug Zeit kann er jeden Gedankenschutz durchdringen.«

»Das heißt, er wird Halvor brechen und alles herausfinden«, raunte Mira.

»Alle Pläne, wo die Steine zu finden sind und welche Priester er zur Unterstützung gerufen hat. Der König wird sich darauf einstellen. Wir können nicht einmal sicher sein, ob er sich in Donnerhall aufhält«, vermutete Ildrum.

»Ich bin mir sicher, dass er sich in der Hauptstadt befindet, es gibt keinen besser geschützten Ort in Gonvalor. Gleichfalls ist jedwede Hinrichtung eine Demonstration von Macht, er wird sich diese Gelegenheit nicht entgehen lassen«, erklärte Gelador und ließ seinen Blick schweifen. »Wir stehen einer Vielzahl von Unwägbarkeiten gegenüber. Ungeachtet dessen besteht unser Ziel weiterhin, Esthîon muss getötet werden. Außerdem kommt die Rettung von Halvor hinzu. Wir müssen also unser Vorhaben entsprechend anpassen.«

»Hast du schon Ideen?«, fragte Taron.

»Dein Kampf mit Weldur hat uns seine Kraft offenbart. Dies gegen ihn zu verwenden wird schwer, aber ich werde mich ihm stellen. Jahrelang habe ich mich mit Srinares auf diesen Kampf vorbereitet. Durch Halvors Gefangennahme wird der erhoffte Überraschungsmoment, den uns eure magischen Fähigkeiten gegeben hätten, wohl verloren gehen, da der Feind weiß, sich dagegen zu verteidigen. Dies stellt ein Problem dar, doch bin ich mir sicher, dass man mit Taktik und Täuschung dem entgegenwirken kann. Um ein detailliertes Vorgehen zu planen, müssen wir jedoch genau wissen, welche Spieler gegen uns stehen und welche wir zur Verfügung haben.«

»Auf die Priester, die Halvor rief, werden wir wohl nicht setzen können. Es bleiben nur die Mitglieder des Widerstandes der Kontrakar, aber wie viele unserem Ruf folgen werden, wissen wir erst, wenn wir in Donnerhall sind«, fasste Lavina zusammen.

»Ebenso, wer gegen uns steht«, brummte Ildrum und entließ einen Rauchring.

»Dann sollten wir so schnell wie möglich aufbrechen«, erwiderte Elwaran.

Barvos Kopf zuckte in Richtung des Elfen. »Mit so schnell wie möglich meinst du morgen früh?«

»Ja Barvo, ich würde doch nie von dir erwarten, dass du dein Bier hinabstürzt und dich sofort in Bewegung setzt.« Elwaran lächelte verschmitzt.

»Dann ist ja gut, aber das Bier austrinken wäre nicht das Problem gewesen.«

»Das wissen wir nur zu gut«, merkte Lavina überschwänglich ernst an.

Taron lachte und die anderen schlossen sich ihm an. *Wie sehr habe ich solche Abende vermisst.*

»Wir sollten wieder zum Ernst der Lage kommen,« unterbrach Gelador das Gelächter und sogleich kehrte Ruhe ein.

»Ganz recht, es müssen Vorbereitungen für die Reise getroffen werden.«

»Ich werde mir morgen meine Sternenstücke in aller Frühe auszahlen lassen«, erklärte Ildrum.

»Wir werden ebenfalls unseren ausstehenden Sold besorgen.« Elwaran nickte Gelador zu.

»Barvo und ich besorgen Proviant«, verkündete Lavina.

»Und es wird nicht zu wenig sein, das verspreche ich euch«, offenbarte Barvo breit grinsend.

»Aber bitte nicht nur Pökelfleisch«, wandte Mira ein.

»Na gut, ein bisschen Grünzeug holen wir auch«, grummelte Barvo.

»Dann werden wir drei hier alles packen, sodass wir so schnell wie möglich losreiten können«, Fendelin nickte in Miras und Tarons Richtung.

»So soll es geschehen«, bestätigte Taron und holte aus seinem Geldbeutel die vier Steine und legte sie in die Mitte des Tisches. »Allerdings gibt es da noch eine Sache, die Zwerge verlangten einen Zoll von mir und ich musste einen der magischen Steine als Pfand bei ihnen lassen.«

»Warum hast du das nicht gleich gesagt?«, fragte Elwaran und sprang vom Tisch auf.

Taron war verunsichert. »Ich hielt es nicht für so wichtig.«

»Wir müssen sofort zum Tor und hoffen, dass der Stein noch nicht bei den Gemmenschleifern ist.« Elwaran eilte bereits zur Tür.

Taron stand ebenfalls auf. »Ist es schlimm, dass ich ihn dort hinterlegt habe?«

»Die Zwerge sind sehr eigen, was Edelsteine anbelangt.« Lavina vollführte eine auffordernde Handbewegung.

»Wenn sie den Stein prüfen und herauskommt, dass er der einzige seiner Art ist, wird er unbezahlbar«, führte Fendelin weiter aus.

»Wir müssen ihn sofort zurückholen. Komm, Taron.« Elwaran hatte bereits seinen Mantel über die Schultern geworfen.

Taron betrachtete die magischen Steine auf dem Tisch. »Die sind für euch«, erklärte er und schaute der Reihe nach Ildrum, Barvo, Lavina und Mira an.

»Danke, ich werde sie zu passenden Medaillons verarbeiten«, sagte Ildrum und verstaute die Pfeife in seiner Gürteltasche.

Taron nickte, nahm seinen Stab und folgte dem Elfen.

Sie eilten durch die noch immer überfüllten Straßen und Gassen. Wie zwei hintereinander herjagende Katzen schlängelten sie sich durch die Massen und überholten dabei sogar den ein oder anderen Botenläufer. Schließlich erreichten sie das Zwergentor, welches soeben geschlossen wurde.

Elwaran kam schlitternd vor einem Zwerg in Uniform zum Stehen. Taron hielt schwer atmend hinter ihm.

Die Augen des Zwerges musterten die beiden.

»Ich grüße Euch, Wache Ijargheims.« Elwaran verbeugte sich tief und Taron folgte seinem Beispiel.

»Das Tor ist für heute geschlossen«, brummte der Gardist und strich sich über seinen gewaltigen Bart, dessen Ende in seiner Gürtelschnalle steckte.

»Gewiss und wir sind dankbar für Eure Weitsicht«, entgegnete Elwaran. »Glücklicherweise sind wir nicht hier, um um Auslass zu bitten, sondern lediglich, um einen Gegenstand, der als Pfand hinterlegt wurde, auszuzahlen.«

Der Krieger fuhr erneut mit der Hand durch den Bart und atmete knurrend aus. »Kommt mit.«

Die beiden folgten dem Zwerg, sie gingen zu einer Tür, welche in einen der Türme des Torhauses führte.

Taron war unwohl zumute und schaute sich um. Schließlich vernahm er ein grollendes Lachen von der Mauer.

Mehrere Zwerge beobachteten sie von oben und sprachen und feixten miteinander.

Taron versuchte, sie zu ignorieren.

Die Wache Ijargheims wies sie mit einer Handbewegung an, stehen zu bleiben und begab sich in den Turm. Kurze Zeit später kehrte er mit einer Kiste zurück und stellte sie auf einen Tisch neben der Tür. »Um welchen Gegenstand handelt es sich?«

»Um einen Stein, der so aussieht wie dieser«, Taron deutete auf seinen Talisman.

Der Gerüstete stellte die Kiste so, dass die beiden sie nicht sehen konnten, begann in ihr zu kramen und hielt schließlich einen weißen

Stein und einen Zettel in die Höhe. »Das ist er, nicht wahr?«

»Ganz recht«, bestätigte Elwaran.

Der Zwerg hielt den Stein zwischen Daumen und Zeigefinger und betrachtete ihn ganz genau. »Eine Sichelmark müsst Ihr zum Auslösen zahlen.« Er führte seine Hand näher zu seinem Gesicht. »Doch ist es viel zu wenig, wenn ich ihn mir genauer anschaue.«

»Er wurde als Zoll in einem Wert von einer Sichelmark veranschlagt«, Taron zog den Pfandbrief aus seiner Tunika und legte diesen auf den Tisch.

Der Zwerg runzelte die Stirn, seine Augen verengten sich und er schaute von dem Stein zu Taron.

Er verspürte eine Spannung und wie sich etwas in seinem Innerem zuschnürte. Doch hielt er dem Blick stand.

»Gibt es ein Problem?«, drang eine Stimme aus dem Turm nach draußen.

»Komm mal her«, antwortete der Zwerg.

Eine weiterer Gardist, welcher eine Handbreit größer war und einen zu zwei Zöpfen geflochtenen Bart trug, trat nach draußen. Sein Kollege hielt ihm sogleich den Stein hin. »Dieser wurde auf zehn Sternenstücke geschätzt, aber ich habe so einen noch nie gesehen.«

»Du meinst, er ist mehr wert?«

»Ich habe einige Beziehungen zur edlen Zunft. Ich bin sicher, dieser Stein ist etwas Besonderes. Wenn er davon fünf eingeführt hat und zusätzlich noch jenen, welchen er um den Hals trägt, welcher jedoch nicht aufgelistet ist«, der Zwerg hielt den Pfandbrief in die Höhe, »schätze ich ihren Wert auf insgesamt drei Vollmondmark, der entsprechende Zoll läge also bei etwas mehr als sechs Sichelmark.«

»Wir müssen ihn bewerten lassen«, wandte der andere ein.

»Ich habe den Stein im Gegenwert von einer Sichelmark hinterlegt«, bedachte Taron freundlich. »Bisher habe ich das Volk der Zwerge als außergewöhnlich ehrbar in Erinnerung. Nachträglich einen Preis zu ändern, trübt diese Ansicht aufs Äußerste«, seine Worte wurden zum Ende hin immer energischer.

»Was treiben die denn da unten?«, rief einer der Krieger auf dem Wehrgang.

Taron sah nicht nach oben, doch spürte er, dass die Zahl der Wachen auf dem Torhaus weiter gestiegen war.

Sein Herz pulsierte.

»Gib ihnen den Stein heraus und lass uns Feierabend machen«, seufzte der Zwerg mit dem doppelt geflochtenen Bart.

»Aber für das Verschweigen des sechsten Steines nehmen wir noch eine Sichelmark mehr«, brummte der kleinere Zwerg und hielt die freie

Hand auf, um das Geld entgegenzunehmen.

Taron wollte protestieren.

Elwaran fasste seinen Arm. »Ist gut.« Er kramte in seinen Geldbeutel und holte zwei schwarze Scheiben mit je einem silbernen Halbmond darauf hervor und gab sie dem braunbärtigen Zwerg.

Langsam, fast widerwillig, überreichte dieser den Stein an Taron, welcher ihn erleichtert in seinem Geldbeutel verstaute.

»Gehabt Euch wohl, Wache Ijargheims«, sprach er und begab sich mit Elwaran auf den Rückweg zur Unterkunft. *Ein weiteres Hindernis ist genommen, nun gilt es, Halvor zu befreien,* dachte Taron frohen Mutes, zusammen mit seinen Freunden jedwede Gefahr bestehen zu können.

Kapitel 26: Die Erde erhebt sich

Für Enura war der Zwist kaum zu ertragen und so kehrte sie mit Elysia und Amea aus dem selbstgewählten Exil zurück, um dem Zwiste Einhalt zu gebieten. Vers aus dem Buche Enuras

Taron und seine Kameraden waren in aller Frühe aufgestanden, hatten ihre Besorgungen und Vorbereitungen erledigt und noch vor der Mittagssonne Ijargheim durch das Südtor verlassen. Nun ritten sie querfeldein parallel der nach Westen führenden Handelsstraße entlang, während sich zu ihrer Rechten die südlichen Ausläufer des gewaltigen Klingengebirges erhoben, von dem aus eine stete frostige Brise gegen ihre Flanke wehte. Ein erster Vorbote des sich nähernden Winters. So streiften sie durch das hügelige, karge Land. Lediglich einige wenige Dörfer waren in der Ferne zu erkennen, welche an der großen Handelsroute lagen und anderen Reisenden Obdach boten. Doch ihr Weg führte sie an den Rauchschwaden vorbei, welche auf ein einladendes, wärmendes Feuer hinwiesen. Zum Abend hin passierten sie einen mannshohen Felsen, welcher die Grenze zum Königreich Raivor markierte. Einige Meilen dahinter schlugen sie ihr Lager in einer kleinen Felsschlucht auf, die etwas Schutz vor stärker werdendem Wind bot und gleichzeitig einen guten Blick über das flache Land bis hin zu den Hügeln von Choramath ermöglichte.

Ein Feuer wurde entfacht und ein Topf darüber befestigt. Fendelin und Gelador saßen neben dem Kessel und schälten Kartoffeln und Mohrrüben.

»Gut, meine Freunde«, erhob Taron das Wort, »ich denke, wir sollten noch einmal trainieren, bis das Essen fertig ist.«

»Vor dem Essen? Und das, obwohl wir bereits den ganzen Tag geritten sind?«, fragte Barvo ungläubig.

»Glaube mir, nach der Einheit schmeckt die Suppe nochmal so gut«, grinste Taron und fuhr an alle gewandt fort. »Leider wissen wir wenig, was der Feind uns entgegenwerfen wird, jedoch wissen wir, dass sie es vermögen, mit ihren Schilden unsere Magie abzuwehren. Das heißt, wir müssen lernen, die Kraft differenzierter einzusetzen.«

»Du meinst wie ein gezielter Messerwurf?«, fragte Mira.

Taron nickte und ihrer beider Blicke glitten zu Lavina herüber.

»Ich werde euch die Kunst gerne näherbringen.«

»Aber vorher versuchen wir, die Macht etwas feinfühliger einzusetzen, nehmt bitte vor der Felswand Aufstellung!« Sie folgten seiner Aufforderung, während sich Taron an das Ende der Schlucht stellte.

»Gut, nun zieht Magie in euch ein«, wies der Novize an.

Nacheinander begannen die Steine auf der Brust ihrer Anwender zu leuchten. Ildrum hatte am Abend zuvor jeden der Steine mit Draht umwickelt und mit einer Öse versehen und war dabei auf die Wünsche eines jeden eingegangen, wodurch keine Einfassung der anderen glich.

»Lasst nun einen Hauch in eure Hand fließen und werft es der Felswand entgegen.«

Ihre Arme flogen nach vorne. Bei Barvo flog ein Blitz gegen die Felswand, welcher sogar den Boden vibrieren ließ. Ein großer leuchtender Fleck blieb zurück, der bereits zu verblassen begann. Bei Ildrum und Elwaran waren die magischen Rückstände etwa handflächengroß und bei Mira und Lavina nur kleine Punkte.

»Das war schon gar nicht schlecht«, befand Taron. »Barvo, versuche beim nächsten Mal bitte nicht ganz so viel Energie einzusetzen.«

Der Feuerspucker nickte. »Aber wirkt denn weniger überhaupt?«

»Ich denke, wenn man die Magie komprimiert, richtet sie einen ebenso großen Schaden an.«

»Die Energie komprimieren«, dachte Ildrum laut.

»Am besten, wir demonstrieren es einmal.« Taron begab sich an die Wand gegenüber von Lavina und legte seine Hand an die Stelle, wo soeben der Lichtpunkt verblasst war. »Versuche bitte einmal, meine Hand zu treffen.«

Sie nickte, sog erneut Kraft über den Stein ein, welcher mit gut einem Dutzend Längsdrähten am Lederband befestigt war und ließ ihre Hand nach vorne schnellen.

Die Magie durchdrang des Novizen Hand. Die Taubheit breitete sich sogleich bis zu seinem Unterarm aus. Seine Hand rutschte vom Stein und hing nun schlaff herab. »Das war doch schon sehr gut«, lobte er und schüttelte seinen Arm, der wie ein Fisch auf dem Trockenen hin und her zappelte. »Seht ihr, wie sollte einer damit noch vernünftig kämpfen können?«

»'Ne freundlich gemeinte Ohrfeige bekommst du damit bestimmt noch hin«, merkte Barvo grinsend an.

»Das wäre vielleicht das Einzige, aber ihr seht, geringere Mengen reichen vollkommen aus, zumal wir dadurch auch etwas länger durchhalten würden. Nach meinen bisherigen Angriffen war ich meist so erschöpft, dass danach kaum noch ans Kämpfen zu denken war.«

»Wenn ich mehr Magie nutze, dauert der Angriff auch etwas länger«, bedachte Lavina.

»Zumal ein Fernangriff in der Regel auch etwas länger dauern darf, während es im Nahkampf schneller gehen muss«, sprach Gelador vom Feuer aus.

»Am Ende wird es von der Situation abhängig sein, wie wir Enuras Gabe am sinnvollsten einsetzen«, sagte Elwaran.

»Das verstehe ich ja«, erwiderte Barvo. »Allerdings bin ich froh, überhaupt irgendetwas zustande zu bringen.«

»Wir probieren vorerst die Magie der gezielten kleinen Nadelstiche.« Taron stellte sich in die Reihe. In seine Hand war das Gefühl zurückgekehrt. So sammelte er etwas Energie in sich ein und warf sie in kleinen Dosen der Felswand entgegen. Die anderen folgten seinem Beispiel.

Schnell spürte er, wie die Erschöpfung nach ihm griff, er verharrte und atmete durch und sah zu seinen Freunden hinüber. »Ihr macht das sehr gut, setzt eure Kraft behutsamer ein. Barvo, ruhig noch etwas weniger.«

»Ich versuche es«, brummte dieser und hielt schwer atmend inne. »Das ist echt anstrengend.«

»Ein Kampf kann sich hinziehen, diese Kondition erlangt man nur durch Übung«, zitierte Fendelin einen der Leitsprüche Geladors.

Ildrum, Lavina und Mira gönnten sich schließlich ebenfalls eine Pause. Lediglich Elwaran schien noch keine Erschöpfung zu verspüren.

»Wie schaffst du das nur?«, fragte Ildrum.

»Ich weiß es nicht.« Elwaran hielt inne. »Ich fühle mich noch immer frisch.«

Taron nickte zufrieden. »Nimm mal so viel Magie auf wie möglich und konzentriere alles in deinen nächsten Angriff.«

Elwaran stellte sich breitbeinig hin, führte seine Hände mit gespreizten Fingern vor der Brust zusammen und atmete hörbar ein. Der mit Draht umwickelte Stein begann zu leuchten und sogar leicht auf seinem Lederpanzer zu tanzen. Licht sammelte sich zwischen seinen Händen.

Mit einem Schrei flogen Elwarans Arme nach vorne. Ein Strahl löste sich aus seinen Gliedmaßen und traf die Wand.

Taron bedeckte, schier überwältigt, die Augen, es kribbelte auf seiner Haut und seine Nackenhaare stellten sich auf.

Die Energie breitete sich auf der Felswand aus und begann, sie zu vereinnahmen.

»Halte ein!«, rief Fendelin.

Sie stand am Ende der kurzen Schlucht und beobachtete das Umland.

Elwaran drehte sich zu ihr, das Licht beschrieb einen kurzen Bogen und verblasste sogleich.

Der Boden unter ihren Füßen vibrierte, doch es kam nicht von Elwarans Angriff.

»Bei Nebur.« Taron ließ seinen Blick schweifen. Mira, Barvo und Lavina waren auf die Knie gefallen, die Pferde tänzelten umher und die Elfen versuchten, ihr Gleichgewicht zu halten. Schließlich ließ er seinen Blick auf Elwaran ruhen.

»Ich war das nicht«, stammelte der Elf.

Ein dunkles Dröhnen erklang, während das Beben weiter zunahm.

»Störenfried.«

»Nein, nein, geh weg!«, schrie Ildrum.

Kann es sein? Taron blickte mit weit aufgerissenen Augen zu dem Tischler, der seine zwei Äxte in den Händen hielt. »Du musst es kontrollieren!«

»Ich versuch es!«

Das Beben verschwand.

Ein Moment der Erleichterung ging durch Taron.

Dann brach der Boden vor Fendelin und Gelador auf. Ein Felsen stieg aus der Vertiefung empor und die Welt versank im Staub.

»Elementar! Weicht zurück!«, schrie Taron und spürte, wie jemand an ihm vorbeirannte. Der Nebel legte sich, schemenhaft erkannte Taron die Umrisse des aus Erde bestehenden Giganten, welcher die Form eines Menschen angenommen hatte und mehr als viermal so groß wie er selbst war.

»Warum tut ihr das?«, brummte der Elementar.

Taron drehte sich zu seinen Freunden und schrie durch die Wolke hindurch. »Nehmt die Pferde, flieht!« Er hingegen rannte zu seinem Stab, umfasste ihn mit der Rechten und legte ihn sich mit dem breiten Ende über die Schulter, den Blick auf den Steinriesen geheftet.

»Wir wollten dich nicht stören, wir verschwinden jetzt und lassen dich in Ruhe!« Tarons Stimme zitterte. Er atmete tief ein und versuchte, so viel Energie wie möglich in sich aufzunehmen. Ein Funken entstand in seiner Hand.

Der Kopf, welcher weder Augen noch Mund besaß, neigte sich ihm entgegen.

»Wer singt?«, dröhnte die tiefe Stimme des Elementaren. Der Kopf des Wesens richtete sich zu Tarons Gefährten, die soeben die Pferde abgebunden hatten. »Du!«

»Hier singt niemand!«

»Ihr hättet mich nicht rufen dürfen.« Das Wesen aus Erde und Stein trat einen Schritt nach vorne und hob die Faust zum Schlag.

»Zurück!«, schrie Taron und versuchte, noch mehr Magie in seine Handfläche zu pumpen.

Der Arm des Giganten sauste in Richtung Ildrum.

Taron sprang zurück, riss seinen Arm nach vorne und warf dem Elementar alles an Magie entgegen, was er hatte.

Es hielt inne.

Taron spürte seine Beine nicht mehr, sie schienen in einem Eisklotz gefangen. Panik ergriff ihn.

»Ich hole Taron«, rief Ildrum, sogleich erschien das dunkle Gesicht des Tischlers in seinem Blickfeld. »Komm, ich trage dich.«

Der Elementar brüllte. Zunächst stürzte sein Arm zu Boden, dann folgte der gesamte Körper. Ildrum riss seinen Kameraden zur Seite, nur um Haaresbreite verfehlte sie der steinerne Torso. Kurz darauf erlangte Taron langsam wieder Gefühl in seinem Unterkörper. Der Stein blieb reglos liegen.

»Ist es besiegt?«, fragte Lavina.

»Er ist noch hier«, hauchte Ildrum mit belegter Stimme und griff seinen Kopf.

»Vertreibe ihn, Ildrum. Du kannst das«, rief Mira.

»Vertraue deiner Gabe!«, spornte Barvo seinen Gefährten an.

Ildrum nickte zögerlich, richtete sich auf, führte beide Hände zu dem Geröllhaufen und schloss hoch konzentriert die Augen.

Ein Brummen ertönte. Die Steine begannen sich zu bewegen, türmten sich erneut auf, bis sie wieder ihre riesenhafte Form angenommen hatten.

»Ich kann's nicht«, stammelte Ildrum.

»Dann weg hier. Auf die Pferde, schnell!« Taron rappelte sich auf.

»Ihr Schatten Onacras«, der Elementar hob das Bein und ließ es auf Taron und Ildrum hinabfahren.

Sie sprangen zurück.

»Wir wollen dir nichts tun!«, rief Ildrum.

»Höre auf zu rufen!« Das Wesen hob die Faust und schlug nach Ildrum.

Ein Stein flog gegen den Kopf des Elementaren, gefolgt von einem Pfeil und einem Messer.

Ildrum fiel auf den Rücken und konnte dem Schlag des Elementars entgehen.

Taron nahm seinen Stab und schlug mit dem breiten Ende gegen die Kniekehle des Wesens.

Der Elementar hielt inne. Sein Kopf wandte sich langsam den Fernkämpfern am Ende der Lichtung zu. »Drumar wird euch richten.« Er machte einen Schritt auf sie zu.

Tarons Gefährten wichen zurück, ließen jedoch weiter ihre Geschosse auf den Steinriesen niederregnen. Dieser hob den Arm und schlug in Richtung von Lavina, Mira und den drei Elfen. Sie sprangen zur Seite. Barvo war unter dem Schlag hindurchgeschlüpft und rannte auf das zweite Bein zu und schlug mit seinen Fackeln dagegen. Ohne Wirkung.

»Verschwinde!«, rief Ildrum verzweifelt sich die Haare raufend.

»Vielleicht können wir ihn zu Fall bringen!«, schrie Taron. »Barvo, greif seine Wade und schieb! Ildrum, komm!«, Taron deutete zum Bein des Giganten und sprang sogleich dagegen.

Ildrum trat zögerlich neben ihn.

Taron nickte ihm dankbar und zuversichtlich zu. »Ihr anderen greift oben an! Schleudert ihm alles entgegen, was ihr habt.«

Ein Sturm von Steinen, Messern und Pfeilen hagelte auf den Riesen ein.

Der Elementar brüllte, eine Art Erschütterung schwang darin mit.

Taron stemmte sich gegen die steinerne Säule.

»Schiebt!«, hörte er Barvos Stimme unter dem Tosen niederprasselnder Geschosse.

»Ja, weiter!« Er spürte, wie der Elementar in Rückenlage geriet. Alle Muskeln in seinen Körper waren bis ins Mark gespannt und versuchten weiter, den Druck zu erhöhen. »Kommt schon!«

Barvo und Ildrum brüllten neben ihm.

Die umschlungene Säule wurde leichter, knickte zu ihm ein.

Der Elementar geriet aus dem Gleichgewicht, schließlich katapultierten seine Beine nach oben.

Tarons Hände lösten sich vom Fels. Er rannte unter dem Gliedmaß hindurch. Ein dumpfer Knall ertönte, gefolgt von einem Beben. Taron stolperte, stürzte zu Boden und rollte über die Schulter ab und kam mit Blick auf den Haufen Steine gerichtet wieder auf die Beine.

Das Wesen blieb liegen.

Doch hatte Taron nicht das Gefühl, dass es schon vorbei war und mit dem Gedanken kam eine Idee. »Sammelt Energie«, rief er, hielt den Stab in seiner Linken und konzentrierte sich auf seine Atmung. »Vielleicht können wir ihn mit einem gemeinsamen Angriff stoppen.« Taron griff tief in sich hinein, zog Luft ein. Er spürte die Umgebung ähnlich wie in der äußeren Meditation, in welcher die Amulette wie Sterne leuchteten, ein jedes auf eine andere Weise.

Die Felsen vor ihnen erhoben sich erneut. Der Elementar richtete sich zur vollen Größe auf. »Ihr!«, brüllte er markerschütternd.

»Jetzt!«, rief Taron. Er riss seinen Arm nach vorne und ließ all seine gesamte Kraft herausströmen. Es war verschwindend wenig. *Zum Glück hatten die anderen mehr Zeit zum Regenerieren.*

Die Attacke ließ den Koloss verstummen. Als das Licht der

Entladung verblasste, stieg ein staubiger Nebel in der Form des Riesen aus dem Steinberg auf.

Taron spürte die Kälte der Erschöpfung und sank auf ein Knie, seinen Blick weiter auf das Wesen gerichtet.

Die steinerne Hülle bröckelte und stürzte in sich zusammen. Zurück blieb ein Abbild des Elementars aus verwirbeltem Staub, Gräsern und Blättern.

Es kreischte eines tosenden Sturmes gleich. Taron führte seine Hände zu den Ohren und krümmte sich zusammen.

»Wagt es nie wieder, einen von uns zu wecken.«

Ein Windstoß ergriff Ildrum und schleuderte ihn mehrere Schritt weit durch die Luft.

Der Wirbel stieg auf, beschrieb einen Bogen und landete in ihrer Mitte. Taron wurde von einer Druckwelle erfasst und zur Seite gefegt. Sein Kopf prallte gegen etwas Hartes, knirschende Schmerzen breiteten sich in seinem Kopf aus. Ein keuchender Schrei löste sich aus seinen Lungen, doch sogleich biss er die Zähne zusammen und seine Hände griffen an die Hinterseite seines Hauptes. Die Haare waren klitschnass. Taron führte eine Hand vor sein Gesicht. Sie zitterte unkontrolliert und war blutverschmiert.

Der Sturm war verschwunden und eine erhabene Ruhe legte sich über die Reste ihres Lagers. Selbst der kühlende Nordwind hatte sich gelegt. Taron drehte seinen Kopf, sodass er seine Freunde wieder sehen konnte. Er setzte sich auf und ließ seinen Blick in die Runde schweifen.

»Das war der absolute Wahnsinn«, brach Barvo lachend die Stille.

»Das war der zweitgefährlichste Gegner, dem ich je gegenübergestanden habe«, erwiderte Gelador ernst.

»Sind alle in Ordnung?«, fragte Taron.

»Nur ein paar Kratzer, nichts Ernstes«, sagte Lavina.

Den anderen schien es ebenfalls bis auf ein paar kleinere Blessuren gut zu gehen.

»Taron, dein Mantel ist voller Blut«, entgegnete Elwaran.

Er blickte auf seine Schulter, sie war mit roter Farbe getränkt. »Das ist nichts«, winkte Taron ab.

Mira eilte zu ihm, gefolgt von Fendelin, welche einen Rucksack in den Händen hielt.

Die beiden Frauen knieten sich hinter ihn. Mira führte ihre Hände zu der Wunde und schob vorsichtig seine Haare auseinander.

Taron biss die Zähne zusammen, um nicht zu schreien.

»Eine Platzwunde«, befand sie.

»Sie sollte genäht werden«, bestätigte Fendelin. »Gib mir bitte mal eine Binde.«

Mira zauberte sogleich aus dem Rucksack den aufgewickelten Stoff hervor und überreichte ihn der Elfe. Sie nahm diesen und drückte das Verbandsmaterial auf die Wunde.

Taron zuckte zusammen. *Bei Nebur.* Er biss die Zähne zusammen.

»Halte still!«, befahl Fendelin.

Taron tat wie ihm geheißen.

Barvo war um die drei herumgegangen. »Nur ein Kratzerchen, das heilt von alleine«, gluckste er.

»Nur, wenn er du wäre«, fauchte Mira. »Wir sollten ihn vielleicht vor dem Nähen betäuben.«

»In dem Rucksack ist eine weiße Flasche und ein Becher«, sagte Fendelin.

Mira zauberte beides aus der Tasche hervor.

»Fülle ihn ruhig halb voll«, wies Fendelin sie an.

Mira reichte Taron das Getränk. »Das schmeckt nicht sonderlich gut, kippe es einfach herunter.«

Taron nahm das Gefäß und führte es zum Mund, der erste Schluck brannte wie Feuer und ließ ihn sogar den Schmerz am Kopf vergessen. Nachdem er den Becher geleert hatte, spürte er eine gewisse Schwere, die seinen gesamten Körper erfasste und ihn benommen werden ließ. Eine Decke war ausgebreitet worden, auf welche er sich nun legte. Die anderen redeten miteinander, doch vermochte es sein Geist nicht mehr, ihre Worte sinnvoll in Verbindung zu setzen. Er spürte lediglich, wie Fendelin an seinem Hinterkopf immer wieder zupfte. Als sie fertig war, legte Mira einen Verband um sein Haupt und legte eine weitere zusammengerollte Decke unter seinen Kopf.

Währenddessen wirbelten die anderen um ihn herum, die Pferde wurden eingesammelt, die Feuerstelle erneut errichtet und der Topf darüber platziert.

Allmählich löste sich Tarons Benommenheit, seine Ohren begannen wieder vernünftig zu arbeiten und das Gefühl in seinem Körper, zusammen mit den Schmerzen an seinem Hinterkopf, kehrte zurück. Vorsichtig setzte er sich auf. Ein Schleier zog vor seinen Augen dahin und die Welt schien kurz aus den Fugen zu geraten. Jemand griff seine Schulter.

»Lege dich lieber wieder hin, Taron«, hörte er Miras Stimme.

Er griff ihre Hand und lächelte. Die Berührung gab ihm Halt. »Es geht schon.« Nach einem tiefen Atemzug öffnete Taron die Augen. Seine Umgebung normalisierte sich. Miras Duft stieg ihm in die Nase, der einer Blumenwiese glich. Er sah zu ihr. »Danke Mira, dass du mich versorgt hast.«

Sie lächelte. »Das meiste hat Fendelin gemacht, trotzdem sollte es keine Gewohnheit werden.«

»Wird es nicht, versprochen.«

»Möchtest du etwas essen?«, fragte Fendelin und rührte in dem Topf, welcher über dem Feuer an einem Dreibein befestigt schwebte.

»Ja, bitte.«

Die anderen begaben sich ebenfalls zum Feuer und nahmen im Kreis darum Platz.

Fendelin drückte jedem von ihnen eine Schale in die Hand. Taron kam es wie ein Wunder vor, dass die Suppe bei dem Kampf mit dem Elementar nicht verschüttet worden war.

Barvo erhielt als letztes seine Schüssel, löffelte einmal daraus. »Wahrlich köstlich, Fendelin.« Er legte das Besteck zur Seite und führte die noch dampfende Suppe zum Mund und trank sie in einem Zug leer. »Bitte nochmal«, sprach er und hielt der Elfin die Schale hin.

»Du kannst den zweiten Gang gerne etwas länger genießen«, entgegnete sie und füllte ihm die Schale.

»Ich dachte, ein Zeichen wahren Genusses wäre es, Essen schnell zu verschlingen.«

»Nein, ist es nicht«, wandte Ildrum ein. Er und die anderen schüttelten die Köpfe.

»Und es ist nicht so, dass du das nicht wissen würdest«, zischte Lavina.

»Ich bin leider sehr vergesslich.« Barvo kratzte sich mit dem Löffel an der Schläfe und biss sich auf die Unterlippe.

»Und um keine Ausrede verlegen«, spottete Elwaran.

Taron schmunzelte ebenfalls. »Wir müssen noch einmal über den Elementar sprechen.«

Gelador nickte. »Wir hatten das Thema schon kurz angerissen, nachdem du verarztet worden bist.«

»Habt ihr eine Idee, was passiert ist?«, fragte Taron

Ildrum räusperte sich. »Ich hatte meine Kontrolle während der Übungen nicht schwinden lassen.«

»Aber als er da war, schien es, als wäre er deinem Ruf gefolgt.«

»Ja, ich weiß um die Verbindung mit den Elementaren. Das Band wird vermutlich stärker, wenn einer in meiner Nähe erscheint.« Ildrum schüttelte den Kopf. »Aber ich habe ihn nicht gerufen.«

»Dann gibt es meiner Ansicht nach nur eine andere Möglichkeit, wie wir ihn geweckt haben könnten.« Taron sah hinüber zu Elwaran.

»Du meinst, es war wegen meines magischen Angriffes«, verstand der Elf.

»Das vermute ich.«

»Deswegen hattest du einen gemeinsamen magischen Schlag

befohlen«, erkannte Gelador.

»Meine erste Attacke hatte ihm gut zugesetzt, daher lag es nahe, dass wir ihn zusammen besiegen können«, erklärte Taron.

»Jedoch habt ihr lediglich seine Form geändert.« Fendelin zerbröselte ein Stück Erde zwischen ihren Händen.

»Zum Glück hat er danach von uns abgelassen«, sagte Mira.

»Der Elementar schien mir fast etwas verwirrt zu sein«, empfand Lavina und ließ ihren Löffel an einem imaginären Faden in ihrer Schüssel kreisen.

»Er wird vorher noch nie Kontakt zu dieser Art Magie gehabt haben«, vermutete Elwaran.

»Auf jeden Fall beweist der heutige Tag, dass wir zusammen sogar wahre Monster bezwingen können«, zeigte Gelador auf und nickte jedem in der Runde zu. »Ich war sehr beeindruckt von der Macht des Elementars. Wenn es nur eine Möglichkeit geben würde, ihn zu kontrollieren.« Sein Blick blieb auf Ildrum ruhen.

Dieser schüttelte sein von Sorgen gequältes Gesicht, während er mit einer Hand eines seiner Holzfigürchen umklammerte. »Ich werde weiter üben, so etwas wie heute darf nie wieder geschehen.«

»Aber Gelador wollte glaube ich auf etwas anderes hinaus, du willst einen Elementar als Waffe einsetzen?«, entschied Taron.

»Es könnte unsere Trumpfkarte sein, wenn wir im letzten Kampf dem Untergang geweiht sind.«

»Die Gefahr wäre zu groß.«

»Wenn ich ihn nicht kontrollieren kann, wäre es mein Tod«, offenbarte Ildrum seine Sorge, während er in das Feuer starrte, dessen Flammen sich in seinen Augen spiegelten.

»Ich will keinen von euch bei meinem Vorhaben verlieren. Mit den Steinen sollten wir es ohne einen Elementaren schaffen, den König zu bezwingen. Nun lasst uns essen und ruhen. Uns stehen noch einige anstrengende Tage bevor«, erklärte Taron abschließend.

Kapitel 27: Der Sturm beginnt

Mit aller Macht versuchte Enura den Streit zu schlichten, doch sollte es nicht gelingen. So schuf sie die magischen Tore, verband die drei Welten, sodass ihrer aller Kinder selber entscheiden konnten, wo sie leben mochten. Vers aus dem Buche Enuras

Nach etwa einer Woche und einem Umweg durch das westlich von Ijargheim gelegene Raivor überquerten die acht Gefährten schließlich die Grenze Gonvalors. Sie hatten sich durchweg abseits jeglicher Wege gehalten und lediglich ein einziges Mal einer Stadt genähert, um Proviant zu besorgen und um auf verschleierten Pfaden einen Eilbrief nach Donnerhall zu senden, um weitere Magiebegabte der Kontrakar für ihre Sache zu rekrutieren.

Die Tage verliefen stets ähnlich, sie hielten nur zum Mittag und zum Abend an und aßen oder trainierten ihre Kräfte, gingen nun jedoch besonnener vor.

Fendelin und Elwaran kundschafteten stets den Weg vor ihnen aus und sobald sie sich einem Dorf, einem Menschen oder einem möglichen Häscher näherten, gaben sie der Gruppe Bescheid, woraufhin sie ihre Route entsprechend anpassten.

Schließlich erreichten sie nach drei Wochen Gewaltritt den großen Wald bei Donnerhall und rasteten an dessen Grenze. Er erhob sich hoch über ihre Köpfe, war alt, dunkel und wirkte unfreundlich, genauso wie ihn Taron in Erinnerung hatte. Mehr als sechs Monate waren seit jener Nacht vergangen, als die Schwadron versucht hatte, ihn, Mira, Lavina und Barvo gefangen zu nehmen und sie daraufhin flüchten mussten. Es kam Taron wie eine Ewigkeit vor.

Sie kämpften sich mit ihren Pferden einige Schritt tief in das Unterholz und fanden glücklicherweise schnell einen geeigneten Platz für eine Rast. Elwaran und Fendelin begaben sich derweil auf die Suche nach einem geeigneten Weg durch zur Hauptstadt.

»Ich musste gerade daran denken, wie wir das letzte Mal diesen Wald durchstreift haben«, sagte Taron, einen Brotkanten kauend und betrachtete die alten, knorrigen Wurzeln, die sich weit von ihren Stämmen aus ausbreiteten.

»Es war grausam«, bestätigte Barvo. »Das einzig Lustige war der Sprung von der Palisade.«

»Ich habe dich hinabgestoßen«, warf Lavina ein.

»Ja, aber das war das erste Mal, dass ich einen anderthalbfachen Salto geschafft habe«, sagte er übertrieben ernst.

»Wobei du dir dein Genick gebrochen hast, zumindest hatte es sich so angehört«, merkte Mira an.

»Und das war gut so, seitdem habe ich keine Nackenverspannungen mehr.«

»Hattest du vorher auch nie«, echauffierte sich Lavina kopfschüttelnd.

Taron musste herzhaft lachen. Was jäh durch Elwaran beendet wurde, als dieser auf den Platz trat.

»Wie sieht es aus?«, fragte Gelador, welcher etwas abseits an einen Baum gelehnt stand.

»Nicht gut. Der Wald ist sehr unwegsam, selbst zu Fuß.«

»Dann reiten wir weiter und suchen eine geeignetere Stelle, um nach Donnerhall zu gelangen«, warf Mira ein.

»Seine Undurchdringbarkeit ist ein Wesen dieses Waldes und wir befinden uns noch am schmalsten Teil«, erklärte Lavina.

»Und wenn wir auf der anderen Seite Donnerhalls einen Weg suchen?«, fragte Ildrum, welcher eine Pfeife schmauchte und an einem kleinen Holzritter schnitzte.

»Die Hauptstraße wird hier gewiss gut bewacht und einen sicheren Übergang zu finden, könnte Tage dauern, so viel Zeit haben wir nicht. Heute ist 28. Tag im Monat Onacras, bis zur Zeit der Stille haben wir nur noch zwei Tage und wir wissen noch nicht einmal, wie wir über die Palisade, geschweige denn in die Festung Donnerhalls gelangen. Mit jedem Strich, den wir verlieren, rückt Halvors Ende näher«, beschrieb Taron ihre Lage.

»Du hast vollkommen recht, außerdem sieht der Wald dort nicht besser aus als hier«, bedachte Lavina.

»Das heißt, wir müssen zu Fuß weiter«, fasst Mira wehleidig dreinblickend zusammen.

»Und die Pferde hierbleiben«, führte Taron weiter aus.

»Und wer soll sich um sie kümmern? Wenn wir die Festung stürmen, brauchen wir jeden von uns«, wandte Gelador ein.

»Willst du sie freilassen?«, fragte Barvo.

»Wenn sie irgendjemand sieht, weiß der König, dass wir kommen«, wandte Ildrum ein und legte seine Schnitzerei zur Seite.

»Esthîon erwartet uns so oder so«, erklärte Elwaran.

»Werden die Pferde ohne uns denn überleben?«, fragte Mira.

»Sie sollten sogar den Weg in die Heimat finden«, verkündete Gelador, dessen Blick träumerisch nach Westen glitt.

»Nur vermag ich es mir nicht vorzustellen, dass sie den Ring um Avurin durchbrechen werden«, sagte Lavina.

Taron hob einige trockene, braune Blätter vom Boden auf und zerrieb sie zwischen seinen Fingern. *Wir können sie nicht in die Stadt nehmen, sie einfach Richtung Avurin zu schicken, könnte ebenfalls ihr Ende sein. Das Einzige wäre...* »Wenn wir die Pferde anweisen, hier in der Nähe zu bleiben und sich selbst zu versorgen, würden sie das verstehen? Ich meine, sie sind ziemlich schlau.«

»Sie würden gesehen werden und das bisschen Überraschungsmoment, was wir haben, vollkommen zunichtemachen«, zerschlug Gelador die Idee.

Taron atmete schwer. Er wusste, dass der Elfenkrieger recht hatte. »Dann lassen wir sie frei.«

»Sie werden einen sicheren Weg nach Avurin finden«, versicherte Elwaran und berührte des Novizen Schulter.

Gelador nickte und zog seinem Schlachtross sogleich das Zaumzeug vom Kopf, die anderen machten sich ebenfalls daran, ihre Reittiere vom Leder zu befreien.

Schweren Herzens stand Taron auf und machte sich ebenso an die Arbeit, wobei die Augen Sternenwinds dabei fast wehleidig wirkten und Tarons Innerstes zu spiegeln schienen.

Sie führten ihre Pferde zur Grenze des Waldes. »Mein guter Freund, folge dem Sonnenuntergang, so wirst du den Weg in die Heimat finden«, sprach Taron und tätschelte den Hals des Pferdes.

Dieser schnaubte, als hätte er es verstanden.

»Nun denn, Sternenwind, pass gut auf die anderen auf. Wir werden uns wiedersehen«, verabschiedete sich auch Elwaran.

So entließen sie ihre Pferde, welche wild wiehernd die Ebene entlang peitschten und schließlich in einem weiteren Wäldchen verschwanden. Nun gingen sie zu Fuß weiter und kämpften sich bis zum Abend hin durch das wurzelübersäte Unterholz des Waldes.

Die beiden Elfenspäher kundschafteten wie gewohnt die Umgebung aus. Als es bereits zu dämmern begann, erschien Elwaran so plötzlich hinter einem Baum, dass Taron unbewusst Magie in sich aufnahm und zu leuchten begann.

»Wir haben unser Ziel erreicht«, berichtete der Elf glucksend.

»Gut, dann sollten wir hier in der Nähe unser Lager aufschlagen. Hast du bereits einen guten Lagerplatz gefunden?«, fragte Taron.

»Nein. Ich begebe mich sogleich auf die Suche.«

»Brauchst du nicht«, widersprach Fendelin.

Taron wandte sich ihrer Stimme zu, die Elfe hatte sich ihnen bereits bis auf etwa sechs Schritt genähert. *Wie schaffen sie es nur, sich hier derart lautlos zu bewegen?*

»Ich habe einen gefunden. Folgt mir!« Sie ging an Taron und den anderen vorbei, änderte die Richtung und schwebte geisterhaft zwischen den Bäumen hindurch.

Schließlich erreichten sie eine Senke, an deren Ostseite sich das Wurzelwerk eines umgefallenen Baumes erhob und einen gewissen Sichtschutz vor unliebsamen Augen bot. An der anderen Seite hörte Taron ein sanftes Plätschern und nickte zufrieden. »Der Ort ist gut.«

»Das Wasser müssen wir stauen, es ist nicht mehr als ein Rinnsal«, befand Mira.

»Gibt es in der Nähe vielleicht eine Höhle oder dergleichen?«, fragte Gelador und blickte in den Himmel.

»Du meinst wegen des Wetters?«, fragte Fendelin.

Taron schaute ebenfalls nach oben, durch die Baumkronen sah er aufgebauschte, graue Wolken.

»Es könnte was aufziehen«, bestätigte Ildrum.

»Ich habe keinen besseren Ort in der Umgebung gefunden«, erklärte Fendelin.

Taron schaute noch einmal in jede Richtung und erblickte zwischen zwei Speerkiefern die runden Blätter eines Wartbaumes. »Ich glaube, wir sind hier richtig. Sollte es zu schlimm werden, wird uns Nebur mit seinem Dach Schutz geben.«

»Also bleiben wir hier«, sprach Barvo erleichtert und breitete eine Decke aus und ließ sich auf dieser nieder.

»Wie geht es jetzt weiter?«, fragte Lavina.

»Nun müssen wir ungesehen in die Stadt gelangen.«

»Ich hatte mir die Palisade angeschaut. Die Wachen patrouillieren immer mindestens zu zweit und halten stets Blickkontakt zu anderen Trupps. Da ungesehen hinüber zu gelangen, wird nicht einfach«, erklärte Elwaran.

»Wir müssen es schaffen. Lavina, Fendelin, Elwaran und Gelador, ihr könnt euch am besten ungesehen bewegen, begebt euch zum Waldrand und versucht, irgendeine Möglichkeit zu finden, hineinzukommen. Es muss einen Weg geben. Wartet bitte mindestens bis zur Wachablösung, vielleicht ergibt sich dann eine Gelegenheit.«

Die vier nickten.

»Seid bitte vorsichtig«, mahnte Mira.

»Mache dir keine Sorgen, wir werden wie Schatten sein«, entgegnete Lavina und lächelte breit.

»Dann lasst uns aufbrechen.« Gelador nahm etwas Brot aus seinem Rucksack, verstaute es in seinem Mantel und begab sich zum Ende der Lichtung und drehte sich nochmal um. »Sollten wir morgen zur Stunde Rylaks nicht wieder da sein, müsst ihr alleine euer Glück versuchen.«

»Mögen die Götter euren Wegen wohlgesonnen sein.« Taron formte mit seinen Händen den Kreis der Vielen und nickte zum Abschied. Die anderen legten ebenfalls ihre Rucksäcke ab, verabschiedeten sich still und folgten dem Elfenkrieger.

Taron war mulmig zumute, es kam ihm so vor, als würde er die vier geradewegs zu einer Bestie schicken. *Aber bald werde ich sie sogar direkt in deren Maul führen.* Er schüttelte den Kopf und versuchte, den Gedanken von sich zu schieben und wandte sich den anderen zu. »Dann lasst uns mal das Lager errichten, wenn sie zurückkommen, soll es ihnen an nichts mangeln.«

Sie entfachten ein Feuer und teilten Wachen ein, die sich außerhalb des Lagers aufhielten. Solche Vorsichtsmaßnahmen waren zum jetzigen Zeitpunkt unumgänglich. Sie hatten ihre Decken ausgebreitet und eine Plane gegen den möglichen aufkommenden Regen gespannt. Taron hatte soeben seinen Rundgang beendet und war wieder bei der Senke.

»Es scheint sich keiner so weit in den Wald hineinzuwagen«, berichtete er, Barvo und Ildrum nickten ihm zu.

»Du kommst genau richtig, die Suppe ist fertig«, sagte Mira und befüllte soeben eine der Schalen und reichte sie dem Feuerspucker.

Dieser rührte mit seinem Löffel darin herum. »Nicht mal ein bisschen Speck?«

Taron bekam ebenfalls eine Schüssel. Die Suppe glich eher einer Brühe, in der ein paar Stücken Kartoffeln schwammen.

»Unsere Vorräte sind leider etwas erschöpft, aber ich habe noch etwas Brot.« Mira zauberte aus ihrem Rucksack einen grauen Kanten hervor und reichte ihn Barvo.

»Besser als nichts.«

Ildrum begann zu grinsen. »Ich habe doch noch etwas aufgehoben, es passt zwar nicht perfekt zur Suppe, aber sollte dir doch schmecken.« Er zog aus seinem Rucksack ein kleines Stoffbündel und entfaltete dieses, heraus kam geräucherter Pökelfisch.

Barvos Augen weiteten sich. »Der sieht fantastisch aus.«

Ildrum legte ihn in die Mitte und begann, den Fisch zu zerteilen.

Da bekam Taron einen ersten Tropfen ab. Der Blick zum Himmel zeigte ihm im Lichte der letzten Sonnenstrahlen dicke, sich auftürmende, dunkle und bedrohliche Wolken. *Hoffentlich finden die anderen einen geeigneten Unterstand.*

Sogleich öffnete Laval ihre Dämme und sandte Intêrra ganze Wogen des eisigen Nasses entgegen.

»Packt alles unter die Plane!«, Taron stand auf und zog zusammen mit Barvo und Ildrum Rucksäcke und Decken unter die mit Wachs behandelte Stoffbahn. Mira versuchte, das Feuer zu schützen und deckte den Topf ab. Währenddessen erstarkte der Regen und glich mehr und mehr einer Sturmflut.

Durchnässt kauerten sie sich in ihre Mäntel gehüllt, auf Decken sitzend unter dem Stoff zusammen, von allen Seiten rann Wasser hinab und es dauerte nicht lange, da war die Feuchtigkeit unter ihren Unterstand gedrungen, das Feuer begann mehr und mehr zu qualmen und der Rauch sich zwischen ihnen zu stauen.

»Die anderen hätten die Nacht mit der Erkundung noch abwarten sollen«, knurrte er in dem Wissen, dass jede weitere Verzögerung schwerwiegende Folgen gehabt hätte.

»Ich glaube, dass sie jetzt sehen, wie der Feind bei einer schwierigeren Situation handelt, könnte von Vorteil sein«, entgegnete Mira.

»Du hast recht. Trotzdem fühle ich mich schlecht, dass wir hier und sie da draußen sind.«

»Sie kommen schon zurecht, mache dir nicht zu viele Gedanken«, riet Barvo

Taron nickte lediglich.

Plötzlich war ein Tosen zu hören und danach riss ein Wind an der Plane ihres Unterstandes und versuchte, sie mit sich zu reißen. Eine weitere Böe schleuderte einen ganzen Schwall Wasser direkt auf die Zusammengekauerten.

»Sind solche Stürme hier normal?«, rief Mira.

»So was habe ich bisher auf all meinen Reisen selten erlebt«, erklärte Barvo.

»Könnte es vielleicht doch wieder ein Elementar sein?« fragte Taron und schaute zu Ildrum.

Dieser schüttelte den Kopf. »Nein, ich bin im Zustand der Kontrolle.«

»Konzentriere dich, versuche zu meditieren. Sollte ein Elementar mit dem Sturm reisen, dürfen wir ihn auf keinen Fall anlocken.«

Sein Kamerad nickte zittrig und schloss die Augen.

Der Regensturm nahm zu, während die Nässe weiter in ihren Unterstand vordrang und das Feuer vollkommen löschte. Nun saßen die vier durchnässt in der Finsternis. Der Wind riss immer wieder heftig an der Plane und Taron, Mira und Barvo umklammerten diese, damit sie nicht von dem Sturm davongetragen wurde. Zu allem Überfluss stieg das Rinnsal von Bach allmählich an und drohte über die Böschung zu treten und alsbald kämpften das Tosen des Windes und das Rauschen des kleinen Stromes gegeneinander.

So verharrten sie fast einen Strich lang. Taron und Mira zitterten am gesamten Körper. Barvo hatte eine feste Miene aufgesetzt und schien die Konzentration darauf zu verwenden, seinen Körper in den

Ruhezustand zu versetzen. Ildrum hingegen hatte weiterhin seine Augen geschlossen. Sein dunkler Teint wirkte blass und trotzdem schien eine gewisse Wärme von ihm auszugehen und die Nässe in Dampf zu verwandeln.

Erst als die Stunde Onacras hereinbrach, flaute der Regen ab. Barvo entfachte das Feuer von neuem, selbst er brauchte unter diesen Umständen fast einen Viertel Strich und ohne die Flüssigkeit aus seiner Tonflasche hätte selbst er dieses Wunder kaum vollbracht. Sie begannen, alles was nass geworden war zu trocknen, was bei der allumfassenden Feuchtigkeit kein leichtes Unterfangen war. Selten hatte Taron sich so sehr über die lodernden Flammen gefreut wie diesmal. Doch kamen sie erst zur Ruhe, als die erste Stunde des Tages zu Ehren Baldors bereits weit fortgeschritten war.

Taron erwachte vollkommen gerädert, als die Sonne bereits hoch am Himmel stand. Barvo und Ildrum befanden sich ebenfalls auf der Lichtung und wendeten soeben die vor dem Feuer hängende feuchte Kleidung. Mira schien auf Rundgang zu sein.

Gemeinsam frühstückten die drei feuchtes Brot und etwas Suppe. Als die Sonne noch nicht ihren Zenit erreicht hatte, zur Mitte der Stunde Neburs, vernahm Taron Schritte mehrerer Personen im Wald.

»Gebt acht«, flüsterte der Novize und nickte in die Richtung, aus der die Geräusche kamen.

Barvo und Ildrum stellten sich neben ihn und zogen ihre Waffen.

»Alles gut, Freunde, ich bin es nur«, ertönte Miras Stimme. »Und ich habe jemanden mitgebracht.« Sie erschien am Ende der Senke zusammen mit Lavina, Fendelin, Gelador und Elwaran. Sie alle sahen blass aus und wirkten unglaublich erschöpft.

Taron atmete auf. »Es tut so gut, euch wohlbehalten wiederzusehen.«

»Kommt, setzt euch ans Feuer und wärmt euch etwas auf«, sagte Ildrum.

»Und esst etwas«, fügte Barvo hinzu und stellte den Topf erneut über die Flammen.

»Zuerst müssen wir aus den nassen Klamotten raus«, bibberte Lavina und legte ihren Mantel ab. Sie und Fendelin nahmen einige der getrockneten Gewänder und zogen sich hinter einen Busch zurück. Elwaran und Gelador wechselten ebenfalls ihre Kleider und setzten sich danach ans Feuer. Dankend nahmen sie eine Schale mit Suppe entgegen.

»Es war klug, dass ihr einen Späher entsandt habt. Wir haben Mira erst mitbekommen, als sie fast bei uns war«, lobte Gelador.

»Ich hatte gute Lehrer«, erwiderte sie und nickte zwinkernd zu dem Buschwerk, hinter welchem Fendelin und Lavina nun hervortraten.

»Hätte mich die Nacht weniger geschlaucht, hätte ich dich sicherlich eher wahrgenommen«, nuschelte Fendelin.

»Mira hat Fendelin ein wenig von ihrer eigenen Medizin schmecken lassen«, erklärte Lavina verschmitzt lächelnd.

»Ach, ist das so?«, amüsierte sich Taron.

»Es war wirklich etwas lustig«, grinste Mira, »unsere sonst so kühne Elfenspäherin hat sogar ein ganz kleines bisschen gequiekt.«

»Ich habe aufgeatmet, mehr nicht«, berichtigte Fendelin und setzte sich ans Feuer.

»Es war schon ein Quieken«, flüsterte Lavina Taron zu und nahm sich ebenfalls ein dampfende Schüssel mit Suppe.

»Nun gut, aber was habt ihr herausgefunden?«, fragte Ildrum.

Lavina nickte. »Sie haben ihre Vorsichtsmaßnahmen erhöht. Auf der Palisade patrouillieren Zweimann-Trupps, in sehr engen Abständen. Ich hatte allerdings eher das Tor im Auge, der Einlass wird durch eine Schwadron beaufsichtigt. Es hängen Steckbriefe aus, von uns allen. Ungesehen werden wir da niemals hindurchkommen.«

Taron nickte. »Das Tor ist also gestrichen, gibt es sonst eine Möglichkeit?«

Die Elfen sahen einander an und schüttelten die Köpfe.

Gelador erhob das Wort. »Der Wehrgang wird gut bewacht und die Palisade hat keine Lücken. Die anderen beiden Torhäuser sind geschlossen. Und der gesamte Wald rings um die Befestigungsanlage wurde gerodet.«

»Selbst bei dem Sturm haben sie ihre Posten nicht verlassen, lediglich etwas häufiger die Wachen rotiert«, erklärte Fendelin. »Ich bin bis zum Beledon gelaufen, überall das gleiche Bild.«

»Gibt es während der Wachablösung Unachtsamkeiten?«, fragte Taron.

»Ich habe keine gesehen«, antwortete Gelador missmutig.

»Es gibt keine Möglichkeit, ungesehen in die Stadt zu gelangen«, fasste Elwaran zusammen.

»Esthîon weiß, dass er unser Eindringen in die Stadt nicht verhindern kann«, sagte Taron.

»Aber durch seine Vorkehrungen wird er davon erfahren und kann sich vorbereiten«, führte Mira weiter aus.

»Wir bräuchten eine Ablenkung«, schätzte Barvo.

»Wenn sie gut gemacht ist, kann sie einiges an Wachen binden«, bestätigte Gelador.

»Doch wie sollte diese aussehen?«, Ildrum kratzte sich den Kopf. »Wir können schlecht ein kleines Heer gegen Donnerhall führen und dass sich einer von uns ihnen offenbart steht außer Frage.«

»Wie wäre es, wenn ein Unglück geschieht, wie ein Waldbrand, das würde definitiv ihre Aufmerksamkeit erwecken«, sprach Lavina.

»Die Idee hätte von mir kommen können«, merkte Barvo an.

»Vielleicht würden wir es sogar über die Palisade schaffen. Doch an Esthîons Stelle würde ich, besonders nach dem ganzen Regen, trotzdem Verdacht schöpfen«, sagte Taron.

»Einer könnte vielleicht ungesehen in die Stadt gelangen und einen Tumult auslösen, was ebenfalls einige der Wachen ablenken würde«, schlug Ildrum vor.

»Für den, der dies anstellt, ist die Gefangennahme nahezu sicher«, widersprach Elwaran.

»Vielleicht könnte man das Wasser des Beledon irgendwie nutzen«, schlug Barvo vor.

»Der Fluss ist zu gewaltig. Es würde Monate, wenn nicht gar Jahre, dauern ihn umzuleiten«, verwarf Gelador die Idee sogleich.

»Ein Unglück als Ablenkung«, murmelte Fendelin nachdenklich. »Bei der Festung Donnerhalls ist die Palisade am Rande der Steilklippe errichtet worden, wenn diese einstürzen würde, wäre das eine gute Ablenkung.«

»Die Klippe hat vermutlich hunderte von Jahren gehalten, dem Beledon und einer Vielzahl von Stürmen zum Trotz, wieso sollte sie plötzlich einstürzen?« fragte Lavina.

»Weil wir nachhelfen werden«, antwortete Taron. »Aber vorher müsste ich mir das Gelände anschauen.«

»Es ist schwieriges Terrain, direkt an der Palisade gelegen. Deswegen habe ich die Klippe nur von weitem erkundet«, erklärte Fendelin, »aber ich zeige sie dir.«

»Und ich werde mitkommen. Wann brechen wir auf?«, fragte Gelador.

»Wenn ihr soweit seid, sofort«, erklärte Taron.

Die beiden nickten und leerten ihre Schalen.

»Wollt ihr wirklich schon wieder aufbrechen?«, fragte Mira.

»Zeit ist ein sehr kostbares Gut, zumal Halvors Hinrichtung immer näher rückt«, bedachte Taron.

»Aber ihr solltet euch wenigstens einmal kurz ausruhen.«

»Wir Elfen erholen uns sehr schnell«, winkte Fendelin ab und verstaute etwas Brot in einem Beutel.

Taron füllte seinen Wasserschlauch und zurrte seinen Stabhalfter fest. »Seid ihr bereit?«

Die beiden Elfen sahen einander an. »Wir können aufbrechen«, bestätigte Gelador.

Fendelin eilte voraus. Der Boden war weich und stellenweise sank

Taron bis über die Schuhsohle hinweg ein. Der Geruch des Regens hatte sich noch nicht gelegt. Es war eine kühle und gleichzeitig bedrückende Luft.

Schließlich erspähten sie die Waldgrenze und in mehreren Dutzend Schritt dahinter die Palisade der Hauptstadt. Sie blieben hinter den Bäumen verborgen und wandten sich parallel zum Wall gegen Norden. Bald war in der Ferne ein polterndes Rauschen zu hören, welches je näher sie kamen, zu einem Donnern erstarkte.

Fendelin wurde langsamer und blieb schließlich hinter einem Baum stehen. Die Elfe winkte Taron zu sich und deutete an ihrer Deckung vorbei.

Der Anblick war beeindruckend. Der Boden vor ihnen fiel bis hin zu dem im Tal fließenden Beledon steil ab. Felsen ragten aus dem Fluss heraus und wurden von peitschendem Wasser umströmt. Darüber stieg die von Fendelin beschriebene Klippe in die Höhe, an deren Ende die Baumstämme der Palisade Donnerhalls begannen, hinter der ein großer Wartbaum und die Königsfestung in die Höhe ragten.

Wir sind unserem Ziel so nahe und doch scheint es unerreichbar. Wehmütig richtete Taron seinen Blick wieder auf die graue Felswand. »Sie sieht sehr stabil aus«, flüsterte er.

»Ich bin mir da nicht so sicher«, erwiderte Gelador, beugte sich nach vorne und schob einen tief hängenden Ast zur Seite. Er deutete auf das obere Drittel des Steinmassivs. »Dort oben ist ein Riss im Felsen, welcher weiter nach Süden verläuft. Wenn wir diesen aufbrechen, stürzt mit Gewissheit ein Teil des Schutzwalls in den Abgrund.«

Taron kniff die Lider zusammen. »Ich kann es nicht erkennen, aber wenn du es sagst, glaube ich dir.«

»Menschen und ihre Augen«, gluckste Fendelin.

»Um die Beschädigungen im Gestein besser einzuschätzen, müssen wir näher heran«, erklärte der Schwertmeister.

»Willst du da hoch?«, fragte Taron.

»Ich mache es, das wird ein Spaziergang«, sagte Fendelin.

»Nein, du gehst nicht allein. Wenn du entdeckt wirst, ist das dein Untergang.«

»Wenn ich alleine gehe, werde ich nicht entdeckt«, erwiderte sie lächelnd.

»Nur zusammen sind wir stark. Du kundschaftest den Weg aus, wir folgen dir«, bestimmte Taron.

Fendelin nickte, begab sich in die Hocke und pirschte vorsichtig weiter vor zum Beledon und sah die Steilklippe hinab. Danach ging sie weiter durch den Wald, immer wieder abwechselnd nach oben durchs Geäst und nach unten zum Fluss schauend. Sie näherten sich der

Waldgrenze zur Stadt. Fendelin blieb stehen und sah sich um. Hier war die gerodete Fläche etwa zwanzig Schritt breit und stieg zur Palisade hin steil an.

»Wie viele Messer habt ihr?«

»Eins«, antwortete er.

Gelador deutete auf seine beiden Dolche am Gürtel.

Fendelin ließ einen Wurfdolch unter ihrem Arm hervorschnellen und hielt diesen Taron hin. »Wir müssen klettern. Die Klingen helfen uns als Haltegriffe. Ihr müsst genau den Weg befolgen, den ich euch vorgebe.« Die Elfe zauberte ein dünnes Seil aus ihrer Tunika hervor und reichte ein Ende Taron. »Befestigt das an euren Gürteln«, befahl die Späherin und knotete das erste Stück an ihrem fest.

Als die Vorbereitungen abgeschlossen waren, schaute Fendelin nochmal zum Wall und konnte scheinbar keine Bedrohung erkennen. Sie legte sich auf den Bauch und ließ sich die Felswand hinabgleiten.

Taron achtete derweil genau auf jede ihrer Bewegungen.

Die Elfe kletterte einige Schritt die Klippe nach unten, rammte dann ein erstes Messer über sich in eine Felsspalte und ein weiteres links von sich und hangelte dann einige Schritt waagerecht an der Klippe entlang.

Schließlich verharrte sie und tastete die vor ihr liegende Felswand ab, schüttelte den Kopf, zog eine weitere Kletterhilfe und rammte diese ebenfalls in den Spalte. Ihre rechte Hand ließ den Haltegriff los. Ihr Körper schwang zur Seite, während ihre linke Hand sich von dem zweiten Messer löste. Sie flog zwei Schritt an der Klippe entlang.

Taron zog scharf die Luft ein und umklammerte das Seil, mit dem die beiden verbunden waren.

Die Elfe landete sanft auf einem im Dunkeln verborgenen Felsvorsprung und winkte ihnen auffordernd zu.

Er atmete erleichtert aus und kletterte zögerlich die Felswand hinab, froh über das Tosen des Beledons, der alle Geräusche verschluckte, die er verursachte. Die Klippe war feucht, krampfhaft klammerte er sich an jede Haltemöglichkeit, nutzte die Messergriffe um zu verschnaufen und gelangte schließlich zu der letzten Kletterhilfe, nahm allen Mut zusammen und schwang sich zu Fendelin, dabei hatte er kurz das Gefühl, dass sich die Klinge etwas löste, aber sie hielt und so landete er neben der Elfe, die ihn mit ihrer freien Hand packte.

Gelador folgte den beiden leichtfüßig.

Der schmale Vorsprung, auf dem sie standen, zog sich weiter die Felswand entlang und wurde sogar Schritt für Schritt breiter.

Fendelin hielt plötzlich. »Da vorne ist eine Höhle.«

Taron schaute an der Späherin vorbei. Der Eingang befand sich gut zwanzig Schritt unterhalb des Schutzwalls. Der Riss, den die Elfe im

Gestein gesehen hatte, war jedoch einige Schritt weiter links davon. Sie folgten dem schmalen Pfad, welcher einige Fuß oberhalb des Höhleneinganges entlangführte.

»Wir müssen uns die Höhle anschauen«, befand Fendelin und rammte zwei Messer in das Gesteinsmassiv und ließ sich hinab. Als ihre Füße die Schwelle der Höhle berührten, löste sich ein Stein unter ihr. Sie stieß ein überraschtes Stöhnen aus, stürzte hinab, während ihre Hände vergeblich versuchten Halt zu finden. Taron griff mit einer Hand das Seil und mit der anderen eine der in den Stein gerammten Klingen. Der Strick spannte sich und riss an seiner Hüfte. Fendelins Sturz nahm ein jähes Ende. Er keuchte zerknirscht und spürte sogleich Geladors Hand an seiner Schulter.

»Fendelin, geht es dir gut?«, rief Taron.

Die Elfe hing schlaff an dem Seil.

»Sie ist bewusstlos«, sagte Gelador nüchtern.

Wir müssen sie irgendwie in die Höhle schaffen. »Halte mich gut fest.«

Der Griff des Elfenkriegers verstärkte sich.

Taron nahm das Tau und führte es über seine Schulter und richtete sich zur vollen Größe auf. Fendelin hing mit dem Körper auf Höhe des Höhleneinganges. Langsam pendelte Taron den Strick hin und her.

Immer wieder schwang er Fendelin zur Höhle hin, jedes Mal schlugen ihre Arme und Beine gegen den Boden der Nische. Schließlich riss er seinen Arm noch einmal weit nach oben. Die Elfe schwang auf den Eingang zu, doch ihr Kopf prallte gegen die Felswand. *Verdammt.*

»Halte sie höher«, riet Gelador.

»Leichter gesagt als getan«, keuchte Taron und ließ das Elfenseil, welches bereits nass vom Schweiß war, los und lockerte seine Hand.

»Wenn ich hinunterklettere, schaffe ich es vielleicht sie hineinzuzerren«, schlug der Elfenkrieger vor.

»Wenn du auch abrutschst sind wir alle des Todes.« Taron schlang das Seil mehrfach um seinen Unterarm herum. Der Druck unterband die Blutzufuhr zur Hand und ließ sie taub werden. Er richtete sich wieder zur vollen Größe auf und begann erneut das Seil hin und her zu pendeln. Sein Arm schien fast zu reißen, Schmerzen breiteten sich bis zu seiner Schulter aus, während sein gesamter Körper zu zittern begann. Mit zusammengebissenen Zähnen holte er ein letztes Mal weit aus und ließ Fendelin behutsam in die Höhle gleiten.

Taron schnaufte erleichtert durch. Es war eine Wohltat, ihr Gewicht nicht mehr zu spüren. Er blickte hinab und sah in jenem Moment, wie der zarte Körper der Späherin zu rutschen begann. *Bei den Göttern.* Taron griff erneut das Seil und legte sich dicht an die Höhlenwand.

Fendelin glitt aus dem Eingang und riss Taron fast mit sich.

»Was nun?«, fragte Gelador.

»Ich überlege.«

Das Seil grub sich mit jedem Moment tiefer in Tarons Handfläche und Schulter. Selbst seine Beine begannen zu vibrieren.

»Wenn du sie nicht mehr halten kannst, musst du sie abschneiden«, sprach Gelador.

»Nein.« Taron schaute zu Gelador und dann nochmal hinunter zu der Elfe. »Du hältst Fendelin. Ich steige hinab und ziehe sie rein.«

»Ich kann auch gehen.«

»Nein, ich vermag sie kaum noch zu halten«, schnaufte er und reichte Gelador das dünne Tau.

Nachdem er Arme und Beine ausgelockert hatte, stieg er an den drapierten Messern hinab. Zu guter Letzt hielt er sich an den untersten Griffen fest, sodass seine Beine vor dem Höhleneingang hingen und schwang sich wie die Elfe zuvor hinein. Seine Stiefel landeten auf glattem, feuchtem Felsen und rutschten nach hinten weg.

Der Schrei Geladors drang an sein Ohr.

Taron schlug mit dem Oberkörper auf den Boden. Reflexartig glitt seine Hand zu dem Messer an seinem Gürtel. Mit aller Gewalt trieb er das Metall ins Gestein. Seine Beine glitten aus der Höhle. Das Messer fand Halt, woraufhin ein Ruck durch Taron ging, dessen Augen an den umschlungenen Messergriff geheftet waren. Seine beiden Hände glühten. Dann riss etwas an Tarons Hüfte. *Fendelin.*

»Taron, geht es dir gut?«, hörte er Gelador.

»Ja.«

»Ich habe Fendelin fallen gelassen.«

»Habe ich gemerkt.«

Taron zückte sein zweites Messer und rammte es etwas tiefer in die unbekannte Düsternis vor ihm und zog sich daran vorwärts, während ein zartes Rinnsal ihm entgegenströmte. Stück für Stück drang er tiefer in die dunkle, nasse Grotte vor, bis sich das Seil zu Gelador spannte. Er richtete sich auf, verankerte die beiden Messer vor seinen Stiefeln und zog an dem Strick, an dessen Ende Fendelin hing. Mit einem Ruck zog er sie endlich in die Höhle, schlang ihr Halteseil um einen der Messergriffe und atmete erleichtert auf.

»Taron, kann ich nachkommen?«

»Ja, aber halte ein Messer griffbereit.«

»Werde ich, wenn ich jetzt rufe, ziehe an dem Seil. «

Eine weitere Schnur erschien vor dem Eingang und wurde wieder ein Stück nach oben gezogen.

Es dauerte noch einige Augenblicke, dann schrie Gelador: »Jetzt!«

Taron griff das Seil und zog daran, kam kaum hinterher mit dem Umfassen. Gelador erschien plötzlich in der Öffnung und fiel nach vorne, neben ihn und Fendelin. Der Novize riss an Geladors Mantel und zerrte ihn neben sich.

Sie lagen nebeneinander.

»Wie hast du das denn gemacht?«, fragte Taron und sah, dass ein Seil vor dem Höhleneingang hing.

»Ich habe ein Stück von unserem Seil gekappt und an der Felswand befestigt, so ist der Einstieg doch ein wenig komfortabler.«

»Nur an der Landung musst du noch etwas arbeiten, aber sei es drum, wir haben es geschafft«, grinste Taron erleichtert.

»Es war knapp.«

»Nur gut, dass wir Fendelin nicht alleine haben gehen lassen.« Erst jetzt besah sich Taron die Elfe genauer, sie atmete noch, doch eine riesige Beule an der Schläfe färbte sich bereits blau.

Gelador beugte sich besorgt über sie und tätschelte ihre Wange. »Sie ist nur bewusstlos.« Der Elf nahm seinen Wasserschlauch zur Hand und warf der Späherin eine Handvoll des kühlen Nasses ins Gesicht.

Prustend erwachte Fendelin.

Taron berührte ihre Schulter. »Ganz ruhig, es ist alles gut.«

»Was ist passiert?«, fragte sie schwer atmend und tastete ihre Schläfe ab.

»Fast hätte sich der Beledon unser aller angenommen«, sagte Gelador.

»Zum Glück nur fast«, antwortete Fendelin und lächelte dabei etwas verzerrt.

»Du ruhst dich hier etwas aus. Wir beide erkunden die Höhle«, erklärte Taron.

»Ist gut.«

Taron schnitt sich von Fendelin los und stand ganz langsam auf. Die Mitte des Höhlenbodens war glitschig. Der Gang stieg leicht an, war kaum mehr als schulterbreit und so niedrig, dass sein Kopf fast an die Decke stieß. Überall an den Wänden zogen sich zarte Risse entlang, aus denen Feuchtigkeit drang. Schließlich beschrieb der Pfad eine leichte Kurve, sodass kaum noch Licht in dessen Inneres schien. Unweigerlich dachte Taron an die Höhle des Silbertigers. *Zum Glück wird sich hier kaum einer hin verirrt haben.* »Hast du eine Fackel dabei?«, fragte er zweifelnd.

»Leider nicht.«

»Dann muss ich uns anders etwas Licht verschaffen.« Taron zog über seinen Talisman Magie ein und ließ eine kleine Lichtkugel am Ende seines Zeigefingers entstehen, welche es vermochte, die Grotte zu erhellen. Je weiter sie vordrangen, desto schmaler und niedriger wurde der Gang, dafür wurden die Risse im Gestein immer zahlreicher. *Vielleicht haben wir ja wirklich Glück und die Höhle reicht bis nach Donnerhall hinein.* Sie gingen um eine weitere Kurve, bis der Pfad jäh in einem Geröllhaufen endete. *Und jedwede Hoffnung gleich wieder zerschlagen.*

»Hier kommen wir nicht weiter.«

»Müssen wir vielleicht auch nicht. Die Palisade müsste eigentlich über uns sein.« Gelador deutete mit dem Finger nach oben.

»Ich werde mal meine Fühler ausstrecken.« Taron setzte sich in den Schneidersitz und schloss die Augen. Er versank fast augenblicklich in der Meditation. Die unebenen Felswände samt der Risse entstanden um ihn, welche er sogar vermochte, ein Stück nachzuverfolgen. Doch mehr als ein halbes Dutzend Schritt waren es nicht. *Ich muss meine Reichweite erhöhen.* Er konzentrierte sich auf den oberen Teil der Höhle, sein Geist schaffte es jedoch kaum, weiter vorzudringen.

Er öffnete die Augen. Es war fast vollkommen dunkel. Lediglich ein kleiner Lichtstrahl drang durch den Gesteinshaufen vor ihm.

»Was hast du gesehen?«, fragte Gelador.

»Diese Risse hier verlaufen durch die gesamte Klippe.« Taron deutete auf jene Stellen, die er wahrgenommen hatte.

»Es sollte also möglich sein, die Felswand zum Einsturz zu bringen.« Gelador tastete die sichtbaren Vertiefungen der Höhlenwände ab. »Die Zwerge benutzen bei ihrem Bergbau manchmal entzündliche Gase und füllen Hohlräume damit. Leider haben wir kaum die Zeit, um solche herzustellen.«

Taron nickte. »Deine Lehre der Steinkunde scheint sich schon jetzt bezahlt zu machen, doch bezweifle ich, dass wir das Zwergengas brauchen, mit Magie sollte es ebenso gehen. Allerdings weiß ich nicht, ob meine Energie dafür ausreichen wird.«

Gelador überlegte kurz. »Ich werde Elwaran herbringen, als Rubinelf kann er dir vielleicht sogar bei der Felsenerkundung helfen.« Gelador strich mit seiner Hand am Gestein entlang.

»Die anderen sollen alles für das Überwinden der Palisade vorbereiten und Enterhaken herstellen. Wir beginnen, wenn Tanus am höchsten steht.«

Gelador nickte. »Damit unser Feind wirklich glaubt, dass der Einsturz ein Unglück ist, wäre es gut, wenn sich dieses ankündigt. Vielleicht gelingt es dir ja, ein paar Felsen herauszubrechen und die Palisade etwas zu erschüttern.«

»Ich verstehe, was du meinst, ich weiß jedoch noch nicht, wie ich das anstellen soll.«

»Du hast genug Zeit, es herauszufinden. Viel Glück.« Gelador führte seine rechte Hand zur Brust.

Taron erwiderte die Geste »Dir auch.«

Sie begaben sich zum Höhleneingang. Die beiden Elfen banden sich wieder aneinander fest und verließen die Grotte und hangelten das herabhängende Seil hinauf.

Taron kniete am Rand des Abgrundes und sah den beiden hinterher. Er hatte sich daran gewöhnt, seine Kameraden um sich zu haben, nun hier alleine in der Höhle zu bleiben, fühlte sich beklemmend an. Seine Hände strichen über den feuchten Boden, bis zu den Stellen, wo er versucht hatte, mit seinen Messern Halt zu finden. *Eigentlich müssten hier Risse oder dergleichen sein,* dachte er. Jedoch war der Stein bis zu dem Ankerpunkt, welcher Fendelin gesichert hatte, vollkommen glatt. Die Klinge hatte sich einfach in den Felsen gegraben und war dann erstarrt. *Habe ich das mit meiner Magie vollbracht?*

Taron schüttelte den Kopf und kroch wieder tiefer in das Innere der Höhle. Ihm war eine Idee gekommen, wie er die Felswand ins Wanken bringen könnte.

Kapitel 28: Felsen und Tod

Das erste Tor wurde in den tiefen Höhlen der Zwerge entdeckt, doch kaum eines der Wesen verspürte zunächst den Drang, andere Welten zu besuchen. Vers aus dem Buche Elysias

Gelador und Elwaran kamen soeben im Schutze der beginnenden Nacht an der Steilklippe des Beledon an. Elwaran spähte hinab in die Tiefe, an deren Grund der Fluss reißerisch entlangfloss. Ein mulmiges Gefühl breitete sich in seiner Magengrube aus. *Ein Sturz bedeutet das Ende.* Er schaute in Richtung der sich erhebenden Palisade und zu der Felswand darunter.

Gelador war seinem Blick gefolgt. »Genau dorthin müssen wir«, sagte er und hielt Elwaran das andere Ende des Seils hin. Dieser nahm es entgegen und band es sich ebenfalls um die Hüfte.

Sie stiegen den Hang hinab. Selten hatte sich Elwaran derart unwohl gefühlt. Erinnerungen daran, wie er als junger Elf in den höchsten Wipfeln Avurins herumgesprungen war, drangen an die Oberfläche seines Geistes. *Aber hier zu klettern ist noch einmal etwas ganz anderes und gerade mit Gestein und Erde soll ich eine Verbindung haben. Rylak hat sich bei meiner Erschaffung wahrlich einen Scherz erlaubt,* dachte er, schüttelte den Kopf und folgte dem Elfenkrieger.

Vorsichtig begaben sie sich den Felsvorsprung entlang, bis sie die Höhle erspähen konnten. Hier hielt Gelador, stieg einige Fuß nach oben, schlug ein Eisen tief in eine Felsspalte hinein und knotete ein weiteres Seil daran fest. Das ging dem Krieger derart einfach von der Hand, dass man denken konnte, er hätte einen menschlichen Lebenszyklus an einem Bergmassiv verbracht.

Elwaran nahm eine Bewegung am Eingang der Grotte wahr und sah, dass Taron gebeugt darin stand und ihnen zulächelte.

Die Elfen robbten weiter an der Wand lang und ließen sich zu Taron hinab, welcher ihnen beim Betreten der Höhle half. »Hast du noch etwas erreichen können?«, fragte der Elfenkrieger und band das mitgebrachte Seil an ein weiteres Messer, welches im Boden steckte.

»Am besten, ihr kommt beide kurz mit«, Taron ließ eine kleine Lichtkugel entstehen und schritt zum Ende des Tunnels. »Ich hatte hier ein paar Fuß weiter gegraben. Und noch einmal tiefer hineingefühlt. Über mehrere Fuß hinweg besteht alles nur aus Fels, da ist kein Durchkommen. Danach hatte ich einen Magieimpuls in den Spalt hineingesendet, wodurch das Geröll ins Rutschen geriet und den Weg, den ich freigelegt hatte, wieder zuschüttete.«

»Gut, dass dir dabei nichts passiert ist«, sprach Elwaran.

Gelador hob und senkte nur das Haupt. »Wir haben nur diese kleine Höhle, um die Klippe zum Einsturz zu bringen.«

»So ist es. Ich habe bereits die Idee, wo wir mit unserer Magie ansetzen können, aber würdest du bitte selbst noch einmal schauen?«

»Ich probiere es.«

»Denke daran Elwaran, du bist ein Rubinelf, du vermagst es, weit durch Gestein und Erde zu blicken, sie sind dir zu eigen. Ich werde dich anleiten«, erklärte der Elfenkrieger behutsam.

Er ging gefasst zum Ende des Tunnels. *Ich habe die normale Meditation der Elfen nie wirklich vollbracht, wie soll ich denn nun die zweite Stufe vollbringen? Aber diesmal geht es nicht nur um mich, es geht um viel, viel mehr. Ich werde es schaffen. Ich muss es schaffen,* sprach sich Elwaran selbst Mut zu. Er berührte die Wände, ertastete die Unebenheiten und einen kleinen Riss, sonst nichts weiter. Am Ende setzte er sich. »Wir können beginnen.«

»Dann schließe deine Augen.«

Elwarans Atmung wurde langsamer, eine innere Ausgeglichenheit entsprang ihm.

»Spüre den Stein, auf dem du sitzt, lass alles andere in den Hintergrund treten.«

Elwaran spürte den Boden, aber genauso seinen Fuß, der soeben anfing einzuschlafen.

»Es gibt nur dich und den Felsen. Werde zu einem Teil davon.« Gelador wiederholte diese Worte wieder und wieder.

Elwaran verdrängte das Kribbeln in seinem Fuß und richtete seine gesamte Aufmerksamkeit auf den festen Untergrund. Doch hatte er nicht das Gefühl, als würde er ihm irgendwie näherkommen.

»Verbinde dich mit dem Gestein, fühle wie Gestein und werde letztendlich zu Gestein«, flüsterte Gelador so sanft, wie es Elwaran bisher noch nie gehört hatte

Er stellte sich vor, wie sein Körper sich mit seiner Umgebung verband, seine Gefühlswelt änderte sich und wurde härter, unnachgiebiger.

»Und dann weite deine Sinne auf das Element aus.«

Elwaran konzentrierte sich. Es gab nur ihn und den Boden unter ihm. Langsam wandelte sich sein Gefühl und die äußere Meditationswelt entstand vor seinem inneren Auge. Zuerst tauchten die Schemenhafte Umrisse in seiner Nähe auf, bis schließlich Gelador, Taron und weitere Konturen der Höhle deutlich hervortraten. Er sah die Risse in den Wänden und die Felsbrocken, die den Gang versperrten.

Niedergeschlagen öffnete er die Augen und sah zu seinen beiden Freunden und schüttelte den Kopf. »Ich bin in die äußere Meditation getreten.«

»Versuche es weiter, uns bleibt noch etwas Zeit.« Gelador verschwand aus seinem Sichtfeld.

Elwaran schloss erneut die Augen. Immer wieder versuchte er, sich mit der Umgebung zu verbinden, doch wenn überhaupt, weitete sich seine Sicht und es entstand der äußere Meditationszustand. Er senkte das Haupt und sah auf seine Hände. »Warum schaffe ich es nicht? Ich habe etwas in mir, das uns helfen würde, doch ich kann es einfach nicht.«

»Gehe nicht zu sehr mit dir ins Gericht«, beschwichtigte Taron Elwaran, kniete neben ihm nieder und berührte seinen Rücken. »Es ist viel verlangt, etwas Neues zu beherrschen, ohne den Grundstein dafür gelegt zu haben.«

»Es war einen Versuch wert, da es nicht funktioniert, muss es eben so gehen. Wo glaubst du, sollten wir unseren Angriff setzen?«, fragte Elwaran.

»Ich denke, am sinnvollsten wird es sein, wenn wir die Steine vor uns ins Rutschen bringen.«

»Sehe ich ebenso, also ein starker Angriff, direkt rein.«

Elwaran nickte. »Ob es ausreicht, wird sich danach zeigen.«

Gelador erschien hinter ihnen. »Und?«, fragte er.

»Wir haben eine geeignete Stelle gefunden, um einen ersten Versuch zu wagen.«

»Dann werde ich draußen auf euch warten. Nehmt einfach das Seil, welches ich an das Messer im Boden gebunden habe und schwingt euch dann zu mir.« Gelador schaute beiden tief in die Augen. »Möge Rylak seine Hände über uns halten«, sagte er.

»Sowie alle anderen Götter. Wir können jedwede Unterstützung gebrauchen«, führte der Novize weiter aus.

Die drei nickten einander zu und Gelador verschwand zum Ausgang.

»Dann lass uns mal einen Berg zum Einsturz bringen«, sprach Taron.

»Wie stellen wir es an?«

»Du sendest einen Impuls gegen die Decke und ich einen gegen das Höhlenende aus.«

»Mit voller Kraft?«

»So, dass wir danach noch unbeschadet den Rückweg schaffen.«

Elwaran verspürte eine gewisse Angst, nickte jedoch steif, wandte sich dem dunklen Teil der Höhle zu und zog Energie ein. Sein mit Stahldraht umwickeltes Amulett begann zu glühen. Das Gefühl der Kraft wirkte beflügelnd und schmälerte jegliche Bedenken. Das

Leuchten breitete sich zu seinen Händen hin aus. Dann blickte er zu Taron.

Dieser nickte. »Jetzt.«

Elwaran warf seinen Arm in einer kreisförmigen Bewegung nach vorne.

Aus Tarons Hand löste sich ebenfalls ein Strahl. Gleichzeitig trafen sie Decke und Höhlenwand. Der Boden bebte. Taron griff Elwarans Schulter und schob ihn zum Höhlenausgang. Sie rannten dem Lichtfleck entgegen, während sich Felsen aus der Decke lösten und hinabfielen. Eine unaufhaltsame Kettenreaktion schien in Gang gesetzt worden zu sein. Durch die Höhlendecke lief eine Welle. Einer der herabfallenden Steine streifte den Oberschenkel des Elfen. Er stolperte, ein dumpfer Schmerz breitete sich in seinem Bein aus. Sie waren nun noch wenige Fuß vom Ausgang entfernt. Ein weiterer Schlag traf seine Schulter und riss Elwaran zu Boden. Der Elf stürzte, schrie, dann umfing ihn Dunkelheit.

»Elwaran, Elwaran«, drang eine weit entfernte Stimme an sein Ohr.

Elwaran wollte etwas sagen, doch sein Mund vermochte sich nicht zu öffnen. Fester Stein hielt ihn gefangen. Das Atmen fiel ihm schwer, Staub füllte seine Lungen und verklebte seine Nase.

»Elwaran!«

Er stemmte sich gegen den steinernen Griff, wollte sich bewegen. Es war zwecklos. Seine Kraft schwand. Die Atmung wurde schwächer und durch schiere Panik ersetzt. *Ich will so nicht sterben.* Er bäumte sich erneut auf. Versuchte zu schreien. Kein Laut drang zwischen seinen Lippen hervor. Doch durch die Finsternis drang ein Licht.

Die Klammer um seinen Oberkörper löste sich. Seine Lungen weiteten sich und er zog tief Luft ein. Das Leuchten verblasste und sogleich kehrte der Druck auf seinen Körper zurück. Zwängte ihn wie in einen Schraubstock ein, presste das Leben aus ihm heraus. Letztlich hatte er das Gefühl, eins mit den Felsen zu werden. Mit dieser Empfindung zog sich ein trüber Schleier über ihn und als die Benommenheit seinen Kopf ergriff, verschwanden alle Gedanken wie Schatten in der Dämmerung.

»Elwaran«, schrie Taron, während er einen Felsen zum Höhleneingang schob. Die Lawine, unter der der Elf begraben lag, geriet erneut ins Rollen und kam wieder zur Ruhe. *So gelingt es nicht. Ich muss schneller arbeiten.*

»Ich hole dich da raus«, schrie Taron.

Sein gesamter Körper pulsierte. *Er darf nicht sterben.* Stein um Stein schob er zur Seite. Selbst gigantische Felsbrocken, die er nie hätte bewegen dürfen können. Gelador erschien hinter ihm.

»Elwaran ist verschüttet.«

Der Elf nickte und packte sogleich mit an. Gemeinsam befreiten sie den Gang vom Gestein.

Da blitzten plötzlich Fingerspitzen durch das Geröll hindurch, Taron legte vorsichtig die Hand frei, ergriff sie und zog daran, darauf bedacht, keinen weiteren Felsrutsch zu verursachen. Gelador fasste an den Unterarm des Elfen und zusammen holten sie Elwaran aus dem Schutthaufen.

Taron war erschöpft, zittrige Hände umschlossen das Gesicht des Elfen.

Seine Augen waren geschlossen und er atmete nicht mehr.

»Nein.« Entmutigt ließ sich Taron nach hinten fallen.

»Er kann nicht tot sein«, herrschte Gelador und schlug Elwaran auf die Brust, beugte sich über ihn und begann, gleichmäßig mit beiden Armen auf den Brustkorb des Elfen zu drücken. »Wach auf!« Gelador schrie. »Komm schon, wach auf!«

Der Elfenspäher riss die Augen auf, zog krächzend Luft ein und hustete Staub.

Taron fiel erleichtert gegen die Höhlenwand, beugte sich über seinen Freund und griff dessen Schulter. »Ich dachte, wir hätten dich verloren.«

»So schnell stirbt ein Elf nicht.«

»Es stand auf Messers Schneide«, merkte Gelador bedächtig an.

Elwaran nickte. »Haben wir es wenigstens geschafft?«

Taron hatte kurzzeitig vergessen, warum sie eigentlich hier waren. Sein Blick glitt hinüber zu Gelador.

»Ihr habt es geschafft, einen kleinen Erdrutsch auszulösen, aber lediglich ein Stamm der Palisade ist zur Seite umgekippt.«

»Bei Nebur, wir haben fast unsere gesamte Energie in den Angriff gelegt«, stammelte Taron traurig.

»Vielleicht müssen wir doch von diesem Versuch absehen und etwas anderes ausprobieren«, schlug Gelador vor.

»Dafür fehlt uns die Zeit. Außerdem, glaube ich, können wir es mit einem weiteren Angriff schaffen.« Elwaran starrte auf das Geröll hinter sich.

»Wenn wir nochmal Magie benutzen, könnte der restliche Tunnel ebenfalls einstürzen«, vermutete Taron.

»Hattet ihr eure Kräfte nicht an der instabilsten Stelle eingesetzt? So stark ihr auch sein mögt, ich bezweifle, dass ihr es schaffen werdet, das Vorhaben zu vollenden«, tat Gelador kund.

»Deine Einschätzung ist vermutlich richtig.«

»Trotzdem müssen wir es probieren«, entgegnete Elwaran

zuversichtlich zu dem Novizen. »Überprüfe nochmal das Gestein.«

Wenig hoffnungsvoll nickte Taron und schloss die Augen. *Vielleicht hat sich die Struktur der Höhle doch mehr zu unseren Gunsten verändert.* Er weitete seinen Geist in alle Richtungen aus. Der Gang um ihn war massiv, er glitt weiter durch die Steine hindurch, die den Weg versperrten. Dazwischen hatten sich Hohlräume gebildet, die das Vordringen einfacher machten. Überall waren Risse und gelockerter Fels zu erkennen.

Mit einem Funken Hoffnung löste er die Meditation wieder auf und sah zu den beiden Elfen. »Ich glaube, wir haben einen guten Anfang gemacht. Könntest du noch einmal schauen?«

Elwaran begab sich in den Schneidersitz. Obwohl er soeben dem Tod von der Schippe gesprungen war, wirkte er schon wieder voller Energie. Schließlich öffnete er die Augen und nickte. »Noch eine Detonation könnte reichen. Es gibt da nur ein Problem.«

»Zwischen uns und dem Punkt der größten Wirkung liegen Unmengen Gestein.«

»Wir können nicht die gesamte Höhle wieder freilegen«, wandte Gelador kopfschüttelnd ein.

Taron stand auf und berührte die ersten großen Felsen. »Nicht unbedingt.«

»Was hast du vor?«, fragte Elwaran.

»Wir werden noch einmal unsere Kräfte einsetzen. Bei dem Hohlraum in etwa fünf Schritt.«

»Du willst sie bis dahin zwischen den Felsen durchlenken? Das wird kaum funktionieren«, vermutete Elwaran. »Kleine Veränderungen der Bewegungsrichtungen sind möglich, aber der Weg, den du vorschlägst, gleicht da gegenüber fast einem Labyrinth.«

Taron lächelte. »Es wird kein Angriff, wie wir ihn bisher eingesetzt haben. Wir lassen unsere Magie langsam hinfließen, sodass sie sich in dem Hohlraum sammelt und sie dann freisetzen.« Taron hob den Zeigefinger, ließ einen Lichtpunkt entstehen und ihn sich dann zerbersten. Er spürte eine zarte Druckwelle, eines Windhauches gleich, seine Hand schmeicheln. »Ungefähr so, nur an der richtigen Stelle und tausendfach stärker.«

»Euch werden die Gesteinsmassen um die Ohren fliegen. Das wäre Selbstmord«, bedachte Gelador.

»Nicht, wenn wir dann schon aus der Höhle raus sind. Das Problem wird nur, dass wir vollkommen synchron arbeiten müssen«, meinte Elwaran.

»Es ist möglich, wir müssen uns nur konzentrieren.«

Gelador stand gebeugt vor den Felsen und schüttelte den Kopf.

»Selbst in der kombinierten Harmonie ist es nicht einfach, vollkommen gleichmäßig zu arbeiten. Diese Fähigkeit besitzt ihr beide nicht. Seid ihr euch sicher, dass ihr das probieren wollt?«

Taron blickte zu Elwaran. Sie nickten einander zuversichtlich zu.

»Ich bin bereit, wenn du es bist«, erklärte der Elf.

Gelador griff den beiden an die Schultern. »Ich bete zu Rylak, Nebur und Enura, einfach zu allen Göttern, dass sie euch schützen mögen.« Sein Gesicht wirkte zerknirscht. Er schritt zum Höhleneingang. »Ich warte da drüben auf euch. Viel Erfolg« wünschte der Krieger und verschwand in die Dunkelheit der Nacht und ließ das Seil, mit welchem sich Elwaran und Taron herüberschwingen sollten, unberührt.

»Wie gehen wir es an?«, fragte der weißhaarige Elf.

Taron stand vor dem Geröllhaufen. »Wir werden in der äußeren Meditation den Weg unserer Magie bestimmen und dann rennen wir.«

»Gut«, bestätigte Elwaran.

Taron schloss die Augen und ließ die graue Welt entstehen. Er hob seine Hand und ließ Magie in das Bruchgestein fließen.

Elwaran tat es ihm gleich. Ihre Energie verband sich unzertrennbar. Sie schlängelte sich zwischen den Felsspalten hindurch. *Bitte lasst es gelingen, eine frühzeitige Explosion bedeutet unseren Untergang.* Die Konzentration forderte ihren Tribut. Schweißperlen bildeten sich auf seiner Stirn, liefen ihm die Schläfen hinab und tropften auf den ohnehin feuchten Höhlenboden. Allmählich begann seine Hand zu zittern. Es fiel ihm immer schwerer, Magie aus der Umgebung zu ziehen. *Nur noch ein kleines bisschen,* sagte er sich. Schließlich versiegte sein Strom der Macht.

»Elwaran, ich bin soweit«, flüsterte Taron angespannt. Seine Beine begannen zu vibrieren.

»Halte deine Magie noch ein wenig aufrecht«, hauchte der Elf.

Tarons volle Aufmerksamkeit galt der leuchtenden Kugel in der Gesteinswand. Fast erleichtert nahm er wahr, dass Elwarans Machtzufuhr zur Neige ging. Die schiere Fülle der angestauten Magie war atemberaubend. *Wie gerne würde ich es in seiner Gänze bewundern.*

Sie lösten sich aus der Meditation und sahen einander an.

»Jetzt!«, schrie Taron. Er rannte zum Seil an der Höhlenwand, rutschte aus, fing sich wieder. Ein Grollen erklang, während ihre Schatten an den Höhlenwänden flackernd tanzten. Seine Hände umschlossen den Strick unterhalb von Elwarans. Eine Druckwelle erfasste sie und schleuderte die beiden aus der Höhle. Sie streiften die Wand, während Brocken an ihnen vorbeischossen.

Taron blickte zur Höhle. Das Licht war verschwunden. Risse

brachen entlang des Massivs auf und breiteten sich in alle Richtungen aus. Die Stämme der Palisade wankten. Hohe Schreie drangen an seine Ohren. Erste gewaltige Gesteinsmassen lösten sich und stürzten den Beledon hinab. Vollkommen gefesselt starrte er auf sein Werk.

Elwaran, der neben ihm an der Steilwand hing, berührte ihn mit dem Knie und deutete an, nach oben zu klettern, wo Gelador auf sie wartete. Sie hangelten an dem Seil empor und stützten sich dabei mit den Beinen an der Felswand ab.

Währenddessen schien der gesamte Hang neben ihnen aufzuplatzen. Die Vibrationen waren bis zu Taron zu spüren. Sie erreichten den schmalen Pfad und eilten diesem entlang. Von hinten drang ein Dröhnen an Tarons Ohren. Ein Blick verriet ihm den Grund. Das gesamte Felsmassiv kam ins Rutschen, samt einer Vielzahl Baumstämme an dessen Spitze. *Wir waren erfolgreich.*

Doch da war noch etwas, ein Knäuel, welches mit rudernden Gliedmaßen dem Fluss entgegenflog. *Ein Mensch.* Die Erkenntnis erschütterte ihn. *Ich wusste, dass das passieren könnte. Drumar, bitte sei seiner Seele gnädig.*

Sie eilten weiter, erreichten schließlich den Wald, setzten sich ins Gras und verharrten einen Moment.

»Ihr habt es vollbracht«, sagte Gelador anerkennend.

Taron sah zu der Felsklippe, welche als riesiger schwarzer Haufen im Beledon lag und diesen dahinter anschwellen ließ. *Kein Sterblicher sollte solche Macht besitzen.* Er schüttelte den Gedanken ab. »Wir müssen weiter.« Er half Elwaran auf und wies Gelador an, ihnen den Weg zu weisen.

Sie rannten zwischen den Bäumen hindurch, welche sie vor den wachsamen Augen der Gardisten schützten, die sich noch auf der Palisade befinden konnten.

Schließlich erreichten sie Lavina.

»Wie sieht es aus?«, fragte Gelador.

»Euer Plan hat funktioniert, die meisten Gardisten haben ihre Posten aufgegeben und sind zur Festung geeilt.«

Taron spähte durch die Bäume. »Ich glaube, da steht noch einer.«

»Es ist weit und breit der Einzige. Kommt mit«, sprach Lavina und schritt gebeugt durchs Unterholz.

Sie kamen zu ihren Freunden, ein jeder von ihnen hatte ein Seil mit einem Haken am Ende in den Händen.

»Hier sind eure« Barvo reichte ihnen drei Seile.

»Sind alle bereit?«, fragte Taron.

Seine Kameraden nickten.

»Ich kümmere mich um die Wache«, erklärte Ildrum, schaute durch die Bäume und pirschte sogleich los. Das Gelände vor ihm war uneben und durch die Dunkelheit fiel es ihm schwer, die Untiefen auszumachen. Angespannt glitt sein Blick immer wieder hoch zur Palisade. *Bitte schau nicht her.*

Ildrum erreichte den Wall aus glattgeschliffenen Stämmen, woraufhin er erleichtert durchatmete. *Der erste Teil des Spiels ist geschafft, lasst den zweiten folgen.* Nun sah auch er, worauf die Wache ihre Aufmerksamkeit richtete. In der Ferne, wo Elwaran und Taron die Klippe eingerissen hatten, waren viele Fackeln zu erkennen. Menschen tummelten sich dort wie Ameisen. *Die beiden haben ganze Arbeit geleistet. Nun liegt es an mir, meine Aufgabe zu erfüllen.*

Er hörte Barvos Pfiff einer Schrillereule. Das Zeichen, dass die Wache, die einige Schritt links von seiner Position stand, weiterhin abgelenkt war. Ildrum nahm das Seil mit dem hölzernen Haken am Ende und ließ es kreisen. Als die Konstruktion zu summen begann, schleuderte er sie im hohen Bogen über die Palisade. Der Enterhaken verkantete sich zwischen zwei Stämmen. Ildrum kletterte nach oben und verharrte direkt unterhalb der angespitzten Pfähle.

Ein erneutes Trällern erklang aus dem Wald.

Nun fehlt nur noch der letzte Akt. Ildrum sprang über die Stämme hinweg und versuchte, so sanft wie möglich zu landen. Sein Blick glitt zur Wache. Diese starrte weiterhin in Richtung der eingestürzten Klippe.

»Hey, du!«, verschaffte sich Ildrum Gehör.

Der Mann zuckte zusammen und drehte sich zu ihm. Er war jung, kaum älter als zwanzig und seine lederne Rüstung schien ihm etwas zu groß zu sein.

»Bericht!«, forderte Ildrum mit ungewohntem Befehlston.

»Keine Auffälligkeiten entlang des Waldes.«

»Gut, die Wachen werden nochmals halbiert, wir brauchen jede helfende Hand bei der Bergung der Verletzten.«

»Aber Schwadronal Vallar befahl, dass wir auf unseren Posten bleiben sollen.«

»Einer seiner Männer wies mich an, dir den neuen Befehl zu übermitteln.«

Ildrum spürte die Unsicherheit der Wache.

»Aber der Schwadronal sagte, dass ich meinen Posten nicht verlassen dürfe.«

»Deine gesamte Aufmerksamkeit galt ohnehin diesem furchtbaren Unglück dort, hier bist du heute Nacht nicht von Nutzen.«

Der junge Mann blickte ertappt zur Seite. »Mein Bruder hatte dort

Dienst.«

»Geh und schau nach, ob er noch lebt.«

»Ich würde einem direkten Befehl des Schwadronals zuwiderhandeln. Und einem Mann Folge leisten, der nicht einmal eine Wach- oder Botenuniform trägt. Kommt das heraus, bin ich längste Zeit Gardist gewesen.«

Ildrum seufzte und trat einen Schritt auf den blonden Mann zu.

»Wie heißt du?«

»Mein Name ist Lork.«

»Lork, du bleibst also entgegen des ausdrücklichen Befehls Vallars auf deinem Posten?«

»Er hat mir den Befehl gegeben«, stammelte er mit bebender Stimme.

»Dann tut mir dies leid.« Ildrum ging einen weiteren Schritt auf ihn zu, streckte seinen rechten Arm aus und berührte mit seiner Hand Lorks Brust. Dieser verharrte überrascht und überfordert zugleich.

Ildrum zog Magie ein und ließ sie in Lork fließen. Kein Licht erschien. Die Augen der Wache weiteten sich. »Schlafe gut, Lork«, flüsterte Ildrum und stieß den Mann vom Wehrgang.

Die Wache landete mit dem Kopf auf der Straße im Schatten des Schutzwalles. Ein knirschendes Knacken verriet, dass etwas in seinem Körper gebrochen war.

Es zog Ildrum das Herz zusammen. »Mögen Drumar und Onacra deiner Seele den Aufstieg ermöglichen, sodass du die Nacht nicht überleben wirst.« Er spürte, wie sich eine Träne in seinen Augen bildete. *Die Verfolgung eines großen Zieles geht mit ebenso großen Opfern einher.* Ildrum sah sich um, konnte jedoch keine weiteren Gardisten entdecken. Er drehte sich zum Wald, führte die Hände zu einem Trichter vor dem Mund zusammen und versuchte ebenfalls, den Laut der Schrillereule nachzuahmen.

Schatten stießen sogleich aus dem Wald hervor und strömten seiner Position entgegen. Aufmerksam spähte Ildrum die Stadt ab. Er konnte zum Glück niemanden in unmittelbarer Nähe sehen. Mehrere Haken wurden über die Brüstung geworfen, an denen seine Kameraden hinaufhangelten.

Die Elfen waren die ersten, die ihre Häupter über die Stämme steckten.

»Können eure Augen jemanden entdecken?«

Sie ließen ihre Köpfe schweifen.

»Hier ist niemand«, erklärte Fendelin.

Zuletzt zog Ildrum zusammen mit Taron und Elwaran Barvo nach oben. Sie entfernten die Haken und machten sich auf den Weg nach unten. Lavina führte sie an, während Barvo den Schluss bildete.

Sie kamen an dem leblosen Lork vorbei.

»Ildrum«, flüsterte Taron hinter ihm und kam auf seine Höhe. »Warst du das?«

»Ist er tot?«, fragte Mira.

»Sein Brustkorb bewegt sich nicht mehr«, hauchte Elwaran

Ildrum blickte zu Taron, dessen Gesicht zu Granit erstarrt war. »Es gab keinen anderen Weg.«

»Ich weiß, wie schwer diese Entscheidung gewesen sein muss«, Taron griff Ildrums Schulter.

»Ich wollte nicht, dass ein anderer sie treffen muss.«

»Das verstehe ich, doch irgendwann werden wir uns für unsere Taten verantworten müssen.«

Ildrum nickte nur.

Sie streiften im Zickzack durch die Gassen und bald wusste Ildrum überhaupt nicht mehr, wo sie waren. Die acht Gefährten erreichten einen Hinterhof und Lavina schlug sachte gegen eine Tür. Eine dunkle Gestalt öffnete und unterhielt sich kurz mit der Messerwerferin. Es war ein Mann, seine geflüsterten Worte offenbarten eine gewisse Abneigung. *Er wird uns doch nicht vor den Kopf stoßen.*

Lavina gestikulierte wild mit den Armen und schließlich trat der Mann zur Seite und ließ sie ein. Sie begaben sich einige Stufen in einen Keller hinab und waren vorerst in Sicherheit.

Kapitel 29: Die Last der Toten

Es verging über ein Jahrtausend des Friedens, in dem allmählich die Völker der drei Welten zu wandern begannen und sogar Handel trieben. Doch schließlich sollte Frieden nicht von Dauer sein. Vers aus dem Buche der Dreizehn

Taron saß an einen Pfeiler des Kellers gelehnt im Gasthaus *Zum Dunklen Geist,* jenem Wirtshaus, in dem Taron und Mira vor fast einem halben Jahr mit Barvo und Lavina eingekehrt waren, zumindest bis Zelorag Dun und sein Trupp ihre Zusammenkunft jäh unterbrochen hatten. Nemrod, der Besitzer des *Dunklen Geistes,* hatte eine Öllampe in die Mitte des Tisches gestellt. Ihr zartes Flackern wirkte beruhigend auf ihn. Seine Kameraden schliefen zwischen großen Weinfässern auf einfachen Grasmatten, lediglich Fendelin und Gelador saßen ruhig da und meditierten.

Doch er vermochte es, kein Auge zuzumachen. Die Nacht hatte an seinen Kräften gezehrt und sein Geist schrie nach Ruhe. Doch rang er mit einer ihm bisher unbekannten inneren Aufgewühltheit.

Es gab keinen anderen Weg, hatte Ildrum nach dem Mord an der Wache gesagt. *Er hat es für mich getan, damit ich meine Aufgabe erfüllen kann. Wozu treibe ich nur jene, die mir folgen?*

Sein Blick glitt zu Ildrum, welcher in eine Decke eingehüllt war, im schummrigen Licht hätte er aber genauso gut ein Stein sein können. *Wie schafft er es nur, das Geschehene einfach so abzuschütteln? Vermutlich hat er tausendfach Schlimmeres erlebt. Aber vielleicht muss es so sein? Vielleicht müssen für die Freiheit vieler wenige sterben? Kann man das miteinander aufwiegen?* Er schaute zu dem dunklen, schmalen Fenster am Deckenrand. *Nebur, unser Ansinnen ist doch gut, oder? Warum fühlen sich manche Taten dann nur so falsch an? Ich weiß, du sprichst nur selten zu uns niederen Wesen, aber jetzt wäre ein vortrefflicher Zeitpunkt damit anzufangen.*

Der schwarze Haarschopf Geladors wandte sich Taron zu. »Du solltest schlafen«, flüsterte er.

»Wenn es so einfach wäre.«

»Deine Unausgeglichenheit stört die Meditation.«

Taron runzelte die Stirn. »Das tut mir leid. Fendelin scheint es zum Glück nicht zu stören.«

»Sie ist zu höflich, um etwas zu sagen.«

Taron schaute zu der Elfe und glaubte ein leichtes Schmunzeln um ihre Mundwinkel aufblitzen zu sehen.

Gelador rutschte näher an ihn heran. »Was bedrückt dich, Taron?«, fragte er behutsam.

»Mein Gewissen.«

»Wegen dem, was heute geschehen ist.«

»Durch meine Taten sind Menschen gestorben.«

»Ildrum hatte die Wache ausgeschaltet, damit hattest du nichts zu tun.«

»Nicht nur seinetwegen, auch das Einreißen der Palisade hat Opfer gefordert. Ich trage die Verantwortung für unser Vorhaben, jeder Tote ist meine Bürde.«

»In einer Schlacht sterben Krieger.«

Taron schüttelte den Kopf. »Ildrum wollte nicht, dass jemand anders die Wache umbringt. Hätte er es nicht getan, hätte ich es selbst oder einer von euch tun müssen. Ich hätte nie gedacht, dass ich andere zu solchen Taten animieren könnte. Es sollte nur ein Einziger sterben und das ist Esthîon Adar.«

»Du solltest dich mit dem Gedanken abfinden, dass in einem Krieg seltenst allein die Herren in den Kampf ziehen und ihren Zwist ehrenhaft mit dem Schwert in der Hand klären. Das ist romantischer Unsinn. Es gibt immer Niedere, die geopfert werden und so wird es auch bei unserem bevorstehenden Kampf sein. Ich könnte sterben, aber genauso gut einer unserer Kameraden.«

»Das kann und will ich nicht akzeptieren. Es gibt nur einen Weg, wie wir großes Blutvergießen vermeiden können. Ich muss mich alleine dem König stellen.«

»Das mag möglich sein, aber gleichzeitig ohne Aufsehen zu erregen Halvor aus dem Kerker befreien wird nicht einfach.«

»Ich weiß, aber wenn wir ungesehen in die Festung gelangen, ist es möglich.«

»Und sobald der Morgen anbricht, werden wir erfahren, wie es um die Feste steht, wie viele Krieger sie verteidigen und wo sie Halvor gefangen halten.«

Taron blickte trübsinnig ins Leere. *Meine Freunde vertrauen mir, aber wie nur soll ich dem gerecht werden?*

Gelador schien seine Gedanken gelesen zu haben und zuckte mit den Schultern und deutete auf die Umliegenden. »Eines habe ich von euch Menschen gelernt. Ihr seid erfinderisch und ein bisschen störrisch. Wenn euch keine Lösung einfällt, dann niemandem und vergiss eines nie, du bist nicht alleine.«

»Ich hoffe, du hast recht.«

»Und nun höre auf zu grübeln und lege dich hin. Besonders du solltest ausgeschlafen sein.«

»Ich probiere es.«

Gelador nickte und rutschte wieder neben Fendelin. Diese flüsterte dem Elfen kurz zu und nickte dann, danach schlossen beide die Augen und waren ausgeglichen wie die Monde am Himmel.

Taron legte sich auf seine Decke und glitt irgendwann hinüber in einen von zerrütteten Träumen gequälten Schlaf.

Er erwachte, als sich Mira unweit von ihm regte. Sie begab sich zu dem milchigen Fenster, welches knapp unter der Kellerdecke hing und spähte hinaus.

Taron trat neben sie. »Du kannst wohl auch nicht so wirklich schlafen.«

»Ich hatte gehofft, den Himmel oder vielleicht einen Baum zu sehen. Doch das Fenster ist zu schmutzig.« Sie griff den Ärmel ihres Gewandes und rieb über die Scheibe, das Ergebnis war eher mäßig. Sie hob und senkte die Schultern. »Ich fühle mich hier wie eingesperrt.«

»Dir behagen diese engen Räume nicht.«

»Es fühlt sich fast an wie in einem Kerker.« Mira umschlang mit den Armen ihren Körper. »Aber zum Glück steht das Ende unserer Reise kurz bevor.«

»Es sind nur noch wenige Schritte notwendig, nur leider ist der Weg vor uns mit Stolpersteinen gepflastert.«

»Aber es wird gelingen.« Mira strahlte eine Zuversicht aus, die nahezu ansteckend war.

»Nemrod hatte gesagt, dass er mit einigen Begabten zusammen nach dem Frühstück herkommen würde, dann werden wir unser Vorgehen besprechen.«

Mira nickte und strich sich eine Strähne aus dem Gesicht, wodurch Tarons Blick erneut auf den bronzenen Armreif fiel.

»Hat sich Limefrah eigentlich bereits bei dir gemeldet?«

Mira schüttelte das Haupt und griff sich ans Handgelenk. »Für sie ist bisher nicht mehr Zeit vergangen als ein Wimpernschlag. Ich glaube, meine Aufgabe beginnt erst, wenn wir Esthîon besiegt haben.«

Taron spürte die Last, welche in ihrer Stimme mitschwang. Er schlang seinen Arm um sie und drückte Mira zärtlich an sich und genoss die Zweisamkeit. Die Berührung gab ihm Kraft.

Ihre Innigkeit wurde jäh unterbrochen, als sich Barvo bei einem heftigen Schnarcher verschluckte, was dem Zerbrechen eines Brettes glich und ihn hustend hochschrecken ließ, wodurch auch die anderen im Keller Ruhenden erwachten.

Nacheinander zogen sie sich an und bereiteten alles für das

Frühstück vor. Lavina hatte ein enges grünes Kleid mit einem Schlitz an der Seite angelegt. In den Ärmeln verstaute sie zwei Messer und legte ihren Pony über die Stirn und verließ den Raum, nur um kurze Zeit später mit Nemrod und einigen Tabletts in den Händen mit einem üppigen Frühstück wieder zu erscheinen. Nachdem sie alles auf die Tische gestellt hatten, eilte Nemrod erneut los und holte mehrere Karaffen, darunter dünnen Wein, Tee, Bier und Wasser. Es war seit Ijargheim das ausgewogenste und frischeste Mahl, welches sie einnahmen.

Jedoch hing eine angespannte Stimmung über dem großen Steinbuchentisch.

Barvo schüttelte schließlich den Kopf, lehnte sich in seinem Stuhl zurück und tippte Lavina nur geringfügig an der Schulter an. Der Feuerspucker nickte ihr auffordernd und frech grinsend zu und deutete auf eine Schale mit gekochten Eiern. Die Umwerfende griff sich eines, warf es hoch und fing es mit der anderen Hand wieder auf, beim zweiten Wurf schrammte das Ei haarscharf unter der Kellerdecke entlang.

Die Aufmerksamkeit aller im Raum ruhte auf ihr.

Sie nahm weitere Eier hinzu, bis sechs in der Luft tanzten.

Taron blickte in die Runde. Die Miene eines jeden hatte sich aufgehellt.

»Und nun schäle doch bitte eines«, bat Barvo zuckersüß.

»Jonglieren und Eier schälen, soll ich vielleicht nebenbei noch einen xonanonischen Liebestanz aufführen?«

»Das wäre fantastisch, aber mir reicht ein Ei.«

»Ich würde schon gerne sehen, wie du dabei über die Tische hüpfst«, warf Ildrum verschmitzt lächelnd ein.

Lavina lachte, schob ihren Stuhl zurück und wankte bei der Jonglage immer wieder abwechselnd von dem einen auf das andere Bein.

Taron konnte sich ein herzhaftes Lachen nicht verkneifen.

Die Umwerfende nahm eines der Eier und knallte es auf die Tischplatte. Die weiße Schale wurde porös, sie warf es erneut in die Luft und als es das nächste Mal in der Hand war, flutschte das weiße Innere aus der Ummantelung, selbst die gefassten Elfen applaudierten.

Barvo winkte ihr zu. »Wirf es zu mir.«

Lavina lächelte verschmitzt. »Komm und hole es dir.«

Er folgte der Aufforderung, rutschte näher zu ihr. Nun versuchte er, das Ei aus der Bewegung heraus zu greifen, doch jedes Mal bewegte es sich unnatürlich zur Seite und wich seiner Hand aus. Barvo schaute mürrisch drein, während Lavinas Grinsen noch breiter wurde.

Der Feuerspucker leckte sich über die Lippen, griff erneut nach dem

Ei und schnellte dann mit seinem Kopf nach vorn und fing es mit dem Mund, seine Augen weiteten sich, dann verschluckte er es im Ganzen. »Mir entkommt kein Ei«, jubelte er und tätschelte sich den Bauch. Gelächter brach aus.

»Seit wann wird denn mit Essen gespielt?«, dröhnte die Stimme Nemrods und ließ alle verstummen.

Lavina fing die Eier wieder auf.

»Wir essen«, wandte Barvo ein.

»Nur so laut, dass man euch fast bis zur Burg des verrückten Königs hört«, spie Nemrod aus.

»Es tut mir leid, die letzten Tage waren… Es tut mir leid«, entschuldigte sich Barvo.

Nemrod trat ein und schloss hinter sich die Tür und setzte sich auf einen der freien Stühle. »Ich verstehe euch ja und kenne euch auch nicht anders, aber es hat sich einiges seit den Festtagen zu Ehren unseres allzu prachtvollen Königs getan«, erklärte Nemrod ernst und schüttelte bedrückt den Kopf.

»Wir sind vor gut drei Monaten aus Avurin aufgebrochen, zu dem Zeitpunkt standen die Elfen und Tauren bereit, für einen Angriff gegen die Truppen Gonvalors ins Feld zu ziehen, kannst du uns sagen, wie die Schlacht ausging?«, fragte Fendelin zaghaft.

»Die Avural haben gesiegt und mehr als tausend Seelen zu Onacra gesandt. Doch gibt es verschiedene Versionen von dem, was danach geschah. Dazu gibt es nur wenig offizielle Verlautbarungen. Zwei der Novaren sollen gegen König Esthîon aufbegehrt haben, Novar Enari wurde infolgedessen durch König Esthîon hingerichtet und Novar Krikor verbannt. Nach diesen ganzen Ereignissen hat der König die Hälfte seines Kriegslagers aufgelöst und die freigewordenen Truppen entsandt, um euch zu finden, aber nicht nur das.« Nemrod raufte sich das kurz geschorene schwarze Haar. »Sie haben ebenfalls bereits gekennzeichnete Magiebegabte zusammengetrieben und in das Heerlager verschleppt, wo sie durch die lunærrischen Söldner für den weiteren Krieg ausgebildet werden. Als hätte es nicht ausgereicht, dass diese Unglückseligen durch die Brandmarkung an den Pranger gestellt wurden, sollen sie nun noch als Schlachtenfutter dienen«, beendete der Wirt seinen Bericht.

Taron hatte Nemrod zwar nur ein einziges Mal in seinem Schankraum erblickt, da hatte er wie einer der fröhlichsten Menschen überhaupt gewirkt. Ihn derart niedergeschmettert zu sehen, stellte seinen Glauben auf die Probe. »Wir sind hier, um eine neue Ordnung entstehen zu lassen«, verlautbarte Taron mit fester Stimme.

Nemrod sah zu dem jungen Novizen. »Deine Zuversicht in Ehren, ich habe sie schon lange aufgegeben. Aber nun denn, Lavina tat gut darin, mir den Grund eures Erscheinens nicht zu nennen, doch kann ich mir nur zu gut vorstellen, warum ihr hier seid.«

»Ich werde den König für seine Taten zur Rechenschaft ziehen«, bestätigte Taron.

Nemrod nickte bedächtig. »Und die Zeit drängt. Schlimme Dinge passieren, grausame Dinge. Gestern wurden die ersten drei Magiebegabten hingerichtet.«

Entrüstung breitete sich im Raum aus.

»Wer waren sie?«, fragte Lavina traurig.

»Filione Holar, Somja Idaru und Schurak Lewel.«

Lavinas und Barvos Mienen verfinsterten sich augenblicklich.

»Ich kannte Somja, sie war so friedvoll und verstand sich stets darauf, einem die Sorgen zu nehmen. Aber was ist mit Avilar?«, fragte Lavina.

»Er ist noch immer in den Kerkern zusammen mit einigen anderen der euren gefangen.«

»Sie haben alle Mitglieder der Kontrakar Donnerhalls inhaftiert«, polterte der Feuerspucker.

»Jeden, den sie bekommen konnten.«

In Taron rangen Hass und Wut miteinander.

Barvo stand auf. »Am liebsten würde ich diesen vermaledeiten Bastard von König sofort in Flammen aufgehen lassen.« Er ließ seine Faust auf den Tisch niederfahren. »Taron, wir müssen handeln und zwar jetzt.«

»Mein Freund, ich verstehe deine Trauer und ich fühle mit dir. Halvor ist ebenfalls ein Gefangener und wenn Weldur seine Drohung wahr macht, wird auch er in den nächsten Tagen hingerichtet. Wir dürfen aber nicht kopflos vorgehen, das wäre unser Ende.«

Gelador beugte sich in seinem Stuhl nach vorne, faltete seine Hände und stützte die Ellenbogen auf dem Tisch ab. »Die Hinrichtungen sind ein mehr als geeignetes Mittel, um uns zum Handeln zu zwingen. Wir müssen annehmen, dass sie uns erwarten.«

»Nemrod, Halvor ist ein Priester Neburs in den Fünfzigern. Er wurde vor etwa anderthalb Monaten von Weldur gefangen genommen.«

»Er kam vor fünf Wochen hier an«, bestätigte der Wirt.

»Was geschah mit Halvor, nachdem er hier ankam?«

»Der Priester ist in den Verliesen Donnerhalls gelandet. Danach begannen die Schwadronen zunächst, einige Priester festzunehmen und schließlich auch einige Begabte.«

»Weldur hat Halvor gebrochen.« Elwaran schüttelte betroffen das Haupt.

»Wir müssen ihn und Esthîon ausschalten«, erklärte Barvo, »und das

so schnell wie möglich.«
»Ihr seid eures Vorhabens sicher?«, fragte Nemrod.
»Niemand wird uns davon abbringen können«, versprach Taron. Seine Gefährten nickten stumm.
»Ich wollte nur sicher gehen, denn ihr seid nicht die einzigen, die den Kopf des Königs rollen sehen wollen.«
»Du hast weitere Mitstreiter gefunden, die mit uns kämpfen«, sagte Lavina hoffnungsvoll.
»Es sind nicht viele, doch sie sind wild entschlossen. Fast wären sie bereits in der Nacht losgezogen, um Esthîon zu meucheln, doch ich konnte sie davon überzeugen, noch etwas zu warten. Es scheint fast eine Art Fügung zu sein, dass ihr in der selbigen ankamt.«
»Die Wege der Götter sind oft schwierig zu fassen«, sprach Mira bedächtig.
Nemrod nickte. »Wenn ihr nichts dagegen habt, würde ich gerne meine Freunde hereinholen.«
»Sind sie wirklich vertrauensvoll?«, fragte Elwaran.
»Ich vertraue ihnen bei weitem mehr als euch.« Nemrod verließ den Keller und schloss die Tür.
Kurze Zeit später kam er wieder. An seiner Seite befand sich eine schlanke Frau, ihr Gesicht war kantig wie ein Stein und erinnerte Taron an Marmor, deren schwarze Haare mit einer grauen Strähne gesprenkelt und zu einem Zopf gebunden waren, wodurch ihr Begabtenmal für alle sichtbar war. Jacke, Hose und Stiefel waren aus braunem Leder. Grimmig besah sie sich alle im Raum, nickte schließlich und stellte sich in eine der Ecken.
»Das ist Filidas Lyrak.«
»Ich habe dich schon einmal gesehen. Du bist doch eine der Gerberfrauen«, erkannte sie Lavina.
»Wir hatten mal was getrunken, du warst eine ziemlich harte Nuss, nicht wahr?«, fragte Barvo.
Filidas hob die Augenbrauen. »Verdammt hart.«
Ein Mann trat in den Keller, kleiner als Filidas, aber nicht weniger drahtig. Er hatte eine dunkle Hautfarbe mit kohlrabenschwarzen Haaren und Augen, seine Stirn wurde von den ausgrenzenden Klammern gezeichnet. Er wirkte ruhig und ausgeglichen, doch schien ihn eine Aura des Zornes zu umgeben.
»Ich darf euch vorstellen – Rym Garas aus Savanak.«
»Was ist deine Fähigkeit?«, fragte Mira.
Rym grinste. »Ich beherrsch´ die Erde«, erklärte er mit kratzigem Akzent. Um seine Kraft zu unterstreichen, türmte sich vor ihm ein kleiner Erdhügel auf.

Taron nickte anerkennend.

Hinter ihm erschien eine kleinere Gestalt, dafür war sie umso breiter und füllte fast die gesamte Tür aus. Ein Zwerg, er trug einen mit Metallplatten besetzten Lederharnisch. Auf seinem Rücken befand sich eine zweischneidige Axt. Er hatte braune Haare und einen zu zwei Zöpfen geflochtenen Bart und erinnerte Taron im Entferntesten an die Wachen Ijargheims. Sein Gesicht war gerötet und wirkte aufgedunsen.

»Was treibt denn einen Zwerg zu einer solchen Unternehmung?«, fragte Fendelin.

Dieser verharrte in seiner Bewegung, seine gelben Augen fixierten die Elfe, auf Taron wirkte es fast so, als hätte ein Falke seine Beute ins Visier genommen.

Nemrod hob beschwichtigend die Hand. »Lobur hat bessere Gründe, den König zu stürzen, als die meisten von uns, glaubt mir das.«

»Hast du ihnen von den Hinrichtungen erzählt?«, brummte der Zwerg verbittert.

Nemrod nickte nur.

»Meine Frau war Filione Holar.«

»Das tut mir so unglaublich leid«, bekundete Taron. »Drumar und Baldor werden sich ihrer Seele wohlwollend annehmen. Dafür bete ich.«

»Behalte deine Götter. Das Einzige, was ich will, ist Blutrache und diese werde ich nach zwergischem Recht einfordern.« Loburs Stimme war tief und grimmig und unmissverständlich.

Eine große blonde Frau trat von hinten an den Zwerg heran und legte zarte, lange Finger auf dessen Schulter. »Lobur, wir alle verstehen deinen Schmerz, sie war auch unsere Freundin.« Die Stimme der Frau war ruhig, aber von Trauer gezeichnet.

Der Zwerg trat an die Seite. Die Frau trug ein rotes, langes, glattes Kleid aus weicher Wolle. Vorne war es eng geschnürt, wodurch ihre Oberweite deutlich betont wurde. Sie hatte glatte Gesichtszüge und rote volle Lippen, das Einzige, was ihre Schönheit schmälerte, war das Zeichen der Begabten, was unter ihren Haaren hervorblitzte. Sie wirkte keinesfalls wie eine Kriegerin. Sie vollführte einen höfischen Knicks und schloss die Augen dabei. »Ich bin Soguia Nurad«, stellte sie sich vor und schloss die Kellertür.

»Was vermagst du zu tun?«, fragte Barvo.

»Ich bin eine Gestaltwandlerin.«

»Interessant«, hauchte Ildrum.

Nemrod nickte. »Nun denn, wir wollen also den König zu Fall bringen.«

»Ich dachte, du wüsstest noch nicht, ob du uns folgst«, merkte Filidas an.

»Mittlerweile habe ich mich entschieden. Die Frage ist nur, wie wollen wir dies anstellen?«

»Wir gehen hin, erschlagen die Wachen, stürmen die Burg und köpfen den König.« Der Zwerg schlug mit der Faust in seine geöffnete Handfläche.

»Wir hatten zunächst einen ähnlichen Plan ersonnen. Doch selbst, wenn dies gelingen sollte, was dann?«, stellte Taron in den Raum. Nach einer kurzen Pause fuhr er fort. »Es muss etwas nach Esthîon folgen und eines ist klar, Weldur oder einer der anderen Novaren dürfen es nicht sein. Wir haben vor, eine Regierung aus wohlgesinnten Mitgliedern der Priesterschaft zu installieren, welche bis wir eine bessere Lösung gefunden haben, die Ordnung Donnerhalls und Gonvalors hält«, erklärte Taron den groben Plan.

Soguia regte sich und betrachtete Taron mit ihren blauen Augen durchdringend. »Ich traue keinem der Orden. Ihre höchsten Priester sind meist nur Speichellecker der Novaren und vertreten ihre Ansichten bezüglich der Begabten.«

»Esthîon hatte überall Priester nach seinem Vorbild einsetzen lassen. Jene, die die Regierung übernehmen sollen, sind anders. Mein Ziehvater Halvor stand ihnen vor. Er ist ein rechtschaffener Mann und hatte es selbst mir, als Sohn eines Bauern, ermöglicht im Klostertempel Neburs aufgenommen zu werden.«

»Zudem pflegt er eine gute Beziehung zu den Elfen«, unterstrich Elwaran.

»Die Idee einer solchen Regierung ist durchaus interessant«, begann Filidas bedächtig nickend. »Doch abgesehen davon wurde nicht nur Halvor gefangen genommen. Es wollten andere Neburpriester in die Stadt kommen, viele von ihnen wurden in die Kerker geführt. Ebenso haben sie einige hohe Würdenträger der hiesigen Orden in die Festung gebracht.«

»Genau diese Priester müssen befreit werden«, erklärte Taron.

»Und nebenbei bringen wir auch noch den König um«, spottete Rym.

»Und wenn möglich Weldur«, bestätigte Gelador.

»Weder das Volk noch die Novaren würden jemals ehemaligen Gefangenen folgen«, wandt Filidas ein, wobei ihr Antlitz noch steinerner wirkte.

»Wenn wir die Gewalt über Donnerhall erlangen, wird das Reich die neue Herrschaft akzeptieren. Außerdem haben wir eine kleine Trumpfkarte, die Naverin Inako, ist sie bereits hier eingetroffen?«, fragte Lavina.

»Die Naverin residiert unweit der Festung Donnerhalls, sie hält sich regelmäßig dort auf.«

»Sie ist eine von uns«, erklärte Barvo grinsend.

»Ist nicht wahr«, entgegnete Nemrod.

»Die Naverin, die Priester, werden gemeinsam mit der Unterstützung der Begabten ausreichen, um das Land zu stabilisieren«, sagte Taron. »Die Frage ist nur, wie wollen wir in die Festung hineinkommen?«

»Dafür werde ich sorgen«, begann Soguia. »Ich werde mich als eine der Küchenhilfen einschleusen, sie sieht mir bereits recht ähnlich, ich werde mich ihrer bis auf den kleinsten Leberfleck angleichen und in der Nacht das Tor öffnen.« Die blonde Frau sah hinüber zu Filidas.

Diese nickte. »Zusammen werden wir uns bis zum König durchkämpfen und ihn meucheln.«

»Ich werde das erledigen«, wandte Lobur ein.

Taron konnte den Plan nicht so richtig fassen. *Er ist purer Selbstmord.* »Was ist, wenn du es nicht bis zur Feste schaffst, die Gardisten werden zahlreich sein. Wie viele von uns würden bei einem solchen Versuch sterben?«

»Wenn alles gut geht, maximal die Hälfte«, vermutete Filidas.

»Im Krieg müssen Opfer gebracht werden«, sprach Gelador gefühllos.

»Ich gedenke nicht, so viele zu verlieren. Wir müssen unbemerkt in die Burg gelangen. Hat jemand vielleicht eine Skizze von der Anlage?«

»Ich habe etwas Besseres«, räumte Rym ein, hob seine Hände und die Erde vor ihm kräuselte sich und nahm die Umrisse der Festung an, samt der drumherum befindlichen Freifläche.

»Ist dieses Modell originalgetreu?«

»Die Fläche um die Burg ist frei, unmittelbar daran schließt die Palisade an, wo der Beledon entlangfließt und einige Häuser zur Stadtseite hin«, erklärte Soguia.

»Es könnte hilfreich sein, dies ebenfalls zu sehen«, sagte Gelador.

Rym nickte, starrte dabei auf den Boden und hob die Hände, woraufhin sich die Erde erneut zu formen begann.

Taron stand auf und umrundete das Modell. »Ungefähr hier ist die Palisade eingestürzt, oder?« Er deutete auf eine Stelle südwestlich der Feste.

»Stimmt«, Rym ließ mit einer Handbewegung ein Teil der modellierten Stämme verschwinden.

»Das kommt der Anlage schon sehr nahe«, bestätigte Nemrod.

»Wo befindet sich Esthîons Gemach?«

Soguia stand auf und zeigte auf das südliche Gebäude. »Hier im zweiten Stockwerk, die zweite Tür vom Arkadengang aus gesehen, auf der Seite zum Festungshof hin.«

»Woher weißt du das so genau?«, fragte Ildrum.

»Betrunkene Wachen plaudern gerne«, klärte Soguia zwinkernd auf.

»Und wo die Kerker liegen, sollten die meisten von uns ja wissen«, sagte Mira.

»Wir jedoch nicht«, entgegnete Gelador.

Lavina deutete auf den Übergang des Hauptgebäudes zu den Ställen. »Mir sind zwei Wege bekannt, um die Gefangenen zu erreichen, der eine führt durch den Thronsaal, der andere vom Burghof aus.«

»Das sind also unsere Ziele. Über den Burghof zu marschieren scheint einfacher, man wäre jedoch von mehreren Seiten angreifbar. Der sicherere Weg wäre durch den Thronsaal.«

»Unser genaues Vorgehen entscheidet sich danach, wie wir in die Festung gelangen. Mir wäre es am liebsten, wenn wir ungesehen blieben. Hat jemand eine Idee?«, fragte Taron.

»Das Tor ist der einzige Zugang«, erklärte Filidas.

»Es zu öffnen würde jeden Feind auf die Mauern und auf den Innenhof der Festung treiben«, vermutete Gelador.

»Kann man über die Mauer klettern?«, fragte Mira.

»Mit Klettereisen, die man in den Fugen der Mauer versenkt, könnte es einer mit Sicherheit unbemerkt schaffen. Wir alle, niemals«, schloss Filidas aus.

»Vor allem, habt ihr schon mal einen Zwerg frei klettern sehen? Eher dresche ich alleine das Tor mit meiner Axt ein.«

»Was uns wiederum eine ausgezeichnete Ablenkung bieten würde«, grinste Fendelin.

Was Lobur ein Schmunzeln entlockte.

»Nein, so geht es nicht.« Taron umrundete erneut das Burgmodell.

»Kannst du dich vielleicht unter der Mauer durchgraben, Rym?«, fragte Barvo.

»Sie steht auf Erde und festem Stein. Direkt an der Mauer würden sie uns entdecken und von einem der nahegelegenen Keller würde es trotz meiner Fähigkeit vermutlich Tage dauern und es wäre keinesfalls sicher, ob ich es wirklich schaffe, denn Felsen bekomme ich nicht zersetzt.«

»Ich erinnere mich an einen Baum, welcher zwischen der Palisade und der Burgmauer stand, ungefähr hier.« Taron zeigte auf eine Stelle westlich der Mauer.

»Dort steht ein Wartbaum«, bestätigte Soguia.

Rym ließ ihn an der entsprechenden Stelle entstehen, er stand unweit der eingestürzten Palisade.

»Könnte man von dem Baum aus vielleicht in die Burg übersetzen?«, fragte Mira.

Elwaran stand auf. »Ich könnte von dem Baum aus einen Pfeil mit einem Seil zu diesem Gebäude schießen und an diesem könnten wir über die Mauer gleiten.«

»Es wäre genauso auffällig wie alles andere«, wandte Gelador ein.

»Ich finde die Idee mit dem Graben nicht ganz verkehrt«, teilte Taron mit.

»Selbst wenn wir alle mithelfen würden, könnte Esthîon in der Zeit, die wir dafür brauchen, noch die Hälfte der Gefangenen hinrichten«

»Was wäre, wenn wir gar nicht so weit graben bräuchten?« Taron ging erneut um das Modell und strich sich dabei übers Kinn.

»Was meinst du?«, fragte Mira.

»Lass uns an deinen Gedanken teilhaben«, bat Ildrum.

Taron blieb an der Seite mit der fehlenden Palisade stehen. »Bei unserer Ablenkung haben wir uns in einem Tunnel befunden. Ich glaube, dieser Tunnel diente einst als eine Art Fluchtmöglichkeit, falls die Burg einmal belagert wird. Im Laufe der Jahre ist der Tunnel zumindest im unteren Bereich eingestürzt, deswegen kamen wir nicht weiter. Aber was wäre, wenn der obere Teil noch intakt ist und uns direkt in die Festung führt?«

»Aber selbst, wenn du recht hast und der Tunnel wesentlich schneller erreichbar ist, wissen wir noch immer nicht, wohin wir graben müssen.«

»Doch obliegen uns Fähigkeiten, genau dies herauszufinden«, Taron schaute zu Elwaran.

»Taron, ich kann das nicht.« Der Elf schüttelte das Haupt.

»Es ist dein Erbe, es liegt dir im Blut. Habe Vertrauen!«

Die anderen Menschen tauschten zweiflerische Blicke.

Elwaran saß auf seinem Stuhl, seine trüben Augen durchbohrten den Boden zwischen seinen Füßen. »Ich habe es mein ganzes Leben lang versucht. Wieso sollte es mir jetzt gelingen?«

»Weil dies der Moment ist, in dem wir es am meisten brauchen und besonders in heiklen Situationen vermag man über sich hinauszuwachsen.«

Elwaran wirkte gequält. Ein Moment der Stille schwang durch den Raum.

»Wie tief dringen die Wurzeln von Wartbäumen?«, fragte Mira.

Taron verstand die Frage nicht so ganz und schaute Mira wie fast alle Anwesenden verwundert an.

»Ich bin kein Baumflechter, aber soweit ich weiß breiten sie sich tief im Erdreich aus«, antwortete Fendelin.

»Ich habe mal versucht, die Wurzel eines solchen Baumes aus der Erde zu holen. Die war fast so groß wie der Baum selbst«, erklärte Ildrum.

Taron glaubte, Miras Gedanken nachvollziehen zu können.

Sie nickte. »Wenn die Wurzeln dieses Baumes so gewaltig wie die Krone sind, reichen sie vielleicht bis zu dem Gang. Wenn ich mich mit dem Wartbaum in Verbindung setze, könnten wir ihn finden.«

»Das kannst du?«, fragte Filidas.

»Es gibt wahrlich wundervolle Fähigkeiten«, staunte Soguia.

»Ich müsste nur in die Nähe des Baumes gelangen oder einer seiner Wurzeln«, erklärte Mira.

»Ich denke, das sollten wir hinbekommen«, bestätigte Nemrod. »Wir müssten uns Zutritt verschaffen zu einem der Häuser, die in der Nähe des Wartbaumes stehen.«

»Ich war kurz bevor ich herkam bei der eingestürzten Palisade. Die Hälfte eines Hauses, welches in deren Nähe stand, wurde mit in die Tiefe gerissen. Die Häuser in der unmittelbaren Nachbarschaft wurden soeben auf deren Statik hin überprüft, sie sind wohl einsturzgefährdet. Ihr Menschen wisst einfach nicht, wie man vernünftig baut«, gluckste Lobur.

»Zumindest ist das eine Möglichkeit, an eine Wurzel heranzukommen. Es sollte jedoch auch kein Problem sein, so an den Wartbaum zu gelangen, für viele sind das heilige Orte. Am Tage sollte es niemanden wundern, wenn man dort ein längeres Gebet spricht«, sagte Soguia zuversichtlich.

»Das hört sich alles etwas verrückt an, doch scheint es die sicherste Variante zu sein um in die Burg zu gelangen. Doch wenn dies nicht gelingt, nehmen wir Filidas' Variante«, stellte Lavina in den Raum.

Es wurden keine Einwände vorgebracht.

»Wenn wir in der Feste sind, sollten wir uns trennen. Eine Gruppe befreit die Gefangenen und die andere kümmert sich um Esthîon«, führte Gelador ihr Vorgehen weiter aus.

Alle im Raum nickten zustimmend.

»Dann ist der Plan beschlossen«, befand Taron.

»Lasst uns mit den Vorbereitungen beginnen. Wir brauchen jemanden, der Mira zum Baum begleitet«, sprach Ildrum.

»Das werde ich erledigen«, brummte Lobur.

»Ich würde es auch gerne versuchen«, erklärte sich Elwaran ebenfalls bereit.

»Ihr dürft dabei auf keinen Fall entdeckt werden«, beschwor Taron seine Freundin.

Mira und Elwaran nickten.

»Ich werde dafür sorgen, dass selbst, wenn sie direkt vor Esthîon stehen würden, nicht erkannt werden«, sprach Lavina.

»Bevor wir aufbrechen, braucht noch jemand von euch Waffen oder Rüstungen?«, fragte Lobur.

»Ich nehme gerne eine, wenn du was in meiner Größe hast«, bestätigte Nemrod.

»Du besitzt wohl eine Rüstkammer?«, fragte Barvo.

»Ja, so ähnlich. Ich bin Schmied.«

»Gegen ein zwergisches Kettenhemd hätte ich nichts einzuwenden«, sagte Elwaran.

»Ein Elf mit Geschmack, wahrlich selten. Ich werde für jeden ein bisschen was mitbringen.« Lobur musterte den Elfen von oben bis unten.

»Dann lasst uns anfangen. Möge sich Onacra heute Nacht Esthîon annehmen und ihn für all seine Taten bestrafen«, beendete Taron die Unterredung.

Kapitel 30: Die Zeit der Stille naht

An dem Weltentore Ijargheims zogen Heere auf, woraufhin es zu einer der gewaltigsten Schlachten jener Zeit kam. Die Schlacht des Blutes, bei der das magische Tor über drei Zeiten der Stille hinweg geöffnet blieb.

Vers aus dem Buche Onacras

Esthîon krallte sich an der eisigen Mauer des Wehrgangs fest, sodass seine Knöchel weiß hervortraten. Sein Blick glitt auf das Loch in der Palisade. In aller Frühe hatten die Schreie der Gefallenen und der Helfer ihn vorzeitig aus seinem sich ständig wiederholenden Traum gerissen. Wofür er in gewisser Weise sogar dankbar war, doch der Grund dafür war allzu fürchterlich.

Sein Stratege Orwenar Dirod hatte die Rettungsmission geleitet und drei Verletzte aus den Trümmern bergen können. Zwei seiner Wachen waren durch den Sturz ums Leben gekommen, während einer noch immer verschollen war. Vermutlich hatte sich der große Beledon seiner angenommen. Er griff zu seinem Schlauch und trank einen Schluck des xonanonischen Tees. *Aber wie nur konnte dieses Unglück geschehen?*, war die allumfassende Frage des Morgens, welche ihm keine Ruhe ließ und dazu zwang auf der Burgmauer ausharren.

Im Augenwinkel sah er Weldur die Treppe hinaufspurten. *Hoffentlich vermag er, mir ein paar Antworten zu liefern.*

Der General neigte sachte das Haupt vor seinem König.

»Was haben Eure Nachforschungen ergeben?«

»Ich habe Wachen, die zur Stunde der Tragödie ihren Dienst taten, befragt. Niemandem ist irgendetwas Eigenartiges vorher aufgefallen. Auch die Inaugenscheinnahme der Klippe offenbarte nichts Ungewöhnliches«, berichtete Weldur.

Esthîon atmete rasselnd aus. »In den letzten einhundert Jahren hat es kein derartiges Ereignis gegeben und nun, genau einen Tag vor dem Ablauf Eurer gesetzten Frist, passiert so etwas. Das ist kein Zufall.«

»Dem stimme ich voll und ganz zu.«

»Das heißt, Taron und seine Gefährten haben es irgendwie vollbracht, die Klippe zum Einstürzen zu bringen. Ich will wissen, wo sie sind und wie sie versuchen wollen, in die Festung zu gelangen, setzt all Eure Quellen darauf an.« Esthîon führte seine Hand zu der dunkel verfärbten Narbe an seiner Wange. Doch bevor er kratzte, formte er eine Faust und unterdrückte den Drang. Zu gefährlich war ein erneuter Ausbruch des Schwarzbrandes.

»Gewiss mein Herr, doch hattet Ihr noch einmal Gelegenheit, über meinen Vorschlag bezüglich Eures Schutzes nachzudenken?«

»Ich habe meine Meinung nicht geändert. Der König gehört in seine Burg, Euer Plan zur Schwächung der Begabten ist gut, wenn sie angreifen, müssen sie über diese Mauer, an der sie sich wie ein paar schwächliche Ratten aufreiben werden.«

»Bedenkt, mein König, sie haben diese Steine und waren möglicherweise sogar in der Lage, eine dreißig Schritt hohe Felsklippe einzureißen, was ist dagegen schon dieser Wall?«

Esthîon atmete erbost aus. »Meine Festung und dieser Hang sind wohl kaum miteinander zu vergleichen. Fakt ist, ich werde mich nicht wie ein räudiger Köter vor dem Feind verstecken, sollte es ihnen gelingen bis zu mir vorzudringen, werde ich mich ihm stellen.«

»Ist das Euer letztes Wort?«, fragte Weldur harsch.

»Ja, sagt mir lieber, wo die lunærrischen Söldner bleiben! Sie hätten bereits vorgestern eintreffen sollen.«

»Ich habe keine Nachricht von ihrem Verbleib erhalten. Sie sind zweifellos mit dem letzten Sturm gereist, vielleicht hat dieser ihre Reise behindert«, mutmaßte der General.

»Eine Schar Zentauren und Guhle hatte ich gefordert. Mit ihnen wäre uns der Sieg gewiss«, Esthîon spuckte über die Mauer.

»Es bleibt wohl nur die Hoffnung, dass sie noch eintreffen werden.«

»Hoffnung, pah, einzig der unbändige Wille zählt. Solange die Söldner nicht eintreffen, verstärkt die Festungstruppen um weitere drei Dutzend Gardisten.«

»So sei es.«

»Gut und nun findet heraus, wo sich dieser Taron und seine Bande aufhalten. Befragt auch nochmal die Mitglieder der Kontrakar, sie müssen noch irgendwelche Informationen haben.«

»Ich habe alles aus ihnen herausgepresst. Ihre Verbündeten scheinen sich fast in Luft aufgelöst zu haben. Vielleicht haben sie sogar schon die Stadt verlassen.«

Esthîon wandte sich kopfschüttelnd seiner Hauptstadt zu. »Das glaube ich nicht. Sie verstecken sich irgendwo hier und warten nur auf den richtigen Augenblick, um zuzuschlagen. Also eilt Euch und findet sie. Ich habe noch eine Unterredung mit Hirena, Schorach und Nedorul. Ungeachtet dessen möchte ich sofort unterrichtet werden, wenn Ihr neue Erkenntnisse habt.« Esthîon nickte seinem Berater zum Abschied zu, ließ seinen Blick nochmal zurück zur Palisade gleiten, wobei er nichts als Abscheu verspürte und begab sich sodann zu seinem Beratungsraum.

Kapitel 31: Der Wartbaum

Der Bund aus Zwergen und Menschen siegte schließlich, doch der Grund für den Angriff der Orks und Zentauren Lunærras sollte bis ans Ende der Zeit im Verborgenen bleiben. Vers aus dem Buche Gwendlins

Mira hatte einen dunkelbraunen Mantel erhalten, welcher ihre Reisekleidung vollkommen verdeckte und lediglich ihr Gesicht frei ließ. Ihre Haare fielen über ihre Stirn nach vorn und waren durch Lavina mit einer Aschepaste grau gefärbt worden. Sie ging neben Lobur her, welcher ihr den Weg durch einige Nebenstraßen wies, deren Untergrund stellenweise noch immer schlammig war. Elwaran folgte ihnen in einigen Schritten Abstand. Sie gingen an einer Vielzahl Häuser entlang, die immer prunkvoller wirkten, je näher sie der Burg kamen. Schließlich gelangten sie zu der von Taron eingerissenen Palisade. Schockiert und beeindruckt zugleich starrte sie zu der breiten Öffnung und zu dem Haus, welches wie von Lobur beschrieben ebenfalls zum Teil in den Abgrund gezogen worden war. *Unsere Magie ist zu so etwas fähig?* Hinter dem Haus, zwischen der zerrütteten Palisade und der Festung, stand der Wartbaum. Er war gewaltig und überstieg sogar die Wehrmauer.

Lobur hielt auf das halbierte Haus zu und gelangte durch die Tür ins Innere. Ein Teppich lag auf dem Dielenboden des Eingangs, welcher sicherlich relativ wertvoll war. Lederne Stiefel mit verschnörkelten Ornamenten standen auf ihm. *Dieses Haus gehörte einem Hochgeborenen. Doch wird der Verlust seines Hauses wohl kaum seinen Ruin bedeuten.*

Die drei begaben sich zum Ende des Flures und schritten eine steinerne Treppe hinab. Der Keller war geräumig und hell, was vor allem daran lag, dass man durch eine Wand auf die dahinter liegende Steilklippe des Beledon blicken konnte. Sonst war der Keller mit einer Vielzahl von Regalen bestückt, in denen Tontöpfe, Glasgefäße, einige Fässer und Flaschen lagerten. Zudem hingen geräucherte Schinken und Würste in einer Ecke des Raumes.

»Dann wollen wir uns mal ans Werk machen.« Elwaran begab sich an die zum Wartbaum gelegene Wand, streifte mit der Hand darüber und schloss die Augen. Als er sie wieder öffnete, verzog er mürrisch sein Gesicht.

»Was hast du gesehen?«, fragte Mira.

»Nur Gestein, ich werde es nochmal mit der Elfenmeditation

versuchen.«

»Viel Erfolg.« Mira berührte kurz die Schulter des Elfen.

Elwaran nickte, begab sich in den Schneidersitz und schloss wieder die Augen.

»Ihr könnt durch die Steine hindurchsehen?«

»Es ist eine Form der Meditation, bei der man die Welt etwas anders sieht. Damit kann man zwar nur wenige Fuß, aber ja, sogar durch Stein blicken.«

»Beeindruckend«, verkündete der Zwerg kopfschüttelnd.

Mira schloss die Augen, die graue Welt erschien, sie vermochte den gesamten Keller zu umfassen, richtete ihre volle Aufmerksamkeit jedoch auf die Wand, die dem Wartbaum am nächsten stand. Sie ging die gesamte Wand entlang. Doch dahinter war nichts, kein Gang, keine Wurzel, nur Felsen und Erde. Sie öffnete wieder ihre Lider und schüttelte den Kopf. »Leider nichts. Ich muss direkt zu dem Wartbaum.«

»Natürlich die gefährlichere Variante«, brummte Lobur.

»Ich würde mich sicherer fühlen, wenn du ein Auge auf mich haben würdest.«

»Ich komme mit raus und bleibe in sicherer Entfernung stehen.«

Mira nickte. Mit jedem Schritt, den sie die Treppe emporstieg, vervielfachte sich ihre Aufregung. *Lavina hat mich hierauf vorbereitet, ich kann das,* sprach sie sich selbst Mut zu.

Sie verließen das zerstörte Haus, umrundeten die noch intakte Seite, sodass sie nun den Wartbaum in seiner gesamten Pracht sahen.

»Ich bleibe hier«, flüsterte der Zwerg.

Mira verharrte, schloss die Augen, ballte kurz die Hände zu Fäusten, atmete tief durch, wodurch sich ihre Anspannung etwas legte und schritt dann so leichtfüßig wie möglich in Richtung des Baumes.

Sie spürte die Blicke einiger Wachen auf sich ruhen, welche auf der Festungsmauer und bei der Palisade standen. Doch sie hielt starr auf den Baum zu, dessen Rinde braun, glatt und erhaben wirkte. Mira senkte ihr Haupt, führte eine Hand zu ihrer Brust und die andere zu dem König der Gewächse und tat so, als ob sie beten würde.

Der Wartbaum war alt, schien müde, schläfrig und von Kummer beseelt zu sein.

Bitte erwache.

Der Geist des Baumes regte sich. Er besaß eine unglaublich mächtige Präsenz.

Ich brauche deine Hilfe, wir brauchen deine Hilfe.

Mensch? Erschrocken zuckte Mira zusammen. Nie zuvor hatte eine Pflanze derart klar mit ihr gesprochen.

Ja. Wir brauchen deine Hilfe.

Hilfe? Mira spürte bei diesem Wort, die eigene schmerzhafte Hilfsbedürftigkeit des Baumes, die im Kontrast zu seiner geistigen Stärke stand.

Deine Unterstützung, deine Sinne, deine Kraft.

Ein Gefühl der Ablehnung strömte ihr entgegen.

Warum möchtest du uns nicht helfen?, fragte Mira.

Verrat.

Bitte. Wir handeln im Sinne Neburs.

Todesbringer. Ein Bild der Palisade blitzte in Mira auf. Gleichzeitig hatte sie das Gefühl, beobachtet zu werden. Sie sah hinüber zu dem gewaltigen Fenster des eingerissenen Walls. Zwei der Krieger begegneten ihrem Blick. *Er spürt das Sterben der Palisadenstämme,* dachte Mira bekümmert und sah schnell wieder zum Wartbaum, hockte sich nieder und berührte eine der Wurzeln.

Bitte verzeih mir diese Taten. Wir wollen jenen töten, der dafür verantwortlich ist.

Tod verursacht nur Schmerzen.

Eine peinigende Flut drang auf Mira ein, ließ sie erschaudern und zwang sie dazu, ihre ganze Konzentration darauf zu richten, nicht zu zittern. *Wir suchen einen Tunnel.*

Geh!

»Hey, du da!«, rief einer der Gardisten.

Gibt es hier einen Tunnel?

Verschwinde!, antwortete der Wartbaum, doch irgendetwas sagte Mira, dass da mehr war, etwas Dunkles.

Sie blickte kurz hinüber zu den beiden Wachen und nickte ihnen zu, stand dann auf, holte einen Wasserschlauch aus ihrem Mantel und ließ Wasser über ihre Hand auf die Wurzeln träufeln. Danach berührte sie erneut den glatten Stamm. *Wo ist der Tunnel?*

Verschwinde!, drang die Stimme des Baumes wie ein Sturm in ihren Kopf.

»Hey, komm mal her.«

Nein! Wachse! Mira schickte mit dem Befehl ein Bild des eingestürzten Hauses. Ungewiss, ob es dem Baum überhaupt möglich war, dieser Anweisung Folge zu leisten, geschweige denn diese zu verstehen.

Wachse, ich helfe dir, befahl Mira dem Baum und versuchte, so viel Überzeugung wie möglich in diesem Gedanken mitschwingen zu lassen. Sie löste ihre Hand von der Rinde.

»Frau, komm sofort her!«, rief die andere Wache mit einer etwas tieferen Stimme.

Stockend wandte sich Mira um und ging zurück zu dem verlassenen Haus.

»Hörst du schwer?« Die Wachen nahmen die Verfolgung auf.

Sie sah, wie Lobur grinsend neben dem Gebäude stand und dann hinter der Rückwand verschwand. *Verlässt er mich? Das kann nicht sein. Sie kriegen mich.* Mira beschleunigte ihren Schritt, soweit sie es für angemessen hielt, die Gardisten weiterhin im Nacken.

»Bleib stehen!«, rief einer der Häscher.

Sie erreichte das Haus, bog um die Ecke, wollte losrennen und stellte erleichtert fest, dass dessen Tür offenstand. Lobur befand sich daneben und deutete mit einer Handbewegung an, dass sie hineingehen sollte. Mira schlüpfte durch das Portal, woraufhin der Zwergenschmied hinter ihr den Eingang sachte schloss.

An das Holz der Tür gelehnt, löste sich ihre Panik langsam auf. Doch breitete sich nun ein Zittern von den Fingern über ihren gesamten Körper aus.

Währenddessen dröhnte draußen die tiefe Stimme des Zwerges.

»Passt doch etwas auf, wo ihr hinrennt.«

»Zur Seite, Schmied!«

»Eure Rüstungen sehen nicht gut aus, habt ihr sie wieder zu dem Stümper Dirschar gebracht? Das solltet ihr wirklich lassen.«

»Wir suchen jemanden, vermutlich eine Frau.«

»Mit einem braunen Mantel. Die ist da lang.«

»Danke.«

»Ihr müsst eure Rüstungen regelmäßig einfetten und bringt sie das nächste Mal zu mir. Ich stelle sie euch vernünftig ein!«, den letzten Satz schrie Lobur.

Mira verharrte in dem Flur und setzte sich auf den Teppich. Ihre Atmung beruhigte sich. Es dauerte einige Momente, bis sich die Tür öffnete und Lobur breit grinsend eintrat.

»Das war knapp. Danke für deine Hilfe, Lobur.«

»Es hat Spaß gemacht«, griente der Zwerg. »Ich glaube, ich würde doch einen ziemlich guten Spion abgeben.«

»Heute warst du auf jeden Fall großartig«, antwortete sie und strich sich mit beiden Händen durchs Haar und atmete tief durch.

»Hast du herausgefunden, ob es hier einen Tunnel gibt?«

»Leider nicht, der Baum ist anders als alle, die ich kenne.«

Der Zwerg hielt seinen Kopf schräg und schien zu überlegen.

»Er ist so alt und störrisch. Irgendetwas verbirgt er, glaube ich.«

»Aber du weißt nicht, ob dort ein Tunnel ist.«

»Leider nicht, ich habe ihm befohlen zu wachsen.« Ihr Blick ging zur Treppe.

»Dann hoffen wir, dass er dir Folge leistet.«

Sie gingen die Stufen hinab. Elwaran saß noch immer in derselben Position wie gerade. Er drehte sich zu den beiden und nickte ihnen zu.

Mira wartete einige Minuten und ging im Keller auf und ab. Zwischenzeitlich versetzte sie sich erneut in den Meditationszustand und kontrollierte die Wand, welche dem Wartbaum am nächsten lag. Alles blieb unverändert. *Selbst wenn es geklappt hat, könnte es Tage dauern, eine neue Wurzel wachsen zu lassen.*

»Wie lange wollen wir warten?«, fragte Lobur.

»Notfalls bis zum Sonnenuntergang«, entgegnete Mira und setzte sich an einen Balken gelehnt.

»Dann brauchen wir etwas zu trinken.« Lobur inspizierte eines der Weinregale und zog eine verstaubte Flasche heraus. »Möchtest du auch einen?«

Mira schüttelte kurz ihr Haupt.

Der Zwerg zuckte mit den Schultern, entkorkte die Flasche, schnüffelte an der Öffnung, nickte und nahm einen gewaltigen Hieb. »Uh, gut, sehr kräftig.«

»Vielleicht könnte ich doch einen Schluck vertragen.«

Lobur reichte ihr den Wein. Sie nippte lediglich daran. Der Tropfen war ungeahnt stark, hatte aber auch eine leicht süßliche Note im Abgang und löste ein Kribbeln im Magen aus. Was Mira prustend ausatmen ließ.

»Das ist ein Lagerwein, die sind meist etwas stärker, dadurch aber auch länger haltbar.«

»Ich glaube, mir reicht ein Schluck«, sagte sie und gab die Flasche wieder zurück.

»Es ist nicht jedermanns Sache, aber im Vergleich zu zwergischem Schmiedewasser ein sehr liebliches Tröpfchen.«

»Vor dem Zeug hatte man uns in Ijargheim gewarnt.«

»Ihr wart in Ijargheim?«

Mira nickte.

»Zu lange bin ich nicht mehr dort gewesen. Vielleicht kehre ich wieder zurück.«

»Was hat dich einst nach Donnerhall geführt?«

»Ich kam vor vielen Jahren in die Stadt, damals pulsierte hier das Leben, noch mehr als in Ijargheim. Es war aufregend und die Menschen wussten meine Schmiedekunst zu schätzen. Aber jetzt, da Filione nicht mehr ist, hält mich hier nur noch eine einzige Sache. Wenn diese erledigt ist, gehe ich fort«, seine Worte hatten etwas Endgültiges.

Mira war gleichermaßen entsetzt und beeindruckt.

»Ich kann mir kaum vorstellen, welche Qualen dir ihr Tod bereitet.«

»Ich habe nie zuvor wirklich geliebt.« Loburs Blick durchdrang förmlich das Weinregal und sein Geist schien in weiter Ferne zu weilen.

Sie saßen einige Zeit schweigend nebeneinander, während Lobur immer wieder an der Flasche nippte.

»Glaubst du, dass deine Rache dir Frieden bringen wird?«

»Ich hoffe es.«

»Ich wünsche es dir«, raunte Mira hoffnungsvoll.

»Du denkst, es wird meinen Schmerz nicht lindern.«

»Ja.«

Ruckartig wandte Elwaran seinen Kopf zu den beiden. »Mira, ich glaube, du hattest Erfolg.«

»Bitte, womit?«

Elwaran deutete auf einen Abschnitt der Kellerwand. »Da wächst gerade eine Wurzel durch.«

Miras Augen weiteten sich. Sie konnte es selbst kaum fassen, sprang auf die Beine, schritt hinüber zur Wand und schloss die Augen. Sie fühlte tief in das Gestein hinein und tatsächlich schlängelte sich da soeben etwas durch eine Felsspalte. Ein ungeahntes Glücksgefühl überflutete sie.

»Es hat funktioniert«, sagte sie lächelnd zu Lobur.

Der Zwerg nickte ihr anerkennend zu.

»Es dauert nicht mehr lange, dann ist sie hier.«

Nach einigen Minuten bröckelte der Putz von der Wand. Die Wurzel hörte schließlich auf zu wachsen. Mira ergriff den Teil der Wurzel.

Ich danke dir, dass du hierhergekommen bist.

Der Wartbaum strahlte eine Müdigkeit aus, welche ihr Glück sogleich dämpfte.

Helfen, drang die Stimme des Wartbaumes in ihren Kopf.

Wir suchen einen Tunnel zur Festung. Mira versuchte, Erinnerungen von der Burg in ihrem Kopf erscheinen zu lassen.

Nein, hilf mir.

Wie?

Bekämpfe die Dunkelheit.

Welche Dunkelheit?

Folge der Wurzel.

Gut, ich helfe dir! Gibt es einen Tunnel?

Folge der Wurzel.

Zeige mir den Tunnel. Mira griff die Wurzel fester.

Diese umschlang ihre Hand und begann, sie zu zerquetschen. Sie biss angespannt die Zähne zusammen, woraufhin Elwaran und Lobur an ihre Seite sprangen. Mira hob ihre freie Hand, was die beiden innehalten ließ.

Zeige mir den Tunnel!, sandte Mira dem Baum erneut.

Bilder blitzten vor Miras Augen auf. Am Ende der Wurzel, zehn Schritt entfernt, befand sich ein Gebilde. Schwarze, glatte Wände. Ein Kreuzweg. Drei der Enden waren von den Wurzeln des Wartbaumes umschlossen. Ein Gang lag frei. *Was ist das für ein Ort?*

Dunkelheit, Trauer.

Wir helfen dir.

Die Wurzel um Miras Hand lockerte sich.

Sie drehte sich zu Lobur. »Ich habe es. Hole Rym, er muss sofort mit dem Freilegen beginnen.«

Lobur nickte. »Bleibt ihr beide hier?«

»Ja, wir sollten uns der Gefahr nicht mehr als nötig aussetzen«, erklärte Elwaran.

»Bringt bitte nur meinen Stab mit.« Ihre Weste mit den Messern trug Mira bereits unter ihrem Mantel.

»Und mein Schwert und meinen Bogen«, fügte der Elf hinzu.

Lobur betrachtete beide nochmal eindringlich. »Und etwas Rüstzeug.«

»Danke«, antworteten beide.

Der Zwerg nickte und verschwand aus dem Keller.

Mira ergriff erneut die Wurzel. Sie verspürte lediglich noch eine tiefgreifende, allumfassende Müdigkeit. Doch war da noch etwas anderes, ein unangenehmes Ziehen, das sie sich nicht erklären konnte.

Kapitel 32: Der Schatten der Trauer

Die Schlacht offenbarte die große Schwäche der Menschen und Orks, welche ohne magische Fähigkeiten von Zentauren und Zwergen nur so dahingerafft wurden. Vers aus dem Buche Irus

Taron saß in einer Ecke des Kellers abseits der anderen und zog sein Messer langsam über den Schleifstein. Jene Klinge, welche dazu bestimmt war, den König zu meucheln und damit eine neue, bessere Zeit einzuläuten. *Heute Nacht wird es geschehen. Ich bin bereit,* sprach er sich selbst Mut zu.

Lobur war vor gut zwei Strichen mit der Nachricht wiedergekommen, dass Mira einen Tunnel gefunden hatte, woraufhin sich Rym sogleich zu dem verlassenen Haus begeben hatte. Der Zwerg war mit ihm verschwunden.

Filidas und Soguia waren mit Nemrod im Schankraum und achteten darauf, dass keiner der Gäste des *Dunklen Geistes* aus Versehen in den Keller stolperte. Alles sollte so normal wie immer erscheinen.

Nun waren nur noch Fendelin, Lavina, Gelador, Barvo und Ildrum im Keller. Sie redeten kaum miteinander. Jeder schien sich ein wenig anders auf die bevorstehende Aufgabe vorzubereiten. Fendelin meditierte, Gelador war dabei, seine Rüstung anzulegen, Lavina balancierte von Finger zu Finger eines ihrer Messer, während Barvo und Ildrum in Stille ein Kartenspiel miteinander spielten.

Das Warten war furchtbar. Tarons Gemüt war von Rastlosigkeit zerrüttet, gerne hätte er einige Stabkampfkatas vollführt, doch die Enge des Kellers machten Schläge mit seiner Waffe unmöglich. Glücklicherweise erschien kurz nachdem der Gong zehnmal zu Ehren Lavals ertönte Nemrod mit Essen. Er hatte einige Hühner geschlachtet und gebraten. Es war der reinste Festschmaus, doch leider vermochte Taron kaum einen Bissen herunterzubekommen und trat sein Brathähnchen gerne an Barvo ab.

Zum Ende der Mahlzeit erschien Lobur. »Meine Freunde, wie versprochen habe ich noch etwas für euch«, tönte er und knallte einen großen Sack auf den Tisch, dessen Inhalt laut schepperte. »Nemrod, kannst du mir bitte einmal helfen, ich habe noch welche von denen draußen.«

Der Wirt folgte dem Zwerg und erschien mit drei noch praller gefüllten Bündeln.

»Ich habe meine Schmiede restlos geplündert, ich denke, da ist für jeden etwas dabei«, raunte der Zwerg und hob aus einem der Säcke einen Brustpanzer. »Hier, der sollte dir passen, Taron.« Er warf das Rüstteil dem Novizen entgegen.

»Danke.«

»Wer ein bisschen mehr Flexibilität möchte, für den habe ich auch einiges aus Leder oder mit Nieten und Metallplättchen besetzt.« Der Schmied kippte alles auf den Tisch aus. »Ein paar Waffen sind auch dabei, nehmt einfach, was ihr braucht.«

Auf dem Tisch entstand ein Haufen mit Kettenhemden, Schienbein- und Unterarmschonern, fast vollständigen Rüstungen, Helmen und einer Vielzahl Waffen von Streitkolben bis hin zu Äxten, Schwertern und Messern. »Ich habe draußen auch noch ein paar Speere, falls jemand einen möchte.«

»Aber sag mal, dieser Brustpanzer, ich habe so einen schonmal gesehen«, merkte Taron skeptisch an.

»Die Schwadronen tragen solche«, bestätigte Gelador und schaute grimmig zu dem Zwerg.

»Lobur arbeitet unter anderem für den König«, erklärte Filidas.

»Arbeitete!«, berichtigte der Schmied.

»Das heißt, du weißt, wo ihre Rüstungen Schwachstellen haben«, vermutete Lavina.

»Meine Rüstungen haben keine. Doch unser Glück ist, dass ich nicht der Einzige bin, der Rüstungen für den König herstellt. Meist sind die Halsbereiche, Kniekehlen und Achseln schwächer geschützt. Mit euren Bögen sollte es allerdings auch möglich sein, ihre Panzer direkt anzugreifen oder mit einer Axt.«

»Oder einem Streitkolben«, sprach Nemrod, der bereits eine Halbrüstung angelegt hatte und eine Keule mit einigen Zacken in die Höhe hielt.

»Damit haust du eher eine Delle rein.«

»Heute Nacht sollten eigentlich nur Esthîon und, wenn überhaupt, Weldur den Tod finden«, sagte Taron kopfschüttelnd.

Die Gesichter aller wandten sich ihm zu und eine Stille der Verwunderung und Verachtung legte sich über den Raum.

»Du erwartest doch wohl nicht, dass wir mit stumpfer Klinge kämpfen?«, erregte sich Filidas.

Soguia rollte mit den Augen und ein »Ph!« drang zwischen ihren vollmundigen Lippen hindurch.

Gelador trat an seine Seite. »Taron, im Krieg sterben Soldaten, wenn das Attentat scheitern sollte, ist dies wohl unausweichlich.«

»Ja, ich verstehe schon, lasst uns nur bitte nicht vorschnell handeln, wenn wir jemanden erledigen müssen, dann am besten mit unserer

Magie.«

Seine Gefährten nickten.

Soguia und Filidas wandten sich ab und Taron war sich sicher, dass die beiden nicht im Einvernehmen mit ihm standen.

Ildrum hatte bereits eine schwere Plattenrüstung angelegt und schaute gerade, wie er sich darin bewegen konnte und vollführte mit seinen beiden Äxten ein paar Probeschläge.

»Achtet bei eurer Wahl darauf, dass die Rüstung nicht zu schwer ist. Wenn man das Tragen nicht gewohnt ist, kann sie schnell zur Behinderung werden«, bedachte Fendelin und sah dabei zu Ildrum und Barvo.

»Ich brauche sowieso höchstens einen Helm, der Kopf dauert immer zu lange, bis er heilt. Da bringt jegliches Training nichts«, erklärte Barvo.

»Irgendwann heilt dein gesamter Körper langsamer«, bedachte Lavina, die in einem nietenbesetzten Lederharnisch steckte und die Schnallen ihrer Messerweste soeben kontrollierte.

»Du hast wohl recht.« Bravo kratzte sich das Kinn und nahm sich eines der Kettenhemden.

Es herrschte reger Betrieb in dem Keller und der Berg an Rüstzeug nahm stetig ab.

Taron legte sich einige Schoner für Bein und Unterarme und einen mit Metallplatten verstärkten, ledernen Gambeson an. Über seinen Kopf stülpte er einen kantigen Helm, der schon ein beträchtliches Gewicht hatte und etwas zu groß war. Außerdem scheuerte der Riemen etwas an seinem Kinn, daher befestigte er ihn vorerst an seinem Gürtel.

Seine Rüstung erinnerte ihn etwas an jene, die er vor den Übungskämpfen im Kloster getragen hatte.

»Wir sollten für Mira, Rym und Elwaran auch noch etwas mitnehmen«, sagte Taron.

»Die sind bereits versorgt, dort war ich, bevor ich herkam«, erklärte Lobur.

»Hast du noch einen vernünftigen Schild oder nur solches Spielzeug?«, fragte Nemrod und hielt mit prüfendem Blick einen Rundschild vor sein Gesicht. »Früher habe ich mit einem größeren gekämpft.«

»Ich habe noch einen Turmschild auf meinem Karren.«

»Dann nehme ich den.«

Taron blickte in die Runde. Bei der *Geschichte des Aufbruchs* hatte Naradra ihren Anhängern vor ihrer letzten Schlacht Mut zugesprochen. *Vielleicht sollte ich das Gleiche tun.*

Filidas, welche ebenfalls einen Gambeson angelegt hatte, half soeben dabei, Soguias Lederharnisch festzuziehen, doch schien eine der

Schnallen zu klemmen. Taron ging zu den beiden Frauen. »Darf ich behilflich sein?«

Filidas nickte und trat zur Seite, der Harnisch war für einen Mann geschnitten und Soguia etwas zu groß. Taron löste die Schnalle noch einmal, das Leder fühlte sich rau und störrisch zwischen seinen Fingern an. Er zog den Riemen durch die Lasche und verschloss ihn. »Das sollte passen.«

»Danke.« Soguia senkte das Haupt und nahm sich einen Gürtel mit zwei langen Messern.

Taron trat einen Schritt von den beiden Frauen zurück. »Ich bin sehr dankbar, dass ihr uns begleitet.«

»Das müssen wir«, erwiderte Soguia und lächelte breit und wirkte dabei so, als könnte sie nie einem Lebewesen etwas zuleide tun.

»Sollte es zum Kampf kommen, können die Eindrücke einen schnell überwältigen, sollte es so sein, müsst ihr euch bemerkbar machen oder noch besser, füreinander einstehen.«

Filidas nickte. »Wir haben in unseren Leben einiges mitgemacht, glaube mir, so schnell bringt uns nichts aus der Fassung.«

»Sollte es so sein, wird heute nicht der erste Mann unter meiner Klinge fallen«, zischte Soguia, deren Lächeln etwas Verrücktes angenommen hatte.

Taron konnte ihre Worte kaum fassen, verschluckte und räusperte sich. »Ich kenne euch beide nicht gut genug. Leider bleibt uns zum Kennenlernen zu wenig Zeit, aber wir werden das nachholen.«

»In uns steckt mehr, als du erahnen magst«, offenbarte Soguia.

»Daran hege ich keinen Zweifel.«

Taron begab sich zu Lobur und Nemrod, beide steckten in voller Rüstung. Sie zogen soeben den Brustpanzer von Ildrum fest.

»Wie sieht es bei euch aus, seid ihr bereit?«

»So bereit, wie man nur sein kann«, antwortete Ildrum.

»Heute Nacht wird das Blute Esthîons fließen«, brummte der Zwerg und befestigte einen Kriegshammer und eine große zweischneidige Axt an seinem Rücken.

»Das wird es«, bestätigte Taron.

Nemrod nickte lediglich.

Taron umrundete den Tisch. Lavina, Barvo, Gelador und Fendelin standen beieinander. Das Metall von Geladors Rüstung schien gegenüber denen der anderen fast zu leuchten. Lavina und Fendelin waren in Leder gekleidet, während Barvo sich am Ende doch nur für einen Helm entschieden hatte.

»Und bei euch alles in Ordnung?«

Lavina und Barvo bejahten die Frage mit einem aufmunternden

Zwinkern.

»Wir müssen noch einmal meditieren«, erklärte Gelador.

»Glaubt ihr, dafür ist jetzt der passende Zeitpunkt?«, fragte Barvo.

»Es ist eine Vorbereitung auf den Kampf. Es wird ungemein nützlich sein«, erläuterte Fendelin.

»Wie lange wird es dauern?«, fragte Lavina.

»Wenn überhaupt, einen Viertel Strich.«

»Ihr habt das Gleiche wie die Elfen kurz vor dem Angriff auf Esthîons Lager vor?«, fragte Ildrum.

»Ganz genau«, bestätigte Fendelin.

»Macht das und dann brechen wir auf«, sprach Taron und berührte die beiden an ihren Schultern.

Die Elfen setzten sich in einer Ecke des Raumes gegenüber und begaben sich in die Harmonie.

Taron fand diese Fähigkeit unglaublich spannend und hätte diese Erfahrung gerne selber gemacht. Nun war er jedoch zu angespannt, um weiter darüber nachzudenken. Er überprüfte noch einmal seine eigene Ausrüstung, beginnend mit seinem Kampfstab. Am Ende holte er sein Medaillon hervor, strich mit dem Daumen einmal über die runde bronzene Einfassung und die Runen. *Mögen sie mir Glück bringen.* Zum Schluss nahm er etwas Magie auf, sodass der weiße Stein in der Mitte leuchtete. *Es funktioniert alles, ich bin bereit.* Er schloss die Augen. *Bitte Nebur, gib mir Kraft und lass mich die Dunkelheit von deiner Welt tilgen.*

Alsbald beendeten Fendelin und Gelador die Meditation. Ihre Augen hatten sich ein wenig eingetrübt. Sie gingen zu Taron, wobei sich ihre Bewegungen angeglichen hatten.

»Wir sind bereit«, sprach Gelador.

»Dann lasst uns aufbrechen.«

»Endlich«, ließ Lobur verlauten, der sich einen langen schwarzen Mantel übergeworfen hatte und verließ zusammen mit Nemrod als Erstes das Abteil.

Sie durchquerten den Keller und traten hinaus auf den Hinterhof, der durch Tanus und Wuldro in einen weißlichen Glanz getaucht wurde. Hier stand ein Planwagen, der sie zu dem Haus transportieren sollte.

»Kommt schon, rein mit euch«, forderte Lobur.

Dicht aneinandergedrängt nahm Taron sowohl den salzigen Geruch Barvos als auch den blumigen Duft Fendelins wahr. Es schien ihm fast, als wären seine gesamten Sinne bereits geschärft gewesen, obwohl der Kampf nicht einmal begonnen hatte.

Der Wagen rollte langsam dahin, nachdem sie einige Male abgebogen waren, blieb er stehen.

Nemrod stieg als Erster aus, die anderen folgten. Taron hörte nun, da der Wagen nicht mehr langhin polterte, das bekannte Donnern des Beledon. Nachdem er ausgestiegen war, blickte er in die Richtung, aus der das Grollen kam und sah, was er und Elwaran angerichtet hatten. Sie hatten einen Teil des Gebäudes mit in den Abgrund gerissen. Bei der noch stehenden Hauswand türmten sich die Steine stufenartig bis zum abgedeckten Dach auf. Die Palisade war vollkommen verschwunden.

Sie begaben sich in den Keller des Hauses. Hier warteten Elwaran, Rym und Mira auf sie. Rym hatte eine leichte Plattenrüstung an und zwei schwer aussehende Beutel sowie einige lange Messer am Gürtel befestigt, während Elwaran und Mira in Lederharnischen steckten.

Elwaran erhielt von Fendelin seinen Köcher, Bogen und Schwert. Taron trat an Miras Seite und hielt ihr ihren Stab hin. »Habt ihr es geschafft?«, fragte er.

»Gerade eben«, verkündete Rym erschöpft.

»Gut.« Er hatte lange überlegt, welche Worte er wählen sollte, um seine Kameraden auf das Bevorstehende einzustimmen. Doch jetzt, als der Augenblick gekommen war, wusste er nicht genau, wie er gebührend beginnen sollte.

Mira berührte ihn am Arm. »Ich habe mit dem Wartbaum gesprochen. Er sagt, er wurde gepflanzt, um etwas Dunkles und Bedrohliches zu bewachen. Ich habe es abgetan, da ich kaum glaubte, dass dort etwas Gefährliches hausen könnte.« Sie blickte in Richtung des von Rym geschaffenen Stollen.

»Hast du ihn dir schon einmal näher angeschaut?«

»Ich glaube, da sind schlimme Dinge geschehen. Ich war nur einen Moment drinnen, aber ich fühle mich noch immer wie betäubt.« Mira deutete mit den Fingern auf ihre Brust.

»Wir haben nun keine andere Wahl mehr, Mira, wir müssen diesen Weg nehmen.«

»Vielleicht ist er doch nicht der Sicherste«, bedachte Mira.

»Habe keine Furcht.« Er umarmte sie. »Welches Grauen auch immer dort auf uns lauern könnte, wird uns nicht aufhalten«

»Da ist noch etwas, Limefrah hat mir eine Nachricht geschickt.« Mira hielt das breite Armband in die Höhe. Zarte Linien waren darauf zu erkennen, die zu verblassen schienen. »Sie schrieb, dass Esthîon nicht der wahre Feind ist und in Zukunft vonnöten sein könnte.«

»Heißt das, ich soll ihn am Leben lassen?«

»So scheint es.« Trauer lag in ihrer Stimme.

»Wir sind unserem Ziel so nah. Sollte Gonvalor mit dem König fallen, werden wir es umso stärker wieder auferstehen lassen und für alles, was kommen mag, gewappnet sein.« Taron schüttelte den Kopf. »Wir müssen es beenden, was auch immer uns in diesem Tunnel oder in der Festung oder in Zukunft erwarten wird. Zusammen werden wir es überwinden.« Er presste seine Stirn gegen die ihre und schloss die Augen. Für einen Moment gab es nur sie beide und das Trommeln des Beledons. Schließlich wurde Taron gewahr, dass er und Mira von den anderen beobachtet wurden. Peinlich berührt löste er sich von ihr. *Wofür sollte ich mich schämen? Wenn ich sie doch... Für solche Gedanken ist jetzt nicht die Zeit.* Sie sahen einander an und wandten sich schließlich ihren Kampfgefährten zu. Ihm war eine Idee gekommen, wie er seine Ansprache beginnen konnte.

»Mira erzählte mir soeben, dass unsere erste Aufgabe bereits am Ende dieses Stollens liegt. Wir werden durch einen dunklen Ort schreiten, womöglich birgt er Gefahren jenseits unserer Vorstellungskraft. Behaltet euren Mut, wir stehen und wir fallen zusammen. Die heutige Nacht gehört uns, wir werden die Zukunft Gonvalors neu gestalten und das Ende von Esthîons Herrschaft einläuten.« Taron faltete die Hände vor seinem Gesicht zusammen. »Hört ihr das?«

»Der Beledon«, raunte Barvo.

Taron lächelte. »Richtig. Doch heute Nacht hat sein Donnern eine andere Bedeutung, die Götter senden uns das Tosen ihrer Kriegstrommeln. Sie heißen unseren edlen Kampf willkommen und werden die zwei, die wir heute zu ihnen schicken, mit einem Lächeln empfangen. Also haltet zusammen und denkt daran: Der feste Glaube eint«, sprach er und hob sein Haupt zur Kellerdecke.

»Der feste Glaube ein«, erwiderten die Menschen und blickten ebenfalls nach oben.

»Seid ihr bereit?«

Bis auf das anfeuernde Rauschen des Flusses hörte Taron nichts.

»Dann vorwärts.« Er setzte seinen Helm auf, zog seinen Stab und schritt durch die Reihen seiner Kameraden. Sie nickten ihm zu und folgten ihm, außer Soguia. Diese hatte sich abgewendet. Irgendwie schien es, als wäre sie gewachsen, die Lederrüstung passte etwas besser, ihre Haare waren dunkler und kürzer geworden. *Sie hatte gesagt, sie könne ihren Körper verändern,* erinnerte sich Taron und schüttelte den Gedanken ab. *Ich muss mich auf meine Aufgabe konzentrieren.*

Er betrat den dunklen Tunnel und musste den Kopf etwas einziehen, um sich nicht zu stoßen. Taron hob seine Hand und ließ eine leuchtende Kugel entstehen. Ein Raunen ging durch die Begabten Donnerhalls.

»Können wir das auch?«, fragte Rym.

»Mit ein bisschen Übung«, antwortete Ildrum.

Barvo entzündete seine Fackeln. Ihr flackerndes Licht wirkte auf ihn irgendwie beruhigender als sein weißes, magisches.

Taron ging weiter, den Blick geradeaus gerichtet. Die Wurzel des Wartbaumes schlängelte sich an der Höhlendecke entlang und schien diese zu stützen. Sie gelangten zu mehreren dicken Wurzeln, die dicht nebeneinanderlagen und etwas zu umschlingen schienen. Zwischen zwei Wurzeln befand sich eine kleine Lücke.

Er spähte hindurch, doch das Licht seiner Kugel drang nicht bis in den Hohlraum dahinter vor.

Mira berührte die Wurzel an der Decke und sogleich begann sich der Spalt langsam zu öffnen.

Je breiter die Öffnung wurde, desto mehr verstand Taron, warum Mira einen anderen Weg bevorzugte. Eine ihm bisher unbekannte Finsternis drang in sein Herz vor und pflanzte dort einen Samen aus Trübnis und Trauer. Selbst die kleine Kugel, die über seiner Hand schwebte, begann zu flackern und schien von der Dunkelheit verzehrt zu werden.

Zaghaft drehte er sich seinen Freunden zu. »Dieser Tunnel verbirgt etwas Eigenartiges, etwas Übernatürliches. Lasst nicht zu, dass es Besitz von euch ergreift, bleibt zuversichtlich.«

Er trat zwischen den Wurzeln hindurch und befand sich am Anfang eines Ganges, dessen Wände uneben waren. Nach gut zehn Schritt wurden sie jedoch glatter und der Boden ebener. Doch nahm das beklemmende Gefühl in seiner Brust immer weiter zu.

Der Weg vor ihm mündete in einen kreisrunden Raum, von dem drei weitere Gänge abzweigten und in dessen Mitte ein Schacht in die Tiefe hinabführte. *Was ist das nur für ein Ort?*

»Hier ist eine Grube«, hauchte Taron.

»Was sind das für Zeichnungen?«, fragte Ildrum, der mit dem Finger auf eine der Wände deutete. Erst jetzt sah Taron die drei Reihen Hieroglyphen, welche an dieser eingeritzt waren und nur durch die Gänge unterbrochen wurden. *Wie konnte ich das nur übersehen?*

Er betrachtete sie genauer. »Das ist die Entstehungsgeschichte eines der Götter.«

»Du kannst das lesen?«, fragte Lavina.

»Eher erahnen, wenn man die Geschichten kennt, kann man die Zeichen recht einfach zueinander in Verbindung bringen.«

»Dies ist das Zeichen Irus. Vielleicht ist dies hier ein alter Tempel?«, mutmaßte Lobur.

»Die Hieroglyphen behandeln die ersten Tage seiner Schöpfung«, erklärte Taron.

»Der Wartbaum steht hier, um das Dunkel gefangen zu halten«, raunte Mira.

Taron war am Ende der dritten Zeile angelangt. Die letzten Hieroglyphen schienen etwas neuer zu sein. Erschaudert trat er einen Schritt zurück, an den Rand der Grube. Ein Stein löste sich unter seiner Ferse, er verlor das Gleichgewicht und begann, mit den Armen zu rudern. Elwaran und Mira griffen seinen Gambeson und zogen ihn zurück.

»Dies ist kein Tempel Irus.« Langsam wandte er sich dem Loch zu und ließ die Lichtkugel hinabgleiten. Mit jedem Fuß, den sie sank, wurde es schwieriger, sie aufrechtzuerhalten. Er ahnte bereits, was ihn am Grund der Senke erwarten würde, doch wollte er Gewissheit haben.

Die Blicke seiner Kameraden folgten dem seinen. Der Schacht führte etwa zwanzig Schritt in die Tiefe und offenbarte mehrere Teile eines rostigen Gitters, welches vermutlich einst als Abdeckung auf dem Loch gelegen hatte. Allerdings war da noch etwas, das seinen Atem stocken und sein Inneres zusammenziehen ließ. Ein Berg Knochen, menschliche Knochen, besonders an den Schädeln sah man, dass auch Kinder unter den Skeletten waren.

Taron sprach mit belegter Stimme. »Dies ist eine Opferstätte. Es wurden hier keine Menschen des Opferns wegen getötet. Ganze Familien wurden hergeführt und nacheinander in den Abgrund gestürzt. Sie wollten damit bei den Hinterbliebenen Zorn und Trauer auslösen.«

»Warum tut man nur sowas?«, hauchte Soguia.

Taron erschrak bei ihrem Anblick etwas. Sie hatte wenig von der blonden Schönheit behalten. Sie wirkte dunkler, Linien zeichneten sich auf ihrem Gesicht ab, die einer Kriegsbemalung glichen. Ihre Pupillen wirkten vollkommen schwarz. Sie hatte größere Ohren und angespitzte Zähne. Lediglich den klaren Klang ihrer Stimme hatte sie behalten. *Sie hat sich selbst zu einem Monster gemacht.* »Hier wurde ein überaus dunkles Wesen genährt.«

»Irus Schatten der Trauer«, murmelte Mira.

»Dies vermute ich.«

»Aber Taron, laut den göttlichen Schriften wurde dieses Wesen in Lunærra versiegelt.«

»Ich weiß nur das, was die Hieroglyphen mir sagen und anscheinend glaubten die Menschen einst, mit den Opferungen ein Geschöpf Irus stärken zu können.«

»Aber ist nicht die viel wichtigere Frage, wer die letzten Opferungen durchgeführt hat? Die obersten Knochen liegen da erst seit vielleicht zehn Jahren. Die unteren scheinen mir wesentlich älter«, bedachte

Elwaran mit belegter Stimme.

Taron schaute den Elfen an. »Mir fällt nur einer ein.«

»Esthîon«, zischte Mira eiskalt.

»Aber ja, so ergeben all seine Taten einen Sinn. Er versetzte so viele Begabte in Angst, Trauer und Zorn bei seinen Verhören und fütterte damit dieses Wesen«, sprach Taron in dunkler Erleuchtung.

»Selbst der Krieg bei Avurin könnte diesem Zweck gedient haben«, spuckte Gelador hasserfüllt aus.

»Was ist, wenn er diesen Schatten bereits befreit hat?«, fragte Filidas.

»Es ist eine göttliche Essenz. Niemand vermag es, seine Macht einzuschätzen. Aber es könnte durchaus ganze Landstriche ins Chaos stürzen.«

»Was haben die letzten Hieroglyphen zu bedeuten?«, fragte Barvo.

Taron ging zu der Stelle und betrachtete sie genauer. Sie schienen etwas neuer zu sein.

»Wir müssen weiter«, hauchte Gelador.

Er nickte dem Elfen zu. »Die letzten Zeichen weisen lediglich auf die Macht des Wesens hin und auf eine Veränderung in der Form der Huldigung.« Er schüttelte den Kopf »Wir haben bereits zu lange hier verweilt.«

»Ich glaube, wir müssen hier entlang«, mutmaßte Lavina und deutete in den rechten Gang.

Taron ging weiter voraus. Der Tunnel ging leicht bergauf. Die Schwere seines Herzens verblasste, je weiter sie sich von der Grube entfernten. Schließlich hörte der glatte Fels des Ganges auf und wurde von Steinquadern abgelöst und endete an einer Mauer. *Dies wurde von Menschenhand erschaffen, wir müssen uns nun direkt unter der Burg befinden.*

Taron tastete die Wand vor sich ab. Er drehte sich um. *Vielleicht gibt es hier so etwas wie einen Geheimgang.* Taron schloss die Augen und glitt hinüber in die graue Meditationswelt. Doch sein Blick war getrübt. Es war ihm kaum möglich, über die Steinwände hinwegzusehen. »Irgendetwas blockiert mich. Probiert ihr es bitte einmal.«

Seine Freunde schlossen die Augen.

»Es funktioniert nicht«, brummte Ildrum.

»Überhaupt nicht«, bestätigte Barvo.

»Hier muss es irgendwo eine verborgene Tür geben«, sagte Lobur.

»Und was ist, wenn sie bloß von außen zu öffnen ist?«, fragte Filidas.

»Notfalls reißen wir sie ein«, befand Lavina. »Aber vielleicht müssen wir das gar nicht.«

Die Umwerfende strich mit ihren Händen langsam die Wand ab, ihr

Gesicht berührte dabei fast den Stein. An einer Stelle hielt sie inne. Einer ihrer Finger glitt eine Fuge von der Höhlendecke bis zum Boden hinab. »Hier ist sie.« Die Messerwerferin blies den Staub aus der Fuge und bedeutete Barvo, mit seiner Fackel näher zu kommen.

»Hier müsste irgendwo ein Mechanismus sein.« Ihre Hände glitten weiter über das Mauerwerk und verharrten schließlich. Sie schien etwas entdeckt zu haben, doch Taron konnte nichts erkennen.

»Zwei Sonnen«, flüsterte Lavina und tippte auf einen der Quader.

»Die Augen Rylaks«, schwelgte Elwaran skeptisch.

Lavina drückte den Stein, es tat sich nichts. Dann stemmte sich Barvo dagegen, doch nichts geschah.

»Das ist eine Sackgasse«, spuckte Nemrod förmlich aus.

»Vielleicht ist es doch nicht der richtige Weg«, wandte Ildrum ein.

»Nein, wir kommen hier rein.« Taron trat näher und strich ebenfalls mit der Hand über die zwei Sonnen.

»Ein weiteres Zeichen Rylaks ist der Pinsel, findet ihr diesen vielleicht irgendwo?«

Alle begaben sich auf die Suche.

»Wir sind in einer Sackgasse und sollten aufbrechen und über die Mauer klettern«, mahnte Filidas.

»Ich habe ein paar Haken in meinem Karren«, bestätigte der Zwerg.

»Warum zwei Sonnen?« Taron schaute zur Decke. Sie war so hoch, dass er aufrecht stehen konnte. Er streckte seine Arme aus und strich über die Oberfläche.

Er fand einen Stein mit zwei weiteren Sonnen und drückte dagegen. Er schien lose in der Decke verankert zu sein. *Es sind keine Sonnen, sondern… Monde. Jetzt haben wir jedoch erst vier.* »Wir brauchen noch einen dritten Stein.«

»Hier ist er.« Fendelin deutete auf eine Stelle am Boden.

»Drücke ihn!«

Fendelins Stein verschwand ein Daumenbreit. Taron drückte gegen seinen. Dieser fuhr ebenfalls hinein. Ein Schaben drang aus den Wänden heraus und der Stein mit den zwei vermeintlichen Sonnen schob sich aus dem glatten Mauerwerk heraus und hing in der Luft.

»Soll ich ihn wieder hereindrücken?«, fragte Lavina.

»Probiere es.«

Sie tat wie ihr geheißen und die Steine in der Decke wurden wieder nach unten gedrückt.

»Drücke nochmal, Fendelin«, befahl Taron und betätigte seinen danach ebenfalls. Der Stein neben der Tür fuhr wieder heraus.

»Die Sonnen Solærras drehen sich von Osten nach Westen um die Welt«, sprach Ildrum.

»Die Symbole sollen eher die Monde Lunærras darstellen«, wandte Taron ein.

»Diese bewegen sich in die entgegengesetzte Richtung«, erklärte Lobur.

Barvo drehte den Stein in die entgegengesetzte Richtung und man sah, dass er mit einer Stange verbunden war. Rumpelnd klackten Zahnräder ineinander. Die Tür begann sich zu öffnen und stockte jedoch, nachdem sie einen Fingerbreit aufgeschwungen war.

»Es geht nicht weiter.« Barvo stützte sich auf den Quader und hängte sich danach daran. Nichts geschah.

»Lass gut sein, Barvo.« Ildrum legte dem Feuerspucker eine Hand auf die Schulter.

»Irgendetwas muss die Tür blockieren«, vermutete Elwaran.

»Dann hebeln wir sie weiter auf«, meinte Lobur und führte sein Axtblatt in den Türspalt.

Taron nahm seinen Stab und versuchte, das schmalere Ende in die Lücke zu schieben. Seine Waffe war jedoch einen Fingernagel zu breit. »Lobur, zieh an deiner Axt.«

Der Zwerg ruckelte an dem Axtstiel, sodass Tarons Waffe ebenfalls dazwischen passte.

Die beiden versuchten, die Tür zu öffnen. Sie blieb störrig.

»Wir brauchen mehr Hebel«, brummte Barvo und setzte die Spitze seiner Fackel an den Türspalt. Die Elfen zogen ihre Schwerter und setzten sie ebenfalls an.

»Ich würde einmal deinen Streithammer nehmen«, sagte Nemrod zum Zwerg, zog dessen Waffe und setzte sie im oberen Bereich der Tür an.

»Alle bereit?«, fragte Taron. »Dann zieht.«

Die Tür bewegte sich. Stein kratzte über den Boden, wie wenn man Getreide mahlte und es knackte laut in der Wand.

»Nachfassen!«, befahl der Zwerg.

»Fester«, presste Taron hervor.

Gemeinsam stemmten sie sich dagegen, bis das Portal offen war.

»Geschafft«, hauchte Mira erleichtert.

»Den Göttern sei Dank. Ausgenommen Iru natürlich«, schallte Lavina.

»Dass Elfen und Zwerge so zusammenarbeiten können ist bewundernswert«, schmunzelte Soguia und zeigte dabei ihre spitzen Reißzähne.

Taron schlüpfte durch die Geheimtür. Sie befanden sich am Ende eines Kellers. Sechs mannshohe Weinfässer standen rechts und links des Ganges, welcher zur gegenüberliegenden Tür führte. »Wir sind alleine.

Wo befinden wir uns?«, fragte er und verstaute seinen Stab wieder im Rückenhalter.

»Das müsste der östliche Weinkeller sein. Zwei Stockwerke über uns sind die Gemächer Esthîons«, Filidas deutete mit einem ihrer Messer an die Kellerdecke.

»Wie gelangen wir da hin?«

»Durch die Tür kommen wir zu einem Flur und einer Treppe, welche direkt zum König führt.«

»Ihr habt gesagt, die vorletzte Tür rechts vor dem Arkadengang«, versicherte sich Taron nochmal.

»Dort soll sein Zimmer sein«, bestätigte Nemrod.

Taron nickte. »Elwaran, Fendelin und Lavina, ihr kommt mit mir. Wir geben euch ein Zeichen, wenn wir den König getötet haben, ihr anderen holt dann die Gefangenen heraus, während wir euch von dem Arkadengang aus Deckung geben.«

Sie schritten zur hölzernen Tür. Taron drückte die Klinke nach unten. Zog und schob daran, doch sie blieb starr wie ein Ochse.

»Bei Nebur, warum kann es nicht mal einfach sein?«, fragte Mira.

»Tritt bitte einmal zur Seite«, forderte Lavina und zauberte einen Dietrich hervor, mit dem sie das Schloss bearbeitete.

»Verflucht.« Lavina atmete erbost aus. »Der Schlüssel steckt von außen.«

»Ich habe da eine Möglichkeit«, sprach Barvo und hob die Spitze seiner Fackel an das Loch.

»Warte.« Rym hob seine Hand vor das Schloss. Ein Faden Erde floss aus einem seiner Beutel und drängte in das alte rostige Schlüsselloch. Er drehte seine Hand, woraufhin die Tür klackte. »Zieht bitte einmal.«

Taron zog an der Klinke, woraufhin die Tür knarrend aufschwang. Er hielt die Luft an und befürchtete jeden Moment, das Schallen eines Horns zu hören.

Der Gang dahinter war leer. Nichts regte sich.

Filidas deutete mit dem Finger zu einem sich bewegenden schummrigen Licht. »Da ist die Treppe.«

»Lavina, Fendelin und Elwaran, folgt mir, ihr anderen wartet«, befahl Taron und pirschte voran. Am Ende der Treppe brannte eine kleine Öllampe und verströmte einen typischen rußigen Geruch. Sie gingen so leise wie möglich die Stufen hinauf, es war nichts zu hören und niemand zu sehen. Sein Herz hämmerte laut in seiner Brust. Die Anspannung zerfraß ihn beinahe. Auf dem ersten Treppenabsatz glitt er kurz in die äußere Meditation und überprüfte seine Umgebung. Hinter der dortigen Tür begann der Innenhof. Im Treppenhaus und den anschließenden Gängen spürte er nichts.

Die beiden Elfen und die Umwerfende folgten ihm die Stufen hinauf, in den Gängen brannten weitere Lampen, die spärlich Licht spendeten, doch sein magisches unnötig machten.

Sie erreichten das zweite Stockwerk, der hiesige Gang war noch etwas besser ausgeleuchtet. Taron lehnte sich an die Treppenwand und lauschte. Es war still, fast zu still. *Hier sollten Wachen stehen.* Taron schloss die Augen und erkundete mit seinem Geist den Korridor, es war niemand in seiner Reichweite. *Vermutlich stehen sie weiter hinten, nahe den Arkaden.*

Kurz spähte er um die Ecke den rechten Gang entlang. Zwei Wachen standen an dessen Ende an gegenüberliegenden Wänden gelehnt. Sie trugen schwarze Schilde. Keiner von ihnen blickte in seine Richtung.

Er zog seinen Kopf zurück und zeigte den anderen zwei Finger und deutete anschließend auf die beiden Wände. »Wie besprochen«, formte Taron mit den Lippen und nahm sogleich Magie in sich auf. Der Stein auf seiner Brust erwärmte sich, die Energie floss in seine Hände. Lavina tat es ihm gleich.

Taron nickte, drehte sich in den Flur und entließ aus jedem Arm eine magische Welle in die Oberkörper der Wachen, während Lavinas Angriff sich auf deren Beine richtete. Elwaran und Fendelin sprinteten an Taron und Lavina vorbei.

Die Kraft traf die Männer unvorbereitet.

Doch im Schatten des einen erkannte Taron eine weitere Gestalt, die erschrocken in ihre Richtung schaute. Ein junger Gardist, mit einem eher sanften Gesicht. Er drehte sich um, machte zwei Schritte zu den Arkaden, da traf ihn bereits der Lichtblitz Elwarans. Die Elfen erreichten im selben Moment die beiden anderen Gardisten und fingen diese ab, bevor sie auf den Boden aufprallten.

Der dritte jedoch landete scheppernd im Arkadengang. *Verfluchter Drumar, du ersparst uns auch nichts.* Taron rannte zur Tür, vor der die Männer gestanden hatten.

»Sie werden weitere Wachen herschicken«, fauchte Lavina, welche noch an der Treppe stand. Fendelin legte einen Pfeil auf ihren Bogen und huschte zu dem Arkadengang.

»Sobald ich meinen Teil erledigt habe, sollen die anderen sofort starten.« Taron zog sein Messer und betätigte die Klinke und stieß mit seiner Schulter so stark wie er konnte gegen die Tür. Sie war ebenfalls verschlossen.

Elwaran nahm sein Schwert und begann zu hebeln, das Holz gab unter dem Druck nach und die Tür sprang auf.

Taron ließ eine Lichtkugel erscheinen und betrat mit erhobenem

Messer den Raum. Er bot Platz für einen Schrank, ein Bett, einen Tisch, mehrere Stühle und eine große Truhe. Zaghaft schritt er auf das Bett zu. Die Laken waren weiß und glatt. *Hier ist niemand.* Lediglich ein Zettel lag auf dem Kissen, auf dem folgende Worte standen: *Sucht mich und findet euren Untergang.*

»Der König versteckt sich«, zischte Taron und durchstreifte das Zimmer. Er ging zunächst zum Schrank und öffnete diesen, woraufhin ihm einige Kleider entgegenfielen. Auf dem Tisch türmte sich ein Stapel Papiere. Das oberste zeigte eine Zeichnung. Es war fast, als würde er in einen Spiegel schauen. Es war ein Bild von ihm, mit einem Kohlestift gezeichnet. Unten rechts war das gestrige Datum vermerkt: *30. Tag im Monat Onacras im Jahre 418.*

Taron schaute sich das nächste Blatt an. Wieder sein Gesicht, diesmal eine seitliche Ansicht und unten das Datum davor. Er blätterte die Seiten durch. Fast jeden Tag hatte Esthîon gezeichnet. Die untersten Bilder zeigten lediglich Gesichtspartien, welche Taron jedoch, wenn überhaupt, nur noch im Entferntesten ähnelten. *Was hat das nur zu bedeuten?*

»Sie haben uns erwartet«, sprach Elwaran das Offensichtliche aus.

Taron nickte. »Vermutlich, lass uns trotzdem die anderen Räume durchsuchen.«

Sie traten hinaus auf den Flur.

»Da kommt jemand«, zischte Lavina.

»Wehre sie ab, so lange du kannst.«

Elwaran und Taron eilten zum nächsten Raum und öffneten ihn. Er war leer.

»Vier Krieger!«, schrie Lavina erschrocken. Sogleich folgte ein Lichtblitz.

Tarons Herzschlag trommelte mittlerweile im fernen Takt des Beledons. Elwaran und Taron öffneten die nächsten beiden Türen.

»Hier kommen auch welche. Sie sammeln sich beim Torhaus!«, rief Fendelin.

Die Zimmer waren leer. Taron hörte Schreie von beiden Seiten des Ganges. Metall prallte auf Gestein, während Pfeile die Bogensehne Fendelins verließen.

Wir haben noch eine Tür.

»Fendelin, die anderen sollen einen mit herschicken, der Rest holt die Gefangenen. Wir verfolgen weiter unseren Plan. Lavina, halte durch. Elwaran, gehe zu Fendelin!«

Taron rannte zur letzten Tür. Sie war unverschlossen, doch es war lediglich die königliche Rüstkammer. Der Ständer in der Mitte des Raumes war leer. *Verdammt.*

»Es sind mehr als ein Dutzend!«, brüllte Fendelin.

Taron rannte zu Lavina, einen Gardisten hatte sie ausgeschaltet. Die anderen duckten sich hinter ihre schwarzen Schilde, von denen die purste Dunkelheit auszugehen schien und sie drangen weiter nach oben. Die Magie der Umwerfenden wirkte wie Fußtritte gegen die Panzer der Verteidiger und hielt sie ab, weiter hinaufzukommen.

»Ich durchbreche ihre Schilde!«, rief Taron und tauschte das Messer gegen seinen Stab.

Plötzlich drang ein grausames, dunkles Lachen empor. Taron zuckte zusammen. *Welch Schrecken hat Esthîon nur für uns vorbereitet.* Eine von silbernen Funken umwobene Feuerwalze drang das Treppenhaus hinauf und umarmte die drei Krieger, die vollkommen überrascht und panisch zugleich schrien und nach oben stürmten. Eine mächtige Gestalt war hinter dem Feuer zu erkennen, die mit einem Sprung zwischen den Gerüsteten stand und einen mit seiner Keule zu Boden schickte. Die anderen beiden waren vollkommen überfordert und ihre Gesichter von Angst gezeichnet.

Taron trat einen Schritt nach vorne, ließ seinen Stab kreisen und schickte einen weiteren zu Boden, während Lavinas Magie den letzten fällte.

»Danke, Barvo«, keuchte die Messerwerferin und sank zu Boden. Taron schlang seinen Arm um sie.

»Meine Kräfte sind fast aufgebraucht«, hauchte sie zitternd.

»Barvo, hilf Fendelin und Elwaran«, befahl Taron und wollte Energie aufnehmen. Doch schien sie hier vollkommen verbraucht zu sein. Er legte seine Hand auf Lavinas Medaillon und ließ einen Teil seiner aufgenommenen Magie in Lavinas einfließen. *Haben sich die Versuche mit den Steinen doch gelohnt.*

»Geht es wieder?«

Sie nickte.

»Dann weiter.«

Sie rannten zu dem Säulengang. Fendelin hatte sich hinter dem beginnenden Bogen verschanzt und feuerte Pfeile in das Dunkel der Nacht hinein in Richtung der beleuchteten Arkadengänge und der Burgmauer.

»Duckt euch!«, rief Elwaran.

Taron schnellte nieder und presste sich an die Wand, als ein Pfeil über seinem Kopf einschlug.

»Sind die anderen schon bei den Kerkern?«

»Noch nicht mal losgerannt«, berichtete Elwaran und ließ ein Geschoss von der Sehne schnellen.

»Sie werden mit Pfeilen eingedeckt. Dort vorne stehen die meisten

Schützen.« Fendelin zeigte den Arkadengang entlang, der eine sanfte Kurve beschrieb.

»Dort ist der Zugang zum Thronsaal. Wahrscheinlich haben sich dort die meisten Truppen versammelt«, vermutete Lavina, warf eines ihrer Messer, welches in einem Bogen den Gang entlangflog und in einem Gardistenbein sein Ziel fand.

»Samt Esthîon«, mutmaßte Taron und nickte der Umwerfenden anerkennend zu.

»In der Halle können sie ihre zahlenmäßige Überlegenheit am besten ausspielen«, rief der Elf und entließ einen Schwall Magie.

»Lavina, Elwaran, Fendelin, verstärkt eure Angriffe. Ich wirke einen Zauber und dann rennen Barvo und ich zum Thronsaal. Die anderen sollen sich in der Zeit zum Kerker begeben. Alle verstanden, dann los.«

Die Elfen und Lavina verstärkten sogleich ihre Fernangriffe.

Taron trat in die Tür, überkreuzte seine Arme vor dem Gesicht und ließ seine Magie zwischen seinen Daumen, Mittel- und Zeigefingern entstehen. Die gebündelte Energie zu spüren, potenzierte seinen Mut. Er riss seine Arme auseinander. Zwei parallel verlaufende Lichtstreifen entstanden, die wie von einem Sturm getrieben den Arkadengang entlangpeitschten und bis zur Festungsmauer fegten.

»Jetzt!«, schrie der Novize.

Barvo rannte an ihm vorbei, als wollte er die ausgesandte Magie einfangen. Die von Taron ausgesandte Kraft richtete kaum bedeutungsvollen Schaden an, dafür jedoch umso verheißungsvollere Verwirrung.

Er folgte dem Feuerspucker, während zischend Pfeile um seine Ohren flogen. Ein rascher Blick in den Burghof zeigte ihm, dass seine Kameraden als eine große Masse in Richtung der Kerker rannten.

Vor ihm erklang erneut das grausame und laute Lachen Barvos, der sogleich die erste Reihe der Gardisten in eine magiegespickte Flammenfontäne einhüllte und sie damit zu Boden schickte.

Der Feuerspucker rannte unbeirrt weiter und prallte gegen eine weitere Reihe Schilde. Schwerter stachen nach ihm und schlitzten Arme und Beine auf. Barvo holte mit seinen beiden Flammenstreitkolben weit aus, riss einen der Schilde nach unten und stand sogleich zwischen zwei Kriegern und wirbelte wild mit seinen Waffen herum. Ein Kampfstil, der Verletzungen in Kauf nahm, dafür jedoch umso zerstörerischer war.

Taron war neben ihm und holte weit mit seinem Stab aus, dessen Ende gegen den Schild des dritten Kriegers aus der Frontlinie prallte und ihn nach hinten stieß und damit sogleich ein Tor zur dritten Reihe öffnete. Mit einer kreisförmigen Bewegung seines Kampfstabes wehrte er einen auf Barvo gerichteten Schwertstreich ab, führte ihn weiter, sodass die Klinge den Helm eines anderen Gardisten traf und das schmale Ende seines Stabes den eigentlichen Angreifer zu Boden sandte.

Barvo erledigte mit einem zweifachen Fackelhieb den nächsten. Ein Schwertstreich zielte auf seinen Hals, woraufhin der Feuerspucker zurücksprang. Nun standen die beiden vor einer Wand aus drei schwarzen Schilden. »Bleibt standhaft. Zeigt keine Furcht, Schwadron Gonvalors«, schrie eine befehlsgewohnte Stimme hinter den Männern.

Taron kannte sie, doch vermochte er sie im Moment nicht zuzuordnen. Er richtete sich auf, hielt seinen Stab nach vorne ausgestreckt zu den Kriegern und versuchte, den Befehlshaber auszumachen.

Barvo neben ihm pumpte. Auf dem Hof blitzte es und im Augenwinkel sah er seine Freunde. Sie hatten fast den Zugang zu den Kerkern erreicht und schleuderten beim Vorrücken Magie in Richtung der Festungsmauern. Weitere Bogenschützen positionierten sich in ihrem Rückraum und spannten ihre Bögen, doch seine Kameraden reagierten überhaupt nicht auf den neuen Trupp.

Taron warf seinen Arm in die Richtung und feuerte einen Schwall seiner Macht zu den Schützen.

Im gleichen Moment schrie der Kommandant auf dem Gang vor ihm: »Speere!«

Taron duckte sich zur Seite. Barvo trat vor ihn, eines der Wurfgeschosse verfehlte den Feuerspucker um Haaresbreite.

Nun erkannte Taron ihn hinter den beiden verbliebenen Reihen. Ein Mann mit schmalem Gesicht. *Orwenar Dirod.*

»Barvo, visiere die Beine an!«

Taron führte seinen Arm zur Seite, ließ Magie hineinfließen und warf sie in Kopfhöhe auf die Widersacher. Seine Macht fuhr in mehreren Strahlen aus seiner Hand, sie beschrieb eine Welle und schwappte über die Köpfe der ersten Reihe der Krieger hinweg.

Wie erhofft rissen sie ihre Schilde hoch, sodass Barvos Angriff ihre unteren Gliedmaßen lähmen konnte und die erste Reihe zusammenbrach. *Wie erwartet diszipliniert.*

Barvo nahm einen Schluck aus seiner Flasche.

»Rückzug!«, schrie der Schwadronal.

Der Feuerspucker führte eine Fackel zu seinem Mund und entließ eine gewaltige leuchtende Flammenwalze.

Die Gegner wichen zurück, ihre Formation bröckelte und löste sich auf. Sie rannten den Gang entlang und verschwanden durch eine Tür ins Innere der Festung.

Taron spurtete ihnen hinterher. Ehe er sie erreichen konnte, war die Tür geschlossen, er ruckelte daran. Sie ließ sich nicht öffnen. *Ich brauche einen Hebel.* Zwei Pfeile drangen von innen durch die Tür und blieben knapp neben seinem Kopf stecken. Instinktiv stieß er sich von der Tür weg und rollte zur Seite hinter die nächste Wand.

»Taron, wir können dort hineingelangen.«

»Dahinter müsste die Vorhalle zum Thronsaal liegen, dort könnten sich Dutzende Feinde aufhalten. Wir müssen uns mit den anderen zusammenschließen und breiter aufstellen.« Als er dies ausgesprochen hatte, wurde ihm die unheilvolle Stille gewahr, welche sich im Burghof ausgebreitet hatte und trat zögerlich an den Rand des Arkadengangs.

Kapitel 33: Die Stunde des Wandels

Nie zuvor war solch eine Fülle an Seelen durch die Hände Onacras geglitten. Lediglich Iru fiel der gewaltige Missstand bezüglich der gefallenen Menschen und Orks auf. Vers aus dem Buche Irus

Taron, Fendelin, Lavina und Elwaran schlichen die Treppe hinauf. Vorbei an der Tür, die zum Innenhof führte. *Unser Weg,* dachte Mira und lehnte sich gegen die kühlende Mauer. Nachdem die vier den ersten Treppenabsatz genommen hatten, war von ihnen nichts mehr zu hören oder zu sehen, lediglich ihre Schatten tanzten noch an der Innenhoftür, verblassten jedoch, als sie die Treppe weiter hinaufstiegen. Nun hieß es warten.

Mira drehte sich zu Gelador. Dieser stand hinter ihr an der Wand und hielt die Augen geschlossen. *Er wirkt so ausgeglichen.* »Steht die Verbindung zu Fendelin?«, fragte sie leise.

Gelador öffnete die Augen und nickte.

Mira betrachtete die anderen. Sie wirkten angespannt.

»Sie haben zwei Wachen vor dem Gemach des Königs festgestellt«, flüsterte Gelador.

Es schepperte.

»Nicht zwei, drei«, hauchte Gelador.

»Was war das?«, rief eine Stimme aus dem ersten Stock. »Alles gut bei euch?«, keine Antwort. »Kommt mal mit.«

Metallene Stiefel trampelten die Stufen hinauf. Wie viele Paare es waren, konnte Mira nicht sagen. Schreie wurden laut, es knallte und dann ertönte ein schallendes Hornsignal. Es hallte wider und wurde von anderen Hörnern außerhalb des Gebäudes aufgenommen.

»Pfeile fliegen«, raunte Gelador. »Lavina braucht Hilfe.«

Barvo hob die flammenden Streitkolben. »Ich gehe.«

Mira ließ den Feuerspucker vorbei.

Barvo lächelte so grimmig, dass es ihr selbst fast das Blut gefrieren ließ.

»Wir sollen vorrücken«, sprach Gelador.

Ein grausames Lachen drang an ihre Ohren und dann ein Rauschen und Schreie.

Vor Mira öffnete sich die Tür zum Hof. Eine Wache stand im Rahmen.

Sie atmete erschrocken ein, nahm ohne zu überlegen Magie auf, ließ ihre Hand nach vorne schnellen und fällte den Gerüsteten.

»Los!«, rief Ildrum.

Zwei weitere Krieger warteten im Innenhof. Sie trugen schwarze Schilde, auf denen ihre Speere ruhten und machten ein paar Schritte zurück.

Jetzt zählt es, dachte sie und gab das Zeichen zum Angriff.

Gelador stürmte an Mira vorbei, wickelte sich um einen der Speere, ließ sein Schwert nach vorne schnellen und schickte den nächsten Krieger mit einem Schlag gegen den Helm zu Boden. Ildrum drang neben ihm auf den zweiten Gardisten ein, riss mit seiner Axt dessen Schild zur Seite, sodass seine magischen Kräfte ungehindert wirken konnten.

Mira erkannte sofort die etwa zwanzig Schritt entfernte Kerkertür, doch auf dem Arkadengang darüber befanden sich einige Feinde, ebenso auf dem Torhaus rechts von ihr, welche Pfeile auf den über ihr befindlichen Bogengang niederregnen ließen.

»Die anderen suchen den König, er ist nicht in seinem Gemach«, berichtete Gelador.

Verdammt sei er. »Dort drüben ist der Zugang zu den Kerkern.«

Ein Zischen drang an Miras Ohr, gefolgt von einem Einschlag direkt vor ihren Füßen. Sie sprang zurück. Kiesel und Dreck flogen ihr ins Gesicht. *Sie haben uns entdeckt.*

»Wir müssen dorthin«, rief Filidas.

Mira hörte, wie weitere Pfeile abgefeuert wurden. »Zurück!«, schrie sie. Die Gerberfrau schnellte vor die Magiebegabte, umarmte sie und stieß sie zurück zum Treppenhaus. Die Pfeile prallten an Filidas ab, welche trotzdem schmerzerfüllt keuchte.

Mira entließ einen Schwall weißen Lichtes Richtung Torhaus. Ildrum folgte ihrem Beispiel.

Die Tür schloss sich hinter ihnen.

»Arr«, stöhnte die Gerberin. »Pfeile tun ganz schön weh.«

»Wir hätten mehr Schilde mitnehmen sollen«, erklärte Ildrum.

»Wir haben einen«, brummte Nemrod und deutete auf die Tür. »Sie ist massiv, die Pfeile kommen da nicht durch.«

»Sie ist nur eingehangen«, Lobur schlug mit seinem Axtstiel gegen die Angeln.

»Dann lasst sie uns mal ausheben«, forderte Ildrum und trat an die Seite mit der Klinke und öffnete die Tür einen Spalt. Nemrod begab sich auf die andere Seite. Gemeinsam hievten sie den provisorischen Schild aus den Angeln und stellte sie einen Fußbreit vor den Türrahmen.

»Ziemlich schwer«, schnaufte Ildrum.

Ein Lichtblitz erhellte den Burghof.

»Taron hat ein Großteil der feindlichen Bogenschützen ausgeschaltet.«, rief Gelador.

Ildrum und Nemrod hoben die Tür über ihre Köpfe. Lobur ging mit dem riesigen Turmschild Nemrods an die Spitze des Zuges.

Rym stellte sich an die zum Tor gewandte Seite, hob die Arme und ließ einen Erdwall in die Höhe steigen. »Mehr Schutz geht nicht«, offenbarte der Südländer.

»Vorwärts!«, befahl Gelador.

Sie setzten sich in Bewegung. Schreie, Poltern und Toben war von überall zu hören. Pfeile prasselten auf die Tür, auf Ryms Wall und Loburs Schild ein. Tarons Angriff hatte den Arkadengang von Bogenschützen gesäubert. Allerdings waren dort noch einige weitere Krieger, die sich Taron und Barvo nun vornahmen.

Mira spähte am Erdwall vorbei zum Torhaus. Einige der Schützen waren zu Boden gesackt. Dafür hatten andere ihren Platz eingenommen. Ein Trupp, mit Speeren bewaffnet, näherte sich behutsam ihrer Schildkrötenformation.

Sie entließ einen Hauch feinster Magie über den Wall hinweg und vermochte einige weitere Bogenschützen zu fällen. Jedoch kam die Gruppe mit den schwarzen Schilden und Speeren weiter auf sie zu.

Sogleich nahm die Gottesdienerin erneut die Macht der Umgebung in sich auf, drehte sich zum Ende von Ryms Erdwall und schleuderte ihre Kraft in einem Bogen auf die Verteidiger. Die Krieger reagierten unfassbar schnell und brachten ihre Schilde in Position sodass ihr Angriff verpuffte. »Alleine schaffe ich es nicht gegen sie.«

»Halte uns die Bogenschützen vom Leib. Wir kümmern uns um die da«, rief Soguia und berührte Filidas an der Schulter.

Die verbliebenen Fernkämpfer hatten sich auf der Mauer positioniert, weshalb sie von Lavina, Fendelin und Elwaran aus nicht gesehen wurden.

Ein grelles Licht fegte über Mira hinweg zur Mauer. Einige Schildträger sprangen vor die Schützen und ließen den Angriff verpuffen.

Dann muss ich es nochmal versuchen. Mira formte mit ihren Händen zwei Mäuler, ließ Magie zwischen ihren Fingern entstehen und warf ihre Arme nach vorne. Zwei Gebilde lösten sich daraus, die den gigantischen Reißzähnen eines Bergwolfes glichen und dem Wehrgang entgegenfegten.

Filidas und Soguia schnellten im gleichen Moment rechts und links aus der Deckung hervor und drangen auf die Speerkrieger ein.

Soguia schrie wie eine Raubkatze. Sie vermochte es, den Angriffen auszuweichen, drehte und wand sich und schlitzte dabei ihren Gegnern die Kehlen auf und drang schnell in die Mitte der Einheit ein. Währenddessen walzte Filidas wie eine Lawine auf über die Krieger hinweg. Diese hauten und stachen nach ihr, doch nichts vermochte die Begabte aufzuhalten. Ihre kurzen Schwerter trafen zielsicher die von der Rüstung unverdeckten Stellen. Die beiden Frauen schafften es jedoch nicht, alle Krieger aufzuhalten. Eine Handvoll rannte weiter auf den Erdwall zu.

»Die übernehme ich«, rief Gelador und stürzte sich ins Gefecht. Die Gardisten bildeten einen halbkreisförmigen Schildwall. Geschickt umlief der Elf die Speerkämpfer und fällte mit seiner Schwertkunst einen nach dem anderen.

Blutfontänen schossen in die Höhe und das Lied der Qualen und des Todes schwoll zu einem allumfassenden Orchester an, welches einen dazu brachte, sich in sich selbst zurückzuziehen. *Ich muss mich auf meine Aufgabe konzentrieren.*

Mira zwang sich, ihren Blick wieder der Mauer zuzuwenden. Weitere Fernkämpfer spannten ihre Waffen. Einer entließ einen Pfeil auf das Getümmel in der Mitte des Hofes.

Nun feuern sie nun schon auf ihre eigenen Leute. Mira schüttelte sich und schleuderte einen weiteren Lichtstrahl gegen die Bogenschützen, der weitere in die Tiefe stürzen ließ. Doch spürte sie allmählich die eisige Kälte, die das Ende ihrer Kraftreserven ankündigte. *Und dabei haben wir noch nicht mal eines unserer Ziele erreicht.*

Sie gelangten zu der schweren Tür, welche zu den Kerkern führte. Der Zwerg rüttelte daran. »Verschlossen!«, rief er.

»Rym, öffne sie!«, befahl Nemrod und stellte zusammen mit Ildrum ihren mit Pfeilen gespickten Panzer ab, sodass sie größtmöglichen Schutz bot.

Ildrum trat an Miras Seite. »Wo kann ich helfen?«

»Konzentriere dein Feuer auf die Schützen. Ich brauche kurz einen Moment.« Mira deutete schwer atmend auf die Mauer.

Der Axtkämpfer nickte grimmig und sandte eine Salve hellen Lichtes aus.

Währenddessen knirschte das Portal zu den Kerkern verächtlich. Ein Donnerschlag erklang. Die Tür flog auf und knallte gegen Lobur. Ein Schwertstreich fuhr aus dem Spalt. Der Zwerg hob seine Axt und parierte den Schlag. Nemrod stieß sogleich mit seinen Streitkolben zu.

Ein Schrei ertönte aus dem Inneren. Das schwere Holz schwang auf und weitere Krieger drangen aus dem runden Treppenaufgang und mit ihnen der Imdrir Vallar, der Hammer des Königs.

»Holt sie euch!«, schrie der zweite Schwadronal und ließ sein Schwert auf Nemrod niederfahren, der im letzten Moment seinen Schild zu heben vermochte.

Nemrod keuchte erschrocken und taumelte mehrere Schritte zurück.

Lobur fällte mit seiner Axt einen der Krieger.

Rym war gestürzt und lag rücklings auf dem Boden.

»Drängt ihn zurück!«, rief Mira.

Der Südländer hob die Hand und ließ Vallar in die Erde einsinken.

Der Schwadronal brüllte, Speichel lief dabei seine Mundwinkel hinab, hinein in seinen blonden Bart.

Ildrum sprang ebenfalls von der Tür davon. Er hatte es geschafft, alle bis auf einen der Schützen auf der Mauer zu bezwingen. Doch genau diesem reichte dieser kurze Augenblick der Ruhe, um erneut seinen gefiederten Tod auszusenden. Das Geschoss traf Filidas. Der Einschlag war heftig und warf die Begabte zu Boden. Nun erkannte Mira den letzten Bogenschützen. Gardon Uhlond, der *Jäger des Königs*, welcher von zwei Gardisten mit Schilden abgeschirmt wurde.

Sogleich keimten Hass und Wut in Mira auf. Sie nahm eines ihrer Wurfmesser und schleuderte es zusammen mit einem Funken Magie dem ersten Schwadronal entgegen.

Die schwarzen Schilde der Wachen verhinderten jeglichen Schaden. Das Messer erreichte sie nicht einmal.

Im Augenwinkel sah sie jemanden von dem Arkadengang hinabstürzen. Erst nach einem Blinzeln erkannte Mira sie - Lavina. Die Umwerfende rollte sich ab und nickte ihr kurz zu. *Sie wird sich um ihn kümmern. Wir müssen weiter.*

Und nun rettet die Begabten und Priester, dachte Lavina, blickte zur Mauer und nahm ihr nächstes Ziel ins Visier. Sogleich spurtete sie über den Hof, griff zwei Messer und schleuderte sie den Kriegern auf dem Burgwall entgegen.

Die Schildträger Gardon Uhlonds fingen ihre Klingen rechtzeitig ab. Knieten nieder, sodass der erste Schwadronal freies Schussfeld hatte.

Lavina sprang zur Seite. Der Pfeil verfehlte ihre Schulter um Haaresbreite. *Dies wird dir nicht noch einmal gelingen.* Sie rannte weiter eine Treppe hinauf und warf eines ihrer Messer. Der Kommandant fing die Klinge mit einem Pfeil ab. Sie war auf der Mauer angelangt. Uhlond spannte erneut seinen Bogen, sie schleuderte eine weitere Klinge, diesmal gepaart mit einem Hauch Magie. Die beiden Geschosse kollidierten miteinander. Das zarte Licht flog jedoch weiter, zwischen den Schilden der Gardisten hindurch und zwang den Kommandanten zum Ausweichen.

Endlich war die Umwerfende bei den Schildwachen angelangt. Sie griff den Schild von jenem, der näher am Rand zum Burghof stand und schleuderte ihn mit einer Körperdrehung hinab und ließ ein weiteres Wurfmesser durch ihre Finger in Richtung Uhlond gleiten.

Währenddessen drang der zweite Gardist mit seiner Schutzwaffe auf sie ein. Lavina tänzelte am Rand des Wehrgangs entlang, griff ein weiteres Messer und warf es im Bogen um den Schild des Kriegers und traf dessen Hals. Blut spritzte aus der Wunde und der Mann ging röchelnd zu Boden. *Sie haben vergessen, dass wir noch immer unsere Fähigkeiten haben.*

Jetzt gab es nur noch sie und den *Jäger des Königs*, welcher sie mit seinen Adleraugen musterte und behutsam zurückwich.

Lavina ließ abwechselnd ihre Arme nach vorne schnellen und Klinge um Klinge gepaart mit kleinen Magiestößen auf den Feind niedergehen und zwang ihn in die Defensive.

Der Kommandant wandte sich plötzlich um und rannte wie ein Hase im Zickzack den Wehrgang entlang. Auf seinem Rücken war ein schwarzer Schild, der ihre Magie und die Wurfgeschosse abfing.

Wie kann er in dem Alter nur so agil sein?, fragte sich Lavina verbittert, holte jedoch allmählich auf. Kurz bevor sie bei ihm war, drehte er sich um. Eine Magiesalve Lavinas traf die Bogenhand und paralysierte sie. Der aufgelegte Pfeil löste sich vom Bogen und streifte Lavinas linken Arm. Sie presste vor Schmerzen die Zähne zusammen, während warmes Blut ihren Arm hinablief.

Gardon stolperte rückwärts und streifte den schwarzen Schild über seinen noch funktionstüchtigen Arm. Lavina schleuderte ihre letzten Wurfmesser. Der Schwadronal wehrte sie ab. *Dann also im Nahkampf.* Sie zog ihre längeren Gürtelmesser und drosch auf den Schild ein. Gleichzeitig ließ sie Magie frei und leitete diese um den Schild herum. Uhlond drehte seinen Schild so, dass all ihre Angriffe wirkungslos verpufften.

»Ihr werdet niemals siegreich sein.« Gardon wich weiter zurück und zog ein Kurzschwert. Die Betäubung seiner Hand schien abgeklungen.

Lavina rückte vor und stach in schneller Abfolge zu. Der Schwadronal war mit dem Schwert fast genauso behände wie mit dem Bogen. Es entbrannte ein erbitterter Kampf.

Die Umwerfende spürte, wie ihre Kraft sich dem Ende neigte und jede ihrer Bewegungen langsamer wurde. *Ich muss diesen Kampf beenden und zwar schnell!* Sie warf eines ihrer Messer hoch in die Luft, schleuderte einen letzten Funken Magie, den Uhlond ohne Probleme blockte.

Das Messer in der Luft näherte sich dem Zenit. Lavina wehrte einen Schwertstoß zur Seite ab, griff mit ihrer Fähigkeit nach der fliegenden Klinge und ließ sie auf den gestreckten Schwertarm des Schwadronals niederfahren.

Gardon schrie und ließ das Schwert fallen.

Lavina fing ihr Messer auf und riss es erneut nach oben und vollendete die Amputation. Die Hand des Kommandanten flog durch die Luft. Blut benetzte Lavinas Gesicht.

Mit aschfahlem und verwirrtem Gesichtsausdruck betrachtete Gardon Uhlond den Stummel, aus dem rote Flüssigkeit spritzte. Fassungslos lehnte er sich gegen die Brüstung.

Lavina drang weiter auf den Schwadronal ein. Er schaffte es, den Schild zwischen sich und sie zu bringen. Die Umwerfende drückte den Kommandanten gegen die Mauer. Sie versuchte, erneut Magie aufzunehmen. Ihr innerer Speicher schien erschöpft und selbst in der Umgebung war nicht mal mehr ein Hauch vorhanden. Stattdessen begann sich die lähmende Kälte in ihrem Körper auszubreiten. Es gab keine Magie mehr. *Wie kann das sein?*

»Na, schwächelst du?«, frotzelte der Kommandant.

»Dich werde ich auch ohne meine Kraft bezwingen.« Die Umwerfende schwang ihr Messer und versuchte, an dem Schild vorbeizukommen.

Gardon stieß sie zurück.

Lavina taumelte.

»Du bist am Ende. Ohne eure Magie seid ihr nichts«, krächzte Gardon. »Dachtet ihr wirklich, ihr alleine könntet immer und überall diese Steine nutzen?«

»Du wirst auch ohne meine Gabe fallen.« Sie ging leicht in die Knie, warf ihr letztes Messer auf den Kopf des Schwadronals und schnellte nach vorne.

Dieser hob seinen Schild und wehrte die Klinge ab.

Lavina umschlang seine Beine und rammte ihre Schulter in den Bauch des Feindes.

Der Kommandant schlug mit seinem Ellenbogen auf ihren Kopf.

Die Umwerfende schrie, hob ihn aus und warf ihn über den Wehrgang in die Dunkelheit. Gardon Uhlond jaulte, bis er mit einem dumpfen Geräusch auf dem Boden aufkam. Sie schaute hinab, konnte ihn jedoch im Schatten des Walls nicht mehr sehen.

Ich habe ihn besiegt. Glücklich und erschöpft spuckte Lavina einen Schwall Blut nach unten. Sie setzte sich kurz, wickelte einen Stofffetzen um ihren Arm und begab sich zurück zum Burghof, wobei sie ihre Wurfmesser wieder einsammelte und in ihrer Weste verstaute. Im Laufe des Kampfes hatten die beiden fast die halbe Burgmauer umrundet. Gardisten mit Fackeln eilten aus Richtung der Holzpalisade auf die Festung zu. *Wir haben keine Zeit mehr. Wenn sie hier eintreffen, haben wir verloren,* dachte sie und beschleunigte ihren Schritt.

Mira betrachtete den Burghof. Filidas lag auf dem Rücken und wurde von einem Krieger niedergedrückt, während ein anderer auf sie einstach. Der Messerstecher wurde von einem Elfenpfeil getroffen und sank zu Boden. Gelador enthauptete den anderen Gardisten.

Soguia war scheinbar am Bein verletzt, lahmte und wurde von drei Kriegern in die Enge getrieben. Doch ließ sie keinen der Männer an sich heran und fauchte, einer wildgewordenen Raubkatze gleich und deckte jeden mit Hieben ein, der sich ihr näherte.

Elwaran schrie etwas und sogleich fegte ein Lichtimpuls über den Burghof und vernichtete zwei von Soguias Widersachern. Sie hatte sich auf den Boden geworfen und war Elwarans Angriff entgangen. Die Gestaltwandlerin sprang wieder auf und drosch sogleich auf den letzten Gardisten ein.

Sie werden es schaffen.

Mira wandte sich wieder ihrem direkten Umfeld zu.

Lobur kämpfte an der Tür gegen eine Übermacht Schwadronenkrieger. Drei hatte er bereits gefällt. Die restlichen vermochte er in den Treppenaufgang zurückzudrängen.

Imdrir drosch mit Schild und Schwert verbittert auf Nemrod ein. Obwohl der Kommandant mit den Füßen noch immer in der Erde steckte, bot er dem Wirt die Stirn.

Mira versuchte erneut, Magie einzusaugen, doch ihre Umgebung war wie leergefegt. *Dann halt ohne,* dachte sie verbittert und zog zwei ihrer Messer.

Mit einem Schrei warf sie die Klingen Imdrir Vallar entgegen. Das erste Wurfgeschoss wehrte er mit seinem Schild ab, für das zweite lehnte er seinen Kopf leicht zur Seite, während er nebenbei den Streitkolben Nemrods parierte.

Rym pirschte sich von hinten an ihn heran und kassierte dafür die Schildkante des Elitekriegers ins Gesicht.

Ich muss es riskieren. Selbst wenn die Kälte von mir Besitz ergreift. Mira schleuderte ein weiteres Messer, sprang an dem zweiten Schwadronal vorbei, sammelte in ihrer Hand einen letzten Rest Energie und zog eine Klinge. Sie flog an dem Rücken Imdrirs vorbei und ließ Messer und Magie gleichzeitig auf den Schwadronal niedergehen.

Die Schildkante landete in ihrem Gesicht. Es knirschte, als ihre Nase brach. Die Schmerzen trieben ihr Tränen in die Augen.

»Rym, treib ihn mit deiner Erde zurück in den Turm und verschließe den Gang«, befahl Nemrod.

Imdrir schlug mit seinem Schwert auf die Erde, die seinen Stiefel fesselte.

»Ich habe keine Kraft mehr.«

»Überschreite deine Grenzen, wachse über dich hinaus!«, brüllte Mira und hielt sich die blutige Nase.

Der Südländer kämpfte sich auf die Beine, taumelte einen Schritt zur Seite und fing sich dann wieder.

Imdrir stand vor ihm und hob sein Schwert.

»Tu es!«, rief Mira.

Rym ließ sein Messer fallen, hob beide Hände und schrie vor Anstrengung. Erde türmte sich vor ihm auf, wie eine Welle schwemmte sie Imdrir davon. Ryms Schrei erlosch zu einem Stöhnen, während er dem Erdhaufen folgte, der alles wegdrückte, was ihm im Weg war.

Lobur wich der Erde aus und erschlug einen weiteren Gardisten.

Die Erdwand erstarrte an der Treppe, die nach oben führte und schloss sie hermetisch ab. Der Südländer fiel vor ihr zitternd auf ein Knie. *Er ist am Ende.* Mira rappelte sich wieder auf, ging zu ihm und legte einen Arm um seine Schultern. »Danke.«

»Holt die Gefangenen raus«, befahl Gelador, der plötzlich hinter Mira auftauchte und ihnen respektvoll zunickte.

Ein kratzendes Geräusch war von dem Erdwall aus zu hören.

»Befreit unsere Freunde!«, keuchte Rym, hob erneut die Hand und stabilisierte die Erde. »Schnell.«

Mira überblickte den Burghof. Soguia stand gebeugt, aus ihrem Bein ragte ein weißgefiederter Pfeil. Sie humpelte hinüber zu Filidas, die sich einen blutenden Oberarm hielt.

Lavina und Uhlond waren aus ihrem Blickfeld verschwunden. *Bitte lasst sie siegen.*

Gelador, Lobur, Ildrum und Nemrod stiegen bereits die Treppe hinab.

Sie berührte den schweißnassen Schopf Ryms. »Halte durch«, flüsterte sie und folgte dann den vier Kriegern die Stufen hinab, die sie vor sechs Monaten bereits einmal gegangen war und die mit qualvollen Erinnerungen gespickt waren. Sie kamen an mehreren getöteten oder bewusstlosen Schwadronenkriegern vorbei und erreichten schließlich den Kerker.

Es war unangenehm kühl. Der Flur wurde von einer einzigen Fackel erhellt und endete an einer Tür. Gedämpfte Rufe drangen durch das Holz hindurch.

»Ruhe, ihr Mistmaden«, brüllte eine krächzende Stimme. »Ihr kommt hier nicht raus. Niemand besiegt die Schwadron.«

»Öffne die Tür!«, rief Nemrod.

Die Schreie der Gefangenen verstummten.

Eine Klappe am Portal öffnete sich und durch das Gitter hindurch drang ein von Verwesung geschwängerter Geruch, der sich wie ein schleimiger Kloß in Miras Kehle ausbreitete.

Ein Paar trübe kleine Augen schielten durch das schmale Gitter hindurch. »Die Schwadron…«

»Wurde vernichtet. Schließe die Tür auf oder du wirst sterben!«, drohte Lobur.

Der Mann lachte. »Das müsst ihr schon selbst machen. Doch braucht ihr es nicht einmal versuchen. Sie ist eisenverstärkt und unzerstörbar.«

»Unzerstörbar sicher, denn ich habe sie gebaut«, Lobur zückte einen Schlüssel. »Nun müssen wir nur hoffen, dass ich diesen Schlüssel korrekt angefertigt habe.« Er schob ihn in das Schloss und drehte ihn. Metallene Bolzen zogen sich aus dem Rahmen zurück. Dann verharrte Lobur mit seiner Hand und rüttelte an der Tür. Es ließ sich nicht mehr weiterschließen. Er prallte mit der Schulter dagegen. »Hilf mir einmal.«

Nemrod und Lobur warfen sich gemeinsam gegen die Metalltür. Es schepperte gewaltig und Staub rieselte von der Decke.

Der Schlüssel drehte sich weiter und sie drangen in den Kerker ein. Es war ein Gang zu dessen beiden Seiten sich vergitterte Zellen reihten. Erleichterte Laute drangen den fünfen von den Zellen aus entgegen. Am Ende des Ganges stand der Kerkermeister, seine grauen strähnigen Haare fielen ihm fettig über die Schultern. Er hatte ihnen den Rücken zugedreht und stand vor einer Schale mit glühenden Kohlen. Dahinter befanden sich eine Liege und ein Stuhl, die mit Lederriemen ausgestattet waren. Außerdem hingen einige seltsame Werkzeuge an den Wänden. Mira wollte sich gar nicht vorstellen, was man mit diesen Geräten anstellte. *Letztes Mal hatte ich Angst, diesmal nicht.*

»Ist das unsere Rettung?«, vernahm Mira die Worte aus einer der Zellen.

Mira wischte sich Blut von Mund und Nase und trat vor die anderen. »Gib uns die Schlüssel, Kerkermeister!«

Der Mann lachte mit kratziger Stimme. »Niemals.«

Mira zog ein Messer aus ihrer Weste und warf es knapp oberhalb des Kopfes des Mannes, sodass es in der Fuge der dahinter liegenden Wand stecken blieb.

»Beeindruckend.«

»Gib uns den Schlüssel oder das nächste Messer trifft.«.

»Mira, bist du es?«, hörte sie Halvor sagen.

Der Priester trat an die Gitterstäbe der Zelle links vor ihr. Er war grausam zugerichtet und abgemagert.

»Ja, wir holen euch hier heraus.«

»Das glaube ich nicht«, widersprach der Kerkermeister und drehte sich grinsend um. »Die Schlüssel sind nicht hier.«

»Das sind Mira und Ildrum«, sprach einer der Gefangenen.

»Zwei der Königsmörder«, kam die Antwort.

»Wo sind die Schlüssel?«, fragte Nemrod.

»Bei König Esthîon und dieser hat gerade eine Leibwache bestehend aus den besten Kriegern des Reiches.«

»Wir bekommen die Zellen auch so auf«, erklärte Lobur.

»Was machen wir mit ihm?«, fragte Ildrum.

»Er hat sein Leben verwirkt, als er es versäumte, uns die Tür zu öffnen«, ließ Lobur verlauten.

»Oh nein, nein, nein«, lachte der Kerkermeister und griff nach einem Stab, der in der Kohlenpfanne lag.

»Wir können ihn hier genauso gut fesseln und seine eigene Medizin kosten lassen. Er soll bis zu seinem Lebensende in einer dieser Zellen schmoren«, wandte Mira ein.

Ildrum trat an ihn heran und griff zu der Schulter des Kerkermeisters.

Dieser drehte sich um, seine Hände umschlossen zwei Brandeisen, die direkt auf das Haupt des Begabten zurauschten. Er hob die Axt und parierte die Schläge.

»Ihr werdet meine Gefangenen niemals bekommen!«, rief die hagere Gestalt und hackte auf Ildrum ein. Der Begabte wich aus und wischte die heißen Stäbe zur Seite. Der Tanz der beiden war fast als schön zu bezeichnen, wenn die tödliche Gefahr nicht gewesen wäre.

Mira griff eines ihrer wenigen verbliebenen Messer. Doch Ildrum war schneller, er sprang zurück, ließ eine Axt fallen und warf dem Kerkermeister eine große Ladung Magie entgegen, welcher daraufhin zusammensackte.

»Das wäre erledigt«, raunte Ildrum.

»Brandmarkt ihn! Er soll genauso leiden wie wir!«, forderte eine Frau aus einem der Käfige.

Eines der Brandeisen war genau neben Miras Füßen zum Liegen gekommen. *Es wäre ein Leichtes, ihn zu verstümmeln, so wie er es mit so vielen anderen tat.* Sie griff nach dem heißen Eisen und führte es zum Gesicht des Kerkermeisters.

»Er hat es verdient. Los, tue es!«, rief ein weiterer Gefangener.

»Mira.«, drang die leise flehentliche Stimme Halvors an ihr Ohr.

Sie blickte zu ihm, dieser schüttelte den Kopf. »Du bist besser als dieses Wesen«, sprach er schwach, sodass Mira ihn kaum hörte.

»Da hat der Priester recht«, bestätigte Ildrum und griff ihre Schulter.

»Heute muss nur einer sterben. Seine Verbrechen werden später gesühnt«, pflichtete Nemrod bei.

Mira nickte, griff die auf dem Boden liegende Axt Ildrums und zerstörte das Symbol des Brandeisens. Teile des Zeichens flogen in alle Richtungen. Ein kleiner Splitter fiel gegen die Wange des Kerkermeisters und hinterließ eine Rötung.

»Fesselt ihn an die Liege und dann öffnen wir endlich die verdammten Gitter«, befahl Mira und warf den zerbrochenen Stab in eine Ecke, nahm das zweite Brandeisen und zerschlug dieses ebenfalls. Dieses Zeichen der Schmach zu zerstören wirkte befreiend.

Ildrum und Nemrod hievten die ausgezehrte Gestalt auf die Liege, währenddessen zog Lobur seinen Hammer. »Mira, siehst du, wo die Gitter enden?«

»In der Wand.«

»Ganz recht, zwischen zwei Reihen Steinen.« Lobur holte mit seinem Hammer aus und drosch ihn gegen den Stein, mehrere fielen hinab, bei anderen lösten sich die Fugen auf.

Mira trat näher heran. »Das Gitter endet dort.«

»Es wurde nachträglich eingebaut. Wenn wir es an der Seite freilegen, können wir es mit etwas Muskelkraft aufbiegen.«

»Guter Plan«, befand Nemrod, nahm ein langes Folterwerkzeug mit einem Hacken am Ende und trieb es in den Putz zwischen die gelockerten Steine und hebelte sie heraus. Gelador tat es ihm gleich. Lobur ließ seinen großen Hammer immer wieder niederfahren und so legten sie Stück für Stück die Enden der Stäbe frei.

Staub wirbelte auf und legte sich wie Decken auf die Zunge der Anwesenden, sodass unentwegtes Husten die Folge war.

Die Männer und Frauen hinter den Gittern warfen und stemmten sich dagegen und brüllten. Mehr und mehr Steine bröckelten entlang der Käfigstäbe, bis sie sich schließlich nach außen bogen. Das Gitter schwang zurück und schleuderte einige der Gefangenen nach hinten.

»Kommt noch einmal!«, forderte Ildrum.

Noch mehr der Begabten und Priester rannten gegen das Gitter. Es verbog sich enorm und blieb schließlich angewinkelt stehen. Die Gefangenen strömten aus der Öffnung, einige umarmten Nemrod und Lobur und manche sogar Mira, Gelador und Ildrum.

Diese Freude und Dankbarkeit der abgemagerten, teils so trostlos wirkenden Gestalten ließ Mira fast wehmütig werden. Sie kannte niemanden von den fast ein Dutzend Befreiten und doch schien es ihr, als würde eine gewisse Verbindung zwischen ihnen bestehen. »Nun noch das andere Gitter«, sprach sie an Nemrod und Lobur gerichtet.

»Los, beeilt euch da unten«, rief Rym. »Sie versuchen durchzubrechen.«

»Verschaffe uns noch ein bisschen Zeit. Ihr anderen geht schon mal hoch«, erklärte Mira zu den noch verbliebenen Gefangenen.

Lobur, Nemrod, Gelador und Ildrum machten sich daran, das Gitter einzureißen. Stein für Stein brachen sie aus den Fugen.

Bald fingen auch die Inhaftierten an, sich wie bei dem anderen Gefängnisabteil gegen das Gitter zu werfen.

Es bog sich und schaffte einen Fluchtweg.

Lobur und Nemrod sanken erschöpft zu Boden.

»Ihr habt es geschafft«, sagte Mira und berührte die beiden an den Schultern. „Kommt, wir müssen weiter."

»Los, alle die Treppe hinauf«, rief Ildrum.

Mira bemerkte eine Gestalt neben sich. Sie schaute auf und blickte in die nussbraunen Augen Halvors.

Mira erhob sich und senkte sogleich den Blick, wie sie es ihr gesamtes Leben vor den Priestern getan hatte.

»Nein, Mira, du musst nie wieder vor mir zu Boden blicken.« Halvor machte einen Schritt auf Mira zu und umarmte sie. »Dankeschön«, schluchzte Halvor. »Ich hatte gedacht, ich würde sterben.«

Mira war zu perplex, um irgendetwas zu antworten und blieb einfach steif stehen. Schließlich ließ er von ihr ab, erst jetzt bemerkte sie die vollkommen ergrauten Haare des Priesters, welche nicht alleine vom Staub herrührten. *Er muss einiges mitgemacht haben.*

Halvor kniete sich zu Lobur und Nemrod nieder und umarmte sie ebenfalls. »Ich danke euch. Die Götter müssen euch geschickt haben.«

Die beiden nickten lediglich verlegen, als sich Halvor löste.

»Kommt, wir müssen weiter«, drängte sie Mira und spurtete nach oben zum Burghof.

Taron rannte an Esthîons Gemächern vorbei, er wollte den anderen in den Kerkern beistehen. Auf der Treppe regte sich eine der Königswachen und wollte sich aufrichten. Taron schickte ihn mit einem Stabschlag wieder zu Boden. Er erreichte die Tür zum Hof und sah Filidas und Soguia umringt von Leichen sitzen. Mehr als ein Dutzend Krieger hatten die beiden abgeschlachtet. Sie sahen aus, als hätten sie in Blut gebadet. Sein Herz zog sich bei dem Anblick zusammen. *Sie sind weitaus gefährlicher, als ich gedacht hätte.* »Alles gut bei euch, ist jemand verletzt?« Taron berührte die beiden Frauen an den Schultern.

Er sah einen Schnitt an Filidas' Arm. Bei Soguia fehlte ein halbes Ohr und sie hielt sich das Bein.

»Uns geht es gut«, erwiderte Filidas.

Soguia fauchte und nickte lediglich.

»Ruht euch aus.«

»Ich könnte hier Hilfe gebrauchen«, schrie Rym aus Richtung der geöffneten Tür, die zum Kerker führte.

Taron spähte noch einmal zur Mauer. Lavina hatte Gardon zurückgedrängt, doch schien der Kampf noch kein Ende zu finden. Er wandte sich dem Turm zu. Rym stand vor einer Erdwand, die den Treppenaufgang des Turmes versperrte und von der ein rhythmisches Hämmern ausging. Es entstanden immer wieder Löcher, die sich kurz darauf wieder schlossen.

»Ich kann die Wand nicht mehr lange halten«, presste Rym, dessen gesamter Körper triefte.

»Wenn sich ein Loch bildet, schicke ich Magie hindurch, vielleicht halte ich sie damit etwas auf.«

Ein gewaltiges Poltern drang von unten an seine Ohren sowie Rufe und Schreie. *Ich muss meinen Freunden vertrauen,* dachte er und ließ seinen Arm nach vorne schnellen und feuerte eine Magiesalve durch eines der Löcher.

Schreie ertönten. Taron erkannte Flüche darunter. Das Hacken wurde eingestellt.

Rym brauchte diese Verschnaufpause, er setzte sich auf den Boden.

Erneut knallte etwas Hartes gegen die Erdwand. Taron reagierte sofort und ließ Magie durch die Öffnung strömen. Diesmal erklangen keine Schreie.

»Rym, du musst weitermachen.«

Der Südländer hob seine Arme und verschloss die neu entstandenen Löcher. »Ich bin fast am Ende.«

»Halte durch. Ich unterstütze dich.« Er griff weiter mit seiner Magie an. Dies schien mittlerweile wirkungslos zu sein. *Ich muss sehen, wohin ich angreife.* Er schloss die Augen, stellte seine Angriffe ein und ließ die Welt in Grau entstehen.

Rym schaute ihn verdutzt an.

»Mach weiter!« Taron sah nun durch die Wand, die von innen zu leuchten schien. Die gesamte Treppe war mit Kriegern besetzt, einer von ihnen war Imdrir Vallar, dieser bellte unablässig Befehle. Irgendetwas an ihm strahlte. In der ersten Reihe waren Krieger mit Spitzhacken und mit schwarzen Schilden ausgestattet. Eines der Werkzeuge drang durch den Erdwall hindurch und schuf ein Loch. Taron ließ zwei Lichtblitze hindurchfahren, die Richtung ändern und schickte die Männer mit den Hacken zu Boden.

Es kam Bewegung in die Krieger. Andere nahmen die Werkzeuge auf und drangen weiter auf den Wall ein, diesmal wurden sie noch besser geschützt.

Taron hörte Stimmen von unten. Irgendjemand kam die steinernen

Stufen hinauf. Er begab sich aus der Meditation, drehte sich so, dass er die Erdwand und die Treppe im Blick hatte. Es war ein erster Schwung Befreiter. Taron ließ sie vorbei ins Freie. Nur einen kannte er, den ehemaligen Hohepriester des Tempelklosters Jeldra.

Taron griff seinen Arm. »Wo ist Halvor?«

»Du bist es. Halvor ist in der anderen Zelle. Deine Freunde sind dabei, ihn zu befreien.«

»Gut. Sucht bitte etwas, um die Tür von außen zu verrammeln. Wenn alle draußen sind, darf hier niemand mehr herauskommen.«

Jeldra nickte und gab sogleich Befehle weiter.

»Los, beeilt euch da unten«, rief Rym. »Sie versuchen durchzubrechen.«

»Verschaffe uns noch ein bisschen Zeit«, antwortete Mira.

Taron war glücklich, ihre Stimme zu hören und tauchte sogleich wieder in die graue Welt ein und feuerte weitere magische Ladungen durch die Löcher. Doch auch seine Kraft ging langsam zur Neige. *Wir müssen etwas ändern.* »Rym, kannst du deine Erde punktuell verhärten? Sodass sie nicht hindurch zu schlagen vermögen. Vielleicht können wir so unsere Kräfte etwas sparsamer benutzen.«

»Wenn du mir genau die richtige Stelle zeigst, kann es effektiver sein.«

»Lass es uns probieren.«

Taron nahm sein Medaillon ab und warf es Rym zu, der es auffing.

»Nimm es, es wird dir helfen. Verhärte die Erde genau dort, wo ich hinzeige.«

Taron trat vor die Wand, glitt hinüber in die äußere Meditation und sah durch die Erde hindurch ihre Widersacher. Er riss seinen Arm nach oben. Die Erde knirschte, als sie sich zusammenzog. Es folgte ein weiterer Schlag an derselben Stelle und noch einer. Der Krieger mit der Hacke schüttelte den Kopf und schlug gegen einen anderen Teil der Wand. Taron bewegte seinen Arm an diese, welche sich erneut verfestigte. Es folgte eine Art Tanz, bei dem der Feind den Takt vorgab und Taron mit Rym nur reagieren musste.

Es dauerte nicht lange, da hörte Taron weitere Schritte aus dem Kerker. *Sie haben es geschafft.* Die Befreiten passierten den Gang hinter ihm. Es war weiteres Geschrei hinter dem Erdwall zu hören. Zuletzt eilten Nemrod, Lobur, Ildrum, Mira und Halvor die Treppe nach oben.

»Es sind alle befreit«, erklärte Mira, deren Mund blutverschmiert war, während ihre Nase außergewöhnlich krumm wirkte.

Taron weitete seinen Blick auf den Innenhof aus. Dort standen Jeldra und einige andere mit Bänken und Holzbrettern. Er verließ die Meditation, nickte Rym zu, griff seinen Oberarm und warf sich mit ihm durch den Eingang ins Freie. Die Tür wurde hinter ihnen geschlossen und verrammelt.

Rym blieb neben Taron auf dem Boden liegen, seine Augen waren geschlossen. Er war bewusstlos.

»Was ist mit ihm?«, fragte Halvor und kniete nieder.

»Er hat sich überanstrengt.« Taron berührte sein Gesicht. Es war unfassbar kalt.

»Rym muss an ein Feuer«, erklärte Mira.

»Alle, die nicht kämpfen können, müssen hier sofort weg.« Er nahm das Medaillon aus Ryms Händen und legte es sich um den Hals. Sein Blick glitt zur Gottesdienerin. »Mira, deine Nase, möchtest du dich auch zurückziehen?«

»Das ist nur ein Kratzer und wir haben noch eine Aufgabe zu erfüllen.«

Taron nickte anerkennend und sah weiter zu Halvor. Seine ergrauten Haare klebten verstaubt an seinem Kopf, er wirkte mindestens zehn Winter gealtert. Er stand auf und schloss ihn in die Arme. »Ich bin so froh, dass du überlebt hast.«

»Es tut mir so leid, ich musste ihnen alles offenbaren.«

»Das spielt jetzt keine Rolle mehr.« Taron sah an dem obersten Priester vorbei. Von der Mauer aus wankte Lavina auf sie zu. »Warte kurz.« Er rannte ihr entgegen und stützte sie. »Ist alles gut bei dir? Hast du Gardon besiegt?«

Sie nickte. »Er ist gefallen.«

»Hat er dich verletzt?«

Sie schüttelte den Kopf.

»Kannst du weiterkämpfen?«

»Ich brauche nur eine kurze Pause.«

Taron klopfte ihr auf die Schulter und wandte sich der Menschengruppe zu. Filidas und Soguia sprachen mit einigen der Begabten und schienen ihnen Mut zuzusprechen, obwohl beide tatsächlich schlechter aussahen als die Befreiten selbst. Taron erkannte Zuversicht in vielen ihrer Gesichter.

Dann glitt sein Blick nach oben zu dem Arkadengang. Fendelin stand zwischen zwei Säulen und überblickte wie ein Falke den Burghof. Elwaran und Barvo befanden sich bei der Tür, durch die die Schwadronenkrieger verschwunden waren.

Taron spürte eine schwere Last, die auf seine Schulter drückte. Findlinge, die ihn niederringen wollten. Er stemmte sich ihnen entgegen und begab sich zur Mitte des Burghofes, sodass ihn alle sehen konnten. Dabei begann das Medaillon auf seiner Brust leicht zu kribbeln und fing allmählich wieder die Magie der Umgebung auf, die willkommen erfrischend wirkte. »Bitte hört mir kurz zu«, sprach Taron laut, seine Stimme bebte. »Der erste Teil unserer Aufgabe ist erfüllt. Nun folgt der weitaus schwerere. Alles spricht dafür, dass sich Esthîon wie ein feiger Hund in der Festung verbarrikadiert hat. Ich werde ihn suchen und ihm ein Ende bereiten. Diese Nacht wird die seines Untergangs.« Taron starrte in eine Vielzahl grimmiger Gesichter. »Priester, Ihr habt einiges durchgemacht, verzeiht mir, dass wir nicht früher zu eurer Rettung kamen. Doch eine Bitte habe ich an euch, leitet diese Nacht alles in die Wege, damit ihr die Regierung nach dem Sturz des Königs übernehmen könnt. Ich weiß, ihr seid am Ende eurer Kräfte, zeigt euren von den Göttern gegebenen Willen und wir alle werden zukünftig in Freiheit leben.« Taron ließ seine Worte verhallen. »Ich werde niemanden bitten, mir nun in den kommenden Kampf zu folgen. Doch wenn ihr nicht mir folgt, so helft bitte den Priestern, das Volk Gonvalors an den kommenden Tagen ruhig zu halten. Jedwede Aufstände könnten alles zunichtemachen. Soguia wird allen, die gehen, einen sicheren Weg zeigen. Sollten wir uns nicht wieder sehen, habt ein langes, glückliches und erfülltes Leben.«

»Taron, ich folge dir!«, schrie Barvo vom Arkadengang.

Der Ruf wurde aufgenommen und bald hallte ein Chor aus »Taron!«-Rufen über die Festungsmauer in das Dunkel der Nacht.

Der Novize hob beschwichtigend die Hände, woraufhin sich die Schreie legten. »Nun geht und erwartet das Licht des nahenden Morgens.«

Die Priester verließen mit Soguia an ihrer Spitze den Burghof. Zwei von ihnen griffen Rym unter die Arme und stützten ihn. Die meisten der Begabten gingen ebenfalls mit. Taron verübelte es keinem, er selbst verspürte eine gewisse Angst vor dem, was bevorstand und hatte die letzten Wochen nicht unter Folter und Qualen gelitten.

Zurück blieben seine sieben Gefährten, Lobur, Nemrod und Filidas und ein weiterer Begabter, den er nicht kannte, welcher sich allerdings ein Schwert von einer der toten Wachen genommen hatte.

»Wir zwölf sind also diejenigen, die das Königreich Gonvalor neu ordnen und ihm zu neuem Glanz verhelfen werden. Es kann das Ende eines jeden von uns bedeuten. Seid wachsam. Elwaran, Fendelin und Barvo, sobald wir drinnen sind, versucht durch die Tür zu kommen und sorgt für ordentlich Aufregung. Wir nehmen uns nun das hinter diesem Tor lauernde Monster vor.«

»Dann los!«, rief der fremde Begabte grimmig.

Taron ging auf das zweiflügelige Tor zum Hauptgebäude zu und winkte Mira, Lavina und Ildrum zu sich. »Habt ihr euch ein wenig erholt?«

»Die Magie ist hier fast aufgebraucht, aber ich habe genug für eine zweite Runde«, bestätigte Ildrum.

»Ich habe fast das Gefühl, als wäre hier ein dunkler Zauber am Werk, der unsere Kräfte schmälert«, äußerte Lavina eine Vermutung, die auch Taron bereits gekommen war.

»Ich weiß, was du meinst, nichtsdestotrotz müssen wir weiterkämpfen. Du und Mira stellt euch an die Seiten des Portals. Auf mein Kommando feuert ihr einen Impuls auf das Schloss des Tores und geht danach in Deckung. Wir beide machen das Gleiche«, erklärte er und sah Ildrum eindringlich an. Nun wandte er sich an seine anderen Mitstreiter. »Ihr anderen schnappt euch Schilde und stellt euch vor Ildrum und mich. Wenn wir das Tor durchbrechen, erwartet nichts als Dunkelheit, bleibt standhaft wie ihr es in allen qualvollen Strichen gewesen seid. Jeder Moment eures Lebens hat euch auf den heutigen Tag vorbereitet. Heute bringen wir es zu Ende.« In den Gesichtern seiner Kameraden strahlte ein Schimmer der Zuversicht, als sie ihre Positionen einnahmen.

Taron umfasste seinen Stab fester. »Lavina, Mira, Ildrum, jetzt!«

Sie schleuderten dem Tor Magie entgegen. Mit einem Knall flogen die Flügel zu beiden Seiten auf. Holzsplitter feuerten durch die Luft.

Die Eingangshalle wurde durch Fackeln erhellt. Auf der ersten Stufe der Treppe standen zwei Reihen Krieger in einem doppelten Schildwall. Speere schauten zwischen dem Bollwerk hervor. Hinter der Formation stand Furlo Wrin. Am Ende der beiden Treppenausläufe befanden sich weitere Truppen.

»Hier endet euer Weg«, rief der Schwadronal.

Taron ging auf das Tor zu und deutete mit dem schmalen Ende seines Stabes auf die Schwadronenkrieger. »Händigt uns den König aus und wir verschonen jeden, der sich ergibt.«

»Dies wird niemals geschehen«, entgegnete Wrin.

»Dann kämpfen wir. Achtet auf die Gänge. Ildrum, stoß in die Mitte vor, Gelador, du greifst die rechte Seite an, ich nehme die linke. Der Rest rückt nach.«

Taron stampfte mit dem schmalen Ende seines Stabes auf den Boden auf und tänzelte um den Schildwall herum, näherte sich ihm vorsichtig. Mehrere Speere folgten seinen Bewegungen. In der Mitte des Schildwalls schlug Magie ein, während Gelador bereits den ersten Feind fällte.

Taron griff mit der freien Hand den äußeren der Speere und schlug mit seinem Stab auf den Schaft. Der Krieger hielt ihn weiterhin fest. Eine andere Speerspitze näherte sich ihm, welche er zur Seite schlug. Er nahm einen festen Stand ein und zog so stark wie er konnte an dem

Speer und hoffte, den Krieger aus der Formation zu ziehen, dieser stemmte sich mit voller Kraft dagegen. Einer seiner Kameraden schleuderte einen Lichtblitz auf den Schild des Kriegers, welcher ins Stolpern geriet.

Wie erhofft öffnete sich der Schildwall. Taron zog den Krieger am Speer heraus, drehte sich einmal im Kreis und stieß mit seinem Stab zu, wich einer Lanze aus, sog Energie ein und schleuderte sie von der Seite durch die Reihen der Krieger. Er verfehlte einige. Aber der Angriff hatte gereicht, um ihre Formation aufzulösen.

Seine Kampfgefährten durchstießen sie und rangen alle verbliebenen Krieger nieder.

Nur Furlo Wrin stand mit Schwert und Schild noch auf den Beinen und rannte nun grinsend die Treppe hoch. Dicht gedrängt standen die Krieger auf den Treppenabsätzen und hielten ihre Speere hinab. Taron stand zwischen ihnen und schaute zu beiden Seiten hinauf und versuchte die Gesichter der Krieger zu deuten. *Das wird schwierig.*

Ein Poltern drang an sein linkes Ohr. *Also diese Seite.* »Haltet den rechten Trupp auf Abstand. Wir brechen links durch!«, schrie er und schleuderte einen Lichtstrahl die Treppe hinauf. Gleichzeitig wurden die hinteren Krieger von Pfeilen und Magie von Fendelin, Elwaran und Barvo attackiert. Nemrod, Lobur und Ildrum traten mit Schilden in den Händen in Tarons Rücken dem anderen Treppenaufgang zugewandt, einige der Krieger stießen mit ihren Speeren hinab und wurden abgewehrt.

Taron begab sich an die Seite der Treppe, hielt seinen Stab fest im Griff, drehte sich einmal im Kreis und schob mit seiner Waffe einige Speerschäfte zur Seite. Hinter ihm drängten Gelador und Filidas an ihm vorbei. Barvos Flammen walzten die Verteidiger nieder und Lichtblitze surrten knisternd durch die Luft und prallten auf schwarze Schilde.

Der Gegendruck, welcher von den Speeren ausging, schwand schließlich. Ein Schwert fuhr unmittelbar neben ihm hinab. Taron sprang zur Seite und befand sich plötzlich inmitten der Krieger, wich Speerstößen und Schwertstreichen aus und ließ seinen Stab verlustbringend kreisen. Der letzte des Trupps wurde durch einen Fackelhieb Barvos zu Boden geschickt.

Die Krieger bei dem anderen Aufgang wichen zurück und warfen dabei ihre Speere.

Taron stürmte auf sie zu und sandte einen magischen Angriff, der jedoch geblockt wurde.

Sie zogen sich zu jenem Tor zurück, welches zum Thronsaal führte. Doch wurde den Verteidigern nicht geöffnet. Stattdessen verschanzten sie sich hinter einem neuen, diesmal dreifachen Schildwall. Diese

Blockade war jedoch anders, sie verharrten nicht. Die Schilde bildeten immer wieder Lücken, die sich jedoch sogleich wieder schlossen.

Sie passen ihre Taktik an. Aber warum werden sie nicht hineingelassen?

Elwaran schleuderte Impulse auf die Schilde, drang aber ebenfalls nicht hindurch.

Taron hob die Hand. »Verschwende deine Energie nicht.«

»Lass sie uns auseinanderreißen«, erklärte der Zwerg und ging nach vorne. Doch noch ehe er einen der Schilde erreichte, schnellte eine Klinge aus einer der Lücken und wäre Lobur nicht zurückgesprungen, hätte sie jetzt in seinem Gesicht gesteckt. Er knurrte grimmig.

»Mich stören solche Zahnstocher nicht«, grinste Barvo.

Er rannte auf die Krieger zu und griff den nächstbesten Schild. Eine Klinge trat hervor, welche auf seinen Kopf gerichtet war. Barvo ließ sie am Helm abprallen. Eine andere Klinge ritzte seinen Arm auf.

Barvo schrie. Er löste seinen Griff und tänzelte zurück.

»Diese Bastarde haben mir in die Finger geschnitten«, er zeigte seine Hände, bei denen die einzelnen Finger nur noch an Sehnen hingen, aber bereits langsam zu heilen begannen.

So funktioniert es nicht. »Wir machen es zusammen! Lobur, Nemrod, Barvo, Ildrum, wir reißen ihre Schilde ein. Wenn sie Lücken schlagen, füllt sie mit allem, was ihr habt.«

Taron machte einen Schritt nach vorne, sprang hoch, drehte sich in der Luft. Sein Stab glitt durch seine Finger und das schmale Ende prallte gegen eine der oberen Schildkanten, als er auf dem Boden aufkam, schlug das breite Ende gegen die untere Kante und hebelte dem Gardisten die Schutzwaffe aus der Hand. Die anderen mühten sich ebenso ab. Lichtstrahlen, Pfeile und Messer schwirrten durch die Luft und knackten den Schildwall. Elwaran und Gelador drangen durch die Lücken ein und zerfetzten das Gebilde von innen heraus.

Lediglich Orwenar Dirod stand am Ende noch schwer atmend vor dem Portal, an jedem Arm einen schwarzen Schild tragend, sein Blick grimmig zum Boden gerichtet, wo Furlo Wrin zu seinen Stiefeln lag.

»Schwadronal, gib auf!«, forderte Ildrum.

»Niemals!« Dirod sprang über seinen Kameraden hinweg und ließ verheißungsvoll seine beiden Schilde kreisen. Er wehrte Zauber, Messer, Pfeile, Schwertstreiche und Axthiebe ab.

Taron versuchte mehrfach, ihn mit dem Stab zu erreichen, doch Dirod wechselte so schnell die Drehrichtung, dass nicht einmal Gelador an ihn herankam. Er zertrümmerte bei dem Spiel Barvos Nase und schickte Filidas und Ildrum zu Boden. Sie nahmen kurz Abstand zu Dirod auf.

»Kommt schon! Wir können diesen Tanz die ganze Nacht tanzen.«

»Fällt ihn endlich!«, rief Taron und griff den Schwadronal erneut an. Der Krieger wehrte seinen Stabstoß erneut ab und zwang zugleich Gelador in die Defensive.

Plötzlich verharrte Dirod.

Zwei Pfeile Fendelins trafen seinen Schild und brachten ihn aus dem Gleichgewicht. Mira sprang vor und streckte ihre leuchtende Hand nach ihm aus, weiße Fäden drangen aus ihren Fingern und umschlangen den Kommandanten. Er sank paralysiert auf die Knie.

»Gute Nacht«, sprach Mira fast genüsslich.

Das Weiß trat in die Augen des Kriegers, als er bewusstlos auf den Boden neben Furlo Wrin fiel.

Mira lehnte sich schwer atmend und zitternd gegen eine Wand.

Taron wusste nur zu gut, wie sie sich fühlte. Ihm ging es kaum besser.

Er betrachtete den Schwadronal näher. Unter seinem Hals erkannte er etwas Weißes. Taron kniete nieder und zog an der Kette des Kommandanten. *Ein magischer Stein.*

»Na, sieh mal einer an«, hauchte Ildrum neben ihm.

»Wie sind sie in ihren Besitz gekommen?«, fragte Lavina.

»Halvor«, entgegnete Taron traurig.

»Aber wenn sie die Steine haben, warum setzen sie die nicht ein?«, fragte Fendelin.

»Ich glaube nicht, dass es darum geht«, zischte Elwaran.

»Das erklärt, warum wir uns alle so beschissen ausgelaugt fühlen«, spuckte Barvo aus.

»Sie haben das Schlachtfeld bereits vorher ausgedünnt. Lavina, hatte Gardon ebenfalls solch eine Kette um den Hals?« Taron riss das Lederband vom Hals des Schwadronals und hielt sie in die Höhe.

»Es könnte sein.«

»Deswegen benutzen sie immer wieder ihre Schildwälle«, verstand Gelador.

»Sie haben uns gezwungen unsere Magie zu verbrauchen, im Wissen, dass es kaum Nachschub gibt«, führte Elwaran weiter aus, »und haben ihre eigenen Fähigkeiten verstärkt.«

»Verdammt seien sie, ich bin fast vollkommen am Ende«, keuchte Ildrum.

»Wie geht es euch anderen?«, fragte Taron.

Stummes Schweigen und Kopfschütteln war die Antwort.

»Filidas, hier, nimm die Kette und lege sie an.« Taron warf ihr das Kleinod zu. »Damit wird es dir vielleicht ein kleines bisschen besser gehen. Ich werde nochmals alles für einen letzten Angriff sammeln und dann wird es dreckig«, erklärte Taron und wandte sich dem Tor zu.

Barvo trat an seine Seite. »Dreckig ist gut, Kleiner.«

»Dies möge die Stunde des Wandels sein. Lasst ein letztes Mal euren Groll erwachen und ihn auf den Feind niedergehen.« Taron hob zitternd den rechten Arm. Zischend zog er Luft ein und damit alles an Magie, was die Umgebung hergab. Drei Fäden aus Licht umschlangen seinen Arm und fuhren das breite, silberne Ende seines Kampfstabes hinauf. »Öffnet das Tor!«

Kapitel 34: Der Kampf um die Zukunft

Iru begab sich zu seiner Schwester Enura und schilderte ihr seine Trauer und seinen Kummer über den Ausgang des Massakers und bat sie darum, für Ausgleich zu sorgen und allen Kreaturen der drei Welten die Gabe der Magie zu schenken. Vers aus dem Buche Irus

Das Tor schwang vor Taron auf. Grimmige Krieger drangen sogleich hindurch. Pfeile, Messer und aufgesammelte Speere flogen der Öffnung entgegen. Taron sah nur schwarze Schilde. Er hob seinen Stab mit beiden Armen hoch über den Kopf und ließ das breite Ende auf den Boden niederfahren und schrie: »Wurzeln der Verheißung!« Lichtbahnen breiteten sich von seinem Stab aus, schlängelten sich ihren Weg über den Hallenboden, den Wurzeln eines Wartbaumes gleich. Das Licht dehnte sich aus, umschlang die feindlichen Krieger der angreifenden Welle und umklammerte sie zur Bewegungslosigkeit verdammt.

Panik sprang aus den Augen der kampferprobten Gegner. Gegen einen solchen Angriff waren sie nicht gewappnet. Taron spürte langsam, wie sich sein Zauber dem Ende näherte. Das Licht um seinen Arm verblasste und stob den Stab entlang, während er einer leichten Benommenheit seiner selbst gewahr wurde.

»Offenbarung!«, schrie er. Unzählige Lanzen schossen aus den leuchtenden Wurzeln empor und durchstachen jeden Krieger, der sich in deren Nähe befand. Nur wenige vermochten, mit ihren Schilden einen oder zwei der Speere abzuwehren. Doch am Ende wurden sie alle durchstochen.

Stumpfe Schreie erfüllten die Halle und wie von einer Lawine getroffen gingen mehr als zwanzig der mächtigsten Kämpfer Gonvalors zu Boden.

Taron blickte auf und sah am Ende des Saals den König auf seinem Thron sitzen. Vor und neben ihm standen fast genauso viele Krieger, wie Taron soeben besiegt hatte. Darunter Weldur Burak, Zelorag Dun und Imdrir Vallar.

Esthîon lachte. »Nun habt ihr mich doch fast bekommen.«

»Ergib dich in dein Schicksal!«, rief Taron.

»Es ist noch nicht vorbei!«, schrie Esthîon. »Speere los.«

Ein Dutzend Geschosse flogen auf Taron und seine Kameraden zu. Einem wich er aus, aber die meisten gingen vor ihm nieder oder schlugen in der Wand rechts und links von ihm ein. Die Speere gaben klackende Geräusche von sich. Die Speerschäfte öffneten sich und ließen einen grauen Nebel frei.

Verwirrt setzte Taron einen Schritt nach hinten. Ein pelziger Geschmack legte sich auf seine Zunge. *Asche.* »Weg vom Tor.« Taron schlang die Arme um den neben ihm stehenden Feuerspucker und zog ihn zurück. Die Aschewolke umhüllte ihn bereits. Es knallte und eine gewaltige Feuerwalze entzündete sich. Taron spürte die Hitze an seinem Rücken und warf sich auf den Bauch. Es roch nach verbranntem Haar. Die Verpuffung löste sich auf.

»Wow!«, bekundete Barvo seine Begeisterung. »Ich brauche auch ein paar solcher Speere.«

»Bitte erst, nachdem wir ihn besiegt haben«, fauchte Lavina und rannte an Taron vorbei.

Eine gewisse Hitze und ein leichtes Flimmern lagen noch immer in der Luft. Taron drehte sich zum Thronsaal, während die anderen an ihm vorbeistürmten.

Taron stampfte mit dem breiten Ende seines Stabes auf den Boden und rannte laut brüllend in die Halle hinein.

Weitere Speere wurden geworfen und hüllten hier und da die Halle in Nebel und explodierten sogleich. Die Truppen Esthîons rannten seinen Kameraden entgegen.

Taron sah, wie Filidas von zwei Kriegern niedergerungen und gefesselt   wurde.
Während sich Gelador Weldur stellte. Es war ein Kampf auf Augenhöhe und bei dem der Elf das erste Mal ins Wanken zu geraten schien. *Ich kann ihm nicht helfen. Nebur, bitte sorge dafür, dass meine Freunde überleben.* Dann erblickte er Barvo, Nemrod und Lobur, wie sie zu dritt gegen Imdrir kämpften. Es schmerzte ihn, gerne wäre er ihnen zu Hilfe geeilt, *ich darf mein Ziel nicht aus den Augen verlieren.*

Tarons Blick richtete sich wieder auf den Thron, welcher unter dem großen Silbertigerfell stand. Aus dessen Schatten schnellte eine Gestalt hervor, welche ein eigenartig aussehendes Schwert in den Händen hielt.

Er soll also mein nächster Gegner sein.

Zelorag sprang auf Taron zu und schwang sein Zackenschwert.

Er führte die Klinge mit seinem Stab weiter. Einem weiteren Hieb vermochte Taron nicht auszuweichen und blockte ihn, sodass das Holz in seinen Händen böse vibrierte. Die Härte des Schlages ließ ihn rückwärts stolpern. Er stürzte über einen leblosen Körper am Boden. Es war ein Mann mit einer blutenden Kopfwunde und offenstehenden, toten Augen. Er krabbelte rücklings weiter, während Zelorag erneut zuschlug.

»Stell dich dem Kampf, du Feigling.«

Taron war an einer Holzsäule angelangt.

Zelorag holte mit seiner gezackten Klinge weit aus und schwang sie einer Sense gleich.

Er drehte sich und gelangte rechtzeitig hinter einen der Stützpfeiler. Zelorags Schwert prallte dagegen und hinterließ vier gleichmäßige Vertiefungen in den Schnitzereien.

Im Augenwinkel sah er Elwaran herbeieilen.

»Ich bin dein Gegner, Elfenschlächter!«, rief er und ließ sein Schwert niederfahren und zwang Zelorag Dun in die Defensive.

»Deine Mutter habe ich getötet, nun wird ihr Sohn folgen«, krächzte Zelorag grinsend.

»Taron, hole Esthîons Kopf.«

Er nickte, sprang auf, strauchelte kurz, als sich ein Krieger ihm in den Weg stellte, den er mit einem einfachen Drehschlag zum Boden schickte und gelangte schließlich vor den Thron.

Mira stand nahe dem Eingangstor der Halle. Soeben hatte sie einen der Krieger mit einem ihrer Messer getroffen, welcher sich humpelnd zu einer der Säulen bewegte und dort in sich zusammensackte. *Habe ich ihn getötet? Warum mussten sie nur unsere Magie nehmen?*

Aufmerksam blickte sie durch die Halle. Fendelin war nur wenige Meter entfernt, sie kämpfte gegen einen der Schwadronenkrieger und schien die Oberhand zu haben.

Ihr Blick blieb auf Taron ruhen.

Elwaran rannte von der Seite herbei und schrie etwas, das Mira nicht verstand und stellte sich Zelorag Dun, der seine Hiebe mit übermenschlicher Geschwindigkeit parierte.

Taron rannte weiter zu Esthîon.

Der Schwadronal rollte zur Seite und griff nun Elwaran an. Die Schnelligkeit, die Zelorag an den Tag legte, war unglaublich. Das Überraschungsmoment des Elfen war verpufft. Die Angriffe des fünften Kommandanten prasselten nur so auf ihn ein.

Er braucht Hilfe. Mira rannte auf die zwei zu, jegliche Schmerzen in ihrem Gesicht waren vergessen. Sie zog zwei Wurfmesser und schleuderte sie auf den Kommandanten. Dieser drehte ihr den Rücken zu, sodass die Messer wirkungslos gegen dessen schweren Umhang prallten. *Das Ding gleicht einem Panzer.* Sie rannte und warf eine weitere Klinge, die klirrend gegen seinen Helm prallte.

Der Elfenschlächter verpasste Elwaran einen Tritt, drehte sich kurz zu ihr und grinste bösartig.

Nemrod kam an Miras Seite. »Er schafft es nicht allein.«

»Ich weiß, wir bezwingen ihn gemeinsam.«

Mira warf ein weiteres Messer. Zelorag schien dies vorauszuahnen und legte sein Haupt schräg. *Wie macht er das?*, dachte sie verblüfft und zog ihre letzte Klinge.

Nemrod drang von der Seite aus auf den Schwadronal ein und führte einen mächtigen Keulenhieb.

Zelorag wich aus und begann sogleich eine Offensive gegen die beiden Angreifer, wobei er sein Schwert wie ein wildgewordener Holzfäller schwang.

Mira warf ihr letztes Messer mit aller Kraft zwischen Elwaran und Nemrod hindurch auf die Brust Zelorags, dieser drehte sich im Kreis, sodass das Messer wieder von seinem Umhang abgefangen wurde und wich dabei den Angriffen der anderen beiden aus.

Zelorag Dun begann zu lachen, seine freie Hand griff zu der Schließe seines Umhangs und löste ihn von seinen Schultern. Schwer knallte dieser auf den Boden, als wäre ein Kettenhemd darin verborgen. Sogleich potenzierte sich die Geschwindigkeit seiner Bewegungen.

In seinen Umhang müssen Metallplatten eingearbeitet sein, nun ist er verwundbar, dachte sie und löste ihren Stab aus der Halterung. Sie sprang über den Umhang hinweg, führte einen Hieb gegen den Rücken des Kriegers. Der Schwadronal vollführte einen Ausfallschritt, drehte sich und ließ die Kante seines Panzerhandschuhs gegen Miras Schläfe prallen.

Sie schrie und stürzte benommen auf den Dielenboden und hielt sich den Kopf. Ihre Hand war glitschig vom Blut. Sie hob ihr Haupt, nahm die Kämpfenden jedoch lediglich verschwommen wahr. Stöhnend zog sie ihre Knie unter ihren Körper. Plötzlich spritzte eine warme Flüssigkeit über ihr Gesicht, es schmeckte metallisch. *Blut.* Die Erkenntnis ließ sie zusammenfahren.

»Nein!«, hörte sie jemanden schreien.

Eine große Gestalt taumelte auf Mira zu und fiel vor ihr mit dem Gesicht nach unten. Es war Nemrod. An seinem Hals klaffte eine furchtbar tiefe Wunde. Sein Lebenssaft sprudelte daraus hervor.

Sie griff seine Schultern und drehte ihn auf den Rücken. Nemrods Augen starrten sie an. Ein grausames Röcheln drang aus seinem Mund, ehe er ein letztes, schwaches Wort hauchte: »Mulin.« Das Blau seiner Augen ergraute und sein Körper erschlaffte.

»Nein«, Mira konnte ihre Tränen nicht mehr zurückhalten. Der Schmerz grub sich tief in ihre Seele. Sie schaute von Nemrod auf zu Zelorag.

»Nein!«, schrie sie noch lauter. In ihrem Inneren brodelte es. Ein unbekanntes Verlangen drang an die Oberfläche ihres Selbst. Nicht nur der Drang zu töten, nein, sie wollte den Elfenschlächter leiden sehen.

Dieser kämpfte weiter gegen Elwaran.

»Neeeeiiiiiin!«, rief sie so laut sie konnte.

Zelorag Dun verharrte, wandte sich langsam Mira zu. Elwaran hielt im Schwertstreich inne. Ebenso schienen die anderen Kämpfe in der Halle ins Stocken zu geraten.

Mira sah ein Bild vor ihren Augen. Eine jüngere Version des Elfenschlächters, umringt von Feinden, vollkommen mit Blut überströmt. Er kniete am Boden, sein Gesicht spiegelte sich für einen Augenblick in einer Pfütze, es war von purer Angst gezeichnet. Er befand sich in einem Rausch des Schreckens, kämpfte sich wieder auf die Beine und hackte auf jeden ein, der um ihn stand. Gleichgültig ob Freund oder Feind. Schließlich hielt er inne. Seine Kleider waren mit Blut überkrustet. Er starrte seine Klinge an. Es war ein leicht gekrümmtes Schwert. *Nur die Zacken am Ende fehlten.*

Diese wuchsen nun daraus hervor. Die Szenerie änderte sich. Die Hand, die das Schwert nun hielt, war von einer Narbe geziert. Sie befand sich in einer Hütte. Ein Raum. Alles darin war aus Holz. Ein Mann stand vor ihm. Er war weit in den Fünfzigern und blickte grimmig und missmutig drein. »Er ist tot«, raunte der Mann.

Ein roter Schleier zog vor ihre Augen. Der Schleier des Wahnsinns.

Mira war wieder in der Wirklichkeit. Ihre Gedanken brauchten einige Momente, um sich zu sammeln. *Warum hat er mir das gezeigt?* Ihre Augen klarten auf. Zelorag Dun kniete vor ihr, er hielt sich den Kopf.

»Was machst du mit mir?«, fragte der Schwadronal und hob das Haupt.

Ihre Augen trafen sich und das Hier und Jetzt schwand erneut. Zelorag saß auf dem Dach eines Gebäudes. Ein Schmerz der Verzweiflung tobte in ihm. Mira konnte ihn spüren. Er schaute in den Himmel und sah einen Doppelmond. Der Anblick schien seine Qualen zu potenzieren. Ekel überkam ihn, Ekel vor sich selbst. Er warf sich mit dem Rücken auf das Dach, krümmte sich und wollte schreien, doch drang lediglich ein stöhnendes Krächzen über seine Lippen.

Die Erinnerung riss ab. Zelorag rollte zur Seite, wodurch Elwarans Schwert den Schwadronal knapp verfehlte. Das Gesicht des Elfenschlächters offenbarte unfassbare Pein. Er schrie, lauter und qualvoller als all jene, die heute den Tod gefunden hatten.

Es zerriss Mira fast das Herz und sie wich einige Schritte zurück.

Der Schwadronenkommandant sprang auf und hielt sich das Haupt. Seine Augen bewegten sich ruhelos über den Boden und schienen doch nicht zu finden, was sie suchten.

Elwaran schien überfordert mit der Situation und blieb auf Abstand.

Jegliche Kampfhandlungen waren zum Erliegen gekommen.

Mira musste unweigerlich zu Weldur und Gelador hinüberschauen. Sie hielten ebenfalls inne. Im Gesicht des Generals erkannte Mira puren Hass.

Der Blick Weldurs traf den ihren. Sie wurde von seinen hellen, blauen Augen förmlich eingesogen und befand sich plötzlich in absoluter Dunkelheit. In dieser Finsternis schien sich etwas zu bewegen. Eine Gestalt aus vollkommener Schwärze. Wie ein Schatten im Schatten, der sich ihrer Seele, nein, ihrer gesamten Existenz bemächtigen wollte.

Mira geriet in Panik, wollte flüchten. Doch ihr Körper war zu Eis erstarrt.

Irgendetwas fegte sie aus der Dunkelheit. Sie war wieder in der Halle des Königs. Eine unbekannte tiefe Traurigkeit entsprang ihrem Innersten. *Was war das nur?*

Gelador und General Weldur kämpften weiter.

Mira setzte sich auf. Zitternd umfasste sie ihr Gesicht. Das Blut ihres Kameraden fühlte sie nur am Rande. Sie verharrte und vermochte sich nicht mehr zu bewegen. Bis sie einen weiteren furchterregenden Schrei vernahm. Und etwas Dunkles auf sich zustürmen sah.

Taron stand vor Esthîon. Der König blieb sitzen, eine lange, schwarze Narbe zierte seine Wange, wodurch sein hämisches Grinsen verrückt wirkte. *Wie sollte so jemand in der Zukunft von Bedeutung sein können.*

»Befiehl den Rückzug, gib auf und ich werde dafür sorgen, dass du Gonvalor unbehelligt verlassen und irgendwo ein friedvolles Leben beginnen kannst.« Taron drangen die Worte einfach so durch seine Lippen. Irgendetwas in ihm wollte dem König eine letzte Chance geben.

Esthîon lachte. »Nein.« Er stand auf, griff einen schwarzen Schild, der an dem Thron lehnte, zog sein Schwert und deutete mit der Spitze auf Taron. »Genauso könnte ich verlangen, dass du deine Waffen niederlegst. Beides wird nicht geschehen.«

»Deine Herrschaft wird heute auf die eine oder andere Weise enden. Aber eins ist gewiss. Sie wird enden.«

Esthîon schlug mit seinem Schwert nach Taron, dieser parierte den Hieb.

»Du willst wirklich dein Leben wegwerfen für nichts als einen widersinnigen Gedanken.«

»Jemand von euch hat meine Eltern ermordet und ich werde herausfinden wer.«

Esthîon stach erneut zu. Taron ließ die Attacke ins Leere laufen, drehte sich und erwiderte den Angriff, welcher an der Schildkante abprallte. Ein heftiger Schlagabtausch entbrannte. Wie zwei tobende Gewitterstürme trafen Stab, Schild und Schwert aufeinander. Ein Duell auf Augenhöhe, welches Tarons volle Aufmerksamkeit verlangte.

Schließlich sprang Esthîon vor, wollte Taron mit seinem Schild wegstoßen und aus dem Gleichgewicht bringen. Der Novize hingegen hielt seinen Stab in Abwehrhaltung vor dem Körper, sodass sie sich gegenseitig zurückwarfen.

Taron ließ das dünne Ende des Stabes nach vorne schnellen. »Jeder deiner Schläge, alle deine Taten sprühen vor Rache und Schmerz.«

»Wie sollte ich anders fühlen? Ihr habt mir meinen Vater und meine Mutter genommen. Du weißt nicht, wie das ist.« In Esthîons Worten schwang Verzweiflung. Er sprang nach vorne und griff von oben mit seinem Schwert an.

Taron führte eine halbkreisförmige Bewegung aus und stieß den König erneut von sich. »Mein Vater wurde ermordet und meine Mutter starb bei meiner Geburt. Du hattest Glück, sie beide jahrelang für dich zu haben«, entgegnete Taron mit dem Gefühl, bei Esthîon etwas ausgelöst zu haben.

»Dann kannst du am besten verstehen, wie ich mich fühle. Willst du nicht auch seinen Mörder bestrafen?«

»Nicht für den Mann, der mein Vater war.«

»Du hast ihn nicht geliebt. Das ist der Unterschied.«

»Warum kannst du nicht dankbar sein für all die guten Erinnerungen, die du an deine Eltern hast?«

»Weil es ohne euresgleichen noch viele weitere gewesen wären.« Esthîon drang erneut auf Taron ein, welcher ihn ins Leere laufen ließ.

»Die Magiebegabten haben nichts mit dem Mord des alten Königs zu tun. Wenn ihr Verbrecher brandmarkt, wäre es etwas anderes. Aber einen ganzen Teil deines Volkes dafür zu bestrafen, ist abartig.« Taron führte eine Drehbewegung mit seiner Waffe aus und verfehlte um Haaresbreite den Helm des Königs.

»Letztendlich haben all jene Schritte, die ich tat, mich an mein Ziel gebracht und als Dank für meine Mühen habt ihr mir auch noch eine Waffe gebracht, mit der ich Unglaubliches vollbringen kann.« Esthîon deutete breit lächelnd mit seinem Schwert auf Tarons Brust. »Eine Waffe, die euch zudem so geschwächt hat, dass es ein Leichtes sein wird, euch gefangen zu nehmen.«

»Und dafür hast du Dutzende deiner Männer geopfert. Aber mittlerweile glaube ich wahrlich, dass all die Toten einem ganz anderen Zweck dienten.« Während Taron dies aussprach, kam ihm ein anderer grausamer Gedanke. *Was wäre, wenn es gar keinen Attentäter gab, der seine Eltern zur Strecke gebracht hat, sondern er es selbst tat? Was wäre, wenn die Dunkelheit in der Kammer sich schon vor über zehn Jahren seiner Seele bemächtigt hätte?*

Der König schwang seine Klinge und schlug auf das dickere, metallene Ende ein. Taron parierte, doch seine Hände begannen, durch die ständigen Vibrationen taub zu werden. *Ich muss kämpfen und zwar vernünftig.* Taron sprang zurück, ließ seinen Stab durch die Hand gleiten. Das schmalere Ende prallte gegen den schwarzen Schild.

Taron ließ den Stab über seinem Kopf kreisen und hielt den König weiter auf Abstand.

»Du Novize kämpfst gut.« Esthîon warf sich nach vorne und parierte einen Stabhieb.

Ein markerschütternder Schrei ertönte. Sie verharrten einen Moment. *Ich muss mich auf meinen Kampf konzentrieren.* Er widerstand dem Drang, nach seinen Freunden zu schauen.

»Wir haben genug gespielt.« Der König umschlang mit seinem Schildarm den Stab und fuhr mit seiner Klinge gegen Tarons Arme.

Taron musste seine Waffe loslassen und ausweichen. Sofort griff er zu dem Messer an seinem Gürtel und hielt es mit der Schneide in Richtung seines Unterarmes, so wie es Lavina ihm vor so unendlich scheinender Zeit gezeigt hatte.

»Habe ich dir dein Spielzeug weggenommen?«

»Diese Klinge war schon seit langem dafür bestimmt, dein Blut zu kosten.« Taron wollte über die Schildkante hinweg auf Esthîon einstechen, wurde aber sogleich geblockt. Ein Schwertstreich ließ ihn zurückweichen. Der König stieß mit dem Schild zu und verfehlte ihn nur knapp.

Das war genau die Situation, die er herbeigesehnt hatte. Taron griff die äußere Schildkante und zog daran. Esthîon wollte seinen Arm entreißen, schlug mit seinem Schwert nach den Fingern des Novizen, traf jedoch nur seine eigene gepanzerte Schildhand. Taron rannte um den König herum, drehte sich und riss an dem Schild, sodass der Arm, der daran hing, überdehnt wurde. Schließlich löste Taron seinen Griff. Der König stolperte, prallte gegen eine Tür, die sich hinter dem Thron befand und blieb in dem Raum dahinter auf dem Rücken, neben einem seiner toten Männer, liegen.

In der Ellenbeuge der Leiche steckte eines von Lavinas Messern.

Esthîon krümmte sich und wollte sich gerade aufsetzen. Doch Taron warf sich auf ihn, trat mit seinem Fuß auf den Schwertarm, sodass seine Hand aufsprang und die Klinge freiließ, die Taron sogleich wegschob. Sein anderes Knie prallte gegen dessen Brust, sodass der König wieder nach hinten flog.

Esthîon atmete schwer ein und hustete.

Taron kniete über ihm und hob das Messer hoch über seinen Kopf. Das Prusten des am Boden Liegenden wandelte sich zu einem Lachen.

»Warum lachst du?«, fragte Taron.

»Ich hätte euch fast gehabt«, hechelte er, seine Augen waren gläsern.

»Dies ist dein Ende«, Taron schloss die Augen und ließ die Klinge hinabfahren.

Er traf etwas Festes, die Klinge vibrierte in seiner Hand. Langsam öffnete er die Augen. Sein Messer steckte im Holz neben Esthîons Kopf.

Die Augen des Königs waren weit aufgerissen, Tränen rannen seine Wangen hinab. »Er hat meine Eltern ermordet!«, schrie Esthîon.

»Ich selbst habe auch meine Eltern verloren und hätte deswegen nie solche Schrecken wie du heraufbeschworen. Wieso musstest du nur so viel Leid verursachen?«

»Wie hätte ich sonst mein Reich schützen und den Mörder finden sollen? Verdammt, ich habe sie geliebt!«

Taron blickte auf den Mann unter sich. Er war so viele Jahre älter als er selbst und schluchzte nun wie ein kleines Kind. So voller Trauer, vollkommen gebrochen.

»Es hätte einen anderen Weg geben müssen. Nun ist es zu spät.«

»Nur zu! Ein Teil von mir wünscht sich den Tod.«

Taron ließ das Messer erneut hinabfahren. Er stockte kurz vor Esthîons Auge. »Verdammt, ich verstehe dich sogar. Du Narr.«

»Ja, denn du hast deine Eltern ebenfalls geliebt.«

»Nein verdammt, aber andere liebe ich und für diese muss ich dich töten!« Tarons Hand begann zu zittern.

Esthîon nickte unter ihm. »Mögen die Götter deine Hand führen.«

Warum? Warum bin ich so schwach? Warum kann ich ihn nicht einfach umbringen? »Wenn ich dich am Leben ließe, würdest du niemals aufhören, deine Rache zu suchen.«

»Ich akzeptiere das Ende meiner Rache, denn ich weiß, wie sehr dich deine eigene zur Handlung drängt. Komm schon, besiegele es. Folge deiner Bestimmung.« Eine Hand Esthîons griff die des Novizen und führte das Messer dichter an sein Auge heran.

Taron stemmte sich dagegen. »Was muss geschehen, damit dein Herz Frieden findet?«

»Lass es aufhören zu schlagen. Nichts kann mir meinen Schmerz nehmen.«

Taron vermochte die Pein des Königs zu spüren. Eine Frage drängte sich dabei in seinem Kopf in den Vordergrund.

»Warum hast du wirklich all diesen Schrecken heraufbeschworen?«

»Ich wollte euch bekommen, euch alle. Alleine dafür habe ich die letzten Monate gelebt.«

»Lüg mich nicht an, wir haben die Kammer unter dem Wartbaum gesehen. Menschen wurden dort geopfert, um eine dunkle Kreatur zu nähren. Jetzt sage mir, was ist das für ein Wesen?«

»Ich weiß nicht, wovon du sprichst.« Aufrichtigkeit lag in seinen Worten.

Der Schatten erlangt Macht durch Trauer und Zorn, wer wäre wohl ein besserer Wirt als der König. »Hat es sich deiner bemächtigt, hast du deswegen so viel Unheil verursacht?«

»Ich bin für alles, was ich tat, selbst verantwortlich. Jetzt bring es endlich zu Ende!« Esthîon hob seinen Kopf der Klinge entgegen.

Taron verspürte Mitleid. Er kannte nicht alle Zusammenhänge, aber eines war gewiss. *Er ist nicht der wahre Feind.* »Du wurdest ausgenutzt von diesem Geschöpf, es labte sich jahrelang an deinen dunklen Gedanken und hat dich wahnsinnig werden lassen.«

»Du sprichst wirr.« Zweifel lagen in Esthîons Stimme. Die Anspannung wich aus seinem Körper und seine Hand löste sich von Tarons.

»Dieses Geschöpf schickte dir die Bilder von mir, es schürte deinen Zorn und deine Trauer, um stärker zu werden. Du musst dich von diesen Empfindungen befreien.«

»Du denkst, ich wurde manipuliert?«

»Seit dem Tod deiner Eltern.« Taron löste sich aus der Position und setzte sich neben den König. Erst jetzt nahm er den Raum tatsächlich wahr. Er war mit Holz verkleidet und ein großer Tisch stand in der Mitte.

»Von einem Wesen, das ich selbst nie wahrgenommen habe.« Esthîon rappelte sich auf.

»Ich weiß nicht wie, aber ein Schrecken liegt auf deiner Seele, den niemand ertragen sollte.«

Esthîon lachte traurig. »Das würde alles so unfassbar vereinfachen.«

»Wie viele deiner Taten entsprangen wirklich deinem Herzen?«

»Ich habe stets das getan, was ich tun musste.«

»Was von all dem hast du wirklich gewollt?«, hakte er nach.

Des Königs Blick glitt ins Leere. »Den Mörder finden«, hauchte er.

Taron schaute Esthîon an, sein von Leid geplagtes Inneres schien nach außen an die Oberfläche zu drängen. Er erstarrte vollkommen, lediglich die schwarze Narbe an seiner Wange vibrierte, während eine einzelne Träne darüber hinwegrann. Der große Herrscher Gonvalors war nicht mehr als ein großer Klumpen Elend, für den Taron nichts als Mitleid verspüren konnte. Doch aus diesem Bedauern erbarmte sich seiner ein Gedanke, der sich wie ein Blitz entfaltete und sogleich sein gesamtes Hirn vereinnahmte.

»Was wäre, wenn ich dich bei der Suche unterstützen würde?«

»Du willst mein Leben verschonen?«, fragte der König ungläubig.

»Ja, wenn du auf deinen Königstitel schwörst, die Verfolgung der Begabten zu beenden, all unsere Kopfgelder fallen lässt und sollte tatsächlich einer meiner Kameraden den Mord begangen haben, diesem eine angemessene Haftstrafe gewährst.«

»Ist das alles?«

Taron überlegte. »Nein. Du stellst mich als Priester an deinem Hof an, dann habe ich ein Auge auf deine Taten und vermag dir besser zu helfen, deine Dämonen zu beseitigen.«

Esthîon lachte. »Das haben so viele versucht, nichts und niemand konnte mir meine Träume nehmen.«

»Sollten meine Bemühungen misslingen, werde ich wissen, dir Einhalt zu gebieten, daher verlange ich außerdem, dass du mir alle magischen Steine, die in deinem Besitz sind, überlässt.«

»Du glaubst tatsächlich daran, mir helfen zu können.« Der König schüttelte den Kopf.

»Für den Schutz der Begabten werde ich alles in meiner Macht Stehende tun.«

»Du bist ein Träumer, aber ich erkenne in dir etwas von mir wieder.«

Die Worte des Königs ließen in Taron eine gewisse Abneigung emporsteigen. »Mag sein, aber du hast nichts zu verlieren, deine bisherigen Bemühungen führten ins Leere und werden weiter ins Leere führen, wenn du mein Angebot nicht annimmst.«

»Es ist Wahnsinn, niemand aus meinem Gefolge würde es verstehen.«

»Bring sie dazu, die neue Ordnung zu akzeptieren, ich weiß, du kannst überzeugend sein.«

Skeptisch blickte Esthîon in Tarons Augen. »Die Welt ist doch ein sonderbarer Ort. Monatelang suche ich dich und deine Gefährten, bekämpfe euch und im Angesicht des Todes offenbarst du mir eine Möglichkeit, welche vollkommen verrückt ist und sich trotzdem widersinnigerweise vernünftig anhört.«

»Nimmst du mein Angebot an?«

»Mein Leben hätte heute vorbei sein sollen und wie du sagtest, habe ich nichts zu verlieren. Also… ja.«

»Sorgen wir dafür, dass eine neue Zeitrechnung anbricht und beenden den Kampf«, erklärte Taron.

Esthîon nickte verblüfft, als hätte er ganz vergessen, dass im Thronsaal noch immer eine Schlacht tobte.

Er bot dem König die Hand an, der sie zaghaft ergriff und gemeinsam halfen sie einander auf die Beine. Sie traten durch die Tür in den Thronsaal.

»Hört auf zu kämpfen!«, schrie Taron.

»Schwadronen, Gardisten, halt!«, befahl Esthîon.

Taron erfasste das volle Ausmaß des Kampfes. Über vierzig Krieger lagen am Boden, einige in Blutlachen, andere wimmerten schmerzerfüllt. In einer Ecke der Halle standen Schwadronenkrieger unter der Führung Vallars vor einer Gruppe Gefangener. Es waren Tarons Freunde. Elwaran, Ildrum und Fendelin hatten versucht, sie zu befreien. Lediglich Gelador kämpfte noch offen im Zweikampf gegen Weldur, nun hielten beide inne. Sein Blick wanderte weiter zu Mira, die an einer Wand saß und ihn mit leeren Augen ansah.

»Der Kampf ist vorbei«, erklärte Taron erneut.

»Was?«, fauchte die gefesselte Lavina.

»Taron, soll das dein Ernst sein?«, rief Ildrum außer sich.

»Wir werden eine friedliche Lösung finden.«

Pure Entrüstung wallte durch die Halle.

»Das akzeptiere ich nicht«, brüllte Ildrum.

»Ich habe dir vertraut, du elender Bastard!«, schrie Lobur, dessen Oberarme sich spannten und die Fesseln an seinen Handgelenken fast zu zerreißen schienen.

Ildrum machte einige Schritte auf Taron zu und hob seine rechte Axt. »Wir sind unserem Ziel so nahe. Wir haben so viel geopfert. Wenn du es nicht zu Ende bringen kannst, werde ich es tun.«

»Macht mich los!«, schrie Lobur.

»Beruhigt euch.« Taron hob beschwichtigend die Hände und trat seinem Kameraden entgegen.

»Nein!«, schrie Ildrum.

Ein schwarzer Schatten stürmte aus der Vorhalle auf den Axtkämpfer zu. Er prallte auf Ildrum und riss ihn unmittelbar vor einer von Barvos Fackeln zu Boden.

»König Esthîon befahl die Waffenruhe«, krächzte Zelorag.

»Was interessieren mich die Befehle dieses Mörders? Nein, es ist noch nicht vorbei! Warum nur, Taron, hast du uns verraten?« Ildrum befreite seinen Arm und streckte ihn zu den Flammen der Fackeln.

»Ildrum, hör auf!«, rief Taron. »Vertraue mir, dies ist der richtige Weg.«

Ein Windstoß fegte durch die Halle. Das Feuer der Fackel erlosch, für einen Augenblick nur, um im nächsten Moment als gewaltige Fontäne durch die Decke der Halle zu stoßen. Aus dieser manifestierte sich eine menschenähnliche Gestalt, von der ein tosendes Rauschen ausging.

Zelorag ließ Ildrum los und wich zurück.

»Du«, grollte der Feuerelementar, seine Flammen züngelten unter den Deckenbalken.

»Ich brauche deine Hilfe«, Ildrum rutschte von dem Wesen davon.

»Tod euch allen!«, sprach der Elementar langsam und bäumte sich auf, wodurch der Dachstuhl nun vollends Feuer fing.

»Alle hier raus!«, schrie Esthîon. »Bringt euch in Sicherheit! Holt Wasser!«

Ein Ruck ging durch die Halle und alle gerieten in Bewegung.

»Nur seinen Tod«, schrie Ildrum und zeigte auf den König.

Der Elementar gab ein widerwilliges Gurgeln von sich, löste sich auf, stieg in die Höhe, fuhr in einem Bogen durch die Deckenbalken, entzündete weitere und drohte auf Esthîon niederzugehen.

»Nein, Ildrum!«, schrie Taron, dessen Blick auf das Flammenwesen gerichtet war, welches nun über ihn hinwegfegte.

Zelorag rannte parallel zum Schweif auf Taron zu. Doch der Krieger war zu langsam. Er warf sein Zackenschwert auf den Elementar. Die Klinge glitt durch die Flammen und trennte stattdessen das Silbertigerfell von der Decke, unter welchem Esthîon stand. Es fiel auf den König, der die Hände über sich erhoben hatte.

Die Flammenfontäne prallte auf den König, riss ihn nieder, erstickende Schreie gingen von dem Knäuel am Boden aus.

Zelorag war beim König angelangt, griff in die Flammen und zog den König samt Pelz aus der Säule. Des Schwadronals Hände waren rot und von Blasen übersät und dampften. Seine Arme zitterten.

Keuchend richtete sich Esthîon auf und nickte seinen Untergebenen zu.

»Bringt alle nach draußen, los!«, schrie Esthîon. »Du auch, Zelorag. Ich verschaffe euch Zeit.« Der König knotete die Vorderläufe des Fells um den Hals und trat dem Elementar entgegen.

Der Elfenschlächter nickte.

Aus der Flammensäule bildeten sich erneut Gliedmaßen heraus, die sogleich nach Esthîon schlugen. Dem Herrscher blieb nichts anderes übrig, als auszuweichen. Doch das Wesen verfolgte ihn wie ein tollwütiger Bluthund, wobei die Halle immer mehr in Brand geriet.

Die Fesseln von Tarons Freunden wurden gelöst. Alle, die noch bei Kräften waren begannen, die Verwundeten aus der Halle zu schleifen.

Taron sah, wie Lavina an dem ungleichen Kampf zwischen Esthîon und dem Flammenwesen vorbeirannte. *Vermutlich ist dort noch jemand,* dachte er und sogleich sprang das Bild des jungen Kriegers vor Tarons Augen. »Halt Lavina, er ist nicht mehr zu retten.«

Lavina vernahm seine Stimme nicht.

Allmählich leerte sich der Thronsaal. Gardisten mit Wassereimern eilten herbei und begannen mit den Löscharbeiten.

Taron zog mehrere verwundete Männer aus der Halle und blieb schließlich fassungslos am Portal stehen. Eine Hitze schlug ihm entgegen, die es fast vermochte, ihm die Haut vom Fleisch zu lösen, der Qualm reizte seine Lungen. *Wir müssen den Elementar besiegen.*

Durch die Feuersbrunst hinweg sah er den König, wie dieser eines Hasen gleich durch den hinteren Teil der Halle sprang. Das Tigerfell schien dabei seinen Rücken vor den Flammen zu schützen. Der Elementar stürmte mit erhobenen Armen auf Esthîon zu. Geradeso gelang es dem König, durch die Hintertür zu verschwinden. Die Flammen züngelten hinter ihm her, lösten sich auf und folgten ihm.

Barvo und Mira erschienen neben ihm. Beide sahen mehr als erschöpft aus.

»Hat einer von euch noch Magie übrig?«, fragte er wenig hoffnungsvoll.

»Zu wenig«, raunte Mira.

Barvo schüttelte den Kopf. »Hat jemand von euch Lavina gesehen?«

Taron erstarrte. »Sie war zuletzt dort hinter gerannt.« Er deutet mit dem Arm zu dem Raum, wo soeben der Elementar und der König verschwunden waren. »Ich dachte, sie wäre bereits zurückgekehrt.«

»Sie hat bestimmt einen anderen Weg gefunden«, mutmaßte Mira.

»Kümmert ihr euch um das Feuer, ich schaue nach Lavina«, rief Barvo und rannte in das Feuer.

Erst jetzt sah Taron, dass der Feuerspucker eine große klaffende Wunde am Rücken hatte, die sich nicht mehr schloss. »Warte!«

»Ich bin Barvo, der Unverbrennbare!«, schrie dieser und verschwand zwischen den Flammen.

Taron wollte ihm folgen. Mira griff seinen Arm. »Du stirbst, wenn du da reingehst.«

»Aber ich muss etwas tun.« *Der verfluchte Elementar muss verschwinden.* Sein Blick ging durch die gesamte Vorhalle. Die Königsgarde hatte eine Eimerkette gebildet und versuchte, irgendwie den Flammen Herr zu werden oder wenigstens ihre Ausbreitung zu verhindern. Von Ildrum war keine Spur zu sehen. Er erkannte Elwaran in der Menge. Von seiner elfischen Reinheit war nichts mehr zu sehen. Der Elfenspäher hatte sich neben Fendelin und Gelador in die Reihe eingegliedert.

»Mira, bleibe an meiner Seite.« Taron eilte zu Elwaran und berührte ihn an der Schulter. »Komm mit, wir müssen etwas gegen den Elementar tun.«

»Ich bin fast vollkommen am Ende«, presste der Elf rau hervor.

»Mir geht es nicht anders, aber wir sind die einzigen, die etwas gegen ihn ausrichten können.«

Über das Feuer hinweg sah Taron, dass Barvo bereits an dem Beratungsraum angelangt war. Da drang Esthîon erneut durch die Tür, er rannte, schaute zum Eingangstor und nickte kurz. Der Elementar folgte ihm und wollte den König mit seinen Armen umschlingen. Esthîon prallte gegen eines der Fenster, welches zum Burghof führte. Das Glas barst und der König stürzte ins Freie.

Der Elementar stieg als Säule durch die Hallendecke und verschwand aus Tarons Blickfeld.

Barvo war in dem Hinterzimmer verschwunden.

»Wir müssen da hinunter«, schrie Elwaran.

Taron eilte zur Treppe. »Wenn ihr den Elementar seht, müsst ihr alles geben.«

Mira und Elwaran nickten. Sie stürmten die Treppen hinab, waren umringt von einer Vielzahl Schwadronenkriegern und Wachen. Sie erreichten den Innenhof und wurden von einigen Kriegern bemerkt, die soeben wieder zu Bewusstsein kamen.

»Hey, was ist passiert?«, fragte einer.

»Wir sollten die drei gefangen nehmen«, entgegnete ein anderer.

»Nein«, schrie Vallar, der die Wasserentnahme im Erdgeschoss der Festung koordinierte. »Sie stehen unter dem Schutz des Königs. Schafft lieber Wasser nach oben.«

Die Eimerkette war ins Stocken geraten.

»Macht weiter«, befahl der *Hammer des Königs* und eilte Taron hinterher, griff dessen Schulter und hielt ihm drei der weißen Steine entgegen. »Wenn etwas diesem Wesen schaden kann, dann eure Macht.«

Taron nickte, nahm die Steine und gab je einen an Mira und Elwaran weiter. Sie gelangten in den Festungshof, in dessen Mitte sich der Elementar soeben manifestierte. Esthîon stand bei der verrammelten Tür, welche zu den Kerkern führte. Aller Augen waren auf ihn und das Flammenwesen gerichtet. Taron, Mira und Elwaran eilten zwischen Esthîon und die Kreatur und stellten sich dem Wesen entgegen.

»Brennen sollt ihr! Brennen!«, dröhnte der Elementar, plusterte sich auf und entließ eine Hitzewelle, die sogar einige Männer von den Beinen fegte.

Taron führte eine Hand zu seinem Medaillon und umschloss mit der anderen den Stein Imdrir Vallars. »Sammelt ein letztes Mal all eure Macht«, rief er. Die Steine leuchteten und ließen eine Vielzahl schemenhafter Schatten auf dem Platz tanzen. Er riss seine Arme nach vorne und ließ seiner Magie freien Lauf.

Mira und Elwaran taten es ihm gleich.

Der Elementar brüllte und sank in sich zusammen.

Wir haben es fast geschafft.

Ihre Lichtstrahlen begannen zu versiegen.

»Lasst nicht nach«, spornte Taron seine Freunde an. »Der... feste... Glaube ... eint!«

Ein weiterer Strahl ging seitlich auf den Elementar nieder. Taron drehte seinen Kopf. Es war Lavina. *Barvo hat sie rausgeholt.*

Das Brüllen des Elementars wurde schwächer und wandelte sich zu einem Kreischen, während seine Gestalt immer kleiner und kleiner wurde und schließlich in der Erde versank. Der Boden unter Tarons Füßen bebte, das Pflaster riss, eine Spalte öffnete sich und trieb dem Westteil der Burg entgegen. Mit einem Knall erreichte der Krater den Wohnbereich der Festung und brach Fugen in dessen Mauerwerk auf. Dann herrschte Stille.

Erleichtert blickte Taron zum Himmel. *Danke.* Er ging auf die Knie, seine Beine fühlten sich an, als wären sie zu Butter geworden. Er war der Bewusstlosigkeit nahe.

Mira fiel neben ihm zum Boden. Elwaran fing sie auf und blieb neben ihr sitzen.

Tarons Welt schrumpfte auf seine beiden Freunde zusammen. Er verspürte die bekannte Kälte, welche sich von seinen Armen aus bis in seinen Oberkörper zog und drohte, sein Herz zu erreichen. Er legte sich neben Mira und griff ihre Hand, die sich wundersamerweise noch immer etwas wärmer als seine anfühlte. Doch sein Blick glitt zu den Sternen am Himmel, welche im Schein des Feuers noch wundervoller als je zuvor zu strahlen schienen.

Kapitel 35: Trauer und Hoffnung

Enura fand Gefallen an den Gedanken Irus und so ließ sie ihre Macht in die Mitte Intêrras fahren. Vers aus dem Buche Enuras

Erleichtert, aber unter grausamen Schmerzen, rappelte sich Esthîon auf. *Sie haben ihn tatsächlich besiegt.* Er blickte hinauf zum Nachthimmel und sandte in Gedanken ein stummes Dankesgebet dem Elysium entgegen und begab sich dann auf die drei am Boden kauernden Begabten zu. Einzig der Elf war noch bei Bewusstsein. Er nickte ihm zu. »Danke.«

Der König begab sich durch die Reihen seiner Männer und klopfte einigen von ihnen auf die Schultern. Er erreichte eine Bank und stellte sich auf diese.

Die Männer schauten zu ihm auf.

»Der Kampf ist beendet!«, rief er. »Nun gilt es nur noch, die Flammen zu bezwingen. Vorwärts.«

Die Krieger folgten seinem Ruf, füllten Eimer und schafften sie zum Thronsaal. Esthîon begab sich zum Hauptgebäude und beobachtete seine Krieger, wie sie nach und nach dem Flammenmeer Herr wurden. Eine zweite Löschkette hatte sich gebildet, welche sich dem Feuer im Beratungsraum entgegenstellte.

Er stieg weiter die Treppen hinauf und beobachtete den Fortschritt seiner Männer. Weldur hatte hier das Kommando übernommen und eilte ihm entgegen. »König Esthîon«, grüßte er knapp.

»Weldur.«

»Draußen sind noch immer die Begabten, was soll mit ihnen geschehen?«, fragte der Berater mit steinerner Miene.

»Lasst sie gehen.«

»Sie haben viele unserer Männer getötet und die Festung in Brand gesteckt.«

»Mir ist Gnade widerfahren, diese lasse ich nun ebenso den Magiebegabten zukommen.«

»Gnade?«

»Ja Weldur, es ist Zeit, das Richtige zu tun.«

»Auch diesem Ildrum, der für all das verantwortlich ist? Für das, was sie getan haben, müsste man sie alle foltern und einen nach dem anderen zum Scheiterhaufen schaffen, damit ein jeder die Schmerzen des anderen verspürt.«

»Weldur, Euer Herz ist von Kampfeswillen durchströmt. Legt Euer

Schwert nieder. Wir alle brauchen Frieden. Ich brauche Frieden.«

»Dafür ist zu vieles geschehen. Diese Begabten und ihre Verbündeten haben zu viele Waisen und Witwen hinterlassen. So viele gute Männer haben ihr Leben für Eure Jagd gegeben. Ihr wart es nicht, der ihren Angehörigen erklären musste, dass sie nie wiederkommen. Ich habe mich ihrer angenommen. Ich kann und werde keinen von ihnen je vergessen können und nur wenn ich vergäße, könnte ich Frieden finden.«

Esthîon berührte den Arm seines Generals. »Ich habe nicht geahnt, dass Euch dies so viel abverlangte, umso mehr muss Euer Herz zur Ruhe kommen. Ihr habt mir jahrelang treu gedient, nun liegt es an mir, Euch zu helfen, lasst mich Euren Schmerz lindern.«

Weldur nickte und senkte schließlich das Haupt. Sie drehten sich zum Thronsaal. Dieser war bereits gelöscht worden. Auch die Flammen im Beratungsraum waren besiegt.

Ein Krieger der ersten Schwadron rannte auf Esthîon zu, seine Haut war schwarz vom Ruß, die dunklen Augen gerötet und sein Haarschopf teils versengt. »Mein König, wir haben jemanden gefunden.«

Esthîon schaute an dem Mann vorbei und sah, wie zwei Männer eine verkohlte, sehr kräftige Gestalt über den verdreckten Boden zogen.

»König Esthîon, es ist Barvo der Feuerspucker und er lebt.«

Die Männer legten den Körper in der Mitte des Thronsaales ab.

»Gut, holt bitte Taron oder einen anderen der Magiebegabten, sie müssten im Innenhof sein.«

Der Gardist schien verwirrt und blieb unentschlossen stehen.

»Das war ein Befehl«, herrschte Esthîon.

Der Krieger eilte los.

»Mein König, sie alle verspüren Zorn auf die Begabten, jahrelang war dies ihr Credo.«

»Dann wird sich dies nun ändern. Gehe zu Barvo und versuche, ihm zu helfen.«

Weldur nickte stumm, begab sich in den Thronsaal und kniete sich neben den Unverbrennbaren, der nun gar nicht mehr unverbrennbar wirkte. Doch seine Augen waren klar und zwinkerten hilfesuchend.

Der General kniete neben ihm und seine Hand glitt über das verkohlte Antlitz, griff etwas, das auf Barvos Brust lag und verstaute es in seiner Tasche. Es sah aus wie einer der Steine, die sein Berater im Zuge der Gefangennahme Priester Halvors mitgebracht hatte.

Was tut er da?

Weldur Burak beugte sich über Barvos Gesicht, dessen Augen weiteten sich und er schien schneller zu atmen. Weldurs Mund glitt zum Ohr des Feuerspuckers und flüsterte etwas. Schließlich richtete sich der General auf, schloss die Augen und der Stein um seinen Hals leuchtete kurz. Er zog ein Messer von seinem Gürtel und hob es hoch über seinen Kopf.

»Nein!«, brüllte Esthîon und rannte auf seinen Berater zu.

Dieser ließ bereits das Messer hinabfahren.

Alle Bewegungen erstarrten. Die gesamte Welt schien einen Moment stillzustehen.

Das Klinge versank vollkommen in Barvos Brust. Weldur zog es hinab. Ein grausames Knacken ertönte, als Knochen brachen und Blut sprudelte aus der Wunde, die das schwarze Fleisch mit einem roten Tuch überzog.

Barvo gab einen gurgelnden Laut von sich. »Ich bin unver...«, drang aus dem Schlund des Magiebegabten, dann versiegte seine Stimme.

Esthîon schlitterte an die Seite des Feuerspuckers. Die Augen des Mannes waren von einem Schimmer überdeckt. Sein Brustkorb hatte aufgehört, sich zu heben.

Er war tot.

Erschrocken von dieser Tat schaute Esthîon auf zu Weldur. »Warum?«, hauchte er.

Der General wirkte teilnahmslos. »Ich habe ihm geholfen, ihn erlöst.«

»Nein!«, hörte Esthîon einen Schrei aus seinem Rücken. Er drehte sich um und sah Taron im Portal des Thronsaales stehen. Neben ihm kniete Mira am Boden, blickte fassungslos zu ihm und hatte eine Hand gegen ihre Brust gepresst.

Ihre Verzweiflung schien sich fast auf ihn zu übertragen. Der König schaute wieder zu dem verkohlten Barvo. »Wieso nur habt Ihr das getan?«, fragte Esthîon.

Weldur richtete sich auf. »Der Kampf dauert bereits zu lange. Er muss allmählich ein Ende finden. Für König Alandor Adar, nehmt die Begabten gefangen!« Der Arm Weldurs schnellte in Richtung von Taron und Mira.

»Halt!«, rief Esthîon. »Ich widerrufe den Befehl.«

Die Soldaten verharrten.

Esthîon war aufgewühlt. Sein gesamter Körper bebte förmlich. Er blickte zu dem Novizen. »Flieht, ich muss hier etwas klären«, sprach er leise, lauter fügte er hinzu, »lasst die Magiebegabten und ihre Verbündeten ziehen. Sie sind frei. Verkündet, dass ihre Kopfgelder gelöscht sind.«

Taron nickte mit schmerzverzerrtem Gesicht Esthîon zum Abschied zu. Sie ergriffen die Flucht und die königlichen Truppen ließen sie gewähren.

»Das ist Verrat!«, rief Weldur. »Verrat an Eurem Vater.«

Esthîon griff seinen Mentor an der Schulter »Das ist Gnade. Ich verstehe Eure Taten, aber unsere Rache muss ein Ende finden.«

»Gnade ist Schwäche. Wenn Ihr den Weg einschlagt, seid Ihr verloren.«

»Die letzten Jahre waren ein einziger Kampf, sie haben mich an den Rande des Wahnsinns geführt. Ich, nein, wir alle brauchen endlich Ruhe.«

»Ihr versteht es nicht und habt es nie verstanden. Jeder Schritt, den wir taten, hat uns gestärkt, uns genährt und eines reinen Diamanten gleich geschliffen. Wir waren so nah an unserem Ziel und nun soll ein einziges Gespräch mit einem windigen Begabten alles zunichtemachen? Nein, das akzeptiere ich nicht.« Weldurs Stimme wurde mit jedem Wort schärfer und seine Miene düsterer.

Der König wich zurück. »Was ist nur los mit Euch? Was verdunkelt Euer Herz?«

»Wir müssen weitermachen und die Magiebegabten gefangen nehmen.«

Der König schüttelte den Kopf. »Nein. Es ist vorbei.« Esthîon ging einen Schritt auf Weldur zu und umarmte ihn. »Lasst mich das Licht in Eurem Inneren erneut entfachen und den Schatten vertreiben, der auf Eurer Seele zu lasten scheint. Die Zeit des Friedens ist gekommen.«

»Aber das Vermächtnis Eures Vaters«, hauchte der General.

Esthîon löste sich von Weldur, hielt seine Schulter gefasst und schaute ihm tief in die Augen. »Werden wir in Ehren halten und sein Tod wird gesühnt, aber die Verfolgung wird auf eine andere Art vonstattengehen und zwar mit Hilfe der Begabten.«

»Das wird nicht funktionieren.«

»Nie habe ich an Euch gezweifelt, aber nun vertraut mir und lasst mich Euch führen, lasst mich der König sein, den sich mein Vater König Alandor Adar gewünscht hätte.«

Der General nickte und im selben Augenblick drang das Licht des neuen Tages durch die Fenster und bekräftigte die Hoffnung in Esthîons Herz.

»Weldur, lass uns nun dem Volk die Beendigung der Verfolgung der Magiebegabten verkünden.«

Der Herrscher Gonvalors stand auf und hielt seinem Berater die Hand entgegen und half ihm auf die Beine. Seine Schwadronkommandanten hatten sich um ihn versammelt. Selbst Gardon Uhlond war bei ihnen, dessen rechter Arm in einem Stumpf endete und mit einigen Binden umwickelt war. Doch seine sonst so gefasste Miene zeigte Abscheu. *Seine Jagd nach Magiebegabten ist vom heutigen Tage an vorbei.*

Zelorag schien etwas verwirrt zu sein, während Imdrir, Orwenar und Furlo sich bereits mit der neuen Ordnung anzufreunden schienen.

»Ihr fünf seid die Säulen meiner Stärke, bitte folgt mir und stellt euch bei der bevorstehenden Rede hinter mir auf, doch lasst zuvor die Toten im Hof vor den Arkadengang legen und öffnet die Tore. Ich möchte zum Volke Donnerhalls sprechen.«

Die Schwadronäle gaben die Befehle weiter. Esthîon begab sich zu dem Arkadengang, von dem aus er seinen Männern bei der Räumung des Burghofes zuschaute. Menschen drangen durch das Tor bereits herein. Die Tumulte in der Festung hatten das Volk anscheinend weitreichend aus den Betten getrieben. Der Platz unter ihm füllte sich, sodass bald kaum noch jemand vernünftig treten konnte. Es herrschte eine bedrückende Stimmung. Einige der Menschen weinten in Trauer um die Gefallenen.

Esthîon hob die Arme in der Geste Neburs und verharrte, bis Ruhe eingekehrt war. Dann senkte er seine Glieder und legte die Hände auf der Balustrade ab. »Volk Donnerhalls und Gonvalors! Ich sehe euch, euren Schmerz und eure Trauer. Und weiß, ihr seid begierig darauf zu erfahren, was in dieser Nacht geschehen ist.« Esthîon überblickte die Bürger auf dem Platz, einige reckten die Hälse, um den König besser sehen zu können, während andere stumm zu Boden schauten.

»Heute Nacht haben meine Krieger und ich gegen die Magiebegabten gekämpft. Wir haben auf beiden Seiten herbe Verluste zu beklagen. Selbst ich hätte heute fast mein Leben gelassen.« Esthîon deutete auf die am Boden liegenden Gefallenen. »Doch in der Stunde der Versöhnung griff ein Wesen die Festung an, ein Wesen, welches ich nur aus Geschichten kannte. Ein Flammenelementar aus alter Zeit.«

Ein Raunen ging durch die Menge, welches mit gelegentlichem Schluchzen vermengt war.

»In dieser Stunde der größten Dunkelheit halfen uns die Begabten, dieses Monster zu vertreiben. Wären sie nicht gewesen, wäre vermutlich die gesamte Burg bis auf die Grundmauern niedergebrannt. Wir standen Seite an Seite im Kampf gegen die Flammen und da ist mir eines klar geworden: Wir dürfen uns nicht länger durch Misstrauen und Hass spalten lassen, sondern müssen zum Wohle unseres Reiches zusammenstehen. Daher verkünde ich, dass mit sofortiger Wirkung die Verfolgung aller magisch Begabten beendet ist.«

Eine Woge aus Zweifel und Erleichterung durchlief die Menschen auf dem Platz.

»Weiterhin begnadige ich die Magiebegabten Taron, Mira, Ildrum und Lavina ebenso wie die Elfen Elwaran, Gelador und Fendelin, welche in der Stunde der größten Not Mut und Entschlossenheit bewiesen und mit ihren Taten die Hoffnung auf eine hellere Zukunft sicherten.«

Unentwegtes Flüstern war die Antwort, während die Vielzahl der Gesichter im Hof von Unglauben geprägt war.

Esthîon hob beschwichtigend die Hände. »Ich hatte für die kommenden Tage Elysias einige Hinrichtungen geplant. Doch all jene, die ich gefangen nehmen ließ, sind frei und erhalten ihre alten Ämter zurück. Die Zeit zu Ehren Elysias soll nun jedoch eine Zeit des Wandels sein, sie soll den Beginn einer neuen Ära meiner Regentschaft einleiten, aber ebenso eine Zeit der Trauer um die Opfer der heutigen Nacht sein. Daher möchte ich euch bitten, den heutigen ersten der Tage der Stille mit einem Gebet an die Gefallenen zu beginnen, auf dass ihre Seelen ihren Weg des ewigen Kreislaufes finden mögen.« Esthîon senkte das Haupt und schloss die Augen.

Die Menschen im Burghof taten es ihm gleich. Es war so ruhig, dass man einen Strohhalm auf dem Platz hätte brechen hören können.

Der König öffnete die Augen und richtete sich auf. »Ich danke euch, Volk Gonvalors.« Er wandte sich zum Gehen und sah, dass keiner seiner Kommandanten mehr auf dem Arkadengang verweilte. Lediglich Zelorag Dun stand in der Tür, welche zur Vorhalle des Thronsaals führte.

Er begab sich an dessen Seite.

»König, ich glaube, das Volk kann die neue Ordnung nicht verstehen.«

»Ich kann es selbst kaum fassen, aber wir werden uns daran gewöhnen. Nun bitte geht und schickt mir die Angehörigen der verstorbenen Gardisten.«

Schwadronal Dun nickte und verschwand. Im gleichen Moment schwebte eine schwarz gewandete Gestalt die Treppe hinauf. Es war Priesterin Hirena, sie betrachtete die mit Blutflecken besudelte Vorhalle ebenso wie den ausgebrannten Thronsaal und begab sich schließlich kopfschüttelnd zu Esthîon und verbeugte sich vor ihm.

»Ich hätte nie erwartet, Euch so früh am Morgen hier anzutreffen«, begrüßte der König die Priesterin erschöpft.

»Außergewöhnliche Nächte erfordern auch von den Dienern der ewig Schlafenden Außergewöhnliches. Doch bevor ich mit meinem Tagwerk beginne, wollte ich mich nach Eurem Wohl erkunden«, hauchte sie.

»Ich habe die Nacht ohne größere Schrammen überstanden.«

Hirenas große Augen blickten skeptisch und prüfend zu jenen des Königs. »Und doch fühle ich, dass etwas in Euch zerbrochen ist, etwas hat sich gewandelt, ob zum Guten oder zum Schlechten vermag ich nicht zu sagen«, ließ Hirena anklingen.

»Ihr spürt vieles, Priesterin Ameas, vielleicht sogar zu viel.«

»Das mag sein, nur wollte ich Euch keinesfalls zu nahe treten, sondern Euch lediglich mein offenes Ohr anbieten. Denn in den Zeiten großer Umbrüche kann dies helfen, die Gedanken zu ordnen.«

»Habt meinen Dank, ich werde bei Gelegenheit darauf zurückkommen. Doch nun bitte ich Euch, geht zu den Hinterbliebenen, schenkt ihnen Eure Aufmerksamkeit und Kraft.«

Hirena verbeugte sich tief, während ein zartes Lächeln ihre Lippen umspielte. Dann wandte sich die Priesterin um und schwebte zur Treppe.

Esthîon trat noch einmal auf den Arkadengang und blickte hinab auf die Toten. Sein schweres Herz war von Trauer erfasst, doch gab es da doch einen zarten Funken Hoffnung in der Finsternis. Eine Art Hoffnung, die er seit vielen Jahren nicht mehr gespürt hatte. Eine Hoffnung, die es vollbrachte, seine so unerschütterlichen, düsteren Gedanken zu vertreiben. So hob er seinen Blick und richtete ihn auf seine Hauptstadt, deren Häuserdächer durch die aufsteigende Sonne in ein warmes Orange getaucht wurden. Besonders die mächtige Kuppel des Tempels der Dreizehn stach hervor. Eine malerische Szenerie, welche zu lange nicht mehr genossen hatte. Ein Anblick, der es vermochte, die keimende Zuversicht in seinem Inneren zu bekräftigten und ihn umso optimistischer in die Zukunft schauen ließ.

Kapitel 36: Im Gedenken an die Gefallenen

Jedwedes Wesen spürte die Erschütterung, doch war sie nur der Vorbote des Schleiers der Magie, welcher sich über die Tore in jeden Winkel der drei Welten ausbreitete und die Zeit der Gaben einläutete.
Vers aus dem Buche Enuras

Taron und seine Freunde kehrten in den Keller des *Dunklen Geistes* zurück. Der Name des Gasthauses machte ihrer trüben Stimmung nun mehr als Ehre. Seinen Arm hatte er um Mira geschlungen, welche bitterliche Tränen weinte, doch vermochte er es selbst nicht, auch nur ein Wort des Trostes zu sprechen. Zu tief saß die eigene Trauer. Sein Hirn wollte es noch immer nicht wirklich wahrhaben, dass Barvo gestorben war, nein, ermordet wurde. *Er hätte uns alle überleben sollen. Warum nur, Weldur?* Der Gedanke an Vergeltung schoss ihm durch den Kopf. Ein Gefühl, das er für kurze Zeit abgelegt hatte.

Taron und Mira ließen sich auf Stühlen nieder. Lavina nahm ebenfalls neben ihnen Platz. Ihr Blick war starr auf eines der Fenster gerichtet, Tränen stummer Verzweiflung rollten ihr Gesicht hinab. Mira legte eine Hand auf ihren Oberschenkel, aber Lavina schien dies nicht zu bemerken.

Die anderen strömten nach und nach in den Raum. Als letztes erschien Lobur, welcher seine schwere Axt auf den Tisch legte.

»Nun Taron, wie fühlst du dich?«, fragte der Zwerg gehässig.

»Beschissen«, antwortete er ehrlich.

»Ja, das hoffe ich sehr.«

Die anderen richteten ihre Blicke auf Lobur.

»Was willst du damit sagen?«, fragte Elwaran.

»Taron hatte die Möglichkeit, Esthîon Adar umzubringen, er hätte uns zum Sieg führen können. Verdammt, er hatte es uns sogar geschworen«, polterte der Zwerg.

»Ich... ich konnte es nicht.«

»Und dass ihr dann auch noch dieses Flammenwesen vernichtet, was Ildrum heraufbeschworen hatte, dieses dämonische Etwas stand so kurz davor...« Er deutete kopfschüttelnd auf den Tischler, welcher in einer Ecke des Raumes in sich zusammengesunken war und seit dem Ausbruch des Feuers kein Wort mehr gesagt hatte.

»Der Elementar hätte ganz Donnerhall vernichten können.«

»Aber dafür hätte vielleicht dein Freund gelebt. Doch was hast du nun davon? Jetzt spürst du den gleichen Schmerz, den auch ich spüre und ich gönne ihn dir von ganzem Herzen.«

»Lobur, es reicht«, schnauzte Gelador.

»Was reicht?«, brüllte der Zwerg, »es war unser aller Ziel! Ich habe ihm vertraut. Meine Rache an ihn vererbt. Er stand so kurz davor und hat einfach versagt.«

»Ich habe in das Herz Esthîons geblickt, es ist von Leid durchfressen, doch abgrundtiefe Dunkelheit habe ich nicht erkannt und so habe ich im Sinne der Begabten gehandelt.«

»Und diese ach so edle Tat hat dich letztlich deinen Freund gekostet.«

»Es war nicht Esthîon, der den Streich gegen Barvo geführt hat. Es war Weldur. Ich glaube, er ist der Strippenzieher hinter all den Gräueltaten«, erklärte Taron.

»Selbst wenn, ändert es nichts! Ich habe mit euch abgeschlossen und werde meinen eigenen Weg gehen und dir Taron wünsche ich, dass die Götter deine Seele in die Dunkelheit führen, Verräter.« Lobur nahm seine Axt und verließ den Keller.

Elwaran richtete sich auf.

Taron hob beschwichtigend die Hand. »Lass ihn gehen.«

Er spürte eine tiefgreifende Finsternis in seinem Inneren. Eine, die sich ausbreitete und ihn immer weiter in ein Loch hineinzog. *Hätte ich nur meine Aufgabe erfüllt, wäre Barvo noch am Leben.* Taron blickte auf seine zitternden Hände. *Ich hätte ihm auch selbst die Klinge in die Brust rammen können. Warum nur bin ich nur so schwach?* Er spürte, wie Hass in ihm aufkeimte, Hass auf sich selbst, der ihm die Luft zum Atmen raubte.

Er griff an seine Brust, rappelte sich auf und wankte unter den Augen der anderen zur Tür.

»Wo willst du hin?«, fragte Fendelin.

»Raus«, hauchte Taron und war bereits in dem angrenzenden Keller. Er rannte die Treppe hinauf und in den Hinterhof.

Das rote Licht des Morgengrauens zeichnete den Himmel bereits in ein bezauberndes Farbenspiel aus Gelb, Orange und Blau. Er blickte zu der Sonne und erkannte einen Haken an der Wand. Hier hatte der Verschlag gestanden, der durch Tarons ersten Magieausbruch hinweggefegt worden war. *Hier hatte einst alles begonnen.*

Tarons Atmung stockte. Voller Verzweiflung umfasste er mit beiden Händen seinen Talisman, lehnte sich gegen die Mauer des Gasthauses und glitt daran hinab. *Wann, wann nur habe ich nur je solch einen Schmerz gefühlt? Lobur hat recht, ich bin schuld an Barvos Tod. Ich habe ihn zu verantworten.* Er dachte an seine Kindheit zurück. Die Erinnerung, wie sein Bruder ihn einst verließ, drang plötzlich in sein

Bewusstsein. *Damals war ich traurig, aber mehr noch enttäuscht. Wieso hat er mich nur alleine bei ihm zurückgelassen? Dachte er tatsächlich, ich würde es dort besser haben?* Dies waren Fragen, die Taron lange begleitet hatten und nun durch den Verlust Barvos wieder zutage traten. *Ja, Barvo ist nun der zweite wichtige Mensch, den ich verloren hab.* Der Schmerz des Verlustes trieb ihm Tränen in die Augen. *Aber bin ich nicht noch für so viel mehr verantwortlich! So viele Avural sind meinetwegen gefallen. Und die Begabten auf dem Scheiterhaufen, Loburs Frau. Selbst Halvor hat meinetwegen so viel Leid ertragen müssen.* Tränen flossen seine Wangen hinab. Er wollte nicht weinen, doch vermochte er es nicht aufzuhalten.

Mira trat aus der Hintertür des Gasthauses. Sie hockte sich an seine Seite, griff seinen Arm und legte ihren Kopf auf seine Schulter.

Taron wischte sich das Gesicht trocken und blickte zu der Gottesdienerin. Ihr Antlitz war von Blut und Schmutz befreit worden und ein schmaler Lederstreifen klebte auf ihrer geschwollenen Nase. Doch es waren ihren großen, braunen und gütigen Augen, die ihn fesselten und sein aufgewühltes Inneres wieder etwas ins Lot brachten.

»Ich habe so viel Last getragen, wie ich schultern konnte, Mira. Doch nun glaube ich, an Barvos Tod zu zerbrechen. Ich kann einfach nicht mehr und ich will nicht mehr.«

»Du trägst keine Schuld.«

»Aber hätte ich Esthîon nicht am Leben gelassen...«

»Was auch immer deine Hand zurückhielt. Es hat Esthîon gewandelt und wenn er seinem Versprechen treu bleibt, kann dies die Wende für alle Magiebegabten bedeuten.«

»Aber im Moment ist er wieder in den Fängen Weldurs.«

»Glaubst du, er war es, der Esthîon zu all den Taten trieb?«

»Ich weiß es nicht, ich weiß nur, dass sich etwas Dunkles Esthîons Seele bemächtigt hatte und diesen Schatten vermochte ich zu brechen.« Er fuhr sich mit den Fingern durch seine strohigen Haare und legte seine Hand in Miras. Ein Gefühl der Geborgenheit breitete sich in ihm aus. *Mit ihr an meiner Seite ist das Leben leichter. So war es schon immer gewesen. Doch selbst sie schafft es nicht, das Leid von meiner Seele vollends zu tilgen.*

»Wollen wir vielleicht reingehen?«, fragte Mira vorsichtig.

»Ich kann nicht in ihre Gesichter schauen. Ihre Augen schreien das heraus, was Lobur aussprach.«

»Aber sie denken anders. Sie verstehen dich und werden dir verzeihen.«

»Auch Lavina?«

Mira antwortete nicht.

»Sie hat ihren besten Freund verloren. Was ich hätte verhindern können. Verdammt, er war so ein guter… nein, sogar fantastischer Freund.«

»Irgendwann wird sie dir vergeben.«

Taron stand auf und wandte sich von Mira ab und blickte zu den vereinzelten grauen Wolken am Firmament. *Barvo, mögen die Götter deiner Seele den Respekt erbringen, den du verdient hast und mögen sich unsere Seelen irgendwann wieder treffen.*

»Die Frage ist nur, wann kannst du dir vergeben?«, fragte Mira.

Er drehte sich langsam zu ihr um, im gleichen Augenblick trat eine in Grau verschleierte Gestalt auf den Hinterhof. Taron verharrte und versuchte zu erahnen, wer sich unter der Kapuze verbarg. Zu sehr in seinen Gefühlen gefangen, war es ihm letztendlich jedoch gleich.

Mira hingegen sprang sofort auf und schien in Alarmbereitschaft.

»Was solltest du dir vergeben?«, fragte die raue, allzu bekannte Stimme Halvors, während er langsam die Kapuze nach hinten schob.

Taron senkte seinen Blick. Den Priester wohlauf zu sehen, war ein Grund zur Freude, doch gleichzeitig verspürte er auch Scham. Er konnte nichts erwidern.

»Ich weiß, was du getan hast.« Der Priester humpelte auf seinen Ziehsohn zu und blieb vor ihm stehen. »Du hast Esthîon verschont und ihm Gnade zuteilwerden lassen. Eine wahrlich große Tat.«

»Eine törichte eher. Barvo wurde danach von Weldur ermordet«, sprach er bibbernd.

Halvor streckte seine Hand aus und berührte Tarons Brust. Der Novize ließ es geschehen und schluchzte bittere Tränen.

»Du hast nichts verkehrt gemacht, mein Junge, nicht du bist schuld an seinem Tod«, sprach der Priester zitternd und umarmte Taron.

Die unbekannte Nähe seines Ziehvaters wirkte beruhigend auf ihn, doch nach einer kleinen Weile löste er sich von ihm.

»Weldur Burak ist ein eigenartiger Mensch. Ich wurde von ihm gefoltert, er durchforstete meinen Geist. Teilweise war auch König Esthîon dabei.«

»Ich hatte es geahnt, es tut mir leid, dass du das erdulden musstest.«

»Es ist gut, Taron«, winkte Halvor ab. »Nur, weißt du, ein Folterknecht lernt bei der Folter viel über sein Opfer, mehr als du vielleicht denken magst. Aber ich habe meinen Peiniger ebenso kennengelernt. Esthîon ist ein gebrochener junger Mann, dem die Lasten der Vergangenheit und der Zukunft gleichermaßen zu schwer auf den Schultern lagen. Vielleicht hast du ihm mit deiner Tat ein wenig seiner Bürde genommen.« Halvor fuhr mit der Hand über den Boden. »Aber Weldur, in ihm schlummert ein unglaublicher, aus Schmerz gereifter Zorn. Er hat etwas Dunkles an sich, etwas Grausames, etwas das ihm große Macht verleiht. Er scheint sich fast am Leid zu laben, auch wenn er dies nicht offen zeigt. Es fühlte sich für mich an, als würde in ihm ein Schatten ruhen.«

»Ein Schatten, der nur darauf wartet, aus der Finsternis befreit zu werden«, hauchte Mira.

Halvor musterte die Gottesdienerin. »Ganz genau so.«

»Das heißt, Weldur wird beeinflusst und lenkt Esthîons Taten nach seinem Willen.«

»Für mich schien es so«, bestätigte Halvor.

»Hast du dafür Beweise?«, fragte Taron.

Halvor schüttelte den Kopf.

Taron blickte zu Mira. »Du scheinst die Dunkelheit ebenfalls beim General wahrgenommen zu haben. Wann hast du es bemerkt?«

»Während des Kampfes mit Zelorag Dun tauchten Bilder in meinem Kopf auf, ich glaube sie stammten aus den Erinnerungen des Kommandanten. Kurz darauf bannten mich die Augen des Generals.«

»Was hast du gesehen?«, fragte Halvor.

»Es war ein Schatten, der sich in vollkommener Dunkelheit wand und sich meiner bemächtigen wollte.« Mira zitterte leicht.

Selbst die Erinnerung daran scheint ihr Schmerzen zu bereiten, dachte Taron, ging zu ihr hinüber und strich ihr über das braune Haar. »Glaubst du, es könnte Irus Vermächtnis gewesen sein?«

Ihr Zittern nahm etwas ab. »Ich weiß es nicht.«

»Ich hatte nach dem Kampf mit Esthîon das Gefühl, dass wir dem Sieg nahe und auf dem richtigen Wege in eine bessere Zukunft sind. Selbst der Elementar hatte diesen Traum kaum getrübt. Aber diese Hoffnung scheint nun bereits tiefe Risse zu bekommen.«

»Taron, du besitzt eine große Gabe«, begann Halvor.

Der Novize blickte auf seine Hand hinab.

»Nein, nicht diese Gabe, sondern die Gabe, Menschen zu vereinigen, sie zu verändern und das Gute in ihnen zu wecken. Ich hätte nie gedacht, dass du es vermagst, Esthîons Einstellung zu ändern und doch hast du es getan. Ich bin unglaublich stolz auf dich.«

»Noch hat sich nichts geändert«, erwiderte Taron stumpf.

Plötzlich trat eine große, schlanke Frau auf den Hof, mit braunen, langen Haaren und einem kantigen Gesicht, in einen beigefarbenen Mantel gekleidet. »Ah, Taron«, sprach sie erleichtert, als würde sie ihn kennen. »Und Mira, ich bin froh, dass es euch gut geht.« Die Fremde kam näher auf sie zu, wobei jedoch eines ihrer Beine lahmte.

Mira und Taron gingen einen Schritt zurück.

Die Frau verharrte. »Oh, entschuldigt.« Sie schüttelte ihr Haupt und das glatte Haar wurde blond und lockte sich, während sich die Knochen in ihrem Gesicht verschoben und sich ihre Statur im Hüft- und Beckenbereich erweiterte und sogleich stand eine breit lächelnde Soguia vor ihnen.

Sie staunten nicht schlecht über diese Verwandlung.

»Taron, du hast es geschafft. Ich meine, ich war aufgebracht, als ich gesehen habe, dass du es nicht zu Ende gebracht hast. Wahrlich, du hast uns die Freiheit geschenkt«, sie geriet kurz ins Stocken. »Aber sagt, was ist los mit euch?«

»Wir haben Barvo und Nemrod verloren«, bangte Mira bedrückt.

»Es musste Verluste geben, sie lagen im Burghof neben den anderen Gefallenen, ich habe dafür gesorgt, dass sie hergebracht werden.« Soguia schüttelte den Kopf und sprach mit belegter Stimme weiter. »Und doch ist heute ein Tag, der es wert ist, gefeiert zu werden. Esthîon hat soeben die Verfolgung der Magiebegabten für beendet erklärt und die Löschung eurer Kopfgelder verkündet. Ihr, nein, wir alle sind frei.«

»Also hat er sein erstes Versprechen bereits eingelöst«, erklärte Halvor.

Taron war sprachlos.

»Wir haben gesiegt, auf Umwegen zwar, aber gesiegt«, verkündete Soguia strahlend.

Filidas trat mit einem vollen Tablett in der Hand in die Tür. »Mir ist nicht sonderlich nach Feiern zumute, aber ich habe etwas zu trinken besorgt, ich glaube, das können wir gut gebrauchen. Es ist Nemrods Lieblingswein gewesen. Kommt ihr mit runter?«

»Nein, schicke die anderen bitte hoch«, bat Taron. »Vom heutigen Tag an müssen wir uns nie wieder verstecken.«

Filidas stellte das Tablett zur Seite und eilte in den Keller.

Nach und nach traten alle im Schein der Morgenröte auf den Hinterhof und nahmen sich einen der Becher.

Taron erhob das Wort. »Soguia kam soeben von der Festung. König Esthîon hielt gerade eine Ansprache, in der er die Verfolgung der Begabten aufhob und all unsere Kopfgelder fallen ließ. Die Magiebegabten sind vom heutigen Tage an frei. Ein Anlass, um gemeinsam darauf zu trinken. Doch dieser Sieg ist mit zu vielen kostbaren Leben teuer erkauft worden. Daher möchte ich innehalten und all jenen gedenken, die wir bei unserem Kampf verloren haben.«

»Auf Barvo den Unverbrennbaren«, flüsterte Lavina.

»Auf Nemrod«, fügte Filidas hinzu.

»Auf Filione, Somja und Schurak«, sprach Rym.

»Auf Lork«, stammelte Ildrum.

»Und die Elfen Avurins«, ergänzte Elwaran.

»Und all die, deren Namen wir nicht kennen. Mögen ihre Seelen von Onacra empfangen, von Drumar gesegnet und von Baldor uns wiedergegeben werden. Auf dass sie mit uns zusammen in Freiheit und Frieden leben werden. Auf die Gefallenen«, beendete Taron das Gebet und nahm einen großen Schluck aus seinem Becher.

»Auf die Gefallenen«, wiederholten die anderen im Chor und tranken ebenfalls.

Nun schien die Last der letzten Nacht allmählich von ihnen abzugleiten. Sie klopften sich gegenseitig auf die Schultern und fielen sich in die Arme.

Am Ende stand Taron vor Mira, sein Blick verlor sich in ihren dunklen, braunen Augen. Ein Gefühl überwältigenden Glücks durchströmte ihn. Er ging einen Schritt auf sie zu, umfasste mit den Händen ihre Wangen und legte sanft seine Stirn an die ihre. Langsam schloss er seine Arme um sie. Ein warmes, wohliges Gefühl breitete sich von seinem Herzen bis in jede Faser seines Körpers aus. Ein Moment der Gewissheit und der Hoffnung, dass mit dem heutigen Tage ihre gemeinsame, friedvolle Zukunft beginnen würde.

Epilog

Weldur kniete mit gesenktem Haupt in der Mitte seines Gemachs. Vor ihm brannte eine einzelne Kerze, welche seinen Schatten verzerrt an die Wand hinter ihm warf. *Bitte antwortet mir,* flehte er still zum hundertsten Mal. Sein Meister hüllte sich weiterhin in Schweigen. *Wie nur hat es dieser vermaledeite Bastard von einem Novizen geschafft, den König zu wandeln? Hätte ich geahnt, was es mich kosten würde, hätte ich ihn viel eher umgebracht. Wollte ich einfach zu viel?* Er schüttelte den Kopf. *Nein, niemand konnte ahnen, dass Esthîon derart schnell einknickt. Die Frage ist nur, was ist jetzt zu tun. Bitte, mein Gebieter, gebt mir einen Rat.*

Ein zarter Wind ließ die Flamme der Kerze flackern, mit dem Hauch drang ein Flüstern an sein Ohr, *Kammer.*

Weldur riss die Augen auf. *Danke, dass Ihr mich erhört, aber vor dem Zugang sind Wachen postiert und ich bräuchte Opfer. Bitte gebt mir einfach Anweisungen.*

Die Stimme schwieg.

Nun, dann muss es wohl so sein. Er stand auf, schnürte sich den Gürtel mit Messer und Schwert um die Hüfte und verließ sein Zimmer. Er ging die Stufen hinab zum Weinkeller des Westflügels und verschloss die schwere Holztür hinter sich. Das Gewölbe und die Fässer waren von Fackeln erhellt. Am Ende standen zwei Schwadronenkrieger und bewachten das geheime Portal zu der Kammer des Schattens der Erinnerung. Die Männer nahmen Haltung an, als sie ihn sahen. *Oh, Jemnon und Kartang, die beiden sind schon etliche Jahre Freunde, sehr gut.*

Gemäßigten Schrittes ging Weldur ihnen entgegen. »Ich möchte noch einmal die Tunnel erkunden.«

Sie nickten und schoben die Steintür auf.

»Kommt bitte beide mit.«

Ein jeder von ihnen griff sich eine Fackel und folgte ihm. Er blieb schließlich vor dem Loch im Boden stehen und betrachtete die Hieroglyphen, die an der kreisförmigen Wand eingraviert waren und wandte sich dann lächelnd den Elitekriegern zu, deren Mienen eine gewisse Unbehaglichkeit offenbarten.

»Stellt euch einmal an den Rand der Grube, sodass ihr einander anschaut«, sprach er lächelnd.

Die Männer folgten mit steifen Schritten seinen Anweisungen.

»Auf dieser Seite standen bei der Opferung meist die Mutter und der Vater und auf der anderen Seite ihr Kind.« Weldur begab sich einmal um die beiden herum und spürte förmlich, wie ihre aufsteigende Angst weiter zunahm. »In der Regel wurde zuerst das Kind gemeuchelt, denn der Schatten der Erinnerung oder auch Fiohbor, wie er in der alten Sprache genannt wurde, nährte sich aus Trauer und Zorn und welche Eltern geraten nicht in Verzweiflung, wenn das eigene Fleisch und Blut vor ihren Augen zerhackt wird?«

Kartang trat einen Schritt von der Grube weg.

Weldur zog sogleich sein Messer und warf es zielsicher unter den Halsriemen des Schwadronenkriegers. Gleichzeitig riss er sein Schwert aus der Scheide und presste die Klinge an den Hals Jemnons. Blut spritzte aus dem Hals Kartangs. Ein eisiges Röcheln drang zwischen seinen Lippen hervor, während der Mann auf die Knie sackte und windend in sich zusammenbrach.

»Schau Jemnon, so, nur tausendfach brutaler wurden einst den Eltern die Liebsten genommen.«

Weldur spürte, wie Angst und Hass in dem Gardisten entflammten und ihn verzehrten.

»Kannst du dir vorstellen, wie es für einen Vater gewesen sein muss, so etwas mitzuerleben, aber natürlich kannst du das, denn du selbst hast ja Kinder.«

»Ihr seid nicht bei Sinnen«, stammelte Jemnon.

»Die Leben, die hier genommen wurden, dienten einem größeren Zweck und so wird auch dein Tod Fiohbor stärken.« Er riss den Kopf des Gardisten nach hinten, während sein Schwert nach oben glitt und die Hälfte des Kehlkopfes des Kriegers mit sich nahm.

Jemnons Hände griffen zum Hals, ein ersticktes Gurgeln drang aus seinem Mund. Seine Augen starrten nun direkt in die seines Widersachers.

»Ja, so ist es gut, verzweifle an deinen Gedanken. In dem Wissen, dass du nicht der Letzte sein wirst, der in diesen Hallen sein Leben lassen wird. Als nächstes werde ich deine Frau und deine Bälger hierherführen, damit sie dir in deinem Grab Gesellschaft leisten können.«

Jemnon griff zu seinem Schwert. Doch ehe seine Hand die Klinge erreichte, wurde sie bereits von seinem Arm getrennt.

»Glaube mir, dein Tod schmerzt auch mich. Daher gewähre ich dir noch einen letzten Gedanken an deine Liebsten.«

Die kampfgestählten Züge des Gardisten weichten auf, Tränen traten aus seinen Augen. »Bitte…«, flüsterte er.

Da schob sich die Klinge bereits von unten seinen Oberkörper hinauf, bis sie des Kriegers Herz erreichte und es in die ewige Ruhe zwang.

Weldur zog sein Schwert hinaus und stieß den Gardisten in die Grube. Wie der Dampf aufkochenden Wassers stieg die Schwärze langsam den Schacht empor, drang über den Rand hinaus und dimmte gar das Licht der am Boden liegenden Fackeln und breitete sich über den gesamten Tunnel aus.

Du bist schwach geworden, dröhnte die dunkle, tiefe Stimme des Schattens der Erinnerung in seinem Kopf.

»Ja mein Herr, daher erbitte ich Euren Rat.«

Du warst so nahe daran, die Vollkommenheit zu erreichen, dein Versagen ist schmerzvoller, als du dir vorstellen kannst. Mein Vertrauen in dich ist erschöpft.

Die Macht der Worte war niederdrückend und schien aus allen Richtungen auf seinen Kopf einzuhämmern und widerzuhallen, bis er schließlich auf die Knie sank.

»Wie erlange ich meine Kräfte zurück?«

Mit der heutigen Tat wirst du sie eine Zeit lang zurückerhalten. Verursache Trauer und Zorn und du wirst sie behalten.

»Was muss ich tun, um endlich die Vollkommenheit zu erreichen?«

Ein grausames und unheilvolles Lachen war die Antwort. *Du musst nur eintausend Menschen beim Sterben begleiten, einhundert Familien hier opfern, zehn deiner Freunde bis zur Verzweiflung foltern oder deinen Wirt dazu bringen, sich selbst das Leben zu nehmen.*

»Eintausend, ich müsste einen Krieg beginnen«, flüsterte er. »Die Tunnel werden nach dem heutigen Vorfall mit Sicherheit verschlossen oder so bewacht, dass es kaum möglich sein wird, Familien hierherzuführen und Freunde habe ich nicht.«

Dann weißt du, was zu tun ist.

»Der Kampf mit den Begabten hat ihn verändert.«

Ich weiß, dein Wirt hat den ihm vorbestimmten Pfad verlassen. Hoffnung ist der Keim, den es zu vernichten gilt. Töte zuerst denjenigen, der in deinen Wirt den Glauben an eine glorreichere Zukunft pflanzte und dann zerschmetterst du alles, was ihm Glück und Kraft gibt.

Er nickte bedächtig. »Ja, mein Gebieter.«

Gut, krächzte das Wesen langgezogen, während die Dunkelheit sich zur Grube hin verflüchtigte und Weldur schließlich vollkommen allein zurückließ.

Ende

Danksagung

Ein Buch zu schreiben fühlt sich allzu oft wie ein Kampf an, der immer wieder von Herausforderungen, Rückschlägen und Zweifel geprägt ist. Doch kein Kampf wird alleine gewonnen. Ohne die Unterstützung meiner großartigen Mitstreiter wäre dieses Werk wahrscheinlich nie Wirklichkeit geworden.

Mein erster und tiefster Dank gilt meiner lieben Frau Josi. Deine Geduld und dein Verständnis, während ich so viele unzählige Stunden mit meinem Manuskript zugebracht habe, gaben mir den Rückhalt, den ich brauchte, um mein Werk zu vollenden.

Ein besonderer Dank gilt meiner lieben Schwägerin Karolin, welche sich ein weiteres Mal tapfer meinen oft abenteuerlichen Satzkonstruktionen und grammatikalischen Neuerfindungen gestellt hat. All deine Korrekturen und Anmerkungen waren wahrlich ein unverzichtbarer Beitrag.

Ein ebenso herzlicher Dank gilt meiner Schwester Undine. Schon fast einer Lektorin gleich hast du dich durch mein Werk gearbeitet und mich auf jede Ungereimtheit und jeden noch so kleinen Logikfehler hingewiesen. Ohne dich hätte mein Buch nie eine solche Qualität erreicht.

Außerdem möchte ich mich auch bei meinen Testleserinnen Anna Hellmich, Lisa Fuhrmann und meiner lieben Mama bedanken. Eure Rückmeldungen und Anmerkungen waren so hilfreich und haben mir die Kraft gegeben, weiter an meinen Roman zu glauben.

Mein letzter Dank gilt meiner *Instagram-Community*, eure moralische Unterstützung und die Einblicke, die ich durch euch sammeln durfte, haben mich inspiriert und motiviert, an diesem Buch festzuhalten.

Euch allen: Vielen, vielen Dank.

Impressum

© Hagen Alverich
Verlag: BoD · Books on Demand GmbH,
In de Tarpen 42, 22848 Norderstedt, bod@bod.de
Druck: Libri Plureos GmbH, Friedensallee 273,
22763 Hamburg

Cover: Aqasa alias @mrjohn 45 bei Fiverr
Karte: Shameen alias @shameen_cr bei Fiverr

ISBN:

978-3-8391-9911-4